世界文学名著名译典藏

全译插图本

十日谈

〔意〕乔万尼·薄伽丘◎著　陈世丹◎译

DECAMERON

長江出版傳媒　长江文艺出版社

图书在版编目（C I P）数据

十日谈 / （意）乔万尼·薄伽丘著；陈世丹译. --
武汉 ：长江文艺出版社， 2018.6
（世界文学名著名译典藏）
ISBN 978-7-5702-0287-4

Ⅰ. ①十… Ⅱ. ①乔… ②陈… Ⅲ. ①短篇小说－小说集－意大利－中世纪 Ⅳ. ①I546.43

中国版本图书馆 CIP 数据核字(2018)第 061978 号

责任编辑：程华清　　责任校对：陈　琪
封面设计：格林图书　　责任印制：邱　莉　杨　帆

出版：长江出版传媒 | 长江文艺出版社
地址：武汉市雄楚大街 268 号　　邮编：430070
发行：长江文艺出版社
电话：027—87679360
http://www.cjlap.com
印刷：长沙鸿发印务实业有限公司

开本：880 毫米×1230 毫米　1/32　　印张：22.5　　插页：4 页
版次：2018 年 6 月第 1 版　　2018 年 6 月第 1 次印刷
字数：508 千字

定价：48.00 元

译者序言

乔万尼·薄伽丘（出生在佛罗伦萨附近的契塔尔多，1313—1375年）是意大利文艺复兴时期一位杰出的人文主义作家。他是佛罗伦萨一位成功商人的私生子。父亲希望他将来成为一个银行家，把他送到那不勒斯学习。他因为对商业没有兴趣，很不情愿地改学了法律，但仍未有任何收获。他自幼喜爱文学，坚持自学诗学，阅读经典作家的作品，培养了自己文学创作的才能。从父亲对他解除限制的那一刻起，他就开始了他在中世纪最具冒险性、最有创造力、最多产的文学创作事业。他的早期作品虽在内容上取材于外国传说或其他经典作家的作品，但在艺术上是富于创新的。历经一次经济危机之后，薄伽丘从那不勒斯回到佛罗伦萨。自此，他的作品从以诗歌、神话、传奇等艺术形式赞颂纯洁的爱情、高尚的友谊和美好的品德并展示人间生活的幸福和友情的欢乐等主题转向以寓言故事和创新的小说形式来表现更为忧郁的主题，显示出一位伟大的人文主义者对人类社会的深刻关注。

薄伽丘目睹了1348—1349年发生在佛罗伦萨的那场可怕的黑死病，并把这场瘟疫导致的混乱作为他最著名作品——世界文学经典之一《十日谈》（1353年）的时代背景。在这部巨著中，十位青年男女（七位小姐和三位男青年）一起逃离瘟疫肆虐的佛罗伦萨城，住到乡下的一座别墅里，以讲故事的办法振作精神，避免招来诽谤和污蔑。《十日谈》不仅是一部为当代读者解释意大利散文用途的文体学杰作，而且是一节教作家们如何讲故事的创作课。性、暴力、阴谋；幽默、慷慨和同情都以丰富且有控制的叙述得到表现。薄伽丘的创作表明，艺术不仅存在于开下流玩笑或使人痛苦的题材上，而且存在于表现这种题材的形式上。他的十位叙述者举行的故事会既有条不紊地开始，又井然有序地结束。《十日谈》之后，薄伽丘离开小说，致力于传记、文学评论和神话创作，并在这些领域里也获得了同样崇高的声誉。

住在佛罗伦萨城外一座乡村别墅里躲避瘟疫的七位小姐和三位男青年商定，大家轮流执政，每天由一人担任国王或女王，负责日常生活安排和主持故事会，每人每天讲一个故事；在两个礼拜期间，有十天举行了故事会，十个人一共讲了一百个短篇故事，《十日谈》也就完成了(薄伽丘的小说标题“Decameron”意思是“十天的”)，这就是使《十日谈》全书有条有理的框架。

第一天，被推选为女王的潘比妮亚没有给大家规定故事主题，讲故事的人可以自由选题讲述自己喜欢的故事。一些故事讽刺性地讲述圣徒的生平，揭开教会邪恶和欺骗性的黑幕，其他故事则表现了语言的力量。

第二天，大家在菲罗美娜主持下，讲述一个饱受厄运打击的人如何最后获得意想不到的圆满结局的故事，谈到了命运、女性性格和经商的冲动。

第三天，大家在内菲勒的主持下，讲述一个人怎样用机智获得他梦寐以求的东西或重新获得他失去的东西的故事，涉及性爱、男女对性爱的看法和关于性爱的道德观念。

第四天，大家在菲洛斯特拉托的主持下，讲述结局悲惨的爱情故事；在引言部分，薄伽丘中断了故事叙述进程，为自己的佛罗伦萨散文小说创作做了辩护，回击了一些居心恶毒、疯狂嫉妒的人对他的诱劝、威胁、辱骂、指责和攻击，表示他将因歌颂女性而自豪；这些故事歌颂真正的爱情，抨击封建贵族对爱情所持的僵化的道德态度。

第五天，大家在菲亚美塔的主持下，讲述有情人遭到最令人悲痛的不幸但最后获得幸福结局的故事，这些故事歌颂爱情的力量有多么神圣、多么伟大、对人生多么有益，其中有的是浪漫传奇，有的揭示贵族与平民之间的爱情所表现出的阶级分歧和不同社会阶层之间的谈判。

第六天，大家在爱丽莎的主持下，讲述人们在被戏弄时，凭借敏捷的回答针锋相对、急中生智，从而避免了危险、尴尬或损失的故事，表现了佛罗伦萨的社会生活和人们交往的各种形式。

第七天，大家在迪奥内奥的主持下，讲述女人为了偷情或为了保护自己而欺骗丈夫时所使用的种种诡计，有的被发现了，有的尚未被发现的故事，这些表现夫妻冲突的故事集中在对家庭空间的控制上。

第八天，大家在劳蕾塔的主持下，讲述日常生活中男人捉弄女人，女人捉弄男人，或人们相互捉弄的故事，其中讲述一位学者与一位寡妇相互捉弄的故事最为精彩、最引人入胜。

第九天，担任女王的艾米莉亚不想把大家限制在某个题目上，因此大家随意讲述自己喜欢的故事，其中最有趣的是讲卡兰德里诺如何不可思议地迷恋上了菲利波的情妇尼科洛莎，受到捉弄，最后遭到妻子痛打的故事。

第十天，大家在潘菲洛的主持下，讲述人们在爱情或其他方面做出慷慨行为的故事，表现出作者对慷慨行为在政治意义上的深刻理解。

《十日谈》的字里行间具有商业活动、高利贷和出租业描写痕迹的早期手稿被人们如饥似渴地抄写、传阅，先睹为快。尽管早期佛罗伦萨的人文主义者们还未准备好将一部用意大利散文写成的故事集承认为一部严肃的文学作品（当时的严肃作品是用拉丁语写的），但《十日谈》很快就受到了世界各国读者的欢迎：1375 年薄伽丘去世后不久，《十日谈》就被译成法语和英语。除《十日谈》外，没有第二部中世纪英语译著幸存下来）；后来又被译成加泰隆语、德语和西班牙语。薄伽丘的各种外语版本的《十日谈》对突然出现在世界各地的方言传统文学产生了重大影响。法国的《罗兰之歌》(1080年?)、意大利的《神曲》(1307—1321年)和英国的《坎特伯雷故事集》(1386—1400年)只是在有限的社会群体或无关联的民族文化范围内流传,而薄伽丘的《十日谈》(一部短篇小说集)却是在更大的世界地理区域内拥有大量的读者。《十日谈》是第一部对现代世界文学带来欧洲影响的里程碑式的小说文本。

《十日谈》之所以一问世就立刻受到欢迎并经久不衰,主要是因为其文笔生动、风格多样、形式独特。薄伽丘创造了一种新的文学语言,它精练、流畅、俏皮、生动。这是一种不受拉丁模式构词因素限制的散文,但它从拉丁语中汲取了足够的复杂性、节奏的多样性和表现人类经验新领域的复杂性。有时(经常是在开始一个新的短篇小说时)薄伽丘以使人联想起但丁《飨宴》(1304—1307年)的那种拘束与平衡来写;有时(当一个短篇小说正在流畅地进行时)他以一种假装的、暗示口语自发性的无拘无束的风格,而不是按写作规则来写;以口头语言形式,而不是以经典的正式语言形式来写。薄伽丘有时模仿、戏仿中世纪的各种文学体裁,从宫廷抒情诗和歌谣到圣徒的生平和故事诗。但他选定在单一、稳定的体裁——短篇小说的有限范围内包含这种百科全书式的多样性。这些短小的散文叙事被安排在一个使之有条理的框架内,这一框架使一口袋杂乱无章的故事变成一部协调统一的艺术作品。于是,薄伽丘的短篇小说序列变成了现代长篇小说的原型;它的文学血统超越中世纪和文艺复兴,延续到曼佐尼(1785—1873年,意大利小说家、诗人)、劳伦斯(1885—1930年,英国小说家、诗人)和弗克纳(1897—1962年,美国小说家)这些不同风格的小说家身上。

《十日谈》的内容像它的风格与形式一样,具有远远超过瘟疫起因的历史重要性。因为甚至当薄伽丘的这些短篇小说试图唤起读者对历史悠久的封建、等级、僧侣统治的早期社会价值观念进行反思时，它们同时又表现出与之不同的价值观念。《十日谈》与传统的中世纪人类经验、解释世界的策略背道而驰，把自己确定为对未来世纪做出预言的小说文本。《十日谈》故事的主题涉及十四世纪意大利社会生活的方方面面。其重要主题是反对教会、揭露僧侣的腐败和虚伪。在中世纪欧洲封建社会中，教会是神圣不可侵犯的，可是在薄伽丘的笔下，从教皇到下面的教士们，一个个奢侈淫逸、用各种手段聚敛钱财、买卖圣职、镇压异端、无恶不作，从而撕下了教会神圣的面纱，表现了平民对神权的不满。作者用相当一部分爱情题材的故事反对教会鼓吹的神爱和天国幸福的禁欲主义，肯定人有权享受情爱和现世幸福；薄伽丘歌颂爱情的伟大力量，认为爱情能激发人的聪明才智、净化人的心灵、使人的品德更加高尚；他反对封建偏见，认为等级观念、金钱、权势是实现爱情和幸福的障碍，在他的小说中，所有这些障碍都被真正的爱情所战胜，人们获得了有真正爱情的幸福，同时嘲讽了建立在经济关系上的婚姻。一些故事赞扬商人、手工业者，甚至仆人的才干、智慧和进取精神，认为人的高贵不在于贵族出身，而在于人的高尚德行和创造性才智，抨击了等级森严的封建特权。作为人文主义者，薄伽丘在小说中对妇女表现了很大的同情和尊重，赞扬妇女的善良、富于同情心和机智，批评封建特权和男女不平等。同时，《十日谈》表达了人应该接受良好教育、使自己多才多艺、健康俊美、聪明勇敢、全面和谐发展的人文主义思想。当然，《十日谈》也有其不可摆脱的时代的局限性，表现其妥协的一面，如有的故事宣扬男尊女卑，认为妻子应该对丈夫逆来顺受；有的故事把不正当的男女关系当作纯洁的爱情来描写；还有的故事赤裸裸地表现资产阶级的个人享乐主义，等等。但些微弱点掩盖不住《十日谈》人文主义的灿烂光辉，无论如何，它是一部具有高度的战斗性、思想性和艺术性的伟大作品。

《十日谈》（又称《加列奥托王子》① ）一书由此开始。它由一百篇故事构成，由七位小姐和三位男青年分十天讲述。

作者的序

对遭受折磨的人表示怜悯，是人之常情；这是任何人都应该具有的品德，而那些需要安慰并且已得到别人安慰的人最应如此；如果世上的确有人渴望怜悯，或深知怜悯的可贵，或因得到怜悯而高兴，那个人就是我。从青春年少直至今日，我心中一直燃烧着爱情的火焰，那是一种最崇高、最高尚的爱情：它可能远远超过与我低微出身有关的任何事物，就算是自我辩护吧，那些贤达之士一旦听说我有如此爱情，就立刻夸奖我，给予我不敢接受的高度评价。这是一种几乎令人难以忍受的爱情，不是因为我心爱的人断然拒绝了我——远不是这样——而是因为我紊乱的欲望在我心中点燃了一种控制不住的烈火，这种烈火不允许我满足于一般的期待，给我造成了经常的非常不必要的苦恼。在这种痛苦的状态中，我与朋友们愉快地交谈，得到了他们令人钦佩的支持，

①加列奥托王子：散文作品《兰斯洛特》中的“远岛君主”，帮助兰斯洛特骑士向圭尼维尔求爱。薄伽丘在这里指但丁（意大利诗人）《地狱篇》第五章中的一段，在这一段里，弗朗切斯卡给《兰斯洛特》传奇打上了性爱媒人的标记。

这使我感到非常振奋。毫无疑问，如果说我还活着，那是多亏了他们。那时，我的爱情真是热烈得无法估量；不论多少好的决定、明智的劝告、大吵大嚷的羞辱，以及任何可想而知的危险，都不能破坏它或减轻它的热烈程度。直到最后，就在我的爱情使力量广大无边但却把不可改变的转瞬即逝的法则强加给世上万物的天主感到高兴之时，它开始自动地消逝。如今在我心中所幸存的一切，只是爱情想给予那些尚未在茫茫情海中走得太远的人的快乐。于是，我感到爱情所带来的全部苦恼都得到减轻，那曾经的痛苦现在也变成了快乐。

我的悲伤可能结束了，但我并未忘记不忍心看着我忍受痛苦的人所给予我的安慰，他们对我的亲切关怀，我将至死不忘。我认为，在诸多美德之中，感激是最值得称赞的，忘恩负义则是极大的耻辱。既然我可以认为自己又是一个自由的人了，为了表明我非忘恩负义之人，我决定，我要尽我有限的才能，向那些需要消遣的人提供愉快的消遣，来表达我的感激之情。当然可想而知，那些曾经支持过我的人，凭着他们自己的巧妙安排（或好运），没有我提供的消遣，也照样生活得快乐。的确，我要给苦恼的人所提供的也许（肯定）仅仅是最少许的安慰；但我仍然认为这最少许的安慰也还是要奉献给那些最需要它的人，这样它就会显得更为有益、更受欢迎。

谁能否认这本书实际上更适合献给女人而不是男人？女人们胆小、害羞，她们把爱情的火焰隐藏在自己娇柔的内心；有过爱情经历的人都很清楚，控制压抑的爱情火焰要比控制公开的爱情火焰艰难得多。而且，由于女人们总是受到种种限制，如她们的父母、兄弟、丈夫对她们的愿望和要求，她们把大部分时间都花在了卧室那块狭小的天地里；她们在那里呆坐着无所事事，郁闷地沉思各种事情，在是与不是之间饱受折磨，没有一件事情能给她们带来无忧无虑的幸福。如果对爱情的渴望使她们的思绪充满悲哀，她们就必然愁眉不展，她们需要新的消遣来排除这些忧闷的思绪。此外，女人的忍耐力远不如男人。我们只要一看就知道，恋爱中的男人是不会遇上这种事儿的。如果一个男人神情沮丧、情绪低落，他有许多办法去消除忧虑或使忧虑可以忍受：他可以出去随意走走，可以听一听、看一看各种事情，可以打鸟、狩猎、钓鱼、骑马，也可以去赌博或经商。无论如何，这些活动都将会在短短一段时间内程度不同地使他改善情绪，避开沮丧。然后，他会莫名其妙地得到安慰，否则痛苦就不会减轻。

很明显，命运之神对最缺乏力量的多情善感的女性也最为吝啬，很少安慰她们。我要在某种程度上为命运之神的罪过做出补偿：为恋爱中的女人提供帮助和庇护——其他女人只需要针线、线轴和纺锤——我打算讲述一百个故事（或者说一百个传说、寓言、野史，或随您怎么称呼）。您会看到，这些故事是由不久前瘟疫发生期间聚集在一起的一大群人——七个小姐和三个男青年——分十天讲述的。还有几首歌曲，那是前面提到过的女士们作为消遣而演唱的。这些故事表现发生在古代或出现在今天的爱情的幸福与不幸，以及其他惊险奇观。我一直间接提到的忍受爱情折磨的女士们，在阅读这些故事时，会从故事中逗人发笑的事件获得快乐，也同样会得到有益的忠告，因为她们会从这些故事得到借鉴，认识到哪些事是可以避免的，哪些事是应该追求的——（所以我相信）每一个故事都会有效地提高她们的情绪。如果按天主的意愿，她们的情绪果真得到提高，让女士们感谢爱神吧：是爱神把我从他的束缚中释放出来，让我来关照她们的快乐。

目录

Contents

第一天

《十日谈》的第一天由此开始。先由作者把立刻就要描写的十位男女聚集在一起讲故事的缘由做出说明，然后他们在潘比妮亚主持下，每人自由选题讲述自己喜欢的故事。

美丽文雅的女士们，每当我停下笔思考你们的怜悯天性时，我就意识到，你们会发现这本书的开头既令人憎恶又使人痛苦，因为它扼要重述了最近发生的那场致人死亡的瘟疫，这场瘟疫给每一个见证它、经历过它的人造成苦难和悲伤。对瘟疫的追叙是我这本书的引子。但是，如果您感到这痛苦的开头使您读不下去，似乎读下去只会让您不断地叹息和流泪，我会感到遗憾。您要像面对险峻、崎岖高山的徒步旅行者那样看待这个可怕的开头：越过这座高山，就是一片最迷人的平原，您会在艰难地翻越高山之后，倍感平原给您的快乐。恰如有乐极生悲，也会有苦尽甘来。这开头短暂的折磨（我说它短暂，是因为它仅占几页篇幅）将迅速让位于已许诺给您的愉快的宽慰：如果我不这样交代，您也许永远也不会想到在这样的开头之后还会有快乐。实际上，如果我能够找到其他合适的可选择的道路，把您带到我想请您去的地方，我是不愿意把您领上这条陡峭的山路的；但如果我不先提及瘟疫这一历史事件，您就无法理解您将要读到的那些故事为什么会发生，因此我认为我实际上是被迫这样写的。

在圣子① 成功地化为肉身的1348年，意大利城市中最美丽、最高贵的城市佛罗伦萨，发生了一场可怕的瘟疫。不知是天上星辰的恶作剧，还是我们的邪恶，招致了愤怒的天主用瘟疫惩罚我们。这种瘟疫几年前开始在东方出现，夺取了无数人的生命，然后不停地从一个地区向另一个地区蔓延，直到它把灾难带到西方。为了对付瘟疫，人们想尽一切办法，运用各种措施，如政府命令清除市内垃圾，禁止患者进入市内，颁布许多卫生法令，但这都抵御不住瘟疫的侵袭；虔诚的人们，或以队列行进的方式，或以其他方式，无数次地向天主请愿，都同样无济于事。随着那年春季的到来，瘟疫开始异常惊人地展示它折磨人的威力。在这里，瘟疫并不是以它在东方那样的方式出现。在东方，患者的鼻子流血就是死亡必定来临的征兆。而在这里，不论男女，一旦染上瘟疫，就在腹股沟或腋窝下出现隆肿，肿块或大或小，有的会长到小苹果那么大，有的像鸡蛋那么大。人们普遍称这样的肿块为腹股沟腺炎。不久，这种致人死亡的腹股沟腺炎就从这两处肆无忌惮地蔓延至全身；瘟疫的症状发展为出现在手臂上、大腿上，或其他各处的黑色或青黑色的斑块；在一些人身上，这些大大小小的斑块稀疏分布，而在其他人身上，瘟疫的症状呈现为密密麻麻的小斑点。对于那些身上出现小斑点的人来说，这些小斑点就像先前出现的腹股沟腺炎是致命疾病的征兆一样，也是致命疾病的征兆。任何医生的处方，任何药品，似乎都不能治愈这种疾病。

①圣子：根据基督教教义，圣父、圣子和圣灵是三位一体的神。圣子，亦称道，借童贞女子玛利亚之身降生，即耶稣，这就是基督教所谓的“道成肉身”。佛罗伦萨不是以耶稣降生，而是以“道成肉身”来记年的。

除了那些真正的医务工作者外，自称为医生而实际上根本就没有学过医学的男男女女越来越多；但是，不知是因为这种疾病本质上就是不治之症，还是因为医生们找不到病源而不能对症下药，不仅无人恢复健康，而且实际上几乎所有患者都在上述症状出现后的三天内死去，有的死得早点儿，有的死得晚点儿，大多数人没有发烧或其他任何症状。

这种瘟疫就像任何干燥或沾有油脂的东西一旦靠近火就会燃烧起来一样，随着它通过人们正常交往从患者传染到健康人身上，变得更加厉害。这场灾难远不止于此：不仅与病人接近使健康人染上瘟疫，而且与病人谈话、与病人亲热都导致大量死亡——他们只要触碰到病人的衣服，或任何其他被病人接触过或用过的东西，就能明显地感染上瘟疫。我这就给您讲一件事，它会使您感到更加惊讶：这种瘟疫如果不是许多人目睹，不是我亲眼所见，即使是最可信赖的权威人士告诉我，我也不敢相信，更不用说把它记录下来。瘟疫的传染力很强，它不仅从一个人传染到另一个人，而且有多种传染渠道，如果一个动物而不是一个人碰到一个属于身患瘟疫或死于瘟疫的人的物件，这个动物就不仅是感染上了瘟疫，而且是马上倒地而死。我刚才提到，尤其是我有一天亲眼见到这样一件事：一个乞丐死于瘟疫，他的破衣服被扔到了大街上，碰巧被两头猪见到了；它们习惯地用鼻子拱，然后用爪子抓，叼着衣服摇头晃脑；没过多久，这两头猪就倒地抽搐起来，好像是吞了毒药，然后就死在刚才它们叼着的破衣服上了。

这种事儿和许多其他类似的事情使幸存者们产生各种恐惧和猜疑，这些恐惧和猜疑导致了一个相同的而且是非常不近情理的解决办法，那就是：远离瘟疫受害者，也远离他们所有的杂物用品，希望这样就能保护好他们自己的皮肤免受传染。有些人赞同这样的观点：如果他们遵循有节制的生活方式，避免过度，他们就一定能阻止这种流行病迫近。于是，他们自愿结伴，住进没有瘟疫受害者的孤宅独院里的小房间；他们在这里过着快乐的生活，吃着最可口的食品，喝着最香甜的美酒——所有的人都最严格地节制饮食——避免狂饮暴食；他们不与外界的人说话，或不从外界搜集有关死亡或瘟疫受害者的任何消息——他们宁愿自得其乐地听听音乐或随便找点儿其他类似的乐趣。其他人则认为与此相反的观点更为诱人：对付这种疾病最有效的治疗就是吃个够、喝个够，玩得痛快，狂舞欢歌，纵情享乐——对正在发生的一切不屑一顾，这就是他们竭力遵循的生活主旨和惯例；他们日以继夜地在一家又一家酒馆里纵情狂饮，一听到某个人家里有乐趣，就闯进去欢闹。这样做非常容易，人人放纵自己，挥霍无度，仿佛没有明天了。所以，大多数人家对所有来客开放，过往的行人就像那家的主人一样随便出入。他们虽然行为粗野、放荡，但仍然小心翼翼地避免与病人接触。

当时，由于我们的城市处于如此悲惨的状态中，地方法官们也像普通人一样，有的死于瘟疫，有的卧病在床，无人能够履行自己的职责。因此，圣纪法规荡然无存，市民们可以为所欲为。除了上述两种人外，还有不少人采取折中态度：他们既不追随第一种人清心寡欲、节制饮食，也不像第二种人那样饕餮无度，放荡不羁。他们吃饱、喝够，但不过度；他们并不与世隔绝，而是经常出去走走，手里拿着鲜花、香草或随身带的各种香料，不时地放在鼻子下面闻闻，相信这些香味会为大脑（健康的别墅）创造奇迹，因为空气中充满了尸体的恶臭，散发着病人和药物的臭味。其他人则采取非常残忍的态度，毫无疑问他们做了最安全的选择：他们认为，任何治疗都不如远离瘟疫患者。在这样的前提下，许多男女抛弃自己的城市、自己的家宅和邻里、自己的家人和财产，除了自己身上的皮肤什么都不要了，躲到别人家里或自己在乡村的庄园里，好像以降瘟疫来惩罚人类罪恶的天主的愤怒，永远不会越出城墙，到达他们所在之处；好像天主只想折磨留在城里的注定要死的人，好像他们的末日已经来临。

坚持上述各种主张的人即使没有个个死去，但也不是人人幸存；

在每一个群体中，都有许多人染上瘟疫，他们眼睁睁地看着那些依然健康的人效仿他们过去健康时树立的榜样：不照顾他们这些患病的人，而是弃他们而去，留下他们痛苦地等死。市民之间互相回避，邻里之间互不关心，亲戚之间很少往来，甚至离得远远的干脆不往来——但还不仅如此：男男女女都同样被这场瘟疫弄得人心惶惶，各自为了活命，哥哥遗弃自己的弟弟，叔叔抛弃侄子，妹妹不管哥哥，也经常有妻子丢下丈夫。更令人难以置信的是，父母亲竟然不探望、不照料自己的孩子，他们甚至否认那染病的孩子是自己的。因此，那些不计其数的患病者无可依赖，偶尔得到极少数朋友的施舍或贪婪仆人的看护，就是这样的仆人也是很少的。他们被以极丰厚的报酬招来，但都是些粗鲁无知的男男女女，多半完全未受过培训，他们的护理最多就是病人要什么东西给递一下或只是看着病人死去。经常有仆人在护理病人期间，失去了性命，白白挣了那么多钱。病人被邻居、家人和朋友遗弃、又很难雇到仆人照顾，导致了这里一种前所未闻的风气：当一个女人病倒时，她可能是女士中最纯洁、最漂亮、最文雅的，但她不再顾虑由男人、任何男人照顾，也不介意他是老是少，只要病情需要，就毫不在乎地把自己身体的各个部分袒露给他看，像她习惯地在另一女性面前那样解开衣裙。可想而知，这将导致那些女人病愈后品行就不那么端正了。许多人死去了，如果他们得到治疗或照顾，本可以恢复健康的。随着瘟疫继续肆虐，由于缺乏病人所需要的但不能得到的护理，城里每天每夜都有大批的人死亡，那数字听起来就非常可怕，更不用说目睹了。因此，那些有幸还活着的人实际上是被迫完全不按传统的佛罗伦萨生活方式行事了。

过去的习俗——我们现在仍可见到——是这样的，某一家死了人时，女亲友和女邻居们聚集在死者家中，与死者的至近、至亲的人一起哀悼他；那家的男人则和死者的男亲属、男邻居，以及前来吊唁的男市民们聚集在门外；这时，适合死者社会地位的教士也来吊唁；然后，死者的朋友们抬着棺材，后边跟着手持蜡烛、唱着挽歌的送葬队伍，把死者送到他生前选好的教堂。由于瘟疫的蹂躏越来越残忍，大多数习俗，就算不是全部，都被废除了，反被一种前所未闻的新风气所代替：不仅许多病人死时没有护理的女人陪伴，更多的人断气时连一个见证人都没有。能有亲人为其逝世而悲伤洒泪的死者几乎没有了：亲人们不再哀悼他们，新的秩序提倡人们聚在一起，相互戏谑，寻欢作乐。为了保证自己能幸免于瘟疫，妇女们大都压抑她们生来具有的同情心，反而都精通于这种新的轻薄无聊的时尚。有十多个邻居陪送死者尸体去教堂，已经是很罕见的了。尸体也不是落在那些重要的、杰出的人士肩上了：有一帮专职在葬礼中抬棺材的人，他们是出身最低贱的老百姓，喜欢称自己为殡仪员，完成任务后得到现金酬报。他们抬着棺材，步履匆忙，不是奔向死者生前指定的教堂，而是走去最近的教堂，经常如此。棺材前面走着五六个教士，手持一支蜡烛——有时一支都不拿。教士们吩咐抬棺材的人把尸体扔进距离最近的、可用的、还有余地的墓穴，也不再费事去做冗长、隆重的安灵弥撒。如果您细查下层人民，甚至大部分中产阶级的人死了以后如何处置，您会发现他们的情形更加悲惨：绝大多数人死了以后被留在家里，不知是因为心存侥幸还是因为家境赤贫，日复一日，结果造成邻里数以千计的人染上瘟疫；因为他们根本得不到任何护理，花钱的或不花钱的，实际上患病后就无可救治了。许多人或在白天或在夜里死在大街上，更有许多人死在家里，直到他们的尸体腐烂发臭，邻居们才发现他们死了；城里到处都有这两种死去的人和其他死在城内其他各处的人。

邻居们对死尸感染的惧怕超过对死者的恻隐之心，因此他们都采取同样的做法：如果他们能找到抬棺材的人，就请抬棺材的人帮助，否则就自己动手，把尸体拖到大街上，放在门外；只要有人出门上街，特别是在早上，他们就会看到许多尸体。然后，他们就会派人去找棺材（如果找不到棺材，就用木板代替）；在很多情况下，一个棺材里装着二三具尸体——常有这种情况，夫妻、父子，或二三个兄弟等被装殓在一起。也经常有这种情况，两个神甫举着一个十字架，引领着一伙抬棺材的人往墓地走，一会儿就发现他们身后跟上来三四伙抬棺材的人，结果原以为去安葬一位死者的神甫，发现他们不得不安葬六个甚至更多的死者。这种葬礼没有眼泪、没有炫耀、没有蜡烛、没有任何陪伴：那时事情已经到了这样的程度——一个垂死的人所得到的照顾还没有今天一头山羊得到的多。显而易见，如果在正常情况下偶尔发生的小灾难，不足以教给智者忍耐，那么这场大规模的流行病则使头脑最简单的人也在某种程度上学会了对这一切泰然处之。因为各个教堂都没有足够的坟地来安葬每天、每一时刻被大批运来的尸体，根本不可能再按古老习俗给每一死者安排一个他自己享用的墓穴，于是，在坟地里挖了一些巨大的深坑，把运来的尸体成百地葬进这些大坑里；这些尸体就像船舱里堆积的货物那样，被分层摆放，每一层尸体上面撒上一层薄薄的泥土，直到把整个大坑装满。

在我更详细地讲述我们这座城市在那些日子里所经受的苦难之前，我只想补充一句，如果说城里的市民们遭受了瘟疫毁灭性的袭击，城外的村民们也未能幸免于这场浩劫。颇像城市的只是规模小点儿的集镇就不用说了，在偏僻的村庄里和村外的田野里，可怜的身无分文的农民及其家人，就像牲畜那样死去；他们没有医生救治，没有家人护理，随时离开人世，有的人死在家里，有的人死在路上，还有的人死在庄稼地里。结果，他们也像市民们一样，变得无责任心了，既不关心农活也不关心财产；他们的确不再顾及牲畜的死活、田园的兴衰和他们的早期劳动能否得到收获，只是拼命地把一切挥霍掉，好像他们仅仅在等待着他们能看见自己死去的那一天。因此，牛、驴、羊、猪、鸡，甚至忠诚的狗，都被迫离开栏圈，在田野里乱跑，成熟的庄稼留在地里，无人收割。许多牲畜的行为就像有理性的人，白天在田野里吃个够，黄昏时，虽然没有牧人驱赶，也会带着吃饱的肚子自动地回到它们的栏圈过夜。

让我们把话题从乡村再转回到城里吧。由于天主的盛怒，无疑在某种程度上也由于人们的残忍，从三月到七月，佛罗伦萨城里死了十万多人：一部分是瘟疫横行的结果，一部分是幸存者们惧怕传染而不照顾病人所造成的，还有什么比这更令人震惊的呢？在瘟疫袭来之前，谁会想到城里竟会有这么多居民呢？唉，想一想所有那些昔日达官贵妇出入如云的宏伟的宫殿、漂亮的宅邸、华丽的大厦吧，如今丧失了男女主人，全被抛弃，甚至连一个最卑贱的仆人都见不到了！想象一下，所有那些名门望族的姓氏、那些巨大的庄园和惊人的财富，都没有了合法继承人，这是多么的悲惨啊！多少英俊的男子，多少漂亮的女人，多少欢快的年轻人——甚至像加伦、希波克拉底和阿斯克勒庇俄斯① 一样著名的医生——都宣称他们是最健康的人，早晨还与家人和朋友们坐在一起吃早点，可是晚上他们却发现自己在另一个世界里与祖先们一起进餐！

讲述这些令人悲伤的事情使我自己也很难过，所以我打算把那些适于忘记的事情扔在一边。根据可靠人士讲，这时佛罗伦萨城已陷入如此困境，实际上已被人们遗弃了。一个星期二的早晨，七位年轻小姐集合在神圣的圣玛利亚·诺维拉② 教堂里。她们实际上是城里仅有的能出席聆听每日祷告的人，身着与那年头儿相配的丧服。她们相互之间的关系或是亲戚，或是朋友，或是邻居，最年长的不过二十八岁，最年轻的也有十八岁。她们个个出身高贵，容貌美丽，仪态文雅，聪明伶俐，天真可爱。我本应说出她们的真实姓名，但我有正当的理由不这样做，因为我要转述她们所说的，所听到的，我不想让她们中任何人在将来某一天为书中的叙述而感到尴尬。因为在当

①加伦、希波克拉底和阿斯克勒庇俄斯：前两位是中世纪古希腊医生，以精湛医术而闻名，第三位是希腊神话中主管医药的神。

②圣玛利亚·诺维拉：佛罗伦萨的主要教堂，当时以其布道者而闻名。

时，（由于上面提到的原因）不仅她们这样的年轻姑娘，就连年长些的女人都很放荡，而如今严肃的生活风气又盛行起来。此外，我不想给那些喜欢中伤别人、甚至对最纯洁无瑕的生活作风也要百般挑剔的人以任何口实，来用诽谤性的语言诋毁这几位有良好教养的小姐的品行。因此，为了记录下来她们每个人所讲的故事又不引起她们的尴尬，我给她们每一位都另外起了一个或多或少反映她个人性格特征的名字：我们叫第一位也是最年长的一位潘比妮亚，第二位菲亚美塔，第三位菲罗美娜，第四位艾米莉亚，第五位劳蕾塔，第六位内菲勒，我将正当有理地叫最后一位爱丽莎①。

这几位小姐并非事先约定，而是纯属偶然地集合在这座教堂里的一个角落。她们拉过来椅子围成一圈，长吁短叹地发泄一番之后，不再祷告，开始从各个角度讨论起人生来。过了一会儿，大家安静下来，潘比妮亚清楚而响亮地说："你们和我都可能多次听人说过，一个人理智地做事是没有过错的。既然我们出生到这个世界上，对我们来说只有尽一切所能保护和促进生命才是明智的。实际上这是被允许的，有时人们为了保全自己的生命，偶尔杀人也被视为无罪。既然维护公共福利的法律允许这种行为，那我们就和所有其他人一样，都有权利采取一些对他人无害的手段，确保自己的生存。我越是深思今天早晨和以往每天早晨我们的行为，以及我们正在进行的对人

①潘比妮亚……爱丽莎：潘比妮亚的意思是"快速生长"或"充满生气"；菲亚美塔的意思是"小情人"；菲罗美娜的意思是"女歌唱家"；艾米莉亚的意思是"拍马屁的人"；劳蕾塔的意思是"小月桂树"；内菲勒的意思是"新情人"；爱丽莎的意思是"热恋""热爱"，是希腊神话中迦太基女王迪多娜的别名。迪多娜收留了从特洛伊逃出来的埃涅阿斯，二人相爱，后被埃涅阿斯抛弃。本书第六天结束时，爱丽莎唱的歌曲描述了自己不幸的爱情，如同迪多娜的爱情，所以这里说"正当有理地叫最后一位爱丽莎"。

生的讨论，我就越发意识到，我们每个人都在为自己的安全焦虑不安——你们也一定意识到了这一点。这并不奇怪。但真正令我惊奇的是，虽然我们都有女人的感受，可竟然没有一个人采取任何措施防止我们有充分理由惧怕的事情发生。我认为，我们留在这儿，好像我们有责任来证明运来埋葬的尸体有多少，或听一听以便确认那所剩无几的几个教士是否在合适的时刻为死者举行葬礼，或以这身丧服向我们见到的每一个人显示我们所遭遇到的各种深深的痛苦。如果我们走出教堂，会看到什么？到处都是抬着的尸体和病人；或是那些因犯罪被依法判处流放的人，他们现在看到代表法律的人不是病倒就是死去，于是就轻蔑地对待法律，厚颜无耻地在城里乱窜。我们还看到，那些臭名昭著的社会渣滓自称为殡仪员，他们异常活跃，骑着马在城里四处走动，散发出血腥的气味，哼唱着庸俗下流的歌曲嘲笑我们的不幸。我们经常听到的总是："某某死了"或"某某要断气了"；如果人死了还有人为他哭泣，那我们就会听到全城一片哀声。我不知道你们回家时会是怎样的情形，我回家只能见到家里的人都死了，只剩下我和女仆两人——而我们曾经是那么一大家人啊。那情景非常可怕，令我毛骨悚然——我能感觉到——因为无论我在房子里走到哪儿，脚步停在哪儿，我总在幻觉中见到那些死者的鬼魂，他们看上去不是我熟悉的模样，变得十分可怕，天主知道这是为什么。所以，不论我是待在这儿，还是待在教堂外面，还是待在家里，我都感觉心神不宁；更可怕的是，像我们一样还有一点儿钱和有去处的人，都躲出去了，好像只有我们这几个人留了下来。至于其他可能留在这里的人，我经常听说并亲眼见过他们，或单独一人，或成群结伙，日以继夜，肆无忌惮地寻欢作乐。不仅那些世俗的人如此，甚至那些受修道院制度约束的修士们也认为，别人可以做的事，他们也同样可以做；于是他们违背誓言和教规，去追求肉体的快乐，似乎这是一种逃命的方式：他们变得无精打采，荒淫无度。如果情况就是这样，而且分明就是这样，我们还待在这儿干什么？期待什么？指望什么？到了关照我们自己健康的时刻了，是什么使我们比其他市民更为迟缓、更为漫不经心？难道我们不珍惜自己的生命吗？难道我们以为我们的肉体和灵魂要比其他人结合得更加牢固，因此不必担心会有灾难降临到我们头上吗？如果我们真的这样以为，那我们就大错特错了，这是一个多么荒唐的信念！只要我们认真地想一想有多少青年男女死于这场瘟疫，我们就会认识到这一点的。

“不知你们是否与我看法一致，如果只是因为我们过于苟安，过于懒散，而不去照顾自己，最痛苦的事情降临到我们头上怎么办？依我的意见，鉴于我们目前的处境，我们最好也像其他人一样，离开这个城市，住到我们的乡间别墅里——我们每个人在乡间都有好几座别墅。我们要像逃避残忍的死神那样避开其他人过的那种堕落的生活，在乡间过一种有道德的生活，尽情地享受快乐，但绝不过分。在那里，我们能听见小鸟歌唱，看着小山和平原变绿；那里有麦浪起伏的田野，各种各样的树木，还有美丽辽阔的天空。上天可能在怒视着我们，但它仍然在我们眼前展现出它那永恒的美丽——那要比我们在这座城里凝视那些空空的房屋美丽得多！那儿的空气新鲜多了，这年头人们的生活必需品那儿也是应有尽有，没有很多要克服的困难。当然，乡下的农民也像城里人一样染上瘟疫，一个个死去；但毕竟那里的房屋和居民都比城里少，其情景远没有城里那样悲惨。此外，如果我没弄错，我们不是要抛弃任何人；其实是我们被别人抛弃了——我们的家人不是死去了，就是自己逃命了，扔下我们孤独地忍受痛苦，就好像我们不是他们的亲人。所以，如果大家按我建议的去做，没有人会谴责我们；如果不，其结果只能是痛苦，甚至死亡。所以，如果你们同意，我们最好带着女仆去乡下，找人把我们的生活必需品随后送去——今天待在这家别墅，明天住在那家别墅，快乐地享受这年头儿所能提供给我们的最大快乐。让我们就这样生活下去，直到我们能看到天主结束这场瘟疫的那一天——除非死神先赶来把我们抓走。请记住，如果我们去乡下过有道德的生活，我们绝不会像留在城里生活放荡的女人们那样感到羞耻。”

其他小姐们听完潘比妮亚的议论，不仅赞成而且迫不及待地要马上采纳她的建议，并立刻开始讨论起实施这个建议的办法来，仿佛她们一旦从座位上站起来就要上路似的。但十分精明的菲罗美娜这时说：“潘比妮亚说得很有道理，但不要像你们这样仓促行动。请记住，我们都是女人，而且我们也都年纪不小了，不至于不明白女人自己是不知道明智从事的，因此需要男人来指导。看一看吧，我们是多么的无定见，多么的倔强、多疑、胆怯、无决断！因此，我不禁担心，如果我们没有男人领导，只按自己的想法行事，我们将会很快各奔东西，更重要的是，大家脸上都不光彩。难道我们不应该在动身前先把这个问题解决好吗？”

爱丽莎也说：“的确，男人是女人的首领，如果没有男人做主，我们女人做事很少有圆满的时候。可是，我们去哪儿能找到男人呢？我们都知道，大多数男人都死了，那些还活着的也像我们现在这样，已经各自结伴逃命了。我们怎么会知道他们去了哪里？随便找几个陌生男人吧，那根本就不妥当。因此，如果我们真想关心自己，我们就得设法这样安排我们的生活：既能享受到快乐和安宁，又不招来诽谤或烦恼。”

正当年轻小姐们你一言我一语地讨论着的时候，恰巧有三位男青年走进了教堂，其中最年轻的也有二十五岁了。他们正处于恋爱期间，眼前的灾难、亲友的丧失、对自己健康的担心，总之，什么都不能阻止他们对爱情的追求，更不用说熄灭他们的爱情火焰。第一位名叫潘菲洛，第二位名叫菲洛斯特拉托，最后一位名叫迪奥内奥①，个个都是仪表堂堂的年轻绅士。他们是来寻找亲人的，因

①潘菲洛……迪奥内奥：潘菲洛的意思是“所有的人都爱”或“爱所有的人”；菲洛斯特拉托的意思是“被爱神征服了的”；迪奥内奥的意思是“狂恋的”。

为在这灾难的年头，能与亲人在一起就是最大的安慰。碰巧的是，他们的情人就在我们提到的这七位小姐之中，而其余四位小姐也与他们有亲戚关系。

他们与小姐们几乎是在同一时刻相互看到对方，潘比妮亚微笑着说："瞧，在我们冒险行动的一开始，好运气就来了！命运之神给我们派来了三位英俊聪明的青年：如果我们愿意雇佣他们，他们一定会非常高兴地当我们的首领和仆人。"

内菲勒听了这话，羞得满脸通红，因为这三位青年中有一位正向她求婚，她说："看在天主的面上，潘比妮亚，想一想你在说些什么呀！我愿意承认，他们都是品行端正、无可挑剔的青年。我相信，他们完全胜任这个任务，而且胜任比这更重要的任务。当然，别说请他们陪伴我们，实际上就是让他们陪伴比我们更漂亮、更迷人的小姐，他们也是最优秀、最令人满意的。但大家都知道，他们正与我们中间的几个人相爱。我担心，如果我们带他们一起走，即使男女双方都没有什么过错，可能也会招来指责和诽谤。"

菲罗美娜接着说："胡说！只要我行为端正，问心无愧，我就不在乎别人说什么——天主和真理会为我抵制流言的。但愿他们乐意跟我们一起走！正如潘比妮亚所说：好运气在陪伴我们上路。"

她的这番话说出了姑娘们的心声，她们纷纷表态赞成把那三位青年叫过来，把她们已拟定好的计划告诉他们，邀请他们为伴，参加她们去乡下的远征。于是，与三位青年之一有亲戚关系的潘比妮亚二话不说，站起身来，向正站在那里观望的三位青年走去。潘比妮亚向他们愉快地打过招呼，把小姐们的打算告诉他们，代表全体小姐问他们是否愿意以纯洁的兄弟情谊陪伴她们。起初那三位青年以为小姐们在拿他们取笑，但他们见潘比妮亚说得那么郑重其事，就回答说他们非常高兴听候小姐们吩咐。他们立即开始工作，在离开教堂前就安排了出发前要做的一切准备。第二天（即星期三）早晨破晓时分，一切必要的准备都已就绪，小姐们已事先派人通知那三位青年她们打算去的地方，于是她们带着自己的女仆，那三位青年带着三个男仆，一起出发了。他们走了不到二英里，就到了他们打算逗留的地方。

这地方与每一条大路都有一定距离，位于一座山冈上；周围是杂色的灌木和青翠的树林，景色赏心悦目。山顶上坐落着一处宅第，围绕一个漂亮宽敞的庭院而建；宅第由过廊、客厅和卧室组成，每间卧室都用漂亮的绘画装饰得非常高雅。房子的周围是美丽的花园和草坪，有几眼清凉的泉水和几个藏满珍贵美酒的酒窖——这酒并非是真给节制饮食和自尊自重的小姐们准备的，实际上是留给善于饮酒的男士们品尝的。他们来到之后，看到整个宅第已打扫得干干净净，床铺已铺得整整齐齐，到处摆放着这个季节盛开的鲜花，地板上点缀着灯芯草，感到非常高兴。

他们立刻坐了下来，就听年轻男士中最有吸引力的、颇有才智的迪奥内奥说："各位小姐，是你们的智慧而不是我们的远见，把大家带到这里来了。我不知道你们打算怎样消除忧虑，至于我的忧虑，刚才与你们一起动身的时候，我已把它扔在城门口了。所以，你们必须乐意跟我一起唱啊，笑啊，狂欢一场——没有任何偏见，当然不失你们的端庄——否则，你们就必须放我回到那苦难的城里，再继续忍受我的悲伤。"

潘比妮亚似乎也已经把她的忧虑都消除了，愉快地回答说："迪奥内奥，你说得对极了：让我们快乐起来吧，我们的全部目的就是把所有的痛苦都抛在身后。但是，任何持久的事物都必须有个制度，我是首先发起讨论的人，我们这一伙人正是来源于那场讨论——依我看，如果我们想要使快乐长久，我们就得推举我们当中一个人为首领，把他作为我们的统治者来尊敬和服从；那个人要全心全意地想方设法保证让我们过得快乐。为了保证我们每个人都体验到执政的责任与特权，我建议把这份负担与荣誉每天轮流授给一个人，我权衡一下，认为这样做不会引起嫉妒。第一天的首领由我们大家推选，以后的首领由当天行使统治权的小姐或先生在每天晚上六点钟指定。统治者将决定他或她执政的持续时间，并确定我们消磨时间的方式和地点。”

潘比妮亚的这番话赢得了大家的赞赏，他们一致选举她做第一天的女王；然后，菲罗美娜迅速向一个月桂树丛跑去，摘下几根小树枝，用这些树枝编成一个象征胜利和荣誉的美丽桂冠，因为她听人说，桂树叶代表荣誉，又将尊贵授予了有资格戴上桂冠的人。于是，她将桂冠戴在潘比妮亚头上。在他们结伴期间，这顶桂冠一直是庄严的最高权力的象征。

被推举为女王的潘比妮亚，吩咐把三位青年带来的三个男仆和小姐们带来的四个女仆也叫来，命令大家安静下来，然后她说了下面这番话：“为了保证我们的生活能井井有条、非常愉快地进行，以后还要不断改进，以避免招致任何诽谤的玷污，保证我们这种生活继续下去，想持续多久就持续多久，我作为第一任首领，先为你们所有人做个榜样。我开始行使我的职权，委任迪奥内奥的男仆帕尔梅诺做我的总管，负责管理住宅的全部事务，监督餐厅工作。潘菲洛的男仆西里斯科担任我们的伙食管理员和财务管理员，他听候帕尔梅诺的支配。当这两个仆人正在履行自己的职责而不能侍候他们的主人时，丁达罗就在菲洛斯特拉托和另两位先生的房间侍候。我的女仆米西娅和菲罗美娜的女仆莉齐斯卡在厨房里工作，认真做好帕尔梅诺要求她们做的每一道菜。劳雷塔的女仆吉美拉和菲亚美塔的女仆斯特拉蒂莉亚负责整理各位小姐的房间，并把我们聚会的那些房间打扫干净。此外，我希望并命令你们，如果你们很想得到我们的欢心，请记住——不论你们去哪儿、从哪儿回来，不论你们看到了什么、听到了什么——只把外边那些令人愉快的消息带回给我们。”

潘比妮亚的这些命令立刻得到大家的一致赞成。她站起身，亲切地说：“我们这里有花园、草坪和其他非常迷人的处所。现在大家可以随意走走，自娱自乐，九点钟声敲响时回来，我们趁天气凉爽时吃早饭。”

这伙快乐的青年男女听他们的新女王一声令下，立刻四散开来，在一个花园里漫步闲逛，讨论着愉快的话题，用各种树叶为自己制作漂亮的花冠，唱着爱情歌曲，快乐地度过女王限定的这段时间。然后，他们回到屋子里，看到帕尔梅诺已开始勤奋地履行自己的职责；大家进入一个餐厅，发现餐桌上已铺好了雪白的亚麻台布，玻璃酒杯闪着银光，整个餐桌点缀着金雀花的嫩枝。他们按女王的命令，先洗了手，然后按帕尔梅诺指定的位子就座。三个仆人为他们端上来最精美的菜肴，斟上最香甜的葡萄酒，谨慎周到地伺候他们的主人。一切都安排得非常漂亮、细致，使大家兴高采烈，一边饮酒吃饭，一边谈笑风生。因为这些青年男女都会跳舞，其中有几位还是优秀的歌手和乐师，所以吃过早饭后，女王吩咐把乐器拿来；迪奥内奥遵照女王吩咐，拿来一把琵琶，菲亚美塔拿来一把提琴，两人合奏起一支优美的舞曲。女王吩咐仆人们去吃饭，她和姐妹们缓缓起步与两位青年跳起圆舞曲。舞毕，他们又唱起美妙欢乐的歌曲。就这样，他们一直尽情玩到女王认为应该午睡的时刻；女王吩咐小姐们散去，男士们也回到自己的房间，他们的卧室与女士们的卧室是隔开的。男士们发现卧室里的床已整洁地铺好，并像餐厅里一样摆满了鲜花；小姐们的卧室也是一样，大家解衣入睡。

下午三点钟声敲过不久，女王首先起床，并吩咐仆人唤醒其他几位小姐和男士，说白天睡得太多对健康无益。他们走出房间，来到一块阳光照射不到的繁茂的绿草坪上，感到微风轻拂。女王先让大家围成一圈儿，坐在草坪上，然后对大家说：“你们看，烈日高照，热气袭人；唯一能听到的声音就是橄榄树上蟋蟀的阵阵鸣叫。这时去别的任何地方玩儿都是愚蠢的。这儿既秀丽又凉爽，你们看，那边的棋桌已经摆上了几副象棋，你们可以根据自己的爱好自娱自乐。但是如果下棋，有输有赢，有一方必定感到沮丧，这对于赢的一方和旁观者来说都不是太大的乐趣；所以，我建议，我们不下棋，而是以讲故事来度过这酷热的下午。这样一个人讲故事，能使大家都得到快乐。等每个人都讲完一个故事，太阳就落山了，热气也就退了，那时我们喜欢去哪儿玩儿就去哪儿玩儿。如果大家同意我的建议，我们就这样做——我非常乐意满足大家的愿望。如果大家不走出房间，喜欢讲故事，那我们各自随心所欲，爱去哪儿就去哪儿，都在六点钟回来。”

所有的男士和小姐都赞成讲故事。

“好吧，”女王说，“如果你们都同意，在这第一天，我允许大家自由选题，喜欢讲什么就讲什么吧。”

她向坐在她右边的潘菲洛转过身去，亲切地请他用他的故事开个头儿。听到女王的命令，潘菲洛立刻向聚精会神的听众讲述了下面这个故事。

故事 1

一生无恶不作的契帕雷洛·达·普拉托，用虚假的临终忏悔欺骗神甫，死后被尊为“圣恰培莱托”。

我们做任何事情都应该以创造万物的神圣的天主的名义开始，这才是正确的、恰当的。所以，亲爱的小姐们，既然女王安排我为我们的故事会开个头儿，我就打算以天主的奇迹之一开始：听这个故事将使我们更加坚定对天主的信心，永不改变，我们将永远赞美他的名字。

世俗的东西都注定是短暂的、必将消逝的，因此很清楚，它们都是完全令人难以忍受的、令人厌烦的、使人道德败坏的，而且容易遭遇各种危险。既然我们被束缚在这样的人世之间，不，我们是被沉浸于其间，我们如何能忍受这种状况？或者，如果我们没有天主特别赐给的智慧与力量，我们会得到何种保护？我们不要以为是由于我们自己的功德，天主的恩典才赐予我们并留给我们；它来自于天主固有的仁慈和与我们凡人一样的圣徒的祈祷，他们活着的时候，完全服从天主的意志，所以现在与天主一起在天国共享永恒的幸福；由于我们不敢直接向最高审判者请愿，我们只好把自己对切身需求之物的祈祷告诉那些圣徒，请他们转告天主，圣徒以其自身的经验深知我们的弱点。天主对我们的仁慈是慷慨的。我们有时因肉眼凡胎不能识破天意的奥秘，可能被错误的先入之见误导，并在天主面前错把被天主逐出天庭、永远流放的人当作我们的代祷者，但洞察一切的天主仍然会考虑请愿者的真心诚意，原谅他的无知，或不计较代祷者是被放逐者，并将满足祈祷者的请求，好像其代祷者就是天庭里的有福人之一。在这种情况下，天主的仁慈就显得更加广大。这一点你们将在我的故事里看得清清楚楚——这个故事将表明，当人们相信自己的判断而不是天主的智慧时，会发生什么事情。

听说法国一个名叫穆夏托·弗兰泽西的大商人，有巨额财富，被封为骑士。法国国王的弟弟查尔斯·圣斯特雷①，奉教皇卜尼法斯八世②的命令，要到托斯卡纳去，邀请穆夏托一同前往。这位商人虽然一再受到邀请，但他很清楚，他的商务异常混乱（商人们的事务通常如此），把这些事物料理妥当还需要花很多时间和付出很大努力，一时脱不开身。所以，他决定把这些事务托付给很多人去办，他把方方面面都安排妥当，只有一件事他还犹豫不决：他不知道该委

①查尔斯·圣斯特雷：瓦洛伊斯的查尔斯，法国国王菲利普四世（在位期间1268—1314年）的弟弟。

②卜尼法斯八世：1294—1330年间教皇，他与法国君主政体的关系经常很别扭。

派谁去收取他放给许多勃艮第人的贷款。他听说勃艮第人全都是些狡猾的好打官司的恶棍，喜欢恶作剧，因此他犹豫不决，一时想不出可信赖的、狡诈得足以战胜勃艮第人的人选。他想了很久，终于想起一个名叫契帕雷洛的普拉托人，这个人以前经常在他巴黎的寓所里进进出出。契帕雷洛身材矮小，总是衣冠楚楚。法国人不知道“契帕雷洛”这个词在意大利语中的意思(“树桩”)——见他总是衣着入时，以为“契帕雷洛”与“卡培洛”有点关系，“卡培洛”是法国人给一种帽子起的名字——又见他身材矮小,就都称呼他“恰培莱托”。于是，大家都认识他是恰培莱托，而只有少数几个人叫他契帕雷洛。

这位恰培莱托何许人也？他的职业是个公证人，尽管他给出的文书很少，但一旦某一份文书被人发现不是伪证，那对他来说就是一个最大的耻辱：他从不拒绝提供伪证的请求，他免费给人出伪证，要比他给人出真证爽快得多，尽管出真证能得到一大笔酬金。不论别人是否要求他作伪证，他都一律作伪证，从中得到一种特殊的乐趣。尽管那时法国人最重视誓言，但当他被请到法庭在讲真话的誓言下为人辩护时，他的不诚实却使他在许多诉讼中获胜，因为他根本不想当一个有信用的人。真正使他高兴的、他真正喜欢干的事儿就是在朋友之间、亲戚之间和不相干的人之间制造不和、挑起敌对、搬弄是非；由此而产生的痛苦越大，他就越高兴。如果请他杀人或干其他任何类似的罪恶勾当，他绝不说个“不”字——他甚至急切地要立刻跟你走;他经常亲自去给某人以致命的袭击。他肆意诅咒、谩骂、亵渎天主——他脾气暴躁，甚至只因为帽子掉了就立刻破口大骂。他从不走进教堂，但总是用最下流的语言嘲弄和诋毁圣礼、圣事；而小酒店和其他放荡的场所却是他经常光顾的地方。他特别喜欢女人，就像狗特别喜欢一顿痛打一样——没有比他更喜爱异性的男人了。他抢劫偷窃，心安理得，就像一个善良的人给施舍物一样。他大吃大喝，有时到出洋相的程度。他玩牌和掷骰子时，专心致志地做手脚骗钱。我还可以继续历数他的邪恶。但这些就足以说明，比他更坏的人尚未出生。正是这个家伙的奸诈巩固了穆夏托·弗兰泽西的财产和地位，穆夏托也好多次凭借财势把他从深受其害的人手里、从他一贯藐视的法律的掌握中救出来。

现在穆夏托想起契帕雷洛这个人来，对他的生活方式了如指掌，认为他完全能对付得了那些狡猾的勃艮第人。因此，穆夏托差人把他叫来，对他说："恰培莱托，你知道，我要离开这里，很长一段时间才能回来。可是我还没有了结与一些勃艮第人的生意，这是一帮狡猾的家伙，我想不出任何比你更合适的人替我去收取债款。因此，既然你眼下无事可做，如果你愿意替我料理此事，我会设法使你得到朝廷的奖赏。我还会从你收取的债款中拨给你应得的一份。"

恰培莱托此时正处于失业状态，手头拮据，见向来是他的庇护人和主要依靠的穆夏托要走了，就毫不犹豫地接受了委托，好像他别无选择："我很高兴替你收取债款。"于是，他们一起审核了债款账目。穆夏托走后，恰培莱托带着委任状和皇家特许证书去了勃艮第。那里的人谁也不认识他。他采取一种完全非他特有的亲切、温和的方式履行使命——催收债款，他似乎把暴躁和邪恶保存起来，准备最后需要时使用。恰培莱托在催收债款期间，寄宿在佛罗伦萨放高利贷的两兄弟家里，由于穆夏托的原因，两兄弟给了他很大帮助，给予他热情款待。他在勃艮第期间生了病，两兄弟立刻请医生和护士照料他，想尽一切办法使他恢复健康。但是他已不可救药，因为他上了年纪，而且以前一直生活放荡，他的病情一天天恶化。医生说，他患的是晚期疾病，没救了，两兄弟为此非常不安。

一天，两兄弟就在病室隔壁商量起他的后事来。"我们该怎么打发他呢？"他们相互问。"瞧，他使我们陷入了多么糟糕的困境啊！他现在病得这么重，如果我们把他赶出家门，那不通情理，肯定不好。事实上，人们都看见了，我们先是收留了他，然后遇上了麻烦，他生了病，我们请医生、护士照料他，给他治病，可是现在他生命垂危了，而且再也不可能做出什么使我们心烦意乱的事儿来，人们又看见我们把他赶出家门，一定会指责我们，说我们精神不正常。更重要的是，像他这样的恶棍是不肯忏悔认罪或接受教堂圣礼的。所以，他将不会得到赦免而死去，教堂也不会收留他的尸体，他将像死狗一样被砰的一声扔进阴沟里。即使他忏悔认罪，但他罪大恶极，结果也将是一样的：没有一个神甫或牧师愿意或能够赦免他，如果得不到赦免，他还是得给扔进阴沟里。如果发生了那样的事情，被那些平时就认为我们放高利贷的行当邪恶、不断责骂我们、经常跑出来抢劫我们的当地人看到，他们就会没完没了地大惊小怪，大喊大叫：'瞧瞧这些意大利守财奴！他们从不进教堂。我们片刻也不能容忍他们啦！'他们会袭击我们的家，掠夺我们的财产——他们很可能会把我们全杀死。如果这个老家伙死了，不论发生哪种情况，对我们都是很不利的呀。"

刚才说过，两兄弟的谈话就是在恰培莱托躺着的病室隔壁进行的，我们经常看到，病人的听觉十分灵敏，恰培莱托完全听到了两兄弟关于他的谈话。他把两兄弟请进来，告诉他们："你们一点儿也不必为我担心，你们也不用害怕因为我而会遭到伤害。你们刚才关于我的谈话，我都听见了，而且我毫不怀疑，如果事情真的会像你们所预测的那样发展，结局肯定会是如你们所说的那样——但是，事情实际上不会那样发展。我一生中干了许多件有损于天主的坏事，如果我临死前再干一件，对他来说也没什么。务必替我请一位慈善、圣洁的神甫来，一位你们所能找到的最慈善、最圣洁的神甫，假如世上有这种神甫的话，然后，一切就都交给我了——我将为你们和我自己把所有事情都安排得非常好，让你们感到满意。"

虽然两兄弟对他的话并不抱什么希望，但还是去了一所男修道院，请求一位圣洁而且博学的神甫去他们家里，接受一位垂死的意大利银行家的忏悔。修道院派去了一位圣洁正直、能把《圣经》漂亮地改编成诗歌吟诵、最受人们尊敬、资格很老的神甫——当地人民都衷心地爱戴他。两兄弟把这位神甫带回家，神甫来到恰培莱托的病房里，坐在他的床边，用亲切的话语安慰他，然后问他自上次忏悔至现在有多久了。

一生从未忏悔过的恰培莱托回答说：“神甫，我通常每星期至少做一次忏悔，经常两次以上。但事实上，自从我一星期前生病以来，因为病得很重，我一直未能做忏悔。”

“孩子，你做得很好，坚持下去！既然你经常做忏悔，我看就不必花更多时间听你忏悔、追问你了。”

“啊！请您别这么说！不论我做过多少次忏悔，每一次忏悔我都想把我所有的罪过全部讲出来，但未能做到；从我出生之日一直到我最近的忏悔，每一个罪过，我都记得清清楚楚。因此，我请求您，好神甫，就把我当作以前从未做过忏悔一样，详细地追问我吧。请不要因为我生病就饶恕了我：我宁愿毁灭我的肉体也不愿冒着失去灵魂的危险纵容它，因为我的灵魂是我的救世主用他珍贵的鲜血赎回来的。”

这些话给圣洁的神甫以莫大的安慰，他认为这是心地善良的证明。他对恰培莱托的忏悔习惯大加赞赏，然后问他是否曾经跟哪个女人犯过通奸罪。

恰培莱托叹了口气，说：“神甫，关于这件事，我不好意思讲真话：我害怕犯自负罪。”

“别担心，尽管跟我说好了：不论在忏悔时还是做其他任何事情时，任何人讲真话都不犯罪。”

“既然您使我对此消除了疑虑，我就告诉您：我是个童男，就像我刚从母亲肚子里出来时那样。”

“啊，愿天主赐福于你！你做得好啊！这使你比我们、比任何受清规戒律约束的人，都更值得天主的赐福，因为你有更多的自由去随心所欲，可你愿意保持清白。”

然后，神父又问他是否因犯暴饮暴食罪而得罪过天主。恰培莱托长叹一声，说他犯过，因为除了虔诚的人们全年遵守的固定的斋戒日外，他还习惯于每星期至少斋戒三天，只吃面包喝清水——他以最恶劣酒鬼的贪婪大口大口地喝水，特别是在做祈祷而筋疲力尽时或在朝圣路上走累了时就这样暴饮。他好多次很想吃妇女们出城下乡时经常做的那种绿色凉拌菜！有时候，他觉得他吃的东西似乎比一个像他那样出于虔诚而斋戒的人应该吃的东西好些，这是不应该的。神甫说："孩子，这些缺点都是人之常情，算不上罪过，你也不必为此让你的良心承受负担。一个人不论如何圣洁，他也会发现，长时间斋戒之后吃东西是一件多么美好的事情，劳累之后喝水也是如此。"

"啊，神甫！您不必用这样的话来安慰我。您和我都明白，凡是侍奉天主的事，都必须以一颗十分纯洁、诚实的心去做。否则，无论谁，都是犯罪。"

神甫非常高兴，说："你这样看，我很高兴；你在这件事上表现出的纯洁善良的心地使我感到快乐。但你现在告诉我：你犯过贪婪罪吗？你是否贪图过不义之财？或者占有过你不该占有的财物？"

恰培莱托回答说："神甫，希望您不要在意我寄宿在高利贷者家里这一事实。我和他们毫无关系，实际上我是来警告他们，惩戒他们，让他们放弃这种牟取暴利的邪恶勾当。事实上，我确信，如果天主没有让我生病，我本可以做到这一点的。让我告诉您，我父亲使我成了一个有钱的人，他去世后我把他留下的大部分遗产都捐给了慈善事业。为了赚钱谋生，为了能够帮助基督的穷苦人，我做点儿小本生意，我的确有获利的目的，但我总是与穷人平等分享我的利润，一半用于我自己的生活需要，把另一半分给穷人。天主使我生意兴隆，越来越旺。"

"很好。但你是不是经常发脾气呢？"

"我坦率地告诉您：很多次。看着人们每天为非作歹，不遵守天主的圣训，不把他的审判放在眼里，谁能忍住性子，不发脾气呢？看着年轻人追求享乐，无所事事，诅咒发誓地走出家门，在酒店里进进出出，却从来不去教堂，偏好世俗生活，不愿走天主指引的道路，我忍无可忍，多次想到去死。”

“孩子，这是一种正义的愤怒，我不要求你为正义的愤怒忏悔。但是，有没有发生过这样的事：愤怒导致你杀人，当面侮辱人，做出非正义的行为？”

“天啊！”恰培莱托回答说，“您是天主的圣徒，怎么也会想起这样的事情来！如果我曾有一丝之念，想干您说的那些罪过的任何一种，天主还会如此偏爱我吗？那是强盗和恶棍们的行径；不论什么时候我见到像他们那种人，我总是对他们说：‘愿天主使你们改邪归正吧。’”

“那么，告诉我，孩子——因此，愿天主赐福于你：你是否做过假证陷害人，是否诋毁过他人，或者强占过别人的财产？”

“我从未做过这种事！”恰培莱托大声地说，“当然，我说过别人的坏话。从前我有个邻居，他经常平白无故地打妻子，因此，我跟她娘家人说了我对他的看法——每次他多喝了酒，他就把他妻子打得惨不忍睹（天主知道），我真为那位可怜的女人难过。”

“很好。你告诉我你过去是个商人。你是否曾经像一般商人那样骗过人呢？”

“说老实话，我骗过。不过，我不知道那吃亏的人是谁，那顾客先赊账买了我的布，然后又来还钱；我当场没数就把钱放进了钱匣里，一个多月以后我才发现钱匣里多了四分钱。为了把钱还给他，我把这四分钱妥善保管，足有一年，可因为我总是见不到他，我就把这四分钱给了慈善团体了。”

“那是件小事，你把那四分钱处置得很妥当。”

这位圣洁的神甫又向他提了许多问题，他都这样一一地作了回答。正当神甫要为他念赦罪文时，恰培莱托说：“我还有一件罪过没有向您忏悔。”

“什么罪过？”神甫问。他说：“我记得一个礼拜六下午，已经三点多了，我还让仆人打扫房间。我本应该尊重圣日，可是没有做到。”

“啊，那没什么。”神甫说。

“请您别说那没什么！圣日是我们的主复活的日子，所以这个日子应备受尊重。”

“你还有别的罪过吗？”

“有。有一次我在教堂里心不在焉地吐了一口痰。”

“孩子，”神甫微笑着说，“别把这事放在心上——我们这些修士天天都在教堂里吐痰。”

“啊，那可是大错特错了！神圣的教堂应该保持得比任何地方都干净，因为那是向天主献祭的地方。”

总之，恰培莱托说了许多诸如此类的事。后来他开始唉声叹气，接着竟然大哭起来——他深谙如何随意打开和关闭哭的闸门。

“孩子，你怎么了？”圣洁的神甫问。

“啊，亲爱的神甫，”恰培莱托回答说，“我还有一件罪过从未忏悔过，我为犯下这一罪过惭愧极了。每当我想起这件罪过，我就痛哭流涕如您看到的这个样子，因为我相信由于这一罪过天主永远不会怜悯我了。”

“别哭，孩子，你说的是什么话呀？即使全人类犯下的或在世界末日前注定要犯下的每一件罪过都是一人所为，只要他像你这样悔过自新，痛改前非，天主的仁慈和怜悯也是无限的；如果他向天主忏悔过，他就一定会得到赦免。所以，你就放心地对我说吧。”

恰培莱托一边哭得泪人儿似的一边说：“唉，亲爱的神甫，我的罪过实在是太大了；如果您不为我祈祷，我无论如何不敢相信我会得到天主的宽恕。”

“说吧，不要害怕——我答应一定为你祈祷。”

虽然神甫不断地激励恰培莱托把罪过讲出来，可他还是不停地哭哭啼啼，不愿意说。他的哭泣着实令神甫焦虑不安，最后他长叹一声，说：“神甫，既然您答应为我祈祷，那我就告诉您吧：我还是个小孩儿的时候曾经骂过我妈妈一次。”说完，他又大哭起来。

“得了，孩子，你把这件事儿看成如此严重的罪过吗？人们整天在咒骂天主，可是一旦他们悔过，天主仍慷慨地饶恕他们。是什么使你以为天主不会原谅你？别哭了，鼓起勇气来。即使你是把耶稣钉上十字架的那伙人之一，在你悔过之后，就像我看到的这样，天主也一定会原谅你的。”

“天哪，神甫，你说的是什么话呀！我亲爱的妈妈十月怀胎生了我，日日夜夜地哺育我，千百次地把我抱在怀里！我骂她，这简直是十恶不赦呀，我罪大恶极！如果您不替我祈祷，天主永远也不会原谅我的。”

当神甫看恰培莱托再也没什么要忏悔的了，就给他念了赦罪文并为他祝福。神甫认为他是十分圣洁的人，完全相信恰培莱托告诉他的都是真事儿——他看着他的忏悔者躺在停尸床上，言辞恳切地说出这些事儿来，怎能不相信呢？

最后，神甫对恰培莱托说：“有天主的帮助，你会很快恢复健康的。但假如天主把你那圣洁而正直的灵魂召唤到他的身边，你愿意把你的尸体埋葬在我们修道院里吗？”

“愿意，”恰培莱托回答说，“我还真不希望被葬在别的地方，因为您答应了要为我祈祷。此外，我一直特别崇敬你们的神职。所以，恳请您回修道院后，派人把你们每天早晨供奉在圣坛上的基督真身送到我这儿来。虽然我不配此光荣，但我的意思是借您的光领受圣餐。然后，我愿意接受神圣的终敷礼，这样，即使我活着的时候是个罪人，死的时候至少是个基督徒。”

那位圣洁的神甫说，恰培莱托的那些话讲得非常好，而且他非常高兴让人立刻把圣餐送来——他说到做到，他回修道院后，果然派人把圣餐给恰培莱托送来了。

那两兄弟强烈地怀疑恰培莱托是在愚弄他们，于是一直悄悄地躲在把病室和毗邻房间分开的隔墙后，偷听他和神甫的谈话。他们很容易地掌握了恰培莱托与神甫的谈话内容。当他们听到恰培莱托所忏悔的事情时，有时感到特别好笑，几乎要笑出声来。两兄弟你一言我一语地说："这是一个多么了不起的人啊！对他来说，老年、疾病、对迫近死亡的恐惧、对天主的惧怕，再过一会儿他就要站到天主的审判座前受审，什么都不能使他改邪归正，或使他趁还活着重新考虑一下死亡。"但是，既然他们已经听说他的葬礼将在教堂里举行，任何事情对他们来说都没什么要紧的了。

此后不久，恰培莱托领了圣餐，由于病情加重，又受了终敷礼。就在他深深忏悔过的当天，晚祷刚过，他断了气。那两兄弟用恰培莱托自己的钱，为他安排了体面的葬礼：他们派人去修道院请神甫来，按习俗守灵，第二天早晨出殡。听恰培莱托忏悔的那位圣洁的神甫，得到他的死讯后，去见院长，并敲钟把全院修士召集到牧师会礼堂里。他对众神甫们说，恰培莱托是一个非常圣洁的人，这是根据他的忏悔所得出的结论。他希望天主为恰培莱托多多显灵，并劝告神甫们以最大的尊敬和虔诚去把他的遗体迎到修道院来。院长和修士们听了他的话，完全相信，并一致同意他的建议。于是，那天晚上他们全体去了停放恰培莱托遗体的地方，为他举行了盛大、庄严的守灵仪式。第二天早晨，修士们都穿着白长袍和斗篷式长袍，手持每日祈祷书，前面有列队行进用的十字架作先导，出发迎接他的遗体。他们以最隆重的仪式、最壮观的场面将他的遗体抬到教堂，后面跟着全城的居民，男男女女，老老少少，都来送葬。

他们把恰培莱托的灵柩抬进教堂后，听他忏悔的那位圣洁的神甫立刻走上布道坛，宣讲恰培莱托这个人和他的一生，列举了一系列关于他斋戒、童贞、清白、圣洁的惊人事迹；还特别描述了恰培莱托怎样痛哭流涕地向他忏悔他的自以为最深重的罪过和他怎样艰难地使他的忏悔者相信天主的宽恕。他转而申斥布道坛下面的听众："看看你们，这些该受天主诅咒的人！"他大声说。"你们动不动就对仁慈的天主、圣母和天上所有圣徒骂不绝口！"他又讲了许多其他有关恰培莱托正直、纯洁的事例。总之，他的话深深地打动了当地人们的心，他们完全相信他的布道，仪式一完，整个人群蜂拥向前，争先恐后地亲吻死者的手和脚，并把他的衣服从尸体上撕扯下来，谁抢到了他的一小块破衣服，谁就欢天喜地，好像成了有福之人。恰培莱托的尸体被决定停放在教堂一天，这样人人都有机会来瞻仰他的遗容。那天晚上，他的遗体被隆重地安葬在一间小教堂的大理石墓里。第二天，人们开始来到这里，点燃蜡烛，崇拜他，向他祈祷许愿，好心好意地、认认真真地在他墓前摆上还愿的蜡像。他圣洁的名声传播如此之广，人们对他的敬仰如此之深，以至于不论遇上什么灾难，人们只向他祈求保佑，而不乞灵于任何其他圣人。他们称他为圣恰培莱托，现在仍使用这个称呼。据说，天主通过他而且继续通过他，向那些虔诚的祈求者显灵。

契帕雷洛·达·普拉托就是这样活着，这样死去，这样变成圣人的。我不想否认他现在正在天主面前享受至福的可能性，因为不论他一生如何邪恶，他仍然可能在临终时痛心悔过，天主宽恕了他并接纳他进了天国。但是，我们没有办法知道他是否真的在天国，而只能根据显而易见的常理来推测。因此，我应该说他现在更可能在地狱里，与魔鬼们在一起，而不是在天国里。如情况果真如此，我们就应该认识到天主对我们的仁慈是多么的广大。甚至在我们选择天主的敌人作为代祷者，把他当成天主的朋友时，天主也不计较我们的错误——只当我们在祈求一个真正的圣人作为获得他神圣恩惠的途径，他只查看我们的信仰是否纯洁，仍然聆听我们的祈祷。那么，为了使我们能够在这场灾难中得到天主的恩惠，保佑我们活下来，安然无恙，幸福地欢聚在一起，让我们在最初集合在一起的地方赞美他的名字吧，在困难的时刻虔诚地向他求救吧，我们完全相信他一定会听到我们的祈祷的。

潘菲洛讲到这里，他的故事就结束了。

故事 2

贾诺托力劝他的犹太人朋友阿布拉姆成为基督徒。当阿布拉姆坚持要先到罗马看一看时，贾诺托就担心他的目的恐怕达不到了。

潘菲洛的故事，有些地方逗得小姐们笑了起来；整个故事赢得大家一致赞赏，人人听得津津有味。故事讲完后，坐在潘菲洛身边的内菲勒奉女王之命，接着讲故事，使目前的欢乐继续下去。内菲勒不仅长得美丽，而且举止文雅，高高兴兴地接受命令，她是这样开始的：

潘菲洛在他的故事中表明，仁慈的天主不计较我们的错误，因为这些错误产生于我们的无知。我打算在我的故事中证明，天主耐心地容忍人们的过失，那同样神圣的仁慈是广大无边的。对那些本应以其言行证明天主仁慈，但反其道而行之的人，天主仍然容忍他们的罪恶，以此不可辩驳地证明了他的宽大为怀是颠扑不破的真理，所以我们必须更坚定地坚持我们的信仰。

我听人讲，从前巴黎有一位可尊敬的大商人，名叫贾诺托·迪·西维尼，为人十分诚实正直，做布匹生意，规模相当大。他有一位好朋友，名叫阿布拉姆，是个非常有钱的犹太人。阿布拉姆跟他一样，也是一位商人，为人处事也很坦诚。贾诺托见朋友为人正直，深深地感到，像他这样诚实善良又聪明能干的人，只因为不信仰基督教死后灵魂就得下地狱，真是太可惜了。于是，他就开始以好友身份力劝阿布拉姆放弃犹太教信仰，改为信仰基督教。他能看到，这是一种正大神圣的正统宗教，而且在继续发扬光大，日益昌盛，而他自己的宗教犹太教（他不可能没注意到），则正在衰落，走向灭亡。那位犹太朋友的回答却是，他认为，唯一神圣正大的宗教就是犹太教；他既然生为犹太教徒，就打算活着就要信奉犹太教，至死也要信奉犹太教；世上任何事物都动摇不了他对犹太教的信仰。阿布拉姆的回答并未能阻止贾诺托几天后又回到这个问题上来，他还是用类似的话语劝他信仰基督教，用商人通常的率直的语言，对朋友说明我们正统的宗教要比犹太人的宗教优越的理由。虽然阿布拉姆精通犹太教教义，但不知是被他与贾诺托伟大友谊所感动，还是圣灵通过这位未受过教育的人讲的话起了作用，这位犹太人真的对贾诺托解释的基督教教义表现出浓厚的兴趣。但是，他仍然顽固地坚持自己的信仰，不愿皈依基督教。

但不管阿布拉姆表现得如何坚定，贾诺托决不放弃对他的劝导，直到那犹太人被他始终不懈的执拗所折服，阿布拉姆只好这样说："那好吧，贾诺托。你想让我成为一名基督徒，我愿意。但我要先去一次罗马，见识一下你说的那位天主在人间的代理人。我想了解一下他及其兄弟红衣主教们的生活方式。如果我见到的和你说的使我清楚地认识到，你们的基督教的确如你说的那样高于我们的犹太教，那我就一定照我说过的话去做。但是，如果情况并非如此，那我将像现在一样，仍然是一名犹太教徒。"

听完他的话，贾诺托感到非常沮丧。他心中暗想："我所有的努力都白费了！我本以为我的努力效果很好，使他改变了信仰。如果他真的去罗马教廷，亲眼看到教士们那种邪恶、腐败、令人作呕的生活作风，别说他不会从犹太教徒改为基督教徒，即使他已经信了基督教，他也会改回去。"他转过身来对阿布拉姆说："得了，朋友，你何必要既费事又花钱地去罗马呢？像你这样的有钱人，无论是走陆路还是走水路，一路上都随时会遇上危险。难道你认为这里找不到给你洗礼的人吗？如果你对于我给你解释的基督教有疑虑，除了我们这儿，哪还能找到更精通基督教教义的学者呢？所以，依我看，你去罗马的旅行是完全不必要的。请记住，那里的主教与你在这里看到的主教没什么不同，不过，因为他们更接近教皇，所以的确显得更圣洁一些。如果你接受我的劝告，我建议你把这笔钱留作将来做朝圣参拜之用，到那时我也许陪你同去。”

“贾诺托，我完全相信你的话，但是，总之，如果你真的一直劝我，想让我改信基督教，那我已打定主意要去罗马看一看，否则，我决不改变信仰。”

贾诺托见他如此坚决，只好祝他一路平安，但心里已得出结论：他的朋友一旦看到罗马教廷里的种种腐败情形，就永远也不会成为基督徒了。他也不再劝阻他的朋友，因为那是不会有效果的。

这位犹太人骑马上路，直奔罗马教廷，很快到达了那里，受到了罗马犹太朋友们的非常体面的欢迎。在访问期间，他没有告诉任何人他此行的目的，但开始谨慎地察访教皇、红衣主教们、其他主教们，以及教皇身边的那些人的生活作风。他是一个十分细心的人，注意到——也从别人那里了解到——他们中的每一个人，从上到下无不沉湎于最恶劣的好色淫荡，这不仅发生在男女之间，而且鸡奸行为也司空见惯。他们这样做，是因为他们已毫无顾忌和羞耻之感，于是高级妓女和漂亮娈童们就可以用自己的肉体来换取他们的欢心。他还发现，他们除了淫荡之外，还个个都是饕餮之徒、酒瓶子不离手的醉汉，像没有理性的畜生一样，除了填饱肚子，什么都不关心。他在进一步考察中发现，他们都非常贪婪，爱钱如命，以至于买卖人的——不，基督徒的——性命，由于同样的原因，各种圣职和圣物都可以买卖：这种交易的规模大于巴黎的布店，从事这种买卖的商人也多于巴黎的布商。这种公然的圣职买卖被称为“人员安排”，而贪吃被叫作“供应必需品”，好像天主理解不了这些恶棍的意图，而且从不介意他们贴在这一词上的意义：好像天主同人一样易于被标签所欺骗。阿布拉姆是一个性情严肃、品行端正的人，所有这一切，像许多其他不便明说的事情一样，令他非常伤心。他认为已经把情况看得足够了，就决定返回巴黎。贾诺托一听说他回来了，就赶紧去看望他，但他并不指望他的朋友会皈依基督教。他们又相互见面了，都非常高兴。阿布拉姆休息了一二天后，贾诺托才问他对教皇、红衣主教，以及教廷其他教士们的印象如何。

“那帮人恶劣得简直难以形容，天主应该惩罚他们，一个都不饶！”那犹太人立刻回答说。“你听着，如果我的观察准确无误的话，我在那儿没见到一个教士具有哪怕是最低限度的圣洁或虔诚，他们既不行善也不为人楷模；他们个个好色、贪婪、饕餮、欺骗、嫉妒、傲慢，无恶不作，坏到无以复加的程度——所有这一切丑恶竟受到人们的高度尊重，这足以使我认为我是在魔鬼的铁匠工场，而不是在天主的造人车间里。依我看，你那位最高牧师和其他牧师，本应该是基督教的基石和支柱，而结果恰恰相反，他们用尽心血、智慧和才能去毁灭它，使它从人世上消失。但是，我看明白了为什么他们的所作所为明明是在疯狂地摧毁基督教，而你们的宗教却仍继续发展壮大、日益放出更加灿烂的光彩，那是因为圣灵在起作用，是它充当了基督教的基石和支柱，使它比任何其他宗教都更有真理、更加神圣。所以，虽然我以前一直在顽固地抵制你的劝导，并且拒绝成为基督徒，但我现在要坦率地告诉你，什么也阻挡不了我成为一名基督徒了。所以，让我们一起去教堂吧，就请按照你们神圣的宗教仪式，给我行礼吧。”

贾诺托一直在预料，他的犹太人朋友一定会得出一个非常相反的结论，所以这些话使他高兴极了。他们一起去了巴黎圣母院，他请那里的教士为阿布拉姆行洗礼。当教士们听说是这位犹太人自己请求受礼，就立即为他举行了施礼仪式。贾诺托做了他的教父，洗礼时给他命名为乔万尼。洗礼之后，贾诺托又请一些著名学者给他讲授我们正统宗教的全部教义，他用心钻研，很快就成了一个精通基督教教义的弟子，一个生活圣洁、道德高尚的人。

故事 3

萨拉丁设下圈套，企图陷害犹太人梅尔基塞德，但梅尔基塞德以三个金戒指的故事挫败了萨拉丁的圈套。

内菲勒的故事赢得了大家的称赞。她的故事讲完后，菲罗美娜奉女王之命，这样开始了她的故事：

内菲勒的故事使我想起从前一个犹太人的危险遭遇。关于天主和我们宗教的真理，已经讲得十分透彻了，如果我转而谈谈我们凡人的事件和活动，谁也不会见怪的。你们听了我的故事后，在回答别人可能提出的问题时，就会变得更加谨慎小心。

你们知道，愚蠢往往使人们从最幸福的境界堕入悲惨的不幸之中，而聪明人却能凭着智慧逃脱最严重的危险，为自己获得安全。幸运的人因愚蠢而遭到不幸，许多事例可以证明这一点。我们现在的任务不是列举这些事例——每天我们都能看到无数个这样的事例。我说过，我想要在一个短短的故事里简要证明：一个小小的智慧就能使一个人摆脱困境。

萨拉丁① 具有非凡的才能，他的才能不仅把他从一个无足轻重的小人物变成巴比伦② 苏丹，而且使他多次战胜撒拉逊人和基督教

①萨拉丁：萨拉·奥尔－丁·奥尔－阿宇比（1138—1193年），叙利亚和埃及的苏丹，曾保卫伊斯兰教，抵御十字军东侵；后来成为东方甚至西方骑士精神的一个绰号。（也见第十天故事 9）

②巴比伦：中世纪时开罗的俗称。

国家的国王。但由于各种战争，他把国库都用空了，而他的财政支出又总是大手大脚。有一天他急需一笔巨款，但又想不出到哪里能尽快弄到这笔巨款以应形势所需。最后萨拉丁想起一位名叫梅尔基赛德的有钱的犹太人，在亚历山大地区放高利贷，可能会轻而易举地帮他摆脱困境。但那犹太人是个吝啬鬼，从不自愿地帮助别人，萨拉丁不想强迫他。尽管他的需要十分迫切，但他还是反复琢磨如何能得到那犹太人的帮助，终于想出了一个合情合理的借口迫使那犹太人出钱救急。

他派人请来梅尔基赛德，亲切地欢迎他，让他坐在自己身边，这样对他说："聪明的先生，我听许多人说，你博学多才，极其精通宗教教义。因此，如果你愿意告诉我，你认为在犹太教、伊斯兰教和基督教这三种宗教中，哪一种是正统宗教，我会很高兴的。"

这犹太人确实是个聪明人，他一听就知道，萨拉丁是在存心找他的过错，以便惩治他。他想，他绝不称赞这三种宗教中任何一种而贬低另外两种，不让苏丹的目的得逞。他特别需要一个避免落入萨拉丁圈套的回答，因此他转动脑筋，很快想出了一个合适的答案。"陛下，"他说，"您给我提出了一个很好的问题，如果您想知道我的看法，我必须给您讲一个小故事。故事是这样的：如果我记得不错的话，我常听人说，从前有一个名望很高的有钱人，在他珍藏的许多珠宝中，有一只最美丽、最贵重的戒指。他想把这只无价的戒指挑出来，使它成为家族子孙万代的传家宝，于是他在遗嘱中规定，不管哪一个儿子，谁得到这只戒指作为继承物的一部分，谁就是他的继承人，其余的子女就要尊他为一家之长。那得到这只戒指的儿子，也效仿前辈的榜样，对他的后代立下同样的遗嘱，谁得到这只戒指谁就是一家之长。总之，这只戒指从一代继承人传到另一代继承人，传了好几代人，最后传到一位有三个儿子的继承人。他的三个儿子都是漂亮、善良的小伙子，对父亲都十分恭顺，因此，他对三个儿子都同样地疼爱。再说那三个儿子，都熟知那戒指的传统，人人都渴望得到那家长的荣誉地位，个个都竭力恳求年老的父亲，临死时把戒指留给自己。这位老人是一位极好的父亲，他同样喜爱这三个儿子，一生都不能决定把戒指留给他们中的哪一个，因为他把戒指许诺给了每一个儿子，所以他想出了一个让三个儿子都高兴的办法：他私下里让一个技艺高超的匠人照原样复制了两只，这两只与原来那只造得一模一样，就连那匠人自己也分辨不清哪一个是真的。老人临终时，将这三只戒指私下里分别给了三个儿子。父亲去世后，他们个个声称自己是继承人，要求以家长的身份继承产业，彼此各不相让，每个人都拿出各自的戒指作为凭证。他们发现，这三只戒指是如此相像，根本无法分辨哪一只是真的，三个儿子中谁是父亲的真正继承人，这问题始终未能解决，直到今天仍是悬案。陛下，那就是我要给您讲的小故事。关于天父赐予三个民族的三种宗教，您问我哪一种是正宗，我要说的是：每一个民族都认为只有他们才是天父的继承人，只有他们的宗教和戒律才是正宗的宗教和戒律——但是，就像三个戒指的问题一样，三种宗教中哪一种是正宗的问题仍在争论中，尚未解决。”

萨拉丁清楚地意识到，这犹太人已经十分巧妙地逃避了他设下的圈套，因此，决定把他急需款项这件事如实告诉这位犹太人，看看他是否愿意帮忙。而且，萨拉丁还向梅尔基赛德坦白，如果梅尔基赛德不能给出这样一个圆满的答案，他原本打算怎样对待他。这位犹太人欣然答应了萨拉丁所需要的全部款项。后来，苏丹归还了全部借款，还送给这位犹太人大量礼物，一直把他当作自己的朋友，在宫廷里待他为上宾。

故事 4

一位修士违反了教规，应该受到严厉惩罚。为了免受皮肉之苦，他用计使院长成了他的同犯。

菲罗美娜讲完故事，刚住口，坐在她身边的迪奥内奥知道下一个该轮到他了，于是不等女王吩咐，就开始讲起来。下面就是他讲的故事：

如果我理解得不错，你们这些多情小姐的心愿和我们聚在这里的目的是以讲故事来消遣的。因此我认为，只要我们不违背这个宗旨，我们每个人都有权利讲述任何自己认为最有可能使大家快乐的故事——刚才女王说的正是这个意思。好吧，大家听完了阿布拉姆怎样听从贾诺托·迪·西维尼的衷心劝告而拯救了自己灵魂的故事和梅尔基赛德怎样用自己的智慧而保全了财产的故事之后，我来给大家讲一个短短的故事，叙述一个修士如何机警地逃避了一次严厉的惩罚而免受皮肉之苦，希望大家不要见怪。

在离此不远的鲁尼贾纳有一个修道院，过去院里的修士人数比现在多，教规也比现在严，其中有一位修士，是一个新来的精力旺盛的年轻人，斋戒和夜祷都抑制不了他的情欲。一天下午，其他修士都在午睡，他一个人溜了出去，在僻静的寺院附近溜达。他忽然看见一位美得令人陶醉的姑娘，可能是当地一位农民的女儿，正在田野里采集花草。他一看见那姑娘，心里就立刻燃烧起对她的强烈欲望。于是，他走过去，与她搭上话，天南地北地聊起来，谈得很是投机，直到那姑娘同意跟他一起回到他的房间里去，没被任何人发现。正当他被情欲冲昏头脑，与那姑娘一起不顾一切地享受着一阵又一阵云雨之欢的时候，忽然外边有人悄悄地走过他的房间，这不是别人，正是院长。院长刚刚睡醒起来，听见了他们两人弄出来的嬉闹声响，便蹑手蹑脚地走近门边去听，以便更清楚地分辨出是谁的说话声。他听得再清楚不过了，原来房间里有个姑娘。他很想让他们开门，但又一想后，退回了自己的房间，等待那个修士出来再说。虽然那修士的全部心思都集中在了与姑娘在一起的快乐上，可仍保持着一点儿警惕，仿佛听见房间外面有曳行的脚步声。他从窄窄的门缝里往外一看，清楚地看见院长正在外边偷听，立刻意识到，院长肯定发现了他房间里有个姑娘。他知道这将招致多么严厉的惩罚，顿时害怕极了。但是，他在姑娘面前却一点声色不露，只是在头脑里快速地反复思考，想找到一个脱身的办法——他果然想出一个妙计，并立刻按计行事。

他假装觉得那姑娘待的时间够久了，也玩够了，就对她说："我得想个办法，让你出去时不被人发现。你不要作声，待在屋子里，等到我回来。"

他走出房间，锁上门，径直去了院长的房间。他按每个修士外出时的规矩，把他的房门钥匙交给院长，并高兴地对院长说："我没能把上午砍的柴全担回来，院长，请您允许我现在去树林里把余下的柴都担回来吧。"

这对院长来说可是个好机会，使他能更清楚地了解一下这修士的违规行为——他以为，小伙子不知道他的行为已被发现。因此，院长高兴地接过钥匙，准了他的假。那修士一走，院长就开始考虑有两种做法哪一个更可取：是当着全院修士的面打开那修士的房门，让大家亲眼看见他的邪恶行为，这样，当他惩罚那修士时，其他修士就不会替他打抱不平，还是先从那姑娘的嘴里准确地弄清楚到底发生了什么？他心想，那位姑娘或许是某某人本人，或许是某某先生的女儿，他不应该把她暴露在众修士面前受辱，因此，他决定先弄清楚那姑娘是谁，然后再做决定。他悄悄地来到那个修士的房间，打开门，溜了进去，并反锁上门。那姑娘见院长进来可吓坏了，因害怕受到羞辱，大哭起来。

院长将姑娘上下打量一番，看她长得既年轻又漂亮，虽然他已是上了年纪的男人，可是也感到那种刺激年轻修士的同样的本能也在激烈地刺激着他。他自言自语说：“快乐来到了我的身边，我为什么不快乐一下呢？如果说我的生活需求只是操心和费神，我什么时候想要什么时候就有，简直是受够了。这姑娘年轻漂亮，又没人知道她在这儿。如果我能说动她的心，使她同意与我做爱，我何乐而不为呢？有谁会知道这件事？谁也不会知道。如果你能隐瞒你的罪过，那罪过就已被宽恕了一半。这可是千载难逢的好机会呀！我认为，及时抓住天主赐予的好机会，那仅仅是常识而已。”

他完全改变了来这里的初衷，一边自言自语，一边鬼鬼祟祟地靠近姑娘，和颜悦色地安慰她，劝她别哭，把自己求欢的欲望一点儿、一点儿地吐露给她。那姑娘可不是无动于衷的用雪堆成的少女，她欣然屈从了院长的欲望。院长紧紧搂着她，连连亲吻，然后同她一起上了那修士的窄床。可能院长担心自己沉重的身躯压坏那位姑娘娇嫩的玉体，因此，为了不让姑娘承受他极度的肥胖，他不是爬到姑娘身上，而是让姑娘爬到自己身上，两人尽情享乐了好长时间。

那修士只是假装要去树林里担柴，其实是隐藏在宿舍里。他看见院长独自一人进了他的房间，心里感到极大的宽慰，并确信他的计划成功了，接着看见院长把自己反锁在房间里，他就更坚信不疑了。他悄悄地从躲藏处出来，靠近门缝儿，看见了院长做的事儿，听见了院长说的话。院长感到他与姑娘在一起玩的时间够久了，于是把姑娘锁在房间里，又回到自己的房间。过了一会儿，院长听到了那修士的说话声，还以为他是从树林里回来的，决定狠狠地训斥他一顿，然后关他禁闭——这样，他就可独占那可爱的小宝贝了。所以，他将那修士传唤过来，极其严厉地斥责一顿，然后宣判把他关进牢房。

在僻静的寺院附近，他忽然看见一位美得令人陶醉的姑娘，于是，他走过去，与她搭上话，天南地北地聊起来，谈得很是投机。

“可是院长，”那修士机智地回答说，“我加入本笃会① 时间不长，还不完全了解教会的规矩。您已经让我看到了修士们如何在斋戒和夜间祈祷时的苦修，还没有告诉我如何在女人的身子底下苦练。既然现在您已经给我做了示范，我向您保证，如果您原谅我这一次，我将永远不再犯这样的过错，而永远按您的示范去做。”

院长是个聪明人，机敏地意识到，那修士不仅是智胜了他，而且目睹了他干的一切。院长由于自己的罪过深受良心的责备，没有再厚颜无耻地去惩罚那修士，因为他自己也应受到同样的惩罚。他只好宽恕了那修士，但要求那修士发誓不把他看见的事儿讲出去。然后，他们小心谨慎地引领姑娘出了修道院，但后来他们又把那个姑娘弄回院里好几次。

故事 5

蒙费拉托侯爵夫人用母鸡宴和一句打趣的话，制止了法国国王不正当的求爱。

小姐们听着迪奥内奥讲述的故事，感到有点难为情，个个脸儿都红了起来；但当她们面面相觑时，都几乎忍不住要咯咯笑起来，她

①本笃会：意大利修士本笃会（San Benededetto da Norcia，公元前 450—547 年）于公元 530 左右建立的教会，主张教士避开尘世，过一种隐修的生活。九世纪时在查理大帝支持下，本笃会在西欧和英国得到广泛传播。

们就这样继续听着，微笑着。等到他讲完故事，她们才温和地责备他几句，说这种故事不应该讲给小姐们听。然后，女王转向坐在迪奥内奥身边的菲亚美塔，吩咐她接着讲个故事。菲亚美塔愉快地、实际上很风趣地说，“遵命。”便望着女王开始了下面这个故事：

我很高兴，我们的故事运用实例，表现了机智敏锐的回答所产生的效果。如果说一个聪明的男人往往费尽心机去追求身份比自己高的女人，那么一个聪明的女人则要小心谨慎，不要接受地位比自己高的男人的求爱。因为生活中有这两种情况，所以我想在我的故事中表现一位女贵族，如何抵制了一个地位比自己高的男人的求爱，以自己的机智言行阻止了他的不正当追求。

蒙费拉托侯爵是一个非常优秀的人：他是神圣罗马教会的旗手①，也是参加基督徒发动的武装渡海东征者之一。法国国王菲力普·奥古斯都②（一只眼的）也已准备好离开法国开始东征。有一天，在他的宫廷里，当人们讨论蒙费拉托侯爵的英勇时，一位骑士说，侯爵夫妇举世无双，在整个贵族中侯爵以英勇非凡著称，侯爵夫人也以美丽勇敢在女性中出类拔萃。这些话竟然强烈地震撼了法国国王：他当时就深深地爱上了他还从未见过面的侯爵夫人。于是他决定在即将进行的远征中，先由陆路出发，在热那亚上船。因为这条陆路似乎可以给他一个说得出的借口去顺访侯爵夫人。他想，既然侯爵不在家，他可能会如愿以偿。国王果然实施这个计划，先命令他的全部人马先行，然后带着一小队骑士出发了。快到侯爵的领地时，他提前一天派人通知侯爵夫人说，第二天要在她家里吃饭。

---

①旗手：也指中世纪意大利城邦高级行政长官。

②菲力普·奥古斯都：法国国王菲力普二世（1165—1223年），第三次十字军东侵的首领之一。

侯爵夫人既聪明又机警，她高兴地回答说，她把这当作一种特殊的恩惠，衷心地欢迎国王。但她转念一想，国王在她丈夫不在家的时候来访问她，居心何在？她得出的结论不错：他是被她美丽的名声吸引来的。无论如何，她作为一个通情达理的女人，决定好好招待他。她把留在家里的侍从们召集在一起，和他们商议迎接国王的筹备工作。她发出命令，侍从们分头行动，但宴席上的菜肴，由她亲自准备。她立即吩咐把邻里的每一只母鸡都征集过来，指示厨师们就只用这些母鸡做出各色各样的菜肴来款待国王。

第二天，国王果然按时驾到，侯爵夫人给了他十分得体、热烈而隆重的欢迎。国王一见到侯爵夫人，就觉得她比那位骑士描述的更美丽、更文雅，她简直把国王给迷住了。国王对她极尽赞美之词。他越是觉得她的美丽超出他的预料，他对她的情欲就越加热烈。国王在装饰得富丽堂皇、适于皇家人士居住的房间里休息一会儿后，宴会开始了。国王与女主人坐在一桌，其他人被邀请按身份等级在别的餐桌就座。

国王享受着一道接一道菜肴，每道菜肴都配有最精美的葡萄酒，同时他尽情欣赏着美丽迷人的夫人，真是高兴极了。但是，随着一道道菜陆续上来，国王不免有些奇怪，不管这些菜肴在烹调上怎样变化，每一道菜都是用母鸡做的。他知道，这一地区有各种各样的野味，他已经预先通知了她来这里吃饭，她应该有足够的时间派人去打猎的。但是不论他怎样迷惑不解，他还是没有明言打猎一事，只是就母鸡一事微笑着问女主人："夫人，难道你们这个地区只养母鸡，一只公鸡也没有吗？"

侯爵夫人完全理解他话里的意思，感到这正是天主赐予她的机会，让她表明自己的真实目的。于是她面对国王，泰然自若地回答说："不是这样，陛下。但是，不论这里的女人在服饰和身份上与其他地方的女人有多大不同，其实她们与世界各地的女人没什么两样。"

国王听懂了这番话并感到了话中的勇气，领会了母鸡宴的深刻含义，并意识到，对她这样品德的女人，他是在白费唇舌，如果施加暴力，那更是无济于事。因此，他在如此不顾一切地爱上这位夫人之后认为，为了自己的荣誉，他应该立刻熄灭他那荒唐的情欲之火，这才是明智的。于是，他不再与侯爵夫人说笑，害怕她尖锐的回答，只是死心塌地继续吃饭。饭后，他谢过女主人的热情款待，想迅速地离开以甩掉他来到这儿的耻辱，等侯爵夫人向他告别后，他就立刻起程，奔热那亚去了。

故事 6

一位正直的人用一句尖刻的嘲讽揭穿了神甫的虚伪。

大家都十分赞赏侯爵夫人对法国国王机智、委婉的斥责。然后，坐在菲亚美塔身边的艾米莉亚奉女王的命令，勇敢地开始了她的故事。

我也要给你们讲一个尖刻的回答：这是一个正直的平民给一个贪婪教士的回答。他的嘲讽不仅令人赞美，而且妙趣横生。

不久前，我们城里有一位神甫。他是一位方济各会修道士，他的任务是肃清异端。他也跟所有人一样，尽力表现出对基督教信仰的虔诚敬意。他不仅善于调查人们对一种宗教信仰的欣赏是否有缺陷，而且善于嗅出人家钱包里是否装满了钱。他第一关心的是钱，所以他注意上了一个非常有钱但没有头脑的人。有一天，那人碰巧与朋友们闲聊，不经意地说（哦，不是他的信仰有问题，可能是因多喝了几杯酒而信口开河）："我喝的这种美酒，连耶稣基督见了都想喝。"

那人的话传到了这位宗教法庭审问官的耳朵里，审问官发现他拥有一座大庄园，钱包总是鼓鼓的。于是，他紧急命令，以“佩刀提棍”①的罪名将那人逮捕，对他进行了极其严厉的指控。他积极审理此案，目的是为了得到大量金钱，而不是为了把罪犯从错误信仰的罗网中解放出来。他把那人叫过来，问他是否真的说过那句话。

“真的说过，”那老实人回答说，并把当时的情况详细解释了一番。

于是，“金胡须圣约翰”② 的这位最虔诚、最受人尊敬的门徒说：“那么，你说耶稣基督是一个酒徒、一个像你们这帮醉汉一样的酒鬼？你想轻描淡写地告诉我，这是一件小事？你犯的这个罪过可绝不是你想的那么简单！朋友，如果我们依法处置你，你得被判处火刑烧死！”

审问官面色铁青、声色俱厉地对那人讲出这番话和许多其他耸人听闻的威胁言辞，好像这罪犯不是别人，正是否认灵魂不灭的伊壁鸠鲁③ 。很快，神甫就把那个可怜的人吓坏了。他托了好几个朋友向审问官行贿，希望得到宽恕——用来行贿的油膏（即金币——译者注）是医治贪财症的一等药物，贪财症折磨着所有教士，那些不敢触钱的小神甫们也不例外。这种油膏的确是一种灵丹妙药（尽管加伦④ 的医学著作中并未提到这种药物），那审问官原来威胁他时说的火刑，现在被仁慈地改为一个十字——好像他注定要渡海远征，

①“佩刀提棍”：见《马太福音》26：47：“话还没说完，就看见叛徒犹大，带着一群佩刀提棍的人，迎面上来……”。这里借“佩刀提棍”暗指他可能有亵渎神灵的行动。

②“金胡须圣约翰”：意大利金币上镂刻着的有胡须的施洗礼者圣约翰雕像。这里说神甫崇拜金币上的雕像，暗讽他贪财。

③伊壁鸠鲁：古希腊哲学家（公元前 341—270 年），在中世纪被认为是无限制感觉论的无神论创造者。

④加伦：古罗马著名医学家（公元 129—199 年），罗马皇帝宫廷御医。

奉命在胸前佩戴一个黑底金边的十字①，那简直是一枚十分漂亮的徽章。钱到手后，神甫还连续几天随心所欲地使唤那人，作为一种补赎，命令他每天上午去圣克罗齐② 女修道院做一次弥撒，每天午饭时回来报到，其余时间可以自由活动。

那悔罪者只好每天勤奋地完成这项任务。一天上午，他在做弥撒时，听到教士诵唱的那段《福音书》中有这么一句："你们奉献一个，必将得到一百倍的回报，并将承受永生。③ "他把这句话牢牢地记住了。然后，他按照吩咐，午饭时在审问官旁边伺候。

"你今天上午去做弥撒了吗？"神甫问。

"去了。"他立刻回答说。

"有没有你听不懂的、想向我请教的东西？"

"哦，我毫不怀疑做弥撒时所听到的一切，而且相信每句话都是对的。有一句话当时真让我为你们神甫感到非常难过——现在依然如此——它使我想到你们在来世中的处境将是多么悲惨啊。"

"是什么话使你为我们感到如此难过？"

"就是《福音书》中的那句话：'你们（奉献一个，）将得到一百倍的回报。'"

"那句话不错啊，"审问官说，"可是，为什么那句话触动了你呢？"

"先生，情况是这样的。自从我来这儿陪伴您，每天我都注意到，你们神甫们把剩下的一大锅——有时两大锅汤，送给外面的很多穷人喝。因此，如果你们在来世每一大锅汤都得到一百倍的回报的话，我想那么多的汤会把你们淹死的。"

在座的其他神甫都哈哈大笑起来，而那审问官却极为尴尬，因为那人揭穿了他们"慈善行为"的虚伪本质。要不是那人现在正在受

---

①金边十字：古代传统上缝在衣服上作为补赎的标志。

②圣克罗齐：佛罗伦萨的方济各会的女修道院，宗教法庭所在地。

③"你们……永生"：参见《新约全书·马太福音》19：29。

罚，那审问官就会进一步指控那人愚弄他和其他神甫。一气之下，他命令那善良的人立即离开，永远不要再露面。

故事 7

坎格朗德·德拉·斯卡拉突发吝啬病。贝尔加米诺用一个关于普里马索和克吕尼修道院院长的小故事，治好了坎格朗德的吝啬病。

艾米莉亚的幽默和她的故事逗得女王和所有在座的人哈哈大笑；那枚十字军参加者徽章的特点大大引起了他们的喜爱。笑声停止，大家平静下来后，菲洛斯特拉托（轮到他了）开始讲了下面这个故事：

射中一个固定的目标已然算得上相当不错的武艺了，但如果某个目标突然出现，一位弓箭手也能把它射中击落，那真算得上奇迹了。教士们荒淫卑鄙的生活作风经常是下流笑话固定的讽刺目标——爱讲这类笑话的人都讽刺和批评教士们腐败堕落的生活。我们都称赞前一个故事中那位勇敢的好人，因为他以揭穿神甫们把本应扔掉或喂猪的泔水送给穷人喝的慈善，来挖苦审问官。但我认为，我要给大家讲的这个人（我是受前一故事的启发）更值得称赞。这个人申斥有权有势的大贵族坎格朗德·德拉·斯卡拉①，讽刺他突

①坎格朗德·德拉·斯卡拉：维罗纳市勋爵（1291—1329 年）。中世纪末意大利一些城市资产阶级势力兴起，纷纷成立城市共和国，其首领一般称僭主。维罗纳市的僭主是德拉·斯卡拉家族，12 世纪—15 世纪统治该市。坎格朗德为该贵族的第四位统治者。

然产生的莫名其妙的吝啬行为。他给坎格朗德讲了一个有趣的故事，借用故事中的人物暗指他本人和那位大贵族。故事是这样的。

自从腓特烈二世① 执政以来，坎格朗德·德拉·斯卡拉爵爷在全世界享有最辉煌的声誉：他不仅是幸运的宠儿，而且是意大利人迄今为止所知道的最杰出、最慷慨的勋爵之一。有一次，他决定在维罗纳举行一个令人难忘的盛大宴会，从四面八方赶来很多人，其中还有不少形形色色的谄媚者。但不知什么原因，他突然改变主意，他给已经到来的人一些钱，把他们全都打发回家。但有一个人留了下来，他名叫贝尔加米诺，是一个十分能说会道的人——如果你未听过他讲话，你就不会相信他巧舌如簧——因为他没有得到慷慨的赠予，也没有人通知他离开，所以就留了下来，期待事情会发生对他有利的变化。坎格朗德却认为，给他赏赐就跟把赏赐直接扔进火里没什么两样，有用的东西也变得无用了——但坎格朗德不会这样说，甚至也不会这样暗示。好几天过去了，贝尔加米诺既未受到传唤，也未得到吩咐干点什么。他是带着仆人和马匹来的，仆人需要住店，马匹需要拴在马厩里饲养，他的欠账在迅速增加，为此他开始感到焦急、沮丧。但是，他仍在等待，因为他确信，离开将是错误的一着棋。为了体面地赴宴，他随身带了三件华贵漂亮的长袍，这是其他勋爵赠送给他的礼物。当房东催他付房费时，他就转让给房东一件抵账。由于他的来访时间继续延长，如果他打算还留在这里，他就得把第二件长袍送给房东。然后，他开始靠抵押第三件长袍吃饭了。他打定主意不走，看看这种情况还能持续多久，然后再动身回去。

就在他仍靠着第三件长袍维持生活时，有一天他碰巧在吃饭时见到了勋爵。见贝尔加米诺愁眉苦脸，坎格朗德不但不讲几句打趣的话让他高兴，还存心让他更加烦恼，对他说：“贝尔加米诺，你怎

①腓特烈二世：神圣罗马皇帝（1194—1250年），以其慷慨而闻名，但遭到教皇党辩护士的不少诽谤。

么了？你看上去真像个苦命人儿。告诉我们你怎么了。”

贝尔加米诺好像已经思考再三，不假思索地讲起了下面这个与他自己处境有关的故事：

“爵爷，您一定听说过普里马索① ，那位很有才华的拉丁语学家。他也是一个思维敏捷的诗人，没人比得上他；他的诗歌成就使他备受尊敬，名扬天下，他所到之处，即使当地人不认识他本人，但普里马索的名声无人不知、无人不晓。有一次他在巴黎身处困境——他经常如此，因为有钱人是不愿意使用有才华的人做事的。他偶然听到人们议论克吕尼② 的某一位男修道院院长，说他收入丰厚，除了教皇，他是整个教会中最富有的主教。他还听到人们赞美这位院长，说他慷慨仗义，总是门庭大开，他吃饭时，无论谁来讨吃要喝，他都一律好酒好饭款待。普里马索喜欢结识那些虽有地位但心地善良的人，因此，听说了这位院长后，他决定亲自去体验一下这位院长是怎样的毫不吝啬。他打听院长的住宅离巴黎有多远，有人告诉他，院长住在他离巴黎六英里远的一座宅子里。普里马索心想，如果他一清早就出发，午饭时定能赶到那里。因为他找不到与他走同一方向的旅伴，便打听好了方向自己走，但还是担心，万一他不幸迷了路，去了一个不容易找到的吃饭地方怎么办。因此，他想为了防止这种可能性，最好还是带上三个面包，这样就不会挨饿了，至于水，他到哪儿都能搞到水喝，再说他对饮料并不过分喜爱。于是，他把面包塞进衬衫里面就出发了，一路顺利，午饭前就来到了院长的住宅。他走进去，四处瞧瞧，见许多餐桌已经摆好，厨房里人们正在紧张忙碌着，一片精心准备午饭的景象。‘天哪，’他自言自语说，‘这位院长果然

①普里马索：传说中12世纪和13世纪漫游学者、诗人之一，以创作表现放纵、酗酒和讽刺的拉丁语诗歌著称。

②克吕尼：法国的本笃会修道院，以其巨大财富而闻名。

名不虚传，真是一个慷慨大方的人啊。’院长的管家照看着各种东西，到了吃饭的时刻，他吩咐大家先洗手。仆人端来一盆水，大家洗了手之后，他请大家在餐桌前就坐。普里马索碰巧被安排在正对着房门的位置，院长将从这道门进入餐厅用饭。这个住宅里有个规矩，直到院长就坐后，才能把各种酒或面包，食品或饮料端到桌上来。管家安排大家都就坐后，派人通知院长，午餐已准备就绪，等待他就坐后开饭。

“院长吩咐打开通往餐厅的那道门，进门时往里望了一望，他碰巧见到的第一个人就是普里马索。此时的普里马索衣衫褴褛，不堪入目，另外，院长从未见过他。院长见到他后竟然第一次产生了让人不愉快的吝啬念头：‘瞧瞧，’他对自己说，‘我还款待起这种人来了！’他回过身，叫人又把门关上，问他的仆人，是否有人认识坐在正对门餐桌旁的那个流浪乞丐。他们都说不认识。普里马索走了很多路，而且不习惯斋戒，已经饿得非常想吃东西了。等了一会儿，看院长还没来，他就从衬衫里拿出一个他随身带来的面包，吃了起来。院长等了一会儿，吩咐仆人去看看那家伙走了没有。‘没走，’那仆人回答说，‘他正在吃面包呢，那面包显然是他自己带来的。’‘好吧，’院长说，‘如果他有东西带来，就让他吃自己的吧——今天他别想吃我们的东西。’院长不想把普里马索赶走，但如果普里马索自己走开，他会很高兴的。普里马索吃完了第一个面包，还是不见院长来就餐，就开始吃第二个面包。派去查看普里马索是否离去的人回来，把这事儿也报给了院长。这时，院长突然产生了顾虑：‘嗨，今天是什么念头迷住了我？是吝啬吗？可是，为什么？这些年来，不论谁来讨吃的，我都给他。我对任何人，不论他是出身高贵还是低贱，不管他是富人还是穷人，也不管他是商人还是骗子，都一视同仁，慷慨款待。我见过多少流氓糟蹋我的食物，可我脑子里从未产生过今天见到那个人时产生的这种想法啊。如果他使我成了个吝啬鬼，那他必定不是一个普通人。他可能看上去像个流浪乞丐，使我认为他太低贱，不愿意款待他，但实际上他一定有不寻常之处。'他这样告诫自己，于是想知道那人到底是谁。当发现那人就是因为听说主教慷慨仗义而亲自来证实的普里马索时，院长十分尴尬——他早就知道才能卓著的普里马索大名。院长因急于赔罪，想出各种方式来招待普里马索。饭后，院长给普里马索穿上适合他身份的华贵服饰，又赠送给他一笔钱和一匹马，并挽留他继续在那里做客，直到他十分想走的时候。普里马索非常满意，再三感谢院长，然后，步行从巴黎来的普里马索，现在是骑着马回去了。"

勋爵非常精明，不用多加解释，就明白了贝尔加米诺的意思。"好啊，贝尔加米诺，"他微笑着对贝尔加米诺说，"你以巧妙的方式向我表现了你的艰难处境和你的高超口才，谴责了我的吝啬行为，同时提出了你对我的希望。以前从未有人指责我吝啬，直到今天你这样指责我了，我将拿起你给我的这根棍棒，把吝啬从我身上赶走。"于是，他派人跟贝尔加米诺的房东结了账，替他赎回了那三件长袍，送给他钱和马，又邀请他继续做客，留下来或离去，完全由他自己决定。

故事 8

圭利埃尔莫·波尔西艾雷用一句文雅的嘲笑，抨击了艾尔米诺·德·格里马尔迪的贪婪。

坐在菲洛斯特拉托旁边的是劳蕾塔。大家称赞贝尔加米诺的机智时，她默默地听着，然后，知道轮到她了，不等女王吩咐，就愉快地开始了她的故事。

我受前面那个故事的启发，给大家讲述一个令人钦佩的廷臣，他也将讽刺的匕首刺进一个吝啬鬼——一个富商的胸膛，收到了很好的效果。如果我的故事与前一个故事有些相似，那也绝不会使大家厌烦——你们最后会看到，故事的结局非常美满，因此大家会很高兴的。

很久以前在热那亚住着一个绅士，名叫艾尔米诺·德·格里马尔迪。人们盛传，无论是金钱还是产业，他都肯定是意大利最富有的人。但是，如果说在意大利没有人能比得上他的富有，那么在全世界也没有人能比得上他的贪婪与吝啬。他不仅在应该提供款待的时候对人吝啬，一毛不拔，而且他对自己也十分刻薄，生活得像一个挨饿的人，一般情况下他都不顾自己死活，从不肯打开钱包，很不像讲究衣着的热那亚人。所以，他的姓德·格里马尔迪变得没用了，人们恰如其分地叫他吝啬鬼艾尔米诺。

正当他一边抓住钱不放一边积聚财富时，热那亚来了一个杰出人士，名叫圭利埃尔莫·波尔西艾雷① 。他是一位真正的廷臣，能言善辩，温文尔雅。他不像今天的朝臣：他们喜欢被人当成绅士，但人们通常根据他们的道德来评价，说他们是肮脏的猪；而在他那个时代，廷臣们都尽最大努力去平息绅士们之间的争吵，促进婚姻和友谊，用他们一流的智慧提供快乐，振奋精神——如果他们必须指责某人，他们也是像父亲一样地指责、温和地批评捣蛋鬼的错误。然而，今天的朝臣们专事背后说人坏话、挑拨离间，公然散布流言蜚语、相互责备，经常流露真实的和假装的不满、以虚假的许诺把善良的人们引入歧途。今天，谁是获得最丰厚奖赏、最高声誉、最受那些流氓恶棍喜欢的人呢？嗨，正是那种说话最无耻、行为最肮脏的人。这

①圭利埃尔莫·波尔西艾雷：薄伽丘可能是受但丁的启发，但丁在《地狱篇16》中给一个人物命名圭利埃尔莫，视他为已消失了的骑士价值的典范。

不正是我们这个时代的奇耻大辱吗？美德已将我们抛弃，使我们这些可怜的坏蛋陷入罪恶的渊薮，难道这不是像白昼一样清楚吗？

义愤使我不知不觉地跑了题，现在让我们回到我要讲的故事上来吧。圭利埃尔莫受到所有热那亚上流社会厚颜无耻的绅士们的欢迎和款待。他在那个城市里仅仅住了几天，就听到了许多关于艾尔米诺极其贪婪吝啬的事情，因此，他决定去见一见艾尔米诺。艾尔米诺也已听说圭利埃尔莫·波尔西艾雷是个有才学的人，虽然他贪婪成性、待人刻薄，但还是有一点教养，所以他友好地欢迎圭利埃尔莫，并与他海阔天空、无话不谈。他一边谈着话，一边带着圭利埃尔莫和一些爱看热闹的热那亚人一起，参观他刚刚建好的漂亮寓所。

他引领圭利埃尔莫把房子各个部分一一看过，然后问他："圭利埃尔莫，请您指教。您是一个见多识广的人，您能否告诉我一件人们从未见过的、我能画在客厅墙上的东西？"

艾尔米诺预想不出圭利埃尔莫会说出什么东西来，就催促客人快告诉他。

"慷慨，"圭利埃尔莫说，"您应该把慷慨画在墙上。"

这句话使艾尔米诺顿时感到非常惭愧，立刻把他变成了一个全新的人。"先生，我一定把慷慨画在墙上，"他对圭利埃尔莫说，"这样，您和其他任何人再也没有理由说我从未见过或不认得慷慨二字了。"圭利埃尔莫的一句妙语对艾尔米诺触动如此之深，从那天起，艾尔米诺成为最慷慨仗义、乐于助人的绅士，比他那个时代的任何一位热那亚人都更慷慨、热情地款待当地和外来的客人。

故事9

一位加斯科涅太太用讥笑唤回了塞浦路斯国王的天职。

只剩下爱丽莎还没受到女王的命令，因此，她不等女王的吩咐就愉快地开始了她的故事。

常有这样的事：你经常谴责和惩罚一个人，可是一点儿效果都没有；但你偶尔不经意说出的一句话，却能达到预期的目的！劳蕾塔的故事十分清楚地表明了这一点，我也打算讲一个很短的故事来加以证明：恰当的谴责总是有益的，所以，不论是谁说的，都应该虚心地接受。

第一位塞浦路斯国王① 执政时期，在戈弗雷·德·布永② 征服圣地之后，一位加斯科涅地区出身高贵的太太，在朝拜圣墓之后归家途中，在塞浦路斯境内遭到一群恶棍的侮辱。她感到十分沮丧，非常痛苦，决定去向国王控告歹徒们的恶行。“你找国王是白白浪费时间，”有人告诉她，“他是一个愚蠢的窝囊废，不仅不能替别人雪冤，将恶棍们缉拿归案，而且因胆小懦弱，连他自己都不能勇敢地面对侮辱，予以反抗；不论谁，只要他不高兴，他就敢把怒气撒在国王身上，肆意侮辱他。”

---

①第一位塞浦路斯国王：盖伊·德·路西格南，他的统治（1192—1194年）与绥靖和摇摆同义。

②戈弗雷·德·布永：以他第一次十字军东侵时夺得耶路撒冷（1099年）而闻名。

那位太太听了之后，放弃了复仇的希望，但决定就国王的懦弱，说说自己的意见，那也算是某种安慰吧。她哭哭啼啼地来到国王面前，说："陛下，我从未见过您，不是来求您为我受到的伤害伸张正义的。但我请求您满足我的愿望，请您告诉我，让我明白，您是怎样忍受对您的凌辱的。如果我能向您学习，我就会耐心地忍受我自己受到的侮辱——天主明鉴，如果我能，我多么愿意把我受到的侮辱放到您的肩上，因为您是多么擅长忍辱负重啊！"

这位一向呆滞懦弱、逆来顺受的国王，似乎如梦初醒，立即严惩歹徒，替那位太太伸张了正义，而且这仅仅是开始。从那以后，凡是有损国王尊严的人，都受到他严厉的制裁。

故事 10

博洛尼亚的阿尔贝托大夫因爱慕一位年轻女人而受到揶揄，他反将揶揄之箭射向谴责他的人。

爱丽莎讲完故事后，只剩下女王最后一个讲故事了。她以女王的优雅风度开始了她的故事。

恰如繁星装饰着清澈的夜空，花草点缀着春天碧绿的草地，恰当的妙语也装饰着优雅的社会习俗和令人愉快的谈话。由于妙语的特点是简洁，所以，它更适合女人，而不大适合男人，因为女人远不如男人能长篇大论、不必要地滔滔不绝。但是，现在很少有、几乎没有一个女人能说出一句俏皮话，或对一句俏皮话真的有所反应，这是在我们和所有女性身上所表现出的一个特点。大家都知道，一个女人好还是不好，过去是根据她的思想修养来判断的，而今天的女人则完全依赖她们的外部服饰；那种穿得花里胡哨的女人总是确信能吸引来最多的赞美；她并未意识到，如果外部装饰真的如此重要，那么一头驴也能被打扮得比她更有吸引力，能赢来更多的赞美。我为说出这样的话感到惭愧，因为我批评女性就是批评我自己。这些衣着华丽、浓妆艳抹的女人不是像大理石雕像一样默默无言、冷若冰霜地走过，就是回答问题时答非所问，答了还不如不答好些。如果她们不善交际，甚至不能跟一位诚实的男人谈话，她们就喜欢把这归咎于她们心地纯朴，而实际上是愚笨。尽管如此，她们喜欢把自己的愚笨说成美德，仿佛只会跟女仆、洗衣妇，或面包师的妻子谈话的女人才是有德行的女人。如果真如她们说的那样，是造化使她们不善言辞，那么造化就应该经常以某种方式打断她们无聊的废话。

当然，谈话与做其他事情一样，必须考虑到时间、地点和谈话对象，因为有些男人或女人偶尔会说出一句很随便的话，颇令对方尴尬，但又因掂量不出对方说话的分量，最后弄得自己面红耳赤。人们有一句口头禅：女人总是说错话、做错事。所以，为了使各位小姐警惕起来，确保你们永远也不会成为这句口头禅所嘲笑的对象，我来讲今天的最后一个故事，目的是让你们明白：正如你们以高尚的品格而有别于其他女人，那么你们也将以端正的行为使自己与其他女人明显不同。

不久以前，博洛尼亚住着一位一流的内科医生，可谓举世闻名，人们都叫他阿尔贝托大夫——可以肯定地说，他还活着。阿尔贝托大夫年近七十，依然精力旺盛，虽然体力已经衰退了，但在精神上爱情的火焰仍在他心中炽烈地燃烧。在一次社交场合，他注意到一位最漂亮的寡妇，据说她名叫玛格里达 · 德 · 基索利埃里，发现她的美简直不可抗拒。他像年轻人一样为她神魂颠倒——如果他白天看不到那可爱夫人美丽迷人的面容，晚上就睡不好觉。因此，他开始经常在那位夫人门前的大街上走动，有时步行，有时骑马，怎样最适合，他就怎样做。后来，那位夫人和她的女友终于弄明白了医生为什么在大街上徘徊，便经常在一起为此咯咯地笑，简直乐不可支——那样一位博学的老绅士竟然坠入情网，真是难以想象！她们显然认为，爱情这种最美妙的情感，只有没有经验的年轻人心中才会有。

阿尔贝托大夫就这样继续经常在玛格里达门前的大街上走动。在一个节日里，她正和几位女友坐在门口，看见这位老头儿又从远处向她们走来，于是她们策划出一个阴谋：欢迎他来到她们中间，然后取笑他的痴情。她们都站起身来，邀请他进入一个凉爽的内院，不断地劝他喝最上等的葡萄酒和吃最精美的食物，然后她们尽可能声音悦耳地问他这个问题："既然您一定知道许多英俊活泼的年轻绅士追求这位可爱的夫人，您怎么也会爱上她呢？"

阿尔贝托大夫意识到，这是对他的一个雅致的讥刺，于是和蔼地回答说："夫人，任何一个深明事理的人都不会对我的爱情感到惊讶，特别是我对您的爱，因为您值得我爱。虽然按大自然的规律，老年人被剥夺了性爱的能力，但他们并未失去怎样处理爱情的能力，而且也未失去识别谁值得爱的感觉——实际上，他们自然地具有对爱情更好的把握，因为他们比年轻人有更丰富的阅历。的确有许多年轻小伙子追求夫人，我这个老头儿也如醉如痴地爱上了您，是什么给了我希望呢？我经常看到夫人们在室外用午餐，吃着扁豆和韭葱。虽然韭葱根本不可以吃，但葱头比它的其余部分较少有害成分而较多开胃成分。但是，你们几位夫人却都完全弄错了：你们抓住葱头吃葱叶，葱叶不仅没有营养价值，而且味道非常不好。夫人，当您选择情人时，您是不是也这样进行的呢？如果您做出正确的选择，那么您选中的应该是我，其余的人就都被您赶走了。"

玛格里达和她的女友们听了他的话，颇感惭愧。"先生，您的话是对我们无礼行为的非常礼貌的谴责。我非常重视您的爱情，我也可能会爱上您，因为您是一位多么善良、多么明智的人；所以，只要不损害我的好名声，我的一切完全由您做主。"

阿尔贝托大夫和跟他一起来的朋友们站起身来，谢了玛格里达，兴高采烈地告辞而去。那位夫人，因漫不经心，选错了取笑对象，反被别人取笑。向聪明的人进一言，小姐们：千万小心！

这些年轻小姐们和三位男青年的故事讲完时，已是夕阳西下，暑热已经大大地减退了。

女王因此愉快地说："亲爱的姐妹们，我今天的女王使命只剩下一件事情要做，我要给你们推荐一位新的女王，由她依自己的想法来为明天的生活做出安排，为我们大家提供促进健康的娱乐。的确，今天在夜晚到来之前，还有一些时间应由我继续行使统治权；但是，依我看，新的女王如果没有足够的时间，是不可能为明天做好准备的。因此，为了给她明天的安排做好准备，我认为，新的一天应该总是从这一时刻开始。所以，出于对万物之主——天主的尊敬，也为了我们的快乐，我们的王国明天将由大智大慧的姑娘菲罗美娜来统治。"说完，她站起身来，摘下头上用桂枝做成的花冠，恭恭敬敬地把它戴在菲罗美娜头上；然后，她第一个欢呼拥护菲罗美娜为女王，其他小姐和三位男青年也跟着愉快地向女王致敬，表示热烈拥护她的统治。

看到自己成了戴着王冠的女王，菲罗美娜因害羞脸上泛起了红晕，但她想起了潘比妮亚刚才在故事开始时说过的话，于是，为了避免显得不知所措，她鼓起勇气，首先表示接受潘比妮亚对她的委任，然后，就晚餐、第二天的活动做出指示，并宣布明天的活动仍在这里进行。然后，她对大家说："潘比妮亚委任我做统治你们所有人的女王，完全出于她的仁慈，并非因为我有什么才能。因此，在安排我们的生活方面，我不愿独断专行，而是要听取你们的意见。现在，为了使大家了解我的计划，并使诸位能根据自己的愿望对这一计划加以补充或修改，我想用几句话把我的初步想法告诉大家。如果我没有看错，今天潘比妮亚使用的方法给我的印象是既值得称赞又令人愉快的；只要这些方法不因为重复使用或其他原因而使人厌烦，我认为不必要改变。等我们把明天的事情进一步准备就绪，大家就可以离开这里，自寻乐趣。太阳落山时，我们在凉爽的外边用晚餐。饭后，大家唱唱歌，跳跳舞，或搞点其他娱乐，然后我们就都回房间去睡个好觉。明天早晨我们在天气仍然凉快时起床，再一次分散行动，各自按自己选择的方式去消遣，然后，大家像今天这样，一起在规定的时刻回来吃午饭，午饭后，跳舞。午睡后，我们也像今天这样，再回到这里讲故事。因为依我看，讲故事给我们提供了大量的快乐，同时还提供了大量有益的东西。我打算开始做一件潘比妮亚因那天被选为女王时已经很晚而未能做的事：我想把我们讲的故事限定在一个特定的主题上，使大家事先考虑好，以便从容不迫地按我建议的主题去想出一个更好的故事。我现在就想出一个主题，希望能合大家的意：自开天辟地以来，人们一直听凭命运的捉弄，今后仍将如此，直到世界末日；大家都来讲述一个饱受厄运打击的人如何最后获得意想不到的圆满结局的故事。”

在场的男男女女都一致赞成并且表示一定奉行这个建议；但等大家安静下来后，迪奥内奥却说：“女王陛下，大家都说过了，您的建议非常有趣、非常值得称赞——我完全同意大家的评价。但我想请求您一个特殊的恩惠，而且我希望这一恩惠能在我们欢聚期间一直有效。我的请求是：如果我不愿意按您建议的主题讲故事，我就可以不受这一规则的限制，而是讲我喜欢讲的故事。假如有人以为，我请求这样一个恩惠，是因为我想不出故事来讲，那么我愿意从现在起，总是最后一个讲故事。”

因为女王知道迪奥内奥是这场聚会的灵魂，而且非常清楚他的请求是为了这样一个目的：如果同一主题的故事使大家听得厌烦了，他就可以讲另外一种有趣的故事来逗大家快乐，所以她很高兴对他做出这一让步，而且其他人也都同意。她站起身来，和大家一起漫步走向一条清澈的小溪。那条溪流沿山坡而下，穿过葱翠的草地和有光泽的卵石，最后注入丛林茂密的山谷。他们赤脚踏水，挽起衣袖，开始在水中嬉戏起来。晚饭时间快到了，他们才返回别墅，高高兴兴地吃饭。晚饭后，他们派人拿来乐器，女王命令劳蕾塔领舞，艾米莉亚唱歌，由迪奥内奥弹琵琶伴奏。劳蕾塔奉女王之命，立即带领大家翩翩起舞，而艾米莉亚唱起了下面这首深情的小调：

我深深地爱上自己的美貌，
我绝对没有其他的爱。

我注视着镜子里的我，
娇颜给了我无比的满足，
不论是未来的悲哀，还是往昔的怨恨
都夺不走我的这份满足。
任何其他乐趣都不能转移我的目光，
我绝对没有其他的爱。

我保持着美貌的魅力，
她给了我无尽的安慰。
一想到她，我的心就咚咚地跳；
语言根本无法描述我对她的爱。
这个王国里没有哪个男人能阻止我，
我绝对没有其他的爱。

一看到她，我的心就熊熊燃烧；
我为她献上整个儿的我；
其他一切只适于唾弃；
只有她才能激起我的爱。
有了这个爱，未来如何我全不在乎——

我绝对没有其他的爱。

大家一边跳着舞，一边快乐地合唱那句副歌——“我绝对没有其他的爱”。小调虽然结束了，但它的歌词仍令一些人久久地回味其深刻的寓意与情感。大家又跳了几支华尔兹舞曲之后，女王见短暂的夜晚已过去了一部分，就决定第一天的日程到此结束。她吩咐仆人点亮大蜡烛，引领大家回房间好好休息，明日再会。于是，大家遵命，各回自己房间休息。

第二天

《十日谈》第一天到此结束，第二天由此开始；大家在菲罗美娜主持下，讲述一个饱受厄运打击的人如何最后获得意想不到的圆满结局的故事。

朝阳的光辉洒满了大地，小鸟在嫩绿的枝头唱着美妙的歌曲，仿佛在用它们响亮的歌喉证明：新的一天开始了；小姐们和三位男青年也都起了床，来到了花园里。他们在露珠晶莹的草地上漫步，为自己编织美丽的花冠，快快乐乐，优哉游哉。他们今天的日程与前一天一样：在户外吃午饭，饭后跳了一会儿舞，午睡到三点钟左右，起床，在凉爽的草地上集合，按女王的命令，围着她坐成一圈儿。女王菲罗美娜的确美丽动人，脸上洋溢着和蔼可亲的微笑，头上戴着桂枝王冠。她稍停片刻，先用目光向大家一一致意，然后吩咐内菲勒以她的故事为今天的故事会开个头。内菲勒并不推辞，愉快地开始了下面这个故事：

故事 1

马尔特利诺假装瘫痪，被特雷维索的圣阿里戈治愈。当特雷维索人发现了他的欺骗行为并要严厉惩罚他时，他的朋友们前来援救，先把他救出了油锅，然后又把他推下了火坑。

常有这样的事儿：那些企图取笑别人的人结果以愚蠢可笑、自讨苦吃而告终——这种事儿也常与宗教感情有关。现在，我奉女王之命，以我的故事来开始我们已选定的话题，给大家讲述一位佛罗伦萨同乡的遭遇：他开始很不幸，但结果却出人意料地转危为安。

不久以前，特雷维索城中有一个名叫阿里戈① 的人。他来自博尔扎诺（那里的人讲德语），为了谋生，他干着挑夫的行当。人们都认为他是一个为人非常正直、品行非常圣洁的人，所以他死时特雷维索大教堂的所有丧钟没人拉绳敲打，竟都自己鸣响起来——此事也许是真，也许是假，但特雷维索人都这么说。大家认为这是个奇迹，都说阿里戈是个圣徒。全城的人都拥进停放他尸体的房子里，把他的尸体当作圣徒的遗体，抬到大教堂里。他们又去把那些瘸腿的、麻痹的、瞎眼的以及其他身患各种疾病和身体残疾的人找来，好像他们只要碰一碰圣洁的尸体，就一定会恢复健康似的。

正当特雷维索人都正在非常激动地跑来跑去时，三位佛罗伦萨人出现了，他们的名字是：斯特基、马尔特利诺、马尔凯斯。他们打算去拜访王侯的宫廷，搞化装表演和令人不能容忍地惟妙惟肖地模

①阿里戈：特雷维索的圣亨利（卒于1315年），以许多奇迹（包括本故事中提到的丧钟自鸣）的创造者而驰名。

仿各种各样的人，来取悦这些王公贵族。以前他们从未来过这里，看见人们忙忙碌碌，东奔西跑，觉得很奇怪。他们弄清楚了混乱的原因后，也都急切地要去看看热闹。

他们把行李寄放在一家旅店里后，马尔凯斯说："我们想去瞻仰这位圣徒。但恐怕很难实现这个愿望，因为我听说，广场上挤满了日耳曼人和许多当地领主派来维持秩序的士兵。而且，大教堂里人满为患，挤得水泄不通，我们根本不可能挤进去。"

虽然如此，马尔特利诺还是想去看一看，并说："那挡不住我们：我会想出个办法，让我们到圣体跟前。"

"什么办法?"马尔凯斯问。

"告诉你吧：我假装是一个麻痹病人。你与斯特基一边一个搀扶着我，仿佛我自己不能行走，你们假装是在费力地把我搀扶到圣体前，去求得医治。看到我们这种情景，人人都会给我们让路，让我们进去的。"

马尔凯斯和斯特基认为这是个好主意，于是他们三人立即离开旅店，来到一个僻静的地方，马尔特利诺将自己的手和手指、胳膊和腿都扭曲成畸形，更不必说他的嘴歪眼斜了，整个一张脸看上去十分可怕。凡是看见他这副模样的人都会肯定地说，他是一个全身残疾的人。马尔凯斯和斯特基搀扶着他，直奔大教堂，个个看上去都十分虔诚，低声下气地请求挡住他们去路的人群行行好，让出一条路来。他们的请求很容易地得到了人们的同意，大家不仅满足他们的要求而且高喊着"让开点儿，让开点儿！"就这样，他们很快来到了停放圣阿里戈遗体的地方。马尔特利诺被站在遗体旁的几位绅士迅速抬起，放在遗体上面，好让他借助圣体的神力恢复健康。所有的人都注视着他，看他的病体会发生什么变化。一二分钟之后，优秀的化装表演者马尔特利诺先伸直一根手指，然后伸直一只手、一只胳膊，最后逐渐伸直了全身。看到马尔特利诺恢复了健康，人群中爆发出一阵欢呼声，称赞圣阿里戈的声音震天动地，就是响雷的声音也会被这赞美声淹没的。

有一位原本认识马尔特利诺的佛罗伦萨人那天恰巧站在他附近，当马尔特利诺装成全身残疾模样被搀扶进来时，他并未认出他来。现在马尔特利诺挺直了全身，那位佛罗伦萨人立刻认出他来，不禁大笑起来。

“哈哈，我真该死！”他大声说，“看他进来时的那副模样，谁都会断言他真是一个残疾人！”

几个特雷维索人听见了他说的话，立即问他：“你说什么？难道他不是个残疾人吗？”

“天哪，不！”那位佛罗伦萨人说，“他的身体跟我一样柔软健康，但你们都看到了，他有表演的天赋，能逼真地、随心所欲地装扮成各种角色。”

他们听了这话，不需要再问什么了，一拥而上，大声喊叫：“抓住那个坏蛋！他竟然取笑天主和他的圣徒！他假装麻痹，装扮成残疾人，来这里嘲笑我们和我们的圣徒！”他们一边这样喊着，一边抓住他，把他从圣体上拖下来，揪住他的头发，把他的衣服撕成碎片，对他拳打脚踢。马尔特利诺只见人们个个踊跃地上来揍他，急得大喊饶命，尽力保护自己，但全都没用——挤上来揍他的人越来越多。斯特基和马尔凯斯看着马尔特利诺挨打，感到事情弄糟了；他们怕自己也挨打，所以不敢上前去救马尔特利诺——实际上，他们跟着其他人一起高喊打死他，但同时也在仔细想办法把他从愤怒的人群中救出来，如果不是马尔凯斯想出一个紧急办法，这群人一定早把他打死了。主要行政官的大批警卫队早已集合在教堂外面。马尔凯斯以最快的速度跑到中尉跟前，大叫道：“请帮助我！那个流氓割开了我的钱包，里面足有一百个金币呀。恳请您将他抓起来，帮我把钱弄回来吧！”

那位中尉听他这么说，立刻派了十二个警察向不幸的马尔特利诺正在遭受痛打的地方冲去。他们费力地挤进人群，把他从众人手中抢了出来。马尔特利诺被打得头破血流，浑身青肿，警察们把他拖走，押到了主要行政官那里。众人听说他是被当成小偷抓走的，于是许多认为受了他侮辱的人都跟着他来到那里，因为他们没有别的更好的理由使他受到责罚，就都声称他也割了他们的钱包。主要行政官手下的地方法官是一个头脑简单的人，听说马尔特利诺是个小偷，就立刻把他带到一边，开始审问。但马尔特利诺并未把逮捕当回事儿，只是一味地揶揄地方法官。地方法官大怒，使他受到吊坠刑的惩罚，几次将他吊起和坠下，企图迫使他承认对他的指控，这样，他就可以判处他绞刑。

当他又一次被从吊坠刑架上放下来时，法官问他对他的指控是否属实。马尔特利诺知道否认也没用，就说："先生，我愿意承认那是属实的。但请每一位指控我的人说明我在什么时间、什么地点割了他的钱包，然后我再告诉您我干了什么和没干什么。"

法官同意他的请求，传进来几位原告：一个人说马尔特利诺一个星期前割了他的钱包，另一个人说是六天以前，第三个人说是四天以前，而其他人则说是在今天。

"先生，他们都在撒大谎，"马尔特利诺听到他们这样说后，大声说，"我向您证明我说的是真话：我刚刚来到这座城市，以前从未来过，而且但愿我至今也从未来过这里！我一到这儿，就不幸去瞻仰了圣体，如您所看到的，遭到了一顿毒打。你们负责外国人入境登记的官员可以证明我说的是真话，翻开他的登记簿，一切就都清楚了；我们的旅店老板也会证明的。这里的这些恶棍想让您折磨我，并判处我死刑；但如果您发现了事情的真相果然如我所说，我恳求您不要听那些恶棍的话。"

马尔凯斯和斯特基见事情发展到了这一地步，又听说法官对马尔特利诺大发雷霆，对他用了吊坠酷刑，大为恐慌，不知如何是好。"我们把事情弄糟了，"他们沮丧地自言自语，"我们把他救出油锅，却又把他推下了火坑。"于是，他们想尽办法营救马尔特利诺，回去找到旅店老板，把发生的事情原原本本地告诉他。旅店老板听了咧嘴大笑，但他还是带他们去见一个名叫桑德罗·阿戈兰蒂的人。这是一位住在特雷维索的佛罗伦萨人，对当地的统治者颇有影响。旅店老板和他们二人把事情的经过又向他讲了一遍，并恳求他关心马尔特利诺的困境。桑德罗哈哈大笑，但他去见了总督，请求派人去把马尔特利诺带到总督这里。总督立刻派人前往。被派去带马尔特利诺的人看见他仍在法官面前受审，神色慌张，不知所措。因为法官拒绝听他对自己的辩护，实际上那位法官恰巧有些怀恨佛罗伦萨人，打定主意要绞死他，甚至很不愿意把他交给总督，直到最后迫于命令，才很不情愿地把人交出来。马尔特利诺被带到总督面前，把事情的经过又如实讲了一遍，恳求总督大发慈悲，让他离开这里，因为除非回到佛罗伦萨，否则他总觉得脖子上套着一根绞索。总督听了他的不幸遭遇觉得特别好笑，赠送他们每人一件长袍。就这样，他们三人出人意料地摆脱了困境，安然无恙地回到家中。

故事2

里纳尔多·德斯蒂遭到抢劫后，来到了圭利埃尔莫城堡，得到了一位寡妇的救助——那寡妇将他安全地送上了返乡之路。

内菲勒关于马尔特利诺遭遇不幸的故事，逗得小姐们阵阵大笑，那三个青年也是乐得前仰后合，特别是菲洛斯特拉托笑得最厉害。因为他就坐在内菲勒的身边，女王就命令他接着讲故事，于是他毫不迟疑地开始了下面这个故事：

美丽的小姐们，我打算给你们讲一个与宗教信仰、不幸遭遇、爱情，以及所有与这些有关的故事，我敢说，你们听了这个故事后，会感到大受裨益的。它特别适用于那些已踏上征途，试图走过危险的爱情王国的人。没有向维纳斯——对不起，我的意思是向圣朱利安① ——做祷告习惯的旅行者，可能会找到一张尚可的床，但还是睡不好觉的。

在阿佐侯爵② 统治费拉拉时期，有个名叫里纳尔多 · 德斯蒂的商人。有一次他去博洛尼亚办事，事办完后就动身回家。在他刚刚骑马离开费拉拉境地，正赶往维罗纳的时候，碰上了几个人，他们貌似商人，而实际上是一伙无恶不作的土匪和强盗。里纳尔多很不谨慎，与他们搭上了话，并与他们结伴同行。这些强盗看出他是个商人，估计他身上一定带着很多钱，就决定看准时机抢劫他。他们为了解除他的警惕性，竭力在他面前按他们所知的君子模样，表现得温文尔雅，颇像令人尊敬、有良好教养的人，与他谈论着诚实经商和有关道德的话题。因此，里纳尔多觉得碰上这些人很幸运，因为独自一人带着仆人骑马赶路实在太寂寞。他们一边赶路，一边聊天，天南海北无所不谈，最后讨论起人们向天主祈祷的话题。

一共有三个强盗，其中之一对里纳尔多说："尊敬的先生，那么您呢？您旅行时，一般做哪种祈祷啊？"

"说真的，"里纳尔多回答说，"说起这类事来，我是一个俗人，不太懂祈祷，实际上我很守旧，不习惯于对事物做琐细的分析。但在外旅行时，我习惯这样：早晨离开旅店时，我为朱利安父母（被朱利

①圣朱利安：旅行者保护神朱利安，传统上人们祈求他保佑旅行安全、住店安全。

②阿佐侯爵：可能是阿佐八世（卒于 1308 年）。

安成为旅行者保护神之前所误杀)的在天之灵念一遍《我父在天》和《圣母颂》,然后向天主和圣朱利安祈祷,请求他们保佑,我在当天晚上会有舒适的安歇之处。许多次我在旅途中遇上很大危险,但我总是幸免于难,还在晚上找到了安全的住宿。因此,我深信,因为我向圣朱利安祈祷,他就为我求得天主的这一恩典。如果哪天早晨我未向他祈祷,那个白天赶路就一定不顺利,那天晚上也不会有舒适的住处。"

"那么您今天早晨也向他祈祷了吗?"那个强盗又问。

"当然祈祷了。"

问话的那个强盗很清楚事情将会怎样进展,心里想:"但愿你的祈祷会对你有很大好处。如果我们的计划不出差错,我想你今晚就不会有舒适的住处了。"然后,他对里纳尔多说:"我也经常旅行,但我从不做那种祈祷——尽管我听到许多人赞扬它——可我总是睡得舒舒服服的。也许今天晚上您就能看到谁会睡得更舒服,是做过祈祷的您呢,还是未做过祈祷的我。但我念另外一种祈祷文,如*Dirupisti* 或 *Intemerate* 或 *De Profundus*①。我祖母过去经常告诉我,这些祈祷文才是非常重要的。"

他们和里纳尔多一边聊天,一边赶路,并等待适当的时间和地点来实施他们的罪恶计划。黄昏时分,他们恰巧来到离圭利埃尔莫城堡②不远的一个渡口,这三个恶棍见时间已是很晚,地点非常僻静,于是向里纳尔多突然袭击,抢劫了他所有财物和马匹,只给他留下了一件身上穿的衬衫。"再见了!"他们说,"让我们看看你的圣朱利安今晚会不会给你安排个好旅店——我们的圣徒可给我们找了好

---

①*Dirupisti … De Profundus*:对真正拉丁语祈祷文稍有篡改的译文。这里,这些词可能被用作犯罪俚语,分别指毒打、威胁和谋杀。

②圭利埃尔莫城堡:位于费拉拉和埃斯蒂之间的一个小镇。

住处啦!”他们这样道别后,徒步过河,扬长而去。

里纳尔多的仆人见主人遭到袭击,不仅不上前援助,反而掉转马头逃跑。这个胆小鬼一口气跑到圭利埃尔莫城堡。他进了城堡,见天色已晚,便找了个旅店住下,不再为其他任何事情烦恼。天气极冷,还下着暴风雪。被扔在城堡外的里纳尔多,身上只穿着一件衬衫和一双袜子,茫然不知所措。黑夜降临,他浑身发抖,牙齿咯咯作响,环视四周,想找个住所过夜,以免冻死在雪地里。可是这个地区刚刚遭到一场战祸,一切都被烧光了,根本看不见任何住所。他被寒冷所迫,一路小跑奔向圭利埃尔莫城堡(他不知道他的仆人是否逃去了那里);他想,如果他能进入城堡,天主一定会给予他某种帮助的。当他跑到离城堡还有一英里时,天就已经完全黑下来了。所以,当他来到城堡下面时已经太晚了——城门已经关闭,吊桥已经拉起,他已无法进城了。他痛哭流涕,十分悲伤,向四周张望,看看有没有一个能躲避风雪的地方。他幸运地发现有一幢房子建在城墙顶部,向墙外凸出一些。因此,他决定在那房檐下避避风雪,等到天亮再说。他来到那幢房子跟前,发现这是一幢用翅托支撑的房子,檐下的墙上有一道门;门是锁着的,但附近有一些切碎的稻草。于是,他捡了一些干草放在门口,闷闷不乐地安顿下来,嘴里不停地抱怨圣朱利安:“这就是你报答我对你信仰的好方式!”但圣朱利安的确把他挂在心中,很快为他安排了舒适的住所。

城堡里住着一位寡妇,是一个美貌绝伦的女人,阿佐侯爵宠爱她就像珍爱自己的生命,他把这女人安置在这里供自己享用。那寡妇正巧居住在里纳尔多在其檐下躲避风雪的那幢房子里。那天白天,侯爵恰巧来到圭利埃尔莫城堡,打算那天夜里与她同床共枕,并且悄悄地吩咐在她自己的房子里为他准备好一盆热水和一席奢侈的晚餐。当她把一切准备妥当,专等侯爵来到时,侯爵门口出现一个小听差,交给他一份紧急公文,侯爵不得不立即上马起程离开这里。于是,侯爵派人给那位寡妇送个口信,告诉她不必等候了,然后他就离去了。那位夫人颇感扫兴，不知所措；她决定自己跳进为侯爵准备好的热水浴盆里洗个澡，然后吃饭、睡觉。于是，她进入了洗澡间。

洗澡间靠近通向墙外的后门，可怜的里纳尔多正在门外，蜷缩在那里躲避风雪。因此，那寡妇洗澡时听见了里纳尔多哭泣和浑身发抖的声音，很像一只鹳嘴里发出来的啪嗒声。于是，她唤女仆进来，吩咐她说："上楼去，往墙外瞧瞧，看是谁在这道门外，弄清楚他是谁，他在那儿干什么。"女仆来到楼上，在清朗的夜空下，她看见里纳尔多坐在那儿，我们刚才说过，他身上只穿着一件衬衫和一双袜子，冻得浑身颤抖。女仆问她是谁。里纳尔多抖得很厉害，几乎说不出话来，但他还是尽可能简单地告诉了女仆他是谁，他如何来到这里。然后他可怜巴巴地恳求女仆：她不会把他整晚扔在外面活活冻死吧？女仆可怜他，回去把这一切报告给了女主人，女主人也很同情他，想起来她有那道门的钥匙，那是侯爵偶尔来暗访时使用的。"去，放他悄悄进来，"她对女仆说，"反正这里放着一桌饭菜没人吃；我们有足够的地方让他住一夜的。"

女仆连声称赞女主人心地善良，去开了门，把里纳尔多领了进来。那寡妇见他几乎全冻僵了，便对他说："朋友，快进去洗个澡吧，水还热着呢。"里纳尔多不用女主人再次邀请，高兴地跳进浴盆里洗澡了。温暖的水使他非常振奋，他感到他又回到了活人中间。那寡妇拿出她过世不久的丈夫的衣服给他穿，他穿上非常合身，好像这衣服就是照他的身材制作的。他一边等待着那位夫人的进一步吩咐，一边在心里感谢天主和圣朱利安，果然像他期待的那样，把他从那可怕的夜里拯救出来，送进这个他已体会到的舒适的住所。夫人休息了片刻，然后吩咐把客厅壁炉里的火生旺。她去了客厅，问女仆那诚实的人衣服穿好了没有。

"夫人，他已穿好了衣服，看上去是个漂亮男人，我应该说，也很有风度。"

"那么，去把他叫来吧。让他到这儿来烤火，在这儿吃晚饭，恐怕他还没吃晚饭吧。”

里纳尔多走进这间烧着旺火的客厅。他见夫人像是一位举足轻重的人，便向她尊敬地请安，最衷心地感谢夫人对他的慈善之举。根据他的举止言谈，夫人觉得女仆对他的看法不错。她亲切地欢迎他，不拘礼节地邀请他坐在自己身边烤火，关心地询问使他来到这里的不幸遭遇，里纳尔多就把整个经历原原本本向她述说了一遍。里纳尔多的男仆到达城堡后，夫人已经听到一些关于里纳尔多遭到抢劫的传闻，因此她完全相信他讲述的一切。她向里纳尔多保证，第二天早晨他会很容易地找到他的男仆，并告诉了他有关他男仆的消息。晚餐准备好了，他们洗了手，里纳尔多应邀与夫人一起坐在餐桌旁吃饭。里纳尔多三十四五岁年纪，身材高大，面容俊秀，举止文雅。夫人不断地盯着客人看——她对这个男人颇感兴趣，主要因为侯爵本应在今夜来这里与夫人一起过夜，激起了她的春情。晚饭后，收拾完了餐桌，夫人与女仆商议，既然侯爵说来却没来，玩弄了她的感情，让她空欢喜一场，她是否可以享用命运送给她的好机会——用这位美男子来填补这个空缺。

女仆清楚地知道女主人的心事，因此极力怂恿她去满足自己的欲望。于是，夫人回到刚才她扔下里纳尔多自己烤火的火炉旁，开始向他投去含情脉脉的目光。“喂，里纳尔多，”她说，“你为什么这样闷闷不乐呀？您失去了一匹马和几件衣服，难道您以为您就永远也不会从损失中恢复过来了吗？鼓起勇气，振作起来，在这里就跟在您自己家里一样。我能跟您说句心里话吗？看您穿着我已故丈夫的衣服，我几乎把您当成他了，天知道今夜有多少次我感觉到一种冲动，很想搂住您的脖子，吻您。说真的，要不是怕您不高兴，我早就那么干了。”

里纳尔多不是一个不懂风情的笨蛋，听了她的话，看到她脉脉含情的目光，向她张开双臂，说：“我一直在想，夫人，多亏了您，我才仍然活着。我将牢记，是您把我从风雪中救出来，如果我不尽力做一切事情满足您，那我就是一个不折不扣的坏蛋了。所以，来吧，请您搂住我，吻个够吧，我也要以这世界上最美好的意愿拥抱您、亲吻您。”

到了这一步，别的话就不用说了。夫人早已按捺不住心中燃烧着的熊熊欲火，扑向里纳尔多怀中，紧紧拥抱他，吻了他有一千遍。她也得到了里纳尔多的一千遍回吻和紧紧拥抱。然后，他们进入卧室，迅速宽衣上床。他们充分地、一遍又一遍地安抚他们的激情，痛痛快快地玩到天亮。天刚放亮，夫人决定起床，避免有人生疑。她给了他几件破旧衣服穿上，把他的钱包塞满了钱，请求他别把昨夜的事儿讲出去，指点了他怎样进城堡，怎样找回他的仆人的路径之后，引领他从他昨晚进来的那道后门出去。

天一大亮，城门打开时，他就像刚从远处来的人一样进入城堡，找到了他的仆人。他从旅行袋里拿出自己的衣服换上，正要跨上仆人的马背时，忽然，几乎奇迹般地，那三个在昨晚抢劫他的强盗被押进城堡：他们是在刚刚犯下另一桩重罪之后被抓住的。在他们交代后，里纳尔多的马匹、衣服和钱都归还给了他，只失去了一副吊袜带，那几个强盗已记不清他们用它干什么了。于是，里纳尔多谢过天主和圣朱利安，骑上他的骏马，一路平安地回到家中，而那三个强盗却就在第二天都摇摇晃晃地悬尸在绞刑架上了。

故事3

三个有钱的兄弟挥霍无度，最后倾家荡产。他们的侄子与英国公主喜结良缘，为他们赎回了家产。

几位小姐和男青年一边听着里纳尔多的历险故事，一边感叹不已，并对里纳尔多的虔诚表示称赞，他们感谢天主和圣朱利安在里纳尔多的危急时刻帮助了他。他们对那位寡妇接受送上门来的机会的行为，不仅没有谴责，反而认为她在最充分地享用天主送给她的好运这件事上，表现得非常完美、非常理智。当他们还在继续玩笑般地谈论着那位夫人度过那个快活的夜晚时，坐在菲洛斯特拉托旁边的潘比妮亚，知道下面轮到她了（她没有弄错），一直在心里琢磨着她该讲个什么故事。一听到女王吩咐，她就愉快而自信地开始了她的故事：

如果你们仔细想一想，就会发现，关于命运捉弄人的话题，我们说得越多，有待去说的事情就越多。如果你们对这一说法稍加考虑，就不觉得它奇怪了，因为我们愚蠢地以为一切尽在我们自己的掌握之中，实际上一切尽在命运之神的掌握之中，她以难以捉摸的智慧，以我们看来完全任意的方式，不断地改变着人们的境遇。我知道，这一点以其最明显的方式，日复一日地变得不言自明，而且已经在前面的一些故事中得到证明；尽管如此，既然这是我们女王喜欢并指定的话题，那我就再献上一个这样的故事。我认为这个故事一定会使我的听众快乐——甚至可能给大家带来教益。

从前我们这座城里有一位骑士，名叫特巴尔多。有人说他是兰贝尔蒂家族的后裔，而其他人则仅凭他儿子们所从事的职业——阿戈兰蒂家族的传统职业，就认为他是阿戈兰蒂家族的后裔。但别管他实际上是这两个家族中哪一个的后裔，我只想说特巴尔多是他那个时代的一位拥有巨大财富的骑士。他有三个儿子，大儿子叫兰贝尔托，二儿子叫小特巴尔多，三儿子叫阿戈兰特，个个都是英俊的年轻豪侠。但是在大儿子还不满十八岁时，他们有钱的父亲就去世了。他的三个儿子作为他的合法继承人，得到了他的全部财产，包括动产和不动产。他们一旦发现自己拥有这么多财富、现金和不动产，就开始了一种随心所欲、奢侈浪费的生活方式。他们雇了很多仆人，养了十几匹良种马，成群的猎鹰、猎狗。他们还敞开房门，大宴宾朋；

慷慨馈赠，人人有份；竞技比武，立标设奖。总之，他们表现得跟贵族似的，不，比贵族更甚：沉迷于年轻人所特有的任何一种和每一种想入非非的怪念头。这种豪华的生活没过多久，父亲留下来的金钱就被他们挥霍光了。因为入不敷出，他们开始典当和变卖家产，今天一件，明天一件，不知不觉到了山穷水尽的地步。过去是财富蒙蔽了他们的双眼，现在是贫困使他们睁大了眼睛。

有一天，兰贝尔托把两位兄弟叫了过来，指出他们的父亲在世时在社会上享有何等崇高名望，而他们却落得这等地步；过去他们家是多么的有钱，而现在由于他们的奢侈浪费、挥霍无度而变得何等的贫穷。他竭力说服两个兄弟，在赤贫到来之前，把所剩无几的家产全都变卖掉，然后跟他到别的地方去生活。兄弟三人就这样做了。他们既不声张也不与邻居们告别，情愿离开了佛罗伦萨，一路上马不停蹄，直接来到英国。他们在伦敦租了个小房子住下，削减经费，刻苦度日，干起了贪婪的放债者行当。他们在伦敦时来运转，仅几年时间，就攒下了大量财产。兄弟三人轮流带着钱回佛罗伦萨，把过去的大部分财产都赎回来，又添置了很多新的家产。他们在佛罗伦萨结了婚、成了家，但他们在英国的放债业务仍在进行，派去一个名叫阿列山德罗的年轻侄儿照看。这时，兄弟三人完全忘记了过去挥霍无度的下场，旧病复发，又大量挥霍起来，比以前更加糟糕——根本不考虑他们现在都有了妻子儿女需要养活——凭着他们的信誉，全城所有的商号都无限地给他们赊账。他们的支出连续好几年都是靠阿列山德罗寄回来的钱解决的。阿列山德罗贷款给贵族，贵族则以城堡和其他收入做抵押——这给了他相当可观的收入。

兄弟三人就这样继续挥霍，钱花光了就借债，他们的希望全寄托在英国方面的接济上。谁也不曾料到，在英国国王与王子之间①

①在英国国王与王子之间：可能是指亨利二世（1154—1189年）儿子们的反叛。

爆发了战争；战争使国家一分为二，有的效忠国王，有的支持王子。结果，阿列山德罗被剥夺了作为贷款抵押的贵族城堡，他的其他收入来源也中断了。阿列山德罗始终盼望着国王父子有朝一日达成协议，他就能收回全部资产，包括本金和利息，所以他坚持留在英国。同时，佛罗伦萨的兄弟三人丝毫不削减他们的巨额开支，因此日益陷入更深的债务之中。几年过去了，阿列山德罗眼看着希望还没有实现；这兄弟三人已信誉扫地，更糟糕的是，债主们要求当局逮捕他们，又因为他们仅有的剩余资产已不够抵债，他们被以拖欠债务罪关进监狱。他们的妻子儿女，四处流浪，靠乞讨为生，除了在赤贫中死去，别无出路。

阿列山德罗留在英国好几年，等待着恢复太平。但他一直没有看到一点儿太平的迹象，感到继续住在那里不仅不会有结果，而且实际上是在拿他的生命冒险，因此决定回意大利去，便独自一人踏上了归途。当他离开布吕赫市时，他碰巧看见一位身穿白色的本笃会教派衣服的院长也正在出城，由几位修士和大队随从及行李车陪同。随行人员中还有两位年长的骑士，他们是国王的亲戚；阿列山德罗认识他们，便过去同他们打招呼，他们欢迎他结伴同行。在他们一起赶路时，阿列山德罗小声地问他们，骑马走在前面的、带着大队随从的那几位修士是谁，他们要到哪里去。一位骑士告诉他："骑马走在我们前面的，是我们的一个年轻亲戚。他刚刚被任命为英国一家最大的修道院院长。但根据规章，他因为太年轻，还不能胜任这么重要的职位，因此，我们陪他去罗马，请求教皇特许、不拘年龄批准他担任这个职位。但这件事你一定不要与任何人提起。"

那位新任院长骑着马，带着随从，有时走在队伍前面，有时走在队伍后面，就像贵族们出门时那样。因此，他看见了不远处同行的阿列山德罗，发现这是一位颇有风度、非常俊秀的年轻小伙子，而且彬彬有礼，举止大方，非常吸引人。院长一看见他，就觉得特别喜欢他，于是把这小伙子叫到身边，非常愉快地和他攀谈起来，问他是干什么的，从哪儿来又往哪儿去。阿列山德罗有问必答，诚实地告诉他有关自己的一切，还表示愿意为院长效劳，无论怎样卑贱的差使，他都可以去干。阿列山德罗富有魅力，他朴实的话语令院长大喜。院长见他举止端庄，心中断定，即使这小伙子干着卑贱的职业，他也必定出身高贵，因此感到越发喜欢他。院长对小伙子的痛苦遭遇表示深深的同情，并给予他最亲切的安慰，告诉他振作起来，只要为人正直，品行端正，天主就会帮他挽回财产损失，甚至使他的情况比以前更好。"既然你是去托斯卡纳，"院长说，"就请与我结伴同行吧，因为我也要去那个地方。"阿列山德罗谢过院长对他的安慰，并再次表示："我完全听您的吩咐。"

从见到阿列山德罗的那一时刻起，院长的心情就陷入一种非同寻常的混乱之中。就这样，他们继续赶了几天路，来到一个村子，这里显然没有旅店。既然院长要在这儿过夜，阿列山德罗就扶着院长在他的一个老朋友的房子前下了马，他的这位老朋友是一个共和党人。他请老朋友在他房子里收拾好一个最舒适的房间给客人住。阿列山德罗以他干练的办事能力，俨然成了院长的管家，他尽最大努力在全村为所有随行人员找到了住处。院长吃过晚饭后，夜晚已经降临。直到大家都上床睡觉了，阿列山德罗才问主人他可以睡在什么地方。

"哎呀，亲爱的，"主人说，"我也不知道你可以睡在哪儿。你看，我的房子全住满了；你看我和我的家人都睡在长板凳上。不过，院长的房间里有几个粮柜子，我可以带你去那儿，用一个粮柜子给你搭个铺，如果你愿意，今晚你就在那儿将就着睡一夜吧。"

"我怎么可以睡在院长的房间里？"阿列山德罗问，"你知道那个房间很小，所以他的修士一个也没在那儿睡。如果我早知道情况是这样，我就会要求院长在他尚未放下床帘休息时，安排修士们睡在那些柜子上，我就可以睡在修士们现在睡的地方了。"

"嗨，事情已经这样了，"主人说，"只要你愿意，睡在柜子上面也一样很舒服的。院长已睡熟了，床帘已经放下来了。我轻轻地给你铺上一个床垫，你就在那儿睡吧。”

阿列山德罗觉得这样做不会打扰院长，就同意了，尽可能轻轻地躺下来睡觉了。院长没有睡着，因为他心里燃烧着炽烈的欲火。他听到了阿列山德罗与主人的谈话，也能听得出那小伙子在那儿躺下了。他非常高兴，心里说：“这是天主赐给我满足欲望的好机会，机不可失，时不再来呀。”院长下定决心，抓住这一机会。这时房间里一切都安静下来了，他轻声叫着阿列山德罗的名字，吩咐他过来，叫他躺在自己身边。阿列山德罗找了各种借口，再三推辞，但最后还是脱了衣服，上了院长的床。

院长把一只手放在阿列山德罗的胸膛上，开始像恋爱中的少女抚摸她的情人那样抚摸他。这使小伙子大吃一惊，怀疑院长这种急切抚摸他的方式预示着一种不正常的爱情。院长很快明白了阿列山德罗心中的疑虑，也许是他猜到的，也许是小伙子自己泄露的。他微笑着，迅速脱下衬衫，抓住阿列山德罗的手，放在自己的胸膛上，说：“阿列山德罗，别胡思乱想了，摸摸这儿，你就明白了我这儿藏着什么东西。”

小伙子把手放在院长的胸膛上，摸到两个娇嫩的小乳房，圆圆的，坚实的——像是用象牙雕刻出来的。阿列山德罗明白了，他的同床是个女人，他不等对方进一步邀请，就立刻把她搂在怀里。他正要和她亲吻，她忽然说：“在你和我亲热之前，先听我告诉你一些事情。现在你已明白了，我是个女子，不是男人。我离开家时是个处女，现在正是要去见教皇，请他为我证婚。不知是你的幸运还是我的不幸，那天我一看见你，就着迷地爱上了你——世上没有第二个女人会像我这样爱上一个男人。我已经决定，你就是我要嫁给的男人。如果你不愿娶我为妻，那么请你立即下床，回到你自己的床上去。”

阿列山德罗虽然对她的身世还不了解，但从她带着那么多随从看，断定她一定有钱且出身高贵。她长得极其美丽，这是他自己能看得出来的。所以，无须再多想，他回答她说，如果她愿意嫁给他，那他更愿意娶她为妻。她一听到这话，立刻从床上坐了起来，在天主的圣像前面，将一枚戒指戴在他的手指上，与他订了婚。然后，她把他搂在怀里，相互给予对方无限的快乐，他们就这样恩恩爱爱地度过了那一夜。第二天早晨阿列山德罗起床时，他们已经商定了实行他们计划的办法。他像昨天晚上进来时那样，悄悄地离开院长卧室，这样谁也不知道他是在哪儿过的夜。幸福极了的阿列山德罗与院长和他们的随从又上路了，几天后到达了罗马。

在罗马休息了几天后，院长只带两位骑士和阿列山德罗去觐见教皇。她按教规向教皇行了屈膝礼之后，对教皇说：“陛下，无论谁想过一种纯洁、正直的生活。他都必须尽最大努力去避开一切引诱他背道而驰的事物，这个道理您比任何人都更清楚。我追求纯洁、正直的生活；为了能实现这一目标，陛下看到，我女扮男装，带着我父亲的很大一部分金银财宝逃跑。我父亲是英国的国王，他打算把我作为新娘送给苏格兰国王①，那是一位很年老的绅士，而我，陛下能看得出，还是一个很年轻的姑娘。因此，我离开王宫来到这里，就是为了请您为我的婚姻大事做主。我逃婚的原因并非像人们担心的那样嫌弃苏格兰国王年老，而是担心：如果我嫁给了他，我年轻，意志薄弱，经不起诱惑，会做出违反教规和有损父亲皇家血统名誉的事情来。只有天主最清楚一个人的需求是什么，我深信天主慈悲，发现了我的处境，把一位能做我丈夫的男人送到了我的眼前，就是这位年轻人（她指着阿列山德罗）。陛下看到，他就站在我的身边。尽管他是出身可能低于皇家血统的人，但他的豪侠举止使他配得上任何尊贵的小姐。所以，不论我父亲或其他任何人怎样看这件事，我选中了他，我要他做我的丈夫，我将永远不会接受另一个男人。这样，我

①苏格兰国王：这个时期的苏格兰君主应该是狮心王威廉（1143—1214年），但他不应该是“很年老的”。

离开父王的主要目的就改变了。但我仍想进行这个旅行，一是为了瞻仰这座城里的诸多圣地，觐见教皇陛下，二是为了当着陛下和众人的面宣布我和阿列山德罗私下订立、但有天主作证的婚约。因此，我恳请陛下接受他，我想天主和我都合意的，也一定合您的意；我请求您为我们的婚姻祝福，因为您是天主在世间的代表；有了您的祝福，我们就会为了天主和陛下的光荣，白头偕老，生死与共。”

阿列山德罗听说自己的新娘是英国国王的女儿，感到十分惊奇，这个消息又使他心里充满了一种奇妙而神秘的快乐。但那两个骑士却大为震惊，非常气愤，如果在其他场合而不是在教皇面前，他们会对阿列山德罗动武，小姐可能也要遭到他们的毒手。教皇本人对小姐女扮男装，自选丈夫的行为也很吃惊，但见事已至此，无法挽回，只好同意满足小姐的愿望。他知道两位骑士非常愤怒，便首先劝解他们，努力促成这两位骑士与那对小夫妻之间的和解。然后，教皇着手婚礼的必要准备。到了指定的日子，教皇举行了一个最豪华的宴会，请来了所有的红衣主教和城里最重要的人物，然后请出小姐与这些贵宾相见。小姐一身公主打扮，光艳照人，魅力四射，赢得大家一片喝彩声；阿列山德罗也身着盛服出现，风度翩翩，一派王子气概，根本不像一个靠放高利贷谋生的小伙子了，连那两个骑士也对他肃然起敬。这一对年轻人的订婚仪式在这里重新庄严地举行，然后才举行结婚典礼；在这美好、隆重的婚礼上，教皇当众为新郎、新娘一一祝福。

阿列山德罗和新娘离开罗马时，商定旅行到佛罗伦萨去。他们结婚的消息早就在佛罗伦萨传开了，因此，他们备受人们的尊敬和欢迎。公主为那兄弟三人，即阿列山德罗的叔叔们，偿清了债务，使他们获得了自由，又为那兄弟三人和他们的妻子们赎回了家产。阿列山德罗和公主接受了大家的美好祝愿，带着阿戈兰特同行回英国。途经巴黎时，法国国王也对他们表示了隆重的欢迎。那两位骑士从法国先行回到英国，劝得国王原谅了女儿并兴高采烈地欢迎女儿和女婿的归来。不久，国王授予阿列山德罗爵士头衔，封他为康沃尔伯爵。现在，阿列山德罗用自己的聪明和才智，恢复了国王与王子之间的和平，这给全国人民带来了巨大幸福，因此，阿列山德罗受到了全国人民的爱戴和感激。阿戈兰特在阿列山德罗封他为爵士之后，全部收回了他们的贷款，满载而归地回到佛罗伦萨，过上了比以前更富裕的生活。伯爵与其夫人从此过着荣华富贵的生活，据说，后来他凭着自己的才智和勇敢，又在岳父的帮助下，征服了苏格兰，成为苏格兰国王。

故事 4

商人兰多尔弗·鲁弗洛由一个大富翁变成了个穷光蛋，除了身上穿的衬衫，一无所有，后又遇船只失事，却得到命运女神的垂青。

当潘比妮亚的故事到了圆满的结局，坐在她身边的劳蕾塔不等女王命令，就开始了她的故事：

依我看，命运的力量再大也莫过于使潘比妮亚故事中的阿列山德罗这个地位最卑下的人一下子具有了王子般的地位。我们今天话题范围内的任何下一个故事，都不可能达到潘比妮亚故事的结局，所以，我也不必为我要讲的故事道歉。这个故事讲的不幸遭遇更加悲惨，但其结局并不那样辉煌。当然我知道，听了潘比妮亚的故事，你们可能不会那样专心听我的故事。但我讲不出更好的故事来，所以，请大家原谅。

雷焦与加埃塔之间的这段海岸被人们普遍认为是意大利最令人愉快的地方。这儿有一个地段，离萨莱诺很近，在当地以阿马尔菲海岸著称，有很多小城镇、花园、喷泉，住在这些小城镇的都是以非凡的热情经商的有钱人。其中一个小镇叫拉维洛，那里的人甚至在今天仍以他们中间一些极有钱的人而自豪。从前拉维洛是有极大财富的人兰多尔弗·鲁弗洛的家乡。兰多尔弗因不满足于自己已有的财产，想将其财产再翻一番，但在尝试的过程中差点倾家荡产，连命都搭进去。

他像商人们通常做的那样，算了算成本之后，买了一艘大船，装满用他自己的许多钱购来的各种货物，向塞浦路斯驶去。他到达那里后发现，很多其他船只也载着完全同类的货物，已先他到达，因此他不得不将他的货物廉价卖掉，实际上是不得不将它们白白送了人。这样，他就几乎是破产了。事情的变化使他非常沮丧，不知如何是好，眼看着自己从极其富有变得一贫如洗。他想，他绝不能出来时是个大富翁，而回去时却是个穷光蛋。于是，他决定通过掠夺来弥补损失，否则就得在这次财产翻一番的尝试中死去。他找到了买主，卖掉大船，用这笔收入加上卖货的钱，买了一条做海盗用的快船，按海盗船的用途作了最好的装备，开始抢劫他人货物，他通常掠夺土耳其人。

他干海盗这一行要比他经商顺利得多。不到一年，他劫掠了很多土耳其船只，不仅补偿了经商的损失，而且使他的财产翻了一番。他因为受到第一次损失的惨痛教训，而且确信他已得到了他所需要的一切，为了避免再一次损失，说服自己满足于已有的财富，洗手不干了，所以决定带着他掠夺来的钱财回家。他没有用这些钱财再做任何投资，因为他已经害怕做生意了，干脆乘着这条使他发了财的快船向家乡疾驶。

当他到达爱琴海上时，正是黄昏时分，忽然迎头刮起了一阵猛烈的东南风，顿时波涛汹涌，他的小船支撑不住了。于是，他将船驶进靠近一个小岛的海湾里躲避大风，希望在这里安然渡过这场风暴。他的小船进入海湾不久，两艘热那亚人的大商船也艰难地驶了进来，它们来自君士坦丁堡方向，也是寻求躲避风暴的。热那亚人看见了这条小船，发现了船主是个有钱人，于是就用他们的大船拦住了小船的逃路；这是一群贪得无厌、掠夺成性的家伙，他们做好了抢劫他的各种准备。他们先派一队全副武装的弓弩手登上岸，用武力阻止任何人离开小船逃跑，否则就将被箭射得粉身碎骨。然后，热那亚人乘小艇，借助风浪，很快靠近兰多尔弗的小船，船上的人一个也没能逃出，而热那亚人自己未受一点儿损失。他们将小船劫掠一空，将其凿沉，然后把兰多尔弗押到一艘大商船上，只给这位俘虏留下了身上穿的一件衬衫。

第二天，风向转了，那两艘商船向西驶去。整个白天那两艘商船航行得很顺利，但黄昏时分，风暴骤起，掀起了惊涛骇浪，将两艘大船分开了。那艘关押可怜的兰多尔弗的大船砰的一声被抛到了一个暗礁上，就像一个玻璃杯撞在墙上一样，碰得粉碎。这场灾难发生在凯法伦尼岛上。像往常发生船只失事时一样，海面上漂满了各种货物、木箱和木板。漆黑的夜晚降临了，海面上波涛汹涌，不幸的水手们——会游泳的落海者——拼命抓住任何碰巧漂到他们身边的东西，以免沉没。前一天，可怜的兰多尔弗还几次祈求一死，因为他觉得死要比他这样凄惨地回到家里好些；可是现在他看到死亡近在手边，又害怕地逃避它，像其他人一样，也抓住一块漂到他身边的一块木板，免于淹没，盼望天主设法让他活下去。他骑在那块木板上，任凭风吹浪打，尽力保持漂浮在海面上，一直到天亮。

天亮以后，他向四周看了看，除了乌云、大海和漂浮在波浪中的一只木箱，什么也没有。但那只木箱离他越近，他就越担心那只木箱会撞他，将他撞伤。每当木箱漂近他时，虽然他已经很虚弱了，他还是尽力用手推开它。但是，他担心的事儿还是发生了，海面上突起一阵暴风，巨浪将木箱狠狠地撞在兰多尔弗的木板上；木板被打翻了，兰多尔弗被抖落水中，沉入浪底；他是在恐惧而不是在力气的帮助下，游出水面，可是眼见那块木板漂远了，害怕将永远也够不着它了，于是向漂在附近的木箱游去，爬上木箱，趴在木箱盖子上，用手划水，使木箱保持直立状态。他被波浪摇过来、晃过去，没有一点吃的东西，肚子里倒是灌饱了水，不知道自己身在何处，除了茫茫大海，什么也看不见——他就这样忍耐了整整一天一夜。

第二天，兰多尔弗已变得像一团真正的海绵，但像一个遭水淹的人捞救命稻草一样，用两手紧紧抓住那只木箱的边缘；不知是天意还是借助风力，他发现自己被冲到了科弗岛的岸边。这时一个贫穷的女人恰巧在岸边刷洗锅盘，用沙子和盐水把它们擦得亮亮的。当那女人一看见他时，因没看清他人的形体，惊恐地后退，大叫起来。兰多尔弗这时既说不出话来，又看不清楚，因此对她什么也没说。但当海水把他冲到岸上时，那女人才看出来那是只木箱，再仔细一看，才发现有两只手紧紧抓在箱子两侧和木箱上面的一张脸，这才恍然大悟是怎么回事了。这时海面已风平浪静，那女人由于可怜他，蹚进海水中几步，抓住兰多尔弗的头发，连人带木箱一起拖上岸来。她费了很大的劲才把他的手指从箱子上松开，然后像抱个小孩一样把他抱到干地上，同时让她的一个小女儿把木箱顶在头上搬回家中。她把兰多尔弗放进一个浴盆里，摩擦他的全身，用热水给他洗澡，直到他的身体回暖，恢复生机。当她认为他已经苏醒过来时，就把他扶出浴盆，给他喝了点葡萄酒，吃了点东西，以增强体力。就这样她尽最大努力照料了他几天，使他恢复了体力，明白了自己身在何处。那女人觉得是时候了，她应该把她从海水中捞出的木箱还给他，让他继续赶路——于是，她这样做了。

兰多尔弗已完全忘记了那只木箱，但当那个善良的女人把木箱还给他时，他还是收下了，心里想那个木箱一定值几个钱，够他一二天花费的——虽然他并不对它有多大指望，因为它的分量很轻。等那个女人不在家时，他用力打开了箱子，看里面有什么东西。他发现箱子里面全是宝石，有的散着，有的串在一起。他对宝石是有鉴别力的，一看便知，这些宝石价值连城，于是他赞美天主，因为天主没有抛弃他，反而使他精神振奋。但因为命运之箭已经两次将他射穿，他不想再遭受第三次打击，所以，他决定十分小心地把这些宝石带回家。于是，他匆忙用一些破布将宝石包好，告诉那个女人他不再需要那个木箱了，问她能否给他一条袋子？至于那个木箱，她可以留下。

她高兴地给了他一个袋子，留下了木箱；衷心地谢过那女人对他的救命之恩，兰多尔弗背上那个袋子，辞别了那女人，登上一条开往布林迪西的船。然后，他从一个港口来到了另一个港口，在特拉尼见到了几位当布商的同乡。他向他们讲述了他所遭遇的不幸（对木箱一事，只字未提），他们听了非常同情，出于神圣的慈善之心，送给他一套衣服，借给他一匹马，还派人送他回到他一心要回去的家乡——拉维洛。

一到家，他终于感到安全了，再次感谢天主把他送回了家。然后，他打开袋子，把这些宝石比第一次更仔细地再检查一遍。他发现，他得到的是大量而珍贵的珠宝，如果能把它们卖上合适的价格，或再低一点儿的价格，他的财产就会比第一次出门时多一倍。嘿，他真的成功地出售了这些珠宝；他给那位在科弗岛把他从海水中救出来的善良女人寄去一大笔钱，感谢她的帮助，也给在特拉尼送他衣服的人寄去钱表示感谢。其余的钱他留着自己享用，他再也不想经商了，从此荣华富贵地度过了他的余生。

故事5

佩鲁贾的安德雷乌乔去那不勒斯买马。他一夜间竟三次遇险，但这并非是一次无益的旅行。

菲亚美塔开始了她的故事，因为轮到她了：

兰多尔弗得到的宝石使我想起一个故事，它与劳蕾塔讲的那个故事一样惊险；区别在于，她的故事历时几年，而我这个故事，你们将会听到，却发生在一夜之间。

听说从前在佩鲁贾有一个名叫安德雷乌乔·迪·皮埃特罗的年轻人。他的职业是一个马贩子。虽然他以前从未走出自己的城市，但当他一听说在那不勒斯有一个良种马市时①，他就将五百金币装进钱包，与其他几位商人一块起程去了那里。他在礼拜日晚上到达那不勒斯，从旅馆老板那得到一些指教，第二天早晨就去了市场。他看了几十匹马，因为有很多匹马他都喜欢，所以他与很多人进行了谈判，但他一次也没能成交。为了表现他是一个认真的买者，他不时地掏出装满金币的钱包——他真是个年轻、不谨慎的乡下佬——当着来来往往的人炫耀他有钱。正当他争论不休并且炫耀他的钱包时，他没有注意到，一个年轻俊俏的西西里姑娘（为一点小费愿意满足任何男人的女子之一）与他擦肩而过，发现了他的钱包。她心里想："如果那些钱是我的，谁还会比我过得更舒服？"她边想边走开了。跟她结伴同行的是一个老太太，这位老太太也是西西里人；当她看见

①良种马市：作为查理一世防御策略的一部分，促进了马繁殖的改良。

安德雷乌乔时，她让那姑娘先走，然后跑过来充满深情地拥抱他，而那姑娘此时悄悄地站在一边，看着他们两人。安德雷乌乔转过身来，认出了老太太，看到她感到非常高兴；她答应到他住的旅馆去看望他，但她没有耽搁他很长时间，谈了几句话就和他分手了，而安德雷乌乔又回到马市上与人讨价还价，但那天上午他一匹马也没买成。同时，那个先注意到安德雷乌乔钱包，然后看到老太太与他亲热交谈的年轻姑娘，开始谨慎地向她打听一些情况，试图找到办法把安德雷乌乔的钱全部或部分地弄到手里：那个小伙子是谁？她问。他从哪里来？他在这里干什么？她是怎么认识他的？老太太非常详细地回答了她的问题，很像安德雷乌乔本人在回答有关他自己身世的问题，因为她很久以前在西西里，后来在佩鲁贾就认识他的父亲。她还告诉那姑娘，安德雷乌乔将回到何处，到这儿来干什么。

完全弄清楚了安德雷乌乔的亲属关系及其姓名后，那姑娘根据了解到的这些情况制定了一个阴谋，企图略施小计，达到她的目的。她回到家后，给那老太太安排了很多事情做，让她忙了一整天，从而阻止了老太太回到安德雷乌乔那儿去。黄昏时，她叫来一个专门训练出来干这种差使的女仆，派她去安德雷乌乔住的旅馆。当那个女仆到达那儿时，她碰巧在门口遇上了安德雷乌乔，因此，她一问就问到了他本人。“我就是。”他说，那女仆把他拉到一边对他说：“先生，如果您不介意的话，本城有一位夫人很想和您谈谈。”

听了女仆的话，安德雷乌乔把自己上下仔细打量一番。断定自己是一个漂亮的小伙子，那位夫人一定是爱上了他，仿佛在那不勒斯再也找不出其他漂亮小伙子了。“我很乐意，”他立刻说，“她在哪儿？她想在什么时候见我？”

“任何适合您的时间，她在家里等着您。”

“太好了。请你前面带路，我跟你去。”这小伙子性急地说，跟旅店里的人连个话儿都没留。

那女仆领着他去了那年轻姑娘的家。她住的那个区名叫恶窝，这个地方恰如其名称所暗示的，狭小、阴暗、肮脏①，来到这样一个不卫生的地方，安德雷乌乔却毫不觉察、毫不怀疑，只以为去拜访一位住在城里最漂亮地方的尊贵夫人，毫无疑虑地跟女仆走进那姑娘的家。在女仆大声通报女主人说“安德雷乌乔到了”之后，他跟着女仆，爬上楼梯，在楼梯顶端看见那位夫人正等待着他。

那姑娘正值青春妙龄，身材修长，容貌俊美，她穿戴的衣服和珠宝表明，她是很有教养的。当安德雷乌乔快走近她时，她张开双臂，走下三级台阶，去迎接他；她搂住他的脖子，这样停下一会儿，好像激动得说不出话来。然后，她流着眼泪吻他的前额，断断续续地说：“啊，我的安德雷乌乔！衷心地欢迎你！”

这种亲切使安德雷乌乔非常惊讶。“夫人，很高兴见到您，”他说。

她拉着安德雷乌乔的手，把他领进客厅，什么也没说，又把他从客厅领进卧室。夫人的卧室里充满着玫瑰花和橘花的香味以及其他各种香味，摆着一张最漂亮的有四根帐杆的卧床，按当地风俗，床架杆上悬挂着很多华丽的饰物；安德雷乌乔看到了这一切，并注意到了她衣柜的壮观和豪华，便把她当成了贵夫人——因为他还涉世不深，单纯得很。他们肩并肩地坐在床边的一个柜子上，夫人对他这样说：

“安德雷乌乔，我深信，我对你的钟爱和热情一定使你感到非常惊讶，因为你不认识我，也从来没听别人提起过我。而你将要听到的可能令你更加惊讶：我是你的姐姐。相信我的话，既然天主帮助我，让我在有生之年看到了我的一位弟弟，尽管我多么想见到我所有的兄弟，假如我现在真的死了，我也死得高高兴兴了。现在，如果这是你第一次听说你有一个姐姐的话，那么让我来告诉你这个故事吧。

“我相信你知道，你我的父亲皮埃特罗在巴勒莫住了很长时间，

①恶窝……狭小、阴暗、肮脏：字面意义是“邪恶的窝巢”（也暗示粗俗）。

凡是认识他的人都认为他是最善良、最令人愉快的人，因此都十分爱戴他——他们今天依然如此。但是没有人比我母亲更爱他。我母亲当时是一位寡居的贵妇人，她不顾父兄的反对、不惜丧失名誉，与皮埃特罗交往甚密，结果生下了我——就是你现在看到的我！此后，皮埃特罗不得不离开巴勒莫，回到了佩鲁贾，撇下了我和妈妈——我当时还只是个小得可怜的孩子。据我所知，他再从未想起过我母亲或我。如果他不是我的生父，我就要为此而强烈谴责他——他对我母亲是多么的忘恩负义，且不说对我如何，他本应该把我作为他的女儿来爱：我毕竟不是侍女或妓女所生！我母亲并不十分了解他，就把她自己和她所拥有的一切都交给了他，这就是我母亲对他的爱与忠诚。当一个人犯了错误，而且那错误是发生在过去，谴责那个人很容易，而要纠正错误却是十分艰难的了。事情就是那样了。

“他把我遗弃在巴勒莫时，我还是个年幼的小女孩，我就在巴勒莫长到差不多像我现在这个模样儿。那时，我有钱的母亲把我嫁给一个来自戈尔蒂的男人。他是一个出身高贵、为人正直的人，为我和我母亲的原因来巴勒莫定居。他是个彻头彻尾的教皇党支持者①，而且与我们的国王查理② 有秘密联系。在他们的计谋未成之前，腓特烈国王③ 就听到了风声，因此我们不得不逃离西西里岛，当时我本有希望成为西西岛前所未有的、高于所有贵族的男爵夫人。我们只携带了一点儿（我说一点儿是与我们所有的财富比）可以带走的东西，抛弃了我们的华丽住宅和庄园，逃到这里来避难，查理国王非

①教皇党支持者（Guelph）：支持教皇党，因此与西西里晚祷期间被驱逐出西西里岛的昔日法国安茹人联盟。

②国王查理：即 Charles the Lame，1285—1309 年在位。他是罗伯特·安茹的父亲。

③腓特烈国王：亚拉冈的腓特烈二世，1296 年宣告为西西里国王，对安茹人有敌意。

常感激我们，部分补偿了我们为他而遭受的损失：他赐给了我们房屋和土地，现在仍然给我丈夫（你姐夫）提供一份可观的补贴，这你以后会看到。我就是这样来到了这里，多亏了天主，而不是多亏了你，我亲爱的弟弟，我终于见到了你。”说完了上面这番话，她又拥抱了他，一边哭泣着，一边亲切地吻他的前额。

安德雷乌乔听完了她实际上一边讲一边添加细节、从不支吾、从不缺乏灵感、编得滴水不漏的故事，把她的话当成了《福音书》真理：他想起来了，他父亲真的在巴勒莫住过，而且根据自己的经历，他理解年轻人是多么容易地彼此相爱，此外，还有那些温柔的眼泪、那些紧紧的拥抱和纯洁的亲吻。等她说完了话，安德雷乌乔说：“您能理解，我对此事大为惊奇。事实上，无论我父亲怎样对待过您母亲，可他一直只字未提过您或她；或者，假如他提过你们，但我从未听到过，因此我一点儿也不了解您——就好像您从未存在过。我只身来到这里，从未想到过会在这里找到了您——我的姐姐，我真是高兴极了。而且，我认为，任何一个男人，不论他的地位有多高，他都会热爱您，就不用说像我这样的小商贩了。不过，有一件事，请您告诉我：您怎么知道我在这儿？”

“今天早晨，一个常来我这儿的贫穷老太太告诉我的。她说，她同我们的父亲在巴勒莫和佩鲁贾一起待过很长时间。我觉得你到这儿就跟在家一样，所以欢迎你到这儿比我去别人家里拜访你更合适，要不我早就去看你了。”

接着，她开始一个个点着名字询问安德雷乌乔每一家亲戚的情况，安德雷乌乔也一个个做了介绍——虽然他本该持怀疑态度，但他认为这位年轻女人是完全可以相信的。

因天气很热，他们又谈了很久，所以她叫人送来希腊白葡萄酒和点心，给安德雷乌乔端上一杯。安德雷乌乔吃过、喝过后，已是吃晚饭的时候了，因此想要告辞，但她不同意，而且看上去非常生气。她搂住安德雷乌乔说：“啊，亲爱的，很明显，你不喜欢我！想一想吧，你跟你以前从未见过面的姐姐在一起，你是在她自己的家，你来到那不勒斯本应该住在这里，而你现在要离开这里，回你的旅馆吃晚饭！你必须跟我一起吃晚饭。我知道，我丈夫不在家，这很遗憾，但我仍然能以女主人的身份好好款待你。”

对此，安德雷乌乔不知道说什么是好，只好回答说：“我喜欢您就跟喜欢自己的亲姐姐一样，但是，如果我不走，他们就会整个晚上等我吃晚饭，那样我就不礼貌了。”

“啊，天哪，我可以派人送去口信，告诉他们别等你吃晚饭了。但你如果能派人邀请你的朋友们来这里，一起吃晚饭，那你就既尽了朋友的义务又帮了我的大忙。晚饭后，如果你还想要回去，那你可以跟他们一起走。”

安德雷乌乔回答说他今晚不想把他的伙伴们请来，但他愿意听她的吩咐留下来。于是，她假装派人给旅馆送去口信不要等安德雷乌乔吃晚饭了，他们又一起谈了很久之后，才坐下来吃晚饭，端上来很多道菜，真是一顿丰盛的晚餐。那年轻女人故意把晚餐一直拖到深夜。当他们吃完饭离开餐桌时，安德雷乌乔告辞，但她告诉他，那是根本不可能的——那不勒斯不是一个在夜晚可以闲逛的地方，尤其是一个陌生人，夜行更不安全。而且，她说她在派人去旅馆通知他不回去吃晚饭时，也告诉了旅馆的人他也不回去过夜了。对她的话，他深信不疑，于是留了下来，因为他的确喜欢和她在一起，完全中了她的奸计。晚饭后，他们继续天南地北地聊，直到深夜；然后她让安德雷乌乔睡在她的卧室里，留下一个小男孩伺候他，而她去了另一个房间与女仆们一起睡。

那天夜里天气很热，安德雷乌乔一看，只剩他自己了，就脱下马甲和紧身裤，放在床头。然后，他觉得肚子里有多余的东西要排除，就问那小男孩什么地方可以方便一下。小男孩指着房间墙角的一扇门说：“进那里边去。”安德雷乌乔毫不戒备地推门走了进去，不料一脚踏在一块另一端没有固定在下面托梁上的木板上，结果那木板另一端翘起，连人带木板一起掉了下去。多亏天主爱他，他从那么高的地方掉下来竟然没有摔伤。但他发现自己沾了一身落在地上的粪便。为了使各位明白我说的是怎么回事以及后来的情形会怎样，我要向大家交代一下这个地方：那是一条人们常见的两栋房子之间的窄窄的小巷，在俩对面的墙壁上安装两根托梁，上边放着几块木板，带有一个什么东西可以坐着，这就是那个行方便的地方了。安德雷乌乔就是随着其中的一块木板掉了下去。

安德雷乌乔发现自己跌入这个小巷，感觉很伤心，大声呼叫那个小男孩。那小男孩一听见他掉了下去，就跑去告诉那个年轻女人。她急忙跑进自己的卧室，迅速地查看安德雷乌乔的衣服是否留在房间里。她找到了他的衣服和衣袋里的钱，因为安德雷乌乔很谨慎，怕钱被人偷，但却愚蠢地把钱带在身边。那个来自巴勒莫、设下圈套、假装自己是一个佩鲁贾青年的姐姐的女人，一旦把他的钱弄到手，就不再关心他的死活，急忙去把那扇他走出房间突然掉下去的门关上。

安德雷乌乔没得到那小男孩的回答，就更大声地喊叫，但那也没用。他开始起了疑心，终于意识到他上当了。他爬上封堵这条小巷的矮墙，跳了下去，来到大街上，来到他很容易就认出来的那栋房子的门前。他不停地徒劳地喊叫，砰砰地敲，非常猛烈地摇着大门。当意识到这场灾难有多大时，他大哭起来。“呵！哎呀！”他说，“一眨眼我就丢了五百个金币和一个姐姐啊！”

他大声责骂，胡言乱语。又回去猛烈地敲门。他就这样不停地大喊着，敲着门，直到几家邻居受不了他的吵闹，从睡梦中醒来，起了床。那女人的一个女仆也来到窗前，假装还没睡醒，刻薄地说：“谁在下面那样地敲门哪？”

“哎，”安德雷乌乔说，“你不认识我了？我是安德雷乌乔，你女主人费奥尔达梨索夫人的弟弟呀。”

“好心人，你要是喝多了，就快回家睡觉去吧，有事你可以明天早晨再来。我不认识什么安德雷乌乔，也听不懂你在说些什么。快走吧，让我们睡个安稳觉吧，行行好吧。”

“什么？你听不懂我在说些什么？你当然懂！但如果西西里人就这样对待亲戚，把他们很快忘掉，那么至少让我拿回我留在你们房间里的衣服，然后我会高兴地走开。”

“好心人，”她有点嘲弄地回答说，“你是在做梦吧！”她一边说着话一边缩回头，砰地把窗关上。

这使安德雷乌乔完全确信了他的损失。如果说他刚才是痛苦和生气的话，那么他现在则是暴怒了，他打算用武力来达到用语言达不到的目的；于是他捡起一块大石头，比以前更加猛烈地敲门。许多邻居都醒了，从床上爬起来；他们把他当成一个愚蠢的讨厌鬼，来这里无理取闹，骚扰那位夫人，所以他们被他的敲门声激怒，都从窗子里探出头来，就像邻里的一群狗朝着一个外来的迷路的家畜狂吠那样，向他大声呵斥：“半夜三更跑到一位夫人门外胡说八道，那是绝对不可以的！请你像一个好小伙子那样，快走吧，让我们睡个安稳觉。如果你真有事儿找那位夫人，明天再来吧，今天夜里都这个时候了，别再打扰我们了。”

一个安德雷乌乔以前从未见过的男人，也许是受到邻居们这些话的鼓励，来到那位夫人房子的窗前；他是为那个女人拉皮条的人，用隆隆声粗鲁地说：“谁在下面胡闹？”

安德雷乌乔抬头向那声音的方向望去，根据他所能分辨出的模糊形象，那个男人很像是一个有权势的人，脸上长着浓密的黑胡子——又很像是刚刚从床上爬起来，或刚刚从沉睡中醒来，一边打着哈欠，一边揉着眼睛。安德雷乌乔有点惊惶地告诉他：“我是那间屋子里夫人的弟弟。”

但那个人不等他说完，用比以前更加粗暴的声音向他咆哮：“好，你就在那儿等着，我下去痛打你一顿，直打得你小命差点儿玩完——你这个讨厌的喝醉了的蠢驴！难道你今晚不能让大家睡觉了吗？”他说完缩回头，把窗子砰地关上。

有几个邻居知道那个人的禀性，温和地劝安德雷乌乔：“老兄，看在天主面上，快走吧，否则你就是在这儿找死了。为你自己好，快走吧。”

安德雷乌乔被那个大胡子的声音和相貌吓坏了，接受了邻居们的好心相劝，走了。他心里非常痛苦，对要回自己的钱已经绝望，虽然不知道他是在往哪儿走，但还是走对了方向，沿着前一天那个女仆领他来的路，朝旅馆走去。但因受不了自己身上散发出的臭味，他想去海边洗一洗，却向左拐，朝通往城里的鲁加·卡塔拉大街走去。在他去往城里的路上，他碰巧看见两个提着灯笼的人朝他走来。他担心他们可能是巡警或是其他干坏事儿的人，为了躲避他们，他赶紧悄悄地溜进附近的一间小屋里。可是，那两个人也进了那间小屋，好像那小屋实际上就是他们的目的地；其中一个从脖子上取下好几件带来的工具，他们两人开始一边检查这些工具，一边谈论着他们的事情。

他们谈着谈着，其中一人说：“什么味儿？我从未闻过这么臭的味儿。”他把灯笼举起一点儿，发现了可怜的安德雷乌乔。“你是谁？”他们惊异地问他。安德雷乌乔没吭声，但他们提着灯笼走到他身旁，问他在这干了什么弄得浑身恶臭的。安德雷乌乔把自己的遭遇原原本本地告诉了他们。他们料想到了会发生这种事的地点，相互说道：“这事儿一定是出在黑帮头布达弗斯科家里。”

其中一人转过身来对安德雷乌乔说：“不错，你丢了钱，但你得感谢天主，你掉了下去，不能再走进那屋子。你听着，如果你不是摔了下去，等你一睡着，他们就会杀了你；那样，你就连钱带命一起丢了。唉，牛奶洒了，哭也没有用——那不会给你弄回一个便士的，那就跟你哭天上的月亮一样。你要知道，如果那个家伙听到你把这件事说了出去，你还是得死。”

他们又一起商量了一会儿后，回头对他说：“喂，我们很同情你。

如果你愿意跟我们去干一件事，我们完全相信，你应得的一份将大大超过你遭受的损失。”

安德雷乌乔正身处绝境，走投无路，于是说他愿意。

原来那个白天，人们为那不勒斯大主教菲利浦·未努托洛举行了豪华的葬礼：他们给他穿上整齐的法衣，给他的手指戴上一枚价值五百个金币以上的红宝石戒指；那两个人正要去盗取大主教的这些东西。他们把这个意图告诉了安德雷乌乔，而安德雷乌乔此时已利令智昏，跟着他们去了。

在去大教堂的路上，因为安德雷乌乔身发臭气，其中一人说：“我们能不能想个办法让他在什么地方洗一洗，免得他这么臭气熏天的？”

“能，”另一人说，“这儿附近有一口井，总有一个辘轳和一个大水桶。我们去那儿给他快点儿洗一洗。”

他们来到井边，发现井绳在，而水桶没了；他们决定把他系在井绳上，放下井去；他可以在井下洗，一洗干净，他就晃动一下井绳，他们再把他拉上来。

但他们把他放下井里后，有人来了，不是别人，竟是几名巡警，由于天气热，又因为他们刚刚追捕过什么人而口渴，来井边喝水。那两个人一看见巡警，立刻逃之夭夭，没被发现。安德雷乌乔在井下洗好后，晃动了一下井绳。那些口渴的巡警们放下了圆盾和武器，脱下紧身短上衣，拉着绳子往上提，期待着最后提上来的是满满的一桶水。安德雷乌乔快到井口时，解开井绳，伸出手抓住井沿，纵身跳了上去。巡警们看上来一个人，大吃一惊，放下井绳，一句话不说，撒腿就跑。安德雷乌乔也吓了一跳，如果他不是紧紧抓住井沿儿，他肯定会掉进井底，后果非常可怕，很可能会丢了性命。

他爬出井来，看见了那些武器，更加感到奇怪了，因为他知道他的伙伴没带武器。他对这一切感到困惑，悲叹自己运气不好；他什么都没碰，尽管不知道去哪儿，他还是决定离开这井边。事情竟是这样，他又碰上了那两个伙伴，他们正赶回来把他从井里拉上来。他们看到他感到非常惊讶，问他是谁把他从井里拉上来的。安德雷乌乔说他不知道，但告诉了他们事情的经过，和他在井边看到了什么。

那两个人明白了是怎么回事儿，哈哈大笑起来，告诉了他，他们为什么逃走，是谁把他从井里拉了上来。这时已是半夜了，于是他们不再说话，直奔大教堂。他们没费事地进入了大教堂，来到大主教的巨大的大理石坟墓前。他们用工具将巨大、沉重的墓盖儿撬起一道缝，可容一人进去，然后，用东西撑住墓盖儿。

一切准备妥当，其中一人问："谁进去？"

"我不进去。"另一个人说。

"我也不进去，"那第一个人说，"安德雷乌乔能进去。"

"不，我不干，"安德雷乌乔说。

"什么？你不干？"那两个人反驳说，"进去！否则，老天在上，我们就用撬棍敲碎你的脑袋，让你就死在这儿。"

安德雷乌乔进去了，浑身颤抖着，一边往墓里钻一边想："他们让我进来，是设计欺骗我：一旦我把所有的东西递出去给他们，自己拼命从墓里往外爬时，他们就会悄悄溜走，剩下我一无所获。"所以，他决定第一步先把自己的那一份拿到手，他想起了听他们提到的那枚宝贵的戒指，就把它从大主教的手指上捋下来，戴到自己手指上，然后才把大主教的权杖、教冠、手套递了出去，剥下大主教的衣服，只给他剩下一件衬衫；他把衣服一件一件递给他们后说，所有的东西都拿上去了。那两个盗贼坚持说那枚戒指一定在大主教身上，让他仔细找，但他回答说他找不到，让他们在外面老等着，而他在墓里假装在找。可是，那两个人跟他一样狡猾。"继续找。"他们一边催着他，一边看是时候了，就撤掉了支撑墓盖儿的物件儿，扬长而去，把他扔在了封闭的坟墓里。当安德雷乌乔意识到他被关在墓里时，感觉如何，请你们去想象吧。

他试了好几次，想移动墓盖儿，用头顶，用肩扛，都无济于事。

他感到一阵绝望，晕倒在大主教的尸体上——谁见了他们都难以分辨哪个是死人，是大主教还是安德雷乌乔。他苏醒过来后，大声痛哭，因为他看得很清楚，他的故事只有两个可能的结局：或者没有人来打开墓盖儿，他就会在墓里死于饥饿和爬满蛆虫的腐尸发出的恶臭；或者有人来，发现他在墓里，在这种情况下他会被当作盗贼绞死。正当他这样思考、悲伤时，听到许多人在教堂里走动和谈话的声音；他立刻想到这些人一定是来干他和他的伙伴刚才干过的勾当的——这使他更加惊慌。当他们打开坟墓，将墓盖儿支撑好后，就为谁进去的问题争吵起来，因为他们谁也不想进去。长时间争执之后，一位神甫说："你们怕什么？你们以为他会吃掉你们？死人不吃活人。我亲自进去吧。"说完，他把胸部靠在墓的边沿上，身子旋转一圈，头朝外，把两条腿伸进墓里，这样他可以落到里面。安德雷乌乔见此情形，站起身来，抓住神甫的一条腿，装作要把他拖进去的样子。那个神甫感觉到了，大叫一声，跳出坟墓就跑了——这可把其他人吓坏了，他们顾不得盖好墓盖儿，好像背后有一百个魔鬼追来似的，个个拔腿就跑，仓皇逃窜。

这情景使安德雷乌乔喜出望外，他跳出坟墓，顺原路离开教堂。这时天快亮了，他手指上戴着那枚戒指，慌不择路，一直跑到滨海区，才找到了路，回到旅馆。他发现，他的同伴和旅馆老板一整夜都在为他担心。安德雷乌乔给他们讲了自己的全部遭遇，根据旅馆老板的劝告，他们都认为他应该立刻离开那不勒斯。于是，他迅速地回到了佩鲁贾。就这样，他本来是带着钱出去买马的，结果马没有买成，却把自己的钱换来了一枚戒指带回家中。

故事 6

命运剥夺了贝里托拉的丈夫和孩子，使他们沦落天涯海角，把她放逐到一个孤岛上，与三只山羊为伴。但是，她的命运却逐渐地变得更好了。

菲亚美塔关于安德雷乌乔的历险故事逗得小伙子们哈哈大笑，小姐们也是乐不可支。艾米莉亚听菲亚美塔的故事讲完了，于是遵照女王的吩咐，开始了她的故事。

命运的捉弄是令人难以忍受的，实际上那是一种折磨。但因为我们的头脑总是不知不觉地幻想幸福，我们越是关注这个问题，命运的捉弄就越是活跃，所以我认为，我们应该经常听一听关于命运的故事，不论它们是幸运的还是悲惨的，因为我们可以从幸运的故事中学到经验，从悲惨的故事中得到安慰。所以，尽管就这个话题已经讲了好几个故事了，但我还是想讲一个关于命运的故事，它既真实又令人心碎。虽然故事的结局很美满，但它承受着长期经历的痛苦，我简直不敢相信，这个悲惨的故事还能有所缓和并快乐地结束。

你们一定知道，腓特烈二世逝世后，曼弗雷迪① 被立为西西里国王。他的大臣中，有一位那不勒斯绅士，名叫阿里格托·卡佩切，享有相当高的社会地位，娶了一个美丽的女人为妻。妻子像他一样，也是一个贵族出身的那不勒斯人，名叫贝里托拉·卡拉乔拉。

①曼弗雷迪：腓特烈二世之子，他在父亲去世八年后，于 1258 年被立为国王。

岛国的政府控制在阿里格托的手里，但当他听说曼弗雷迪在贝内文托[1]被查理·安茹一世国王战胜并杀死，整个王国将转而忠于查理一世时，阿里格托做好了逃跑的准备——他不相信西西里人的短暂忠诚，又不愿臣服于主人的仇敌。但西西里人发觉了他想出逃的计划，将他和曼弗雷迪国王的许多朋友和仆人抓起来，把他们作为俘虏连同岛国的所有权，一起交给了查理国王。由于命运走向不幸的一面，贝里托拉不知道丈夫阿里格托的情况怎样，心中充满无尽的忧虑与担心。她担心自己会遭到敌人的侮辱，便抛弃了所有财产，也不顾自己已有身孕而且身无分文，带着当时年仅八岁的儿子朱斯弗雷迪，乘一只小船逃到了利帕里岛，她在这里生下第二个儿子，取名为斯卡恰托[2]。她雇了个奶妈，带着两个孩子搭乘一只小船准备回她在那不勒斯的家。

可事与愿违：虽然船是开往那不勒斯的，但一阵狂风把它吹到了彭扎岛。他们进入了一个小海湾里，等待风平浪静后再启程。贝里托拉与其他人一起上了岸，为自己找到一个隐蔽偏僻的地方，孤身独处，为她的阿里格托哭泣。以后，她每天都这样为丈夫哭一次。有一天，当她正这样独自悲伤时，水手和乘客谁也没有注意到，一艘海盗船来到了小岛，把所有的人都掳到了那艘海盗船上，然后就消失了。当贝里托拉完成了对丈夫每日一哭，像往常一样回到海边，去和孩子们待在一起时，她发现海边上一个人也没有了。她感到很奇怪，但她立刻怀疑是出事了，她向海面远望，看见那艘海盗船还没有驶得太远，后面拖着她乘坐的那只小船。她再清楚不过地意识到：她不仅失去了丈夫，而且失去了孩子。她明白目前的处境：她一无所有，

①贝内文托：一场决定性的战役（1266年），决定了教皇党的支配地位，使安茹人登上了那不勒斯的王位。

②斯卡恰托：意大利语的意思是“被驱逐者”。

孤苦伶仃，被抛在这个荒凉的小岛上，不知道她今生还能否找到他们，于是呼唤着丈夫和孩子们的名字，然后昏倒在海滩上了。在这荒岛上，根本没有人会来用凉水或别的方法把她救醒，因此，她的灵魂跟随着幻觉，自由自在地游荡。当抛弃了她的气力伴随着叹息和眼泪，又回到她那虚弱的身体时，她又不停地呼唤孩子们的名字，找遍了所有的山洞，直到最后她才明白了：她的一切努力都是徒劳的。夜晚降临了，但她不放弃希望，尽管不完全知道为什么，开始考虑自己的生存，便离开海滩，回到她常去发泄痛苦的山洞里。

那一夜她在恐惧与悲哀的痛苦中度过，新的一天破晓了。前一天晚上她什么也没吃，到了上午的中段时间，她觉得饥饿难忍，于是去找些野菜草根充饥。吃了东西后，想到未来渺茫，就又哭泣起来。正在她忧思万缕的时候，只见一只山羊走过来，进入附近的一个山洞，不一会儿又从那个山洞里出来，消失在树林里。贝里托拉站起身来走进刚才那只母山羊离开的山洞，看见里边有两只小羊羔，可能就是那天刚生下的，这是她见过的最漂亮、最可爱的小东西。她分娩不久，还有乳汁，就温柔地抱起小羊羔，用自己的奶喂它们。小羊羔也不拒绝，就像吃它们自己妈妈的奶一样吮吸着她的乳汁；从那以后，它们也不分辨是吃贝里托拉的奶还是吃它们母亲的奶。现在，这位夫人认为她在这荒凉的地方终于找到了可爱的伴侣，于是她决定在这荒岛上生活下去，最后死在这里，饿了吃野菜，渴了喝清泉，什么时候想起丈夫、孩子和她过去的生活，就痛哭一场。她与那只母山羊和她的两只小羊羔一样友好。

几个月过去了，这位夫人就这样过着野人的生活，直到有一天，一只从比萨驶来的小船，也像她一样，被风暴驱赶到她早些时候上岸的那个海湾，躲避风浪。那只船也在这里停泊了好几天。船上有一位名叫库拉多·德·马切西·马勒斯皮尼的绅士和他的妻子，一个善良、圣洁的女人。他们是在那不勒斯王国朝拜了所有著名圣地后的归家途中。有一天，为了振作精神，库拉多与妻子，带着几个仆人和几条猎狗，在岛上走一走。离贝里托拉住的地方不远，那几条狗嗅到了那两只正在吃草的小山羊的踪迹。那两只已长大了一点儿的小山羊在那几条猎狗的追赶下，逃进了贝里托拉住的山洞里。她看见猎狗追过来，站起身，拿起一根木棍，把狗打跑了。跟在猎狗后面的库拉多和他的妻子这时出现了，看见了她大吃一惊：她已经变成了一个黝黑、消瘦、披头散发的女人。然而，贝里托拉看见了他们更是吃惊。库拉多应她的要求把猎狗叫开。由于库拉多再三询问，她才告诉他们她是谁，她在这里做什么。她向他们详细讲述了她的身世、她的不幸遭遇和她的不屈不挠的决心。库拉多与阿里格托彼此很熟，因此听了她的不幸遭遇后流下了同情的眼泪。他努力劝说她放弃她那固执的决定，离开荒岛，并表示要护送她回家或者把她带回家当成自己姐姐一样关照——她可以在他家里一直待到天主赐予她幸福的时刻。贝里托拉不肯接受他的好意，库拉多只好把她交给妻子，说他要去弄些吃的送来，看她的衣服已经破破烂烂了，要从他妻子的衣服中挑一些给她穿，又吩咐妻子尽最大努力带着贝里托拉跟他们走。于是，夫人留下来陪伴贝里托拉，为她的不幸遭遇与她一起流了许多眼泪，然后，等食品和衣服送来后，夫人又费了很大的劲儿才说服了她换了衣服，吃些东西。虽然贝里托拉坚持说她将永远也不去她会被人认出来的地方，但最后，经过库拉多夫妇再三恳求，贝里托拉才同意带着那几只山羊，跟他们一起去他们在卢尼贾纳的家里。与此同时，母山羊也回来了，它对贝里托拉表现出的那种亲热劲，令这位比萨来的善良夫人惊讶不已。

天气转好之后，贝里托拉与库拉多和他的妻子，带着那只母山羊和它的孩子一起上了船。船上的人还都不知道她的名字，就称她为“山羊夫人”。他们一帆风顺，船很快就驶入了马格拉河河口，在这里上了岸，来到库拉多的庄园里。贝里托拉身穿寡妇的丧服，以库拉多夫人女仆的身份住在那里，为人善良、谦卑、恭顺，同时继续精心照料她那几只山羊。

那些海盗在彭扎岛劫掠了贝里托拉搭乘的船之后，不经意把她一人抛在了荒岛上，带着其余的人来到热那亚。船东们在这里分了掠夺来的财物，贝里托拉的两个孩子连同他们的奶妈分给了一个名叫瓜斯帕里诺·多里亚的人。他把奶妈和孩子送回家中，作为家奴使用。奶妈为失去了女主人、为她自己和委托给她抚养的两个孩子的悲惨命运而伤心，哭了很久。但她知道眼泪于事无补，她和孩子们同处被奴役的地位，于是尽力振作起来。她虽然出身贫寒，但深明事理，处事谨慎。她弄清楚了他们被带到了什么地方，意识到万一热那亚人与查理·安茹一世联盟，这两个孩子一旦被人知道来历，他们就会很容易受到更严重的伤害。此外，她盼望有朝一日，时来运转，只要他们活着，就有可能恢复他们失去的地位，所以，她想，不到她认为必要的时候决不向任何人暴露他们的身份。不论谁问，她总是回答说那两个男孩是她的。她称呼大孩子为贾诺托·迪·普罗奇达，而不是朱斯弗雷迪，但她没有费事去更改二孩子的名字。她十分耐心地向朱斯弗雷迪解释为什么给他更改姓名，他如果被人认出来，他会遇到什么样的危险；这件事她不止一次地，而是一而再、再而三地告诉他，大孩子很聪明，认真地按照谨慎的奶妈的教导去做。就这样，这两个孩子和他们的奶妈在瓜斯帕里诺家小心地忍耐了好几年，他们穿着破旧的衣服和鞋子，干着各种最粗重的体力活儿。

贾诺托16岁时，就有了一个奴隶所不应有的崇高志气，他唾弃被奴役的低贱地位，不再服侍瓜斯帕里诺，在一个小海湾登上了一艘开往亚历山大的船。他四处漂泊，但始终未能得到发展自己的机会。离开瓜斯帕里诺家三四年后，对改变命运已经绝望的贾诺托，在流浪途中来到了卢尼贾纳地区，碰巧在库拉多·德·马勒斯皮尼家做仆人。他谨小慎微地服侍主人，令主人完全满意。他如今已是一个高大英俊的小伙子了。他原以为父亲已经死了，但后来得到了关于他父亲的消息，大意是他还活着，被查理国王关在监狱里。他母亲经常与库拉多夫人在一起，他虽然不时地看见她，但他未能认出母亲，母亲也未能认出他来，因为他们自分手以来已多年没有相见，两人的容貌已随着年龄发生了很大的变化。

贾诺托在库拉多家做工时，库拉多的女儿斯皮娜嫁给尼科洛·达·格里尼亚诺，丈夫死后又回到了父亲家里。她是个非常漂亮、迷人的姑娘，刚满十六岁。有一天，她偶然瞧了一眼贾诺托，贾诺托也偶然看了看她，于是两人一见钟情，强烈地相爱了，不久就使他们的爱情达到极致——发生了关系。好几个月过去了，没人发现他们的私通关系，于是他们变得大胆起来，不那么小心谨慎了，忘记了私通应该是偷偷摸摸进行的。有一天，当斯皮娜和贾诺托走在一片美丽而茂密的树林中游玩时，他们离开一同游玩的其他人，径直往前走，直到以为把其他人远远地甩在后面了，就拐进了一个令人愉快的地方，那儿花草茂盛，绿树环绕，两人便躺在草地上做起爱来。他们虽然男欢女爱了很长时间，但这种快乐却使他们以为只过了一会儿工夫，结果他们就在做爱时被当场捉住，先是被那姑娘的母亲发现，然后被库拉多发现。这一情景伤透了库拉多的心，他不容分说，吩咐三个仆人将他们两人捆绑起来押回他的城堡。他异常气愤，激动不已，决定让他们可耻地死去。那姑娘的母亲虽然也愤怒至极，认为她女儿的罪过应受各种严酷的刑罚，但当她从丈夫的只言片语中得知丈夫打算怎样惩治这一对罪犯时，她又忍受不了丈夫的做法。于是，她急忙赶上走在前面的愤怒的丈夫，恳求他别在他的晚年轻率地将女儿处死，别让一个青年侍从的血玷污了自己的双手，让他想个别的办法来消除怒气，如把他们监禁起来，让他们在监狱中因渴望自由而苦恼、焦虑，从而悔过。这位圣洁的女人再三劝告，直到他表示重新考虑要处死他们的决定。他下令把他们分别监禁在不同的地方，严密看守，不给他们吃饱，不让他们舒服，直到他想出其他处治他们的办法时为止——手下人遵命而行。

请大家想象一下他们在监狱中的生活吧：他们不停地流泪，长期有损健康地忍饥挨饿。贾诺托和斯皮娜就这样在监狱中凄惨度日，

有一天，斯皮娜和贾诺托到一片美丽而茂盛的树林中游玩，那儿花草茂盛，绿树环绕，是一个令人愉快的地方。

整整一年过去了，库拉多还没有想出其他处治他们的办法。此时恰巧阿拉贡的彼得罗① 国王与詹·迪·普罗奇达签订盟约，在西西里发动了一场起义，从查理手中夺取了西西里王国。库拉多原是个皇帝党成员②，听到这个消息感到非常高兴。

贾诺托从一个看守那里听到这个消息后，深深地叹了一口气。“唉，真可惜呀！”他说，“我一直四处漂泊，艰难地活下去，我苦苦等待着的不是别的，就是这一天：可是这一天来到了，而我却命该如此被关在监狱里，直到死也别指望出去了，我是注定没有机会了！”

“你说什么？”那看守问，“国王们之间玩弄诡计跟你有什么关系？你跟西西里又有什么关系？”

贾诺托说：“一想起我父亲与西西里的关系，我就非常伤心。我逃出西西里时还是个孩子，但我仍记得在曼弗雷迪国王当政时，是我父亲管理着那个岛国。”

“你父亲？他是谁？”

“我父亲？好啦，我现在可以说出他的名字了，我以前可不敢说出这个秘密，怕招来危险；我看现在那种危险不存在了。他的名字是阿里格托·卡佩切。如果他还活着的话，那么这就是他的名字。我的名字不是贾诺托，而是朱斯弗雷迪。我相信，如果我能恢复自由回到西西里的话，我一定会成为一个非常重要的人。”

那忠于职守的看守不再追问，一有机会就把贾诺托说的话全部报告给了库拉多。库拉多听了看守的报告，对他谈的情况表现出不屑理睬的样子，但他去找了贝里托拉，亲切地问她是否跟阿里格托有个儿子叫朱斯弗雷迪。她一边哭泣，一边回答说，她有两

①阿拉贡的彼得罗：彼得罗三世，曾抓住西西里晚祷（1282年）的机会，成为西西里的统治者。

②皇帝党成员(Ghibelline)：由皇帝统治意大利主张的支持者（与教皇党对立）。

个儿子，那就是她大儿子的名字，如果他还活着的话，现在应该是二十二岁了。

库拉多一听就明白了，贾诺托就是她的大儿子，于是他立刻想到，他可以通过把女儿嫁给他而做到一举两得：一方面完成一件大大的善事，另一方面又可以洗刷女儿和他自己的耻辱。他把贾诺托秘密叫来，详细地询问他以前的生活经历。他找到了清楚、足够的证据，贾诺托的确就是朱斯弗雷迪——阿里格托·卡佩切的儿子，于是他对小伙子说："贾诺托，你很清楚你所犯罪过的性质和程度，你很清楚你通过我的女儿对我所做出的伤害有多大。我对你不薄，而你作为我的仆人，你的职责是忠诚地关心和爱护我的名誉、我的财产。如果换了别人，你这样对待他们，早把你处死了，而且让你耻辱地死去。但我一直不能狠下心来，做到这一步。现在听你说，你是贵族出身的绅士和夫人的儿子，我的意思是，我愿意按照你的愿望，结束你的痛苦，把你从痛苦的监禁中释放出来，立刻恢复你的名誉和我自家的名声。虽然这个罪过你们双方都有责任，但你是斯皮娜的情人。你知道，她是个寡妇，有一大笔丰厚的嫁妆。她的人品、门第，你也都清楚。对于你自己的现状，我不想说什么。那么，如果你同意的话，我愿意让她成为你名正言顺的妻子，而不再是你不体面的情妇。你可以像我的独生子一样，住在我家，跟斯皮娜和我生活在一起，愿住多久就住多久。"

一年的监禁虽然使年轻人的肉体受到折磨，但未能削弱他那贵族教养赋予他的崇高气质或减少他对小姐的纯真爱情。不论他怎样强烈地渴望得到库拉多所建议他的东西——他知道，这是一种可实现的建议——但他仍然在他贵族气质的激励下，无所畏惧地回答说："库拉多，我从未背信弃义，从未阴谋陷害你或企图得到你的财产，我从未被权欲或对利益的贪婪或其他动机所驱使。我过去爱你的女儿，现在还爱她，我将永远爱她，因为我认为她值得我爱。如果说我以世俗观念认为不正派的方式陪伴她，那么我就犯下了一种永远与年轻人连结在一起的罪恶。要想消灭这种罪恶，那就一定要消灭年轻人。如果中年以上的人愿意回想一下，他们也曾年轻过，犯过错误，把别人的错误跟自己的比一比，然后再把自己的错误跟别人的比一比，那么这一罪恶就不会像你和许多其他人看得那么严重了。我是作为朋友，而不是作为敌人，犯下这一罪恶的。你建议的事情是我一直盼望的，如果我早相信你会答应的话，我早就向你请求了。当我对此事已不抱有任何希望时，你的建议对我来说就更加珍贵了。如果你说的并非你的本意，请不要用空洞的希望来哄骗我；请把我送回监狱，尽情地折磨我吧，因为我永远爱斯皮娜，为了她我也同样爱你，不管你怎样对待我，我都一如既往地尊敬你。”

库拉多听完他这番话，非常惊讶，感觉到了贾诺托崇高的思想感情，确信他对爱情的炽热和专一。因此他更加喜欢这个小伙子了。他站起身来，拥抱他，亲吻他，然后立即吩咐把斯皮娜悄悄地带到他这里来。斯皮娜在狱中已变得瘦弱苍白，就像贾诺托一样，看上去判若两人。他们在库拉多面前，按照我们遵循的习俗，相互表示同意，结为夫妻。

库拉多没有透露一点消息，在几天内就为这一对新人准备好了他们所需要的一切并让他们满意，这才觉得是时候了，该通知两位母亲享受这个快乐的时刻了。于是，他把妻子和“山羊夫人”找来，这样对“山羊夫人”说：“夫人，如果我把您的长子作为我女儿的丈夫还给您，您觉得怎么样？”

“我真的是无话可说，”“山羊夫人”回答说，“但这句话我要说：我现在已经非常感激您了，如果您要还给我比我自己生命更宝贵的东西，那么我就更加对您感恩戴德了。如果您把它按您说的方式还给我，您就又重新唤起了我早已失去的希望。”她一边这样说着，一边哭泣起来。

然后，库拉多又对妻子说：“那么你，我的夫人，如果我送给你这样一个女婿，你会怎么想呢？”

“别说他是一位绅士——即使他是一个流浪乞丐，只要你喜欢，那我也喜欢。”

“很好，我希望在一两天后让你们两位夫人都成为幸福的人。”他看到两个年轻人已恢复了健康时，就给他们穿上了与他们的丰满体态和娇艳容貌般配的华丽服饰，然后问朱斯弗雷迪：“你现在感到非常幸福了，如果你发现你母亲也在这儿，你会不会觉得那是福上加福呢？”

“我不敢相信她遭受了那么多不幸和悲哀，还会活在人世上。但如果她还活着，那么什么也没有比这个更让我高兴的了。有了她的指点，我应该更有信心经过艰苦的努力，恢复我在西西里的财产和地位。”

于是库拉多把两位夫人请来，她们都向新娘表示最热烈的祝贺，但都弄不明白到底是什么使库拉多如此仁慈地把女儿嫁给贾诺托。贝里托拉想起来库拉多对她说过的话，便仔细打量这个小伙子，一种神秘的力量唤起了她对儿子小时相貌的回忆。不用再等其他的证明了，她张开双臂，搂住儿子的脖子；强烈的母爱和巨大的幸福使她激动得说不出话来。这对她的震惊实在太大了，她晕倒在儿子的怀里。朱斯弗雷迪也感到非常惊讶。他回想起以前就在这个家中见过这位夫人许多次，竟然一次也没认出她来，但现在他凭直觉就知道这位夫人就是他的母亲，并责怪自己一直没留心。他抱着母亲，眼泪流入怀中，亲切地吻她。库拉多夫人和女儿同情地过来扶着贝里托拉，用凉水或其他办法使她苏醒过来后，贝里托拉又把儿子紧紧抱住，流下了许多眼泪，说了许多亲切的话，她洋溢着母爱，不停地亲吻儿子，儿子也极孝顺地、尊敬地回应母亲。

他们又三四次这样表达他们那难以形容的快乐，令在场的人也感到无限欣慰。母子俩相互详细述说了各自的遭遇。库拉多已经向所有的朋友们宣告了他缔结的新联姻，大家都很高兴，还要举办一场盛大婚宴庆祝喜事。因此，朱斯弗雷迪对他说：“库拉多，承蒙您为我创造了幸福，多年来，您又给了我母亲热情关怀与照顾。现在，为了使您为我们做的事情完美无缺，我想请您设法让我的弟弟也来到这里，使我和母亲得到圆满的幸福，使婚礼得到圆满的快乐。我弟弟现在仍被扣押在瓜斯帕里诺·多里亚家做奴仆，我以前跟您说过，我们兄弟俩在一次海盗袭击中被掳去。同时，您能否也派人去西西里详细了解一下那里的局势，打听我父亲阿里格托的情况，弄清楚他是活着还是死了，如果还活着，他现在情况怎样。派去的人把一切情况都了解清楚后，回来向我们报告。”

库拉多同意朱斯弗雷迪的请求，立即派最谨慎的人去热那亚和西西里。去热那亚的使者找到了瓜斯帕里诺，向他严肃地转达了库拉多关于归还斯卡恰托和奶妈的要求，并且向他详细讲述了库拉多为朱斯弗雷迪和他母亲所做的事情。

这消息使瓜斯帕里诺非常吃惊，他说：“相信我，我愿尽一切力量让库拉多满意。我确实把你要的那小伙子和他的奶妈留在我家里有十四年；我将高兴地送他们去库拉多家。不过请把我的话转告他，不要过于相信贾诺托说的话，如你所说他现在称呼自己朱斯弗雷迪了，这个小伙子实际上要比库拉多想象的狡猾得多了。”

说完话，他吩咐仆人好好招待这位贵客，暗中把奶妈叫过来，细心地盘问这件事。因为奶妈也听说了西西里起义和阿里格托还活着的消息，所以她不再像以前那样恐惧，把事情经过原原本本地告诉了他，并说明了她为什么一直隐瞒真相的原因。瓜斯帕里诺发现奶妈讲的和库拉多使者讲的完全吻合，于是有些相信这件事了。但他是个非常精明的人，又从各个角度调查这件事，获得了其他有关事实，最后他不得不完全相信此事是真的了。他知道了那孩子的父亲阿里格托是什么人后，为自己曾以令人憎恶的方式对待孩子而感到惭愧，为了赔罪，他把自己十一岁的漂亮女儿许配给那孩子为妻，还给了女儿一大笔嫁妆。瓜斯帕里诺为他们隆重地举行了订婚仪式后，带着女儿、女婿、奶妈和库拉多的使者一行人，登上一艘装备完善的平底小船，驶往莱里奇。他在莱里奇受到库拉多的迎接，然后这一行人来到库拉多在附近的一个城堡。那里，豪华的婚礼庆祝活动已经准备就绪。

我怎么也找不到合适的语言来描述母亲又看到儿子时对儿子的欢迎、兄弟两人之间的相互欢迎和母子三人对忠实的奶妈的热烈欢迎；我也无法描述所有在场的人对瓜斯帕里诺和他女儿的欢迎，还有所有人——包括库拉多、他的妻子、孩子和朋友——所感到的快乐，所以小姐们，我只好把这些留给你们去想象吧。为了使他们的快乐圆满，最慷慨的施主——天主，选择在这一时刻送来了关于阿里格托·卡佩切的消息：他还活着而且身体健康。正当盛大的婚宴达到高潮，正当男女宾客们坐在餐桌旁用第一道菜时，被派往西西里的使者赶了回来。他带回了关于阿里格托的消息：当岛国人民起义反对君主查理国王时，阿里格托还被查理国王关在卡塔尼亚监狱里，人群愤怒地冲进监狱，杀死看守，把他救了出来；因为他是查理国王的大敌，所以人民选他作领袖，在他的率领下追杀和驱逐法国人①。他深得彼得罗国王的器重，国王恢复了他的全部头衔和财产，所以他的情况很好。他接着说，阿里格托给了他最令人愉快的接待，由于他自从关进监狱一直不知道妻儿的下落，一听到他们的消息他喜出望外。他派出了几位绅士，乘平底小船来迎接他们回去，他们正在途中，随后就到。

这位信使受到热烈欢迎，大家愉快地听他讲话。库拉多立刻带着几位朋友去海边迎接前来接贝里托拉和朱斯弗雷迪回西西里的那几位绅士，向他们表示热烈的欢迎，把他们带到婚宴上，宴席还没有吃到一半。贝里托拉和朱斯弗雷迪以及所有其他人见到他们时，表现出前所未有的快乐；这几位绅士在就坐之前向各位转达了阿里格

①驱逐法国人：西西里起义者的团结口号是："让法国人死"。

托的问候，代表阿里格托最衷心地感谢库拉多和他的夫人对他的妻儿的关心与照顾；阿里格托通过他的信使们表示，他将尽一切力量为他们效劳。然后他们转身对瓜斯帕里诺说，他们原来不知道他对全家团聚的幸福所做的贡献，一旦阿里格托得知他为斯卡恰托所做出的一切，他会表示同样的感谢。然后，他们以最快乐的心情，与两对新郎新娘一起进餐。

库拉多对女婿和亲朋好友的盛情款待持续了好几天。当贝里托拉、朱斯弗雷迪以及其他人认为该告辞的时候，宴席才结束，他们带着斯皮娜，登上平底小船，与库拉多、库拉多夫人和瓜斯帕里诺挥泪告别。他们一帆风顺，很快就到了西西里，阿里格托在巴勒莫欢迎他的儿子、妻子与儿媳时的快乐又是语言难以描述的。他们从此以后就一直在那里幸福地生活，深深地感谢友好的天主，因为是天主赐给了他们一切。

故事 7

巴比伦苏丹送他美丽纯洁的女儿去做非洲国王的新娘；她花了四年时间，历经许多波折，几经男人之手，才到达非洲国王那里；当她到达目的地时，已不再是处女了。

如果艾米莉亚的故事再长一点儿，贝里托拉的不幸就会使富于同情心的小姐们掉下泪来。她的故事讲完后，女王高兴地吩咐潘菲洛接着讲故事；潘菲洛立即遵命，开始了下面这个故事。

很难知道什么事情对我们最有益。我的意思是，人们每隔多久能看到最有益的事情发生一次？人们以为，只要他们有钱，他们就能过上平安的、无忧无虑的生活，所以他们祈祷天主，赐给他们财富，他们四处奔波，不避风险，不遗余力去获取财富。他们一旦达到了目的，他们就会发现与他们一起追求财富的某人，为了贪图他们的财富要谋杀他们，这个人在他们发财之前还曾拼死拼活地去保护他们的性命！另有一些人，他们出身卑微，但经过成百上千次的殊死战斗，踏着兄弟和朋友们流出的鲜血，登上了国王的宝座，以为他们会在这个位置上找到终极的幸福，结果却发现那里潜伏着无数的忧虑和恐惧，直到临死时才意识到，他们在国王餐桌上的黄色酒杯中喝到的是毒酒。还有许多人，他们渴望得到强健的体魄和美丽的容貌，或外在的华丽服饰，因为他们爱这些胜过爱一切。但他们不知道，他们的抱负放错了地方，正是他们所追求的那些目标给他们招来长期的苦难，甚至杀身之祸。我并不想详细探讨我们人类的每一个欲望，但请允许我这样指出：每一个活着的人所蓄意追求的欲望都不能保证有一个快乐的结局。如果我们想要正确地做各种事情，我们就必须愿意接受和珍爱天主赐给我们的一切，因为只有天主才知道并且能够满足我们的要求。恰如我们男人受欲望的驱使误入各种歧途，你们漂亮的小姐们也犯一个你们特有的错误：你们渴求美貌。你们不满足于天赋的容颜，想尽各种巧妙的办法来增添自己的姿色。因此，我想给你们讲一位萨拉逊小姐的不幸：她的美貌在四年之中九次把她送上了婚床。

很久以前巴比伦有个苏丹，名叫贝米内达布，他总是万事如意。他有很多儿女，其中一个女儿名叫阿拉蒂耶尔，凡是见过她的人都认为，她是世上最美丽的女人。当苏丹遭到阿拉伯人袭击时，非洲国王向他提供了大力援助，帮助他狠狠地打击敌人，取得了胜利；因此当非洲国王要娶阿拉蒂耶尔作为他特别宠爱的王妃时，苏丹同意了他的请求。他派了一艘装备坚固的大船，船上备有大量食品，女儿在众多男女随从非常体面的陪伴下登上了船，并带有豪华丰厚的嫁妆。

他把女儿送上了去当非洲王后的旅程，祝女儿一路平安。

水手们见天气很好，升起帆，从亚历山大港起航，一连几天，航行顺利。但船一过撒丁尼亚岛，他们以为航程就要结束了，不料那天四面八方狂风骤起，大船遭到猛烈冲击，阿拉蒂耶尔和水手们都不止一次地认定没有活的希望了。尽管水手们受到惊涛骇浪的折磨，但他们用尽力气，与之顽强搏斗，支持了两天两夜，这些富有经验的水手们努力地使大船漂浮在海面上。但第三天晚上，风暴更加猛烈，天空乌云密布，一片漆黑，人们不知道他们目前在哪里，因为水手们无法凭借视力或者航位推测法来确定船的方位。当他们接近马略尔卡岛时，突然觉得船体崩裂。因为他们不知道还能为挽救这种危急形势做些什么，于是只能每人自己顾自己了，他们把小船放了下去，大船上的官员们本应该在大船下沉时留在船上，现在都率先跳了下去，指望小船能保住他们的性命。所有大船上的人们也跟着他们一个个相继跳入小船，不顾先跳进小船的人怎样用尖刀阻止他们。他们以为会在小船上得以逃命，殊不知他们是在错误地直奔死亡。这只小船怎能容得下这么多人，很快在汹涌的波涛中沉没了，小船上的人全都丧了命。

同时，那艘大船仍被凶猛的风暴冲击着，它已多处破裂，船舱里满满的水，船上只剩下公主和她的几个宫女（宫女们都俯卧在甲板上，因风暴和恐惧失去了知觉）。破船被狂风急速卷走，最后被猛烈地抛在马略尔卡岛海滩的岸边。由于风力太大，破船几乎整个地被抛在离海岸约有一箭地的沙滩上，牢牢地陷在这里，被波浪撞击着，一动不动地过了一整夜，因为风再也不能将它卷走。

次日黎明，风暴有点儿平息了，公主苏醒过来，抬起了头。她浑身无力，与死人无异，用微弱的声音呼唤她的男仆，把他们的名字都叫了一遍，也没有人答应——她召唤的人离她太远了。她没有得到回答，也没见他们一个人影，觉得十分奇怪，也感到害怕起来。她挣扎着站了起来，看见她的宫女和女仆们个个都俯卧在甲板上；她开始一个个地呼唤她们、晃动她们，但发现只有几个人还活着，许多人经不起风浪颠簸、严重呕吐和极度的惊恐，早已断气了。这使公主更加恐慌。她发现自己孤单一人，急需找人商量个办法，因为她不知道自己身在何处，于是她不断地晃动那些还活着的女人，直到她们站起身来。这些女人也不知道自己的男人都哪儿去了。她发现船已经搁浅了，船舱里满满的水，她和宫女们只好极度伤心地哭泣起来。下午中段时间，她们望望岸边，希望能看到沙滩上或其他地方有人走来，能怜悯她们、帮助她们。

快三点钟时，一个名叫佩里科内·达·维萨尔戈的绅士骑着马，带着随从，恰巧从他的一个庄园归来经过这里。他看见了那艘搁浅的船，立刻明白出了什么事，吩咐一个仆人尽快爬上船去看看情况，回来向他报告。那仆人很艰难地登上了船，发现一位年轻的小姐和她的几个伙伴胆怯地藏在艏尖舱里。她们看见那仆人，满含眼泪地求他怜悯，但马上意识到他听不懂她们的话，她们也听不懂他的话，便用手势向他讲述她们的困境。佩里科内的仆人尽最大努力把一切情况都弄清楚了，回去详细报告给主人。佩里科内迅速派人将那几个女人救上岸来，并把船上能搬得动的贵重物品也都搬了下来。然后，他带着她们回到自己的领地，请她们吃东西，安排她们休息，让她们尽快恢复健康。佩里科内根据豪华的行李判断，他碰巧搭救的那位小姐一定是一位高贵的小姐和这些物品的主人，他再根据其他女人对她的特别恭敬，就更容易地确认了她的身份。尽管风暴使她面色苍白，衣衫不整，但佩里科内仍然发现她非常美丽，他当即决定如果她尚未嫁人就娶她为妻——如果不能娶她为妻，也要使她成为自己的情妇。

佩里科内是一个身体健壮、相貌威严的汉子，他勤勉而周到地照顾小姐，几天后，她就从磨难中完全恢复过来。他见小姐的确是难以置信地美丽，但他听不懂小姐的话、小姐也听不懂他的话，这令他非常苦恼，因为他无法知道她究竟是什么人。但是，他已被小姐的美貌深深地迷住了，因此他努力表现得令人愉快，实际上是在千方百计地讨她喜欢，来克服她的抵制，使她顺从自己的心愿。但这样做并不奏效：她始终对他的主动表示不作任何反应，而他的热情却变得更加强烈了。阿拉蒂耶尔注意到了这一点。在这里住了几天后，她根据当地的习俗意识到，她是生活在基督教徒中间。在这个地方，即使她能够说出自己的身份，暴露了自己，对她是不利的。尽管她知道佩里科内迟早会用暴力或引诱手段使她满足他的欲望，但她并非一个普通女人，她决心不屈服于不幸的命运。她吩咐三个活下来的宫女：永远也不要把她们的身份告诉任何人，直到发现有希望得到帮助并从而恢复自由的机会时为止。她接着极力劝告她们要保持贞操，宣称自己的决心是：除了她的丈夫，任何其他男人都永远休想在她身上得到快乐。她们都称赞她的想法，并表示将不惜任何代价按她的吩咐去做。

佩里科内眼看着他欲望的目标近在咫尺却又如此遥远，这使他的欲火烧得一天比一天更旺。虽然他意识到劝诱打不动她的心，但他仍然依靠智谋，把暴力留作最后一招。他几次注意到小姐喜欢喝点葡萄酒，因为她那儿的法律禁酒，她以前从未喝过酒，于是他计上心来，可以用酒来勾引她，用酒作为爱情女神维纳斯的帮手。于是，如果她回避他，他假装毫不在意；一天晚上，他假借一次重要的庆祝仪式，安排了一场盛大宴会，小姐也在应邀的客人之中。这场宴会从各方面来看都是一个节日活动，佩里科内命令伺候小姐的男仆给她端上一杯用各种葡萄酒混合调制的美酒——那仆人极好地完成了这个命令。毫不提防的阿拉蒂耶尔受到如此美酒的诱惑，喝了一口又一口，失去了美德的节制，忘记了过去的痛苦，变得异常兴奋；她看到一些女人正在跳马略尔卡地方舞，她也禁不住跳起了一支亚历山大港地方舞。佩里科内见此情景，感到接近目标了；他使宴会一直进行到深夜，不断给客人们上菜上酒。最后，其他客人们都告辞了，只剩下佩里科内自己把阿拉蒂耶尔送回卧室。阿拉蒂耶尔此时酒性发作，忘记了严肃的操守，脸上泛着红晕，当着佩里科内的面毫无羞耻地脱下衣服，钻进被窝，仿佛佩里科内是她的一个宫女。佩里科内毫不迟疑跟着她赶快脱衣，熄灭所有的灯，从床的另一侧快速钻进被窝，躺到她的身边，用胳膊搂着她，开始做爱——对此她毫不抗拒。她一旦体会到了做爱的快乐（因为她以前不知道男人用什么器官打开和进入的），就很后悔她以前没有响应佩里科内的诱导；从那以后，她不等佩里科内再次求她，常常主动邀请佩里科内到她那儿去共度良宵，不是用语言，因为语言表达不了她的意思，而是用手势和动作。

命运之神并不满足于把一个王后变成了乡绅的情妇，在阿拉蒂耶尔与佩里科内相互从对方那里得到快乐之后，又给她安排了一个新的几乎不能忍受的姻缘。佩里科内有个弟弟，二十五岁，是一个漂亮、精神的小伙子，名叫马拉托。他对阿拉蒂耶尔一见钟情，从她的神情举动判断，他认为阿拉蒂耶尔也喜欢他，所以什么也阻止不了他与阿拉蒂耶尔之间的爱情。但佩里科内对她看得很紧，使他们无法接近。因此，他想出了一个孤注一掷的办法，他立刻卑鄙地付诸实施。一艘船恰好停泊在港口，装满了货，准备开往伯罗奔尼撒半岛的基亚棱察；这艘船由两个年轻的热那亚兄弟指挥航行，帆已经升起来了，只等风向一变，马上起航。马拉托与这两兄弟商量妥当，两兄弟同意他当天夜里带一位小姐搭乘他们的船。他确定了行动的计划后，夜幕降临时，带了一帮他请来参与这次行动的可信赖的朋友，悄悄地进入了佩里科内的房子里；佩里科内没料到在这样的住所里会有什么威胁，就这样马拉托按计划隐藏在这座房子里。到了半夜，马拉托让他的朋友们进来；他们直接奔去佩里科内与阿拉蒂耶尔睡觉的房间，开了门，杀了睡梦中的男人，将那醒来哭泣的女人带走。他们威胁她，如果她喊叫就杀了她。他们抢劫了佩里科内的大部分财产，离开他的房子直奔海港，没人听见一点声音。马拉托和阿拉蒂耶尔片刻不误地上了船，他的朋友们各自回家，水手们乘凉爽的顺风起航了。

公主为她先前的不幸和这次新的灾难而痛哭流涕；但马拉托用天主赐予他的那个有用的、能产生奇效的宝贝，给了她极大安慰，使她很快安静下来，高兴地与他同居，把佩里科内忘了个干干净净。但是，她刚刚恢复了情绪，命运之神因为不满足于她以往的不幸，又给了她一次打击。我们已经多次说过，她是一个令人陶醉的绝色美女，一举一动风姿绰约，那两个年轻的船长也非常疯狂地爱上了她，除了她，他们什么都不去想了；他们专心致志地向她献殷勤，讨她的欢心，同时小心翼翼地不让马拉托看穿他们的动机。两兄弟都意识到彼此都为阿拉蒂耶尔神魂颠倒，因此他们私下商定，共同努力把她弄到手，然后轮流分享，仿佛爱情也是可以持股的，像来自贸易的商品或利润一样可以平分。但马拉托紧紧地盯着她，这使他们的打算无法实现。有一天，船满帆航行，速度很快，马拉托毫无戒心地站在船尾，眺望着大海，两兄弟配合得像一个人一样悄悄地走过去，从后面将他抱住，扔进大海。等有人注意到马拉托掉进海里时，船早已驶过一英里了。当阿拉蒂耶尔听到这个消息时，明白拯救他已是不可能了，又在船上痛哭起来。那两个情人急忙来到她跟前，努力用温柔的话语、慷慨的许诺来安慰她，但她听不懂他们的话。她哭得更厉害了，不是出于对葬身大海的马拉托，而是出于自我怜悯。

兄弟两人轮流用好言好语不停地抚慰她，直到使她恢复了好心情。于是他们退到一边开始争论究竟谁该第一个和她睡觉的问题。他们两人都坚持占先，不肯相让，开始出言不逊，争吵的火气越来越大，愤怒中拔出刀来，相互猛刺。其他水手们无法将他们分开，眼看着他们相互乱砍了几个回合，一个当场倒地而死，另一个虽浑身重伤，却留得性命。见此情景，公主更加悲伤了：（如她自己所见）她孤身一人，没有人可寻求帮助或是讨个主意，她更是害怕那两个船长的亲戚、朋友们会把她当成替罪羊要她抵命。他们很快到达了基亚棱察，多亏那个受伤幸存者替她求情，使她免除了一场死亡的劫难。她和那个受伤的青年一起在这里下了船，住进了一家旅馆。转眼之间，关于她是绝代美人的说法传遍了全城。当时恰巧住在那里的莫雷阿亲王听到了这个消息，一定要见她；亲王一看到她，就觉得她比人们传说的还要美，立刻非常强烈地爱上了她，除了这位美人，他什么都不去想了。他听说了她来到这里的经过后，认为他应该不难把她弄到手。当那个受伤青年的亲戚们得知亲王正想办法得到她时，立刻把她给送来了，亲王非常高兴，小姐也很高兴，因为这似乎使她摆脱了一个更大的危险。

亲王注意到，她不仅看上去美丽，而且暴露出公主的风范；虽然他无法进一步得知她的身份，但断定她一定是一位出身高贵的小姐，因此对她加倍宠爱。亲王对她彬彬有礼，不像对待一个情妇，而像对待自己的妻子。因此，阿拉蒂耶尔感到，她现在生活优裕，养尊处优，特别是与她先前的灾难相比，她完全恢复了自信，精神焕发，更使她格外妖艳。结果，整个儿伯罗奔尼撒地区都在谈论她的美色，雅典公爵听说后，也想见一见她。公爵是一个漂亮的年轻豪侠，是亲王的朋友和亲戚。他借口拜访亲戚——像他平时经常的拜访一样——带着一批精干、勇武的随从，来到基亚棱察，受到亲王的热烈欢迎和隆重接待。几天后，当话题转向小姐的美貌时，公爵问亲王她是否真的如人们传说的那样美丽。

“比传说的还要美得多，”亲王说，“不过别以我的话为准，用你自己的眼睛见证一下吧。”

公爵要求他履行诺言，于是他们一起去见她。阿拉蒂耶尔预先得到了通知，向他们表示了愉快且非常有礼貌的欢迎。他们让她坐在两人中间，但却得不到与她交流的乐趣，因为他们的语言她一句也听不懂。所以，他们只能盯着她看就像看一种幻景似的，尤其是公爵，他简直不能使自己相信她是一个有血有肉的凡人；他目不转睛地注视着她，他自己未能意识到他的眼睛正在痛饮着爱情的毒液，他以为他只不过是看看她一饱眼福，但实际上他已强烈地爱上了她，不幸地被她迷惑住了。他与亲王向她告辞后，空闲时他暗暗思量，觉得亲王有这样一个美人唯他命是从，真是世界上最有艳福的人。他思来想去，终于让强烈的欲望压倒了廉耻之心，决心不顾一切，从亲王手里夺过这个尤物供自己享乐。他将公理和正义的考虑抛在一边，决定趁热打铁，把所有心思都用在背信弃义上。一天，他按照他那邪恶的计划，暗中准备好行李和马匹准备出发；他的行动是在亲王高度信任的名叫丘里亚奇的贴身男仆的帮助下进行的。

那天夜里，丘里亚奇悄悄地把他领进亲王的卧室，他带着一个助手，两人都手持武器；他注意到，小姐睡着了，亲王赤身裸体站在窗口——那是一个很热的夜晚——面对大海，享受着从海面吹来的一股微风。他已经指示了他的助手如何行动，他本人悄悄地穿过房间，走到窗边，抽出匕首，从背后刺进亲王腰部，刺了个透穿，然后抱起亲王尸体，扔出窗外。亲王的宫殿建在海边一个高高的悬崖上，亲王刚才看海站的那个窗户下面，有几间被海潮冲塌的房屋，很少有人走近那里——这一点公爵已事先考虑到了。所以，亲王的尸体落下，未被任何人发现，因为没人听到声音。公爵的助手见事情已经了结，假装要和丘里亚奇拥抱，却迅速将一根绳索套在了他的脖子上——他带着这根绳索正是为了这个目的——用力拉紧，使他连一声都没能喊出来；公爵走过来，他们将丘里亚奇勒死，将他的尸体紧随亲王之后扔出窗外。公爵很清楚，他们干完这件事之后，阿拉蒂耶尔和任何人都未听到一点声音。于是他拿着一盏灯，来到床前，轻轻地揭开被子，只见那姑娘赤裸着身体，睡得正香。他仔细看遍她的全身，不禁赞叹不已：如果说她穿着衣服时他就已经对她神魂颠倒，那么现在她一丝不挂地呈现在他眼前，他岂不更加难以自制！此时他的情欲之火升腾起来，早已把他刚刚犯下的杀人罪行抛到九霄云外，手上还沾着血，就爬上床去，躺在她的身边，占有了她，她在睡意朦胧中还以为他是亲王。

公爵与她睡了一会儿，得到了一种巨大的快乐，从床上爬起来，叫进几个侍从，吩咐他们把这姑娘抓住，别让她出一点声音，把她从他刚才进来时的那个暗门带出去；他把姑娘放在马背上，带着全体随从尽可能地悄无声息地离开这里，返回雅典。但公爵已经有了妻子，因此他不能把阿拉蒂耶尔安置在雅典，而是把她藏在城外一个俯瞰大海的别墅里；那姑娘非常伤心，但公爵吩咐侍从们恭恭敬敬地对待她，满足她的所有需要，公爵就这样让她过着隐居的生活。

第二天，亲王的朝臣们等待主人起床，一直等到下午中段时间；他们从他的住处听不到一点声音，便推开门（那门未上锁），见室内一个人也没有，就以为亲王带着他的美丽小姐偷偷地去了什么地方玩几天，所以，都没有在意。这样又过了一天，一个疯子游逛到了躺着亲王和丘里亚奇尸体的那片房屋废墟里，抓着那仆人脖子上的绞索把他的尸体拖了出来。他拖着那尸体到处走，许多看见尸体的人都很吃惊；他们哄着那疯子，让他领着来到他发现尸体的地方。他们在这儿发现了亲王的尸体，于是全城哀悼，为亲王举行了隆重的葬礼。当他们调查是谁犯下这起滔天罪行时，发现雅典公爵没有露面，不辞而别，于是完全正确地断定，一定是他杀了亲王，抢走了那位美丽小姐。市民们立刻拥立亲王的一个弟弟继承王位，力劝他尽一切努力为死去的亲王报仇。新亲王根据各种其他迹象发现，他们的怀疑是正确的，于是召集四面八方的朋友、亲戚和随从，组成了一支规模浩大的军队，他亲身率军去讨伐雅典公爵。

公爵听到消息，立即集结部队，准备自卫；许多勋爵前来援助公爵，其中有君士坦丁堡皇帝派太子康斯坦齐奥和侄儿马诺维洛率大军前来助战。公爵给予他们以王侯般的欢迎，公爵夫人更是热情，因为她是他们的姐姐和表姐。战事日趋逼近，公爵夫人找了个机会，把两个弟弟找到自己的卧室，流着泪，把事情的经过原原本本地告诉了他们。她解释了战事的起因，讲了公爵为了另一个偷藏在外面的女人而怠慢她的情况。她一边为这些事悲伤不已，一边恳求他们尽最大努力把事情办好：既能保住公爵的好名声，又能消除她心中的气恼。这两个年轻人清楚地知道事情的来龙去脉，所以也没有多问，只是尽全力安慰她，让她感到很有希望；他们从她那儿打听出那位小姐的住处，就告辞了。

由于经常听到人们赞赏小姐的无比美貌，他们也很想一睹芳容，就请公爵让他们看一看她。公爵答应了他们的请求，完全忘记了亲王向自己炫耀小姐美貌的结果，什么样的灾难降到了亲王头上。第二天上午，他在阿拉蒂耶尔住处美丽的花园里准备了一席盛宴，带着他们两人和几个朋友前去与她共进午餐。康斯坦齐奥坐在她身边，敬畏地望着她，心中想，自己有生以来还从未见过如此美丽的女人。他认为，很显然，如果公爵或任何其他什么人为了把这样的美人弄到手，以至于堕落到背信弃义或干出其他坏事，都是应该得到原谅的。他越看她，就越是赞羡不已，直到发生在公爵身上的同样事情发生在他的身上：告辞时，他已迷恋上了她，于是把打仗的事儿完全抛在脑后，专心致志地考虑他怎么能把她从公爵手里夺过来。同时，他对任何人也没有丝毫流露出他对那美人的爱慕之心。

正当康斯坦齐奥在情欲之火中忍受煎熬时，新亲王正率军逼近公爵领地，因此与新亲王作战的时刻到了；于是按照计划，公爵和康斯坦齐奥率领全部人马离开雅典欲与新亲王决战在边境，拒敌于领地之外。他们在边境驻守几天了，康斯坦齐奥的心思仍然全在小姐身上。他想现在公爵不在她身边，正是实现自己心愿的良机；他以身体严重不适需要医治为借口要求返回雅典。公爵准了他的假，于是他把兵权交给马诺维洛，回雅典他姐姐那儿去了。几天后，与姐姐谈话中，他又把话题引到她因公爵在外养情妇的行为而深感痛苦的事上来。“您就发命令吧，”他告诉姐姐，“我肯定帮您的忙，让我把那女人弄走。”公爵夫人以为他愿意做这件事是为了她，不是出于对阿拉蒂耶尔的爱，于是告诉他，若能如此她是再高兴不过了，但要求弟弟事后永远也不要让公爵知道是她指使的。康斯坦齐奥许下诺言一定把此事办好，公爵夫人同意他立即行动，见机行事。康斯坦齐奥暗中装备好一只小船，一天晚上他吩咐把船开到小姐住处的花园附近并停泊在那儿。他对船上一伙高大健壮的人做了指示后，带上另外几个人来到公主的住处。他在这里受到小姐及其仆人们的热情接待；然后，小姐和他一起（这正是他希望的）在各自随从的陪伴下，来到了花园里。

他假装要向她转达公爵的话，他把她一人领向通向大海的一个门边。门已被他的一个仆人打开了，到达门边时，他向小船发出约好的信号。转眼之间，他已吩咐人把小姐抢到了船上，他转回身对小姐的随从说："你们谁也不许动一动，喊一声，除非你们想死；我的目的不是来抢公爵的这位小姐，而是来平复他给我姐姐造成的伤害。"

那些随从听了他的话，谁也不敢做声。康斯坦齐奥与他的心腹上了船，坐在哭哭啼啼的阿拉蒂耶尔身边，命令开船。小船飞一般行驶，他们在第二天黎明时到达了埃吉纳岛。他们在这里上岸休息，小姐不停地悲叹给自己招致不幸的美貌，康斯坦齐奥则乘机与小姐快活了一番。休息后，他们又回到船上，几天后到达了希俄斯岛。康斯坦齐奥害怕父亲谴责，担心抢来的小姐又被他从手里夺走，觉得这个地方像是个安全的避难所，于是决定在希俄斯岛住下。美丽的阿拉蒂耶尔为自己的不幸命运哭了好几天，但最后康斯坦齐奥还是安慰好了她，于是她又像前几次那样，开始从命运为她作好的安排中得到一些快乐。

正在这时，与君士坦丁堡皇帝连年进行战争的土耳其国王奥斯贝克偶然来到斯麦尔那。他在这里听说康斯坦齐奥与一个掳来的女人在希俄斯岛过着放荡的生活，而且全无戒备。一天晚上，奥斯贝克率领几只小船偷袭希俄斯岛，带着他的人悄悄登陆；康斯坦齐奥的许多家人还没有意识到敌人已经登陆，就在睡梦中当了俘虏，少数几个被惊醒去拿武器企图抵抗的人全被杀死；希俄斯岛遭到土耳其军队的洗劫和焚烧；他们把战利品和俘虏带上船后，驶回斯麦尔那。奥斯贝克是个年轻人，他回到斯麦尔那检查俘虏时，看到了这个美人儿，真是高兴极了；他知道她是在床上与康斯坦齐奥睡在一起时被抓获的。他立刻举行婚礼娶她为妻，与她非常快乐地同住了好几个月。

在这些事件发生以前，君士坦丁堡皇帝曾与卡帕多西亚国王巴萨诺谈判，请国王率兵袭击奥斯贝克，皇帝自己则从另一面进攻，形成夹击之势。巴萨诺提出一些条款，皇帝认为难以接受，不愿履行，以致谈判没有达成协议；当皇帝听说儿子出了事，悲痛万分，立即满足了国王的条件，然后催促他全力进攻奥斯贝克，自己同时做好进攻的准备。奥斯贝克听到这个消息，立刻集结部队，把他美丽的妻子留在斯麦尔那，托付给一位可信赖的朋友和仆人照顾，为避免陷入腹背受敌的局势，他先行攻打卡帕多西亚国王。不久，他与卡帕多西亚国王在战场上交战，被杀，他的部队被击溃。巴萨诺国王乘胜向斯麦尔那长驱直入，如入无人之境，一路上人们纷纷向他这个胜利者投降。

奥斯贝克的亲信安蒂奥科受奥斯贝克托付，照看阿拉蒂耶尔，他虽然年事已高，但见她如此迷人就不顾他应对主人与朋友履行的忠诚职责，也爱上了她。安蒂奥科懂得她的语言，这可使她高兴极了。几年来，因为她听不懂任何人的话，也没人听得懂她的话，所以她一直像个聋哑人一样生活着。安蒂奥科受情欲的驱使，仅在几天内就和她混得非常亲密，他们的关系很快从友谊发展成情人；他们把在外作战的主人忘得干干净净，只顾在床上相互给予极妙的快乐。当他们听说奥斯贝克战败身亡，巴萨诺所到之处，抢劫一空时，他们商定不能等着做巴萨诺的俘虏，于是带着奥斯贝克的大部分宝贵财产秘密逃往罗得岛。但到罗得岛不久，安蒂奥科就身患重病。恰好一个他最喜欢的亲密朋友，是塞浦路斯商人，也与他一起住在罗得岛；安蒂奥科感到自己危在旦夕，决定把自己大部分珍爱的财产和他心爱的情妇赠给这位朋友。

临终时，安蒂奥科把他们两人叫来，对他们说："毫无疑问，我将不久于人世了，我为此感到非常遗憾，因为我从来也没有像最近生活得这么快乐。但有一件事使我死得幸福，那就是，在我要死的时候，我可以看着自己死在世界上我最爱的两个人的怀抱里：你，我最亲爱的朋友，和这位小姐，自从我认识了她，我就爱她胜过爱我自己的生命。使我忧虑重重的是，我死以后，剩下她一人，身在异乡，有事无人帮助，遇事无人商量；如果我不知道你在这儿会像你关照我一样，并且为了我，好好关照她，那我就更加放心不下了。所以，我最诚恳地求你，请允许我把我的财产和这位小姐交托给你，我死以后，你可以以你认为最能告慰我灵魂的方式，支配我的财产和安排这位小姐。你，我最亲爱的姑娘，我死以后求你别把我忘了，让我在阴间也为我在人世曾被一位天主创造的最美丽的女人爱过而自豪。如果你们答应我这两件事，我就肯定死而瞑目了。”

他的商人朋友和小姐一边听着一边流泪；等他说完，他们安慰他并向他忠诚地许诺，如果他真的死了，他们一定按他的要求去做。不久，他果然死去，他们为他举行了隆重的葬礼。

几天后，那位塞浦路斯商人办完了他在罗得岛的事务，打算搭乘一艘停泊在港口的卡塔卢尼亚货船回塞浦路斯去，于是他问阿拉蒂耶尔，因为他要回塞浦路斯，她打算怎么办。她的回答是，如果他不介意，她将高兴地陪伴他，但希望他看在安蒂奥科的面上尊敬她、像妹妹一样地对待她。那位商人回答说他将高兴地满足她的一切要求，为了在去往塞浦路斯的途中更好地保护她，免遭任何可能发生的威胁，他对别人说她是他的妻子。他们上了船，被安排住在船尾的一间小舱里；为了避免言行不符，既然说是夫妻，那位商人只好与她同睡在一张最窄的床铺上。结果发生了他们离开罗得岛时谁也没打算做的事情：船舱的黑暗、床铺的温暖和舒适，其中哪一个因素都不能低估，使他们忘记了对死去的安蒂奥科所做的爱与友谊的承诺，在同样的冲动下，他们开始相互爱抚。这样，到达那位商人欢呼的巴法之前，他们已经如胶似漆了。在巴法，阿拉蒂耶尔与那位商人同居了很长时间。

这时，一位名叫安提戈诺的绅士碰巧来到巴法办事；他年事已高，智慧过人，但钱财不多；他担任塞浦路斯国王的代理商，办理过许多事务，但总是时运不济。一天，他从阿拉蒂耶尔居住的房子门口经过，当时那位塞浦路斯商人到亚美尼亚经商去了，他偶然注意到那位小姐正站在窗口；他开始盯着她看，她的美貌使他想起他在以前的某个地方见过她，但究竟在什么地方他无论如何也想不起来。被命运捉弄了这么久的阿拉蒂耶尔，快到了天主安排的厄运的尽头：她一见到安提戈诺，就立即想起她在亚历山大父亲宫廷上见过他，他为父亲办事，地位不低。因此，她心中顿时产生了希望：她也许能在他的帮助下回到她的皇家宫廷中去。她乘商人不在家的机会，赶紧把安提戈诺请进家里来。安提戈诺来后，她羞怯地问他是否就是法马古斯塔的安提戈诺。

"是的，我就是安提戈诺。"安提戈诺说，然后接着说："小姐，虽然我怎么也想不起来在哪儿见过您，但我认为我认识您；如果您不介意，请提醒我您是谁，好吗？"

一听说他真是安提戈诺，阿拉蒂耶尔大哭起来，张开双臂，搂住他的脖子；他非常吃惊，过了一会，她问他是否在亚历山大见过她。安提戈诺听她这么一问，立刻认出她是苏丹的女儿，阿拉蒂耶尔，人们都以为她葬身大海了。他要向她行礼，但她坚决不受——她请安提戈诺与她一起坐一会儿。安提戈诺坐了下来，恭恭敬敬地问她怎么来到这里，什么时候到的，从哪儿来的，因为全埃及的人都以为她几年前在海里淹死了。

"我如果真的淹死就好了，"她说，"就不用过我现在这种生活了。我相信，如果我父亲知道我这几年是怎么过来的，他也一定希望我淹死的好。"说完，她就伤心地哭起来，于是安提戈诺说："小姐，也许您不至于那样，请不要丧失信心。如果情况许可的话，请告诉我您的遭遇，告诉我您一直过的什么生活：事情还没到不能补救的程度。"

"安提戈诺，我一看见您，"她说，"就好像看见了我的亲生父亲，虽然我可以始终隐瞒我的身份，但我出于对父亲的敬爱，还是向您透露了我的身份。在所有我可能偶尔见到的人当中，能使我像见到您、认出您那样快乐的人很少。虽然我一直把不幸命运带给我的遭遇埋藏在我自己的心里，但我要把一切都告诉您，就像说给自己的父亲一样。当您听完我的经历，如果您能想出恢复我从前地位的办法，我求您帮帮我；如果您想不出办法，请您不要对任何人说您见过我，或者听说过我。"

说完这番话后，她就一边流着泪，一边给他描述从马略尔卡岛船失事到这时为止在她身上所发生的一切。安提戈诺也同情地流下了眼泪，但他考虑了一会儿后说："小姐，既然您在所有的遭遇中一直隐瞒着身份，我就能把您送还给您父亲，他会比以前更加疼爱您；然后，您再与非洲国王完婚。"

她问他怎么去办，他就把他们今后该怎么做详细地告诉她。而且，为了避免夜长梦多，节外生枝，安提戈诺立刻回到法马古斯塔去见国王。"陛下，我有一件事要向您禀报，"他对国王说，"它可以使您大大提高您的荣誉，同时给我带来很大好处，我虽为您效劳，却是十分贫困。做这件事，您不用付出任何代价的。"

国王请他解释清楚怎么回事，安提戈诺接着说："苏丹的年轻美丽的女儿到达了巴法，就是那个人们一直认为淹死了的公主。她为了保持贞洁，历尽千辛万苦，她现在生活艰难，盼望回到她父王那里去。如果陛下您同意让我送她回去，您的荣誉自然大增，我也会得到很多好处。我相信苏丹永远不会忘记您的贡献。"

国王以其特有的皇家的宽宏大量，立刻表示同意，并派人去接阿拉蒂耶尔，体面地陪伴她来到法马古斯塔，国王与王后给予她十分亲切、隆重的欢迎。当国王与王后问起她的不幸遭遇时，那位姑娘按照安提戈诺教给她的话作了详细叙述。几天后，国王应她的请求，派了许多男女侍从组织一支漂亮、体面的护送队伍，由安提戈诺负责，把她送回苏丹那里去。至于苏丹怎样欢天喜地地欢迎女儿、欢迎安提戈诺和随从，就不必细说了。她休息了几天后，苏丹想知道她怎样活了下来，这些年女儿没给他一点消息，她一直都在哪儿。

这位年轻姑娘已把安提戈诺教给她的话背得很熟了，于是，这样回答她的父亲："大约在我离开你们二十天后，我们的船受到一场猛烈的暴风雨的袭击，船发生了漏缝，一天夜里被抛在西方一个叫阿瓜·莫尔塔的地方附近的海岸上。船上的那些男人情况怎样，我不知道，以后也没听说过。我只记得第二天早晨，我好像死而复生，当地的人发现那破船后，从四面八方跑来抢东西。我带着两个女仆刚一上岸，几个小伙子就把我们抢走了，跑向不同的方向。她们的情况怎样，我一直不知道；不管我怎样反抗，怎样哭喊，两个小伙子抓住我，拉着我的头发；当他们一路拖着我，想把我拉进一片大树林时，恰巧此刻有四个骑马的男人从那里经过，那两个年轻人看见他们，放开了我，撒腿就逃走了。那四个骑马的男人，看上去都是大官儿，见此情景，就向我站着的地方打马奔了过来，问了我很多问题，我也对他们说了很多话，但他们听不懂我的话，我也听不懂他们的话。他们商量了很久，让我骑在一匹马上，把我送到了一个按他们的宗教建立的女子修道院。我不知道他们说了些什么，但我被这里所有的女人友善地收留下来，一直受到了很尊敬的对待，于是我跟她们一起最虔诚地崇拜幽谷的圣奥哥门塔，当地的妇女都很信仰这位圣徒。

"我跟她们住在一起不久，学会了一点儿她们的语言后，她们就问我是什么人，从哪儿来；但我知道我在什么地方，所以担心，如果我讲了真情，她们会把我当成她们宗教的敌人赶出去，因此，我告诉她们，我是塞浦路斯一个贵族的女儿，父亲送我去克里特岛成亲，但我们被一场暴风雨打坏船只，冲到这里。我时时刻刻遵守她们的风俗，担心惹出麻烦。后来，那些女人们的上司，她们叫她院长，问我是否想回塞浦路斯去，我说那正是我求之不得的事儿。但她很关心我的贞操，总也不愿轻易把我托付给去塞浦路斯的人，直到两个月前，有几位诚实的法国绅士与他们的妻子到了那里。其中一人是那位院长的亲戚，当她听说他们要去耶路撒冷朝拜圣墓，就是埋葬他们奉为天主而被犹太人杀害的那个人的地方时，她把我委托给他们，请他们把我带回塞浦路斯交给我父亲。如果要告诉您这些法国绅士如何友好地对待我，他们及其夫人怎样热情地欢迎我，那要花很长时间。

“我们上了船，很多天后才到达巴法。也许天主见我在巴法人地两生，不知道怎样向那几位准备按照尊敬的院长嘱托把我交给父亲的绅士说明自己的情况，很怜悯我，我们刚一上岸天主就和安提戈诺在码头区等着我。我赶紧叫住安提戈诺，我用我们自己的语言与他说话，目的是不让那几位绅士和他们的夫人听懂，请他把我当作他的女儿，他是来迎接我的。他立刻懂得了我的意思，给了我最愉快的欢迎；他尽管境况很差，还是尽他的最大财力来款待那些绅士及其夫人们。他带我去见塞浦路斯国王，我无法用语言来描述国王给予我的热情欢迎和他怎样把我送还给您。如果还有什么没说到的，那就由安提戈诺来补充吧，因为我的遭遇他已经听过很多遍了。”

于是，安提戈诺转过身来对苏丹说：“陛下，她刚才告诉您的，已经是非常详细的叙述了，与她对我多遍讲述的，与带她回来的那些绅士及其夫人讲的是一致的。只有一个地方她没讲，我想那是因为她不便说出来：我指的是，带她回来的那些绅士及其夫人们对我说过，她在修道院与那些修女们一起过着纯洁朴素的生活，严守贞操，行为端正，令人称赞。当那些绅士们、夫人们把她委托给我后与阿拉蒂耶尔告别时，他们哭得多么悲伤啊！如果要我给您详细叙述他们告诉我的一切，我不仅需要今天白天剩下的时间，而且需要整个夜晚。只要这么说就够了：根据他们所说的和我观察到的，您可以为有这样一个女儿而自豪，因为她在当今君王女儿中是最美丽、最贞洁、最不屈不挠的。”

苏丹听了这些话，高兴极了，不住口地祈祷天主，让他能够好好报答那些关心、照顾过他女儿的人，特别是如此隆重地把女儿送回给他的塞浦路斯国王。几天后，苏丹送给了安提戈诺最最丰厚的礼品，并准许他返回塞浦路斯，他又派了专使携国书拜见塞浦路斯国王，代表他的女儿为国王所做的一切表示最衷心的感谢。

然后，苏丹希望使他已开始的事情有个结果，即把他的女儿嫁给非洲国王为妻，于是给非洲国王写了一封信，信中详细叙述了女儿所发生的一切，并说，如果他还愿意娶她为妻，他应派人来接她。非洲国王接到信后非常高兴，派了一支豪华的护卫队前去迎娶，然后热烈地欢迎她。就这样，这位已与八个男人睡了一千多次的姑娘，竟然仍以一个处女的身份躺在非洲国王的身旁，而且能使他信以为真。她作为王后，与国王一起过了很长一段时间的幸福生活。由此而有了这样一句俗语：

被多人吻过的朱唇，并不失去风韵；
就像一轮渐圆的月亮，有亏还有盈。

故事8

安特卫普伯爵因遭到诬陷，由贵族变成了贱民，去英国寻求庇护；但命运之神从未将他和他的孩子们完全抛弃。

落到那位美丽女人身上的种种不幸令小姐们叹息不已，但谁知道她们是因为她上了这么多次的婚床而深感同情呢还是因为自己的欲望得不到满足？但女王现在并不考虑这一话题，知道潘菲洛逗得大家哈哈大笑的最后那几句话结束了他的故事，便转向爱丽莎，吩咐她接着讲。爱丽莎高兴地讲下去：

我们今天涉猎的这个领域有多么广大啊！我们每个人都可以很容易地讲上十二个故事，也讲不完这个话题，因为命运之神以她奇怪而不幸的方式频繁地干预人们的生活、捉弄人的事例实在太多了，因此，让我从这成千上万的事例中拣出一个讲讲吧。

罗马帝国的权力从法国人向德国人手里的移交① 引起了两个民族之间不共戴天的仇恨，随之而来的是连绵不断的战争。为了保卫自己的国家，攻击敌人，法兰西国王和他的儿子全力以赴，从全国的老百姓和他们的亲友中征兵，组成一支强大的军队，向德国人发起进攻。出征前，他们考虑到，国家不能无人治理，于是任命安特卫普伯爵沃尔特为代理总督和摄政者，全权负责法兰西王国政务。很多人告诉他们，沃尔特才华横溢，为人正直，对他们忠心耿耿，他不仅善于吟诗作赋，而且深谙韬略，但他们认为他更胜任于内政而不是战场。完成这项任命后，他们率领大军出发了。于是沃尔特开始施展自己的聪明才智，有条不紊地履行他的职责，凡事都与王后和王子妃商议——虽然王后与王子妃都被交托给他关照和约束，但他总是以对国王的尊敬来对待她们。伯爵年近四十岁，长得相貌堂堂，举止文雅，令人喜爱，此外，他还是外表优美的典范，他的服饰总是十分整洁。

伯爵的妻子已经去世，给他留下了两个孩子，一个男孩，一个女孩。碰巧这时法兰西国王和他的儿子在外作战，伯爵主持宫廷政务，经常进宫里与王后和王子妃商量国家大事，王子妃渐渐对他产生了兴趣，她受到伯爵英俊外表和优雅风度的强烈吸引，暗暗地爱上了他。她想自己是一个年轻姑娘，像花儿一样美丽，而他现在没有

①从法国人向德国人手里的移交：中世纪一段时间，罗马帝国皇帝的称号一直由法兰西王国查理大帝的后裔继承。公元962年，神圣罗马帝国被转交给了奥托·撒克森，即德意志国王奥托一世被罗马教皇加冕为罗马帝国皇帝。

女人，她认为她会毫不费事地让伯爵满足自己的欲望；她想，唯一的障碍就是自己的羞耻感，不好意思开口，但她决定，这个问题可以这样解决，那就是向他摊牌——向他表白爱心。有一天，只有她一人在宫里，她认为这是个合适的机会，于是找个借口，说要商议其他事情，请伯爵过来。伯爵立即来见她，心中没有一点儿与她类似的想法。她在卧室里，吩咐他坐在一张长沙发上，坐在她的身旁，房间里只有他们两人；伯爵又一次问她，召他进宫有什么事情商议，她没有回答，但最后，在情欲的驱使下，她红着脸，用颤抖的声音，结结巴巴地说出了她的心里话，一边哭泣一边说：

“伯爵，我最最亲爱的朋友！您是一个聪明的人，您一定明白，男人和女人都很脆弱，在某些情况下，一个女人可能比另一个女人更加脆弱。所以，一位公正的法官，对于犯有同样罪过的不同人，并不判以同样的刑罚。如果一个必须靠每天艰苦劳动才能有饭吃的穷男人或穷女人也像一个有钱的、无所事事的、随心所欲的贵夫人那样，去响应情欲的诱惑，是太应该受到谴责了，谁会否认这一点呢？我相信，谁也不会否认。所以我认为，如果一个贵夫人为情欲所动，但她能给出一个对她有利的借口，那么她就完全可以免受谴责了；至于其他情况，如果她爱上的是一个聪明而且真正优秀的男人，那她就绝对不受谴责了。我相信，这两种因素在我身上都有，还有另外两种因素：我年轻，丈夫在外，这两种情况一起迫使我去爱；如果我强烈地爱上了您，这些因素就可以用来为我辩护了。如果这些借口的确如人们所指出的，在聪明人心里是有分量的，那么我求您帮帮我，就我要问您的问题给我出出主意吧。因为我丈夫在外，我抵挡不住肉欲的冲动和爱情的力量，坚强的男人都天天被这种力量所压倒，更不用说脆弱的女人了；我得承认，如您所见，我养尊处优，无所事事，我听任自己卷入爱情的波峰浪谷之中。我承认，如果这种事让人知道了，那是可耻的，而没人知道它时，在任何真正意义上你都不应该视它为坏事。您看，爱神对我太好了，他不仅保护我不让我去不加区别地选择情人，而且把您指给了我作为值得我这样的女人爱的对象。如果我没有看错，您是整个法兰西王国中最勇敢、最漂亮、最可爱、最聪明的骑士。而且，既然我可以声称我现在没有丈夫，那么您现在同样没有妻子。所以，我求您，看在我非常爱您的份上，不要阻止您对我的爱，可怜可怜我的青春吧，它正在像冰遇到了火一样为您而融化。”

王子妃本来打算继续她的恳求，但此刻被潮水般的眼泪所打断，一句话也说不出来；她完全被情欲所征服，垂下了头，把身子倒在了伯爵的怀里。伯爵是一个杰出的正人君子，未等她伸过手来搂住自己的脖子，就断然将她推开，极其严厉地斥责她这种不理智的爱情。“以我的名誉担保，”他说，“我宁肯粉身碎骨，也决不允许我自己或他人干出有损于国王的事情来。”

王子妃听了这些话，立刻把情欲忘得一干二净，反而恼羞成怒：“你这可鄙的骑士，我的一片情意就这样被你如此轻蔑地拒绝吗？既然你打算让我去死，如果天主愿意，我先把你赶出去，看你去死！”说完，她用手将头发扯乱，将胸前的衣服撕开，尖声叫喊：“救命啊！救命啊！伯爵要强奸我！”

沃尔特见此情景，不敢凭借自己良心的纯洁而方寸不乱，他考虑更多的是朝臣们的嫉妒，担心王子妃的怨恨会使他们相信她的诬陷之词，而不相信他的无辜，于是，他撒腿就跑，迅速逃出那个房间，逃出内宫。他回到家，毫不迟疑地抱起孩子骑上马，迅速向加来逃去。

宫中的人听见王子妃的尖叫，都跑来了。他们见王子妃那副模样，又听她解释了喊叫的原因，不仅相信她的话，而且一致认为，伯爵习惯的豪侠和无瑕的举止是为达到这一目的而长期形成的策略。他们情绪激昂地跑到伯爵家里去逮捕伯爵，不料扑了个空，就把伯爵家里的财产洗劫一空，最后把他的房屋夷为平地。消息传到战场上的国王和他的儿子耳中，那消息把伯爵形容到了十恶不赦的程度。他们为此大发雷霆，判决伯爵和他的子女永远流放，并通报全国，谁能把伯爵抓捕归案不论死活，将得重赏。

不幸的伯爵知道他的逃跑损害了自己的无辜，到加来后没有向任何人暴露自己的身份，也没有人认出他来，然后，渡海来到英国。他把自己打扮成穷人模样，带着孩子，前往伦敦。到达伦敦之前，他嘱咐了孩子很多事情，但主要有两点：第一，他们必须耐心忍受命运带给他们的贫困，尽管他们没有过错；第二，如果他们珍惜自己的生命，他们必须极端谨慎，永远也不告诉任何人他们从哪儿来，他们是谁的孩子。男孩儿名叫路易吉，约九岁；女孩名叫维奥兰特，约七岁。虽然他们都很年幼似乎还不能完全领会父亲的意思，但他们完全听懂了父亲的告诫，并且表示严格地按父亲的话去做。为了便于隐瞒身份，他决定给孩子们改名：他给男孩儿改名为佩罗托，女孩儿为贾妮塔。他们身穿破衣烂衫来到伦敦，像法国流浪乞丐那样到处乞讨。

一天早晨，他们正站在一座教堂外面乞讨时，一位贵夫人恰巧从里面出来；是英国国王的一位将军的夫人。她见伯爵和他的两个孩子在乞讨，停住脚步问他是哪里人，那两个孩子是否是他的。伯爵告诉她，他是皮卡第人，由于他堕落的长子所犯下的一桩罪行，他不得不带着另外两个孩子离乡出走。她是一位有同情心的夫人，见那个小女孩漂亮可爱，举止文雅，就非常喜欢她。“先生，”她说，“如果您愿意把您的小女儿留给我照顾，我会很高兴地接受她；因为我喜欢她的漂亮模样；如果她将来长成一个好姑娘，我会在适当的时候给她找一个般配的对象。”

这个请求使伯爵很高兴，他欣然同意；他含着眼泪把小女儿委托给将军夫人抚养。把女儿托付给了他放心的人之后，他决定不继续在伦敦逗留，带着儿子佩罗托出发了，横穿英格兰岛，一路乞讨，来到威尔士，因为他不习惯于这样的长途步行，所以感到十分疲惫。这里住着英国国王的另一位将军，他有一座巨大的庄园，雇用了为数众多的随从。伯爵和他的儿子经常到这个大院子来乞讨食物。佩罗托在这里经常参加将军的儿子们及其侍从的孩子们玩的游戏；他们比赛跑、比跳高，佩罗托表现得一点儿不比他们差——实际上，他经常得第一。将军有时看着孩子们玩，他很喜欢佩罗托这个彬彬有礼、令人愉快的孩子。他问这孩子是谁家的，侍从们说这个男孩儿是一个有时进院子来乞讨的乞丐的孩子。将军派人把伯爵找来，提出要收养这个孩子，对伯爵来说这实在是求之不得的事，他慷慨地把儿子交给将军，但又为失去儿子感到十分难过。就这样，公爵把他的两个孩子都安排好后，决定不再留在英格兰，于是尽其最大努力，渡海去了爱尔兰。他来到斯坦福，给一位当地伯爵的陪臣当仆人，干着家务仆人或马童等干的各种各样的杂活儿。他在这里隐姓埋名，受苦受累地生活了很多年。

如今叫作贾妮塔的维奥兰特，在伦敦的贵夫人家里长大成人，随着年龄的增长，身材高了，也更漂亮了；她深得将军夫妇全家人和凡是见过她的人的喜爱，因为她实在美丽得惊人。凡注意到她行为举止的人，无不认为她会出落得更好。将军夫人认为现在应该是考虑把这姑娘嫁出去的时候了。将军夫人从她父亲手里接过这姑娘时，听了她父亲对自己情况的介绍以后，再从未了解她的身世；现在她只能按照她自己想象的有关姑娘的家庭地位，给她找个体面的人家。但是，公正评价一个人功过的天主，知道她是一个替别人受过的、无过错的女贵族，所以对她另有妥善安排。接下来要发生的事儿，使她没有落到出身卑微的人手中，这毫无疑问是仁慈天主的安排。

收养贾妮塔的将军夫妇有一个独生子，夫妇俩把他视为掌上明珠，不仅因为他是他们的儿子，而且因为他值得他们爱，他是一个绅士，漂亮、勇敢、有天赋。他比贾妮塔大六岁。贾妮塔在他的心目中，那么温柔、那么漂亮，因此他深深地爱上了她，而且他只看中她一人。因为他以为贾妮塔是一个最下层社会的女人，所以不敢向父母提出要娶贾妮塔的请求，实际上他怕父母责怪他不顾身份去爱低贱的女人，因此尽最大努力把那份爱藏在心里。如此压抑爱情只能使爱情更加令人痛苦，作为这种心痛的结果，他得了重病。好几位医生被请到他的病床边，他们看到了各种症状，却确定不了病因，哪一位医生都医治不了他的病。从来没有过这么极度伤心的父母。他们不断地令人怜悯地问他生病的原因，而他唯一的回答就是叹一口气，或者只是说，他觉得自己越来越虚弱了。

一天，一位非常年轻但医术精湛的医生坐在病床边为病人把脉，恰巧这时贾妮塔因事走进这间病室，她出于对这位母亲的尊敬，时常来关心、伺候她的儿子。小伙子一动也不动，一句话也不说，可是一见到她，他感到心中爱情的火焰燃烧起来，因此脉搏开始跳动得快起来了；这使医生感到奇怪，他静静地观察着这种强烈脉动能持续多久。贾妮塔一离开房间，小伙子的脉搏跳动就又恢复原样了。医生感到他就要发现这位小伙子的病因了。过了一会儿，医生借口要问贾妮塔一些事情，派人把她找来，而他却始终按着病人的脉搏。她应医生的召唤立刻来到，她刚一走进房间，小伙子的脉搏跳动就加快了，她一离开，小伙子的脉搏跳动就又慢下来了。

医生不需要进一步证明了；他站起身来，把小伙子的父母领到一边："对你们儿子的健康恢复，"他告诉他们，"医生是无能为力了。他的健康把握在贾妮塔手里。我已经很清楚地看出了迹象，你们的儿子强烈地爱上了她，但我的印象是她并没有觉察到。所以，如果你们珍惜他的生命，你们应该知道该怎么办了吧。"

小伙子的父母听了医生的话，非常高兴，因为他的话提供了恢复小伙子健康的办法。但是，他们担心，对他们来说，让贾妮塔成为他们儿媳的办法将是一个残酷的打击。

医生告辞后，将军夫妇来到儿子的床边，夫人对儿子说："孩子，我从未想到，你会向我隐瞒你的想法，特别是我看着你因不能实现心中的愿望而虚弱成这个样子。你应该知道，只要能让你高兴，我什么事情都能为你办。即使那件事使你不很体面，我也要为你办，仿佛那是为了我自己。你不说出你的想法，积郁成疾，但碰巧天主比你自己更爱惜你，告诉了我们你的病因，以免你就这样死去；你的病因只不过是对某个年轻姑娘过分强烈的爱，如我们所发现的那位姑娘。事实上，你不应该为说出你在恋爱而害羞。在你这种年龄，你应该恋爱了，如果你没有恋爱，我倒觉得你没出息了。所以，孩子，不要再瞒着我了，把你的愿望都告诉我吧。消除那些使你生病的郁闷和忧愁吧，振作起来。你尽管放心，只要你向我提出要求，而且是我力所能及的，为了让你满意，任何事情我都为你办，因为我爱你胜过爱我自己的生命。不要害怕，不要害羞，告诉我，我能为你的爱情做什么，看我是否为你竭尽全力，如果你发现我没有竭尽全力，那么你就把我看作世界上生过孩子的最残忍的母亲吧。”

母亲的话起初使小伙子觉得害羞，但经过考虑后，他意识到谁也不能比母亲更好地满足自己的愿望，于是他鼓起勇气对母亲说：“母亲，如果说有一件事儿，迫使我把爱情隐藏在心里的话，那就是我看到许多上了年纪的人都不愿回顾他们都曾经年轻的时代。但无论如何，您是理解我的，我不否认您已发现的都是事实；假如您能尽您的力量履行诺言，我甚至要告诉您我爱的这个人是谁，只要那样做了，您就会治好我的病。”

母亲完全相信，她不必按照她原先担心的计划去履行诺言，便欣然请他说出心里话，并表示立即照办，让他如愿以偿。

“母亲，”小伙子说，“我们家的贾妮塔长得这么美丽，这么迷人，可是我不能向她表白我对她的感情，更不用说得到她的爱情；我一直不敢让任何人知道我爱她。就是这件事儿使我病成了这个样子，如果您不以某种方式履行您对我发出的诺言，您可以肯定我在这个世界上活不长了。”

母亲微微一笑，她认为，这不是规劝的时候，只能安慰。“唉，孩子，就是那件事儿你病成这个样儿吗？”她大声说，“振作起来，把这事交给我吧，你会很快好起来的。”

那青年受到很大鼓舞，很快表现出明显恢复健康的迹象。母亲很高兴，开始考虑如何实践她的诺言。一天，她把贾妮塔叫来，用亲切的、开玩笑的口吻问她这样一个问题:“现在有人爱上你吗?”

“夫人,我是一个可怜的小女孩儿,无家可归,”贾妮塔红着脸回答说,“我住在这里当您的侍女。对我来说,甚至想爱上某人都是很不合适的。”

“好啦,如果你还没有情人,我们打算给你找一个。他会让你幸福的,你会以你的美貌生活得非常快乐;像你这样漂亮的姑娘,如果没有个情人,那是说不过去的。”

“夫人,”贾妮塔说,“您从我父亲手里收留了我这个小乞丐,又把我像您亲生女儿一样养大,我应该事事都按您的意愿去做。但是在这件事上,不论您认为它的本意如何良好,我不能同意您的意愿。如果您高兴给我找个丈夫,我会爱他的,但不是情人。我从我的家族只继承下来这一件东西:我的贞操。我要终生维护它。”

这个回答完全挫败了夫人履行她对独生子诺言而制定的计划,但是夫人是个明白事理的正派女人,心中完全赞赏贾妮塔的这个态度。“什么?贾妮塔,”她大声说,“如果像当今国王这样的一个有骑士风度的年轻人想要调戏一个像你这样美丽的年轻姑娘,你也会拒绝吗?”

“他可以强迫我,但我永远不会自愿地同意做不名誉的事情。”

夫人明白了她的立场,没再就此多说,但决定再试她一次。夫人对儿子说,等他身体复原以后,她把他和贾妮塔弄到一个房间里,让他自己设法引诱贾妮塔,因为她觉得为他扮演一个拉皮条的女人并向姑娘施压是不体面的。小伙子一点儿也不喜欢这个计划,他的健康状况迅速恶化了。夫人与贾妮塔重提这个问题,即做她儿子的情人,但发现贾妮塔坚决不同意之后,只好把事情的来龙去脉告诉她丈夫。尽管他们两人很不情愿,但都同意贾妮塔做他们儿子的新娘,他们宁愿让儿子娶一个出身低微的媳妇而健康地活着,也不愿看着儿子因没娶到心爱的人而死去。他们又再三商量,最后就那样做了。贾妮塔非常高兴,虔诚地感谢天主没有抛弃她。在这一段时间里，她始终说自己是一个贫穷的皮卡第人的女儿。年轻人恢复了健康，他们幸福地结了婚，小伙子终于安下心来欣赏他的妻子。

同时，佩罗托在威尔士英王的另一位将军的家里长大成人，深得将军的喜爱；他长成一个非常漂亮的小伙子，与岛上任何一个男人一样勇敢，在比武、竞赛和其他武功上，无人能敌。被叫作皮卡第来的佩罗托远近闻名。天主不仅没有抛弃他妹妹，也一直在关照着这个小伙子。一场致命的瘟疫蹂躏了这一地区，夺去了近一半人的生命，而大多数幸存者十分恐慌地逃往他乡，整个地区一片凄凉。将军夫妇、他们的儿子兼继承人、其他几个儿子、侄子和亲戚们全都死于瘟疫；只有一个正当出嫁年龄的女儿和包括佩罗托在内的几个仆人幸存下来。瘟疫过后，将军的女儿选择佩罗托做她的丈夫，因为他是一个勇敢、优秀的年轻人，很少几个幸存下来的邻居都衷心赞成她的选择。于是，她使佩罗托成为她继承的全部财产的主人。不久，国王听说他的将军病故，又听说皮卡第来的佩罗托非常英勇，就任命他为将军，接替已故将军的职务。简而言之，这就是安特卫普伯爵的一对无辜儿女与他分别后的经历。

自从安特卫普伯爵逃离巴黎，十八年过去了，在爱尔兰，他一直勉强维持生存，忍受了各种各样的艰难困苦，如今意识到自己已经年迈，产生了一种强烈的愿望，想去看看孩子们生活得怎么样。他的相貌已变得谁也认不出来了，他很清楚 那当年表现他作为一个有闲阶级年轻人特点的强壮体格，在他长年累月的体力劳动中丧失了。安特卫普伯爵告辞了收留他多年的那个人，离开爱尔兰，身无分文、衣衫褴褛像个乞丐似的渡过海峡来到英格兰，去了当初他扔下佩罗托的地方。他发现，儿子已成为一位大贵族、英国国王的将军，一个相貌英俊、身材魁梧的年轻人，他认得出他的儿子。尽管他看到儿子生活很好极为高兴，但他在了解到贾妮塔的情况之前不想向儿子暴露自己的身份。所以他又上了路，到了伦敦，他小心地打听当初他委托照看女儿的那位将军夫人的消息，了解女儿的生活情况。他发现，贾妮塔嫁给了那家的儿子。他的两个孩子都活着，而且生活得都很幸福，他为此感到非常欣慰，过去他所遭受的各种折磨都算不了什么了。他很想见一见女儿，就经常到她家门前去乞讨，直到有一天，贾妮塔的丈夫（名叫贾克托·拉密斯）注意到了他，见他是一个贫穷的老人，就很同情他，于是，他让一个仆人看在天主的面上，把他领进来，给他东西吃，那个仆人很高兴地照办了。

贾妮塔给贾克托生了七个孩子，最大的八岁，他们是世界上最漂亮、最可爱的孩子。他们见伯爵坐下吃饭，都快乐地跑过来，围着他与他亲亲热热的，仿佛某种神秘的力量教给他们，这个人是他们的外祖父。至于他，他知道这些孩子是他的外孙，自然对他们分外爱抚，孩子们就更不愿离开他了，不管他们的家庭教师怎样一遍又一遍呼唤他们。贾妮塔听见了，离开自己的房间，走进伯爵吃饭的房间，吓唬孩子们说，如果他们不听老师的话，就要狠打他们。孩子们哭了，说他们想跟这位和蔼的老人待在一起，因为他比他们的老师对他们更友爱。他们的妈妈和伯爵都笑了。伯爵不是以她父亲的身份而是作为一个乞丐，出于对他女儿兼这家夫人的礼貌，站起身来。看见了女儿，伯爵心里觉得莫大的安慰。但是，女儿不仅现在就是后来也没认出父亲，因为他的相貌变得太厉害了：他如今是一个头发灰白的大胡子老人，又瘦又黑，他与她对父亲的记忆相去甚远。她见孩子们不愿意离开那位老人，一让他们出去，他们就哭，就只好请他们的老师让他们再与老人一起玩一会儿。

就这样，孩子们继续围在老人的身边。这时，贾克托的父亲走进来，并且从家庭教师那儿得知了正在发生的事情。因为他不喜欢贾妮塔，便说："由他们去吧，天主会让他们倒霉的！他们像他们的妈妈，他们的妈妈是乞丐的后代，那么她的孩子喜欢与乞丐一起玩就不奇怪了。"这些话全都进了伯爵的耳朵里，使他心里很难受，但是他已经忍受了太多的侮辱，于是一耸肩，把这次侮辱与以往的侮辱一起扔在一边。贾克托听说孩子们与那位和蔼的老人玩得很快乐，对孩子们的行为也不是很高兴；但他特别喜爱孩子，不愿看到他们哭，所以他叫人去跟伯爵说，如果他愿意当一个仆人，干点力所能及的活儿，他就可以留在这个家里。“我愿意，”伯爵说，“但我只会照看马，我照看了一辈子马了。”于是，他们分配给他一匹马照看。每当他喂完了马，就回去和孩子们一起玩。

当命运之神按照既定的方式安排安特卫普伯爵及其子女的生活时，法国国王与德国人签订了一系列停战协定后，就死了，王冠传到了他的儿子头上，就是他的王妃陷害伯爵，使伯爵流放的。最新停战协定期满后，新国王又恢复了与德国人激烈的战斗。最近娶了一位法国皇家新娘的英国国王，派来强大的增援军队支持法国国王，军队的统帅是将军佩罗托和另一位将军的儿子贾克托·拉密斯。那位和蔼的老人（即伯爵）与他一起来到法国，一直留在军队里当马夫，没人认出他来。他立下了很大功绩，他的建议和努力远远超出了马夫的职责。

战争期间，法国王后生了重病，自知将不久于人世，向公认的最圣洁的鲁昂大主教做了虔诚的忏悔，交代了她所有的罪过，其中之一就是她对安特卫普伯爵的严重诬陷。她并不安心于、满足于对大主教的忏悔，而且向一大群有名望的人详细讲述那件事。“请说服国王，”她恳求他们，“如果伯爵仍然健在，恢复他的地位和财产；如果不在，由其子女继承。”此后不久，她就逝世了，得到了隆重的安葬。

王后的忏悔被转达给了国王，国王的心为优秀的伯爵遭到如此不公正的迫害而痛苦万分。他心情激动地向全军、全国、城乡各地发出通告：凡了解到并报告安特卫普伯爵及其子女（与父离散）下落，帮助国家找到他们每一个人者，国王给予重赏，因为根据王后的忏悔，国王认为伯爵是无辜的，他被流放的指控不成立，国王打算恢复伯爵的原来地位，还要加官晋爵。

在军中充当马夫的伯爵，听到通告并确认可靠后，直接来见贾克托，请求贾克托与他一起立刻去见佩罗托，因为他想告诉他们国王要寻找的人。当他们三人聚到一起时，伯爵已经在犹豫不决是否公开自己的身份：“佩罗托，贾克托娶了你的妹妹，却未得到陪嫁，所以我打算让贾克托，不是让其他人，去领国王许诺的与你有关的那笔重赏。让他去向国王报告，你就是安特卫普伯爵的儿子，维奥兰特是你的妹妹和贾克托的妻子，并且报告我就是你们的父亲安特卫普伯爵。”

佩罗托听他这么说，就仔细打量伯爵，立刻认出了父亲。佩罗托哭了，跪在他面前，拥抱着他说：“哎呀，欢迎您，爸爸，最热烈地欢迎您！”

贾克托听了伯爵的话，又见佩罗托对伯爵的话所做出的反应，感到很惊奇，同时又感到非常高兴，他完全不知所措，一句话也说不出来。但是，他相信他们的话是真的，想起自己过去对给他当马夫的伯爵呼来喝去的侮辱，感到惭愧极了，也哭了，跪在伯爵的膝下，谦卑地请求伯爵原谅他以前的种种无礼。伯爵扶他起来，愉快地原谅了他。他们述说着父子三人每个人的遭遇，他们为此有时欢乐，有时流泪。然后，佩罗托和贾克托决定请伯爵换上新衣服。伯爵不同意换新衣服，因为他让贾克托去报告他的下落，领回重赏，然后就把穿着这身马夫破衣服的他引见给国王，使国王更加为自己感到害臊。

贾克托带着伯爵和佩罗托一起来到国王面前，对国王说，如果他能按通告所说领到重赏，他就把伯爵及其子女引见给他。国王立即下令把奖金端到他们三人面前，并吩咐说，如果他真能如他所许诺的找到伯爵及其子女，他就可把奖金拿去。贾克托见那奖金果然令人眼花缭乱，便转过身来，将这位马夫和佩罗托推到国王面前，说：“这就是伯爵父子。伯爵的女儿是我的妻子；她现在不在这里，但天主会让您不久将见到她。”国王听了这些话，便开始打量伯爵；尽管他变化很大，国王仔细看了他一会儿就认出了他。国王眼含热泪，将跪着的伯爵扶起，吻他，拥抱他。他衷心地欢迎佩罗托，然后下令立即给伯爵提供衣服、侍从、马匹，以及适合他地位的一切装饰品。国王也向贾克托表示了热烈的欢迎，并请他详细报告伯爵及其子女流放时的种种遭遇。

贾克托因报告伯爵及其子女下落领到极丰厚的赏赐后，伯爵对他说："收下陛下恩赐你的礼品吧；它们会提醒你告诉你的父亲、你的孩子——他的孙子、我的外孙——不是乞丐的女儿生养的。"贾克托领了赏赐，派人去把妻子和母亲接来。佩罗托的妻子也来到了巴黎。他们在巴黎与伯爵欢乐地团聚在一起。国王不仅恢复而且大大提升了伯爵的地位，增加了他的财产。然后，他的子女们一个个与他告别，各回自己的家去，而伯爵自己留在巴黎，享受着比以前更大的荣华富贵，直至去世。

故事 9

贝尔纳博尊敬他的妻子齐内弗拉，但受安布罗焦洛蒙蔽，相信其妻与人通奸，便派人去杀害妻子。妻子幸免于难，并成功地将欺骗她丈夫的人送上了法庭。

在爱丽莎以她讲述的动人故事完成了自己的任务后，女王菲罗美娜（一个双眼闪闪发光、面容娇媚动人、身材亭亭玉立的美人）集中一下自己的思想，然后对大家说："我们应该遵守与迪奥内奥达成的协议，所以，既然只剩下他和我两个人还没有讲故事，那我就先讲，而他则按他自己的请求，讲最后一个故事。"说完，她就这样开始了她的故事：

有一句人们常挂在嘴边的谚语："谁笑到最后，谁笑得最好。"请别要求我来向你们证明这一点，你们只要看看自己的周围便知。亲爱的小姐们，按照我们规定的话题，我要讲的故事将向你们表明这句谚语是何等的正确。而且，这肯定是一个你们喜欢听的故事：它会教你们如何对付骗子。

有几个意大利大商人，来到巴黎各办各的事务，但习惯地一起住在巴黎的一家旅馆里。有一天晚上，他们愉快地吃完丰盛的晚餐后，开始你一言我一语、天南地北地聊起天来，最后谈起了他们各自留在家里的妻子。

其中一人开玩笑地说："我不知道我的妻子一个人在家时怎么做；但我知道，如果我碰上一个使我喜爱的小妞儿，嘿，我可不让对妻子的爱妨碍我，我一定要在身边的姑娘身上乐个够。"

"我就是那样干的，"另一个人说，"假如我相信，我妻子晒草要趁太阳好：她趁我不在家的机会，自寻欢乐。我不相信又会怎样呢？她还是自寻欢乐。适用于甲也适用于乙，种瓜得瓜，种豆得豆嘛。"

第三个人说的差不多是同一回事，总之，他们都似乎一致认为，如果你把女人一个人留在家里，她会不失时机、抓紧时间行动的。

只有一个人反对这种意见，他是热那亚人贝尔纳博·洛梅林。他说，他感谢天主赐给他的特殊恩惠，他的妻子不仅具有一个女人应有的全部美德，而且在很大程度上，具有一位骑士或一个乡绅的全部美德，像她这样的女人在意大利没有第二个。她是个令人陶醉的美人，她年轻、聪明、身体强健，在描鸾绣凤、缝纫剪裁等表现女人能力的技能上，没有一个女人能比得上她。此外，他说，在服侍大人物就餐方面，没有哪一位绅士的侍从或青年随从能赶上她的一半，因为她是礼貌、能干、谨慎的典范，他还赞美妻子精通骑马、狩猎、读书、写作，而且，连记账都比商人记得好。他就这样附带地赞扬了一番自己妻子后，才回到大家谈论的话题上，发誓地断言，你们永远也找不到第二个女人像他妻子那样贤惠和贞洁。他深信，即使他十年在外或永远不归，他妻子也不会和别的男人玩起不轨的小把戏来。在一起聊天的商人中有一个来自皮亚琴察的年轻人，名叫安布罗焦洛，听见贝尔纳博赞美自己的妻子是最贤惠、最贞洁的女人，哈哈大笑起来，用开玩笑的口吻问他这是不是皇帝唯独赏识他而授予他的特权。贝尔纳博有点儿生气地回答说，赐给这份恩惠的是天主而不是国王，因为天主的权力大于国王的权力。

于是，安布罗焦洛说："贝尔纳博，我认为你自以为你说的都是真实的，但我觉得你并没有看到事物真实的一面。如果你仔细观察，你就会清楚地看到有关我们本质的事物，这种本质使你谈起这类事物来就不大自信了。我们这些人刚才无所顾忌地谈论我们妻子的名声，但你不要以为我们的妻子与你的妻子不一样，我们只不过是根据生活经验的本质这样谈论而已；我想就这个问题和你探讨一下。我经常听人说，天主创造的所有生物中男人是最高贵的，其次是女人；人们普遍认为，男人更加完美，而且他的行为也清楚地表明这一点。既然他是更加完美的，那么他一定是更加坚定的，事实上也是如此，因为世上的女人都是反复无常的，这可以引用很多关于本质的观点来证明，但我现在不打算就此多说。即使男人是更加坚定的，但他们也控制不住自己想要亲近一个他们喜欢的女人，更不用说向他们主动进攻的女人了；不仅仅是想亲近，而是不顾一切地要占有这个女人——不只是一月一次，而是一个昼夜的所有时刻。想想看，一个易受感动的女人怎能对付得了一个追求她的聪明男人的哀求、奉承、送礼和他运用的上千种其他方法呢？老实说，你相信她能无动于衷吗？不管你怎样坚持说她能，我就是不相信你真的会那样想。你自己也承认，你妻子像其他女人一样，是一个有血有肉的女人。既然如此，她一定具有其他女人同样的冲动，同样的抑制性欲的能力。她可能是一个正派的女人，但她也可能会像她的姐妹们那样做，因此，你不应该断然否认这种可能性，你也不应该如此坚持相反的意见。"

“我是一个商人，不是哲学家，”贝尔纳博回答说，“我只能以商人的见解来回答。我承认，你说的那种事儿的确可能发生在那些轻浮的、无羞耻心的女人身上。但是，一个明智的女人非常关心自己的名誉——这一点男人往往不大注意——为了保护她的名誉，她比任何一个男人都强大。我妻子就是这样一个女人。”

“实际上，”安布罗焦洛说，“如果女人每跟别的男人勾搭一次，她们的额头上就生出一只角证明她们干了这种事，那么我相信就不会有很多女人去干这种事儿了。但是，她们的头上不但不长角，而且精于此道的女人会干得一点不留痕迹，身后连一个最小的脚印都没有留下——如果那种事儿不暴露，嘿，根本就没有羞耻的问题，名誉依旧清清白白。因此，能悄悄干的女人一定会干的；如果不干，那她就不是聪明的女人。你听着：只有从来不被追求的女人，或者追男人但被男人拒绝的女人，才是贞洁的女人。我知道我是对的，因为这种观点合乎情理，我只不过是根据事物的本性才这么说的；即使这样，如果我没有多次和许多女人验证我的观点，我也不会说得这么绝对。跟你说吧，如果我能在什么地方接近你那尽善尽美的贞洁妻子，我肯定用不了多久就能想在哪儿得到她就在哪儿得到她，就像我和她的姐妹们一样。”

“我们这样继续争论一整夜，也不会有任何结果，”贝尔纳博怒气冲冲地说，“你说你的，我说我的，我们只是在兜圈子。但既然你认为女人们都容易到手，你能随意摆布她们，为了向你证明我的妻子是贞洁的、无可指责的，如果你能成功地引诱她，我愿意把头砍下来；如果你失败了，那你给我一千金币就算了。”

安布罗焦洛被彻底地激起来了。“贝尔纳博，我真不知道如果我赢了，要你的命有什么用，”他回答，“如果你真想证实我说的话，那你就押下五千金币吧，这比你的头更好出让些，来和我的一千金币赌。如果你不限制时间，我就现在动身去热那亚，从我今天离开这里算起，三个月内我就能征服你妻子；我将会带一些她最珍爱的东西作为证据，加上其他物证，使你承认我告诉你的是真事。但你得答应我一个条件：你以你的名誉向我保证，在这个期限内你不能回热那亚，也不能给她写信谈这件事。”

“好极了！”贝尔纳博大声说。尽管在场的其他商人尽力阻止这场赌博，知道这不会有好结果，但这两位争论者已经失去自制力，不顾别人的劝告，当场亲笔写下一张清清楚楚的文书，确保他们的合同生效。

双方就这样承诺后，贝尔纳博留在巴黎，而安布罗焦洛立刻动身，前往热那亚。他在那里住了一二天，谨慎地打听贝尔纳博妻子居住的街道名称，了解她是什么样的人，他得到的信息完全证实了贝尔纳博的话，而且她比贝尔纳博说的还要好。他觉得，接受这个挑战简直是疯了！但是，他结识了一个经常去贝尔纳博夫人家的贫穷女人，夫人把她当成好朋友对待。安布罗焦洛见无法进一步密切与那贫穷女人的关系，就用金钱贿赂她，设法让那贫穷女人不仅把他偷偷带进了夫人的房子里，而且还带进了夫人的卧室，藏进一只为此目的特制的箱子里。按照安布罗焦洛的吩咐，那位受夫人厚待的穷女人借口说有事儿要出门，把那个箱子委托夫人给照看一二天。那只箱子就这样进了夫人的卧室；深夜，安布罗焦洛估计夫人已经睡熟，用钥匙把箱子打开，悄悄地出现在卧室里。卧室里恰巧点着一盏灯，这样，他借着灯光看清了房间的布置、墙上的图画和一切值得注意的东西，把一切牢记在心。然后，他走近床边，听得出她睡得很香，看到还有一个小女孩儿与她睡在一起，就慢慢地掀开被单，发现她赤身裸体就跟她穿着衣服一样美丽，但看不到任何可报告的特殊记号，只有左边乳房下有一个黑痣，周围长着几根金黄色茸毛。尽管他发现贝尔纳博夫人如此美丽，他感到一种强烈的诱惑，很想冒着生命危险，躺到她的身边去，但他看清楚她的身体之后，又轻轻地把被单给她盖上。他听人说，夫人对男女放荡之事冷若冰霜，所以就没有冒这个险，但他只是那一夜大部分时间逗留在卧室里；从夫人的衣柜里拿出一个钱包、一件束腰短袖外衣、一两个戒指和几条腰带①，把这些东西都放进自己的箱子里，然后爬进去，像以前那样把自己锁在箱子里。他就这样在卧室里度过两个夜晚，贝尔纳博夫人什么也未发现。第三天，那位干瘪的皱皮老太婆回来了，按安布罗焦洛的吩咐，去取回她的箱子，把它搬回原处。安布罗焦洛从箱子里出来，按事先答应的给了那贫穷女人酬金，在期限未到之前，带着偷来的物件，尽快地返回了巴黎。

他把那天争论和打赌时在场的商人全都请来，当着贝尔纳博的面，声称他们之间的打赌他赢了，因为他完成了夸口能办到的事情。为了证实他真的办到了，他概略地叙述了贝尔纳博夫人卧室的布置和墙上的图画，然后展示了他从夫人那里偷来的东西，宣称这都是夫人送给她的。贝尔纳博承认，那个房间是像他描述的那样，这些东西也的确是他妻子的；但是，他说，他家的仆人非常可能给他描述了房间里的情况，同样可能给了他这些东西；所以，如果他再拿不出别的证据，仅这些材料不足以说明安布罗焦洛赌赢了。

“喂，那些证据应该说是足够了，”安布罗焦洛说，“如果你坚持让我再拿出别的证据来，那我就再拿出一点儿：你的夫人齐内弗拉左乳房下面有一个不大不小的黑痣，周围长了六七根金黄色的茸毛。”

贝尔纳博听了这话，好像被一把刀子刺进了心脏，痛苦极了，脸都变了形。他一句话都不用说了，他的表情已经明显地说明安布罗焦洛说的是真的。过了一会儿，他说：“先生们，安布罗焦洛说的是真的。所以，他赢了；请他随便什么时候到我那儿去，我把钱给他。”第二天，安布罗焦洛如数拿到了他赌赢的那五千金币。

贝尔纳博怀着对妻子的恶毒想法离开巴黎，赶回热那亚。当他

①戒指……腰带：经常被用做爱情信物。

快到热那亚城时，决定不进城，而是停下，住在他离城不到二十英里的别墅里。他派了一个心腹仆人带着两匹马和信件去热那亚见他妻子。他在信中通知妻子，他已返回，让妻子在那位仆人的护送下来别墅和他相见。他密令那个仆人，在他认为合适的地方毫不手软地杀死那个女人，然后回来见他。仆人来到热那亚，交了信件、传达了贝尔纳博对夫人的问候，夫人张开双臂向他表示热烈的欢迎。第二天早晨，她骑马与仆人一起赶往别墅。

他们一边骑马赶路，一边说这说那的聊天，直到走进一个陡峭的深谷，这个地方非常隐蔽，周围是高耸的悬崖和参天大树。仆人认为这正是他安全地执行主人命令的好地方，于是他抽出匕首，抓住夫人的胳膊，说："夫人，向天主祈祷吧，因为您就要死了，不必再往前走了。"

齐内弗拉见到匕首，听到仆人的话，十分惊慌地大声说："哎呀！看在天主面上！在你杀我之前，请告诉我，我对你做了什么得罪你的事情，使你要来杀我。"

"夫人，您没对我做什么，也没有得罪我，我不知道您做了什么得罪了您丈夫的事情，他吩咐我在途中毫不手软地杀了你。如果我不杀你，他威胁说要把我绞死。您知道，我得绝对服从他的命令，我不能拒绝他吩咐干的任何事情。天主知道，我是同情您的，可是我没有别的办法呀。"

"哎呀，看在天主面上，"齐内弗拉哭着说，"请不要只为服从另一个人的命令，就杀死一个从未伤害过你的人。无所不知的天主知道，我从未做过任何错事，值得我丈夫这样惩罚我。可说这也没用。如果你愿意，你可以一举三得，既帮了天主的忙，帮了你主人的忙，也帮了我的忙。把你的紧身上衣和头巾给我，扒下我的衣服，把我的衣服带回给你的主人——我的丈夫，告诉他，你已经杀了我。我以你将给我留下的这条命发誓，我将消失在异乡，你、他或这个地区的任何人将永远也听不到我的消息。"

那个仆人本来就不愿意杀死她，因此听了夫人的恳求，很快就动了怜悯之心；他拿了她的衣服，把自己的大紧身上衣和头巾给了她，把她随身带的钱给她留下，恳求她尽快远远消失。仆人让夫人在深谷里下了马徒步走去，自己继续赶路回到主人那里。“我已经完成了您的命令，”他告诉主人，“我把她的尸体扔给几条狼吃了。”贝尔纳博稍晚一些时候才回到热那亚，他杀妻之事传开后，受到人们的严厉谴责。

神情沮丧、孤单凄苦的齐内弗拉尽可能把自己假扮起来，待天黑时，走进附近的一个村庄里，从一个老太太那里弄到她需要的东西：她将那仆人的紧身上衣按自己的身材改短、用她的女式无袖衬衫改成一条男式紧身裤、剪短头发、把自己完全打扮成一个水手模样。然后，她离开村庄，向海边走去，恰巧碰见一位西班牙卡塔卢尼亚绅士，名叫塞格纳·恩·卡拉奇。他的船停泊在附近，他自己在阿尔本加上岸，到一处清泉那梳洗一番。齐内弗拉与这位绅士攀谈起来，绅士雇佣她做他的私人随从，她改名为西库拉诺，说自己是菲纳勒人，跟着绅士上了船。在船上，西库拉诺换上了一身仆人穿的好衣服，成为一个考虑周到的优秀随从，卡塔卢尼亚绅士非常喜欢他。

此后不久，这位卡塔卢尼亚人的船偶然载着一船货物驶入亚历山大港。他将带来的几只猎鹰作为礼物献给苏丹。苏丹几次设宴款待他，并注意到西库拉诺总是殷勤地伺候主人；他非常喜欢那个仆人的举止，就请求这位卡塔卢尼亚人把那个仆人送给他。尽管这位卡塔卢尼亚人觉得那是一个很大的损失，他也只好把西库拉诺留给了苏丹。不久，西库拉诺以其殷勤周到的服务赢得了苏丹的恩宠和喜爱，其程度不亚于那位卡塔卢尼亚人。

在每一年的某个时期，阿克里港都要举行盛大集市，许多基督教和伊斯兰教商人聚集在这里参加贸易活动。阿克里是苏丹的采邑。为了保证商人及其货物的安全，苏丹总是要派王国政府官员和宫廷高级官员及其随从去维持治安。举行集市的时间到了，苏丹决定派西库拉诺去执行这个任务，因为她已经能非常流利地讲当地的语言了。于是，西库拉诺以保护商人及其货物的卫队队长的身份来到阿克里；她勤奋办事，恪尽职守，十分胜任；她经常巡视，因而接触到许多来自西西里、比萨、热那亚、威尼斯和意大利其他地方的商人，出于对自己家乡的怀念，她很喜欢陪伴他们。有一天，西库拉诺在几个威尼斯商人的货栈里停下看一看，发现在各种各样的珠宝中有一个钱包和一条腰带，立刻认出那是她的东西。这使她很惊讶，但她不露声色，只是漫不经心地询问这两件东西是谁的，是否出售。

安布罗焦洛也带着很多货物，搭乘一艘威尼斯商船，从皮亚琴察来到这里。他听见卫队队长问那两件东西是谁的，便走上前来，轻声笑着说："先生，那是我的，不出售。如果您喜欢，我将高兴地将那两件东西作为礼物送给您。"

西库拉诺见那个人咧开嘴笑着，怀疑自己是否某个姿势把自己的身份暴露给了他，但她依然十分镇静地问："你是因为像我这样一个军人竟问起这些女人的东西而觉得好笑吧？"

"先生，我不是笑那个，"安布罗焦洛回答，"我是笑我当初怎么把那两件东西弄到手的。"

"那么请说下去，如果那个故事不是不可告人的，让我们也听一听你是怎么得到那两件东西的吧。"

"一天晚上我和一位热那亚夫人睡觉后，她给了我那两件东西和其他各种东西。她是贝尔纳博·洛梅林的妻子，名叫齐内弗拉，她求我留下那些东西作为纪念。使我发笑的是我想起贝尔纳博是多么的愚蠢，他竟然押下五千金币与我的一千金币打赌，说我绝不会引诱上他的妻子。结果我引诱上了他妻子，赢了那次赌。他离开巴黎，回到热那亚，后来我听说，他派人把他妻子杀了。听着，他不应该因为他妻子干了所有女人都干的事儿而惩罚她，而是他自己应该为当这样的一头蠢驴而受到惩罚。"

西库拉诺（即齐内弗拉）听了这番话，立刻明白了为什么贝尔纳博痛恨她，要置她于死地；很清楚，就是这个人使她受尽了折磨，她下定决心决不让他逃脱惩罚。所以，西库拉诺假装很喜欢这个故事，故意与安布罗焦洛建立一种很亲密的友谊。当集市结束时，西库拉诺哄劝安布罗焦洛带着货物跟着他回到亚历山大，西库拉诺在那里为他建起了一个货栈，还往他手里塞了一大笔钱。安布罗焦洛见在亚历山大很有好处，因而就非常高兴地留了下来。西库拉诺急切地想向贝尔纳博证明自己的清白，时刻都在想办法、找机会，她编了一个借口，在当时正住在亚历山大的一些热那亚大商人的帮助下，把贝尔纳博弄到了那里。贝尔纳博此时已是穷困潦倒，西库拉诺暗中请朋友照顾他，等待时机成熟再来执行她的计划。

西库拉诺已经让安布罗焦洛把自己的故事讲给了苏丹，博得了君主一笑；现在她见贝尔纳博在这儿，决定此事不必再拖延了，于是在适当的时刻请求苏丹许可，传讯安布罗焦洛和贝尔纳博。他要当着贝尔纳博的面从安布罗焦洛的口中挖出他夸口的他与贝尔纳博妻子睡觉一事背后的真实情况，如果他抗拒不说实情，就动用刑罚。于是，安布罗焦洛和贝尔纳博被召进宫来，声色俱厉的苏丹当着众人的面，命令安布罗焦洛如实交代他是怎样从贝尔纳博手里赢得五千金币的。安布罗焦洛最信任的西库拉诺在场，但她却满面怒容，并威胁安布罗焦洛说，如果他不如实交代，就对他用严刑。安布罗焦洛受到苏丹和西库拉诺的双重压力，又惧怕不如实交代的后果，只好当着贝尔纳博和其他人的面，详细地描述了事情的经过。他以为最严重的惩罚也就是交回那五千金币和其他物品。

安布罗焦洛讲完后，西库拉诺仿佛代表苏丹，转身问贝尔纳博："那么你，由于他的诺言，你对你妻子做了什么？"

"我以为是我妻子使我输了钱，丢了脸面，我一怒之下让我的仆人把她杀了。据仆人报告，一群狼很快就把她的尸体吃光了。"

这件事的全部经过都在苏丹和众人面前述说得详详细细，苏丹听得清清楚楚，只是不明白西库拉诺为什么要求并安排这次审讯。

西库拉诺转身对他说："陛下，您可以自己判断那个无辜的女人是否有理由因她有这样的情人和丈夫而自己庆幸。她的情人一举两得，既夺走了她的好名声又毁了她的丈夫；而她的丈夫轻信别人的谎言而不相信在长期的生活经历中所了解到的妻子的忠贞，并派人杀了妻子喂狼。她的情人和丈夫多年来对她如此恩爱有加，此刻和她待在一起竟然都认不出她来。为了使陛下完全清楚他们各自该当何罪，请陛下给我一个特殊的恩惠，惩罚那个骗子，宽恕那个受骗者，我马上就把那位夫人带到您和大家的面前。"

在这件事上，苏丹对西库拉诺言听计从，因此立即表示同意，要求把那位夫人带上来。贝尔纳博深信自己的妻子已死，因此感到十分震惊。至于安布罗焦洛，他已经模糊地知道将要发生什么，担心只退钱还不能了结此事；如果那位夫人被带上来，他不知道希望什么，尤其不知道害怕什么，只是困惑不安地等待着她的到来。

西库拉诺的请求得到了苏丹的准许后，立即跪在苏丹的面前；齐内弗拉不再继续扮演男人的角色，不再使用男人的声音，突然大哭起来，并大声说："陛下，我就是那个可怜的、不幸的齐内弗拉。由于遭到这个邪恶的骗子安布罗焦洛的诬陷，被残忍的恶棍丈夫交给仆人杀死喂狼，我女扮男装，四处漂泊了六年了！"她撕开自己胸前的衣服，露出乳房，让苏丹和在场的每一个人都看到这个事实：她是一个女人。然后，她转身严厉地质问安布罗焦洛，他什么时候像他夸口说的那样跟她睡过觉。安布罗焦洛立刻认出她来，羞愧得说不出话来，没有回答。

苏丹一直把她当作一个男人，现在他所看到的和所听到的事情使他感到极为惊讶，他只能怀疑自己是否在做梦。当他镇定下来并意识到这是真人真事时，他高度赞扬齐内弗拉（即不久前的西库拉诺），赞扬她的生活作风、她的坚贞、她的品质和美德，送给她适于最高地位夫人穿的衣服，派宫女伺候她；然后，按照齐内弗拉的请求赦免了贝尔纳博应得的死罪。贝尔纳博认出了妻子，抽泣着跪在她的脚下，请求她原谅；尽管他不值得原谅，齐内弗拉还是宽厚仁慈地原谅了他，把他扶起来，温柔地、妻子般地拥抱了他。

接着，苏丹命令，立即将安布罗焦洛抓起来，绑在城里高处的柱子上，浑身涂上蜂蜜，把他扔在那儿在阳光下暴晒，直到他倒下；又命令，将安布罗焦洛的价值一万多金币的财产移交给这位夫人；然后，他又吩咐准备盛大宴会，款待齐内弗拉的丈夫贝尔纳博和最优秀的女人齐内弗拉夫人，赏赐她金银珠宝、器皿和现金，其价值远远超过一万金币。苏丹已经为他们准备了一条船，宴会之后准许他们在他们想回去的时候返回热那亚。就这样，他们带着许多金钱、非常幸福地回到热那亚，受到人们的热烈欢迎，特别是齐内弗拉，因为大家都以为她死了。齐内弗拉被认为是一个极具天赋的夫人，一生都受到人们的尊敬。至于安布罗焦洛，那天他被绑在柱子上，身上被涂满蜂蜜，让他遭受当地盛产的虻、黄蜂和绿头大苍蝇叮咬的痛苦，他不仅被咬死，而且被吃得只剩下骨头。他的骨头留在那儿很多年没人动，都变白了，由筋连在一起，对于看到他的遗骸的人来说，那就是他邪恶的见证。

这个故事充分证明："谁笑到最后，谁笑得最好。"

故事 10

里恰尔多老年时娶了一位年轻漂亮的妻子，但妻子却被海盗帕加尼诺劫走。当他去摩纳哥为她付赎金时，他清楚地发现他带来的钱是没用的了。

女王讲的故事受到这群正派的小姐和先生们的热烈称赞，其中迪奥内奥最赞不绝口。今天只剩下他还没讲故事了。赞扬了女王的故事之后，迪奥内奥说：

我本来有一个故事要讲给你们听，但女王故事中的某种东西使我改变了主意，转向一个不同的故事。我指的是贝尔纳博的愚蠢（虽然他最后竟幸运地由此得福）和所有那些男人的荒诞，他们愿意相信，他们自己在外游荡，喜欢有时跟这个女人嬉戏，有时跟那个女人勾搭，而他们的妻子会大拇指塞在腰带里，规规矩矩地坐在家里。我们是女人生的，女人养大的，我们和她们生活在一起，我们怎么能不知道她们渴望的是什么呢？我的故事将向小姐们表明，这个世界中贝尔纳博之流的男人们是多么的愚蠢，并且进一步证明，那些认为女人能够抑制七情六欲，通过牵强的证明认为女人具有大于自己本性的力量的男人更加愚蠢。他们实际上是强迫女人按自己的模式行事，而不争的事实是：女人们都是按自己的本性做人。

从前，比萨有个名叫里恰尔多·迪·金齐卡的法官。他虽然不是男人中最强壮的，但却非常聪明。他很可能以为他用在法律研究上的才能足够满足一个妻子，于是这个同时又很有钱的法官，千方百计地要找个年轻美丽的新娘。但是，假如他能像给别人出主意一样，从他自己的建议中受益，年轻和美丽正是他选择妻子时应回避的两个特点。他果然心想事成，洛托·圭兰迪把他的女儿巴尔托洛梅娅许配给了他，她是比萨城里最漂亮、最迷人的女人之一。比萨城里几乎所有的女人都面黄肌瘦，常被人们形容为像吃虫子的壁虎①。

法官把这位美女隆重地迎娶回家，又举行了盛大的婚礼。新婚之夜，他只向他的女王进攻、与其交欢一次，就精疲力竭，不得不处于对峙状态。第二天早晨，干瘦、枯萎、矮小的法官仍萎靡不振，只

①壁虎：佛罗伦萨和比萨两城之间的传统对立，这样相互侮辱对方的女人。

好靠喝点儿弗尔纳西亚白葡萄酒①，吃点美味佳肴和诸如此类的营养品来增强自己的体力。现在这位法官可比过去更清楚自己的能力了，开始教妻子学习历书，他使用的是一本教儿童认字的历书。这本历书可能是在拉文纳编印的，其宗教年含有格外多的圣日。他向妻子指出，在每一个圣日里都要纪念一个圣徒，有时几个圣徒，在这样的圣日里，因为各种原因，为了尊敬圣徒，男女应该避免房事。除此之外，在斋戒日、在四季小斋期间、十二圣徒斋戒日、许多其他圣徒斋戒日、礼拜五、礼拜六、礼拜天、整个四旬斋期、月亮的圆缺，以及在许多其他禁忌日子里，男女也应该禁行房事。毫无疑问，这都是他的观点，就像他在节假日不上法庭一样，他在节假日也不上妻子的床。他这种生活模式可苦了他妻子，因为他每月才勉强与妻子做一次爱，敷衍一下，但把妻子看得很严，防止有人像他教妻子如何遵守节日一样教她遵守工作日。

碰巧在一年夏季的三伏天里，里恰尔多想去蒙特内罗附近的一个令人愉快的地方做一次短时间休养，呼吸一下新鲜空气，并且把他的漂亮妻子也带上。在这次休养期间，有一天为了给妻子提供消遣，他安排了一次钓鱼活动。他和那些渔民们在一条船上，巴尔托洛梅娅与其他夫人、小姐们在另一条船上看男人们捕鱼。他们在这次短途旅行中玩得非常高兴，不知不觉地离开海岸向大海中行驶有好几英里了。当他们正全神贯注于捕鱼和观赏时，海面上一条平底小船突然驶入视线，发现了这两条渔船，向他们飞速冲过来。这条平底小船是当时臭名昭著的海盗帕加尼诺·达·马雷的一艘快船。帕加尼诺追上了那条还未来得及逃跑的女人们乘坐的渔船，见船上有一位美丽的夫人，那是他唯一要捕捉的猎物，就放过其他女人，单把她

①弗尔纳西亚白葡萄酒：一种烈性白葡萄酒，以其恢复健康或体力的效能而著称（医生经常把葡萄酒作为一种药来开药方）。

掳到快船上去。里恰尔多此时也逃到岸上，眼睁睁地看着海盗劫掳了他的妻子，扬长而去。法官平时就是个疑心很重的人，就连空气他都怀疑，不必问他见此情景有多么痛苦了。他去比萨和其他地方控告海盗的胡作非为，但都无结果，因为他不知道抢走他妻子的海盗是谁，也不知道那海盗把他妻子带去了哪里。

至于帕加尼诺，见这位夫人长得如此美丽，别提多高兴了。他是一个单身汉，决定把这女人留在身边，因此见她不停地哭泣，就非常亲切地安慰她。到了晚上，他早把历书丢在一边，不再区分节日和工作日，感到白天说了那么多劝慰的话语都没有效果，于是就用更实用的方法来安慰她。这个方法非常有效，他们还没到摩纳哥，夫人早就把她的法官丈夫及其清规戒律忘得干干净净，与帕加尼诺生活得非常快乐。帕加尼诺把她带回家后，不仅继续白天黑夜地给她以安慰，而且像对妻子一样地尊重她。

后来，里恰尔多听说了他妻子现在的下落。他认为没有人完全清楚如何去办好这件重要的事情，因此亲自乘船，驶向摩纳哥；他强烈地希望找回妻子，准备不惜任何代价把妻子赎回来。在摩纳哥，他看见了妻子，妻子也见到了他。那夫人当天晚上就把白天见到丈夫的事告诉了帕加尼诺，并跟他谈了自己在这件事上的打算。

第二天早晨，里恰尔多见到了帕加尼诺，跟他谈上了话；他很快就与帕加尼诺建立了一种很亲密的友谊，而帕加尼诺是假装认识他，等待着看他往下怎么说。里恰尔多在他认为合适的时刻，尽力以非常令人愉快的方式告知帕加尼诺他来访的目的，请求他接受一笔令他满意的赎金，把妻子还给他。

帕加尼诺微笑着回答："先生，非常欢迎您！让我用几句话来回答您：我家里的确有一个年轻女人，但我不知道她是您的妻子还是别人的妻子。我毕竟不认识您，也不认识她，她只是和我同居了短短一段时间。我看您是一位令人愉快的绅士，如果像您说的那样您是她的丈夫，我相信她一定认识您。如果她承认您说的属实，并且愿意跟您回去，看在您善良品质的分上，无论您愿意给我多少赎金我都满意。如果事情不是那样，您试图把她从我身边夺走，那您就是非常卑鄙的了。我是一个年轻人，我为什么就不能像其他人那样有一个女人，特别是这个女人，我曾见过的最可爱的女人？”

“她当然是我的妻子。请带我去见她，你很快就会看到：她会立刻张开双臂搂住我的脖子。因此，我只请求你按你的建议办吧。”

“好吧，”帕加尼诺说，“咱们走吧。”

于是，他们来到帕加尼诺家，帕加尼诺派人叫里恰尔多妻子来客厅跟他们会面；她从卧室来到客厅里，一副陪客人的打扮，但她对里恰尔多说的几句话跟她与帕加尼诺带回家的其他陌生人说的话完全一样。法官见此情景非常惊讶，他原以为妻子会张开双臂欢迎他呢。“难道说，”他郁闷地沉思，“自从我失去她以后，我忍受的极度沮丧和无尽痛苦使我的容貌变化很大，以至于她认不出我了？”

所以，他说：“亲爱的，那天带你出去看捕鱼使我付出了极大的代价。自从我失去了你，我一直忍受着无比的痛苦；你跟我说话如此一本正经，任何人都会以为你没有认出我来。难道你看不出我是你的里恰尔多吗？我是来给这位好心绅士付赎金的，我要在他的家里把你赎回来并把你领走。无论他要多少赎金我都给他，但他已经很友好地说我可以赎回你，随便我给他多少钱。”

巴尔托洛梅娅向他转过身来，面带一个短暂的微笑说：“先生，您是在跟我说话吗？您可能认错人了吧？我可不记得以前曾经在哪儿见过您。”

“你想想你在说些什么呀。仔细看看我，会唤起你的记忆，你会认得出我是你的丈夫里恰尔多·迪·金齐卡呀。”

“先生。请您原谅，”她说，“您知道，就我而言，盯着您看那是不合礼仪的。但我已经看得很清楚，我以前从未见过您。”

里恰尔多想，她这样说是因为害怕帕加尼诺，不愿当着这个海盗的面承认认识他。所以，过了一会儿，他请求帕加尼诺能否友好地让他单独在她的卧室里与她谈一谈。帕加尼诺表示同意，但有个条件，他不能违背她的意愿强行亲吻她。然后帕加尼诺让巴尔托洛梅娅跟里恰尔多去卧室，听他有什么话要说，她可以按自己的想法回答他的问题。

于是，巴尔托洛梅娅和里恰尔多来到卧室，坐了下来。然后，里恰尔多开始说话了："啊，我的心肝儿、我的灵魂，啊，我的宝贝儿，难道你不认得你的爱你胜过爱一切的里恰尔多了吗？怎么会是这样啊？难道我变得这么厉害吗？喂，亲爱的，你再好好看看我。"

巴尔托洛梅娅哈哈大笑，打断他的话说："我当然认识您，您是里恰尔多·迪·金齐卡，我的丈夫，我不至于那样健忘！我与您生活在一起的时候，令人悲哀的是您似乎并不了解我。如果您当时聪明的话，或者您现在聪明的话——您喜欢被认为是一个聪明人——您应该足够清醒地注意到，我是一个健壮的年轻女人，而且应该懂得年轻女人除了吃穿以外还需要什么，那是她们因羞怯而不便明说的事情。唉，您很清楚您是怎样对付那个事儿的！如果您觉得跟您的法律书在一起比跟您的妻子在一起更幸福，那您就根本不该娶妻子。事实上依我看，您从来就不像是一个法官，您给我的印象倒更像是一个圣日、斋戒日和祈祷日的宣扬者，您对那些节日真是了如指掌。听着！如果您也把那么多的节日强加给耕种您庄园的大片土地的农夫们去遵守，像您耕种我这小块田地一样，那你就连一粒粮食也收不着了。感谢仁慈的天主关怀我的青春，让我遇上这个男人。我们同住在这个房间里，不受节日的限制，我指的是那些您遵守的节日，您只一心一意为天主服务，而丝毫不考虑女人的需求。您在礼拜五或礼拜六从未跨过我卧室的门槛，您在祈祷日或四季小斋日或四旬斋期也从未进入我这个房间。天啊，四旬斋期可真长啊！这里没有您的那些节日，我们日夜都在耕耘，在床上做爱。我们的床毯破得特别快，因此梳棉机上总是不缺羊毛。我们每天夜里做爱都通宵达旦，直到宣告一夜结束的晨祷钟声响起，我们一旦开始耕耘做爱，就要进行十二次，这我知道得很清楚。所以，趁我年轻，我要和他在一起耕耘，等我老了的时候再去遵守那些圣日、赦罪日和斋戒日吧。至于您，请您赶快走吧。您喜欢遵守每一个节日您就遵守吧，只是饶了我吧。”

里恰尔多听了这些话，心里难受极了，等巴尔托洛梅娅说完，他对她说：“喂，我的心肝，你说的是什么话呀？你考虑过你的家和你自己的名誉没有？难道你愿意在这儿做他的姘妇，犯下不可饶恕的大罪，而不愿意回比萨做我的妻子吗？当他厌倦你时，他会把你扔出房门，那对你将是一个多么大的耻辱啊？而我，我会永远疼爱你。你，不管愿不愿意，将永远是我家的女主人。难道你只为这种荒淫无耻的肉欲就抛弃自己的荣誉、抛弃爱你胜过爱我自己生命的我吗？喂，我心爱的人，别再说这样的话了，快跟我回去吧。既然我知道了你的要求，我一定做出真正的努力去满足你，所以，宝贝儿，回心转意吧，跟我回去吧。自从你被人从我身边抢走，我就一直在痛苦中煎熬。”

“我的名誉，我不需要任何人比我自己更关心，”她回答说，“因为那太晚了。看在天主的面上，如果当初我的父母把我许配给你时，多考虑考虑我的名誉，那该多好啊！既然他们当时不考虑我的名誉，我为什么现在要费心考虑他们的名誉？既然我生活在罪过之中，谁在乎您给它起个什么名字？当他成功进入我的入口时，尽可称这为不可饶恕的罪恶吧，那是我的问题，不是您的问题！让我告诉您吧，在这儿，我感觉是帕加尼诺的妻子，而在比萨我感觉是您的妓女。在那儿，我们能否交欢要取决于月相和对我们这两颗行星会合的几何计算。在这儿，帕加尼诺整夜把我紧紧抱在怀里，吻我、啃我；其他具体细节，让天主替我给您描述吧。您说您要做出真正的努力去满足我。用什么满足我？第三次掷骰子？第三次甩钓鱼线，然后把它拉起来看看您是否钓上来什么东西？当然，自从我上次见到您，您变成了一位健壮的骑士了！去吧，努力生活在现实的世界里，您这个骨瘦如柴、发育不全的小东西。在我看来，您已是风烛残年。另外：假如帕加尼诺抛弃我（只要我愿意和他在一起，我认为他不会），我也不会回到您那儿去的。即使把您放进压榨机里全部榨干，也榨不出一匙量的汁液来。那一点是我吃了苦头才知道的，因为我试过了！我要另寻生路了。所以，我再次告诉您：我们这里没有节日或祈祷日，我打算留在这里。那么，请您走吧，越快越好，否则我要喊了，说您要强奸我。"

里恰尔多见自己在这场辩论中落得惨败，终于意识到自己当初娶了个年轻妻子，自己又不能满足她，是多么愚蠢啊！他难过地离开了巴尔托洛梅娅的卧室；他又和帕加尼诺谈了很多，但都无济于事。最后，他只好辞别巴尔托洛梅娅，一无所获地回到比萨。他由于悲哀而神经错乱了，无论谁在大街上和他打招呼或询问什么事情，他只跟人家说这样一句话："忍受不了节日，不是吗？那个烂洞！"不久他就死了。帕加尼诺听到了这个消息，知道那女人非常爱他，就娶她为合法妻子。他们从不考虑什么节日、祈祷日或四旬礼仪，只要他们的腿还能动弹，就不停地耕耘他们那块田地。

亲爱的小姐们，这就是为什么我认为贝尔纳博在与安布罗焦洛争论时，他连屁股和胳膊肘都分不清楚，一点儿常识不懂。

这个故事逗得大家一阵哈哈大笑，笑得大家的颚骨都痛了。小姐们一致认为，迪奥内奥的看法是正确的，贝尔纳博是一个不折不扣的傻瓜。

故事讲完了，笑声也结束了，女王注意到天色已晚，大家都讲了故事，她的统治权也到此结束。所以，她按照已确立的做法，摘下花冠，把它戴在内菲勒头上，微笑着说："亲爱的朋友，现在让这个小王国归你主管吧。"然后，她就坐了下来。内菲勒因为被授予这一荣誉，面色微红，真像四月天黎明时绽放的一朵新鲜的玫瑰——她那双美丽的眼睛在低垂的眼睑下闪闪发光——很像那颗明亮的晨星。大家纷纷表示愿意接受她这位新女王的统治；欢乐的喧闹声平静下来后，她也恢复了镇静，身子坐得比平时更直一些，对大家说：

“既然我是你们的女王了，我想简单说明一下我的意见，如果能得到大家同意，我们就按这个意见办。我将继续延用我的前任女王所采用的做法，因为大家都遵守了那些做法，支持了她们的统治。大家知道，明天是礼拜五，后天是礼拜六，大多数人都因为这两天的贫乏饮食而厌烦这两天。礼拜五是耶稣为拯救我们而受难的日子，值得纪念，因此我认为我们应该在这一天向天主祈祷，停止讲故事，以此向天主表示敬意。在第二天礼拜六，女人们通常洗头，把一礼拜积累的灰尘、垃圾清扫干净，同时为纪念圣子的童贞母亲而举行斋戒，停止一切工作以此纪念接着而来的安息日。因为我们在礼拜六那天也不能完全实行正常的日程，所以我认为，最好也停止讲故事。另外，我们在这里就要住满四天了，如果我们想避免陌生人来打扰我们，我认为不妨换个住处。我已经想好了地方，并且作了安排。下个礼拜日午睡后，我们再聚会讲故事时，就像我们今天有一个很大的讲故事范围一样，你们也将有充分的时间去想出一个故事。此外，因为限制讲故事范围只能有好处，所以我建议：每一个故事都将涉及命运捉弄人的某一个方面，具体地讲，表现一个人如何运用智慧获得他梦寐以求的东西或重新获得他失去的东西。请每个人都根据这个话题准备一个有益于大家或无论如何能使大家快乐的故事。迪奥内奥永远除外，因为他有这个特权。”

女王的建议赢得了一致赞同，大家决定按照她的计划去做。然后，女王把总管叫来，就今晚在什么地方摆放餐桌和她当政期间需要注意的其他事情做了详细指示。然后，她和大家一起站起身来，允许大家散开，自寻乐趣。

于是，所有这些男男女女向一个小花园走去，在那儿愉快地玩了一会儿，直到吃晚饭。晚饭成了一个最欢乐的场合。饭后，他们离开餐桌，艾米莉娅领舞——这使女王很高兴——潘比妮亚唱下面这支歌，其他小姐们合唱这支歌的副歌：

请听我唱一支我幸福的歌
因为我的愿望已得到实现。

来吧，亲爱的爱神，和我一起唱吧，
你是我快乐的源泉；
亲爱的爱神，我们不再因悲伤而叹息，
我们将避免一切烦恼与忧愁。
亲爱的爱神，因为我心中充满幸福，
我的火焰在熊熊燃烧；
亲爱的爱神，我的精神振奋，我来了，
祝福你神圣的名字。

亲爱的爱神，在我的心开始燃烧的那一天，
你使我的眼前出现一位青年，
亲爱的爱神，他每看我一眼，
都点燃我炽热的欲望。
亲爱的爱神，啊。勇敢豪侠的小伙子，
他是男青年中最优秀的一个！
亲爱的爱神，我的心向他飞了出来，
得到你的恩典无比高兴。

亲爱的爱神，假如我因快乐而高呼，
狂喜的原因就在这里：
亲爱的爱神，感谢你的恩典，
因为我赢得了他的心。
亲爱的爱神，我的生命之杯已经装满，
既然我的忠贞已得到保证，
亲爱的爱神，我的信仰也将得到回报，

让我们进入伊甸乐园吧。

他们唱完这支歌后，又唱了很多其他歌曲，又跳了许多支舞曲，演奏了各种曲调，直到女王认为该睡觉的时候；于是，他们在仆人火把的引领下，回各自的房间休息。以后两天，他们一边从事着女王早些时候说的各种活动，一边急切地盼望着礼拜天的到来。

第三天

《十日谈》第二天到此结束，第三天由此开始；大家在内菲勒的主持下，讲述一个人怎样用机智获得他梦寐以求的东西或重新获得他失去的东西的故事。

礼拜天的早晨，当太阳从东方冉冉升起，黎明时的天空渐渐由朱红色变成橘黄色时，女王起了床，并唤醒了大家。管家早已把他们需要的全部物品提前送到了他们的新住处，同时派去了提前做好一切准备的人员；他见女王已经带头上了路，便迅速吩咐将其他物品装上车，带着其他仆人和杂物跟在小姐和先生们后面出发了。女王在六位小姐和三位男青年的陪伴下，缓步西行；二十多只夜莺和其他各种小鸟唱着美妙的歌曲为他们带路，他们走在一条很少有人走过的长满青草、有野花点缀的小路上，那些野花纷纷张开花瓣，欢迎那初升的太阳。女王与伙伴们一路上一边开着玩笑一边哈哈大笑，愉快地步行了几英里后，在上午中段时间之前，来到了一座富丽堂皇的宅第，它坐落在一块微微凸起的高地上，可俯瞰下面的平原。他们走进去，看看整座房子的内部。宽敞的客厅和干净、优雅、漂亮的卧室赢得他们的连连赞美，他们认为这座房子的主人必定是一位慷慨的贵人。他们下了楼，观看那个巨大而凉爽的庭院、几个存放最好的葡萄酒的酒窖和一眼从地下汩汩涌出的冰凉的清泉，对此他们更是赞不绝口。他们想要休息一下，于是，就坐在那个可以俯瞰庭院、百花盛开、枝繁叶茂的凉廊里。细心的总管来到这里，向他们表示欢迎，用最精美的小吃和最上等的葡萄酒恢复他们的体力和精神。

然后，他们让人打开位于房子旁边的一座花园的门；这是一座四周有围墙的花园，他们一走进去，甚至还没来得及细看，就被它的美丽所打动。花园被许多箭杆儿一般笔直的宽阔通道包围、横断，上面覆盖着在棚架上攀缘的绿色葡萄藤，这些葡萄藤预示着当年葡萄的丰产丰收，所有的葡萄藤上花儿绽开，使花园充满了葡萄花的芳香，那清雅的香味与花园里飘荡着的其他花香混合起来，给人这样一种感觉：东方生长的每一种芳香植物都集中在这里了。通道两旁种满了白玫瑰、红玫瑰和素馨，这样，不仅在早晨，甚至在正午，人们都可以沿着任何一条通道，在散发着花香的阴凉下散步，不受太阳的照射。说起花园中植物的品种，那要花很长时间来拉单子列举；描述它们是如何布置的也很费时，这么说吧，凡适合当地气候的任何一种优良花木都在这个花园里繁茂地生长。花园最吸引人的景点之一是它中间的那块草坪，草坪的草被剪得短短的，颜色墨绿，点缀着色彩缤纷的花朵；四周环绕着一排排绿色的橘子树和其他柑橘树，它们甘美的绿叶保护着已成熟的和未成熟的果实，这些果树仍在开花，不仅给人提供了赏心悦目的阴凉，而且使人感到清香扑鼻。

草坪中央有一个用闪光的白色大理石砌成的喷水池，大理石侧面上有雕刻精美的浮雕。池中心矗立着一根圆柱，圆柱上面是一尊雕像，泉水从雕像头顶喷射到空中（不知是凭借自然还是人工的力量），然后以最悦耳的声音落到清澈的池中，喷泉的力量足以转动一部水车的轮子。喷水池溢出来的水从草坪下面的暗渠排出，然后，重新出现在草坪周围最漂亮、最精巧修成的水渠里，水再从这里交叉往来地流淌在花园里相同的水渠网中，最后汇聚一处，流出园外，形成一条流向平川的清澈的小溪；在到达平川前，小溪湍急的水流为主人提供了推动两部水车轮子的巨大动力，这对主人来说是不小的利益。

这座花园的景观，以其优美的设计、繁茂的植物、奇特的喷水池及其纵横交错的水渠，使这几位小姐和三位男青年深深地陶醉其中，他们都赞美说，如果有可能在人间建一座天堂的话，除了按这座花园的格局，他们想不出别的方案来建造，也想不出任何一件东西为它锦上添花，这座花园简直太完美了。他们一边快乐地在花园里游逛，用各种各样的树枝绿叶为自己编织花冠，一边听着鸟儿用十几种曲调竞相歌唱。由于沉醉于这些快乐之中，他们未能注意到另一种景象给他们的快乐，现在他们才发现，花园里还居住着一百多种可爱的野生动物，他们相互指点着：这儿跳出几只野兔，那儿几只野兔匆匆跑过，其他地方几只雄獐在休息，几只幼鹿在吃草，各种各样不伤害人的动物在花园里东奔西走，忙碌着自己的事情，仿佛它们都是驯服的。这些动物又极大地增添了他们的快乐。

他们在花园里四处畅游，看了个够。女王吩咐把餐桌摆在美丽的喷水池旁，按女王的旨意，大家唱了六首歌，跳了几支舞曲之后，聚集在这儿吃午饭。午餐的服务殷勤周到，好得不能再好，酒菜十分精美。他们以更高的兴致离开餐桌，弹琴、唱歌、跳舞。最后，因天气变得更加闷热，女王说午休时间已到，喜欢睡午觉的人可以去睡觉了，他们才停止了歌舞。有的人去午睡了，有的人发现这地方太迷人，不愿意离去。他们留在原地阅读浪漫传奇，或下象棋，或玩十五子游戏，而其他人在休息。

到了下午三点钟，睡觉的人都起来了，用凉水洗洗脸，按女王的要求，穿过草坪，回到喷水池旁。他们像以往那样坐了下来，等待着按女王建议的话题讲故事。第一个承担这项任务的人是菲洛斯特拉托，他是这样开始的：

故事 1

马塞托为了能在一家女修道院里当园丁，假装成一个聋哑人。那里的姐妹们如何鼓励他当一名热情的庄稼汉。

有许多男人，也有许多女人，愚蠢地认为，一旦一个年轻姑娘头上罩上一件白面纱，肩上披上一件黑头巾，她就不再是一个女人了，她就不再像其他女人那样有欲望冲动了，简言之，她一进了女修道院，就变成了一块石头。这种人一听到与他们的信念相反的话，就怒不可遏，好像谁犯下了伤天害理、骇人听闻的滔天罪行。他们不去认真想一想或考虑一下自己的处境，他们自己彻底地随心所欲，但那样做就使他们的欲望满足了吗？他们考虑过孤独与无所事事会产生怎样难以预测的结果吗？同样，有许多人非常愿意相信那些耕种土地的人都是没有头脑的蠢人，不懂得性欲是怎么回事，（他们认为）这就是他们吃粗茶淡饭、用鹤嘴锄和铲艰苦劳动的结果。他们的看法是多么的错误！既然女王让我讲故事，那我就在她给我们指定的范围内，讲一个小故事，我想用它来说明这个问题。

从前，在这一地区有一个以圣洁著称的女修道院，至今还在，为了一点儿也不减损它的声誉，我就不说出它的名字了。不久前，这个女修道院里共有八个修女，一个女院长，她们都很年轻。她们雇了一个瘦小的男人来照料她们美丽的菜园，但他因不满意她们给的工钱，与女修道院财务主管算完账就回他自己的村子兰波雷基奥了。村民们兴高采烈地欢迎他回来。其中一人是一个身强力壮的庄稼汉，名叫马塞托，就一个农民来说，算得上一个漂亮的小伙子，他那张脸是最吸引人的。马塞托问那个瘦小的男人，他名字叫努托，这段时间他去哪儿了，努托回答说他在女修道院。

“你在女修道院里干什么活？”马塞托问。

“她们有一个大大的菜园，很美丽，我在里面干活，我也去树林里砍柴，挑水，还干些杂活，但那些女人，她们就给我这么一点儿工钱，几乎都不够我买条内裤的。另外，她们都是年轻姑娘，我感觉她们经常扮演快乐的魔鬼，我无论做什么都不对。假设我现在正在菜园里干活，她们中的一个会过来说‘把这个放在这儿’，第二个过来说‘不，把这个放在这儿’，第三个过来，夺下我手中的鹤嘴锄，说‘你这样干全错了’。她们就是这种特讨厌的人，我只好丢下正干的活儿，走出菜园。我因为种种原因，不愿继续在那儿干了，就回来了。我离开女修道院时，财务主管走过来对我说：‘如果你遇到肯干这个活儿的人，你让他直接找我来吧。’我说，‘好吧’。但是，如果他以为我在帮他到处找合适的人并给他介绍去，那他是在做梦。”

努托的话使马塞托心中充满了对那些修女的强烈欲望，他马上就要去和她们住在一起，因为根据这位老家伙的话，他完全清楚，他一定能在那些修女身上实现自己的欲望。但他知道，如果他跟努托说了这个想法，那他就什么事也干不成了。所以，他这样跟他说：“天啊，你出来得对！一个男子汉混在女人中间能有什么出息呢？他还不如去和魔鬼做伴，因为女人们经常不知道她们到底想干什么。”

与努托谈话之后，马塞托开始琢磨怎样才能进入修道院与修女们在一起。他知道他能干得了努托说的那些活儿，所以在这方面不会有问题。但他担心，他会因年轻漂亮而被女修道院拒绝。他反复考虑了各种可能性，然后决定：“那个地方离这里很远，没人认识我。如果我能假装成一个聋哑人，她们一定会收留我。”

他打定主意，就这么干，于是出发去了女修道院，没告诉任何人他要去哪儿。他打扮成一个流浪乞丐模样，肩上扛着一把斧子。他来到了女修道院，走进去，碰巧在院子里遇见了那个财务主管，他像聋哑人那样用手势与他说话，请求他出于天主的爱心，给他点儿吃的东西，他接着用哑语表示如果需要，他愿意为女修道院劈柴。那位财务主管很痛快地给了他一些东西吃，然后让他去把一堆努托劈不动的干柴劈了；像一头公牛一样强壮的马塞托，一会儿工夫就把那些干柴全劈完了。这个活儿干完后，财务主管有事要到树林里去，就把马塞托也带去了，让他砍些柴。然后，他牵来一头驴，用手势告诉马塞托，把柴装在驴背上，运回女修道院。他表现得非常好，财务主管就把他留下来住了几天，让他干了些需要做的杂活。就这样，有一天女院长碰巧看见了他，就问那个财务主管这个人是谁。

“他是一个可怜的人，又聋又哑，几天前来乞求施舍。我给了他一些吃的，让他干了些需要做的杂活。如果他能在菜园里干活，愿意留下来，我相信他对我们会很有用处。我们肯定能与他相处得好，他身强力壮，什么活都可以让他去干。而且，您不用担心，他不会跟您那些年轻姑娘们聊天调情。”

“老天在上，你说得对，”女院长说，“请弄清楚，如果他会种菜，那你就尽力把他留下来。给他一双鞋和一件旧衣服，夸奖夸奖他，哄着他，让他吃饱。”

财务主管答应按女院长的要求去做。马塞托就在他们附近，假装扫着院子，他们的每句话他都听得清清楚楚，心中不禁狂喜：“如果你们让我进了菜园，我会把你们的菜园耕种得特别好，保证以前没人把它种得这么好过！”

财务主管见马塞托用铲很在行，就用手势问他是否愿意留下来，马塞托也用手势回答他完全听从他的安排。于是财务主管收留了他，让他照料菜园，又指点了他所有应做的事情。然后，他离开马塞托去照料女修道院的其他事务。他在菜园里干了才几天的活，修女们就开始来纠缠他、取笑他——一般人经常这样对待聋哑人——她们用最难听的话骂他，以为他什么也听不见。女院长对此不予理会，毫无疑问她认为，一个没有舌头的男人也一定没长那个东西。

有一天，他在菜园里干活累了，正躺在园里休息，两个在菜园里散步的年轻修女向他走过来，见他睡着了，就仔细地看他，其实他是假装睡着了。其中一个较为鲁莽的修女对她的同伴说："如果你能保守秘密，我就把我很久就有的一个想法告诉你，也许这个想法对你也有吸引力。"

"说吧，我绝不告诉任何人。"

"那好，我不知道你是否曾经认真想过，我们在这里翅膀都被剪掉了，与世隔绝，除了那个已有点老了的财务主管和这个聋哑人，没有一个男人敢进来。我多少次听那些来探望我们的许多女人说，世界上的任何快乐与一个女人从与男人睡觉得来的快乐比起来，都不算什么了。因此，我经常想亲自跟这个哑巴尝试一下，因为没有别的男人。无论如何，他恰恰是干这件事儿需要的合适人选，你想想看，他即使想把我们说出去他也不可能啊。看看他吧，这个巨大笨重的哑巴，长着一副只有一粒豌豆那么大的头脑，几乎什么都不懂！来，说说你的意见好吗？"

"天哪！"另一个回答，"你在说些什么呀？难道你不知道我们已经发誓要把我们的童贞献给天主吗？"

"嗬，人们整天向天主许愿了那么多事情，可是天主真的得到了什么？也许我们已经向天主许愿了，那就请他老人家找别的女人去还愿吧。"

"如果我们怀孕了怎么办？那怎么办？"

"你已经在担心也许永远也不会发生的事情了。我们先不要自寻烦恼，真要出了事儿，我们再想办法嘛。只要我们自己不把秘密泄露出去，瞒过别人，办法有的是。"

另一个修女比她的朋友更渴望知道男人究竟是一种什么样的畜生，就说："好吧，那我们该怎么做呢？"

"你看，现在已过了正午，快到下午中段时间了，我想，除了我们两人，所有的修女都正在午睡。我们先看看菜园四周是否有人，如果道路都畅通无阻，我们就拉着他的手，把他领进他避雨的棚子里。

我们一个跟他进去，另一个在外边放哨。他是一个蠢人，我们让他怎么做，他就会怎么做。”

马塞托把她们的每一句话都听得清清楚楚，完全乐意听从她们摆布，他正等着她们两人中的一个来拉他的手走。她们仔细看了菜园的周围，确认从哪个方向都不会被发现，然后，那位怂恿干这种事儿的修女走到马塞托身旁，把他弄醒。他立刻站起身来，她拉着他的手，用哄骗的手势把他领进棚子里，而他只是像个白痴一样地傻笑。在棚子里，他不用再次邀请就按照她的心愿干了起来。她得到满足后，就很守约地让位于朋友，而马塞托继续扮演笨蛋的角色，又一次按她们的要求行事。在她们离去之前，每人都又一次领略了哑巴在自己身上驰骋的功夫。事后，她们经常谈起这种事儿，都认为这种事儿的确跟她们听说的一样使人快乐，甚至比听说的还要使人快乐。她们经常选择合适的时机，去跟马塞托寻欢作乐。

有一天，姐妹们中的另一个碰巧从自己房间的窗户里向外望了一眼，看见她们正在干这种事儿。她还指给另外两个修女看，她们三人原想去院长那儿告发她们，后来改变了主意，与她们两人达成一项协议，她们三人也都在马塞托的菜园地里得到好处。后来，剩下的三个修女也在不同情况下加入了这个乐园。最后一个是女院长，此时她还不知道这事儿正在进行。有一天，天气闷热，女院长碰巧独自一人在菜园里散步。马塞托四肢伸开地躺在一棵杏树的阴凉下，睡得正香，因为一整夜辛苦地骑在马鞍上，太累了，白天最轻微的力气活就足以把他放倒。恰巧一阵微风吹来，把他的罩衫掀起，使他的整个身子赤裸裸地暴露出来。女院长停住脚步，出神地看着，见园内只有她自己，发现自己也像她的妹妹们一样被强烈的欲望控制住了。于是，她叫醒马塞托，把他领进自己的房间，并把他关在那里好几天。修女们几天不见马塞托都很生气，这个园丁为什么不耕作他的菜地了呢？而女院长却一次又一次地享受她以前出于管理的需要而经常严厉谴责的那种快乐。

最后，女院长把他放了出去，让他回自己的房间，但经常召他回来，她的确想雇佣他专职供自己享乐。马塞托已不能满足这么多修女的要求，他意识到，如果他继续长久地留在这里，继续扮演聋哑人角色对他是绝对不利了，因为他已招架不住了。所以一天夜里他和女院长在一起时，系住他舌头的那根线松开了，他说了下面这番话：“院长，我听人说，一只公鸡最多可以满足十只母鸡，而十个男人却难以满足一个女人。唉，可我一个男人是在伺候你们九个女人，我不能这样继续下去了，我简直不能——我干完这个事儿之后，就已经筋疲力尽，什么活都不能做了。因此，您放我走吧，或者想个什么办法。”

女院长听见聋哑人（她一直以为）说话了，不禁大吃一惊。“这是怎么回事？”她惊讶地说，“我还以为你又聋又哑呢！”

“我是个聋哑人，但我不是天生的聋哑人，是一场病使我哑巴了。今天夜里我第一次又有了讲话的能力，我为此衷心地感谢天主。”

她相信了他的话，并问他刚才他说要满足九个女人是什么意思。马塞托把实情全告诉了女院长，她这才断定，这个女修道院里的姐妹们没有一个不比她精明。但是，还是女院长考虑周到，她拒绝让马塞托离开女修道院，而是设法与她的修女们达成一个协议，以免马塞托出去给女修道院带来耻辱。此时她们的财务主管已故去，姐妹们也都承认了她们原来偷偷摸摸干的事儿。她们一致同意，并征得马塞托的同意，对外人说，马塞托聋哑了多年，作为她们祈祷和女修道院所供奉的圣徒显灵的结果，马塞托又恢复了他说话的能力。她们聘任他为财务主管，并将他的职责作了分散安排，这样他就不再觉得难于负担了。他履行了这些职责，跟那些修女生了许多小修士、小修女，但一切都安排得非常周密，直到女院长死后，事情才传开了。马塞托这时已经年老，攒了不少钱，急于回乡了。他这个想法一提出，就很快得到了准许。

就这样，马塞托凭着他年轻时的机智，没有为抚养孩子而辛苦工作，也没有付抚养费，老年时成了一群子女的父亲和一个有钱的人。当他回到他当初扛一把斧子出发的家乡时，他宣称："这就是基督对待给他戴绿帽子的人的方式：让那个人自由地与自己的众多新娘寻欢作乐。"

故事 2

一位马夫如何与阿吉卢尔夫国王的妻子睡觉，国王怎样处置此事。

尽管菲洛斯特拉托的故事时而让小姐们脸红，但常常逗得她们哈哈大笑。他的故事讲完后，女王高兴地让潘比妮亚接着讲。潘比妮亚快乐地开始了：

有些人很不明智，固执地打听他们最好不知道的事情，然后以此炫耀自己；当他们指责别人隐藏的缺点时，以为是在抹掉自己的耻辱，但有时他们这样做只是扩大了自己的耻辱。我将用一个相反的事例向小姐们证明这一点；在这个故事中，我将讲述一个比马塞托地位更低贱的人是如何与一位高贵的国王斗智的。

伦巴第人的国王阿吉卢尔夫，像他的前任国王们一样，也把他的首都建在帕维亚城。他娶了已故国王奥塔里的遗孀泰乌得林加①

①阿吉卢尔夫……泰乌得林加：泰乌得林加是伦巴第人的国王奥塔里（584—590 年在位）的妻子。阿吉卢尔夫通过娶泰乌得林加为妻继承王位，591—615 年在位。

为妻；她在女人当中最聪明贤惠，非常美丽，但她的爱情生活却是不幸的。由于阿吉卢尔夫国王的智慧和能力，伦巴第王国国泰民安，繁荣昌盛。

恰巧在这时，王后陛下的一个马夫强烈地爱上她。那马夫处于社会最底层，但他长相英俊，身材高大，与国王很相像，这使他的抱负远远高于他的社会地位。马夫清楚地知道他的地位，知道他对王后的爱是痴心妄想，所以他机智地把爱情埋藏在心里，也不让王后在他的眼中读出对她的爱。尽管他并不指望赢得王后的垂青，但仍因自己爱情目标如此之高而自鸣得意。由于他心中燃烧着爱情的火焰，为了讨得王后的欢心，他比任何一个马夫都更加卖力。所以，每当王后出门骑马，她总优先选这位马夫照料的马。在这些场合下，他认为自己是有最高特权的人，寸步不离马镫，如果他能碰到王后的衣服，他也感到巨大的幸福。

但我们经常见到这种情况：一个人的希望越是渺茫，他的爱情越是强烈。这位可怜的马夫也是如此，在没有一丝希望的情况下，当他继续掩藏自己的爱情时，他发现那几乎是不可能的。因为他不能医治好自己的爱情痛苦，所以他多次想到自杀。他认为，即使自杀身亡也要使人们明白，他是为爱王后而死的。因此，他建议自己，在实现他的欲望或至少部分欲望的冒险中结束自己的生命。他不敢向王后当面说出一个字，也不敢向她写信表示爱情，因为他知道他说和写都是徒劳无益的。如果他想与王后一起睡觉，那需要看看他的智慧能帮他走得多远。他想到的唯一办法就是假冒国王，接近她的卧室。他知道国王并非一整夜都与王后一起睡觉。为了弄清楚国王与王后一起睡觉时如何进入王后的卧室，身穿什么衣服，马夫一连几夜悄悄地溜进王宫，藏在将国王卧室与王后卧室分开的那个大房间里，直到一天夜里，他见国王身披一件宽大的斗篷从他的房间里走出来，一只手举着一个小火把，另一只手握着一根短棒。他向王后的房间走去，一句话不说，用那根短棒敲了两三下门。里边有人来开门，并从他手中把火把接过去。

他看清了国王如何进去，又看清了他如何出来。“我将照样行事，”他想。他设法弄到一件很像他看见的穿在国王身上的斗篷，一个小火把和一根短棒。但他首先在澡盆里彻底地洗个澡，以防身上的马粪臭味让王后恶心或引起她警惕受骗。一切准备就绪，他又像以前那样藏在那个大房间里。等到夜深人静，他认为时机到了：或者使欲望得以实现，或者在这一崇高的爱情事业中去拥抱死神。他用随身带来的火燧石和打火镰取火点着了火把。然后，他披上斗篷，向王后的门走去，用短棒敲了两下。一个打着瞌睡的宫女开了门，接过他的火把并将它熄灭。他一句话也不说，溜进床帐，将斗篷放在一边，钻进被窝躺在王后身边。他把王后紧紧地搂在怀里，假装生气的样子，因为他知道作为一种规律，国王生气时不想听别人说一句话；所以，他听不到一句话，也不说一句话，一连跟她干了好几次。他舍不得离开王后，但他担心，如果逗留时间长了，他的快乐就会变成眼泪，所以他起身下床，拿了斗篷和火把，离开了，仍旧一句话不说，尽快地回到自己的床上。

马夫刚回到自己床上，国王那边就起了身，来到王后房间，这使王后大吃一惊。国王上了床，愉快地与王后打招呼。她从国王高兴的情绪中受到鼓舞，问：“陛下，您今夜突然怎么了？您刚才跟我玩得比平时还要快乐，刚从我这儿走，现在你又回来了想再玩！您可要保重身体呀！”

国王听了这些话，立刻明白了：王后被一个举止与外表都与自己相似的人欺骗了；但他很精明，见王后对此事毫不怀疑，别人自然也不知道，他也就不必去说穿它。大多数傻瓜会做出不同的反应：“那不是我，”他们一定会说，“谁来过了？这是怎么回事？那人会是谁？”这会导致各种各样的结局：他会不必要地伤害王后，或者会使她产生再体验一次那种感受的欲望。他如果保持沉默，就能保全声誉；他如果说出去，就会招来耻辱。

虽然他内心激动，但他的脸色和声音都显得很平静，他回答王后："难道您不认为我是一个来过一次，还有能力再来一次的男人吗？"

"是的，陛下，您当然有这能力，"她回答，"但您一定要考虑您的健康。"

国王回答："好吧，我接受您的劝告。我走了，不再打扰您了。"他心中因为有人对他干的这件事而愤怒不已，拿了斗篷，离开了王后的房间。

他一边走，一边在想如何能秘密地查出这个罪犯。他想，这个人一定是宫里的人，不管他是谁，他一定正在宫内。于是，他手持一盏发着微光的小灯笼，朝位于王宫马厩一面的那个长长的统楼层走去，宫里的大多数仆人都在那里睡觉。他想，那个王后说的尽兴玩了一阵子的人，还不可能从那种持久运动的紧张中恢复过来，他的脉搏和心跳会把他暴露出来。于是，国王从统楼层的一头开始，轻轻地抚摸每一个人的胸膛，看他的心脏跳动是否厉害，静悄悄地向另一头移动。他们都睡得很香，唯独那个与王后睡过觉的马夫还没睡着。马夫看见国王走过来，并且明白他在寻找什么，吓坏了；如果他的心脏因他刚才的用力而跳得很快，那么它现在则因纯粹的恐怖而跳得更快了。他明白，如果国王发现了他，会立刻将他处死。他脑子里想出了各种各样的可行办法，但他见国王没携带武器，于是决定假装睡着，看国王会做什么。国王一个接一个地摸了好几个人了，还没发现谁可能是罪犯；他摸到了马夫，感觉他的心脏真的跳得很厉害。"就是这个人，"他心里说。

但是，国王不想让别人知道自己的计划，他仅用随身携带的一把剪子剪掉马夫头上的一绺头发，那时人们都留长发。这样，第二天早晨他就能认出他来。剪完头发，他就回自己的房间去了。当然，马夫把这一切看在眼里；他很聪明，非常清楚他为什么被做了这样的标记。因此，他赶快起身，找到一把现成的剪子——用来剪马鬃的剪子——轻轻地从每一个在统楼层睡觉的人头上，像他一样在耳朵上面，剪下一绺头发来，没被任何人发现，又回到自己床上睡觉了。

第二天早晨，国王起床后，命令在宫门打开之前，全宫里的人都聚集到他的面前。他们都站在他的面前，摘下帽子，他一个一个地仔细检查，要找出被他剪掉一绺头发的人。他看见大多数人都被剪掉了一绺头发，而且剪得一模一样，感到十分惊讶，自言自语说："我要找的这个人可能是个最低贱的侍从，但很清楚他不是个傻子。"国王意识到，他不可能不动声色地达到目的，他决定不去为了一个小小的报复而冒损害声誉的危险，而仅仅给予那个罪犯一句简单的警告，让他知道，不管他是谁，他的行为已被看穿。于是，他没有找出任何一个人来，对大家说："无论谁干了这事儿，永远不要再干了。现在没事儿了，你们都回去吧。"

如果换了别人，他一定会把他们放到拉肢刑架上，折磨他们，对他们严刑逼供，仔细审问，但这样做，他就会把不可外扬的家丑弄得满城风雨，尽人皆知。一旦事情水落石出，报复也得到了完全实施，这个人的名誉不但远不能得到保全，其耻辱反而被扩大了，其夫人的好名声也会遭致损害。那些听到国王简短讲话的仆人都感到莫名其妙，花了很长时间去细细品味，想弄清楚国王到底是什么意思。但除了国王指的那个马夫外，谁也弄不明白。国王活着的时候，马夫很明智，从未解释国王的讲话，一直没有泄露这个秘密，也没再敢拿自己的生命去冒这个险。

故事 3

一位夫人看上了一位陌生人。为了得到他的爱，夫人求助于一位圣洁的神甫，神甫本以为他是在阻止陌生人接触夫人，而实际上反促成了他们的美事。

潘比妮亚的故事讲完了，大家都赞赏马夫的大胆和机智，也赞赏国王的明智。然后，女王朝菲罗美娜转过身去，吩咐她接着讲，菲罗美娜优雅地讲了下面这个故事：

我要给大家讲的是一个真实的故事：一个美丽的女人捉弄了一个呆滞的老神甫。绝大多数教士都十分愚蠢，生活习惯非常乖僻；我们这些俗人会感到我的故事很有趣，因为教士们自视清高，认为自己什么都懂，而实际上与我们比起来，他们微不足道。毕竟，他们很可怜，不能像其他人那样在这个世界上自谋生路，不得不像猪一样，躲进一个喂养他们的地方。我要给大家讲这个故事，不仅仅因为我要按女王指定的话题讲，而且因为我想让大家看到这样的事实：修士和神甫们（我们女人太盲目信任的人，可见女人是多么容易受骗啊！）也会上当受骗，不仅被男人欺骗，而且还被我们女人欺骗。

我们这座城市是一个欺诈多于友爱和信任的地方。不久以前，这里住着一位美丽而且有教养的贵夫人；她具有内在的高贵气质，有比得上任何女人的智慧和狡猾。我不想说出她的名字，也不想说出故事中其他人物的名字（虽然我知道他们的名字），以免冒犯某些如今还健在的人，因为他们的名字会遭到人们蔑视的一笑。夫人有强烈的家族自尊意识，但她却只因看上了巨额财产就嫁给了一个羊毛商人，婚后她认为出身低微的男人，不论他多么有钱，永远也配不上真正高贵的女人，因此便永远也克服不了产生于这种观念的伤害感。在她的眼里，他可能很有钱，但实际上他的能力仅限于创造一个纺织图案，或装置一台织机，或就纱线与一个纺织女工争论；所以，她认为，他的拥抱是她生活中没有也行的东西，她尽可能拒绝他的亲近，但她可以从某个比羊毛商更值得她爱的男人那里得到满足。

所以，她爱上了一个年富力强且有身份的男人；如果一天见不到他，她就一整夜辗转反侧，睡不着觉。可是那位配得上她的男人并不知道她的爱情，所以他根本没注意她，而谨慎的夫人既不敢让女仆捎口信也不敢给他写情书，担心这样做会给未来造成危险。

她发现这男人经常和一位神甫在一起，交往甚密。那位神甫是个粗大肥胖的家伙，但过着非常圣洁的生活，享有几乎普遍公认的圣洁声誉。她想，这位神甫就是她本人和她心爱的人之间理想的牵线搭桥者。她精心构思了一个行动方案后，选了一个合适的时间去了神甫所在的教堂，派人请来神甫，说如果神甫同意，想请神甫听听她的忏悔。神甫一眼就看出她是一位教养良好的贵夫人，就很乐意地听了她的忏悔。她忏悔完毕，又对神甫说："神甫，我有一个问题，需要您的帮助和指导。您当然知道我的家庭和我的丈夫，我刚才已经跟您谈过。我丈夫非常喜爱我，无论我要什么他都给我，而且是立刻就给，因为他财源滚滚，能很容易满足我的愿望。所以，我全心全意地爱他。如果我想要做，不用说实际上做，任何违背他的名誉或使他不高兴的事儿来，那我就比任何荡妇都更应该被判处火刑烧死。唉，有一个男人，我不知道他的名字，但他看上去是一个正派的人，如果我没弄错的话，他是您的一个朋友。他身材高大，相貌英俊，穿着得体庄重，但很明显他不懂得我的情感，因为他好像一直在追求我。每当我走到门口、窗口，或走出房门，他就立刻出现在我的面前。很奇怪，他此刻却没出现在这里。我觉得他这样做是一种非常糟糕的讨厌行为，因为这种行为会给正派的完全无可指责的女人带来坏名声。我曾几次下决心要请我的几个兄弟就此事跟他谈一谈，但经重新考虑后我想到，男人们传口信的方式往往激起不愉快的反应，先是恶语相向，然后是拳脚相加。因此，为了避免风言风语，我就没跟他们说；但我认为，把这件事与其告诉别人还不如告诉您更妥当，因为您好像是他的朋友，由您来申斥一位朋友或一个陌生人从而纠正这类轻薄行为，会产生较好的效果。所以，我恳求您以天主的名义教训他一顿吧，叫他以后别再那样干了。有许多其他女人喜欢与男人打情骂俏，她们欢迎男人贪婪地看她们，追求她们。我认为这是一种令人厌恶的讨厌行为，我最不喜欢这种事儿。”说完，她低下头，好像要哭了。

圣洁的神甫立刻明白她说的那个人是谁。他非常赞赏她的美好德行，对她的话深信不疑，请她放心，他保证使那个人以后不再使她烦恼。神甫知道她很有钱，就提醒她美德在于乐善好施，然后告诉了她自己的需要。

“我恳求您以天主的名义申斥他，”夫人对神甫说，“如果他否认此事，请您务必告诉他，是我告诉了您这件事并向您抱怨他的行为的。”

她结束了忏悔，获得赦免后，想起神甫关于做人应乐善好施的规劝，偷偷摸摸地把一大把钱放在神甫手里，请他为她的已故亲人做弥撒。然后，她站起身，回家去了。

没过多久，那位绅士像往常一样来拜访这位圣洁的神甫，他们说东道西地闲谈了一会儿之后，神甫把他拉到一边，按照那位夫人所描述的，就他如何向那位夫人献殷勤（他相信那位绅士这样做了）并且贪婪地看她的行为，非常得体地告诫了他。这使配得上那位夫人的绅士困惑不解，因为他从未看过她一眼，事实上他很少从她门前经过。所以，他要为自己开脱，但神甫打断了他，说：“喂！你别假装惊讶了；你也别费事去否认这件事，因为你无法否认；我掌握的情况不是来自邻居们的流言蜚语，恰恰是她本人告诉我的，她因为你的行为而感到极其痛苦。这种愚蠢的举动可不能给你带来光荣，我告诉你，更重要的是，如果我确曾遇见过一个不喜欢这种行为的女人，那就是她了。所以，为了你的名声和她的安宁，请你一定停止这种行为，别再打扰她了。”

这个高大健壮的家伙比神甫精明，很快就明白了那位夫人的计谋；他假装很尴尬，并同意以后不再纠缠她了。他向神甫告辞后，径直向那位夫人的家走去。同时，那位夫人正站在一个小窗户后面等着，如果他从这里经过，好看看他。夫人见他朝这里走来，向他致以非常高兴和和蔼可亲的欢迎，这使他断定，他对神甫的话一点也没理解错。从那天以后，他谨慎地装作要办其他什么事情，经常从她那条街上走过；这样，他给了那位夫人（和他自己）无限的喜悦和安慰。

过了一段时间，当那夫人发现绅士对她同样感兴趣时，因为她急切地要点燃绅士对她的爱和使绅士相信自己对他的爱，她找到了一个合适的机会又回到神甫那里。她在教堂里，坐在神甫脚下，大哭起来。那位善良的神甫亲切地问她出了什么事儿。

"神甫，我又是为您那位讨厌的朋友、那天我向您抱怨的那个人的事儿而来的。我确信，他天生是不断使我生气的人，他引诱我，企图让我做出我必将后悔的事儿来，而且我将永远不再敢坐在您的脚下了。"

"什么？他还没有停止骚扰你？"

"根本没有，"她哭着说，"自从我向您抱怨他以来，他一定是为我到您这来控诉他而生气，如果说他以前从我门前经过一次，那么我相信他现在要经过七次，好像是出于怨恨。唉，如果他只是在我门前徘徊和盯着我看，那也要感谢天主了；可是现在他已变得厚颜无耻了，哎呀，就在昨天，他还派了一个女人给我捎来愚蠢的口信，而且还送给我一个钱包和一个腰带，好像我缺少钱包和腰带似的。这使我心烦意乱极了，如果不考虑会引起流言蜚语和我对您的热爱，我确信，我早就当场大闹起来了。不管怎样，我设法克制住了自己，在我把这件事告诉您之前，我什么也没做，什么也没说。所以，我把他送来的钱包和腰带扔还给带来这两件东西的那个女人，让她带回还给他，我让她滚开；但后来我又害怕她也许会把那两件东西据为己有，却对他说我收下了——我听说她们有时干出这种事儿来的——所以，我把她叫了回来，愤怒地从她手中把那两件东西夺了回来。我把这两件东西带来了，请您还给他，并告诉他我不需要他的任何东西，因为，感谢天主和我的丈夫，我有许多钱包和腰带，多得能把我埋起来。神甫，我必须请您原谅，如果这个人以后还不停止对我的骚扰，我就要告诉我的丈夫和兄弟了，不管后果如何：我宁愿看着他丢了面子，也不愿看着自己因为他而受到众人嘲笑。神父，事情就是这样！”

说完，她从长斗篷下面掏出那个非常漂亮、昂贵的钱包和那条非常贵重、精致的小腰带，一边哭得泪人儿似的，一边把那两件东西扔进神甫的怀里。神甫相信她讲的每一句话，收下了那两件东西。他义愤填膺地说：“孩子，这件事让你生气，我不感到惊讶，而且我不能责备你。实际上，你按照我的建议做得很好。那天我申斥了他一顿，但他没有忠实地遵守他对我的许诺。所以，就上次那个事儿和他最近干的这种事儿，我肯定要狠狠地训斥他一顿，不许他再去骚扰你。你千万别因为一时生气而失控，把这件事儿告诉你的亲戚们，因为那会使你陷入非常险恶的处境。你不必担心这件事儿会损害你的声誉，因为我会永远在天主和众人面前最坚定地为你的贞操作证。”

那位夫人假装从神甫的话得到些安慰，改变了话题（她明白这位神甫和他的同类都很贪财），“神甫，”她说，“最近几夜我梦见我的几个已故亲人，他们好像非常痛苦，不停地要求我施舍，特别是我妈妈——她看上去很可怜，愁眉不展的，使我看了她很伤心。我想，她是因为见我遭到这个魔鬼折磨而为我难过吧。所以，如果您愿意为他们灵魂的安宁做三十次圣格里戈里弥撒——最好做四十次——并做其他祈祷，这样天主就会把他们从地狱的炼火中拯救出来，我会很高兴的。”说完，她把一个金币放在神甫手里。

这位圣洁的神甫高兴地收下了金币；他说了许多令人鼓舞的话，讲了许多教诲性的故事，从而更加坚定她保持忠贞的决心，然后用他的祝福送她离去。那夫人走了以后，神甫并未意识到她是在蒙蔽他，派人把他的朋友请来。他的朋友来了，发现神甫皱着眉头，立刻断定那女人又与他谈过话了，于是等着听他会说什么。神甫先让他回想一下他上次告诉他的事儿，然后就又为那位夫人控告他的事情而非常严厉地申斥、谴责他。这位杰出的绅士还不完全清楚神甫究竟要说什么，只是含糊其辞地否认送钱包和腰带的事情，因为如果那女人把两件东西留给了神甫，他就不想减轻这位教士的怀疑。

他的否认令神甫大怒："无赖，你怎么还能否认？你看，东西在这儿，这是她亲自哭着交给我的。难道你不认得你的东西？"

这人装出极其尴尬的样子，说："我的确认得，这是我的东西。我承认我错了。但既然我看得出她已下定决心，我保证您再也听不到一句关于这件事儿的话了。"

他们仍然谈了很久，但最后这位傻瓜神甫把那个钱包和那条腰带转给了他的朋友，又训了他一顿，劝诫他将来不要再干这种事儿了，他的朋友答应不再干了，这才送他走。那绅士现在确信他不仅得到了那两件漂亮的礼物而且得到了那位夫人的心，心里特别高兴，告别神甫后，立刻去那夫人家里。在她家门前，绅士偷偷摸摸地向她展示那两件东西；她见绅士收下她的礼物感到高兴，而她更高兴的是眼看着她的计划正在顺利进行。只等她丈夫一旦出差去什么地方时，她的计划就大功告成了。不久她丈夫就有事儿去热那亚了。

那天早晨，她丈夫骑上马离开家后，她满腹抱怨，又去见那位优秀的神甫，啜泣着说："神甫，我告诉您，我实在忍无可忍了。但我那天向您保证过，在未告诉您之前我决不做出任何事情来；所以，我现在来向您解释。我要是不告诉您，您那位朋友——魔鬼，比魔鬼还邪恶——今天早晨黎明前对我干的事儿，您就不会相信我有理由向您哭诉。唉，又是倒霉，昨天早晨他听说我丈夫去热那亚了；今天早晨——我刚才告诉您了这个时间——他进了我家的花园，爬上一棵大树，又从树上爬到我卧室的窗口（那扇窗户朝向花园）。他打开窗户，正要跳进我的卧室，我忽然醒来，跳下了床，看在天主和您的面上，如果不是他恳求我不要喊，并且告诉了我他是谁——他还没进入房间——我就要大声呼救了。看在您的面上，当我听清楚他是谁，我就没有喊人，像初出娘胎时那样一丝不挂地跑过去把窗户关上，把他关在了窗外。我想他一定走了，可喜的摆脱。那是我最后一次听到他说话的声音。您看，这是什么样的行为，我是否应该忍受这种行为。我不想再忍受下去了。事实上，出于对您的考虑，我已经忍受得太多了。”

这番叙述使神甫无比愤怒，一时不知说什么才好。他一再问她是否看清楚了那人的确是他，有没有可能是别的什么人。

“要是我还分不清他和别的什么人，那有多好！我告诉您，那个人就是他，如果他否认，您别相信他。”

“唉，没有什么好说的了，这一次他做得太过火了。是一种不可饶恕的行为；你把他赶走是对的。既然天主保护了你的贞操，你以前两次都听了我的话，我应该再请求你，请再一次这样做：不要去向你的家人诉苦，把这事留给我办，看我是否有办法约束这个放肆的魔鬼，我还以为他是一个圣人！如果我成功地医治了他的放肆，那么最好；如果我做不到，我现在向你保证，你想对他怎么办就怎么办吧，并祝你成功。”

“好吧，”她说，“我最后一次听您的；如果您让他不再来骚扰我，我向您保证，我不会再为这个事儿回来打扰您了。”说完，她猝然离开，假装一副怒气冲冲的样子。

她刚一离开教堂，那位绅士就出现了，神甫将他叫过来，拉到一边，给了他终生难忘的一顿大骂，骂他是一个稻草人，一个堕落者，一个恶棍。前两次受神甫谴责时，这个聪明的家伙都读懂了神甫告诫背后的文章，这一次他仍然保持着警觉，认真地听着，然后假装尴尬的样子，努力逗引他说话，从而完全弄清楚那位夫人的真实用意。“我的朋友，为什么生这么大的气？”他问，“难道是我把耶稣钉到十字架上的？”

“啊，这家伙多么无耻！听听他说些什么话！听他说话的口气，好像一两年过去了，这么长时间之后，他已把他邪恶的行为忘得干干净净了！在今天早晨和现在之间的这段时间里你侮辱了一个人，难道这你也会忘记吗？今天早晨黎明前你在什么地方？”

“我不知道我在哪儿。这消息真够快的，传到了您的耳朵里了。”

“你说得对，是够快的，传到我耳朵里了！你似乎以为，那家的丈夫出门了，那位夫人就会立刻张开双臂欢迎你。老天在上！你称自己为正人君子！你变成了一个夜游者，跳入人家的花园，爬上人家的大树！你以为你半夜从树上爬到那位夫人家的窗口，用你的纠缠不休就能打败这位夫人的贞操吗？那位夫人最厌恶的就是你这种行为，而你却一再这样做。除了她以各种方式向你表白了她对你的厌恶，我也多次地警告过你，可你就是不思悔改！你听着：她迄今没告诉任何人你的所作所为，不是出于对你有什么好感，而仅仅因为我恳求她别告诉任何人。但是，她不会再沉默下去了：我已经准许，如果你再造成她哪怕是最微小的烦恼，她愿意怎么办就怎么办。如果她把你的行为告诉她的兄弟们，你怎么办呢？”

这位高大健壮的家伙完全清楚了他想知道的事情，用许多极响亮的许诺尽力抚慰神甫，然后告辞。他在第二天早晨的一两点钟，进入那位夫人的花园，爬上那棵大树，发现窗户开着，进入那位夫人的卧室，立刻扑进他那美丽情妇的怀抱里。那位夫人一直在非常焦急地等待他，见他到来，欢天喜地向他表示欢迎。“多谢尊敬的神甫，”她大声说，“因为是他清楚地给你指出了到这里来的途径。”然后，他们一边做爱，相互给予对方无限的快乐，一边聊天，咯咯地讥笑那位易受骗的愚蠢神甫，嘲笑羊毛业所使用的物品和用具，如纱节①、精梳机和梳棉机。此后，他们为以后经常在一起寻欢作乐作了各种安排，在一起愉快地度过了一个又一个春宵，再也不需要去麻烦神甫从中牵线搭桥了。我祈求天主大发慈悲，使我和所有其他喜爱那种爱情的基督徒们欢度那样的良宵吧。

①纱节：在纺纱之前用来抽出羊毛的工具。

故事 4

唐·菲利切神甫指给虔诚的俗人普乔一条通往天堂的艰苦捷径，却帮助他的妻子沿着一条不同的小路径直进入了天堂。

菲罗美娜讲完了故事，迪奥内奥甜言蜜语地大加赞赏那个女人的机智和菲罗美娜最后的祈祷。之后，女王哈哈大笑，并对潘菲洛说：“潘菲洛，轮到你了，讲一个小故事，让我们再乐一乐。”潘菲洛立刻答应并开始了他的故事：

小姐们，世上有很多人想方设法进入天堂，但却没有料到他们把别人按他们自己寻求的途径送进了天堂。你们将要听到的是不久前发生在我们佛罗伦萨一位夫人身上的故事。

听说，在圣潘克拉齐奥修道院附近，住着一位诚实而有钱的人，名叫普乔·迪·里尼埃里。他对宗教非常虔诚，成为一名圣方济各会第三级教士①，人们称他普乔兄弟。他家里只有一个妻子和一个女仆，他不需要经营任何买卖，因此他可以把大量时间花在教堂里，纵情享受他的精神生活。他生性迟钝，头脑简单，每天只是背诵“我的天父”、聆听布道、参加弥撒、从不缺席俗人唱赞美诗活动、遵守斋戒，并且禁欲，真有谣传，说他是一个自行鞭笞以赎罪的宗教信仰者。他的妻子名叫伊萨贝塔，是一个约二十八、不到三十岁的年轻漂亮的女人，像雏菊那样鲜艳，像果园里长出的苹果那样丰满。但由于

①第三级教士：修道院里做杂役的僧侣，并不发誓过禁欲或贫穷的生活。

她丈夫对宗教的虔诚，也许也因为她丈夫年事已高，她经常被迫进她不愿意的间隔时间长久的规定饮食，因此得不到满足。每当她想要和丈夫睡觉或嬉戏一会儿时，丈夫就给她背诵基督的生平，或纳斯塔神甫的布道，或玛丽·麦格达伦的哀悼，或诸如此类的东西。

这时候，圣潘克拉齐奥修道院的一位神甫从巴黎回来了，他的名字叫唐·菲利切。他是一个英俊的年轻人，聪明过人，博学多识，成为普乔兄弟的亲密朋友。这位神甫善解普乔兄弟的困惑，经过进一步的熟悉后，普乔兄弟认为，这位神甫极为圣洁，因此经常在方便的时候带他到家里吃午饭或晚饭。因丈夫的缘故，伊萨贝塔也对神甫很友好，对他张开双臂表示欢迎。作为普乔兄弟家的常客，神甫注意到这位年轻的夫人娇艳、丰满，深知她最饥渴的是什么。所以，他决定，为了省去他朋友的麻烦，看看他能做点什么以满足她的需求。神甫很巧妙地一次又一次地对她眉目传情，果然点燃了她心中与自己一样的欲望。神甫看出她已有意，就抓紧时机向她说出自己的心意。但他发现，无论她怎样愿意与他在一起寻欢作乐，但她却无法实现这种快乐，因为这唯一的、可以放心地与神甫幽会的地方就是她自己的家，但在这儿幽会是根本不可能的，因为普乔兄弟总是在家附近转悠，不出远门。这使神甫闷闷不乐、冥思苦想了很长时间，他终于想出了一个即使普乔兄弟在家，也可以和伊萨贝塔在家中过夜，而不用担心普乔兄弟会起疑心的办法。

一天，普乔兄弟来看神甫，神甫对他说："普乔兄弟，我看得很清楚，你唯一的愿望是要成为一名圣徒。可依我看，你是在走一条弯路，而你不知道有一条捷径：这是只有教皇和他的最高级的教士们才知道的办法，他们走着这条捷径却不让其他人知道。这是因为教士们主要靠施舍生活，如果俗人不再施舍或不再做类似的事情来养活他们，他们就会立即停业。但因为你是我的朋友而且对我十分热情，如果你能使我相信你不会把这一捷径告诉别人而愿意只你一人走，我就把它教给你。"

普乔兄弟渴望知道那条当圣徒的捷径，一再恳求神甫教给他，他发誓除非得到允许，绝不向任何人透露一个字，并向神甫保证说，如果那是他力所能及的，他当然想立刻按这个方法去做。

"既然你向我许诺了，"神甫说，"那我就教给你。请牢记在心，教会里的神学博士们认为，任何想成为圣徒的人都必须实行我马上就告诉你的那种苦修。请仔细听着：我不是说，你苦修之后就不再是你现在这样的罪人了。结果会是这样的：在苦修之前你犯下的所有罪过通过苦修会被洗净并赦免，你随后所犯的罪过，不会被指控为该下地狱的一类，用一点圣水就能洗刷掉，就像现在那些轻微的罪过一样，用一点圣水洗一下就没了。当悔罪者开始苦修时，他必须以最大的努力忏悔他的罪过，然后，他必须实行严格的斋戒和禁欲四十天，这期间，你要避免与妻子亲近，更不用说别的女人。此外，你需要在家里有一个夜晚能观看天空的地方，在晚祷① 那一时刻你就得到那儿去。你要在那儿竖起一块十分宽大的木板，你站立时将后背贴在木板上。你站在地板上，将双臂平伸，呈钉死在十字架上的样子。如果你想在木板上安几个木钉以支撑手臂，那是可以的。你必须就这样站着，眼睛盯着天空，一动不动，直到第二天早晨。如果你受过一些教育，你应该背诵几篇祈祷文，到时我会教给你。但既然你不识字，为了向神圣的三位一体表示敬意，你就得说上三百遍'我的天父'和三百遍'万福玛利亚'。当你观看天空时，你要不断想到天地的创造者天主，还要想到基督的受难，因为你保持着他悬挂在十字架上的姿势。当晨祷的钟声敲响时，如果你愿意，你可以离开那里，穿着衣服上床睡一会儿。早晨，你必须去教堂，参加不少于三次

①晚祷：宗教日从日出到日落，分为十二小时。这十二小时每三小时为一组，从第三时（日出后的最初三小时）到第六时（六小时）、第九时（九小时）、晚祷（落日前的最后三小时）。晚祷是在落日时举行的最后仪式。

弥撒，并且要说上五十遍‘我的天父’和五十遍‘万福玛利亚’。此后，如果你有简单的事务，可以去料理一下，然后吃午饭，再回到教堂做晚祷。当你要念一些祈祷文时，我会把经文抄好给你，苦修时不念这些经文是不行的。然后，在晚祷时，你继续按照我已经说过的那样继续进行苦修。如果你像我曾经做过的那样，虔诚地实行苦修，我希望在你苦修期满之前，你心中就会充满永恒至福的奇妙感觉。”

“这不是一件难事，”普乔兄弟说，“也不用太长时间，实际上很容易做到。所以，我想以天主的名义，在这个礼拜天就开始实行苦修。”

他离开教堂回到家中，经神甫同意，把要实行苦修一事详细地告诉了妻子。神甫让普乔一个姿势站到第二天早上那一点，向她最清楚地暗示了他的用心，在她看来，这是一个很好的解决办法。因此，她对普乔兄弟说，她赞同他的苦修计划，并表示只要对他的灵魂有益，她将支持他要做的任何事情；她还表示，她愿意与他一起斋戒，这样天主会使他的苦修获得更大成功，但其他做法，她就不想尝试了。

就这样，他们商量妥当，决定实行苦修。到了礼拜天，普乔兄弟开始了苦修，神甫与伊萨贝塔安排好，等天黑不会被人看见时，他就来到她家。大多数的晚上他将和她一起吃晚饭，他将给餐桌带来一些精美的菜肴或饮料。然后，他将与她同床共枕，直到晨祷时刻，那时他将起床离去，普乔兄弟将回到床上睡觉。

普乔兄弟选中实行苦修的房间，就是伊萨贝塔卧室的隔壁，中间只隔着一层薄薄的隔墙。所以，当神甫与夫人在男欢女爱的混战中相互催促、上下翻滚时，普乔兄弟感到整个地板都在颤动。因此，他在背诵完一百遍“我的天父”之后，暂停下来，但一动未动，大声喊叫妻子，问她在干什么。伊萨贝塔此时兴致正高，无疑她正忙于如何稳稳地骑在腾跃的骏马鞍上，开玩笑地回答说：“天主保佑你，我的丈夫！伸伸腿有什么不对吗？”

“伸伸腿？你到底在干什么？”

伊萨贝塔是一个生性活泼、十分精明的女人，此时又特别兴奋，也许是因为被蒙在鼓里的丈夫逗乐的，她哈哈大笑起来，说：“嘿，你应该知道我在干什么！……我都听你说过千百遍了，‘晚饭不用餐，整夜寝难安’。”

她一直在假装斋戒，因此普乔兄弟以为一定是斋戒饿得她睡不着觉，在床上打滚。于是他十分天真地对妻子说：“咳，我早就告诉你不要斋戒，但既然你坚持斋戒，就别去想它了，只想着怎么睡着觉吧。你在床上如此剧烈地翻腾，弄得整个房间都在摇动。”

“得啦！别再考虑我的事儿了，”他妻子说，“我知道我在干什么。你只管你自己用功苦修吧，我会尽可能小心干好我的事儿的。”

普乔兄弟不再说什么了，又背诵起他的“我的天父”来。从那天夜晚以后，伊萨贝塔与神甫为他们自己在另一个房间里安放了一张床，在普乔兄弟进行苦修的时间里，他们在那张床上尽情地欢跃。神甫一离去，伊萨贝塔就回到她自己的床上，不一会儿，结束当夜苦修的普乔兄弟又跟她睡在一起。

这位虔诚的第三级教士就这样继续进行他的苦修，而他的妻子与神甫在一起寻欢作乐。她经常对神甫开玩笑地说：“你让普乔兄弟去苦修，而他的苦修却把我们两人径直送入了天堂！”像鸭子喜欢水一样，伊萨贝塔喜欢上了这种偷欢的新生活方式，非常习惯地享用神甫提供的饭食，因此在丈夫完成苦修之后，因为丈夫一直让她吃不饱，她就想办法和神甫在别的地方幽会使自己吃饱，很长一段时间继续与神甫在暗中欢愉，享受着她的乐趣。这样，我们还得回到故事的开头。普乔兄弟以为自己通过苦修就能进入天堂，没想到他的苦修却把指给他捷径的神甫和他总是饥渴的妻子送进了天堂，以慈悲为怀的神甫使他妻子享受到了充沛的甘霖。

故事 5

人称“节日服装”的里恰尔多将一匹骏马送给弗朗切斯科·维尔杰莱西，获准与他妻子谈几句话。弗朗切斯科以为他在这次交易中占了大便宜，殊不知他不是在跟一个傻瓜打交道。

潘菲洛结束了他关于普乔兄弟的故事，这个故事把小姐们都逗乐了。女王随即将庄严的目光落在了爱丽莎身上，命令她接着讲故事。爱丽莎以有点儿辛辣的语气开始讲起她的故事，这并非因为她是一个爱抱怨的人，而是由于她天性好冲动，非要在必要的地方提出批评不可。

世界上有许多自称无所不知的人，他们的麻烦在于，他们以为别人都愚昧无知，经常设圈套捉弄别人，结果却发现是他们自己落入了圈套！我认为无缘无故与别人斗智的人是非同寻常的傻瓜。当然，大家也许不同意我的看法，所以，既然轮到我讲故事了，我想给大家讲一个关于皮斯托亚骑士的故事。

从前在皮斯托亚维尔杰莱西家族中有一个骑士，名叫弗朗切斯科。他不仅很有钱，而且非常聪明能干，但他却是一个最糟糕的守财奴。当他奉命去米兰担任主要行政官时，他把一切需要用来维护他办公室尊严的东西都准备好了，但只差一匹适合其地位的称心如意的骏马，这使他很着急。

当时在皮斯托亚有个名叫里恰尔多的年轻人，虽出身卑微，但却非常有钱。因为他出门总是衣冠楚楚，干净利落，所以人们都叫他“节日服装”。“节日服装”多年来一直爱慕着弗朗切斯科的妻子，但这位极其美丽的女人品行端庄，使他因此不能如愿以偿，他为此闷闷不乐，日渐憔悴。“节日服装”有一匹托斯卡纳地区最漂亮的良种马，是他的珍爱之物。因为“节日服装”被弗朗切斯科的妻子弄得神魂颠倒，这是一件公开的秘密，所以有人建议她的丈夫：“你为什么不去找‘节日服装’，要他的那匹马？他会出于对您妻子的爱把马送给您的。”一贯吝啬的弗朗切斯科派人找来“节日服装”，问可否买他的马，而心中却想让“节日服装”把那匹马作为礼物送给他。

弗朗切斯科的请求使“节日服装”高兴极了，他回答说：“先生，即使您把您所有的财产都送给我，您也买不去我这匹马。但是，您随时开口我都可以把这匹马作为礼物，一分钱不要地送给您，只有一个条件：如果您同意在您得到这匹马之前，允许我与您的妻子说几句话，有您在场，但她和我都要远离任何人，使我们的话不被听见。”

骑士的贪婪得到了激励，他对“节日服装”说他同意，并允许“节日服装”想和他妻子谈多久就谈多久。然后，他带着想欺骗这位求爱者的想法，让“节日服装”在大厅里等着，他自己上楼来到卧室，跟妻子解释说，他能轻而易举地得到这匹马，她要做的事儿就是走下楼，听“节日服装”说几句话，但要小心，一句话也不要回答。妻子说这个做法很不好，但因为丈夫要求，她不得不做，于是就勉强同意了，跟着丈夫来到大厅，听“节日服装”要跟她说什么。

交易条件得到了充分认可，“节日服装”与夫人坐在大厅的另一头，远离任何人，于是他对夫人说：“尊贵的夫人，我确信您非常聪明，您一定早就看出我是多么深地爱上了您，那是因为您的美丽远远超过我所见过的任何美人。您的纯洁善行、您的高贵品德足以使任何一位自尊男人对您赞美不已。所以，我不需要用言词向您表示，我对您的爱情是最伟大的，是任何男人对任何女人所曾感觉到的最强烈的爱情。只要我还可怜地活着，我对您的爱就将继续下去。说真的，如果爱情能超越坟墓，像在这里一样存在，我就将永远爱您。所以，请您相信您所拥有的任何东西，不论贵贱，都并非完全归您掌握，归您支配，而我本人和我所拥有的一切都完全归您支配，因为我值得您完全拥有。为了使您相信我，我向您保证，如果您为了快乐，吩咐我做任何事情，不论什么事情，我都将乐于去做，并将感到比我立刻能够发号施令主宰整个世界都更加幸福。如果我——您听到我说过了——是您的，那我就可以正当地向夫人您提出恳求，只有您，而不是任何其他人，才能使我得到安宁、快乐和拯救。我作为您最恭顺的仆人，请求您——我唯一的、心底的希望，既然我的希望在爱情的火焰中得到滋养，您将对我非常慈善，您将大大缓和您先前对您奴仆的冷酷无情，这样我就可以从您的怜悯中得到安慰，我就可以恰当地说：您的美丽不仅引起了我的爱情，而且挽救了我的生命。如果您高傲的灵魂拒绝我的请求，我的生命将肯定衰败，我将死去，人们就会说我死在您的手上。请别介意我的死将不会给您增添光彩；即使这样，我相信，您的良心有时会责骂您，您会因为造成我的死亡而感到内疚，心情较好时，您会对自己说：'哎呀，我悔不该当初没有对我的里恰尔多更仁慈一些！'可是，哎呀，您将悔之晚矣，而且您因后悔而倍感痛苦。所以，趁您现在还能阻止我的死亡发生，请留神确保它不会发生；请您在我死亡前备受感动，可怜、可怜我吧，因为只有您来决定是让我成为最幸福的人，还是最痛苦的人。我希望，您会真正仁慈地对待我，不会以让我痛苦致死作为对我如此伟大爱情的回报；此刻，我在您的面前，心中充满恐惧，浑身战抖，我希望您能以怜悯的回答让我高兴起来，从而振奋我的精神。"

他不说话了，流下几滴眼泪，发出几声深深的叹息，然后等待着夫人的回答。以前，"节日服装"因为热爱夫人，一直在耐心地向她求爱，向她献殷勤，在她的阳台下唱小夜曲，凡此种种，不一而足，但她都无动于衷。可是，这一番如此热烈的情话的确成功地打动了夫人的心，她开始体会到她以前对他没有过的感觉——爱。尽管她服从丈夫的吩咐，沉默不语，但她还是抑制不住，发出一声奇怪的轻叹，如果她能够给他回答，这声轻叹就是自由奔放的表达。

“节日服装”等了一会儿，见她仍不回答，先是觉得很奇怪，后来渐渐明白了这是她丈夫唆使她这样做的。可是在他仔细观察她的面部表情时，注意到她不时地投来含情脉脉的一瞥，而且听到她不时发出轻微的叹息，虽然这些眼神和叹息表现得十分微弱，但他感觉到了。所以，他有点受到鼓励，于是就想出新的一计，代替夫人做了回答，在她耳边说了下面这番话：“我亲爱的里恰尔多，我当然早就知道你对我的爱情是多么的热烈、多么的完美，你刚才说的那番话使我更加清楚地了解了你对我的爱情，我非常高兴，因为我应该感到高兴！过去我可能对你冷酷无情，但是你不要以为我的面部表情总是反映我真实的情感。远非如此，我一直非常喜欢你，爱你胜过爱任何其他男人，但我是出于小心并为了保护我的名誉才那样对待你。但现在，让我向你表示我爱你的时刻到了。我可以回报你对我的真挚爱情了。所以，请鼓起勇气，振作精神，因为你知道弗朗切斯科就要动身，去米兰赴任主要行政官。的确，你是因为对我的爱，才把你那匹骏马送给他。你完全可以相信，我以一个深爱你的女人的身份向你保证：他一走，你就可以和我在一起朝夕相伴，纵情做爱。考虑到我们可能没有机会再谈这个话题，我现在就告诉你，每当白天你看见我俯瞰花园的卧室窗前挂着两条毛巾时，你就在那天晚上通过花园的门到我这儿来，但要小心，别让人看见，我将在家里等着你，我们将在一起尽情享受长久期待的通宵快乐了。”

他代表夫人讲完这番话后，又以自己的名义说：“我最亲爱的人，您仁慈的回答让我快乐得不知所措，我几乎找不到合适的话语向您表达我的感激之情。即使我能随心所欲地自由表达，我就是无休止地说上很长一段时间，也不能足以表达我想要对您表达和我应该对您表达的衷心谢意。我可否请您用您的想象力去接受我不能用言辞表达的深情呢？我想要说的千言万语汇成一句话，那就是：我一定照您刚才吩咐的去做，一旦我从您允诺给我的礼物上汲取到力量，我将尽我的最大力量向您慷慨地表达我对您的谢意。好啦，我现在没有更多的话要说了。我最心爱的人，愿天主满足您的心愿并赐给您幸福。”

弗朗切斯科的妻子始终没说一句话。“节日服装”站起身来，向大厅另一头的丈夫走过去，那位丈夫也迎了过来。“喂，你觉得怎么样？”骑士笑着问，“我履行诺言了吧？”

“没有，先生，”“节日服装”回答说，“您答应我同您妻子谈话，可是跟我谈话的却是一尊大理石雕像。”

弗朗切斯科听他这么说感到非常高兴；他原本就对妻子的十分敬重现在变成了无限敬重。“那么，你的那匹骏马现在明明白白地归我了。”他说。

“对，归你了，先生。”“节日服装”回答，“如果我早料到您的许诺只会给我这样的益处，我当初就应该不向您提出任何要求而把马白白送给您。我真后悔向您提出了条件，如今您买进了一匹马，却不是我卖给您的。”弗朗切斯科听了哈哈大笑。

几天后，弗朗切斯科骑着这匹骏马去米兰担任主要行政官了。他妻子独自一人留在家里，倒也觉得自由自在。她想起“节日服装”跟她说的话，他是多么的爱她——哎呀，他出于对她的爱把自己的骏马都送给她丈夫了。她见“节日服装”经常在她房前走来走去，对自己说：“我在干什么呀？我为什么要白白浪费我的青春？我丈夫去了米兰，六个月后才能回来。他何时能补偿我的青春损失呢？等我成了老太婆他再来补偿吗？再说，我何时能再有另一个像‘节日服装’这样的求爱者呢？家里只有我一个人，没有可担心的人。我为何不晒草要趁太阳好——抓住这一时机及时行乐呢？机会不可复得，而且不会有人知道。即使有人知道了，那又有什么要紧？我宁愿做了这事儿，然后忏悔，免得将来因没抓住这一机会而懊悔不迭。”这样一番思考之后，有一天，她果真按“节日服装”说的那样，在花园上面卧室的窗户前挂上了两条毛巾。“节日服装”看见那两条毛巾，高兴极了。那天晚上，他独自悄悄地来到她家的花园，发现园门是开着的。

他穿过了花园，来到通往夫人家的另一道门口，发现夫人正在那儿等候他。夫人一见他进来，就立刻起身，迎上前来，张开双臂欢迎他。他们不停地拥抱、亲吻。然后“节日服装”跟夫人上了楼。过了一会儿，他们在床上相互拥抱，纵情享乐。这是他们的第一次幽会，但绝不是最后一次，夫人的丈夫在米兰任职期间，甚至在他任职期满回家之后，“节日服装”一直是夫人的常客，他们相互给予和获得满足。

故事 6

卡特拉深爱自己的丈夫菲利佩洛·西吉诺尔佛，结果却发现自己躺在公共澡堂的一间黑屋子里。她在这里赴了一个错误的幽会，对方竟然是里恰尔多·米努托洛，于是产生了无法预言的结果。

爱丽莎的故事讲完了，女王很赞赏“节日服装”的精明，然后命令菲亚美塔接着讲故事。菲亚美塔眨了一下眼回答说：“遵命，夫人，”于是这样开始了她的故事：

我们这个城市里无奇不有，各种话题的事例取之不尽；但我们必须像爱丽莎那样，把它撇开一会儿，讲讲世界上别的地方发生的事情。所以，我们要去那不勒斯看一看。我的故事讲的是，那不勒斯有一个端庄、正派的夫人，她像你们一样总是对性表示厌恶，而她狡猾的情人却引诱她在嗅到花香之前，先尝到了禁果。这个故事不仅会给现在的大家提供一点儿乐趣，而且对于大家的未来生活是一个足资教训的实例。

那不勒斯是意大利一座非常古老的城市，它也像任何其他城市一样是一座令人愉快的城市。城里曾经有一个青年，名叫里恰尔多·米努托洛①；他出身门第极高，财富多得简直令人眼花缭乱。他妻子是一个最美丽、最迷人的女人，但他却仍然爱上了另一个被公认为全城第一美人的夫人；那位夫人的名字叫卡特拉②，是另一位出身名门的青年菲利佩洛·西吉诺尔佛的妻子。卡特拉十分贤惠，很爱自己的丈夫。爱上卡特拉的里恰尔多，做了一个男人为赢得一个女人的欢心和爱情所应做的一切，可就是不能接近目标，他真感到不知所措了；他压不住、也不想压住他强烈的爱欲，他既不能求死，也找不到活在世上的味道。正当他处于如此困境之际，有一天，他亲戚中的几位夫人强烈地督促他停止对那位夫人的求爱。她们说，卡特拉的眼睛只盯着丈夫，对他的占有欲极强，她甚至担心空中飞过的每一只鸟都打算把丈夫从她身边夺走，因此，里恰尔多是枉费心机。但他听说卡特拉有如此强烈的占有欲后，突然计上心来，打算利用卡特拉的占有欲达到自己的目的。他假装放弃了得到卡特拉爱情的希望，并将自己的爱转移到另一位夫人③身上，他开始接受那位夫人情人的挑战，争当她的得胜者，从此以后把以前向卡特拉献殷勤改为向那位夫人献殷勤。不久，那不勒斯全城的人，包括卡特拉本人都认为里恰尔多不再纠缠卡特拉，而是爱上了那位新的夫人；而且他一直坚持这样做，使大家的看法变成了坚信，以至于卡特拉本人对他也不像以前阻止他献殷勤时那样严肃了，见到他时像跟任何其他朋友或邻居一样热情地和他打招呼。

这时天气热了，碰巧许多男男女女按那不勒斯的风俗，成群结

①米努托洛：与第二天故事中的已故大主教同一家族。

②卡特拉：《卡西娅·迪·黛安娜》中的美人之一，名叫卡特拉，并非真的是西吉诺尔佛的妻子。

③另一位夫人：传统的烟蒂；见但丁，Vita nuova,V.

队地去海边吃午餐或晚餐。里恰尔多知道卡特拉要去参加这样的郊游，便和他自己的一伙人也去了同一地点。卡特拉一伙的夫人们欢迎里恰尔多跟她们一起玩。他表现出很不情愿的样子，直到她们一再邀请，才迎合她们，假装很爱他的新欢，这使她们就此话题越发谈论不休。后来，像这样的游玩经常发生的那样，那些夫人们一个一个地分头玩耍去了，只剩下里恰尔多、卡特拉和她的一两个女友留在原处闲聊着。他漫不经心地讽刺说，她丈夫菲利佩洛是一个对女人献殷勤的人。这句话刺激了她，使她醋心大发，暗自怒不可遏地要把里恰尔多这句话的意思弄明白。她只抑制自己的感情一小会儿，但最后还是向里恰尔多屈服了，恳求他看在自己曾是他深爱的人的份上，把他那句话的意思跟她解释清楚。

“既然您以我情人的名义恳求我，您的任何请求我都不敢拒绝，”里恰尔多说，“我愿意告诉您。但您必须答应我，关于这件事，您一个字也不对您丈夫或任何其他人讲，直到您亲眼看见我将要告诉您的真实情况。无论什么时候您愿意，我都能教给您如何亲自验证这回事儿。”

卡特拉表示不反对他的要求。而且信了他的话，许诺不说出一个字。于是他把她拉到一边，来到别人听不到他们谈话的地方，对她说：“如果我仍像以前那样爱着您，我绝不敢把任何可能使您伤心的事情告诉您。但既然我对您的爱已成过去，我就不妨坦率地把事情的真相都告诉您吧。我不知道菲利佩洛是否因我过去爱您而见怪，还是他相信您回报了我的爱，不论怎样，他对我从未做过任何表示。也许他在等待着我不防备的时机，因为他现在似乎想要对我做出那种我会对他做出的事情，这一点我不怀疑，他一直在担心。就是说，他要向我妻子求欢。我发现，就在最近他私下里纠缠我妻子，但我妻子把一切都告诉了我，而且我让我妻子按照我的话回答了他。就在今天早晨我来这儿之前，我发现我妻子和一个过路的女人秘密交谈；我立刻认出她是哪儿的人，于是我把妻子叫过来，问她那个女人要干什么。她告诉我：'是那个讨厌的菲利佩洛派来的。前几天我按你的话答复了他，激起了他的希望，你现在把我和他真正地粘在一起了。他说，他想知道我究竟打算怎么办。他说，如果我愿意，他要安排在城里的公共澡堂里与我秘密幽会。他一再催促我去赴这个幽会。要不是你让我与他保持交往，天知道这是为什么，我早就打发他了，并且让他对我彻底死了心。'到了这一步，我觉得事情走得够远的了，而且到了不能容忍的地步，我决定让您知道这件事，这样您就会认识到，您对丈夫的一片忠心得到了什么样的回报，而您对丈夫的一片忠心不久前却差点要了我的命。因为我不想让您以为我在编造这个故事，如果您愿意，您可以亲眼看到这件事儿的全部：我让我妻子告诉那个女人，她准备好在明天下午中段时间，当人们还在午睡的时候，去与他幽会。那个女人得到这个答复，高高兴兴地回去了。当然，我认为您并不希望我真的让我妻子去赴约。如果我是您，我会让他在那儿见到的是您，而不是他期待的女人，在您跟他一起厮混一会儿后，您再让他知道他是在跟谁睡觉，并就此直言不讳地责备他。我想，那样您就会让他彻底地受到羞辱，就会因为他企图在您与我身上玩弄卑鄙花招而对他进行了报复。"

卡特拉毫不犹豫地相信了他的话，完全不考虑告诉她这些事情的人是谁，或根本没想一想这些话是否有点儿靠不住，那些好妒忌的人往往如此。而且，她把过去发生的一些事情与她听到的这种新的情况联系起来。"那正是我想要做的，"她生气地说，"那不用费很大劲儿，请相信我，如果他来了，我一定要让他羞得无地自容，让他记住这个教训，再也不会看另一个女人了。"

里恰尔多对这一步非常满意，认为他干得很顺利，一切都在按计划进行。他又跟她说了许多话，让她对此深信不疑，并请求她无论如何不要告诉任何人，说这事儿是从他那儿知道的。她以自己的名誉向他保证，绝不告诉任何人。

第二天早晨，里恰尔多去见一个水性杨花的女人，她就是里恰尔多向卡特拉提起的那个公共澡堂的女主人。他对那女主人讲了他打算要做的事情并请求她尽力帮助，使他的计划顺利实施。那位女主人对他表现出一片好心，说她当然会帮助他，并和他一起商量到时她该做什么、说什么。那个澡堂里有一个没有窗户、自然就没有光线的房间，里面几乎漆黑一团。女主人按照他们两人商量的，把那个房间准备好，在里面放了一张床，安排得十分舒适。午饭后，里恰尔多在那张床上躺下来，等待卡特拉的到来。

卡特拉过于相信里恰尔多的话，那天晚上回到家里情绪低落，恰巧当菲利佩洛回家时也因自己的事情心事重重，所以没有像平时那样与她亲热地打招呼。这使她更加怀疑，她心里想："很明显，这家伙是在想着那个明天将与他一起做爱的女人，那简直是在做梦。"这天夜里的大部分时间她都在这样想着，背诵着第二天他们在一起时她要责备他的那些话。第二天下午中段时间到了，卡特拉在一个女人陪同下，按计划来到了里恰尔多指定的那个澡堂。她问女主人菲利佩洛今天是否在澡堂里。

那位澡堂女主人按里恰尔多教给她的话问："您是那位要来在这儿和他谈话的那位夫人吗？"

"是的。"

"好的。您会在这儿见到他的。"

寻求她本不愿意看到的那一幕的卡特拉，被领进了里恰尔多等待着她的那个房间。她脸上蒙着面纱，走进去，随后锁上门。里恰尔多见她进了屋，非常高兴，站起身来，将她搂在怀中，轻柔地对她表示欢迎。卡特拉为了保证不暴露自己，拥抱他、亲吻他，对他亲热有加，但她一句话也不说，唯恐对方通过她的声音认出她来。房间里几乎一片黑暗，这对他们两人都非常合适，他们的眼睛也很容易地习惯了这种黑暗。里恰尔多把她抱到床上，他们谁也不说一句话，唯恐他们的声音暴露自己，只是从容地、长久地、尽情地领受到对方给予的极大快乐。

相互得到了满足之后，卡特拉觉得自己发泄心中义愤的时候到了，突然愤怒地说出这些话来：“唉，我们女人中的大多数是多么可怜啊！许多妻子对她们丈夫的忠贞爱情得不到应有的回报！八年来，我爱你胜过爱我自己的生命，更倒霉的是，我听说你正在热恋着另一个女人，你这个肮脏的畜生！你以为你一直跟谁生活在一起？你一直跟一个睡在你身边八年的女人生活在一起！在这么长时间里，你一直用甜言蜜语欺骗她、假装爱她，而你的心却在别的女人身上。我是卡特拉,不是里恰尔多的妻子,你这个背信弃义的可耻小人。听着：难道你听不出这是我的声音吗？的确是我。我恨不得我们马上回去，在光天化日之下，我要让你为你的可耻而脸红，因为你罪有应得，你是一头令人作呕的猪！天哪，可怜可怜我吧！想一想这些年来我慷慨给予你的全部爱情吧！全都给了这个伪君子畜生！他竟然以为他怀里搂抱着的是另一个女人，就在刚才我跟他在一起的一会儿时间里，他对我的温存和爱抚竟多于我们婚后生活八年的时间！今天你真是够强壮有力的，你这条狗；而在家里，你总是萎靡不振，一身疲软！多谢天主，你是在耕耘你自己的田地，而不是如你以为的是在耕耘别人的田地。怪不得你昨天夜里不跟我亲近！原来你是在养精蓄锐，准备把你的甘霖发泄到别处，而且想以精力旺盛的骑手身份进入竞技场。赞美天主和我的精明吧，自家的肥水还是沿着给它指定的正确渠道流进了自家的田地里。咳，你为什么不回答，你这个坏蛋？你为什么不说话？你变成哑巴了吗？我不知道是什么不让我用手指戳你的眼睛，把你的眼睛挖出来！你以为你可以偷偷摸摸地背叛我，可你并不十分聪明！你并未如愿以偿——做了坏事而不被发觉。你从未料到我会这么快地抓住你，是吧？”

这些话，里恰尔多听起来，简直跟音乐一般地美妙。他不答话，只是一个劲儿地拥抱她，亲吻她，更热烈地爱抚她，于是她又大声说：“你以为你用这种装模作样的亲热就能说服我，让我消气？不，这没用，你这坏种。直到我向你的每一个亲戚、我们的所有朋友和邻居揭穿你的本来面目，我才会高兴。告诉我，难道我不像里恰尔多妻子一样漂亮吗？难道我不跟她一样出身高贵吗？咳，回答，该死的！她什么地方比我好？滚开，别碰我！你这一天勾引的手段要得够多了。我非常清楚，你现在已经发现我是谁了，你在格外拼命地跟我亲热，完全是假装的。如果天主帮我的忙，我以后总叫你吃不着饿得慌。我不知道什么阻止我不把里恰尔多叫来陪伴我，他爱我胜过爱世界上的一切，可他从未能夸口说我曾看过他一眼。我不知道我把他叫来有什么不好。你以为你是跟他的妻子在这儿睡在一起，那就跟你干了这事一样。她没来，并非由于你的原因。好吧，如果今后我叫他来陪我，你可没有正当理由反对我！”

接着，卡特拉又哭诉了很多、很久，直到最后里恰尔多决定暴露自己，不再欺骗她了，否则，如果让她继续持有这种误解，事情会变得非常糟糕。于是，里恰尔多把她拉在怀里，紧紧搂住，使她不能逃脱，然后对她说：“别生气，亲爱的。爱神教给了我一条妙计，使我得到了我仅凭爱您而不能得到的东西。我是您的里恰尔多。”

卡特拉听出了他的声音，立刻挣扎着要从床上起来，但却办不到。她想大声喊叫，但里恰尔多用一只手捂住她的嘴，对她说：“您瞧，现在木已成舟，您就是大声喊叫一辈子也无济于事。如果您大声喊叫，或以任何方式让外边的人知道这件事儿，将会引起两种后果：首先，您的名誉和声望将会受到玷污，这一定是您最关心的事儿。您可能会说是我把您骗到这儿来的，而我会说这不是真的，您来这儿是为了得到我答应给您金钱和礼物，因为我没有如您期待的那样履行诺言，您就生气了并这样大吵大嚷；您知道，人们都喜欢相信最坏的事情。他们可能相信我的话，而不会相信您的话。另一个后果是，您的丈夫与我将会成为不共戴天的仇敌，事情将最后闹到这样的程度：我可能杀了他，他也可能杀了我，那将招致您幸福的终结。所以，我的宝贝儿，不要给自己带来耻辱，也不要使您丈夫与我结下不解之仇，酿成杀身之祸，您不是第一个，也不会是最后一个受骗的女人，我并不是为了破坏您的贞节来骗您，而是出于我对您最强烈、最丰富的爱，而且我将永远如此爱您，我愿永远做您最忠实的奴仆。既然我、我的一切、我的能力与才华，长期以来一直完全归您支配，今后应继续如此，只能更加如此。在所有其他事情上，您是一个聪明的女人，我知道在这件事上，您也不会糊涂。”

里恰尔多这样说着时，卡特拉一直泪雨倾盆。但无论她怎样生气和悲伤，对他直率的话语还是给了足够的重视，意识到他的话有道理，他预言的后果有可能发生。因此，她说：“里恰尔多，天主知道我将怎样忍受你在我身上施加的污辱和欺骗。我不想在这儿大叫大嚷，是我自己的头脑简单和过分妒忌把我带到这里来；但你会很清楚，因为你污辱了我，在我以某种方式对你进行报复之前，我是不会善罢甘休的。所以，别拉着我，让我走吧。你已经得到了你想得到的，你已经心满意足地欺骗了我。该放我走了。求求你，放我走吧。”

里恰尔多意识到她仍然怒气冲天，决定直到得到她的原谅后再放她走。于是，他用好言好语安慰她、劝说她、恳求她，最后终于说服了她，使她与自己言归于好。然后，经一致同意，他们又在一起极其快乐地玩了好大一会儿。此时，卡特拉感觉到在情人的爱抚中所得到的乐趣远比在丈夫的爱抚中得到的多，因此她此前的愤怒、冷酷现在化成了对里恰尔多的柔情蜜意。从那天以后，她就始终最深切地爱着里恰尔多；他们经常秘密地幽会，想方设法享受爱情的快乐。愿天主也允许我们享受爱情的快乐吧。

故事 7

特达尔多被情人赶出房门，一气之下背井离乡，几年后扮作香客回来，但大家都以为他已被人杀害了。他如何重获情人的欢心并恢复人们之间的和谐。

菲亚美塔的故事讲完了，受到大家的齐声称赞。女王不想浪费时间，立刻命令艾米莉亚接着讲故事。于是，她这样开始讲述：

前面两位讲的是别的地方的故事，我想回到我们自己的城市里来，讲一个佛罗伦萨人如何失而复得他的情人的故事。

从前佛罗伦萨有一个贵族青年，名叫特达尔多·戴戈里·艾利塞伊。他强烈地爱上了一位夫人，认为她品貌俱佳，这位夫人是阿尔多布兰迪诺·帕莱尔米尼的妻子，名叫艾尔梅丽娜，她也认为特达尔多人品好，值得她爱，于是他们相互满足对方的心愿，一起享受爱情的快乐。然而，命运之神可不是快乐的朋友，偏偏与特达尔多作对：那位夫人与他相好一段时间后，不知什么原因，突然断绝与他来往，既不听他捎去的口信，也不愿见到他。这使他心中十分痛苦。因为他一直与那位夫人秘密相爱，所以谁也想不到他是为这事闷闷不乐。他用尽各种办法，试图重新得到他无缘无故失去的爱情。但他发现一切努力都是枉然，于是决定离开家乡，不让她（使他痛苦的人）看着他日渐憔悴而幸灾乐祸。他带好了尽可能凑齐的现款，悄悄地离开了佛罗伦萨，除了一位密友之外，没跟任何朋友或亲戚打招呼。他来到安科纳，改名为菲力波·迪·圣洛德乔。他在这里结识了一位富商，做了他的仆人，与他一起乘船去了塞浦路斯。

这位富商非常欣赏他的文雅举止和稳重性格，不仅给他优厚的薪水，而且让他当自己的合伙人，把大部分商务交给他办理。他兢兢业业、勤勤恳恳地工作，几年后他就凭自身的能力成为一位殷实、有名的富商。尽管他经常想起那位冷酷无情的夫人，仍然深深地爱着她，并渴望再见到她，但他非常专心致志地处理商务，因此他在整整七年的商战中大获全胜。但碰巧有一天他在塞浦路斯听到有人唱他过去经常唱的一首歌，这首歌表达了他与那位夫人之间的爱情，描写了他们在一起的快乐。他对自己说："她不可能把我忘掉。"这首歌激起了他要再见到那位夫人的冲动，使他再也无法忍耐下去，于是他决定回佛罗伦萨去。

他把一切事务安排妥当后，只带一个仆人陪伴回到安科纳。他把自己在那里的财产很快收拾好，全部发往佛罗伦萨，交给他的安科纳合伙人的一个朋友保管；他自己扮作一位朝拜圣墓归来的香客，带着仆人随后秘密返回佛罗伦萨。到达佛罗伦萨后，他住进一家由兄弟俩开的小旅馆里，离那位夫人家很近。他的第一件事就是来到他情人的房前，看看能否见到她；只见门窗紧闭，他不禁强烈地怀疑那位夫人不是死了，就是搬家了。然后，他心情极为烦乱地向自己的兄弟家走去，发现四位兄弟都在外面，站在房前，都身着黑色丧服，这使他大为惊讶；他意识到自己的穿戴和相貌与他离家出走时变化很大，不会被人轻易地认出来，便自信地向一个鞋匠走去，问他这兄弟四人为什么都穿着丧服。

那位鞋匠回答说："他们身穿丧服是因为他们的一个兄弟不到两星期前被人杀害了。那位兄弟名叫特达尔多，很长时间不在这儿了。我听说，他们已经在法庭上证实，他是被一个名叫阿尔多布兰迪诺·帕莱尔米尼谋杀的，那个人已被逮捕了。特达尔多过去与他妻子相爱，最近隐匿姓名身份，回来与她幽会。"

特达尔多非常吃惊，竟然有人长得跟他如此相像，被错看成是他；他又为阿尔布兰迪诺遭此灾难而感到难过。他得知那位夫人安然无恙。他见天色已晚，就返回旅馆，思绪重重，激动不已，又因晚饭没有吃好，半夜过去了，特达尔多始终未能睡着。所以，正值午夜时分，他似乎听见有人从房顶上爬下来，走进房内。他透过门缝，看见有人持着一盏灯走上楼来。他悄悄靠近门缝，向外窥视，想看个明白，原来是一个非常美丽的姑娘提着那盏灯，从房顶上爬进来的那三个男人向她迎过去。相互打过招呼后，其中一个男人对那位姑娘说："感谢天主，我们现在可以放宽心了。我们清楚地了解到，那四位兄弟已经把特达尔多·艾利塞伊的死归罪到阿尔多布兰迪诺·帕莱尔米尼身上了。他已认罪，法庭也已做出裁决。即使这样，我们最好还是不要乱说。如果走漏了风声，让人知道了那事儿是我们干的，我们就会跟他一样处境危险。"他的话使那位姑娘非常高兴，然后他们就下楼睡觉去了。

这些话使特达尔多沉思起人们的头脑可能犯下的多种多样的错误。他想到他的兄弟们。首先，他们为一个陌生人哭泣，把那人当成他埋葬了，然后他们根据错误的怀疑，指控了一个无辜的人，又在虚假证人的支持下，使那无辜者被判死刑。他还想到法律和法官盲目断案的残酷性，他们经常打着认真调查事实真相的幌子，滥用酷刑来证明谎言。他们称自己是天主任命的公正的执行者，而实际上他们是图谋邪恶的魔鬼的工具。然后，他转而思考如何搭救阿尔多布兰迪诺并确定了行动的步骤。

第二天早晨起床后，他把仆人留在旅店里，选好时机独自一人来到他情人的家门前。他碰巧发现门开着，就走了进去，见他的情人坐在一楼一间小屋子的地板上（哀痛者往往这样），眼睛都哭肿了，依旧悲伤不已。他对此情此景的怜悯几乎让他流下泪来；他走到夫人身边，对她说："夫人，不要悲伤了。您很快就要得到安宁了。"

艾尔梅丽娜听他这样说，就抬起头来，一边哭一边说："善良的先生，你好像是外地来的香客：你怎么会知道我的烦恼或安宁？"

"我是君士坦丁堡人，刚刚到达这里。天主派我来把您的眼泪化成欢乐，并搭救您的丈夫免于一死。"

"如果你是君士坦丁堡人，又刚刚到达这里，你怎么会知道我的丈夫是谁，我又是谁呢？"

这位香客讲述阿尔多布兰迪诺所遭受磨难的全部经过，还说出了她是谁，她结婚多长时间了，还说了许多与她有关的他非常了解的事情。艾尔梅丽娜感到非常惊讶，视他为先知，跪倒在他的脚下，恳求他看在天主的面上，如果他真的是在搭救阿尔多布兰迪诺的，就赶快行动，因为时间不多了。

这位香客装作一位非常圣洁的人，说：“夫人，请起来不要哭；请仔细听我说，千万小心，一句话也不要告诉别人。根据天主对我的启示，您当前的磨难是您过去犯下的罪过所招致的；天主以这场磨难来洗刷您的罪过，他要求您充分补救您的过失，否则您会陷入更大的灾难。”

“先生，我的罪过太多了。我不知道天主要求我具体补救哪一个罪过。所以，如果您知道，请告诉我，我将尽力去补救。”

“我非常清楚那是哪一个罪过，如果我问您问题，不是要发现更多的罪过，而是要使您自己讲出这个罪过，以此加深您的悔罪。现在请您告诉我，您还记得您曾经有过一个情人吗？”

艾尔梅丽娜听他问及此事，深深地叹了一口气，感到非常惊讶，因为她以为一直没人知道这件事，只不过在被错当作特达尔多的那个人被谋杀和埋葬期间，因特达尔多的密友曾不慎露出口风而有一两句谣言而已。她回答说：“我明白了，既然天主把每个人的秘密都告诉了您，所以我也不想对您隐瞒我的秘密了。我年轻时的确与一位不幸的年轻人深深相爱过，就是被人杀死在我丈夫门前的那个人。我为他的死哭过多次，他的死之所以令我悲伤，是因为不论在他出走之前我对他怎样冷酷无情，他的出走、他的不在、他的惨死都未能把他从我心中赶走。”

“您从未爱过那个被杀害的可怜的小伙子；您爱的是特达尔多·艾利塞伊。但是，请您告诉我：是什么使您与他断了往来？他曾经伤害过您吗？”

“不，他从来没有伤害过我。我和他断绝往来，是因为听了一位该死的神甫的话。有一次我向他忏悔时，告诉了他我对特达尔多的爱和我们之间的亲密关系；他听了后，对我吹胡子瞪眼，那副凶残的样子至今我一想起来还是怕得浑身发抖：他说，如果我不放弃与特达尔多的私情，我就会掉进魔鬼的嘴里，落入地狱最深处，忍受地狱之火烧烤的折磨。这可把我吓坏了，我决定与他断绝关系，回避各种与他有关的场合，所以我拒绝接受他的任何信件和口信。但是我想，如果他坚持下去，而不是绝望地远走他乡，我见他像太阳下面融化的积雪一样日渐憔悴，我一定会改变主意、心软下来，因为在这个世界上我爱他胜过爱一切。”

然后，这位香客对她说：“现在就是这个罪过给您招致了灾难。我非常清楚，特达尔多没有以任何方式强迫过您。您爱上他是出于自愿，因为您喜欢他，他是按您自己的心愿来和您幽会，与您相亲相爱；您亲热的言行向他表明您是心甘情愿的；如果他在您之前爱上了您，您又使他对您的爱增大了一千倍。如果情况就像我知道的那样，是什么使您如此坚决地与他绝情呢？这样的事情您本应该一开始就慎重考虑，如果您只认为您本应该好好考虑那件事，并认为那件事做错了，那么您首先就不应该那样做。他成了您的人，您也就成了他的人。他是否能成为您的人，完全取决于您，您想怎样做就怎样做。但是当您属于他后，您又把您从他那里夺走，那就不够正直了；只要他不同意，那就是一种偷窃行为。

“现在，我要让您知道我就是一个神甫，我很了解教会里的那些人。所以，如果我为了您的利益严厉地对待他们，这个嘛，我比其他人更有资格这样做。我想跟您谈谈那些神甫，使您今后更了解他们，迄今为止您似乎并不了解他们。从前，神甫们通常都是一些最善良、最圣洁的人，但是如今自称为神甫并希望人们把他们当作神甫对待的人，除了他们身上穿的带头巾的僧衣外，与过去那些神甫毫无共同之处；甚至这些具有牧师职位的人也没有一点儿过去神甫的气味，虽然教会的创始人规定神甫穿粗布制作的、普通的、不摆架子的衣服，使神甫们通过穿这种简陋的衣服来保持唾弃世俗生活的精神，但如今的神甫们并非如此：他们的僧衣裁剪得又宽又大，用最漂亮、最光滑的布料做成，而且带有衬里，看上去豪华诱人。他们穿着这样的僧衣，就像俗人穿着华丽的服饰一样，在教堂里、广场上大摇大摆地走，肆意炫耀，一副恬不知耻的样子。就像那些用重网把河里的一大群鱼全打上来的渔夫一样，神甫们用他们宽大的僧衣去尽可能多地集拢虔诚的老处女、寡妇和其他愚蠢的男男女女，那就是他们所关心的一切。如果您想知道真相，那么我告诉您，那些人并没真穿着神甫的僧衣，只不过是同样颜色的衣服而已。过去的神甫追求拯救众生，而今天的神甫只追求女人和金钱。他们唯一关切的事是用恐吓和打扮得俗不可耐的形象来扰乱那些脆弱的头脑，并向他们证明信徒们的施舍和神甫们为他们所做的弥撒能补偿罪过；这样，那些不是出于虔诚的信仰而是因为好吃懒做、贪图安逸才在这行乞的修道院里栖身立命的家伙们，快乐地享受着这个人送的面包，那个人给的葡萄酒，还有人为请他们超度亡灵而准备的晚宴。我并不否认祈祷和施舍能补偿罪过；但是，如果那些施舍的人看清了他们把施舍物给了谁，了解了受施舍的人，他们就会宁愿把那些东西留给自己享用或倒给猪吃①。因为神甫们很清楚，分享一大笔财富的人越少，每个参与者得到的就越多，所以他们运用恐吓的手段把其他人赶走，把好东西留给自己独自享用。他们责骂男人淫荡，不让男人再干好色之事，目的是把女人留给他们自己受用。他们谴责高利贷和不义之财，并断言高利贷和不义之财会使其主人走向地狱，这样高利贷者和获取不义之财的人就把补偿罪过的钱给了他们，他们就用这笔钱为自己做宽大的僧衣，或用作贿赂以谋取主教职位和其他牧师职位的提升。当他们因为干了各种应受指摘的事情而受到人们责备时，他们的回答是："请按我们说的去做，不要按我们做的去做。"他们以为这样一说就非常恰当地免除了自己的责任，好像羊群比牧羊人更坚定、更正直而不受诱惑。大多数神甫实际上都知道，许多得

①把那些东西倒给猪吃:(《圣经·新约全书》中的)《马太福音》7:6。

到这一回答的人并不懂得那句话的含义。今天的神甫们要求你们按他们说的去做，就是要你们把他们的钱包填满，让他们了解你们的秘密，要求你们贞洁、忍耐、逆来顺受、不诽谤别人——这些都是好的、正直、圣洁的事情，可是他们为什么要求你们这样做呢？为什么，就是为了他们能干而他们本不应该干的事情。谁都知道，过游手好闲的生活需要钱。如果你们把钱随心所欲地挥霍掉，神甫们就不能在修道院里优哉游哉了。如果你们俗人都去追女人，神甫们就没有女人可追了。如果你们不忍耐、不逆来顺受，神甫们就不敢上门来败坏你们家的名声了。我不必费事把他们的丑恶目的全部讲出来。很多人都看得很清楚，每当他们在看穿了他们真正目的的人面前，用这种辩解炫耀自己时，他们就同时揭露了自己。如果他们不相信自己能纯洁、神圣，为什么不留在家里呢？如果他们确实想纯洁、神圣，为什么不遵守另一条《福音书》教诲："基督开始言传身教"① 呢？让他们首先以身作则，然后再来教训别人吧！我亲眼看见上千个神甫调戏、追求、玩弄妇女，其中包括在布道台上捶胸顿足、声色俱厉地谴责这种行为的神甫。此外，在这个世界上，他们不仅玩弄良家妇女，而且引诱修女。

"难道我们要听这种人的教诲吗？想听的人就让他们听去吧，但是天主知道那样做是否明智。还有，即使那个神甫对您的训斥不容否定，违背对婚姻的忠诚是非常邪恶的，难道偷去一个男人的心上人不是更加邪恶吗？难道谋杀他、迫使他流落他乡、使他成了一个身无分文的漂泊者不是更加邪恶吗？没有人会说不是的。一个女人和一个男人有不正当的性关系是因本能而犯罪；当她抢劫他或杀害他或驱逐他时，就是在蓄意犯罪。我已经说明，您先是把自己自愿地送

---

①基督开始言传身教:《马太福音》4:23;《马可福音》1:21;《路加福音》4:18。

给了特达尔多，然后您又把您自己从他身边夺走，这无异于抢劫了他。更有甚者，您知道他是您的一部分，而您那么冷酷无情地对待他，如果他由于您而自杀，那么您岂不就是杀害他的人。法律认为，促成犯罪的人是犯罪者的同犯。不可否认，是您使他流落他乡，在外漂泊了七年。所以，您犯下了这三种罪过中的一种，这种罪过比您与他私下来往严重得多。但是等一下，也许特达尔多应该受到这样的对待？绝对不应该，因为您已经完全承认了这一点。此外，我知道他爱您胜过他爱自己生命这一事实。在任何坦诚地、自由地谈起您的场合，他总是赞美您、颂扬您，把您看得高于所有其他女人。他把所有财产、荣誉、所有自由都交给了您。难道他不是一个出身高贵的年轻人吗？难道他不是城里最漂亮的男人之一吗？难道他对所有属于年轻人的技能不是都颇有造诣吗？难道他不是受大家欢迎、受大家喜爱的吗？您不会否认这一切的。那么，您怎么能就因为听了某个嫉妒成性、愚蠢的神甫的话就对他冷酷无情了呢？我简直不理解那些女人，她们刚愎自用，轻蔑地拒绝男人，不能欣赏男人，然而，如果她们认真考虑一下男人是哪一类人，天主将多么高尚的品质赋予了男人，使男人高于其他一切生物，她们就应该为被一个男人所爱而感到自豪，她们就应该比对任何其他事物都更珍惜他，这样，他就将永远坚定不移地爱她们。好吧，您很清楚，您听了那位神甫的话就冷酷地对待您的情人；毫无疑问那位神甫是您用奶油面包喂饱的胖子之一。我想，他的目的是把别人赶走，自己取而代之。那么，这正是公正的天主不能不惩罚的罪过，天主从来都是不偏不倚地伸张正义：正如您毫无理由地把您自己从特达尔多身边夺走，您丈夫也被毫无理由地使之陷入危险之中，您也因特达尔多遭受痛苦。如果您想摆脱痛苦，那您必须保证做、而且首先要做的事儿就是：如果有一天特达尔多结束他的长期流浪回到家乡，您要把对他的好感、爱情和亲密都还给他，恢复在您愚蠢地听信那个白痴神甫的话以前他在您心中所占的地位。”

香客结束了他的长篇演讲。艾尔梅丽娜仔细听着他讲的每一句话，觉得句句在理，并相信她的痛苦来自于这位香客所描述的罪过。她说："天主的使者，我非常清楚您讲的这些事情是真实的，您的话是有道理的，非常感谢您指点迷津，使我认清了这些神甫的本来面目，在此之前我一直把他们当成圣洁的人。我毫无疑问地承认，我那样对待特达尔多是非常错误的；如果我能，我一定非常高兴地按您说的办法补救这一过失。但是，这怎么补救呢？特达尔多不可能回来了，他死了，所以我看不出答应您去做不可能做到的事情有什么意义。"

"不，根据天主对我的启示，特达尔多没有死。他活着，如果您把对他的爱还给他，他会活得更加健壮。"

"请想想您说的话吧，我亲眼看见他的尸体躺在我家门外，是被人捅了好几刀死的。我把他抱在我的怀里，用我泪水为他洗面，也许因为这个缘故，一些人才散布卑劣的流言蜚语。"

"不管您怎么说，我都向您保证，特达尔多还活着；如果您想让他回来，您就做出把爱还给他的保证，我相信您很快就会见到他。"

"我当然会那样做的，"她说，"任何事情都不会比我能见到丈夫安然无恙地释放回家，见到特达尔多还活着，更令我高兴的了。"

这时，特达尔多觉得表明自己的身份、用对她丈夫获救更肯定的希望来鼓励艾尔梅丽娜的时候到了。"请听着，"他说，"关于您的丈夫，我要给您某种安慰，但这是一个很大的秘密，您必须用生命来保守它，千万不要泄露出去。"

夫人见只有他们两人在一个僻静之处，与这位看上去如此圣洁的香客在一起，感到很放心。所以，特达尔多掏出一枚戒指①，那是他们最后一个夜里幽会时艾尔梅丽娜送给他的，他一直尽可能小心

①戒指：传统的爱情纪念品。

翼翼地保管着。“请告诉我，夫人，”他一边把戒指拿给她看一边说，“您认识这枚戒指吗？”

她一眼就认出了那枚戒指：“是的。那是我从前送给特达尔多的。”

香客站起身，迅速脱下他那件香客穿的长长的宽松罩衫，摘下头上的帽子。“那么我呢，”他用佛罗伦萨口音说，“您认得出我吗？”

她仔细一看，立刻认出他就是特达尔多，但却登时吓呆了，好像看见一个死人的鬼魂在四处走动。她没有蓦地投入从塞浦路斯归来的特达尔多的怀抱以示欢迎，而是要逃离从坟墓里回来的特达尔多。

“喂，”他说，“别害怕！我是您的特达尔多呀，不管您和我的兄弟们怎么想，我还活着，活得好好的，我从未死过，也未被杀害过。”

他的话有些使她消除疑虑了。她听出了他的声音，她越看他就越相信他，这是他。于是，她突然大哭起来，张开双臂扑向他，搂着他的脖子，亲吻他，哭着说：“我亲爱的特达尔多，非常欢迎你回来！”

特达尔多拥抱她，亲吻她，然后说：“我们暂时还没有时间在一起更亲热地叙旧。我还得去想办法使您的阿尔多布兰迪诺安然无恙地回来；我希望在明天晚上以前把事情办完，您就能得到使您快乐的消息。如果我得到他安全的好消息，我想我会的，我今天夜里就回到您这里，我就可以比现在更从容地给您讲述我们分别后所发生的一切。”

他又穿戴上了香客的帽子和罩衫，又一次亲吻艾尔梅丽娜，又说了一些安慰的话，然后就告辞了，去了关押阿尔多布兰迪诺的监狱。此时阿尔多布兰迪诺正在为他即将来临的死刑而沮丧，根本不抱有释放的希望。香客假装称自己是探监的人，得到监狱看守人的许可，坐到阿尔多布兰迪诺身边，说：“阿尔多布兰迪诺，我是你的朋友。天主派我来拯救你，因为你的无辜激起了他的怜悯之心。出于对天主的敬仰，我向你请求一件小小的礼物，如果你愿意给我，明天晚上以前你就会听到你被无罪释放的宣告，反之你就得在这里等待死刑的判决。”

“善良的先生，既然你关心我的安全，你一定是我的一个朋友，尽管我不认识你，也想不起来以前在哪儿见过你。真实的情况是：我从未犯过我被判死刑的那桩罪过。我的确干过许多其他坏事，也许这些坏事给我带来了死刑吧。但请允许我以对天主的敬仰告诉你：如果天主对我发了慈悲，我愿意答应去做任何事情，别说小小的事情，无论多么大的事情，我都会马上答应，立刻去做。所以，就请你说出你的任何请求吧。如果我幸免于这场灾难，我绝对完全照办。”

香客回答说：“我只请求你宽恕特达尔多的四个兄弟，他们错把你当成谋杀他们兄弟的凶手，控告你有罪，使你陷入危险境地。如果他们来请求你的原谅，请把他们当作你的朋友和兄弟看待。”

“只有受害者才知道复仇是一件多么痛快的事儿，才知道对复仇的渴望是多么强烈，”阿尔多布兰迪诺回答说，“但是，如果天主要拯救我，我愿意原谅他们，我现在就原谅他们。如果我能活着从这里出去，我将以你完全满意的方式处理这件事。”

他的回答使香客非常满意，他不想再多说什么了，只诚挚地恳请他放宽心，告诉他明天天黑以前他一定会得到明确的无罪释放的通知。

与阿尔多布兰迪诺告辞后，他来到地方主审官那里，与主审官进行了私下交谈。“长官，我们每一个人都急切、努力地要使真相大白，尤其是处于您这个位置的人：使刑罚不落到无辜者头上，而使罪犯得以惩处。我之所以来到这里，是为了看到您的声誉得到远扬，应受惩罚者得到制裁。您知道，您对阿尔多布兰迪诺已经采取了严厉措施，您已确定了是他杀害了特达尔多·艾利塞伊，而且就要将他判处死刑。但是，这个断言，毫无疑问，是错误的，我相信，今天半夜以前我就可以证明这一点，并将杀害那年轻人的真正凶手交到您手里。”

那位优秀的主审官很仔细地倾听这位香客的话，因为他也为阿尔多布兰迪诺感到惋惜。特达尔多详细讲述了事情的经过，后来引领主审官来到那家旅馆，在那两个店主兄弟和他们的女仆上床睡觉后不久，没费吹灰之力就将他们捉拿归案。为了查明事实真相，法官们本想对他们用刑，但罪犯不想被用刑，他们先是分别、然后一起坦白交代了，是他们杀害了他们并不认识的特达尔多。当法官问及原因时，他们说，他趁他们不在旅馆时，曾调戏他们一个兄弟的妻子，并想强奸她。

这位香客得知了事实真相后，向主审官告辞，悄悄地来到艾尔梅丽娜家里。他发现她独自一人正等待着他，家里其他人都睡觉去了。她不仅渴望听到丈夫的好消息，而且想和她的特达尔多完全和好。他进屋后，微笑着对她说："亲爱的，快高兴起来吧，明天您肯定会见到您的阿尔多布兰迪诺平平安安地回到这里了。"为了使她更相信他的话，他把所做的一切向她详细叙述了一遍。突然交了这样一个好运——她原以为情人特达尔多死了、并为其尸体哭过，而现在他活着回来了；几天以前还以为要为丈夫阿尔多布兰迪诺哭丧，而现在他也脱离了危险——艾尔梅丽娜像任何走运的女人一样，感到高兴极了。她充满深情地拥抱、亲吻她的特达尔多，他们一起上了床，用丰富的善良情感快乐地和好，相互最令人满意地从对方得到快乐。天快亮时，特达尔多起了床，向艾尔梅丽娜说明了他打算做的事情，再次叮嘱她严守秘密。然后，他又穿上香客的衣服，离开她家，关照阿尔多布兰迪诺的事情去了。

那天早晨，主审官认为，他们现在已经掌握了全部事实，所以立即下令释放了阿尔多布兰迪诺。几天后，几名罪犯被按杀人定罪斩首。阿尔多布兰迪诺又获自由了，他自己、他妻子和所有亲朋好友都高兴极了。他们知道，这一切都多亏了那位香客，因此，他们把他请到家里做客，他喜欢在佛罗伦萨待多久就在他们家里住多久，竭尽所能招待他，丝毫不敢怠慢，尤其是知道客人身份的阿尔多布兰迪诺的妻子更是殷勤伺候。几天后，特达尔多认为是让他的兄弟们与阿尔多布兰迪诺和解的时候了。他听说，阿尔多布兰迪诺的无罪释放不仅使他兄弟们感到内疚，而且害怕报复，走到哪里身上都带着武器。所以，他提醒阿尔多布兰迪诺不要忘记他许下的诺言，阿尔多布兰迪诺回答说愿意在任何时候实践诺言。于是，他要求阿尔多布兰迪诺第二天准备一席盛宴，阿尔多布兰迪诺和他的亲戚们偕夫人将在宴会上欢迎那四位兄弟和他们的妻子；特达尔多补充说他将代表阿尔多布兰迪诺直接去邀请他们来赴宴，与阿尔多布兰迪诺和解。阿尔多布兰迪诺非常高兴地接受香客的建议，香客便找那四位兄弟去了。按照场合的要求，相互致礼后，香客用无可辩驳的理由，很容易地说服了那四位兄弟，他们同意请求阿尔多布兰迪诺原谅，重新得到他的友情。然后，他邀请他们的妻子第二天与阿尔多布兰迪诺共进午餐；他们非常相信他的话是可靠的，便毫不犹豫地接受了邀请。

第二天上午，阿尔多布兰迪诺等待着特达尔多四位兄弟的到来；那四位兄弟身穿黑色丧服，在几个朋友陪同下，按时赴宴来了。当着所有应邀前来赴宴的客人的面，他们扔下武器，把自己交给阿尔多布兰迪诺发落，恳请阿尔多布兰迪诺原谅他们对他所施加的冤屈。阿尔多布兰迪诺流着眼泪，热情地接待他们，和他们一个个亲吻，只用寥寥数语原谅了他们所有得罪之处。然后，他们的姐妹们和妻子们也都身穿丧服出席这场和解宴会，受到艾尔梅丽娜和其他夫人们的亲切欢迎。

宴席上，男女宾客们都受到了最好的款待，在任何细节上都无可挑剔，只是特达尔多家人一直少言寡语，他们身穿的丧服表明他们在为最近死去的亲人哀悼。实际上，他们当中已经有人批评香客的建议和邀请，他也意识到了这种情绪。但是，等结束这种沉默寡言的时刻一到，特达尔多站起身来，按他事先计划好的，当客人们还在品尝水果这道菜时，他对大家说："要使这次宴会成为一次真正欢乐的活动，只缺一件事，那就是缺了特达尔多。其实他就在这里，一直和你们在一起，而你们却没认出他来，我来把他介绍给你们吧。”

他脱去香客的帽子和罩衫，穿着一件华丽的绿色丝绸外套① 站在那里，而大家都惊奇地注视他很长时间，没人敢相信他就是特达尔多。特达尔多见此情景，只好对他们详细地讲述了亲戚之间的事情、家庭内部的事情，和他自己的经历，直到他的兄弟们和其他男人都高兴地掉下眼泪，跑过来与他拥抱，然后所有的妇女们，不论是不是亲戚，也都跑过来和他拥抱，唯独艾尔梅丽娜除外。

“怎么回事？”阿尔多布兰迪诺发现后大声问，“艾尔梅丽娜，你为什么不像其他女士们那样向特达尔多问好啊？”

大家都听她的回答：“在座的任何一个女人都不比我更乐意欢迎他了，因为她们中没有任何人像我这样深深地感激他，多亏了他我才又得到你。可是，不久前，我们错把别人当成特达尔多并为其哀悼，而招来流言蜚语，使我不便去向他问好。”

“那都是胡说！”阿尔多布兰迪诺大声说，“你以为我相信那些爱讲闲话的人吗？特达尔多救了我的命，这足以证明他们说的都是废话，我从来就没有相信过。快，去拥抱他呀！”

一心要与情人拥抱的艾尔梅丽娜立即遵从丈夫的指示，站起身来，向特达尔多走过去，像其他女人那样，用最快乐的拥抱向他表示问候。特达尔多的兄弟们和所有在座的男女宾客都为阿尔多布兰迪诺的宽宏大量而感到非常高兴；那些流言蜚语在人们心中引起的一切误解都统统消散了。大家都向特达尔多表示欢迎之后，他亲自扯下他兄弟们身上的黑色丧服和他们的妻子、姐妹们身上的棕色丧服，派人去拿其他衣服来换。他们换了衣服之后，宴会变成了歌舞娱乐晚会，欢快热闹。如果说这个宴会是以平静的调子开始的，那么它却是以热热闹闹的气氛而告终的。然后，他们又兴高采烈地来到特达

①绿色丝绸外套：绿色象征希望的胜利。

尔多家共进晚餐。他们就这样一连欢庆了好几天。

很多天，佛罗伦萨的人都把特达尔多看作是某种奇迹，一个死而复生的人。许多人，包括他的兄弟们，都仍心存疑虑，这个人是否真的是他；他们仍旧不完全相信，如果不是发生了一件事，弄清了死者的真实身份，他们的疑虑也许会持续多年。事情是这样的：

有一天，一些从卢尼贾纳来的士兵在他们家门前路过，见特达尔多与他的兄弟们在一起，朝他走过来说："法齐沃洛，你好啊！"

"你们认错人了吧，"特达尔多回答说，他的兄弟们也都在场。

士兵们听见他说话的声音,感到很尴尬。"请原谅，"他们说，"说真的，我们从未见过与另一个人如此相像的人，您长得太像我们的伙伴法齐沃洛了。他是彭特雷莫利人，几个星期以前到这里来的，从那时起就没有他的消息了。您穿的衣服也使我们有点奇怪，当然了，他和我们一样只不过是一个普通的士兵，应该穿士兵的衣服。"

听了这话，特达尔多的长兄上前一步，问这个法齐沃洛一直穿的是什么衣服。他们告诉了他，他们所说的完全与事实相吻合，根据衣服的情况和其他迹象，很清楚，那个被杀害的人一定是法齐沃洛，不是特达尔多，从此特达尔多的兄弟们和其他人心中对他的怀疑就再也不存在了。特达尔多，一个很有钱的人，回到佛罗伦萨后，继续与艾尔梅丽娜相爱，艾尔梅丽娜再从未和他闹翻；通过暗中往来，他们长时间地享受着爱情的快乐。恳求天主也允许我们享受爱情的快乐吧！

故事 8

为治疗费龙多嫉妒的毛病，他被送进炼狱接受惩罚，而他的妻子却从一位圣洁的修道院院长那里得到安慰。

艾米莉亚的故事讲完了。尽管她的故事很长，但因事件繁多、情节复杂、扣人心弦，他们谁也不觉得厌烦，反而觉得故事进展得轻快、流畅。接着，女王向劳蕾塔点头示意，劳蕾塔讲起了她的故事：

我要给大家讲述一个真实的故事，但它看起来完全是虚构。听完那个关于一个人被错当作别人埋葬并受到哀悼的故事，使我想起这个故事：一个活人被当作死人埋葬了，然后又被从坟墓里掘出来；许多人，包括他自己，都以为他是死而复活。那个创造这桩奇迹的人，不但没有受到任何谴责，反而从此被人们当作圣人崇拜。

从前在托斯卡纳有个男修道院（它至今还在那里），像其他修道院一样，位于一个非常安静的地方。那位由修士升任的院长在各个方面都非常圣洁，只有一点不好——好色。他非常狡猾地、偷偷摸摸地追女人，因此谁也不曾发现他追过哪个女人，甚至都不怀疑他会有这个嗜好。

当时有一个很有钱的乡巴佬，与院长建立了友谊。他的名字叫费龙多，是一个极其愚蠢的人。院长忍受与他交往的唯一原因是可以偶尔愚弄他而取乐。但他们的友谊却使院长注意到，这位土佬儿竟然有一个非常美丽的妻子。院长深深地爱上了她，为她神魂颠倒，朝思暮想。费龙多在其他事情上可能是个不折不扣的傻瓜，但在看管妻子方面可是十分精明，院长了解到了这一点几乎感到绝望了。但院长毕竟是个聪明人，他有办法说服费龙多不时地带妻子到修道院的花园里来欣赏美景，他就借此机会跟他们深入浅出地大谈特谈永生的至福和过去许多男男女女的圣洁事迹，直说得最后费龙多的妻子想要找院长忏悔。她的想法得到了丈夫的同意。

于是，她来向院长忏悔，这可把院长乐坏了。她坐在院长脚边，作为开场白，对院长说："神甫，如果天主赐给了我一个合适的丈夫或者根本就没给我丈夫，我也许就能找到办法按您的教诲，走上您说的那条走向永生的道路。可是我一想到费龙多这种人，要多愚蠢有多愚蠢，尽管我结了婚，但我总觉得我实际上是一个寡妇。只要他还活着，我就不能另找丈夫。他不仅非常愚蠢，而且毫无理由地嫉妒得发疯，说真的，跟他生活在一起简直是一种无尽的磨难。所以，在开始忏悔之前，我最诚恳地请求您就这个问题给我出个主意；因为如果我在这儿也找不到解决问题的办法，无论是做忏悔还是行善事，对我都没有什么用处了。”

院长听了她的这些话，高兴极了，认为命运已经为他打开了实现他最大愿望的通道。“孩子啊，”他说，“像您这样一个美丽文雅的姑娘被嫁给一个愚蠢粗笨的丈夫，真是一件非常不幸的事情，如果他再嫉妒心强，那就是十倍的不幸了。他的确既愚蠢又嫉妒，我完全相信您所说的问题。我真的想不出任何解决这个问题的办法，但我有一个能治好费龙多嫉妒的妙方。只要您保守秘密，不把我要告诉您的话说出去，我这个妙方就会生效。”

“神甫，您不必担心。我宁死也不说出您要我保密的话。那么，这件事该怎么办呢？”

“如果我们想要把他治好，”院长说，“他必须到炼狱里去。当他受到足够的惩罚，洗净他的嫉妒罪后，我们将向天主祈祷，让他复活，天主会让他复活的。”

“您的意思是，我要当寡妇了？”

“对，”院长说，“只是短暂的一段时间。在此期间，您必须特别小心，不要再嫁给他人，否则慈善的天主会不高兴的，而且费龙多复活回来后，您还得再回到他的身边，他会比以前更加疼爱您了。”

“只要能治好他这个讨厌的毛病，我不再过那种被监视的囚犯生活，我不在乎。请按您说的做吧。”

“那么，好吧，”院长说，“但是，我为您如此效劳，您将用什么来报答我呢？”

“神甫，只要我能办到，您要什么，我就给您什么。可是，像我这样一个女人能给您这样高尚的男人什么合适的礼物呢?”

“我能为您做多少事，您就能为我做多少事。我要为您做的事将会使您得到满足；同样，您也能做出使我得到满足的事情来。”

“既然是这样，”那女人说，“我听候您的吩咐。”

“好，”院长说，“请把您的爱献给我，让我幸福吧，因为我早就非常强烈地爱上了您。”

那女人惊讶得呆住了。“天哪，神甫，您说的那是什么话呀？我原以为您是一位圣人！一位圣人怎么能向一个来求助于他的女人提出那种要求呢?”

“好啦，亲爱的，别这么大惊小怪的，”院长说，“这一点不会减少我的圣洁；您知道，圣洁寓于精神之中，而我追求的只是肉体上的罪过。无论如何，爱神使我别无选择，您的美丽令我神魂颠倒。您比任何其他女人都更应该为自己的美丽而自豪，因为那些一向冥思苦想天上美女的圣人都为您的美丽而倾倒。再说，我虽然是一个修道院院长，但我像其他男人一样，也是一个男人啊，而且您看，我也不那么老啊。我向您保证，您不会感到这事有什么为难的；费龙多在炼狱期间，我每天晚上来陪您，我将给您他过去曾给过您的那种安慰。谁也不会发现此事，因为人们都像您刚才那样把我看作一个圣人。请您不要拒绝天主赐给您的礼物；许多女人都想得到它；如果您明智的话，按我的劝告去做，那东西就是您的。另外，我有一些非常珍贵好看的首饰，除了您，我不打算送给任何女人。所以，我的宝贝儿，作为对我的报答，为我做我非常愿意为您做的事儿吧。”

那女人只是低着头，尽管觉得如果让步一定不妥，可又不知道如何拒绝他。但是，院长注意到她一直很仔细地听他讲话，只是犹豫不决如何回答，所以他认为这女人已经有一半被说服了；他继续开导她，直到她被劝服，认为干他所要求的事也许是可以的为止。于是，她红着脸回答说，她愿意做他所要求的一切，但是要等费龙多去了炼狱之后才能做这件事。

“我们马上就送他去炼狱，”院长兴高采烈地说，“请您让他明天或后天就到我这儿来。”他偷偷地塞进她手里一枚精美的戒指，然后与她道别。那女人因为得了这枚戒指，并为有了得到更多礼物的指望而无限陶醉。她和女伴儿们会合，在回家的路上给她们讲了很多有关院长圣洁的美好事情。

几天后，费龙多去了修道院；院长一见到他，就立刻着手送他去炼狱。地中海东部地区某国的一位大公爵曾经送给院长一种药粉，并对他说，那是“山中老人”① 想把某人送进自己的天国或把他召回用的灵药。这种药使服药者睡着——剂量的大小决定睡着时间的长短——绝无恶果，在药效持续期间，睡眠者看上去完全跟死人一样。院长去找出这种药，取出足够让费龙多睡三天的剂量；然后，他取出还没有澄清的葡萄酒，倒出满满的一杯，将药粉溶入其中，端回房间里，让毫不怀疑的费龙多喝了下去。然后，他领着费龙多出了房间，来到修道院的回廊里，与其他修士们一起拿费龙多的愚蠢取乐。不一会儿，那种药粉见效，费龙多突然失去知觉：站在那儿就睡着了，然后倒在了地上。院长装出一副惊慌的样子，吩咐人解开费龙多的衣服，拿来凉水浇头，又发出一系列的命令抢救，好像药性发作后他在努力使费龙多复生似的。院长和修士们见所有这些措施都未能使他苏醒，就摸摸他的脉搏，发现脉搏已经停止了。于是，他们断定他已经死了。然后，院长派人向他的妻子和亲戚们报讯，他们迅速赶来，为他哭了一会儿。院长也没让给他换衣服，就把他葬在了坟墓里。

费龙多的妻子回到家里后，说她不打算离开她与费龙多生的小

---

①山中老人（Old Man of the Mountain）：哈桑－本－沙巴（Hasan-ben-Sabah），寓言中暗杀十字军中基督徒的穆斯林秘密团体成员（the “Assassins”）的领袖，以用药麻醉他的追随者，使其执行恐怖使命而闻名。

儿子。于是,她安定下来,照顾她的家、她的孩子、她与费龙多的财产。

当天夜里,院长悄悄地从床上爬起来,在一个那天刚从博洛尼亚来的、他最信任的修士的帮助下,把费龙多从坟墓里掘出来,移到一个地窖里,那是一个永不见白日光亮的地窖——过去修建的、用来做惩罚违规修士的囚牢。他们把他的衣服扒下来,给他换上修士的有宗教级别的衣服,然后把他放在一个稻草地铺上,让他自己慢慢恢复知觉。同时,那个博洛尼亚来的修士奉院长命令,留在那里,等待费龙多苏醒过来。

第二天,院长带着几个修士以礼节上的访问为借口来到那女人家里,见她身穿丧服,正在哀悼丈夫的去世,于是就安慰了她几句话,然后又悄悄地提醒她履行诺言。那女人认为她不再受费龙多或任何人的约束,又发现院长手上又戴上一枚漂亮的戒指,于是告诉院长她已经做好准备,他们安排就在那天夜晚幽会。

到了晚上,院长穿上费龙多的衣服,由他的心腹修士陪同,来到那女人家里,与她同床共枕,美美地享乐之后就回到修道院去。从此院长经常往返于费龙多家和修道院之间。他偶尔在来时或去时被人碰见,于是村里的乡巴佬们就传开了,说费龙多夜晚在村子周围漫游,实施苦修以赎罪。他妻子也不止一次地听到这一谣言,但她当然知道这究竟是怎么一回事。

费龙多苏醒过来后,不知道自己身在何处。突然,那位博洛尼亚来的修士冲了进来,一边可怕地叫喊着,一边挥舞着一把荆条,把他痛打一顿。

费龙多既无力招架,也不能还手,只有哭喊并不停地问:“我是在哪儿呀?”

“你是在炼狱里。”那修士回答。

“什么?那么说我已经死了?”

“你当然已经死了!”

费龙多又突然为自己、为妻子、为孩子大哭起来,并胡言乱语地说个不停。

过了一会儿，修士给他拿来一些吃的喝的东西来。“怎么，死人也吃东西吗？”费龙多惊叫。

“对，死人也吃东西。我给你拿来的这些东西是你生前的妻子做的。她今天早晨把这些吃的、喝的东西送到教堂，是为你灵魂的安息做弥撒用的，天主命令把这些东西摆放在你的面前，供你享用。”

“噢，让天主保佑她吧！我死前非常爱她，整夜地搂着她，不停地亲吻她——此外，当我感到有强烈欲望时，也跟她干点儿别的。”说完这番话，他就开始起劲地吃喝起来。但他似乎觉得那葡萄酒的味道不大好。“该死的，她没把墙边那桶好酒拿给神甫！”

他吃完饭，修士拿起那把荆条，又把他痛打一顿。

“嗨，你为什么这么打我呀？”费龙多大哭大喊地问。

“你每天要挨两次打；天主这样说的。”

“为什么？”

“因为你嫉妒，但你妻子却是这一带最贤惠的女人。”

“你说得太对了，”费龙多叹息说，“而且是最可爱的女人。她是一个真正亲爱的人。但是我从不知道天主不喜欢嫉妒的男人，否则我是不会嫉妒的。”

“你本应在阳间的时候就认识到这一点并改正你的毛病。如果你再回到阳间，切记我现在对你的抽打，再永远也不要嫉妒了。”

“死人还能回到阳间吗？”

“能，如果天主愿意的话。”

“哦，”费龙多说，“如果我能回去，我将是世界上最好的丈夫；我永远不打她，不骂她，除了这次为今天早晨她给我送来的这种糟糕的葡萄酒。她也从未给我送一支蜡烛来，我怎么能在黑暗中吃东西呢？”

“她的确送来一些蜡烛，但在为你做弥撒时全给点完了。”

“好吧，我希望你说得对。如果我回到阳间，我一定让她喜欢干什么就干什么。但请你告诉我，你是谁，为什么这样抽打我？”

“我也是个死人，”修士说，“我是撒丁岛人。我的主人是个嫉妒心强的人，因为我总是鼓励他的嫉妒心，所以天主惩罚我，让我来给你送吃的、喝的，并抽打你，直到他对你我二人做出安排。”

“这里只有你我二人吗？”

“这里有成千上万你我这样的死人，但你看不见他们或听不到他们说话，他们也看不见你，听不到你说话。”

“我们离自己的家乡有多远？”

“有多远？两倍距离到那儿，四倍距离回来，然后继续无限翻番。”

“啊！那真是太远了！我觉得我们现在一定是在这个世界之外吧！”

像这样的讨论和抽打持续了十个月。在此期间，费龙多就被这样关押着；也是在此期间，院长大着胆子经常去访问那位美丽的夫人，最快乐地享受她的恩爱。但是所有好事都结束了：夫人怀孕了，她一发现就告诉了院长。他们两人都想到，必须立即把费龙多从炼狱放回来，让他复活（回到她的身边），这样她就可以说，她是跟费龙多怀孕的。

那天夜里，院长去了费龙多的囚室，把他叫出来，以一种伪装的声音对他说：“费龙多，你应该高兴了。天主下令，让你回阳间去。回到阳间后，你妻子将给你生个孩子，你将给他起名为贝内德托①，天主因为你那圣洁的神甫和你妻子的祈祷，出于对圣贝内德托的爱，才将这一恩惠赐予了你。”

①……你将给他起名为贝内德托：院长的话是戏仿天使对泽卡里亚斯（Zacharias）的讲话，泽卡里亚斯为施洗礼者约翰之父（《路加福音》1：13）。

费龙多听了他的话，非常高兴。“这真是太好了，”他说，“愿天主保佑老天爷、保佑院长、保佑圣贝内德托、保佑我那像香甜可口的小糖果小爱妻吧。”

院长又派人送给费龙多一杯葡萄酒，里边放了足够让他睡四个小时觉的药粉，让他喝了下去。院长趁他昏睡时，又给他换上了他自己的衣服，在他心腹修士的帮助下，又悄悄地把他送回原来安置他的坟墓里。第二天天亮时，费龙多醒了过来，通过坟墓的裂缝看到了一丝光亮，这是他十个月以来第一次见到光亮。他感觉自己是活着的，于是大喊起来：“让我出去！让我出去！”一边大喊，一边使劲用头去撞那坟墓的盖儿，他一点儿一点儿地把那墓盖儿移开了（那盖儿本没有固定）。修士们刚刚做完晨祷，听到有人喊叫就朝坟墓这边跑了过来；当听出是费龙多的声音，又看见他从坟墓里爬出来时，他们都吓坏了——他们从未见过这样的事情——拔腿就跑，去报告院长。

院长假装刚做完祈祷，站起身来，说：“孩子们，别害怕。带上十字架和圣水，跟我来。让我们看着天主想用他的神力向我们展示什么样的奇迹吧。”

费龙多因为这么长时间被藏在地窖里不见天日，爬出坟墓时，面色苍白。一见到院长，他立刻跑过去跪在他的脚下，说：“神甫，我听说，是您的祈祷、我妻子和圣贝内德托的祈祷，把我从炼狱的痛苦中解脱出来，使我起死回生。我祈求天主保佑你们岁岁平安、日日平安。”

“赞美无所不能的天主吧，”院长说，“孩子，既然天主使你回到阳间来，那么快去安慰你的妻子吧，自从你离别尘世，她就天天以泪洗面。从今以后，你就做天主的朋友和奴仆吧。”

“说得好，神甫，”费龙多大声说，“就看我的吧：我一见到她就亲吻她，我太爱她了。”

费龙多告辞后，院长在他的修士们面前，装出对所发生的事情十分惊奇的样子，让大家虔诚地吟诵“天主怜悯”① 。费龙多回到了家乡。见到他的人都像避开可怕的东西一样逃跑，但他却把他们叫回来，跟他们解释，说他起死回生了。他的妻子也很害怕他。

后来，人们见他真是一个活人，就相信了他的解释，问他各种各样的问题，好像他从阴间回来后不像过去那样糊涂了；于是，他就给他们带回了所有关于他们已故亲人的消息，编造了有关炼狱的最奇怪的故事，并向大家宣讲了他复活前加百列天使对他所做的启示。费龙多回到家里，与妻子团聚，重新掌管自己在尘世的财产，使妻子怀了孕——他以为是他的功劳——隔了一段合适的时间之后（那些头脑简单的人都以为女人怀孕期是正好九个月），他妻子生下一个男孩，起名叫贝内德托·费龙多。

费龙多的归来和他的言行使几乎每个人都相信，他是起死回生的，这使院长圣洁的名声得到大大的提高。因嫉妒还挨了那么多痛打的费龙多也被治愈了那个毛病，永远也不再嫉妒了，这样就圆满实现了院长对他妻子许下的诺言。她非常高兴地像以前那样与丈夫规规矩矩地过日子；但是当然，每当有机会时，她就心甘情愿地陪伴那位圣洁的院长，院长也尽心尽力、非常好地满足她最旺盛的需求。

故事 9

吉莱塔嫁给了一个不愿与她结婚的丈夫贝尔特朗。贝尔特朗未与她完婚就逃往佛罗伦萨。为使吉莱塔离开自己，作为

① “天主怜悯”：《圣经·诗篇》第五十一篇。

他回家的交换，贝尔特朗强加给吉莱塔两个条件，他认为这两个条件吉莱塔永远也不能实现。如果不是吉莱塔足智多谋，她就会人财两空。

劳蕾塔讲完了故事，如果女王不侵犯迪奥内奥的特权，那就轮到她自己讲故事了。于是，她不等臣民们催促，就愉快地开始了：

听完了劳蕾塔的故事，谁还能讲出真正令人满意的故事呢？幸亏她不是第一个讲，否则许多随后的故事就不会得到大家的喜欢，而且我真的担心今天要讲的其他故事不会引人入胜了。无论如何，我要给大家讲的故事，不管它是否属于我担心的这一类，还是要遵循今天规定的主题。

从前法兰西王国有一个绅士，名叫伊斯纳尔多，是鲁西永的伯爵。他因为体弱多病，身边总是有一个名叫杰拉尔多·迪·内尔波纳的内科医生陪伴。伯爵有一个独生儿子，名叫贝尔特朗，是个非常漂亮、可爱的男孩儿，与他同龄的孩子们一起长大。其中就有医生的女儿，名叫吉莱塔，她非常强烈地爱上了贝尔特朗，这与她的小小年纪很不相称。伯爵死后，男孩儿被托付给国王监护，不得不去了巴黎，这使女孩儿很忧伤。不久，她自己的父亲也去世了，如能找到正当的理由，她非常想去巴黎看望贝尔特朗。然而，她找不到任何理由，因为父亲去世后她成了一个有钱的、孤独的姑娘，所以受到严格的监护。她如今已到了婚嫁年龄，但因为心中一直赶不走贝尔特朗的影子，她说不出任何理由地拒绝了许多亲戚们给她介绍的男人。

听说贝尔特朗已长成一个非常英俊的小伙子了，吉莱塔对他的热恋变得更加强烈。有一天她听说法国国王的胸部长了一个瘤，因治疗不当，那个瘤变成了瘘，这使国王痛苦不堪。尽管有许多医生在他身上施展了医术，却没有一个人能治愈他的病。实际上，他们把国王的病弄得更加严重。结果国王完全失去了希望，拒绝所有治疗和建议。这个消息使吉莱塔高兴极了：她觉得，这不仅使她有了正当理由去巴黎，而且，如果国王的病症是她所设想的那种，她会毫不费力地使贝尔特朗成为自己的丈夫。她从父亲那儿学到了很多医术，于是她用一些药草配制了一种她认为能有效对症的药粉，骑马去了巴黎。一到巴黎，她做的第一件事就是要设法见到贝尔特朗。她来到国王面前，请国王让她看看他的病症。国王见她是一个漂亮、迷人的年轻女人，觉得不能拒绝，就让她看了他的病症。

她一检查完病症，就立刻自信能治愈它。"陛下，"她说，"如果您愿意，在天主的帮助下，我能在一星期内治好您的病，一点儿也不会使您痛苦或使您厌烦。"

她的这番话使国王暗自发笑："世界上最高明的医生对医治这种病都无能为力，一个年轻女人对此病能知道些什么呢？"于是，他谢了她的好意，但告诉她，他已决定不再遵从任何医生的处方了。

"陛下，您瞧不起我的医术，只因为我年轻，而且是一个女人，"她说，"但我应该让您知道，我的治疗不是根据我的医学知识，而是依靠天主的帮助，依靠杰拉多·迪·内尔波纳的医术，他是我的父亲，生前是一位著名的内科医生。"

听了她的话，国王心里想："她也许是天主派来的。既然她说能在很短时间内让我不感到痛苦地治好我的病，我为什么不弄清楚她有什么本事呢？"于是，他决定试一试，说："年轻的小姐，请告诉我，如果您使我改变了我不再治疗的决定，但您又未能治好我的病，您希望那会发生什么后果呢？"

"陛下，请您派人看管我。如果我一星期内没有治好您的病，请把我用火刑烧死。但是，如果我治愈了您，您将给我什么奖赏呢？"

"您好像还没有丈夫。如果您能治好我的病，我将赐予您一个高贵而有钱的丈夫。"

"陛下，如果您为我做主配亲，我应该非常高兴；我想要的丈夫不是别人，正是我将要向您恳求赐予的一个。但我既不要求您赐予我您的王子，也不要求您赐予我王室的其他成员。”

国王立即答应了她的请求，姑娘开始治疗。她很快在规定时间之前就使国王恢复了健康；国王发现自己的病治好了，他向姑娘保证，她肯定已经为自己赢得了一个丈夫。

“陛下，既然是那样，”她说，“那么我就赢得了贝尔特朗·迪·鲁西永了。我还是小孩儿时就爱上了他，而且从那时起我一直深深地爱着他。”

姑娘要贝尔特朗做丈夫的请求使国王吃惊不小，但是他已有言在先，不能反悔。他把贝尔特朗找来，对他说：“贝尔特朗，你已长大成人，我想派你回去管理你的领地。我已经为你选择好了一位年轻女人作为妻子，你要带上她一起回去。”

“陛下，那位年轻女人是谁？”

“她就是那位用医术使我恢复健康的小姐。”

贝尔特朗认识她，而且以前还见过她。但他认为，她虽然长得漂亮，但她的出身与自己的地位不相称，所以很不高兴地回答：“陛下，您说什么？您是想把一个行医的女人赐予我作为妻子吗？但愿此事不曾发生！我永远也不会与这种女人结婚！”

“难道你想让我不能实践诺言吗？你就是那位年轻女人要求做她丈夫的人，以此作为对她恢复我健康的奖赏，这就是我对她的许诺。”

“陛下，”贝尔特朗说，“您可以拿去我的全部财产，您也可以把我随意赏赐给任何人，因为我是您的臣民。但请相信我的话：我永远也不会对这样一桩婚姻感到高兴的。”

“你当然会高兴的！她是一个美丽的年轻小姐，她非常聪明，她非常爱你。所以，我希望你跟她结婚，会比跟任何一个地位更高的小姐结婚过上更加幸福的生活。”

贝尔特朗不说什么了，国王立即命令筹备隆重的订婚典礼。举行订婚典礼的那一天到了，在国王的面前，贝尔特朗带着极大的不情愿发誓与深爱他的吉莱塔订婚。订婚典礼过后，他向国王告辞，说他想回他自己的领地，并在那里完婚。他实际上已经决定了他真正要做的事情：他上马起程，不是去他自己的领地，而是去了托斯卡纳。他发现佛罗伦萨人正和锡耶纳人交战，他决定站在佛罗伦萨人一边。于是他受到佛罗伦萨人的热烈欢迎，他们任命他为队长，给了他丰厚的薪水。他在佛罗伦萨军队里服役了很长一段时间。

事情的这一变故使新娘很不高兴，但是她希望，自己的美好行动会把丈夫召回自己的领地。于是，她独自回到鲁西永，那里的人民把她当作他们的伯爵夫人欢迎。她发现，因长期没有任何伯爵的管理，领地里的一切都被破坏了。她运用自己的聪明智慧，苦心经营，辛勤工作，很快使领地恢复了秩序。她的管理明显赢得了臣民们的满意，他们也以极大的爱和忠诚作为对她的回报，都认为伯爵对这样的伯爵夫人还不满意是不应该的。吉莱塔把整个领地整顿好后，派了两位骑士去向伯爵报告领地的情况，并请伯爵告诉她，如果伯爵是因为她而不回领地，那么她可以自己离开那里，使伯爵满意。他的回答却是十分严厉的："她喜欢怎么办就怎么办吧，"他告诉他们，"至于我，除非她手上戴上这枚戒指，怀里抱着我的孩子，我才回到她那儿去。"他非常珍爱那枚戒指，从不摘下来，因为它具有某种特殊的功能，他对此种功能非常清楚。两位骑士明白，他的条件是苛刻的，他提出的那两个要求实际上是不可能办到的；见他们怎么也说服不了伯爵做出让步，两位骑士只好回去见伯爵夫人，转告他的答复，夫人感到非常伤心。但经过很多思考之后，她决定为了使丈夫回来，先要弄清楚那两件事儿是否可能办得成，如果能，到何处去办那两件事儿。她把行动计划考虑成熟之后，将领地里最重要、最优秀的人士召集在一起，非常详细、非常动人地向他们讲述了她出于对伯爵的爱而做的一切，结果又是什么；她最后告诉他们，她不打算继续因她住在这里而使伯爵永远漂泊在外；相反，她打算为了拯救自己的灵魂，要在自己有生之年致力于朝拜圣地和慈善事业。她请他们承担起领地的管理和治安事务，转告伯爵她已经把一个自由而无债务负担的领地留给了他，她已经永远地离开了，再也不踏入鲁西永半步了。她讲话时，那些善良的人流下许多眼泪，恳求她改变主意，留下来，但怎么说都无济于事。

她换上香客的衣服，带上足够的钱和贵重的宝石饰物，由一个堂弟和一个女仆陪伴，告别了领地的重要人士，开始了她的旅行。谁也不知道她要去哪儿，她一路马不停蹄，直到到达佛罗伦萨后才停下休息。她住在一家由一个善良的寡妇开的小旅馆里，她行动、说话一直十分谨慎，假装成一个贫穷的香客，暗中打听有关她丈夫的消息。恰巧第二天她就看见了贝尔特朗骑着马，带着他的骑兵中队，从旅馆门前经过。尽管她非常清楚地认出了他，她还是问旅馆女老板那个人是谁。

"他是一个外国绅士，"女老板说，"他的名字叫贝尔特朗伯爵，他是一个迷人的、有骑士风度的人，人人都喜欢他。他深深地爱上了我们一个邻居的姑娘，那姑娘是贵族出身但家境贫穷。虽然她是一个品德高尚的小姐，但却因为贫穷至今尚未嫁人。她跟母亲住在一起，她母亲是一个真正善良、聪明的女人。如果不是她母亲从中作梗，那姑娘可能早就满足了伯爵的愿望了。"

伯爵夫人仔细地听着女老板的这些话，反复思考着每个细节；她弄清楚了一切情况后，便做出一个决定。她打听到了那位夫人和她女儿（伯爵正爱着的人）的名字以及她们的住址。一天，她打扮成香客的模样，悄悄地拜访了她们。她发现这母女俩的生活的确非常贫寒，跟她们打过招呼后，对姑娘的母亲说，如果她不介意，想和她单独谈谈。

母亲站起身来，说很想听一听她要说什么。于是就她们两人，走进她的卧室，坐了下来。"我觉得，"伯爵夫人说，"命运之神像她对我一样，对您也不友善。但是，如果您愿意，您也许完全有能力既改变你们自己的，也改变我的处境。"

“用正当的手段改变我的命运，是我求之不得的事情。”

“那么，我需要您的保证，”伯爵夫人接着说，“如果我信任您，而您却背叛我，您就将既破坏了我的，也破坏了您自己的事情。”

“您有什么事情尽管告诉我好了，我永远也不会背叛您的。”

然后，伯爵夫人告诉了那位姑娘的母亲她是谁和她所发生的一切，从她初恋开始，一直讲到现在；姑娘的母亲完全相信她，因为她已经从其他来源对此有所耳闻，听了她的讲述，母亲对她产生了深刻的同情。伯爵夫人说明了自己的处境后，接着说：“听完了我全部的痛苦经历，您也就完全清楚了，如果我让我的丈夫回心转意，我必须做到的那两件事是什么了。我知道，只有一个人能帮助我办成那两件事儿，那就是您；如果我听别人讲得不错的话，那么我丈夫正强烈地爱着您的女儿。”

“我真不知道伯爵是否爱我的女儿；从表面上看，他很爱她。但关于此事您想让我做什么呢？”

“让我告诉您吧。但首先我想让您知道，如果您帮助了我，我打算给您怎样的回报。我看到，您的女儿长得很漂亮，而且到了婚嫁的年龄；据我所知和我所理解的，因为没有嫁妆，您才把她留在家里，与您一起生活。作为对您将要帮助我的报答，我打算立刻从我手头的现款中出一笔钱，给她置办您认为适合于给她找到一桩体面婚姻的嫁妆。”

因为姑娘的母亲手头拮据，这个建议当然令她心动；但是，又因为她正直、心地善良，她回答说：“夫人，请告诉我，我怎么能帮助您，只要那件事儿符合我的德行，我就愿意去做。至于其他的事儿，您看怎样合适就怎样办吧。”

“我所需要的帮助是，”伯爵夫人说，“请您派一个可信赖的人，去给我丈夫即伯爵送个口信儿，说如果您的女儿能得到保证，伯爵能真的像他所说的那样爱她，您的女儿就愿意满足他的一切愿望。唯一能使她确信的，就是伯爵把他手上戴的那枚戒指送给她，因为她听说伯爵非常珍爱那枚戒指。如果他派人把那枚戒指送过来，您就把它交给我。然后，您再派人去告诉他，您女儿愿意满足他的愿望，您将安排他悄悄地来这里与您女儿幽会，到时让我来顶替您的女儿跟他睡觉。也许天主会赐予我恩惠，使我怀孕。这样，我手上戴着他的戒指，怀里抱着他的孩子，就能重新得到他，就能像一个妻子应该做的那样，与丈夫生活在一起了。这一切都将全靠您的帮助了。”

对这位贤德的夫人来说，这可不是一件小事儿，因为她担心此事会损害她女儿的名声。但是，她又认为，设法帮助伯爵夫人弄回自己的丈夫是完全正大光明的，伯爵夫人冒这个风险也是出于完全正当的目的，所以她相信伯爵夫人的动机是纯洁的，就向伯爵夫人作了帮助的许诺。而且，几天后，她就按照伯爵夫人的指示，谨慎地得到了那枚戒指——伯爵很舍不得将它送人——又非常巧妙地设法做到，让伯爵夫人顶替姑娘与伯爵睡觉了。在最初几次与伯爵热烈追求的交欢过程中，高兴的天主就让伯爵夫人怀上了伯爵的两个男孩儿——她在预期内生产就是证明。尽管那位善良的夫人不是一次，而是多次满足伯爵夫人与她的丈夫做爱，她把一切事情都安排得非常隐秘，没漏一点儿风声，伯爵一直以为他是和他心爱的人睡在一起，从未想到是和他的妻子。每当第二天早晨要和她分手时，他总是赠给她许多漂亮而贵重的宝石饰物，伯爵夫人就把这些礼物小心地珍藏起来。

吉莱塔发现自己怀孕了，就不想再麻烦那位夫人了，于是对她说：“感谢天主和您的帮助，我已经得到了我想得到的东西，所以到了该我满足您愿望的时候了，然后我就可以离开这里了。”

那位夫人回答说，她非常高兴伯爵夫人已经得到了她所喜欢的东西；但是她做任何事情都不期待得到某种报答，她只是做了一件她认为应该做的善事。

“您真是太善良了，”伯爵夫人说，“至于我，我并非想给您仅仅要求我作为报答的东西，而是因为我给您东西是正确的、恰当的，对我来说，那是我应该做的。”

那位夫人确因贫困所迫，非常羞愧地提出了用于女儿出嫁的一百里拉的请求。伯爵夫人听着她礼貌的请求，见她如此窘迫，送了她五百里拉，又给了她价值五百里拉的精美、昂贵的宝石饰物。那位夫人非常高兴，再三向伯爵夫人道谢。伯爵夫人与她告辞，回到了小旅馆。

为了不使贝尔特朗有任何其他借口给她带口信或再来家里拜访，那位夫人带着女儿去了乡下，住在亲戚们家里。不久，贝尔特朗听说伯爵夫人已经消失，便接受了鲁西永领地臣民的召唤，回到了家乡。

听说贝尔特朗已经离开了佛罗伦萨，回到了他自己的领地，伯爵夫人非常高兴。她留在佛罗伦萨，直到分娩：她生下一对儿子，长相同他们的父亲一模一样，小心翼翼地把他们送出去找人喂养。等到时机成熟时，她带着两个孩子出发旅行，到了蒙彼利埃，没有人认出她来。她在这里休息了几天，谨慎地打听伯爵的近况及其行踪。她听说伯爵准备在万圣节那天当东道主，举行盛大宴会，招待鲁西永的各位骑士及其夫人，于是到了那天，她穿上了香客通常穿的衣服，也去了那里。

当她看到骑士们和夫人们已经集合在了伯爵的宫殿里，正准备入席用餐时，她仍是一身香客的装束，怀里抱着两个孩子，穿过人群，走上台阶，来到伯爵面前，跪在他的脚下，哭着说：“我的夫君，我是你不幸的妻子。为了让你自由地回到家中，我自己长期在外四处漂泊。现在，我以天主的名义，请求你遵守你强加于我的、让两位骑士带回来的条件吧，那两位骑士是我派去的。看吧，我怀里抱着你的两个儿子，而不是一个；这是你的戒指。所以，现在就是你履行诺言，接受我作为你妻子的时候了。”

伯爵认出了他的戒指，看出两个孩子也很像他，这使他十分惊愕。“这到底是怎么回事？”他问。

伯爵夫人把所发生的一切从头至尾细细描述了一遍，使伯爵和所有在场的人都非常惊讶。至于伯爵，他承认她所描述的都是事实并看到了她是多么的精明和顽强；他看着两个孩子——这么漂亮的一切，为了履行诺言，也为了满足在场的、恳求他郑重承认她为他合法妻子的夫人们和绅士们，他终于克服了自己顽固的不接受态度，把妻子扶了起来。他拥抱她、亲吻她、承认她是自己的合法妻子、承认那两个婴儿是他自己的儿子。他吩咐给伯爵夫人换上相称的服装，继续进行这最欢乐的庆祝宴会，庆祝持续了好几天，所有在场的人和后来听说此事的所有臣民无不欢喜若狂。从那天起，伯爵一直以他妻子和配偶应得的尊重对待她、爱她、高于一切地珍惜她。

故事 10

年轻的阿丽贝克与一位沙漠隐修士为伴，与他一起侍奉天主；她心甘情愿地帮助隐修士把魔鬼关进地狱。

迪奥内奥一直认真地听着女王讲的故事，听她讲完，知道自己要讲的故事是最后一个，因此不等女王吩咐就微笑着开始了：

我想你们这些美丽的小姐们还没听说过魔鬼是怎样被送回地狱里去的吧，所以我想给大家讲这样一个故事，但几乎不脱离大家一整天讲故事的主题。可想而知，你们了解了怎样把魔鬼送回地狱里，会帮助你们拯救自己的灵魂。尽管爱神喜欢居住在富丽堂皇的宫殿和温馨舒适的卧室里而鄙视乞丐的简陋茅屋，但你们会发现，他仍然偶尔显现在密林深处、光秃秃的山野之间和荒芜的岩洞里——这表明，世界万物都服从于爱神的力量。

好啦，言归正传，在柏柏里海岸一个名叫卡普萨的城里，曾住着一个极其富有的人。在他的子女当中有一个举止可爱的漂亮姑娘，名叫阿丽贝克。她不是基督徒，但听过许多基督徒邻居高度赞美他们的信仰和他们侍奉天主之事。有一天，她向其中的一人请教如何侍奉天主，侍奉天主最简单的办法是什么。那个人告诉她，那些像在底比斯城周围埃及沙漠里追求隐居的人那样，最远离尘世一切事物的人，侍奉天主最好。于是，第二天早晨，才十四岁（或十四岁左右）的天真的阿丽贝克，受孩子般热情的驱使，而不是带有什么虔诚的信仰，谁也没有告诉，偷偷地、孤身一人，向底比斯沙漠方向走去。那是一段艰难的、令人筋疲力尽的旅程，但几天后，她在热情的支持下，终于到达了那片孤寂荒凉的沙漠地带。她见远处有一间棚屋，就朝那间棚屋走去，发现一位圣洁的修士站在门口。一个小姑娘出现在荒漠里，这使他非常惊讶，他询问她来找什么。她告诉他，她受到天主的启示，前来寻求侍奉天主的办法，同时寻求一个能教给她侍奉天主最好办法的人。

那位善良的人见她年轻漂亮，担心如果收留她，魔鬼就会来诱惑自己。所以，他夸奖了她善良的意向，给她吃了一些菜根、野苹果和海枣，又让她喝了点儿水之后，对她说："孩子，离这不远有一个圣洁的人，他会比我更好地教给你想学的东西。去请教他吧。"他把姑娘打发上了路。

她找到了那位圣洁的人，但他的话与第一个人的完全一样，她只好继续前行，一直走到一个名叫鲁斯蒂科的年轻隐士的小屋前面。鲁斯蒂科非常善良、非常虔诚，姑娘向他提出了同一个请求。他急于考验一下自己信仰的坚定性，没有像前两位修士那样把她打发走或让她去找别人，而是把她留在了小屋里。到了夜晚，他在小屋的一角给她用棕榈叶子铺了一张床，让她躺在那儿休息。

这样安排好之后，根本没过多一会儿，他的抵抗力就遭到了诱惑的袭击，诱惑很容易就占了上风，没招架几下就败下阵来，向诱惑投降了。他把所有的虔诚思想、崇高忠诚和神圣教规统统放在一边，使自己纵情欣赏姑娘的青春和美貌，绞尽脑汁地想办法说服她，既让她朝自己的目标走又不使她认为自己是个放荡的家伙。首先，他对姑娘进行试探性的询问并确认她先前丝毫不了解男人的肉欲，完全像她外表一样的天真。这使他想出了假借侍奉天主的名义，让她满足自己欲望的办法。他先是给她讲了很多魔鬼怎样与天主作对；然后让她明白，最使天主高兴的侍奉办法就是把魔鬼送回地狱里，那本是天主判他受惩罚的地方。

姑娘问他怎样能把魔鬼关回地狱。“一会儿你就知道了，”鲁斯蒂科说，“你只需要看我做什么，你就做什么。”他脱下身上穿的几件衣服，脱得一丝不挂。姑娘也照他的样子脱得一丝不挂。然后，他像要祈祷似的跪下来，也让姑娘面向他跪着。

鲁斯蒂科就以这样的姿势，面对着这样的美女，欲望之火很快升腾起来，他感到被压抑的肉欲复活了。阿丽贝克惊讶地看着他肉体上的变化。“鲁斯蒂科，”她说，“你身上那个部位伸出来的那个直挺挺的东西是什么玩意儿呀？我身上却没有那个东西。”

“哎哟，孩子，”鲁斯蒂科说，“这就是我跟你讲的魔鬼呀。你看，他正在折磨我，我简直受不了啦。”

“啊，赞美天主！”姑娘大声说，“看来我的境况比你好，因为我身上没有那个魔鬼。”

“你说得对。但你身上有另一种我没有的东西；那就是因为你身上没有魔鬼而必然有的那种东西。”

“哦，那是什么东西？”

“你身上有地狱。你听着，我完全相信天主派你来，是为了拯救我的灵魂。如果这个魔鬼继续折磨我，如果你愿意怜悯我，你就会让我把它送回地狱里。如果你真的如你所说，你来这里是为了侍奉天主的，那么你让我把魔鬼送回地狱里就是对我最大的安慰，就是对天主最好的、最受欢迎的侍奉。”

“哦，神甫，”她天真地回答，“既然我身上有地狱，那就按你的愿望把你身上的魔鬼关进地狱吧。”

“好啊，孩子，愿天主保佑你！让咱们动手把它送回去，那它就会让我安宁了。”

说完话，他就把阿丽贝克放倒在一张床上，教她摆正姿势，好把那天主谴责的魔鬼关进地狱里去。

姑娘以前从未把魔鬼关进地狱，这是第一次，感觉有点疼，因此对鲁斯蒂科说：“神甫，这个魔鬼一定是个令人厌恶的东西！它真是天主的死敌，不仅伤害他人，就在他被送回到地狱里面时，还把地狱弄疼了。”

“它不会总是那样的。”鲁斯蒂科说。为了征服魔鬼，他们把它送回地狱里六次，直到使它暂时低下头，非常愿意平静下来，他们才从床上起来。

但从那以后，那魔鬼又许多次昂首挺胸，十分嚣张，阿丽贝克随时听从鲁斯蒂科的召唤，非常愿意帮助他把那魔鬼关进地狱，她开始喜欢上这个运动了，并经常对鲁斯蒂科说：“卡普萨的那些善良的人经常告诉我，侍奉天主是一种非常快乐的事情，我现在明白了，他们说得多么对啊。我肯定不记得，在我所经历的任何事情中，还有什么与把魔鬼送回地狱一样让我快乐的了。因此我认为，任何费心于别的事情而不去侍奉天主的人都是蠢驴。”所以，她总是去找鲁斯蒂科，说：“神甫，我来到这里是为了侍奉天主，不能只是闲荡。让我们去把魔鬼送进地狱吧。”

她经常在他们正在把魔鬼送进地狱时说：“我不明白魔鬼为什么要从地狱里逃出来。如果它像地狱一样高兴地欢迎它、乐于收留它，它也高兴地待在那里，它就应该永远不离开那里呀。”

所以，阿丽贝克总跟在鲁斯蒂科身后，催促他与她一起侍奉天主，直到她把他的身子给掏空了，就像把衣服穿得绒毛都磨光了露出织纹来，使得他在本应全身沸腾、汗流浃背时却感到全身发冷。所以，他向她解释说，魔鬼已经受到了惩罚，只有当它变得自高自大、十分嚣张时，才再次把它送回地狱。“此时在天主的帮助下，我们已经降服了它，使它如此疲惫，它只能恳求天主休战一会儿。”这样，他总算或多或少使她安静下来。

阿丽贝克见鲁斯蒂科不再邀请她帮助把魔鬼送回地狱里，一天对他说：“你的魔鬼可能受到鞭打，不再折磨你了；可是我的地狱根本不让我安宁。所以，至少你可以让你的魔鬼平息我地狱里的火焰，就像我帮助你用我的地狱杀掉你那魔鬼的威风一样嘛。”

鲁斯蒂科吃的是菜根，喝的是清水，实在不能满足她的要求。他对她说，要完全平息她地狱里的火焰，需要许多魔鬼，一个不行，但他愿意尽力帮助她。所以，他不时地满足她一次，但是次数太少，比把一颗蚕豆扔进狮子的嘴里好不了多少，简直无济于事。那姑娘觉得她没有尽心尽力地侍奉天主，不免经常抱怨起来。

但是，正当阿丽贝克的地狱与鲁斯蒂科的魔鬼，因为一个贪得无厌，另一个疲软乏力，经常争吵时，卡普萨突然遭到一场大火的袭击，阿丽贝克的父亲和他的其他子女与所有家人都被烧死在房子里。所以，阿丽贝克成为父亲全部财产的唯一继承人。于是，一个名叫内尔巴勒的青年，在奢侈的生活中将自己的财产挥霍一空之后，知道阿丽贝克还活着，就出发去寻找她，在她父亲的财产将被因无人继承而宣判充公之前找到了她。内尔巴勒把她带回卡普萨，成了他的新娘，这可使鲁斯蒂科大为欣慰，但阿丽贝克却非常不愿意。这样内尔巴勒成为阿丽贝克家庭财产的共同继承人。但是，在阿丽贝克跟内尔巴勒上床之前，邻家妇女们问她在沙漠里怎样侍奉天主时，她告诉她们她对天主的侍奉就是把魔鬼送回地狱里，而内尔巴勒把她带走，使她不能继续在那里侍奉天主是完全错误的。

那些妇女们问她：“魔鬼是怎样被送回地狱里的？”那姑娘一边说一边做姿势来说明，逗得她们哈哈大笑，她们的笑声现在还没有停止。他们告诉她：孩子，别伤心，我们在这儿也干那个事儿，内尔巴勒将会跟你一起非常好地侍奉天主。”

那些善良的妇女们把这句话传遍全城，直到它变成一句谚语：最让天主愉快的侍奉就是把魔鬼送回地狱里。这句谚语漂洋过海，至今还在我们这里流传。所以，年轻的小姐们，既然你们都需要天主的恩典，那就学会如何把魔鬼送回地狱里吧：这个运动不仅使天主而且使有关双方都得到巨大快乐，而且会从中产生更多的好处。

迪奥内奥的故事一次又一次地使小姐们发出哈哈大笑，他的话使她们高兴极了。他讲完故事后，女王意识到她的任期也已结束，于是她摘下头上的桂冠，非常亲切地把它戴到菲洛斯特拉托头上。“现在我们将会看到，”她说，“狼领导羊群是否能比羊领导狼群好一些。”

菲洛斯特拉托听了她的话，不禁哈哈大笑。“你们听着，”他说，“就像鲁斯蒂科有能力教会阿丽贝克一样，狼也会教给羊如何把魔鬼送回地狱里。所以，请别叫我们狼，因为你们也并非真的是羊。不管怎样，既然这顶王冠传给了我，我就来管理托付给我的这个王国。”

“你听着，菲洛斯特拉托，”内菲勒反驳说，“如果你们想教我们干这个、干那个，而我们倒可能像修女们教马塞托恢复讲话一样，教你们学得聪明一点儿。你们不努力地把自己弄得精疲力竭，就不会接受教训。”

菲洛斯特拉托意识到，他自己的唇枪可能对付不了小姐们的舌剑，于是停止开玩笑，把注意力转移到国王责任上来。他把总管叫来，了解一下各方面情况，然后做出几项英明的指示，目的是让大家在他负责的任期内过得更加满意。然后，他转身对小姐们说：“自从我能够分辨善恶，由于爱上你们这些多情小姐中的一位美人儿，我就一直不幸地经常唯爱神之命是从。我对她逆来顺受，百依百顺，完全符合我所理解的所有爱的方式，但这样做了却对我毫无益处。自从情况恶化以来，我发现自己被抛弃，将被另一位求婚者所取代。我真的认为，我将为追求爱情而死。所以我想，明天我们的故事只围绕一个话题，即最接近我自己经历的话题：结局悲惨的爱情，因为我看我的爱情只能是悲惨地结束，不管是谁给我起了那个悲惨的害相思病的名字①，即你们大家叫我的这个名字，他清楚地知道他为什么给我起那个名字。”讲完这番话后，他站起身来，让大家自由活动，晚饭时再集合。

花园里的美景非常迷人，谁也不愿意离开去别处寻找快乐。此时，太阳已经西斜，炎热有所减退，他们可以纵情跑跳，并无不舒适之感，有几位小姐开始追逐花园里的鹿、兔和其他小动物，在此之前这些动物们曾不时地过来打扰她们讲故事，在她们中间跳来跳去。迪奥内奥和菲亚美塔唱起了关于圭利埃尔莫先生和维尔珠夫人②爱情故事的歌曲，而菲罗美娜和潘菲洛则一起下棋。这样，他们都全神贯注于各自的消遣中，同时，时间在流逝，不知不觉到了晚饭时刻。餐桌摆在喷水池旁边，那天晚上他们吃了一顿最愉快的晚餐。

按照前几任女王留下的规矩，刚一吃完饭，菲洛斯特拉托就吩咐劳蕾塔领头跳舞，并唱歌伴舞。“陛下，”她说，“我不会唱别人的歌儿，而我又想不出在我自己会唱的歌儿中，哪一首适合我们晚会的热烈情绪。但如果您愿意听我会唱的歌儿，那么我会高兴地唱一首。”

“如果是你会唱的歌，那一定优美动听；所以，请你唱吧，唱一首你记得的歌。”

于是，劳蕾塔开始温柔地唱起来，伴有悲伤的手势，其他小姐们也随声附和：

---

①菲洛斯特拉托（Philostrato）：这一名字由两个希腊字组成，philo 意为“爱”，trato 意为“挣扎”，有“百折不回，一往情深”的意思。

②维尔珠夫人（Chastelaine de Vergi）：13世纪法国的一首关于爱情私通的诗歌，在意大利很流行。

我爱得徒劳，只能叹息，
哪一位姑娘会比我更加悲伤？

造物主啊，您把我塑造得美丽优雅，
这样您才快乐。
您使我成为一个符号，一个爱的字眼儿，
它珍藏着您的美。
可是男人反复无常，男人视而不见，
所以我被轻蔑地拒绝；
您从我身上发出的光辉
从未被人察觉。

有一个男人，他非常宠爱我，
为我神魂颠倒，
他祈祷在我们漫长的有生之年
我们永不分手。
因为他真诚，所以赢得了我的爱，
当然，他又将我丢弃。
哎呀，他离我而去：留下我去悲叹
命运之神留给我的不幸。

随后来了一位可鄙的青年
他举止傲慢；
他强迫我同意成为他的人，他虽然真诚
但既不可亲又不可爱。
他严格地束缚着我，他是一头嫉妒的猪——
爱神啊，我因气愤而悲伤，
我本是人类的欢乐，

却被关在笼子里
在煎熬中日渐憔悴！
哎呀，是我的同意导致了
第二次婚礼。
以为我将永远脱下寡妇的丧服
是多么的不明智！
穿着那身素服时我感到非常快乐，
我过着受人尊敬的生活。
哎呀，我诅咒那一天——
我被选定新娘的那一天！

啊，我最亲爱的爱人，
我把我心中美好的初恋放在了你的身上，
既然现在你的灵魂已与天主
我们的造物主相互拥抱，
恳求天主把我也召去吧。这样，我们
就会在天国团聚，
那时我也许会知道
你的心仍然属于我。

劳蕾塔的歌结束了；大家认真地听着，但对歌的理解却不尽相同。一些人倾向于非常实事求是的解释，认为双鸟在林不如一鸟在手（尽管它有各种缺点）；其他人则坚持一种更为高雅、更接近真理的观点，但这里不是详谈此种观点之处。然后，国王吩咐点燃许多大小不同的蜡烛，大家在外边点缀着鲜花的草地上，又唱了许多歌，直到繁星到达天顶、开始西沉时。这时，国王宣布是睡觉的时候了，命令大家回各自的房间，祝大家晚安。

第四天

《十日谈》第三天到此结束，第四天由此开始，大家在菲洛斯特拉托的主持下，讲述结局悲惨的爱情故事。

我总是认为，只有耸立云天的塔楼和最高的树冠才会在嫉妒的狂风吹来时首当其冲；这是我从书本上读来的，我自己观察到的，也是我从有识之士那里听到的。但是，我发现自己受到了严重的欺骗。为了躲避、而且我一直都在努力地躲避嫉妒狂风的猛烈冲击，我决心待在低地上，在山谷里窃取偷来的安静。任何细想一下我的这些小故事的人，都会明显地看到，它们不仅是用通俗的语言而且是用散文（而不是用言语夸张的拉丁韵文）写的，它们不仅缺少书名①，而且是用尽可能谦卑恭顺的风格来表达的。然而，这一切都未能使我免受嫉妒狂风的猛烈冲击，而且我实际上被它连根拔掉，彻底粉

①缺少书名：指这些中篇小说在《十日谈》汇集成书之前就已经流传开了。

碎。我认为，那些哲人道出了一条真理：在这个世界上只有贫穷才不会遭到嫉妒。

读过这些故事的人一直在说我过于喜爱你们这些年轻小姐了，说我以给你们带来快乐和安慰是不合体统的；其他人甚至进一步指责我不该赞美你们。有人假装很有见识，说我这个年龄的人热衷于这类题材——谈论女人，即拍女人的马屁，是很不适当的。许多表示很关心我名声的人认为，我应该去陪伴帕尔纳索斯山上的缪斯女神，而不要使自己卷入与你们这些女人有关的琐事之中，那样做我会显得更明智一些。还有人说，如果我聪明的话，我应该想办法去赚点面包屑糊口，而不是勒紧裤带去专注于这些胡说八道；这种说法显然是出于恶意，而不是出于好心。另外还有人故意曲解我的故事，诋毁我为你们写这些故事时表现出的小心谨慎。

杰出的小姐们，在我坚持为你们效力时，他们就是运用这些含沙射影的语言、嘲笑和刺耳的话来攻击我、折磨我、刺痛我的心。但是不管他们说什么，我都耐心地听了，天主知道我几乎丝毫没有对他们的话耸肩，表示不屑理睬。好吧，你们有责任团结起来为我辩护，但我并不打算朝后一躺，把辩护的工作全扔给你们；我并不想就此与他们进行大辩论，而是用若无其事的回答将他们摆脱掉，我马上就这么做。因为甚至在我的作品还未完成三分之一时，他们就已经群起而攻之，向我提出这样的主张、那样的要求，所以我怀疑在我完成这部作品之前，如果不在中途将他们击败，他们就会变本加厉地、以增加多倍的嚣张向我进攻，毫不费力地践踏我。那时，无论你们这些小姐以多大力量支持我，也无济于事了。我不敢将我的这个故事与我所描写的那一群杰出的朋友们所讲的故事合并在一起。但它将是某个故事的一部分，它的不完整将足以证明，它与那些朋友们的故事毫无关系。所以，我讲给攻击我的那些人的故事是这样的：

很久以前，我们城里有一个名叫菲利波·巴尔杜齐的人，他虽出身卑贱，但在他那个阶层里，他就算很富有、很能干的了。他有一个妻子，他们相亲相爱，过着宁静的家庭生活，都非常关心对方的身体健康。他妻子突然去世——所有人的共同命运——只给他留下一个还不到两岁的亲生儿子。妻子的死使他身心遭到严重摧残，丧偶给他的痛苦比给任何人的都大；因失去了亲爱的伴侣，他决定退出红尘，献身于侍奉天主，同样让儿子也献身于侍奉天主。于是，他把自己的全部财产分发给天主的贫民，然后带着儿子立刻动身，去往阿西纳伊奥山上，在一间小屋里住了下来。他们靠别人的施舍，过着斋戒、祈祷的生活。在儿子面前，他总是煞费苦心地不去谈论世俗的事情，或不让他看见任何世俗的东西，以免这些世俗事物会引诱他不去侍奉天主了；他和儿子谈话的全部内容就是永生的荣耀、天主与圣徒的光荣，他教给儿子的所有知识就是神圣的祈祷词。他带着儿子就这样生活了很多年，他从不让儿子走出这个小屋，除此之外，不让儿子看见其他任何人。

这位善良的人偶尔到佛罗伦萨去，慈善的人们总是给他一些他需要的帮助；然后他就返回他的山上小屋。转眼间孩子长到十八岁了。有一天，儿子问他如今已年老的父亲要去什么地方，父亲告诉他要去佛罗伦萨。“爸爸，”小伙子说，“您现在已经是老人了，做任何事情都觉得很吃力了。为什么不带我去佛罗伦萨，让我也认识那些善良的、是天主和您的朋友的人呢？我年轻，比您更有耐力，因此我能去佛罗伦萨办您要办的事情，那么您就可以留在这儿了。”

已年老的菲利波心里想，儿子已长大成人，侍奉天主也已成为他的第二天性，因此世俗的事物不大可能吸引他了，“好吧，”他在心里对自己说，“儿子说得有道理。”所以，当他要去佛罗伦萨时，就带着孩子一起上路了。

见到佛罗伦萨城里的楼房、宫殿、教堂和许多其他事物，孩子感到大吃一惊，因为这一切都是他以前从未见过的。他不断问父亲：它们是什么？它们叫什么？父亲一一回答，他感到很满意，然后问父亲下一个所见之物。他们就这样走着，儿子问，父亲答，终于碰上了一群年轻、漂亮、衣着华丽的女人，她们是参加婚礼后走在回家的路上。“那些是什么东西？”小伙子一见到她们就立刻问父亲。

“孩子，快低下头，”父亲说，“别看她们，她们都是邪恶的东西。”

“她们叫什么呢？”

因急于避免在年轻人身上激起任何淫荡的邪念，父亲不愿意把她们的真实名字——女人告诉儿子，而是告诉他，她们叫“母鹅”。

嘿，信不信由你，这位以前从未见过这种动物的男孩，立刻忘掉了他刚刚见到的宫殿、牛、马、驴、金钱、以及其他任何事物，对父亲大声说：“嘀，爸爸，请您给我弄一只母鹅吧！”

“住嘴，孩子。我告诉你了，她们都是邪恶的东西。”

“那么说，邪恶的东西就是她们那个样子吗？”

“是的，就是她们那个样子的。”

“唉，我不明白您的话，”小伙子说，“我看不出她们有什么不好的。对我来说，在我见过的事物中，她们是最美丽、最可爱的。她们比您经常给我看的画出来的羊羔漂亮得多。快，爸爸！如果您真的疼爱我，那咱们就从这些母鹅中带回去一只吧，我来喂养它。”

“绝对不带！”父亲说，“你不知道怎么喂养它。”这使他明白了，他的远虑胜不过自然的力量，后悔他不该把儿子带到佛罗伦萨来。

但是我只想把这个故事讲到这里；我的这个故事是讲给那些攻击我的人的，现在我再谈谈他们。他们中的一些人指责我不该竭尽全力去讨你们这些小姐们的欢心；他们认为，我是过分地喜爱你们了。我一点都不否认，你们使我高兴，我也竭力地讨好你们。我经常反问他们：“如果你们下决心去观察一下这些年轻的小姐们，她们优雅的举止、诱人的美丽、绰约的风姿、她们女性所特有的正直，更不用说她们那甜蜜的拥抱和亲吻、与这些难以言喻的可爱的小姐们做爱时的狂喜，你们肯定会对她们产生爱慕之情的，难道这使你们感到惊奇吗？一个在荒山野岭上、与世隔绝的环境里长大的小伙子，”我继续说，“被局限在一间小屋子的狭小范围内，除了他的父亲再无其他伙伴，我们已经看到，一见到你们，他不就只有一个愿望、只提出一个请求、只爱上一个目标——那就是你们这些小姐吗？”而我则自幼就喜欢你们，努力赢得你们的欢心，那些人就该指责我、非难我、攻击我吗？我怎么能抗拒你们眼睛的闪光、你们语言的甜美和你们叹息的激情呢？甚至这儿的一个小隐士—— 一个完全缺乏优美情感的男孩、实际上一个未开化的野人，都喜欢你们，一见到你们，他的心就立刻扑向了你们！当然，欢迎那些既不喜欢你们也不重视你们爱情的人，那些感受不到也毫不了解本能爱情的快乐与冲动的人，批评我吧——但我对他们的意见不屑一顾。

那些拿我的年龄攻击我的人显然研究过韭菜：他们会看到韭菜的头可能是白的，但它发出的叶却是绿的。不开玩笑了，我要对他们说，就是看到了老年的极限，我也将从不脸红地关心那些老年的圭多·卡瓦尔坎蒂① 和但丁·阿里盖利② 所歌颂的美丽女性，因为齐诺·达·皮斯托亚③ 在很老年的时候还十分关心女性，他们以歌颂女性而自豪，并欣赏他们在女性身上所激发起来的爱情。如果不是担心我会全然不顾主题，我会引证历史事例并从历史中引证许多优秀的人物，他们都是在老年时不遗余力地赞颂女人。如果批评我的人对这些一无所知，那就让他们去学一学历史吧。

他们说我应该去陪伴帕尔纳索斯山上的缪斯女神：这是一个很好的意见，我同意，尽管我们不能和缪斯女神永久地住在一起，她们也不能永久地与我们住在一起。如果一个人偶尔不要女神做伴，而

①圭多·卡瓦尔坎蒂（1255—1300 年）：佛罗伦萨爱情诗人，主要作品有《爱情诗集》。

②但丁·阿里盖利（1265—1321 年）：佛罗伦萨诗人，意大利文艺复兴运动的先驱者。主要作品有《新生》、《飨宴》和《神曲》。

③齐诺·达·皮斯托亚（1270—1336 年）：皮斯托亚诗人和法学家，主要作品有《诗歌集》。

高兴去看看酷似女神的人，这没有什么可指责的！缪斯女神是女人，即使女人从整体上看不属于缪斯同一阶层，但实际上一眼就能看出，她们与缪斯十分相像：所以如果我没有其他理由崇拜美丽的女性，那么仅仅这个理由就足够了。此外，女人给了我灵感，使我写出大量的诗篇和散文，而我在缪斯女神的训诫下却未写出一首诗。确实，缪斯女神帮助过我，教过我如何写作所有那些诗篇和散文；还有可能，在我出于对作为同类人的女性的尊敬，写作这些公认的朴实的小故事时，缪斯女神经常来关照我。所以，在编写这些故事时，我并没有像许多人以为的那样，远离帕尔纳索斯山或缪斯女神。

但是，对于那些关心我、怕我挨饿，因而劝我去用心挣面包的人，我们该说些什么呢？唉，我不知道，除非我仔细想一想，当我穷困潦倒，向他们乞讨面包时，他们的回答会是什么，我以为他们会这样说："去吧，到你虚构的故事中去找面包吧。"许多诗人在他们写的故事中找到的食物，比许多有钱人在他们的财富中找到的食物还要多；许多专心于他们诗歌创作的诗人加快了他们生活于其中的时代的脚步，而那些超过自己需求、积攒更多面包的富人却过早死去，这样的人太多了。不需要再说了！如果我去向他们乞讨面包，让他们把我赶走吧，（感谢天主！）我现在还不需要向他们乞讨面包；如果我真的没有面包吃了，我也知道，用耶稣的使徒圣保罗的话① 说，知饱足、忍饥饿——这是我自己的事，不用别人为我的福利操心。

至于那些说我写的故事不真实的人，如果他们能提供支持他们论点的证据，我将只能非常感谢：如果他们的证据与我写的东西相抵触，我将承认他们的指责是公正的，并尽力改过自新。但如果他们拿不出证据，只依靠空洞的言辞，我只好听任他们喜欢怎么说就怎

①圣保罗的话：见《圣经·新约》中圣保罗写给腓立比人的信，4：12。

么说去吧，我自己走自己的路，我还将用他们批评我的话来回敬他们。

善良的小姐们，暂时给了那些攻击我的人足够的回答之后，我只想说，希望在天主的保护下，在你们的支持下，我要用神圣的耐心继续写我的故事。我将不理睬这场批评的风暴，听任它怎么凶猛地刮去，因为我看不出我的遭遇比一把尘土更糟糕：当大风刮起时，那尘土或未受干扰，或被刮起到空中，然后落到人们的头上、国王和皇帝的王冠上、高大宫殿和耸立塔楼的顶上；如果尘土再从这些地方落下来，它只能落到它被刮起来的地方，不会落到低于原来的地方。如果说我以前竭尽全力在各个方面使你们这些小姐们满意，那么我现在更愿意这样做，因为我知道任何有理性的人都会说，我爱你们和其他爱你们的男人一样，都是出于天性；公然反抗自然法则需要巨大的力量，那些试图这样做的人不仅经常枉费心机，而且给自己带来严重的伤害。让我坦白地说吧，我没有那种力量，也不想有；即使我有那种力量，我宁愿把它借给别人也决不自己使用它。所以，请批评我的人闭嘴吧！如果你们对热情感觉迟钝，很好；那就永远冷冰冰的吧：享受你们的欢乐去吧，满足你们反常的欲望去吧，但是让我去追求短暂人生给予我的这种欢乐吧！

但是，美丽的小姐们，我们已经离题太远了，必须言归正传，继续讲故事吧。

太阳驱走了空中的繁星，揭开了笼罩大地的潮湿夜幕。这时，菲洛斯特拉托起了床，唤醒了大家；他们走进那座景色秀丽的花园，游玩散心，非常快活，一直玩到吃饭时间。他们就在昨天吃晚饭的地方用餐。当太阳西斜时，他们从午睡中醒来，按通常的方式，来到喷水池旁边坐下；菲洛斯特拉托吩咐菲亚美塔讲第一个故事，菲亚美塔用下面这些话作了一个优雅的开头：

故事 1

萨莱诺亲王坦克雷迪杀死女儿的情人，把那年轻人的心放在一个金杯里送给女儿。故事的结局十分悲惨。

我们的国王为我们要讲的故事指定了一个悲哀的话题，不是吗？大家想一想，尽管我们来到这里是为了寻找快乐，可是我们不得不讲到眼泪；如果讲故事的人和听故事的人不被感动得产生怜悯之心，我们怎么能描述这种凄惨的事情呢？也许他这样做是为稍稍缓解一下我们过去这几天的热烈情绪。无论他的理由是什么，我无权改变他的命令，所以我将给大家讲一个关于灾难的、引人怜悯的故事，它非常值得我们为之流泪。

萨莱诺亲王坦克雷迪是一个非常仁慈而善良的君主，可是到了老年却让他的双手染上了一对恋人的鲜血。他一生只有一个女儿，如果他没有生那个女儿，他的生活也许会更幸福一些。他像任何父亲一样，非常疼爱自己的女儿，在他女儿过了出嫁年龄以后很长时间，他也不愿意把女儿嫁出去，因为他舍不得女儿离开自己，最后，他把女儿嫁给了卡普阿公爵的儿子，但婚后不久她就成了寡妇，又回到父亲身边。无论长相还是身材，她都比在她之前或在她之后的任何女人都美；她年轻，精力旺盛，而且在女人当中才智过人。那时，她与过分喜爱她的父亲一起生活在奢侈的环境之中，养尊处优；她看得出父亲对她非常迷恋，根本不想再为她找个丈夫。因为她觉得要求父亲给自己找个丈夫不妥，于是决定偷偷地试着给自己找一个身体强健的情人。作为惯例，她父亲的宫廷里经常出入许多高贵和地位卑微的男人，她仔细观察其中几位的举止，直到她发现了她特别喜爱的一位。他是父亲的一个年轻侍从，名叫圭斯卡尔多。这个小伙子虽然出身非常贫寒，但表现出高贵的品格和举止。她经常见到他，在他身上发现了更多值得称赞的东西，于是暗暗地爱上了他。这个侍从非常聪明，觉察到了她的情意，对她做出了非常衷心的回应，热爱她实际上成了他唯一使他全神贯注的事情。

于是他们在暗中相爱，相互为对方憔悴，公主的最大愿望就是能有机会与他幽会；但是没有一个她可信任的人可为他们牵线搭桥，但她终于想出一个新奇的计策：设法让他知道他们可以怎样行动。她写给他一封信，告诉他第二天他应该怎样做就能够和她在一起幽会；她把这封信藏在一段两节之间的竹管里，开玩笑地把它递给圭斯卡尔多，对他说："这根竹管可当作手用吹风器——把它给您的女仆吧，她今晚可用它来生火了。"

圭斯卡尔多一接过竹管就立刻意识到，她不会无缘无故地给他这根竹管并说出那句话来。于是他把那根竹管带回家。他回到家后，发现那根竹管是裂开的，打开竹管，发现了她的信，读了信后，明白了他该怎么做。这使他成为世界上最幸福的人。于是他按照公主的指示，用心去实现与公主的幽会。亲王宫殿旁边有一个山洞，是很多年以前在山坡上开凿的；光线通过洞口沿着石壁上的狭窄通道照亮山洞，但山洞早已废弃，洞口长满了杂草和荆棘。从公主住处一楼的一个房间延伸出的一条秘密楼梯通往山洞里；一扇沉重的大门将这条秘密通道封闭。自从曾有人用过它之后许多年过去了，因此谁也不记得它的存在了；但是，爱神的眼睛能找到甚至最秘密的东西，他使得了相思病的公主想起了这条通道。为了不使任何人知道这个秘密，她一天又一天地用自己的智慧来对付那扇大门，直到成功地把它打开。打开门之后，她独自一人下进洞里，发现了那条狭窄通道，她标出洞口离地面的高度，告诉圭斯卡尔多，一定要试着从那条通道爬进洞里，再进入自己的房间。圭斯卡尔多立刻准备好一条绳索，打了很多结和圈，以便他爬上爬下用，穿上一件紧身皮上衣以防荆棘刺伤皮肤，没有告诉任何人，那天晚上来到洞口，把绳子的一端牢牢地系在扎根在洞口的一根粗壮的灌木上，然后顺着绳索滑进洞里，等待着公主。第二天早晨，她假装要待在床上休息，把女仆们都打发出去。当她独自一人在房间里时，她锁上房门，打开进入山洞的大门，然后进入洞里与圭斯卡尔多幽会。他们相互扑入对方的怀抱，然后一起来到公主的卧室，在一起最快乐地度过了那一天的大部分时间。为确保绝对的秘密，对他们以后的幽会作了周密安排之后，圭斯卡尔多回到山洞里，公主在他身后关闭好那道大门，然后出去与女仆们待在一起。夜幕降临时，圭斯卡尔多攀缘绳索向上爬，从他进来的洞口出去回家。后来他经常利用他掌握的这条通道去与公主幽会。

但是，命运之神嫉妒这种巨大而长期的快乐，用一次悲剧的事件，将这对恋人的快乐变成了悲哀和眼泪。坦克雷迪亲王有一个习惯，偶尔独自一人来女儿房间里看看，与她聊聊天，然后离去。有一天午饭后，他来到女儿房间里，却发现女儿吉斯蒙达正好在外面花园里与她的女仆们一起游玩。谁也没有听见他进入女儿房间，因不想打扰女儿在花园里的娱乐，他就在一个角落里，床脚边的一个凳子上坐下来。他发现窗户都关着，床帐垂落在床的四周；他把头靠在床上休息，拉过床的帐帘盖在自己身上，好像他打算隐藏在那里似的，然后就睡着了。不幸的是，吉斯蒙达那天邀请了圭斯卡尔多来幽会；坦克雷迪睡得正香时，她离开仍在花园里玩耍的女仆，偷偷地溜进卧室，锁上房门，然后打开那扇大门把情人放进来，没有注意到房间里还有别人。他们像往常一样上了床，当他们正尽情玩着情人的游戏时，坦克雷迪醒了，听见并看见了圭斯卡尔多和他的女儿正干着什么。他感到十分伤心，他的第一个想法是要申斥他们一顿，但后来又决定暂不作声，如果可能就继续藏在那里，这样他就可以更加谨慎地做着他此时打算做的事情——在这个过程中不给自己招来耻辱。像往常一样，这对情人在一起亲热了很长时间，完全不知道坦克雷迪就在他们的床头；他们感到该分手了时才下了床，圭斯卡尔多回到洞里，公主离开了房间。坦克雷迪也离开了女儿的卧室，虽然已经年迈，他从一扇窗户爬进花园，从那里回到自己的房间，虽未被人看见，却感到痛苦极了。

那天晚上在人们快睡觉时，两名大汉按照亲王的命令，把穿着紧身皮上衣、刚从洞口爬出来的圭斯卡尔多抓获了。他被秘密地带到坦克雷迪面前，坦克雷迪几乎流着泪对他说："圭斯卡尔多，我一直善待你，而你却侮辱了我的感情，今天我亲眼看见你对我女儿做出了可耻的事情。"

圭斯卡尔多对此未做任何解释，只是说面对爱情的力量，他和亲王都同样是没有能力抵抗的。坦克雷迪命令将他的侍从秘密地关在一个房间里，并派人看守。

第二天，吉斯蒙达仍不知道发生的一切，坦克雷迪却想出了很多处理此事的计划，午饭后，按照往日的习惯，他来到女儿的房间。他吩咐把女儿叫来，关上门，开始边哭边说："吉斯蒙达，我以为我很了解你的德性和正直。不论别人怎么说，我从未想到你会考虑委身于一个不是你丈夫的男人，更不用说你实际上这样做了，如果不是我亲眼所见，我怎么也不会相信。我已经老了，活在这个世界上的时间不多了，一想起你这件事儿，就觉得悲哀。既然你一定要堕落到干出这种无耻的事儿来，看在天主的面上，你至少也得选一个更适合你地位的男人啊。相反，在所有经常来我宫廷的那么多人中，你偏偏选中了圭斯卡尔多，一个最下贱的奴仆，出于慈善，我把他作为弃儿在宫廷里养大，一直到今天。现在，你的行为真是伤透了我的心，我不知道该拿你怎么办。昨天晚上，当圭斯卡尔多从洞里爬出来时，我派人抓住了他；他现在被监禁，我知道我该怎么处置他。但是你，只有天主知道我该怎么处置你。一方面，我被我一直对你怀有的父爱所拖累，那是一种比任何一位父亲对女儿的爱都更伟大的爱；另一方面，我又被你这种说不出口的愚蠢所激起的义愤所牵制。我的爱主张饶恕你，而我的义愤则要求我不顾父女之情惩罚你。但在我做出决定之前，我想听听你对此事有什么话说。”说完，他低下头，像一个被打了屁股的孩子那样大哭起来。

她听了父亲的这番话，明白了不仅他们的私情已经暴露，而且圭斯卡尔多已被抓住，她心里感到一阵剧痛，许多次她都决定要像大多数女人那样放声大哭；但是她生性高傲，控制住了感情，以惊人的自制力使脸上表现出平静的样子。以为圭斯卡尔多已被处死，因此她打定主意，宁愿一死也不为自己求饶。

所以，在吉斯蒙达脸上没有一点儿悲伤过度的少女的样子，也没有一点儿自觉有罪的表情，而实际上是一脸的冷漠和不屈服，她眼无泪水、坦坦荡荡、非常镇静地回答父亲：“坦克雷迪，我既不想否认此事，也不想哀求宽恕；第一件事儿对我没有任何益处，第二件事儿对我也毫无用处。而且，我不打算做哪怕最小的事情来赢得你的爱和善心；相反，我承认这一事实，并用正当的理由为我自己的名誉辩护。然后我将做出一位勇敢女人所应做出的表现。我确实爱圭斯卡尔多，只要我活着——可能活不长久了——我就将继续爱他；如果死后爱情能继续，那我将继续爱他。导致我这样做的并非是我女性薄弱的意志，而是你对我婚姻问题的漠不关心，同时也是他的高贵品德。坦克雷迪，你是用肉做的，你应该很清楚你生了个有血有肉的女儿,她不是用石头做的,也不是用铁做的。尽管现在你已年迈，你也应该记住，适用于年轻人的法则是什么，它们的约束力有多大。虽然你是一个男人而且你把最好的年华花在了军旅生活上，但你仍然应该懂得，安逸和奢侈的生活对年轻人和老年人会有什么影响。因为你生了我，我是一个有血有肉的人，生活在这个世界的时间不长，我还年轻。正由于这两个原因，我有性欲，而且我结过婚，体验过来自性欲满足的快乐，这又加强了我的性欲。无论如何，因为年轻而且作为一个女人，我抗拒不了冲动，所以我允许自己被吸引并随心所欲地去恋爱。当我服从于自己有罪的但本能的欲望时，我当然尽了最大努力避免给我自己或您带来耻辱。爱神是任意的，命运之神也对我加以青睐，因为他们给我指出了一条既能满足我的欲望又不让别人知道的秘密通道。我不知道谁向你报告了或你怎么发现了这件事，但我不否认。当我选择圭斯卡尔多时，我并非像许多女人那样，做出一个任意的选择。我非常深思熟虑地在好几个男人当中选择了圭斯卡尔多，认为他比他们更优秀；我们的私通是仔细计划的结果，我之所以能和他长时间地共享欢乐是因为他和我都同样地小心行事。很明显，你宁愿选择庸俗的偏见而不注重事实本身，因为你不是谴责我不道德地与人私通这一事实本身，而你是非常严厉地谴责我找了一个出身低贱的男人做情人，似乎如果我从贵族中选了个情人，你就不介意了。所以，你没有注意到，你谴责的不是我的过错，因为命运经常把那些无价值的庸才捧上显赫地位，而把那些有价值的英杰埋没在最底层。

"无论如何，我们不说这个，来看一看事物的原理吧。你知道，我们所有人的血肉之躯产生于一个共同的血统，我们的灵魂具有同等的力量、同等的潜力、同等的品质，都是一个造物主创造的。我们都生来平等，首先使我们有所区别的是德才：那些具有并表现出较大德才的人被认为是高贵的，而其他人则不是。尽管这条原则后来受到最厉害的攻击，但无论人的本性还是良好习俗都未能取消或毁损它，它依然受到人们的尊重。所以，如果一个人行为高尚并表现出良好教养，但却不被认为如此，那不是这个人的过错，而是不承认他如此的人的过错。看一看你所有那些贵族吧，仔细检查一下他们的生活、他们的行为，然后考虑一下圭斯卡尔多的行为。如果你想不带偏见地评价，你会说他是一个非常高贵的人，而你的那些贵族们都是丑角般的人物。至于如何评价圭斯卡尔多的品德和价值，我不受任何人的意见影响，我只依据你亲口说的话和我亲眼所见的事实来评价。谁曾像你那样高度评价他，因为他做出了值得称赞的事情而表扬他呢？你评价得很正确！除非我的眼睛欺骗了我，你称赞他的事情都是他在行动中做到的，他的行为甚至比你称赞他的话还要好得多。如果我受到了欺骗，那是因为你欺骗了我。现在，你还坚持认为我与一个地位卑贱的人共命运吗？那么，你就完全错了。如果你告诉我，我与一个穷人共命运，那么我同意你的说法，但这种说法对你来说是个耻辱，因为那是你使一个优秀的仆人处于那种贫穷境况中。然而，不是贫困，而是富裕，使一个人变得卑微。许多国王、许多杰出的王侯都是从贫穷起家的，而许多种地、放羊的人原来可能极其富有；这样的人现在仍然存在。

"至于你提出的最后一个问题，你怎么处置我的问题，不必为此犹豫不决：如果你打算在你的风烛残年诉诸暴行——干出你年轻时从未干过的残忍的事情，那么就请动手吧，把你的残忍都发泄到我身上吧。我是这个罪过——如果这件事儿算是罪过的话——的罪魁祸首，我不想为我自己向你求饶。我明确告诉你，如果不完全用处置（或将处置）圭斯卡尔多的办法处置我，我将自己动手处置我自己。现在，你走吧，去和那些女人们哭个死去活来吧。如果你想用严酷的办法，而且你认为我们值得用严酷的办法，那就把我和他都一刀杀了吧。"

亲王熟知女儿的高傲性格，但是即使如此，他也不相信她会用行动证明像她说的那样坚决。所以，当他离开女儿时，他把惩罚女儿的想法抛在了一边，但决定通过惩罚她的情人来冷却女儿炽热的爱情。他派人传令给看守圭斯卡尔多的那两个人，他们必须在那天晚上秘密地勒死圭斯卡尔多，剜出他的心脏，并给他送来。那两个人按时执行了这个命令。

第二天，亲王吩咐给他送来一个大的、漂亮的、金质的高脚酒杯，他把圭斯卡尔多的心脏放在里面，派一名心腹仆人将酒杯送给女儿，并吩咐仆人在把酒杯交给公主时对她说："你父王送你这个东西，作为对你最珍重之物的补偿，以此来安慰你，因为你曾送给你父王他最珍重之物，来安慰他。"

至于吉斯蒙达，什么也阻止不了她的残忍决定，她父亲一走，她就立刻派人采来毒草、毒根，熬成毒汁，以备她担心的事情成为事实时用。于是，当亲王的仆人带着亲王的礼物和口信来到时，她接过金杯，面无表情地打开杯盖儿，一边听着父亲的口信儿一边看着那颗心脏，毫无疑问，那是圭斯卡尔多的心脏。她抬起头来对那个仆人说："这样一颗高贵的心脏，很值得用金子来安葬：我父亲做得很英明。"她把那颗心脏拿到唇边，吻了一下，接着说："我父亲对我的爱总是无微不至，且在我生命的最后时刻更加如此；为了这珍贵的礼物，请替我向他表示我最后的、我将永远不再能给他的感谢。"

说完，她转向她紧紧握住的金杯，对那颗心脏说："哎呀，我所有快乐的最可爱的庇护所，诅咒那个人的残忍吧，他竟然让我以这样的方式亲眼看到你！对我来说，能让我用心中的眼睛时刻注视着你，那就足够了。你已经走完了命运分配给你的路程。你已经来到了人人都要到达的尽头；你已把人世的痛苦和艰辛抛在了身后，你的敌人给了你应得的安葬。的确，你的葬礼，除了你生前热爱的那个女人的眼泪外，各方面都完成得妥妥当当。为了让你得到我的眼泪，天主让我那无情的父亲把你送给了我；我要把眼泪献给你，尽管我原打算眼中无泪、无动于衷地迎接我的死亡。当我为你流完眼泪后，我将立刻行动，让我的灵魂去与你生前寓于你躯体中的、你守护的灵魂会合在一起。在你的陪伴下，我会更高兴、更自信地去往那陌生的世界。我知道，你的灵魂此刻仍在这里徘徊，正看着你我共享快乐的地方；我知道，你的灵魂爱着我的灵魂，我的灵魂爱着你的灵魂，你的灵魂在那边等着我。"

说完这番话，她低下头，眼睛向金杯里看去，开始泪如泉涌，但没有通常那种啜泣的声音，这情景看起来真是不可思议；她一次又一次地亲吻那颗死去的心脏。她的女仆们站在周围，不知道那是谁的心脏，也不明白她说些什么，但她们都感动得流下了眼泪，她们同情地问她是什么使她哭泣，她不回答，女仆们想尽一切办法安慰她。

吉斯蒙达哭够了，抬起头来，擦干眼睛，说："啊，亲爱的心啊，现在我做完了所有应该为你做的事情，只剩下最后一件了，那就是我要去使我的灵魂与你的灵魂团聚。"说完，她吩咐女仆，把装着前一天准备好的毒汁的小瓶拿来，把瓶里的毒汁倒入盛放那颗心脏的金杯里，与她的眼泪混合起来。她毫不畏缩地把金杯送到唇边，一饮而尽，然后拿着金杯上床，躺下，呈一个端正、安详的姿势，把她已故情人的心脏放在自己的心上，一言不发地等待死神的到来。

公主的女仆们看着、听着，但不知道她喝下去的汁液是什么；但她们把看到、听到的一切都告诉了坦克雷迪。坦克雷迪担心一定要出事儿，急忙来到女儿的房间，他到达时，她刚在床上躺下来。他开始对女儿说些安慰的话，但太晚了，因为他看得出女儿已在弥留之际了，不禁失声痛哭起来。

"坦克雷迪，省去你的眼泪吧，"女儿告诉他，"留着它们，别把它们给我，我不需要你的眼泪；把你的眼泪留给那些发现命运给他们的最后礼物比给我的更糟糕的人吧。谁见过有人为他所追求的事物哭泣呢？只有你。但是，如果你过去对我的爱还未完全泯灭，请给我一件最后的礼物吧：既然你不能容忍我与圭斯卡尔多一起秘密地生活，就请公开地把我的遗体放在他的遗体旁，不管你已经把他的遗体扔到了什么地方。"

亲王哭得说不出话来；吉斯蒙达感到死神将至，把那颗心脏紧紧贴在自己的胸口上，低声说："再见，我要去了。"她闭上眼睛，完全失去了知觉，离开了这痛苦的人生。

你们听到了，这就是圭斯卡尔多和吉斯蒙达爱情的悲惨结局。坦克雷迪哭啊，哭啊，哭个没完，后悔他的残忍，但后悔得太晚了。这对恋人受到了全体萨莱诺人民的哀悼，按照亲王的命令，他们被体面地安葬在了同一个墓穴里。

故事2

阿尔贝托神甫化装为加百利天使，上了一位年轻女人的床。最后以他全身被粘满羽毛告终。

菲亚美塔的故事几次使小姐们流下悲伤的眼泪，但故事结束时国王却冷漠地说："如果我得付出生命才能得到吉斯蒙达与圭斯卡尔多所享受到的一半快乐，那我也认为是很便宜的价格，你们这些小姐们也不必为之感到惊讶，因为在我的生活中即使我每小时死过上千次，也得不到哪怕最微小的一点儿快乐。但暂时还是把我自己的苦恼扔在一边吧，我想请潘比妮亚根据这个易动情的话题接着讲，至少讲一个与我的悲惨境遇类似的故事。如果她沿着菲亚美塔引导的方向讲下去，我相信我将会开始感觉到一颗小小露珠落到我火热心房上的效果。"

潘比妮亚虽然听清了国王这样的命令，但她考虑更多的是小姐们喜欢听什么样的故事，并不为国王的口头命令所左右。最后，与其说她想出于服从、让国王满意的态度，还不如说想让她的姐妹们高兴，所以她偏要讲一个喜剧故事，但它仍在当天规定的话题范围之内。于是她这样开始了：

老百姓有句谚语："被当成圣人的恶棍，做了坏事也招不来污点"（或另一句谚语，"善于花言巧语的恶棍，杀了人也不会被发觉"）。这句谚语给了我按规定题目讲故事的足够范围。它也使我能够证明教士们伪善到了极点。他们穿着宽大飘舞的长袍，故意装出一张张苍白的面孔；当他们出去请求施舍时，说起话来谦恭卑贱到了极点，而当他们为自己也干的同样坏事谴责别人时，大声责骂，咆哮如雷；他们宣称，他们是通过索取获得拯救，而其他人则是通过给予。此外，他们的举止不像我们这些为在天堂里找到一席之地而不得不努力奋斗的人，反而好像是天堂的主人，在那里称王称霸，根据死者生前留给他们钱财多少来分给他的灵魂一块较好或较差的地方。他们首先以这种方式欺骗自己，如果他们相信自己说的鬼话，然后就可以欺骗那些相信他们鬼话的其他人。如果允许我尽我所能揭露他们的话，我就会很快让那些头脑简单的人看到这些教士在他们宽敞的长袍下面隐藏着什么东西。我只希望天主让他们像我要讲的他们中的一位那样，为自己的诺言付出代价——那是一位年纪不轻的圣方济各会修士，他的修道院在威尼斯，而他的母院在阿西西。考虑到吉斯蒙达的死使你们十分忧伤，所以我很高兴给你们讲他的故事，用一点笑声使大家高兴起来。

从前，伊莫拉有个名叫贝尔托·德拉·马萨的人。他过着一种邪恶、腐败的生活。伊莫拉人非常了解他的卑鄙行为，他说的话大家一句也不相信，甚至他讲真话时，也没人相信他。他意识到他在伊莫拉再也不能干完坏事不被发觉了，不得不迁居威尼斯——这一罪恶的渊薮①，他希望在那里能够以全新的方式继续进行他的恶毒活动。表面上他好像对他以前所过的那种为非作歹的生活感到内疚，并深受其折磨，因而具有了（似乎具有了）一种异乎寻常的谦卑品格，他变得比任何活着的人都更虔诚信奉基督教，于是成了一名圣方济各会修士，取法号为阿尔贝托·德·伊莫拉。他穿着修士的衣服，假装过着一种苦行生活，经常劝告人们苦修、禁欲，而且不吃不喝碰巧不合他口味的肉和酒。谁也不知道，他是从一个小偷、干坏事的人、伪造者、杀人犯突然变成了一个崇高的传教士的，但他并没有放弃上

①罪恶的渊薮：佛罗伦萨和威尼斯之间传统上的敌对，表明佛罗伦萨人对威尼斯人没什么好话可讲。

述恶行，如果有不能被发现的机会他还是要干的。他当上了神甫，每当他在祭坛上主持弥撒时，如果来的听众很多，他就为救世主耶稣的受难痛哭流涕，因为眼泪并不使他失去什么，却能帮助他达到某种目的。总之，他用布道和眼泪深深地欺骗了威尼斯人，实际上无论谁立遗嘱，都请他做遗嘱执行人，请他收藏遗嘱，许多人都把钱财托他保管；他几乎成为听男男女女忏悔的第一神甫，从一只恶狼变成了一个牧羊人；他在那些地区的圣洁名声远比当年圣方济各会在阿西西的名声大得多。

威尼斯有一个名叫莉赛塔·达·奎里诺的愚蠢轻浮的年轻女人，她丈夫是一个巨商，带着几只大帆船到佛兰德经商去了。碰巧有一天她和另外几个女人来向这位圣洁的神甫忏悔。她跪在神甫脚下，坦白地说出自己的所有过失后，阿尔贝托神甫问她是否有个情人。

莉赛塔是威尼斯人（威尼斯人都很自负，虚荣心强），因此她满脸怒容地回答：

“喂，神父！难道您没长眼睛吗？我跟这些女人不是一样漂亮吗？如果我想有情人，我会想要多少就会有多少，不过像我这样的美人不是随便哪个男人就可以的！您见过多少能比得上我美的女人？就是在天国里，在天仙玉女中间，我的美丽也是光彩夺目的。”她大谈特谈自己的美丽，听她自吹自擂真让人觉得肉麻痛苦。

阿尔贝托神甫立刻看出他是在与一个白痴打交道，立即爱上了她，他认为这是一块供他耕耘的肥沃土地。但是，他暂时没有对她说任何奉承的话，留待更合适的时机再说。为了表现他的圣洁，神甫于是训斥她，说她沉迷于极度的虚荣心，等等，等等，结果莉赛塔称他是一头蠢驴，见到了真正的美人儿却不懂得欣赏。阿尔贝托神甫不想使她生气，就赦免了她忏悔的罪过，让她与她的女伴们一起回家。

几天后，他带着一个心腹朋友来到莉赛塔家，把她叫到另一个房间——在这里别人看不见他们。神甫在她面前跪下，说：“夫人，请您看在天主面上，饶恕我礼拜天您跟我谈论您的美丽时我说的那些话吧；那天夜里就因为那些话我受到了严厉惩罚，直到今天我才能起床。”

那愚蠢的女人问：“谁惩罚了您？”

“我马上告诉您：那天夜里我像往常一样正在我的房间里祈祷，房间里突然一亮，我还没来得及弄清楚那光亮是从哪里来的，就见到一个英俊的年轻人，手持一根大棒，站在我面前，俯视着我。他揪住我的头巾，拉起我来，将我一顿痛打，打得我浑身骨头都散了架了。我问他为什么打我，他说：‘因为你今天胆大妄为，竟然因为我的莉赛塔夫人的天国姿色指责她；天主除外，我爱她胜过爱一切。’‘您是谁呀？’我问。他告诉我，他是加百利天使。‘啊，我的天使啊，’我说，‘恳求您饶恕我吧。’‘我可以饶恕你，’他说，‘但有个条件：你尽快去见她，求得她的宽恕；如果她不饶恕你，我将再来，再给你一顿痛打，一顿只要你活着你就不会忘记的痛打。’他后来对我说的话，我不敢对您说，除非您先原谅我。”

这位头脑空虚的夫人，非常爱听这番恭维话，把他的话当成福音真理。过了一会儿，她说：“阿尔贝托神甫，我清清楚楚地告诉过您，我本是天国里的美人儿。但我还是要请天主帮助我，我看您很可怜，所以我现在就饶恕您，这样，您就不会再挨打了，您也可以把天使后来又对您说的话告诉我了。”

“既然您已经饶恕了我，”神甫说，“我将非常高兴地把天使后来说的话告诉您。但有一件事我必须警告您：千万不要对任何人讲我将要告诉您的话，否则，您将破坏您的好机会，因为您是世上最幸运的女人。加百利天使让我转告您，他非常爱您，如果不是怕吓着您，他就会经常来跟您一起过夜了。现在，我从他那儿给您带来的口信是：他想在某天晚上来跟您幽会。但因为他是天使，如果他以天使的形体来，您就触摸不着他，所以他说，为了能与您共享快乐，他想以人的形体来。因此，您得让他知道您想让他哪天夜里来，用哪个人的形体来。到了那时：您就是人世间最幸福的女人了。”

这位愚蠢的夫人说，加百利天使爱上了她，她感到非常高兴，因为她也爱他，每当她看到加百利的肖像，她都要在他的肖像前点燃一根小蜡烛。她说，不管天使什么时候想来，她都非常欢迎。他会发现她独自一人在卧室里等他。但有一件事：他以后不得抛弃她，去讨圣母玛利亚的欢心。众所周知，天使非常爱玛利亚，而且真的非常明显——不论她在哪儿看见天使，总是见他跪在圣母的面前。除此之外，她不介意天使借用谁的形体，只要他别吓着她。

“夫人，您说得很像一个明智的女人。我一定按照您的话去与天使把事情安排好。您能帮我一个大忙，但对您来说并不费什么事：希望您能允许他以我的形体来与您相会。为什么说这是帮我一个大忙呢？因为他将把我的灵魂从肉体里摄出来，放进天堂里。”

“好啊，为什么不？”这位愚蠢的夫人说，“您为我挨了一顿打，如果这样能使您得到安慰，我不介意。”

“那么，今天夜里，请您注意把前门给他留着，这样他就能进来，因为他将以人的形体来，所以他只能通过门进来。”

莉赛塔说她会注意这么做的。阿尔贝托神甫告别后，她高兴得又蹦又跳，焦急地等待着加百利天使来与她相会。至于阿尔贝托神甫，他想，他今天夜里将去当一夜的骑手而不是履行天使的使命，所以吃了各种食品，填饱了肚子，以免因为力量不足被那匹母马儿下子就从鞍子上给扔下来。他向修道院院长请了假，夜幕降临时，带着一个心腹来到一位女友家。这位女友家是他先前几次寻觅小母马的根据地。他先在这里待一会儿，把自己伪装一下，等时间一到，再从这里出发，直奔莉赛塔家，走进去，用带来的衣服把自己变为天使，爬上楼梯，进入她的房间。

她见到这个白色的东西，立刻在它面前跪下，天使为她祝福，把她扶起来，用手势请她上床，她立即照办。然后，天使也在他的崇拜者身边躺下来。阿尔贝托神甫是个身材魁伟、外貌好看的男人，精力充沛地施展起他的骑术来。莉赛塔柔嫩、年轻的肉体给他的反应完全不同于她给丈夫的反应。那天夜里，虽然没有翅膀的帮助，天使也上下翻腾了好几次，她感到非常满意。他还给她讲了许多关于天国荣耀的事情。第二天天快亮时，他起身收拾东西，然后带着他扮演天使的衣物离去，回到他的同伴那里。那天夜里，那个同伴并不是独自一人睡觉，因而也没有因孤独而害怕，原来是那家女主人够朋友，陪他睡了一夜。

午饭后，莉赛塔与一个女伴前来拜见阿尔贝托神甫，向他详细讲述了加百利天使如何与她幽会、她听天使讲的永恒生命的荣耀、天使的形象，以及其他许多她添油加醋编造的、令人莫名其妙的信息，讲得天花乱坠。

“这个，”阿尔贝托神甫说，“我不知道您与他昨夜过得是否快乐，但我的确知道昨天夜里，他来到后，我把您的口信转给了他，他立即把我的灵魂带到一个百花争艳的地方，那里有那么多的玫瑰，我一辈子从未见过那么多花儿，昨夜我的灵魂就是在那个可想而知的、最令人愉快的地方度过的，直到今天早晨。至于我的肉体，它发生了什么事情，我一点儿也不知道。”

“我不是告诉您了吗？”莉赛塔说，“您的肉体与加百利天使一起在我的怀抱里度过了一夜。如果您不相信我的话，请您看一看您左乳头下面：我狠狠地咬了天使一口，以表示我对他深深的爱，留下的痕迹将保留好几天。”

“很好，今天我要做一件多年来未做的事儿：我要脱下衣服，看看您说的是不是真的。”又谈了很多话之后，莉赛塔回家了。阿尔贝托神甫后来又多次扮作天使去与那位夫人幽会，没有受到任何阻碍。

但是有一天，莉赛塔碰巧与她的一个女友谈论谁最美丽的问题，坚持说自己是女人当中最美的。智力不是她的强项，所以她这样自负地说：“如果您知道我的美貌吸引了谁，您就不会说别人比我美了。”

她的女友很想听她说出她的情人是谁——她非常了解莉赛塔的

脾气。“您也许是对的，”她说，“但是因为我不知道这个人是谁，所以我不想改变我的那个看法。”

听她这么一激，莉赛塔将自己的秘密一下子全暴露出来，告诉她：“请别告诉任何人，我说的那个人是加百利天使。他爱我胜过爱他自己，因为我——这是他告诉我的——是全世界最美丽的女人。”

她的女友差一点儿大笑起来，但为了让她谈下去，强忍住了。“噢，天哪，莉赛塔，”她说，“如果您说的情人是加百利天使，那话又是他说的，那您就应该被承认是全世界最美丽的女人。但我从未想到天使喜欢那种事情。”

“我的朋友，您大错特错了！啊，天哪！若论起床上功夫，我丈夫可远远比不上他，而且天使告诉我，他们在天国也干这种事情。无论如何，他认为我比天国的任何女人都美，所以他看上了我，经常来和我幽会。现在您明白了吧？”

莉赛塔的女友与她告辞后，迫不及待地把这件事传开了。她被邀请参加一个一大群女人举行的晚会，她把莉赛塔的事情一五一十地讲给她们听了。这些女人又讲给自己的丈夫，自己的女友，他们再讲给其他人，结果不到两天时间，莉赛塔的故事就传遍了威尼斯。在听说了这件事的那些人中还有莉赛塔丈夫的家人。他们什么也没跟她说，但决定抓住这个天使，看看他是否知道怎么飞。因此，他们暗中守候他已有好几个夜晚了。

关于此事的传说，也碰巧到了阿尔贝托神甫的耳朵里，一天夜里他去了莉赛塔家，想训斥她一顿。他刚脱下衣服，看见他到来的莉赛塔丈夫的家人立刻来到卧室门口就要打开房门。一听见他们的声响，阿尔贝托神甫马上就明白了这是怎么回事，赶紧跳下床。他见从房门出不去，便打开窗户，窗户下面是大运河，他飞身一跳。河水很深，但他水性很好，所以他没有伤着自己。他游过运河对岸，见一家正开着房门，就悄悄地溜进去，恳求那家善良的主人看在天主面上救他一命，编了一个荒诞不经的故事，解释他为什么光着身子在这样的时刻来到了这里。这位善良的人很同情他，但自己要出去办事，就让他睡在自己的床上，告诉他待在这里等他回来，然后，把他锁在屋子里，就出去办事了。

莉赛塔丈夫的家人闯进她的卧室，发现那只鸟飞走了，却把翅膀留了下来。他们扑了个空，十分气恼，责备那年轻女人后，带着天使的饰物回家去了，留下莉赛塔一人在卧室里闷闷不乐。这时天已大亮，那位善良的人正在里阿尔托桥上，听说加百利天使昨天夜里去与莉赛塔睡觉，被莉赛塔丈夫的家人碰上了，天使恐慌地跳入了运河，然后就没人知道他的下落了。因此，那位善良的人立刻断定，他留在家里的那个人一定是那个逃亡的天使。回到家，他认出了阿尔贝托神甫，与他进行了长时间的讨价还价，结果是，如果神甫不想被交给莉赛塔丈夫的家人，那么他就得给那位善良的人五十个金币。他们达成了协议。

当阿尔贝托神甫想要离开时，他的主人对他说："您就这样出去是逃不掉的。我倒有个主意，只要您肯听我的，您就能逃掉。今天我们要举行庆祝活动：我们所有的人都去圣马可广场，我们当中一人牵着一个扮成熊的人，另一人牵着一个扮成野人的人①，等等；我们都到达那里后，就演出化装狩猎，狩猎结束庆祝活动也就结束了，那些牵领化装野兽的人和他们的伙伴就各奔东西了。在别人得到风声说您在我这里之前，如果您愿意，就请扮成一种动物，您想去哪儿我就可以牵着您去哪儿。否则，我看您没有别的办法不被人发现地离开这里，因为那位夫人的家人知道您就在附近一带躲藏着，而且已在各处布置监视者，守候着抓您。"

虽然不大愿意以这种化装成动物的形象出去，但他还是下定决心听从那位好心人的话，因为他害怕莉赛塔的亲戚们。他告诉了他

①一个扮成野人的人：中世纪威尼斯的真人仪式。

的主人他想被牵去的地方——他不介意怎样去。于是，那个人在他全身涂上蜂蜜，粘上羽毛，在他脖子上系了一条链子，给他头上戴一个假面具，让他一只手拿着一根大棍，另一只手牵着从屠夫那儿借来的两条大狗。然后，他派人到里阿尔托大桥向行人们说，谁想看加百利天使,请到圣马可广场去。这就是威尼斯式的真诚。信息发出后，又过了一小会儿，那个人把阿尔贝托神甫牵了出来，让神甫走在前，自己手里抓着控制神甫的链子走在后面。一路上吵吵闹闹的——“这是怎么回事？怎么回事？怎么回事呀？”威尼斯人用威尼斯语相互问，这种吵闹声把他们送到了广场；这里，跟他们一起来的人和受到邀请直接从里阿尔托桥上来的人，构成巨大的一群。到达后，那个人把他的野人牵上了一个高台，系在一根柱子上，好像在等待着狩猎开始。因为野人身上涂满了蜂蜜，牛虻和绿头大苍蝇都嗡嗡地飞来，扑在他身上，又叮又吵，弄得他狼狈不堪。

这时，那个人见广场已挤满了人，就假装要给野人解开链子，却把阿尔贝托神甫头上的面具揭了下来。“先生们，”他说，“既然野猪没有露面，狩猎就搞不成了，但我不会让你们白来一趟的。所以，我想让你们看一看加百利天使，他从天而降，来安慰威尼斯的女人。”面具一被揭下，大家立刻认出了阿尔贝托神甫。顿时响起了巨大的愤怒吼声，人们把想得出的最令人作呕的侮辱之词都投向了他——任何一个恶棍都没听过比这更难听的侮辱之词——各种各样的污物也都投在了他脸上。他们就这样跟在他身后又骂、又扔脏东西，闹了很长时间，消息才传到了他的修道院，来了六个修士，给他穿上一件长袍，解开套在脖子上的链子，把他领回修道院，身后的咒骂声震耳欲聋。他们把他锁在了一个小房间里，据说他悲惨地生活了一段时间之后，就死了。

这个被认为有道德却暗中作恶的人，失去了信誉，却又胆敢扮作加百利天使，后来又被迫扮作野人，受尽辱骂，罪有应得，最后不得不去为自己犯下的罪过哭泣，但对他已无多大益处，实在是悔之晚矣。愿天主让所有的坏人都是这样的下场吧！

故事3

三个青年带着他们心爱的小姐私奔到克里特岛，享受天堂般的幸福生活；但是嫉妒毁灭了他们的幸福。

听到潘比妮亚讲完了故事，菲洛斯特拉托沉思了一会儿，然后对她说："你那故事的结尾不错，但前面那部分逗笑成分太多，我不喜欢那样。"他说完这句话，转向劳蕾塔，吩咐她努力讲一个好听点儿的故事。

"您对有情人太狠心了，"劳蕾塔笑嘻嘻地说，"您总是想让他们走向悲惨的结局。但是，为了遵守您的命令，我将给大家讲一个关于三对情侣的故事。他们同等地不幸，都没有得到爱情的快乐。"于是，她开始了：

大家都知道，任何恶习都可能伤害沉迷于这种恶习的人，而且还可能经常伤害其他人。我认为，如果说有那么一种能使我们大为激动并使我们陷入危险的恶习，那就是愤怒。愤怒简直就是一种突然的、没有考虑好的情感巨浪，它由某种不满而激起，蒙蔽我们的理性，迫使我们产生一种强烈的对立情绪。

男人动辄愤怒，其中一些人比其他人更容易发怒，而在女人当中，愤怒会造成更大的破坏，因为她们更容易激动起来，而且使愤怒的火焰越烧越旺。如果您想一想，柔软、轻微的东西比坚硬、沉重的东西更容易着火，这就不足为奇了。我们女人——请你们原谅，先生们——比你们男人更脆弱、更不稳定。让我们在记住我们的愤怒的自然倾向、愤怒会造成可怕危害的同时，记住我们女人用温柔和善良给我们选择的男人提供了巨大的快乐和宁静。为了使我们更好地武装起来抵制愤怒，我将给大家讲一个关于三个男青年和三个小姐的故事，他们的爱情（我在前面说过）由于女性的愤怒走向了悲剧的结局。

大家知道，马赛是普罗旺斯沿海的一座古老而美丽的城市。过去那里云集着有钱人和大商贾，比现在多得多。其中一人名叫阿纳尔德·齐瓦达。他虽出身低微，但却是一个诚实、正直的商人，拥有巨大的财富。他的妻子给他生了好几个孩子，包括三个女儿，她们的年龄比弟弟们大得很多。三个女儿中，两个大的是孪生姐妹，十五岁，第三个女儿十四岁。阿纳尔德从去西班牙经商旅行一回来，全家人就准备让她们出嫁了。两个大女儿一个名叫妮内塔，另一个叫马达莲娜，最小的女儿叫贝尔特拉。一个出身高贵但家境贫寒的叫雷斯塔尼奥内的青年爱上了妮内塔，妮内塔也爱上了他。他们经常偷偷地在一起享受爱情的快乐，没有被外人发现。在雷斯塔尼奥内和妮内塔相亲相爱了一段时间之后，一对好友弗尔科和乌盖托分别爱上了马达莲娜和贝尔特拉。他们的父亲都去世了，二人都从自己父亲那里继承了巨额遗产。

妮内塔向雷斯塔尼奥内指出了她的两个妹妹都有了很有钱的男友这一情况，雷斯塔尼奥内认为，他可以利用她两个妹妹的情人来改善他的经济前景。于是，他与他们交朋友，经常陪这个，陪那个，有时陪他们两个人同时去访问那三姐妹们；当他认为一种良好的关系已在他们之间建立起来时，他把他们邀请到家里，对他们说了下面这番话："我的朋友，最近我们一直在一起亲密交谈，一定使你们了解了，我是多么诚心诚意与你们友好相处。凡是我能为自己的利益做的事情，我也愿意为你们的利益去做，因为我把你们当成亲密的兄弟，所以我想把自己的计划告诉你们，然后我们就一起商量出一个实施这一计划的最好办法。根据你们最近在嘴上说的和实际上夜以继日一直在做的，我想你们都深深地爱上了那姐妹俩，就像我爱上了她们中的第三位一样。如果你们想要以最令人愉快的方式满足你们的渴望，我知道我们应该怎么办。你们是有钱的青年，而我则十分贫寒。假如你们愿意拿你们的资金入伙，供我们共同支配，假如我们想出世界上的某一个我们想去与小姐们幸福安居的地方，我完全有把握说服她们，带着她们父亲的大部分财产，跟我们去我们想去的地方。我们到达那里后，我们就能够像一伙快乐的亲兄弟一样过日子，各自与自己的情人在一起——那地方将成为我们的天堂。请下决心吧，要么接受，要么放弃，不容讨价还价。"

那两个正热恋得如醉如痴的小伙子，注意到这样做他们就会得到他们的恋人，立刻毫不犹豫地说，假如结果真能如此，他们肯定照办。几天后，雷斯塔尼奥内与妮内塔有了一次幽会（他们两人见一次面不是一件容易的事情），他已得到了那两位小伙子的回答，于是他们俩一起嬉戏了一会儿之后，雷斯塔尼奥内就和她谈起了他和那两位小伙子商量的计划，而且非常雄辩地表明了自己的想法。然而，他发现她竟欣然同意他的想法，无须他费力去说服，因为她比他更渴望两人能够朝夕相处，不用像现在这样冒着被人看见的风险见面了。所以，她非常坦白地告诉他，她喜欢这个主意，并说特别在这件事儿上，她的两个妹妹也会学她的榜样。"尽快做好一切准备吧。"她说。雷斯塔尼奥内又回去见那两个几天来一直纠缠他、催他实行这个计划的小伙子，并告诉他们那三姐妹的积极性已经被调动起来了，并做好了准备。

他们决定去克里特岛。他们借口需要一大笔钱去经商，便各自卖掉一些财产，把剩下的资产折成现金，然后买了一艘漂亮的平底小船，（秘密地）装备好大量的生活必需品，然后等待出发的日期。至于妮内塔，她非常了解妹妹们的愿望，用花言巧语煽动她们的情绪，说得她们都迫不及待了。

在她们要上船的那天晚上，三姐妹打开父亲的一只大箱子，取出许多珠宝和现金等钱财，然后悄悄地走出家门，按照事先安排，去指定的地点与她们的情人相聚。他们聚齐后，急忙登船，立刻吩咐水手摇桨，出发了。他们一路急行，中途哪儿也不停靠，第二天晚上就来到了热那亚，在这里他们初次品尝了相互依恋的甜美果实。作了必需品的补充之后，他们继续赶路，从这个港口到那个港口，一个星期后，他们就一帆风顺地到达了克里特岛。他们在岛上坎迪亚附近购买了巨大的地产，建造了使人快乐的漂亮别墅，雇用了许多仆人，购买了无数的猎鹰、猎犬和骏马，开始过上了爵爷一般的生活，宴会、舞会一轮接着一轮。他们是世界上最快乐的男人和女人。

但是，我们常见到，好吃的东西吃得太多，就会因饮食过度而恶心、不适。这是经常发生的事情。雷斯塔尼奥内曾强烈地爱妮内塔，但现在无拘无束地和她在一起，随时可以没有任何阻碍地让她满足自己的欲望，于是开始厌烦她了，对她的爱变得冷淡了。他爱上了一个在一次宴会上遇到的当地姑娘，开始追求她，慷慨地邀请她参加各种聚会，给她大量礼物。这事没能逃出妮内塔的注意，她变得非常强烈地嫉妒，严密监视雷斯塔尼奥内，使他一步也不得离开，除非她不知道，经常与他大吵大闹，使她自己和雷斯塔尼奥内都感觉非常悲伤。

饮食过度使人对好吃的东西厌倦，而遭到挫折的欲望反使欲望大增。妮内塔的吵闹使得雷斯塔尼奥内对他新爱的情火更加炽烈。不久，不论别人跟她说什么，她都坚信另一个女人与雷斯塔尼奥内相爱了。这使她非常痛苦，由痛苦转变为使人战栗的愤怒，这愤怒把她对雷斯塔尼奥内的爱变成强烈的憎恨；因愤怒蒙蔽了她的双眼，她决心一定要杀死雷斯塔尼奥内，向他对自己的冷淡复仇。于是，她请来一位善于调制毒药的希腊老太太，用许诺和礼物引诱她制作了一副致命的毒药；一天晚上，妮内塔毫不犹豫地把这剂毒药给了已经喝醉的、毫不怀疑的雷斯塔尼奥内喝了下去；那剂毒药药性极大，天还没亮雷斯塔尼奥内就中毒身亡了。

弗尔科、乌盖托和他们的情人听说了雷斯塔尼奥内的死讯，完全不知他是被毒死的，像妮内塔一样，为他不幸身亡放声大哭，然后为他举行了隆重的葬礼。但没过几天，那位给妮内塔提供毒剂的老太太因为另一件犯法行为而被捕。在严刑拷打下，她供认了她的邪恶行径，不仅交代了妮内塔这一件罪行，而且还详细交代了在此案之前发生的一切。克里特公爵不露声色，一天夜里，他派一队士兵包围了弗尔科的别墅，悄无声息而且未遇任何抵抗地逮捕了妮内塔。妮内塔不用动刑，就立刻交代了公爵想知道的有关雷斯塔尼奥内之死的全部情况。

公爵私下里通知了弗尔科和乌盖托关于妮内塔被捕的原因，他们又把此事告诉了他们的情人。他们都吓坏了，想方设法营救妮内塔，免得被判处火刑烧死，因为他们知道她犯下杀人罪行，难逃这样的命运，而且按照法律，她罪有应得。但是，他们的一切努力都无济于事，因为公爵决意要秉公执法。公爵思慕已久但未能得手的年轻美人马达莲娜，为了拯救姐姐免被处以火刑烧死，打算接受公爵的求爱。所以，她派人去公爵处试探，向他转达她的口信，她愿意把自己完全交给公爵支配，但公爵必须满足她两个条件：第一，放她姐姐安然无恙地回家；第二，此事要严格保密。公爵对她的建议表示欢迎，经过慎重考虑之后，回答说他愿意接受。公爵得到她的默许，一天夜里，借口要就此案询问弗尔科和乌盖托，派人将他们两人抓了过去；然后，他秘密地来与马达莲娜幽会。他在来之前，假装要在那天夜里把妮内塔扔进大海里淹死，派人将她装进一只麻袋里，而实际上带着她来见马达莲娜。公爵把妮内塔还给了马达莲娜，作为他一夜快乐的代价。第二天早晨离开时，公爵要求说，他们第一夜的相爱不应该是最后一次。他又吩咐马达莲娜把她有罪的姐姐尽快送到别处，以免有人谴责时，公爵为保全自己的面子，不得不对她进行再一次起诉。

第二天早晨，弗尔科和乌盖托在听说妮内塔已在夜里被判死刑淹死后，被释放了。他们对此深信不疑，回到家中，安慰他们因失去姐姐而伤心的情人。马达莲娜想方设法把姐姐藏了起来，但是弗尔科还是听到了风声。他对此极为惊讶，而且立即对所发生的事情产生了怀疑，因为他早就听说公爵很喜欢他的年轻女人马达莲娜。他问，妮内塔怎么会回到家里？马达莲娜编了个大谎，但弗尔科非常精明，不相信她，最后她被迫说出真情。悲伤变成了愤怒，她苦苦哀求弗尔科宽恕她，但弗尔科拔剑将她杀死。然后，弗尔科因害怕公爵的愤怒与正义，扔下死在房间里的马达莲娜不管，去找妮内塔。"我们现在就走，"他装作高兴的样子对她说，"我带你去你妹妹为你安排好的地方，别让公爵再抓住你。"

妮内塔相信了他的话；她惊慌失措，急于逃走；夜幕降临时，她顾不得向妹妹告辞就和弗尔科出发了。他们总共只有弗尔科身边带的那么一点儿现金，跑到海边，找到一艘船，驶离海岸，从此他们就失踪了，只有天主才知道他们去了哪里。

第二天，马达莲娜的尸体被发现，一些嫉妒和憎恨乌盖托的人立刻将这一情况报告给公爵。公爵深爱着马达莲娜，所以愤怒地闯进乌盖托的家里，逮捕了乌盖托和他的情人贝尔特拉。尽管他们根本不知道弗尔科与妮内塔一起逃走或其他任何情况，公爵强迫他们承认，是他们和弗尔科合谋杀死了马达莲娜。供认之后，他们当然害怕死刑，于是他们机智地用在家里时就藏在身上以备不测的钱，贿赂了看守。来不及回家去收拾财产，他们两人及看守悄悄地登上一艘船，连夜逃往罗得岛，在贫困中度过了他们短暂一生的最后时光。这就是雷斯塔尼奥内对爱情的不忠和妮内塔的愤怒所导致的悲剧结局。

故事 4

西西里国王的孙子杰尔比诺爱上了一位他从未见过的公

主。杰尔比诺为了得到公主，违背了国王爷爷对他的信任，因此被判处了死刑。

劳蕾塔讲完故事，不再说话了。她的听众扭头相视，为这三对情人的悲惨命运哀痛地摇头表示惋惜。一些人说，是妮内塔的错，她不该发怒，其他人则提出不同的观点，而国王看上去则非常心不在焉。他终于唤醒自己，对爱丽莎点头，示意让她接着讲，爱丽莎就以柔和的语调开始了下面的故事：

许多人认为，爱神之箭只能通过眼睛射出，因此讥笑任何认为一个人可以仅凭道听途说就能产生爱情的人。我要讲的这个故事将非常清楚地证明，这些人是多么的错误：一对青年男女从未见过面，仅凭名声就产生了爱情，而且爱慕至深，最后走向了悲惨的结局。

根据西西里人传说，西西里国王固利埃莫二世① 生了两个孩子，一个男孩儿名叫鲁杰里，一个女孩儿名叫戈斯坦察。鲁杰里先他父亲而死，留下一个男孩，名叫杰尔比诺。男孩由他的祖父精心抚养，长成一个非常英俊的小伙子，他的名字表现了他的骑士气概和勇敢精神。他的名声不仅传遍西西里，而且漂洋过海，在那时的西西里封地柏柏里② 地区也清晰、响亮地传诵着他的英名。在柏柏里，杰尔比诺被许多人仰慕为一个有才华的人，一个真正的骑士，仰慕者中有一位公主，她是突尼斯国王的女儿。见过这位公主的人都说，她是大

①固利埃莫二世（1153—1189年）：善良的威廉，1166年至1189年间西西里国王。但是，鲁杰（鲁杰里）和康斯坦斯（戈斯坦察）是他的叔父和姑母。因此，本故事内容是虚构的，与历史不符。

②柏柏里：北非的马格里布（西北非突尼斯、阿尔及利亚、摩洛哥王国的总称）。

自然造就的最美丽的女人之一，一个具有无瑕德行和崇高品质的少女。她喜欢听人们谈论勇敢的人，每当人们的话题转向杰尔比诺和他的勇敢时，她就特别全神贯注地倾听着，而且是特别津津有味地、贪婪地听着，一边听一边沉思冥想他的高贵品德，努力在心中想象着他的音容笑貌，情不自禁地她深深地爱上了他，杰尔比诺成了她唯一最幸福地细想或听他人谈论的题目。

同样，公主无比的美丽和高贵也闻名遐迩，传到了西西里，传到了杰尔比诺的耳中。关于公主的传说令他心驰神往，在他心中点燃了对公主的爱情，他对公主的爱像公主对他的爱一样炽烈。他一直在想方设法找个冠冕堂皇的理由，请示祖父允许他去突尼斯，因为他太想见到公主了，每当有朋友去那里，他都请他们尽力以最合适的任何方式，向公主转达他对她秘密而强烈的爱，并给他带回有关她的消息。其中一位朋友找到一个非常巧妙的办法来完成这个差使：他以商人的身份，给公主带去一些珠宝首饰，请她察看，乘机转告杰尔比诺对她的深情，并说王子愿将他自己和他所具有的一切全交给公主支配。公主对这位信使和杰尔比诺的口信表示了最热烈的欢迎。“我也同样热烈地爱着他，”她回答说，并请信使将她的一件最珍贵的宝石首饰作为爱情的象征，带回给王子。公主的礼物使杰尔比诺万分高兴，他又通过同一位信使多次给公主写信，并赠送她贵重的礼品。他们决心将抓住命运给他们提供的第一次机会相互见面并接触。

他们就这样书信往来，相爱之情与日俱增。然而时间太久难免夜长梦多，正当这两个恋人因没机会见面而相爱得更加热烈之时，突尼斯国王把女儿许配给了格拉纳达① 国王。这使公主非常痛苦，因为她不仅将在距离上被与恋人分开得更远了，而且从实际意义上

①格拉纳达：一个时代错误，正如摩尔王国不是一个世纪后才建立的一样。

被断绝了与他的关系。如果她能找到什么办法，她宁愿逃离父亲，投奔情人，从而躲避命运的捉弄。同样，杰尔比诺听说她的婚事后，也感到非常伤心，并绞尽脑汁寻求办法，如果突尼斯国王从海路送女儿去格拉纳达完婚，他就打算用武力把公主抢夺下来。

这时，突尼斯国王听到了关于女儿与杰尔比诺相爱以及杰尔比诺抢亲计划的传闻，知道王子非常英勇，心中不免有些惊慌。送女儿去格拉纳达的日期临近时，他首先给西西里国王送去一个口信，把自己计划要做的事情告诉他：他说，他一旦得到国王保证，他就会实施自己的计划。使自己免遭到杰尔比诺的阻挠或任何别人奉杰尔比诺的指示而进行的拦劫。固利埃莫国王这时已是位老人了，一点儿也不知道杰尔比诺与突尼斯公主的恋爱，所以他从未想过突尼斯国王要求得到保证的背后用意，他很痛快地答应了突尼斯国王的请求，并送给他一只金属护手① 作为保证的标志。突尼斯国王得到了安全的保证，立即在迦太基港准备了一艘豪华大船，为船上人员装备了一切生活必需品，又对船进行了适当的装饰，使之成为一艘送女儿去与格拉纳达国王完婚的喜船。然后，他等待着日期。

所有这些情况，公主都十分清楚，秘密地派了一个侍从，代表她去巴勒莫见那位英俊的杰尔比诺，转告他几天后她就要出发去格拉纳达了；如果杰尔比诺真像传说中那样英勇，如果他真像他一再表示的那样爱她，那么现在证明他自己的时刻到了。那侍从非常好地完成了使命，返回突尼斯。杰尔比诺收到了公主的口信，但他知道祖父已向突尼斯国王做出了安全通行的保证，因此左右为难。然而，他毕竟热恋着公主，不能在收到他最爱的人的召唤后证明自己是懦夫，于是他去了墨西拿港，迅速配备好两艘轻型军舰，招募了一队勇敢的水手，出发驶向撒丁岛，因为已得知公主的船将从那里经过。

事情实际上真如他所预见的那样进行，他仅在那里等待了几天，

①金属护手：骑士制度时代牢不可破的保证的象征。

公主的大船就清晰可见地靠近他们埋伏的地点，因为几乎无风，船行驶得很慢。杰尔比诺见那艘船正缓缓驶来，对他的水手们说：“先生们，如果你们真像我相信的那样勇敢，人人都曾热恋过，我认为，一个人直到他热恋过或正在热恋中，他才胜任我要你们去做的事情。现在，你们这些热恋者会很容易地理解我在追求什么。我正在爱着一个女人，这就是我带你们到这里帮助我的原因。我最爱的人就在你们看到的那艘船上。它载着我的心上人，还载着大量财物，如果你们像英雄好汉一样地战斗，那船上的财物就会不费多大力气地属于我们。我想从胜利中获得的一份仅仅是一个女人，她就是我的战斗目的；其余的一切全归你们所有。那么，让我们向大船进攻吧，愿运气帮助我们，天主站在我们一边，因为没有风，那船正笨重地行驶。”

英俊的杰尔比诺本可不讲这番话的，他带来的那些墨西拿人早已迫不及待地要干他刺激他们干的事情了，因为抢掠就是他们的快乐。他的话刚一讲完，他们就发出震天动地的吼声表示同意，吹响号角，拿起武器，操起船桨，奋力靠近那艘撒拉逊人的大船。大船上的突尼斯人见两艘轻型军舰从远处向他们疾驶而来，因为没有风，他们不能行驶，只好准备抵抗。一进入听得见招呼的距离内，杰尔比诺便向撒拉逊人的船长发出命令，如果他们想避免一场战斗，那就立刻到轻型军舰上来。当撒拉逊人弄清楚攻击者是谁，他们的意图是什么时，他们声称，这场攻击是对固利埃莫国王信誉的破坏，他们挥舞着国王的金属护手以示证明。他们又宣布，他们永远不投降，也不放弃船上的任何东西，除非他们在战斗中被打败。杰尔比诺看见了他的恋人站在船尾楼甲板上，发现她比想象的要漂亮得多，这使他对她的爱更加炽烈。当对方出示金属护手时，他诙谐地说，他手上没有猎鹰，用不着手套。如果他们不想把公主交过来，最好准备战斗吧。双方不再说什么，开始相互投石射箭，这场残忍的厮杀持续了一会儿，双方都有伤亡。杰尔比诺见这样战斗毫无进展，便点燃一只他从撒丁岛拖来的小船，在两艘轻型军舰的帮助下，将这只火船推向那艘大船。

那些撒拉逊人发现，他们只有一个选择：不是投降就是战死。所以，他们把正在船舱里哭泣的公主带到甲板上，推到船头，喊着让杰尔比诺出来，当着他的面，不顾公主喊着救命、开恩，把她残忍地杀害了。然后，他们把她的尸体抛入海中，对杰尔比诺说："拿去吧！按你背信弃义的要求和我们处境的需要，我们把她交给你了。"这一惨景使杰尔比诺痛不欲生。他冒着疾石箭雨，命令将他的轻型军舰靠近大船，跳入敌人中间，像幼牛群中的一头饿狮，用它的尖牙利爪将它们一头头撕碎，不是为了充饥而是为了泄怒，杰尔比诺就是这样，他挥舞着手中的利剑，将撒拉逊人一个个砍死，留下了一堆惨不忍睹的尸体。此时，撒拉逊人的大船已经着火，他吩咐他的水手们尽力抢夺财物，然后自己下了大船，虽然胜利了，但却高兴不起来。他吩咐把公主的尸体从海里打捞上来，痛苦地哀悼她很久。他们回到西西里后，他把公主隆重地埋葬在与特拉帕尼隔海相望的小岛乌斯蒂卡上。然后，他回到家中，成了世界上最悲伤的人。

突尼斯国王听到船毁人亡的消息后，立即派身穿黑色丧服的使者求见固利埃莫国王，抗议他背信弃义，他们向国王报告了所发生的一切。国王听了，感到非常震惊。突尼斯使者要求严惩凶手，固利埃莫国王没有办法拒绝他们的请求。他下令逮捕杰尔比诺，不听大臣们的恳求，判处他死刑，然后亲自监斩。他宁愿自己失去孙子，也不愿留下言而无信的名声。

我已经说过，这对情人还没有享受到爱情的果实，就在几天内相继悲惨地死去。

故事5

莉莎贝塔的哥哥杀死了她的情人。她把情人的头埋在一个种罗勒的大花盆里，用她的眼泪灌溉它。

爱丽莎讲完了故事，国王很喜欢这个故事，然后吩咐菲罗美娜接着讲故事。菲罗美娜非常同情可怜的杰尔比诺和他的情人，深深地叹了口气，才开始她的故事：

我故事中的人物，像爱丽莎故事中的人物那样出身高贵，但我敢说我的故事和她的故事一样令人悲痛。刚才提到的墨西拿使我想起了这个故事，它就发生在那里。

从前在墨西拿有三位年轻的兄弟。他们都是商人，从去世的圣季米尼亚诺人父亲那里继承了巨额财产，他们有一个妹妹，非常漂亮，举止文雅，名叫莉莎贝塔，不知什么原因，还没有出嫁。这三兄弟的货栈里有一个他们雇来的年轻的比萨人，实际上负责他们的全部业务，名叫洛伦佐。他是一个英俊的小伙子，干净利落，举止潇洒，莉莎贝塔见过他几面之后，就对他产生了感情。洛伦佐逐渐觉察到了这一点，就开始把自己的全部心思都集中到她一个人身上，不再与其他女人来往。通过一件又一件事的交往，他们发现彼此情投意合，不久他们就大胆地相互满足了对方的热烈愿望。

他们就这样暗中往来，各自都从男欢女爱中得到了很大享乐，直到有一天夜里，他们实在不够小心，当莉莎贝塔去洛伦佐睡觉的地方时，被她大哥发现了，而她自己却全然不知。这位长兄是个聪明人，发现妹妹干这种事，尽管很生气，还是谨慎地决定不把此事说出去，等待时机，同时在脑子里反复做了各种考虑，直到第二天早晨他才把妹妹与洛伦佐的私情告诉了另外两个兄弟。兄弟三人关于这个问题商量了很久，最后决定为了避免玷污他们自己和他们妹妹的名誉，保持谨慎的沉默，假装什么也没看见，什么也不知道，直到他们认为可以洗刷耻辱，维护声誉，终止那件丑事继续发展的时刻到来。

他们就这样打定了主意，继续像以前一样与洛伦佐有说有笑。一天，兄弟三人假装要去郊游一天，并邀请洛伦佐一起去。他们来到了一个非常遥远而偏僻的地方，兄弟三人认为此处正适合他们下手，于是就把毫无戒备的洛伦佐杀害了，然后将他埋了，埋得一点也不引人注意。他们在墨西拿对外人说，洛伦佐被派到外地处理业务去了——这是完全可信的，因为他们经常派他去周围各地办事。但洛伦佐一直没有回来，莉莎贝塔很着急，常去向哥哥们打听他的消息，因为他长期不归，她心情很沉重。一天，她的一个哥哥见妹妹总是来问，说："你这是在干什么？洛伦佐在哪儿与你有什么关系？你为什么不停地问？如果你继续问他的事儿，我们就要给你不愿意听到的回答了。"于是，这不幸的姑娘心中充满了无名的恐惧，不再去问他们了，在许多夜里她不停地、悲哀地呼唤他，恳求他回来；有时她为他长期不归而呜咽、哭泣，非常悲哀地等待着他的归来。

一天夜里，她因洛伦佐一直未归久久地哭泣着，最后哭着睡着了，洛伦佐在梦中①出现在她面前。他面色苍白、头发散乱、衣衫褴褛，形象十分可怕。她在梦中听他说："唉，莉莎贝塔，你整天茶饭无心，不断地呼唤我，为我的长期不归而痛哭流涕，残忍地用眼泪来责备我。你要明白，我再也不能回到你身边了：在你最后见到我的那一天，你的三个哥哥把我谋杀了。"他描述了他们埋葬他的地点，然后告诉她不要再呼唤他，不要再期待他回来了。说完这话，他就消失了。

①在梦中：揭露性的梦幻是中世纪小说中一个常用的叙述手法。

莉莎贝塔醒来，又痛苦地哭起来，因为她对梦中的一切深信不疑。第二天早晨起床后，她不敢对哥哥们讲述梦中的情形，但决心到梦中洛伦佐指给她的地点去，看看她的梦所说的情况是否是真的。她说要去郊外散散心，得到了哥哥们的允许，就带着一个多年来陪伴她，而且熟知她私情的女仆出发了。她迅速地来到那个地点，清除了散落在周围的落叶，摸索到松软的地面，就挖起来。她挖了不一会儿就看见了她不幸情人的尸体，那尸体保存得仍然完好，尚未腐烂，因此，很清楚，她的梦中所示属实。尽管她此时特别想痛哭一场，但她知道这不是她开始哭的地方，虽然她很想把这整具尸体移到别处，好好埋葬，但她看到这也是很不可能的。于是，她拿出一把小刀，非常小心地把头从躯体上割了下来，把它用毛巾包起来；她又把土铲回去，覆盖好尸体的其余部分，把头放在女仆的衣服下摆里，让她抱着回家，未被任何人发现。

她把自己关在房间里，抱着情人的头哭了很久，痛苦的眼泪洒在头的上面，直到她的泪水把头洗得干干净净，又把头一处不漏地吻了上千遍。然后，她拿来一个又大又漂亮的陶器花盆，这种花盆常用来栽种茉乔栾那和罗勒，她把洛伦佐的头用一块细布包好，放进花盆里，再把花盆填满了土，栽上几株萨莱诺产的漂亮的罗勒幼苗，每天用玫瑰水、橘花水或她的眼泪灌溉。她养成习惯，整天坐在这个花盆边，把它当作理想中最喜欢的物件，因为那是她的洛伦佐的墓地。她无限渴望地盯着这花盆看一会儿之后，就把脸凑在花盆上面，长久地哭泣，直到泪水把罗勒花灌溉得好好的。

一方面由于她给予罗勒花以持久的关怀，另一方面由于人头腐烂使盆土特别肥沃，那盆罗勒花长得枝繁叶茂，芳香四溢。因为莉莎贝拉总是坐在花盆前，呆呆地凝视，伤心哭泣，所以邻居们经常看到这种情形，就对她的哥哥们说："我们注意到她天天如此啊。"三位哥哥见她日益失去美貌，眼睛深陷于面颊中，也颇感困惑。他们听邻居这样说以后，现在自己也注意到这一情景，就责备了她一两次，不让她继续这样。但没有效果，所以，他们悄悄地把花盆从她房间移走了。当她怎么也找不到花盆时，她就固执地要求把花盆给送回来，但是花盆没有被送还给她。于是，她就哭个不停，终于病倒了。她躺在病床上还不断地要求把花盆归还给她。三位哥哥对她固执的请求觉得非常奇怪，所以就想看看花盆里究竟有什么东西，他们把盆土倒出来，看见一个布包，打开一看，原来是一颗人头。这颗人头还没有完全腐烂，从鬈发上看，他们认出这是洛伦佐的头。他们非常惊讶，同时害怕此事会传出去。所以，他们赶紧埋了人头，也不跟任何人打招呼，就偷偷地溜出了墨西拿，迁居到那不勒斯，他们的所有财产随后从海路运到。

这姑娘不停地哭、不停地要她的陶器花盆，她终于悲伤至极而死，她不幸的爱情也就此结束了。后来，这件事还是传了出去，有人为此写了一支歌，直到今天人们还唱着这支歌，歌词是：

是谁，是哪一个邪恶的小偷
偷走了我的花盆？……

故事6

安德雷沃拉与加布里奥托秘密地结了婚，都做了个噩梦。他们的噩梦都很快应验了。

小姐们认为菲罗美娜的故事非常令人满意，因为她们无数次听过那支歌，尽管问过很多人，但从未弄清楚那支歌是怎么创作出来的。国王听到故事讲完了，就吩咐潘菲洛接着讲下一个故事，于是潘菲洛说：

上个故事中讲到的梦给我一个提示，我想给大家讲一个涉及两个梦的故事，这两个梦都是预言性的，后来变成了事实，而上个故事的梦是关于过去已经发生的事儿。在我的故事中，做梦的人一讲完他们的梦，这两个梦立刻应验。当然，大家知道，人在睡觉时他总觉得他是在真的经历着梦中所发生的各种事情。但对于正睡觉时的做梦者来说，不论这些事情看上去有多么真实，他醒来后都会认为梦中有些事是可信的，有些事是可半信半疑的，而其他的则是完全不可信的；不论怎样，许多梦证明是预言性的，后来成了事实。许多人像绝对相信他们醒着的时候所看到的任何事物一样，绝对相信每一个梦，因此暗示恐惧的梦使他们忧郁不安，而暗示希望的梦则使他们欢欣鼓舞。有些人则完全相反，他们不相信任何梦，直到发现自己身陷梦所警告他们的危险之中才相信。这两种人我都不赞成，因为梦既不全是真的，也不全是假的。梦并不永远证明是真的，这一点我们都可根据多次经验得知；它们又并非总是假的，这一点菲罗美娜已经在她的故事中证明，我说过，我要在我的故事中向大家再次证明。我认为，一个人只有追求道德生活，永远也不应该被指向反面的梦所干扰，或泄气或胆怯，任何人也不应该相信那种看上去是怂恿人走向邪路的梦。然而，那种指引人们追求道德生活的梦，还是应该全信的。现在，请大家听我的故事吧。

从前，布里西亚有一个名叫内格罗·达·彭特·卡拉罗的绅士。他有好几个孩子，其中有个非常年轻漂亮的女儿，名叫安德雷沃拉，尚未出嫁，碰巧爱上了另一位布里西亚人，名叫加布里奥托，一个英俊迷人的小伙子，他虽出身低微，但品行端正。安德雷沃拉在女仆的积极帮助下，不仅使加布里奥托知道她爱他，而且让他进入属于她父亲的美丽花园，他们在这里多次幽会，相互满足对方的欲望。为了避免除死亡外任何事物会切断他们之间美好爱情的可能性，他们秘密地做了夫妻。

他们就这样进行着偷偷摸摸的结合。一天夜里，姑娘碰巧做了一个梦：她与加布里奥托一起在花园里幽会，紧紧搂抱着他，两人感到无限的快乐；正当他们如此亲亲热热时，她看见从加布里奥托身体里出来一个可怕的、黑乎乎的、看不清的东西；那东西抓住加布里奥托，虽然她使劲抱住加布里奥托，但那东西用惊人的力量把加布里奥托从她怀中抢了去，带着他消失在地下了，从此她再也没有见到他们中任何一个。难以形容的痛苦使她从睡梦中醒来。尽管她醒来后高兴地发现，那并非发生在现实中，而是在梦里，但她仍然觉得那个梦令人惊恐。因此，当加布里奥托想要在第二天夜里来与她幽会时，她竭力劝阻他，但由于他执意要来，为了不使他生疑，她只好在那天夜里去花园里迎候他。当时正是百花盛开的季节，她采了许多玫瑰花，有红的也有白的①，在花园里一个美丽、清澈的喷水池边与加布里奥托相会。他们在这里尽情地相互爱抚、寻欢作乐之后，加布里奥托问她为什么早些时候告诉他不要来。她解释说，原因就是她前天夜里做的那个梦，以及那个梦留给她的恐惧。

加布里奥托听了她的解释后，嘲笑她对梦如此相信，对她说相信梦是非常愚蠢的，做梦是因为人吃得过多或者没有吃饱，梦绝对没有任何意义，这一点在日常生活中是很显然的。“如果我也相信梦的话，”他接着说，“不是你的梦，而是我自己在昨天夜里做的那个梦，我就不会来了。在我的梦中，我在一片美丽的森林里打猎，我捉了一头非常漂亮、可爱的小雌鹿。它比雪还要白，不一会儿它就变得非常温顺，永远也不愿意离开我的身边。我也非常喜爱它，为了防止它跑掉，我给它脖子上戴了个金颈圈，系上一条金链子②，我时刻牵着它。

①玫瑰花，有红的也有白的：传说的复活象征物，所以用在葬礼上：薄伽丘在这里暗示这个中篇小说的结局。

②金颈圈……链子：传说的爱情专一的诗意意象。

正当这头小鹿将头靠在我膝上休息时，不知从什么地方窜出一条饿狗，那条狗像炭一样黑，样子非常可怕。它向我扑来，我无力抵抗它。它用尖牙利齿撕破我的左胸，咬进我的心脏，把我的心脏撕扯出来，叼着它跑了。我感觉到的疼痛把我从睡梦中惊醒。我完全醒来之后，我赶快去摸我的左胸部，看看那儿是否有伤口，结果发现自己安然无恙，我称自己是本能行为的傻瓜。所以，梦能把我们怎么样呢？我做过这样的梦，甚至做过更可怕的梦，可是它们与我们实际生活中发生的事情毫无关系。所以，别理会它们，让我们过得更快活些吧。”

安德雷沃拉已经受了她自己的梦的严重惊吓，听了加布里奥托的梦之后，她感到更加害怕。但为了不使加布里奥托担心，她尽力掩饰自己的恐惧。虽然他们紧密拥抱，不时地相互亲吻，欢快地做爱，但她不知什么原因总是警惕着，比平时更频繁地看着他的脸，偶尔环顾一下花园四周，看看是否有黑东西从某处向他们走来。

他们就这样亲密地相互爱抚着，忽然加布里奥托长叹一口气，紧抱着她，说：“唉哟，我的宝贝，救命啊，我要死了！”说完这句话，他身子向后一仰，倒在草地上。

安德雷沃拉见他倒下，赶紧把他扶在自己的膝上。“亲爱的，”她几乎呜咽着说，“你怎么了？”

加布里奥托没有回答，只是全身冒汗，呼吸急促，过了一会儿，他就辞别了人世。

大家可想而知，姑娘会是多么的痛苦和悲伤，因为她爱他胜过爱她自己。她为他悲痛欲绝，多少遍地喊他的名字，可是都没有用！她抚摸他的全身，发现他已经像石头一样冰凉，这才终于意识到他的确是死了，她顿时茫然不知所措。她一边哭着，一边去找她的贴身女仆。那女仆了解他们的私情，安德雷沃拉向她哭诉了她为之悲伤的灾难。

她们两人看着已死去的年轻人的脸，一起痛哭了一会儿，然后安德雷沃拉对女仆说：“既然天主已把他从我身边夺走，我也不打算继续活了。但在我自杀之前，我们必须找到合适的办法，保护我的清白名声，不使我们的私情泄露出去，还要想办法把他那勇敢的灵魂所留下的尸体埋葬好。"

"孩子，别说自杀的话，"女仆说，"你已经在这个世界上失去了他，如果你自杀了，你还将在来世失去他，因为自杀是要下地狱的，我相信他的灵魂没有去地狱，因为他生前是个善良的小伙子。你最好振作起来，一心一意地用你的祈祷和其他善事来帮助他，也许他因生前犯下某种罪过，需要有人替他祈祷赎罪。我们可以很快地就把他埋葬在这个花园里，谁也不知道，因为没人知道他曾来过这里。如果你不愿意这样做，那咱们就把他的尸体移到花园外面去，明天早晨他就会被人发现，运回家中，由他家人埋葬他。"

哭哭啼啼的姑娘不论怎样悲痛不已，还是仔细倾听着女仆的建议。她不同意女仆的第一个建议，但对她的第二个建议回答说："他是一个非常可爱的青年，我又这么爱他，他就是我的丈夫：天主不允许我把他像狗一样埋了，或者把他扔在马路边！我已哀悼过他，我将尽力想办法让他的家人也哀悼他，我想我知道我们该做什么了。"

她吩咐女仆立即去她房间，把她存在衣箱里的一块儿绸缎拿来。女仆拿着那匹绸缎回来，她们把它铺在地上，将加布里奥托的尸体移到上面，在他的头下放了一个枕头，她又哭了很长时间，才把他的眼睛和嘴唇合上。然后，她们编了个玫瑰花环给他戴在头上，在他尸体周围撒了很多他们采来的玫瑰花。做完了这些事儿之后，她对女仆说："从这儿到他家门口不远。你和我就像我们现在做的这样，把他抬走，放在他的家门口。天快亮了，他会被抬进自己家里的。虽然这样作对他的家人来说，不算多大安慰，但会使我心安的，因为他是死在我的怀抱里的。"

说完这些话，她又俯身将头靠在他脸上，哭了很长时间，直到天快亮了，女仆一再催促她，她才站起身来，从自己手指上摘下加布里奥托送给他的订婚戒指，戴在他的手指上，哭着说："亲爱的，如果你的灵魂看到我为你哭泣，你的灵魂留下的躯体已无半点儿知觉，请收下你生前最喜爱的女人送给你的最后一件礼物吧。”刚说完这句话，她就晕倒在他的尸体上。

过了一小会儿她苏醒过来，站起身。她和女仆抓起上面放着加布里奥托尸体的那块绸缎，把他抬出花园，向他家门口走去。正当她们抬着尸体，走在去加布里奥托家门口的途中时，碰上了几个主要行政官卫队的士兵，他们碰巧此时出去办别的事情。安德雷沃拉认出了他们的身份，此时她不想活只想死，非常坦率地对他们说：“我知道你们是什么人。我知道我想逃也逃不掉。我愿意和你们一起去主要行政官的办公大厦，我自己向他说明情况。但是，如果我跟你们走，你们中任何人都不许碰我，也不得拿走这尸体上的任何东西，否则我会控告你们。”于是，她和女仆抬着加布里奥托的尸体去了主要行政官的办公大厦，没有人冒犯她。

那位主要行政官听了报告，立即起床，将安德雷沃拉传进办公室，询问事情发生的经过。不仅如此，他还召来几位医生验尸，以查明这位善良的小伙子是否是被毒死或遭到其他方法的谋杀，但他们都说不是，发现是他心脏附近的一个囊肿破裂，造成他窒息而死。主要行政官听了医生们的报告，立刻意识到安德雷沃拉只不过犯了一个最小的罪过，但他却装出一副要送给她一个人情的样子：如果她愿意满足她的欲望，他说，他就释放她。安德雷沃拉不从，他就采取非常不体面的暴力手段，安德雷沃拉义愤填膺，因而产生了一种特殊的力量，勇敢地将他推开，严词谴责他的无耻行为。

天大亮以后，消息传到了安德雷沃拉父亲那里，他忧心忡忡，带着几个朋友来到了主要行政官的办公大厦。主要行政官告诉了他事情的全部经过，他焦急地要求把女儿还给他。主要行政官因为担心安德雷沃拉会指控他企图强奸，所以抢在她提出指控前，对她父亲说了许多关于姑娘的好话，赞扬她的坚贞，说他对姑娘采取的非礼举动是为了试探她。见她意志非常坚定，他就深深地爱上了她；如果他当父亲的同意，而且她也愿意，他将非常高兴地娶她为妻，尽管她已经和一个无足轻重的男人结过婚。

正当两人这样交谈时，安德雷沃拉来到父亲的面前，跪了下来，哭着说："爸爸，我想我没必要再告诉您我有多么厚颜无耻，我遭到了什么样的打击，因为我相信您已经从别人那里知道了全部情况。所以，我衷心地恳求您原谅我的过失，我指的是我瞒着您与我最爱的人秘密结成夫妻。我恳求您的原谅，不是为了使我的生命得以饶恕，而是为了我始终做您的女儿，不是您的敌人。"她说完就扑在父亲的脚下大哭起来。

她父亲这时已是一位老人，秉性善良，她的这番话感动得他流下了眼泪。他一边哭着，一边亲切地把她扶起来，说："我的最大愿望是你能嫁给一个在我看来适合你的男人，如果你已经选择了你爱的男人，我也会感到很高兴的。你对我不信任，瞒着我与他秘密结婚使我难过，现在看到你在我对此事一无所知之前就失去了他，更使我难过。但既然事情已经如此，就让我来为他做我本应为了你的缘故而愿意做的事情，即他活着的时候，我本应把他当作女婿对待，现在他死了，我要把他当作我的女婿为他举行隆重的葬礼。"他向其他子女和家人转过身来，吩咐他们为加布里奥托准备葬礼，那将是一个豪华而隆重的葬礼。

同时，那小伙子的亲戚们，有男的有女的，听到消息也都赶来了，实际上全城的人都来了，参加加布里奥托的葬礼。加布里奥托的尸体被摆放在主要行政官办公大厦院子中间，身体下面铺着安德雷沃拉的那块儿绸缎，周围放着她采来的玫瑰花，在这里，他不仅受到这姑娘和他的女亲戚们的哀悼，而且全城的妇女都来公开地为他哀悼，许多男人也为他流泪。然后，他不是作为一个平民，而是作为一个高贵出身的人，被抬出主要行政官的大院，他是由城里最高贵的人抬着，一直抬到墓地，受到了最隆重的安葬。

几天后，那位主要行政官继续来向安德雷沃拉求亲。父亲来和她商议此事，但她连听都不想听，父亲也愿意迁就她的愿望。于是，安德雷沃拉和她的女仆进了一家以圣洁著称的修道院，她们在这里当了修女，过了很多年贞洁的生活。

故事 7

帕斯奎诺因为摘了一片鼠尾草叶并用它擦牙致死后，他心爱的西蒙娜被指控毒死了他。她为了证明自己无辜，也用一片鼠尾草叶擦牙，去与情人做伴。

潘非洛讲完了故事，国王显然完全不为安德雷沃拉的悲惨命运所动，看着艾米莉亚，示意如果她接着讲下去他会很高兴。于是，她立刻开始：

潘非洛的故事使我想起另一个故事，除了一个细节不同外，其他地方都很类似：安德雷沃拉在花园里失去了她的情人，我故事中的姑娘也是如此。像安德雷沃拉一样，她也被拘捕，但她不是凭借力量，也不是凭借品德，是凭借突然死亡逃脱了法律的控制。我们当中已有人讲过，无论爱神怎样乐于光顾贵族家的深宅大院，他也愿意在穷人家的简陋寒舍里行使职权；的确，爱神的力量有时非常强大，使最富有的人害怕。这一点在相当大的程度上，将在我的故事里显得非常明显。今天我们讲过的几个故事通过一个又一个线索，把我们带到一个又一个地方，偏偏远离了自己的家乡，因此我想让我的故事回到我们自己的城市里来。

不久以前，佛罗伦萨有一位非常漂亮的年轻姑娘，名叫西蒙娜；

她出身低微，但举止文雅。她父亲是个穷人，她得靠自己双手劳动来谋生，她的职业是坐在纺车前纺织羊毛，但这并不是说她就缺乏感情，或者不敢追求美好的爱情。爱神早已通过一位小伙子的令人愉快的言行表示了他对那位贫穷姑娘的兴趣。小伙子的名字叫帕斯奎诺，他的社会地位并不比西蒙娜高，他的工作是代表他的主人，一位羊毛商，给纺织女工送羊毛。西蒙娜欢迎向她求爱的那位小伙子以他可爱的举止表示的爱情。但是，无论她怎样爱慕他，也不敢做出必要的表示；她纺线时，因为心里总是想着给她送羊毛的那个小伙子，所以她每纺完一个纺锤的毛线，总是要发出上千个炽烈的叹息。至于帕斯奎诺，他经常来监督她，让她保证把他主人的毛线纺得尽善尽美，好像只有西蒙娜的纺线才被用来织布似的，所以他主要关心她的纺线质量，常到她这儿来，而不关心别的女工。就这样，小伙子监督姑娘，姑娘乐于被监督，前者变得越来越大胆，后者也大大地克服了她习惯的胆怯和害羞，结果两人在一起做爱了，而且都发现这是一件使他们两人都感到快乐的事情，因此，谁也不用对方邀请，互相争着第一个要做这件事儿。

他们就这样日复一日地在一起寻欢作乐，他们之间的感情也越来越深。有一次帕斯奎诺对西蒙娜说，她真应该想个办法与他一起去一个他想去的花园游玩，那样他们就能更自在、更放心地待在一起，不会使人怀疑。西蒙娜高兴地接受了他的建议。一个礼拜天午饭后，西蒙娜对父亲说她想要去参加圣加洛教堂① 举行的免罪仪式，于是与一个名叫拉吉娜的女友去了帕斯奎诺约定的公园里。她在公园里找到了帕斯奎诺，他与一个名叫普齐诺，外号叫克雷克巴特②

①圣加洛教堂：佛罗伦萨每月举行免罪仪式的地点，经常去参加这个仪式的人们主要祈求肉体的免罪，而不是精神的免罪。

②克雷克巴特（crackpot）：意为“古怪的人”，“发疯的人”。

的好友在一起，克雷克巴特很快就与拉吉娜柔情似水地眉来眼去了。然后，帕斯奎诺和西蒙娜退隐到公园的一角去享受爱情的快乐，让拉吉娜和克雷克巴特在公园另一角，以便自由自在地谈情说爱。

在帕斯奎诺和西蒙娜去的那个角落里，长着一大丛茂盛、漂亮的鼠尾草，他们就在那丛鼠尾草边坐了下来，久久地相互拥抱着，然后又商量了好大一会儿怎样悠然自得地按计划在公园里进行野餐。帕斯奎诺转回身，从那一大丛鼠尾草中摘了一片草叶，用它在自己的牙齿和牙龈上擦来擦去，他说他们吃完野餐后可以用鼠尾草叶来清洗牙齿上的存留物。他继续用鼠尾草擦了一会儿牙齿，然后又回头与她商议野餐的安排，但他刚说上几句话就脸色骤变；紧接着，他看不见东西，说不出话来，再过不一会儿，他就倒地而死了。

西蒙娜见此情景，放声大哭，喊克雷克巴特和拉吉娜快过来。他们听见喊声，赶紧跑了过来，但见帕斯奎诺不仅已死，而且尸体也全都肿胀起来，脸上和身上出现了很多黑斑，于是克雷克巴特突然大声叫喊："你这个恶毒的女人，你把他毒死了！"住宅俯瞰花园的邻居们听到他的大叫大喊，都急匆匆赶来，发现那小伙子已死，且全身肿胀。他们听着克雷克巴特的控诉，说西蒙娜狡猾地毒死了帕斯奎诺；而西蒙娜因情人突然死去正悲伤得不知所措，连一句申明自己无罪的话都说不出来，因此大家就都对克雷克巴特的话信以为真。

大家把只是痛哭不已的西蒙娜抓住，扭送到主要行政官的办公大厦。克雷克巴特在此时出现的两个朋友——一个叫阿培曼，另一个叫克伦西·欧弗的支持下，坚持他对西蒙娜的指控，法官立刻盘问西蒙娜。但是，因为他不能理解西蒙娜怎么会做出有预谋的邪恶举动或犯罪，而且对她的无罪证明一点儿也摸不着头脑，所以决定带她去出事现场，查看尸体，看看那里的一切是否与她的描述相吻合。于是，他不再啰嗦，立即让西蒙娜带路，来到帕斯奎诺尸体所在之处，只见那尸体肿胀得像个圆桶。法官走近尸体，惊讶地查看一番之后，又详细问她事情发生的经过。她对法官讲述了导致那一事件发生的一切事实之后，为使他完全清楚事情的经过，她走近那丛鼠尾草，模仿帕斯奎诺，摘了一片叶子，用它在自己的牙齿上擦来擦去。克雷克巴特、阿培曼和帕斯奎诺的其他好友，讥笑她的举动，说她这样向法官证明自己无罪是徒劳无益的；他们更强烈地坚持对西蒙娜的犯罪指控，因为只有把犯下了她这种罪过的人判火刑烧死，才能使他们称心如意。可怜的西蒙娜，本来就为失去了情人而悲痛万分，现在又因为克雷克巴特要求法官将她烧死而感到极度惶恐，于是也用一片鼠尾草叶擦自己的牙齿，成为夺去帕斯奎诺性命的同一事故的受害者，突然倒地而死。在场的人都惊呆了。

啊，幸福的人们哪，你们炽烈的爱情和尘世的生命都结束在这同一天里！如果你们的灵魂一起去了同一个目的地，你们会更加幸福！如果在来世也有爱情，你们在那里也像在尘世一样相爱，你们会更加幸福！如果你问我们这些仍留在人世上的人的看法，那么我们认为，西蒙娜以死摆脱了遭受克雷克巴特、阿培曼和克伦西·欧弗那些羊毛梳理工，甚至更卑鄙的家伙们污蔑的命运，保持了自己的清白，因此她是最幸福的人！她因为主动地像情人一样死去，所以就走上了一条更光荣的道路：既逃脱了他们的强烈指责，又追随她热爱的帕斯奎诺的灵魂而去了。

法官完全惊呆了，在场的每一个人也都如此，他半天不知说什么好，沉思好一会儿才恢复了镇静。“很清楚，”他说，“这种鼠尾草有毒，普通的鼠尾草是无毒的。为了确保它不再毒害他人，速派人把它砍倒，连根带梢，扔进火里烧掉。”

公园的管理人立刻当着法官的面，执行这个命令；他们把这丛鼠尾草一砍倒，那对不幸情人的死因就真相大白了。原来在鼠尾草丛下面有一只巨大的癞蛤蟆，大家意识到，那一大丛鼠尾草受到了那只癞蛤蟆呼出的有毒气体的污染。谁也不敢接近那只癞蛤蟆，因此大家用巨大的柴堆将它围起来，将它与那丛鼠尾草一起烧掉。法官对帕斯奎诺死亡案件的调查就此结束。帕斯奎诺和西蒙娜肿胀的尸体一起被克雷克巴特、阿培曼、马基·帕普和克伦西·欧弗埋葬在圣保罗教堂，因为他们碰巧属于这个教区。

故事 8

在年轻人吉罗拉莫被迫去了巴黎期间，他心爱的萨尔维斯特拉嫁了人。年轻人回来时发现，他心爱的人已将他忘记。当他决定以死殉情时，发生了怎样的情景。

艾米莉亚的故事讲完了，内菲勒遵照国王的吩咐，这样开始了她的故事：

依我看，世上有一些自命万事通而事实上并非万事通的人，他们固执己见，不仅反对别人的意见，而且与自然规律作对。这种自以为是的做法总是导致最坏的结果，从未产生一点好处。在我们所有的自然规律中，最不容劝告或反对的是爱情。爱情的本质决定，它只能自然而然地燃尽，而不能被任何人的影响所消灭。所以，我想给大家讲一个女人的故事，这个女人根本不那么聪明，但她仍要自作聪明；凡事只要她不能容忍，她就试图干预，她以为她能够从一颗被爱情所打动的心里将爱情根除，尽管它可能是被牢牢地栽种在那里的。结果，她在消灭儿子心中爱情的同时，毁掉了儿子的性命。

据传说，我们城里有一个有钱有势的商人，名叫列奥纳尔多·西吉耶里。他妻子给他生了个儿子，取名为吉罗拉莫。但儿子出生后不久，列奥纳尔多就把自己的商务往来作了妥善安排，离开了人世。孩子的母亲与监护人小心地照管并忠心耿耿地替他从事商务管理，这孩子渐渐地与邻居家的孩子们一起长大了。在这条街所有的孩子中，一个与他同龄的小女孩成为他最亲密的朋友。这小女孩是一个裁缝的女儿。随着他们渐渐长大，友谊变成了爱情。吉罗拉莫爱女孩爱得非常深，只有与女孩在一起时他才高兴，女孩儿对吉罗拉莫的爱像吉罗拉莫对她的爱一样深切。

吉罗拉莫的母亲发现他们相爱后，多次申斥、责备他，但他就是不能放弃他对那女孩儿的爱。夫人只好去向孩子的监护人抱怨此事，她认为孩子的巨额财产应该给他赢得与孔雀相媲美的地位，而不是使他与麻雀为伴。"我们这孩子，"她对他们说，"还不到十四岁，就被我们当地裁缝的女儿弄得神魂颠倒，她名字叫萨尔维斯特拉，如果我们不把他们拆开，他会继续与那女孩儿热恋，总有一天会背着我们偷娶那女孩儿为妻，那时我就永远不会再微笑了；如果他看到那女孩儿嫁给了别人，他也会因为对她的爱而伤心憔悴。所以，我认为，如果我们想避免这事发生，你们应该把他送到远远的外地去经商：一旦那女孩儿远离他的视野，他就会渐渐把她忘掉；那时我们就能给他娶一个出身高贵的姑娘为妻。"

那几位监护人一致认为，孩子的母亲说得有道理，并表示他们会尽力而为。于是，他们把孩子叫到办公室里，其中一人最充满深情地对他说："孩子，你现在真的长大了，如果你开始经商，那将是一件不错的事情。如果你去巴黎住上一段时间，看一看你的大部分财产是怎样用于投资的，我们将会感到非常高兴。此外，你待在巴黎会比待在家里变得更加聪明、更有修养，因为在那里你会一边观察所有那些出身高贵且有良好教养的人的言谈举止，一边学会如何做到温文尔雅。然后你就可以回家了。"

那孩子聚精会神地听完了他们的话，但却干脆地回答说他不想去巴黎，因为他认为，作为一个生活的地方，佛罗伦萨对他来说就像对其他人一样，是很适宜的。这好心的监护人又说了很多劝说他的话，但都不能使他改变主意，只好把这个结果报告给他的母亲。母亲听了不禁勃然大怒，不是因为他拒绝去巴黎，而是因为他害了相思病，如此着迷那个女孩儿，便狠狠地训斥了他一顿。但后来她又改为用甜言蜜语哄他、骗他，恳求他做一个乖孩子，按监护人要求他的去做。母亲获得了巨大成功，那孩子终于同意去巴黎住上一年，但只一年绝不多住。他说去就去了。

如果说吉罗拉莫去巴黎时是一个害相思病的小情郎，那么他被困在那里两年（母亲一再迁延他的归期："只再待一个星期……""只再待两个星期……"）后回家时，他的相思病比以前更严重了。他回到佛罗伦萨后，发现萨尔维斯特拉已经嫁给了一个做帐篷的好小伙子，他心里痛苦极了。但是，他见事已至此，无法挽回，就设法安慰自己。他打听到萨尔维斯特拉的住址，就像年轻的情人那样在她的门前徘徊，以为那姑娘会像他迷恋她一样深深地记着他。然而，情况远非如此：尽管她还记得他，但她却看上去好像从未见过他似的。即使她还保留对他一点微弱的记忆，但她也不表现出还记得他的样子。吉罗拉莫很快意识到了她的这种态度，这使他心里非常难过。他尽自己所能，想方设法地使她想起自己。因为他所做的一切都不奏效，他决定当面跟她谈一次，即使那样做会使他有生命危险。

吉罗拉莫从邻居那里打听出萨尔维斯特拉房屋内部的建筑格局。一天晚上，他趁萨尔维斯特拉与丈夫到邻居家玩去的机会，偷偷地溜进她家，进入她的卧室，藏在悬挂在卧室里的一些帐篷帆布条后面。他等待着，直到他们回来上床休息，并听到那位丈夫睡着了；然后，他轻轻地溜出来，走到萨尔维斯特拉身边，将手放在她胸脯上，小声地说："亲爱的，你还没睡着，是吗？"

萨尔维斯特拉的确还没有入睡，刚要喊叫，小伙子立刻脱口说出："看在天主面上，可千万别喊：我是你的吉罗拉莫呀。"

她吓得浑身发抖，赶紧回答说："吉罗拉莫，看在天主面上，请你走吧！我们是孩子的时候相互爱恋，那种感觉的确不错，可是那段日子已成久远的过去。你看，如今我已是结了婚的女人，除了我的丈夫，我不能再和别的男人相好。所以，我恳求你，看在天主的面上，快走吧：如果我丈夫听到了你的话，即使我并未做任何更糟糕的事情，那仍然意味着我与他宁静的生活结束了，而他现在很爱我，我们过着愉快、舒适的生活。”

吉罗拉莫听着她的话，心里感到非常痛苦。他提醒她，他们过去是多么的相亲相爱，多远距离也未能使他对她的爱减少一分。他再三恳求她，向她做出最慷慨的许诺，但他就是说不动她的心。于是，他只想一死了之，他向萨尔维斯特拉提出最后一个请求，作为对她如此深情的奖赏，请她允许他在她身边躺一会儿，暖暖身子，因为他等她等得冻僵了。他向她保证说，他既不再跟她说一句话，也不会碰她一下，等身子暖和过来时，他就离开她。萨尔维斯特拉有点可怜他了，就决定满足他的愿望，条件是他必须说到做到——身子暖和了就走。吉罗拉莫考虑到他多年来对她的挚爱，而她如今对他却是何等的冷淡，他的诸多希望全部化为泡影，于是下定决心不再活下去了。于是，他屏住呼吸，攥紧拳头，一言不发，在她的身边气绝身亡。

过了一会儿，萨尔维斯特拉见他无声无息，就仔细看看吉罗拉莫的面容，又担心丈夫醒来，十分焦急，就对吉罗拉莫说：“喂，吉罗拉莫，你为什么还不走啊？”萨尔维斯特拉见他不回答，以为他睡着了，就伸手要将他推醒，她这一碰，便发现吉罗拉莫已浑身冰凉。她感到非常奇怪，就更加用力地推他，发现他一动不动。她将他全身上下摸了一遍之后才知道他已经死了。这使她悲伤极了，她久久地躺在那里，完全不知所措。最后，她想听听丈夫的意见，假如这种事发生在别人家里，人们该怎么办，于是她唤醒丈夫，对他讲述了她刚才实际发生的一切，但却把这件事说得像是发生在别人家里似的。“假如那种事发生在我的身上，”她问，“你认为我该怎么做？”那位心地善良的人回答说，他认为应该把死者悄悄地抬回到他自己的家门前，放在那里，不必责备那作为妻子的女人，因为她没做错任何事情。

“你说得对，”萨尔维斯特拉说，“那正是我们必须做的。”她抓住丈夫的手，让他摸摸那死去了的年轻人的尸体。他大吃一惊，赶紧爬起来，点亮了灯，不再跟妻子多说什么，给死者穿上衣服，然后迅速把死者的尸体扛到肩上。因为他是无辜的，所以他无所畏惧，毫不迟疑地把那个死去的小伙子扛到他自己家门前，放到地上，转身就走。

天亮时，人们发现吉罗拉莫的尸体躺在他家门外面，立刻喊声、哭声响成一片，小伙子的母亲更是哭得死去活来。几位医生仔细检查了尸体，没发现任何伤痕或青肿。他们下结论说，小伙子是悲伤至极而死，情况的确如此。于是，人们把尸体抬到教堂里，小伙子的母亲和几位邻居、亲戚家的妇女来到教堂，按照我们的传统习俗，哀悼死者，痛哭不已。

正当大家还在为死去的小伙子挥泪如雨时，萨尔维斯特拉的丈夫，就是发现小伙子死在自己家里，又把小伙子的尸体扛到他家门前的那个善良的人，对她说："你快戴上一块面纱，去吉罗拉莫停尸的教堂，混入妇女们中间，听听她们对此说些什么，我也混入男人们中间，看看他们对此有什么反应。那样，我们就能听到人们是否会说些对我们不利的话。"萨尔维斯特拉同意丈夫的建议，因为她已经在小伙子恳求她的最后时刻心肠变软，虽然他活着的时候她连一个吻都不愿回报给深爱她的小伙子，此时她非常想去看看已死去的小伙子。于是她戴上面纱，去了教堂。

爱情的力量是多么的难以琢磨啊！当你想起它来，你就觉得它是那样令人惊讶地难以理解。萨尔维斯特拉这颗心，吉罗拉莫在命运之神垂青他时未能打动，而在不幸中却靠近了它，先前的爱情被重新点燃并又化成一股突如其来的怜悯的巨浪。萨尔维斯特拉身披斗篷，挤过一群妇女，来到吉罗拉莫的尸体旁，看见了他的面孔，发出一声凄厉的哭叫，扑倒在已死的年轻人身上。如果说她仅仅为他流下了几滴眼泪，那是因为她还未来得及触碰到他，她的生命就像吉罗拉莫的生命一样丧失了悲哀的能力。那些妇女们还没有认出她是谁，就都竭力地安慰她，劝她起来。见她不起来，她们就用力拉她，却发现她一动不动。把她扶起来后，她们才认出她是萨尔维斯特拉，人已死去。这一情景使所有在场的妇女被双重的悲哀所压倒，她们爆发出一阵又一阵更加令人心碎的哭声。

萨尔维斯特拉死在吉罗拉莫尸体旁的消息传到教堂外的男人们中间，因此也传到了正在男人群中萨尔维斯特拉丈夫的耳朵里。他哭了很久很久，谁劝他也不听。然后，他对集合在那里的许多男人，把头天夜里发生在他妻子和那位年轻人之间的事情讲了出来，于是人们就完全明白了吉罗拉莫和萨尔维斯特拉的死因，人人为之悲痛不已。然后，大家把死去的姑娘抬到一旁，为她作殡葬准备，给她为葬礼穿戴、装殓好后，把她放回到小伙子的旁边，把他们放在同一棺材架上。人们为她哭了很久，然后把他们两人合葬在一个墓穴里。

这一对真心相爱的年轻人，活着的时候爱神未能使他们结合，而现在死神却使他们成为永不分离的伴侣。

故事 9

圭利埃尔莫·德·加比斯坦成为圭利埃尔莫·德·鲁西永妻子的情人。鲁西永请加比斯坦吃晚饭，结果悲剧发生了。

内菲勒的故事结束了，小姐们都被她的故事所打动，国王见别人都已讲过故事了，不想侵犯迪奥内奥的特权，于是开始了他的故事。

心肠软的小姐们，既然情人们的不幸使你们如此悲伤，我想到的一个故事会使你们产生与刚才一样的同情，因为我要讲的故事中的人物地位更高，而他们的遭遇却比前一个故事中的人物更加悲惨。

众所周知，据普罗旺斯人的地方传说，从前有两个高贵的骑士，各自有自己的城堡和僚属，一个名叫圭利埃尔莫·德·鲁西永，另一个叫圭利埃尔莫·德·加比斯坦① 。他们两人都是一流的武士，因此也成了最亲密的朋友，经常身着同样的盔甲，一起参加比武、竞赛和类似的武装冲突。圭利埃尔莫·德·鲁西永的妻子非常美丽迷人，虽然两位骑士住在各自的城堡里，两座城堡相距十余英里，圭利埃尔莫·德·加比斯坦竟不顾两人的友谊，深深地爱上了她，并想方设法向夫人表达自己的爱慕之情，夫人认为他是一位最英勇的骑士，对他也颇有好感。她开始回报他的爱情，使他成为自己爱情和欲望的唯一目标，她只等待着他的召唤。不久，他们就一次又一次地幽会，在一起热烈地做爱。

他们这样经常地私下来往，时间长了，就不那么谨慎了，结果她丈夫发现了他们的私情，不禁勃然大怒，他对加比斯坦的深厚情谊变成了不共戴天的仇恨，但他像那对情人隐藏自己的私情那样，更加严密地隐藏自己的仇恨。他下决心一定要杀死加比斯坦。正当鲁西永做出这个决定之时，法国传来消息说将要举办一个比武大会。他立刻派人通知加比斯坦，并送去一份请帖，如果他愿意，就请他过来，一起商议他们是否去参加比赛等事宜。加比斯坦非常高兴，并回复说第二天他一定来与他共进晚餐。

鲁西永得到他的回复后，认为杀死他的时机到了。第二天他全副武装，骑着马，带着几个侍从，埋伏在离他城堡一英里树林里的灌木丛中，那是加比斯坦的必经之路。等了一段时间后，他见加比斯坦带着几个仆人来到了，谁也没携带武器，因为他没有料到会在鲁西

①圭利埃尔莫·德·鲁西永……加比斯坦：薄伽丘的这个故事是以对有关12世纪行吟诗人圭勒姆·德·加比斯坦对勋爵妻子的爱的普罗旺斯传说，添油加醋展开的。

永这里遭遇危险。鲁西永见来访者已到达他的设伏地点，猛然跳出灌木丛，挥舞着长枪，直逼加比斯坦，带着杀死仇人的决心，向他大喝：“叛徒，你死到临头了！”话音未落，他的长枪已穿透加比斯坦的胸膛。

加比斯坦未能来得及保护自己，也未能来得及说出一句话，被枪刺中后，翻身落马，顷刻毙命。他的仆人也不看是谁刺死了主人，掉转马头，拼命逃回他们主人的城堡。鲁西永下了马，抽出匕首，剖开加比斯坦的胸部，亲手掏出他的心脏，用长枪尖上的三角旗包好，交给一个侍从拿着，命令他的侍从们不得走漏一点儿风声。然后，他跳上马，回到城堡时，夜色已经降临。

他的妻子听说加比斯坦今晚来吃晚饭，正焦急地等待着他。因为没见到加比斯坦到来，她感到很奇怪，就问丈夫：“加比斯坦怎么没来呀？”

“他送来口信说，他明天晚上才能来。”这个消息使夫人有些不高兴。

鲁西永下了马，派人叫来厨师，吩咐他：“这是一颗野猪心，拿去，尽你所能做一道最芳香开胃、最美味可口的菜来。等我吃饭时，用银碗盛好，端给我。”厨师拿走心脏，把它切成薄片，适量地添加最好的作料，使出他的全部本事，精心做出了一道最精美的菜肴。

晚饭时，鲁西永与妻子一起在餐桌旁坐下来。饭菜端了上来，他却毫无胃口，因为他满脑子想的是他所犯下的这桩罪行。厨师把那盘美味佳肴端了进来，鲁西永吩咐把那盘菜放在妻子的面前；为了让夫人多吃些这盘好菜，他极力赞扬这盘菜，但声称今天晚上自己没有食欲。但他夫人胃口很好，先少尝了一点儿，觉得很香，就把整个一盘菜全吃了下去。

鲁西永见妻子吃完了那盘菜后，“好啊，”他问，“你觉得这盘菜怎么样？”

“非常香。”她回答。

“感谢天主，我完全相信你的话，因为这颗心脏活着的时候你就渴望得到它，现在它死了你也觉得很合你的口味，对此我一点儿也不感到惊奇。”

这句话令夫人停顿片刻。“你这话是什么意思？”她问，“你刚才让我吃的是什么东西？”

“跟你说实话吧，你这个不忠实的妻子，你刚才吃下去的是与你相爱的圭利埃尔莫·德·加比斯坦的心脏。你可以放心，那的确是他的心脏，因为那是在我回来之前不久，亲手从他的胸膛里掏出来的。”

夫人听说她吃了她最心爱的男人的心脏之后，她是如何的悲痛，大家可想而知。过了一会儿，她说：“你的行为，只有卑鄙邪恶的骑士才干得出来。是我爱上他的，他并没有强迫我这样做，因此是我而不是他应该受到惩罚。我吃下了圭利埃尔莫·德·加比斯坦这位英勇、高贵骑士的心脏，天主不允许我再吃别的东西了！”

她身后是一扇窗户。她站起身来，毫不迟疑地仰身跌出窗外。那扇窗户离地面很高，所以她不仅命丧黄泉，而且粉身碎骨。鲁西永见此情景大吃一惊，觉得自己做错了事儿。因惧怕当地百姓和普鲁旺斯伯爵的责罚，他命人备马，逃得不知去向了。

第二天早上，全城的人都得知了这件事儿。圭利埃尔莫·德·加比斯坦的仆人和夫人城堡里的人装殓好那两具尸体，一边痛哭哀悼，一边把他们埋葬在夫人城堡小教堂里的同一个墓穴里。人们在他们的坟墓上刻下了几行诗文，记载下埋葬在这里的一对情人的姓名、他们是怎么死的和他们的死因。

故事 10

两个年轻人在外面的大街上偷了个木箱，不知道箱子里面有一个人正在酣睡，他们把箱子弄回家。那人醒来后被当成窃贼抓了起来。多亏一位女仆和一位夫人急中生智，把他从绞刑架上救了下来。

国王讲完了故事，现在是迪奥尼奥面对接下来讲故事的任务了。他知道轮到自己讲了，得到国王的吩咐后，就开始了：

小姐们，刚才大家讲述的有关爱情的悲惨故事不仅使你们而且使我们伤心落泪，所以我迫不及待地希望这些故事早点结束。感谢天主，这些故事终于结束了（除非我想给这种悲哀的话题加上一些令人心碎的东西，但愿这类故事不再发生！），我将开始讲些好听些的，令人愉快的东西，不再讲那种令人痛苦的主题，这或许能给明天要讲的故事指引个方向。

你们应该知道，不久以前，在萨莱诺曾经有一个外科医生，名叫马泽奥·德拉·蒙塔格纳，他在医生行业中达到了登峰造极的地位。他虽年事已高，却娶了本市一个出身高贵且年轻貌美的姑娘为妻，给她买来华丽的衣服、昂贵的首饰和一定能博取夫人欢心的东西。她在这方面受到的对待比萨莱诺① 城里其他任何女人都好。但是，说真的，她却长年累月忍受着寒冷之苦，因为丈夫在床上不能给她足够的温暖。恰如我们前面讲到的里恰尔多·迪·金齐卡② 教他

①萨莱诺：中世纪初最著名的医学院所在地。

②金齐卡：见第二天故事 10。

的妻子遵守各种神圣节日一样，这位医生也向他的妻子论证说，一个男人与一个女人只睡一次觉，就需要几天时间才能恢复体力，等等诸如此类的胡说八道。这种生活一点儿也不适合她。作为一个既生机勃勃又深明事理的女人，她决定省下家里的男人，到外面大街上去寻找她可以耗尽其体力的其他男人。她留意了许多年轻男人，但都没有看中，最后终于找到了一个可托付自己全部身心的男人。那位年轻人觉察到她的情意后，高兴极了，也坚定不移地爱上了她。他的名字叫鲁杰里·达耶罗利，贵族出身，但却生活放荡，无恶不作，他没有说他一句好话或愿意看看他的朋友或亲戚，在萨莱诺全城，他因偷盗和类似的恶行而臭名昭著。可是这位夫人却并不大在意他的坏名声，而且在他身上发现了其他吸引力，她安排女仆牵线搭桥，与他勾搭上了。他们几次在一起共享爱的快乐之后，夫人开始责备他过去的荒唐生活，请求他为了她而改过自新，为了达到这个目的，夫人开始偶尔给他一些钱来资助他干正事儿。

正当他们尽可能谨慎地暗中往来时，一天，外科医生家里碰巧来了一位病人，他的一条腿患了病，医生给病人检查完腿疾之后对他的家属说，他得从那条病腿中摘除一根患了坏疽病的骨头，否则以后他就得截掉整条腿或者只有让他等死。医生说，如果允许他摘除那根骨头，他可能会成功地治愈病人，但即使病人已病入膏肓，只有病人对自己的死负责他才肯接收病人。对病人负责的家属们商议后，同意把病人交给医生按他的意见做手术。医生知道，如果不给病人施麻醉剂，病人就会感到疼痛难忍，就不会配合手术，因此他在上午按自己的处方配制了一剂麻醉药，病人一旦喝了，这种麻醉药会使病人在手术过程中昏睡医生所希望的足够长的时间，而不使病人遭受痛苦。手术将在晚上进行。他把一些麻醉药带回房中，放在自己卧室的窗台上，没告诉任何人那是什么东西。可是那天晚上，正当医生给病人做手术时，接到他在阿马尔菲的几个亲密朋友捎来的口信，请他务必立刻赶到那里，因为发生了一场可怕的搏斗，有许多人受了伤。因此，医生只好把病人的腿部手术推迟到第二天进行，立刻搭乘一叶轻舟，赶往阿马尔菲。夫人知道，那天夜晚丈夫会像通常那样，不可能赶回家来，于是悄悄地把鲁杰里叫来，把他留在卧室里，锁上房门，等家里人都去睡觉时再来和他玩乐。

鲁杰里在房间里等待夫人时，发现了窗台上那个装有医生给病人准备的麻醉药的小药瓶，不知是因为白天过于劳累，还是因为吃了咸东西，或者只是因为想要喝点儿水，一时感到渴得要命，他以为那瓶子里装的是普通的水，拿起瓶子送到唇边，一饮而尽。不一会儿，他就感到昏昏沉沉，很快睡着了。夫人尽可能早地回到卧室里，发现鲁杰里睡着了，就去推他，小声叫他："喂，快醒来！"但毫无效果，他既不回答也不动一下。夫人大为恼火，于是使劲儿推了他一下，并说："醒来，你这懒骨头！如果你想睡觉，最好回家睡去，别在这儿睡。"鲁杰里原来躺在一个箱子上，她这一推使他滚落到地上；他看上去像一具死尸一样毫无生气。这时，夫人有些慌神儿了，她使劲拉他，想把他拉起来。她更加用力地摇晃他、捏他的鼻子、扯他的胡子，但全都没用，他像一块木头似的睡得死死的。这时夫人非常担心他已经死了；尽管她不停地拧他，用蜡烛的火苗烧他，但都无济于事。她丈夫也许是个医生，可她不是，所以就确信鲁杰里已经死了。夫人不顾一切地爱他，她有多么悲伤就可想而知了。因不敢放声痛哭，她只好悄悄地为他流泪，为事情的灾难性突变而伤心。

过了一会儿，因担心她失去情人一事若被人发觉，她就会丧失名声，所以她想她应赶快设法把尸体从家里弄出去。可她一时又想不出办法来，只好悄悄地唤来女仆，把自己的不幸遭遇说给她听，请她给出个主意。那女仆也不敢相信自己的眼睛，也用力拧他、扯他，直到她确信他已毫无生气并同意女主人的看法，认为他的确是死了。她建议说，必须把他的尸体从家里弄出去。

"可是，我们把他放在什么地方呢？"夫人问，"明天早晨人们发现他的尸体时，在什么地方人们才不会怀疑尸体是从这家拖出去的呢?”

“夫人,今天晚上很晚时,我见街对面邻居木匠铺门口有一个不大不小的箱子。如果他还没收进去,我们正好可以把他塞进那箱子里,再捅上几刀,把他扔在那儿就行了。我看谁在箱子里发现他,也不会以为他从这儿会比从别处来得更快些。事实上,他是一个非常坏的家伙,人们一定会以为他做了坏事被某个仇人杀了,扔进了这个箱子里。”

女主人觉得女仆的主意不错,但她不肯在情人身上捅刀子,因为她说她绝不能亲手干这样的事情。她派女仆去看看那个箱子是否还在原处,女仆回来说箱子还在那里。于是这位年轻体壮的女仆在女主人的帮助下,把鲁杰里扛在肩上,走了出去,夫人走在前面,见没有被人看见的危险,便来到箱子跟前,把鲁杰里放了进去,盖好盖儿,把他扔在那儿就回家了。

不久前,两个年轻人刚住进一幢离木匠家稍远一点儿的房子里。他们是放高利贷的,只想着多赚钱,少支出。他们正好缺少家具,在那天白天也发现了那个箱子,两人商议如果天黑后那个箱子还在那儿,他们就把它搬回自己家里。到了半夜时分,他们走出家门,看见箱子还在那里,也不仔细看一看就把它迅速地抬回家里,虽然他们也觉得箱子很重,但未想到里面会有什么东西,把它放在女人们睡觉的卧室外面。他们也不再费事去给箱子安排个最终的妥当位置,只是把它扔在那儿就睡觉去了。

鲁杰里睡了长长的一觉,当麻醉药被他的身体吸收并失去药性时,他醒了过来。这时天快亮了。但尽管他那一大觉已经结束,他已恢复了知觉,但他仍然感到头昏眼花,不仅那天晚上而且好几天他的脑子都将是迷迷糊糊的。他睁开眼睛,但什么也看不见,伸手在四周摸摸,发现他是在一个箱子里,然后,他开始琢磨了,自言自语说:“这是怎么回事?我在哪儿?我是在做梦还是醒着?我记得今天夜里去了我情人的卧室了,而现在我好像是在一个箱子里。这会意味着什么呢？难道是那医生回来了，或发生了别的什么事情，在我睡着的时候我情人将我藏在这里的？我想一定是这么回事，肯定是这样的。”

于是，他静静地待在箱子里，尽力倾听外面的动静。他就以这个姿势待了很长时间，感到在这个箱子里是太不舒服了，因为箱子不够宽敞。由于他背靠躺着的那一面使他疼痛难忍，他试着转过身背靠另一面，但他努力的结果却是他用力将后背紧靠箱子的一面，使整个箱子失去平衡，翻了个，因为那箱子原本就没有放平。箱子砰的一声倒在地上，把睡在隔壁的女人们惊醒了，她们一片恐慌，都吓坏了，真的，害怕得连声都不敢出。箱子倒下时，鲁杰里也被吓了一跳，但他感到箱子盖儿被摔开了，于是决定不管发生什么事情，他也要从箱子里出去而不继续待在里面。一方面由于不知道自己身在何处，一方面由于不知道到底发生了什么事情，他开始在这幢房子里四处摸索，想找到他可以出去的楼梯或门。被惊醒的女人们听到他四处摸索的声音，就大声问："是谁呀？"但鲁杰里听不出那是谁的声音，就没有回答，于是女人们又大声呼叫那两个年轻人。因昨天夜里睡得很晚，两个年轻人此时睡得正香，什么也没听见。女人们更加害怕了；她们从床上爬起来，跑到窗口，向外面尖声喊叫："抓贼呀！"几个邻居闻声从四面八方跑来，有的从房顶上跳进院子，其他人则以不同途径进入房子里，那两个年轻人也终于被喧闹声惊醒，也从床上爬起来。

鲁杰里发现自己身在异处，本已惊慌失措，又不知道从哪儿能逃出去，只好被他们抓住了。他被交给了闻声迅速赶来的夜间巡逻队，又被带到了法官面前。因鲁杰里素来被认为是最邪恶的坏蛋，法官立刻对他用刑审问。结果他供认他夜间进入高利贷者家里是为了盗窃，因此法官决定将他绞死，越快越好。

第二天早晨，鲁杰里在高利贷者家里盗窃时被捕的消息传遍了萨莱诺全城。那位外科医生的妻子和她的女仆听到这个消息后，既大为震惊又非常困惑，她们几乎想使自己相信她们从未真正干过昨天夜晚里干的事情，而只不过是做了一场梦。此外，夫人为鲁杰里身陷困境，性命难保，痛苦万分，几乎要把她急疯了。

上午快过半时，医生从阿马尔菲赶回来了，因为要去给病人做手术，吩咐妻子把那瓶麻醉药拿来；但当他发现那个小药瓶空了时，不禁大发雷霆：家里人为什么就不能不动他放的东西！

夫人因有其他问题在烦扰着她，就生气地反驳说："为碰洒了一瓶水你就这样大惊小怪，如果是真正重要的东西你还会说出什么来？难道那是世界上被浪费掉的最后一滴水吗？"

"你以为那是普通的水，可那不是，那是一瓶引起睡眠的特殊药剂。"医生告诉了她配制那瓶药水的原因。

夫人立刻明白了，鲁杰里一定是喝了这瓶药水，昏睡过去，所以看上去跟死了一样。"我们根本不知道那是药水啊，"她说，"你不得不再配制一瓶了。"医生见实际上也没有别的药可替代，只好又重新配制一瓶。

过了不一会儿，被吩咐去外边探听关于鲁杰里人们在说些什么的女仆回来了，向女主人报告说："夫人，没人为他说一句好话呀。据我了解，他亲戚或朋友中没有一个人出面或想要出面来救他。人们都认为明天法官就要把他送上绞刑架了。另外，还有一件有趣的事情我必须告诉您：我想我弄明白了他是怎么跑到高利贷者家里的。听我告诉您。您认识住在街对面，也就是那个箱子——我们把鲁杰里放进去的那个箱子——原来所在之处的那个木匠吧？他刚才与一个人，显然是那个箱子的主人，言词激烈地大吵了一顿，那人想要回他已经给了木匠的箱子钱，那木匠反复说他没有把箱子卖掉，那箱子是在夜里被人偷去了。那箱子主人说：'你说的不是实情。你去了那两个高利贷者家里并把箱子卖给了他们；昨天夜里鲁杰里被抓住时，我在他们家里看见了那个箱子，他们就是这样告诉我的。'木匠说：'他们在说谎，我从来没有把箱子卖给他们；一定是他们昨天夜里从我这儿把箱子偷去的。让我们去见见他们吧。’于是，他们同意一起去高利贷者家，我就回家来了，那么，您自己想想看：我能明白鲁杰里是怎样被带到他被发现的地方的。但他是怎样活过来的，我就什么都不知道了。”

此时，夫人完全明白了所发生的一切。她把从医生那儿得到的情况告诉了女仆，然后请求女仆帮助解救鲁杰里。“如果你愿意，你可以一举两得，既能解救鲁杰里，又能保住我的好名声。”

“夫人，快告诉我该怎么做，我会很高兴去做的。”

夫人感觉魔鬼紧跟在后面，刻不容缓，赶紧想出一个计划，立刻对女仆做了详细的指点。

首先，女仆哭着去见医生，对他说：“先生，我干了一件对不起您的事情，请求您原谅。”

“什么事情？”

“先生，”她说，依旧哭得泪人似的，“您知道鲁杰里·达耶罗利是一个什么样的年轻人。唉，他看上了我，我最近也就成了他的情人。我害怕他，但也爱他。昨天晚上，他知道您不在家，再三恳求我，要我带他到您家，在我的房间里与我睡觉，我只好答应了他。他觉得口渴得很厉害，我一时没有最快的办法给他弄来水或酒，当时夫人正在客厅里，我不想让她看见，我想起我曾在您的房间里见到一瓶水，于是我就跑去把它拿来给他喝了，然后又把瓶子放回了原处。好像您为此大发了脾气。当然我承认做错了事情。可是谁从来不做错事儿呢？做了这件错事儿，我感到非常难过。但是，一半因那件事儿、一半因后来发生的事儿，鲁杰里的性命危在旦夕，我请求您原谅我，并允许我去尽我一切所能，搭救他的生命。”

医生虽然生气，但还是以开玩笑的语气说：“好啦，你自己已经原谅你自己了！你本打算与一个生性活泼的小伙子共度良宵，指望他满足你那骚劲儿，没想到却弄来一个睡鼠！去吧，快去救你的情人吧。下一次，你要记住，不要把他领到我家来，否则我将与你新账、旧账一起算。”

女仆感到第一步进行得非常顺利，就尽快赶到关押鲁杰里的监狱里，甜言蜜语地哄那看守，那看守终于允许她进去与犯人说几句话。她告诉鲁杰里，如果他想活命，他就应该如何、如何回法官的话。然后她离开监狱，又设法求见法官本人。

法官见她是一个富有魅力的可爱尤物，非要先把他的五爪小锚放在她的身上，搂着她与她亲热一番，才肯听她的陈述，而对她来说，如果那样能吸引法官的注意，她很乐意。当法官终于放开她时，她说："先生，您把鲁杰里·达耶罗利当成盗贼关押在这里，可是他不是盗贼呀。"于是她原原本本、从头至尾，把事先编好的故事给法官讲了一遍：她怎样成为他的女朋友，把他领到医生家里，把麻醉药当成普通的水给他喝了，怎样以为他死了把他装进了箱子里。然后她又把她听到的木匠与箱子主人的争吵讲给法官听了，于是解释清楚了鲁杰里是怎样跑到高利贷者家里去的。

法官认为，她讲的情况是否属实很容易得到证明，他先问医生关于药水的情况，确认她讲的是实情。然后，他传来木匠、箱子主人和高利贷者，经过许多旁敲侧击，法官查明真相，认定是那两个高利贷者昨天夜里偷了箱子，把箱子抬回自己家去的。最后他请来鲁杰里，问他昨天夜里他是在哪儿度过的。他说他不知道，他所能记起的只是他去了马泽奥医生家与那女仆过夜，在她的卧室里，因感到十分口渴而喝了一些水，但是在那之后发生的事情他就不知道了；他只知道当他在高利贷者家中醒过来时，他发现自己是在一个箱子里。法官从这些叙述中得到了很大的快乐，让那女仆、鲁杰里、木匠、高利贷者把他们的证言讲了一遍又一遍。

最后，法官宣判鲁杰里无罪，因高利贷者盗窃箱子罚了他们十个金币，释放了鲁杰里。他有多么高兴就不必说了。至于他的情人，她简直是欣喜若狂。从那以后，她许多次与鲁杰里和她那可爱的（曾想在鲁杰里身上捅几刀的）女仆就这件事开怀大笑，他们之间相爱的快乐与日俱增。如果这事发生在我的身上我也愿意，尽管我不喜欢被塞进箱子里。

如果说前面的几个故事使小姐们心情沉重的话，那么迪奥内奥最后讲的这个故事使她们哈哈大笑——特别是关于法官和他的五爪小锚那一段——完全恢复了他们的快乐情绪。国王见太阳正变成橘黄色，他的统治也即将结束，他为自己误导大家讲述关于不幸情人的悲惨故事使大家伤心了，向美丽的小姐们致以非常雅致的道歉。致歉后，他站起身来，摘下头上的桂冠。当小姐们都期待地看着他将把桂冠授予谁时，他亲切地把桂冠戴在了菲亚美塔的披着金发的头上。“我把这顶王冠传到你的头上，”他说，“因为你最善于鼓舞姐妹们的情绪，保证明天用快乐的故事排解今天的忧伤。”

菲亚美塔一头长长的金黄色的鬈发，披在她洁白漂亮的肩上。她长着一张小而可爱的圆脸，百合花般洁白的面部肤色衬托着玫瑰红色的面颊，显得神采奕奕，一双眼睛像游隼的眼睛一样明亮，她那可爱的小口长着两片红宝石般的嘴唇。她微笑着回答说：“菲洛斯特拉托，我非常高兴地接受这顶王冠。为了使大家深切地反思大家今天干的事情，我希望并要求大家，现在就开始准备，明天我们要讲有情人遭到最令人悲痛的不幸但最后获得幸福结局的故事。”她的提议赢得一致赞同。她把总管叫来，作了必要的安排之后，与同伴们一起站起身来，允许大家晚饭前自由活动。

于是，晚饭前大家都四散开来，纵情享受不同的爱好：一些人留在花园里，花园的魅力在一段时间内还不可能使他们厌倦；其他人去花园外观赏水磨，另有几个人随意游玩。然后，他们像往常一样都聚集在喷水池旁，非常愉快地共享精美的晚餐。晚饭后，他们按照习惯，离开餐桌，开始唱歌、跳舞。菲罗美娜带头跳舞，女王对菲洛斯特拉托说：“我不想违反惯例。既然我的前任们都号召唱歌，那么我也请你唱一支歌。但因为我相信你的歌曲将与你的故事一样哀伤，我不想让你用你的沮丧毁损更多的时光，所以我就请你唱一支你自选的歌曲吧。”

“遵命，”菲洛斯特拉托回答说，立即唱起了他喜欢的这支歌：

爱神啊，我的心受到欺骗，
山盟海誓已化作云烟，
我怎能不痛心流泪？

爱神啊，当初她使我的心落入圈套时，
在我的眼里她是多么的光彩照人！
因此我向她敞开心扉，一吐衷肠。
我高兴地将苦恼轻拂一边。
爱神啊，我为什么如此痛苦，
既然我已心碎，我还会得到什么？
看看我吧，你的恶意的受害者。

发现自己被她的爱情所排斥，
我只好强抑悲哀和泪水。
我诅咒那一天，
啊，我清楚看到我的心将不再宁静：
从她那红光满面中射出的爱情，
完全消失了，不留一丝痕迹。
要是她的爱从未入侵我的心田有多好。

爱神啊，您看得出我如今无人怜爱，
我不追求也不渴望您的礼物；
让我在安静的墓穴里歇息吧。
生命，可怜的生命啊，经历了所有的痛苦，

被邪恶与严酷夺走：
我终于得到救赎，脾气不再暴躁，
我将永远不再冒落入爱情圈套的危险。

悲哀中我没有安慰，无从快乐，
留给我的只有死亡。
爱神啊，把我的生命拿去吧：
这样我的痛苦就得到了解脱，我终于又快乐起来。
天主啊，把死亡的消息带给她吧——
这样她在新爱中的快乐就会增加。
我一旦离去，欺骗也就由此结束了。

我可爱的歌啊，如果大家都唾弃你怎么办？
如果他们都唾弃你怎么办？不，我不在乎！
唱出你的曲调，我唱得最好。
有一个任务我必须求你去完成。
请把我的口信带给爱神，转达我的请求：
“救救我吧，别让我再受折磨，帮助我逃离——
爱神啊，我的感激定会赢得您的仁慈。”

这支歌的歌词清楚地表达了菲洛斯特拉托的心情和这种心情背后的东西。如果不是夜幕降临，黑暗掩盖了正在跳舞的一位小姐脸上的红润，那么她的面部表情就会进一步清楚地解释，菲洛斯特拉托为什么会有如此心情。他的歌曲结束后，大家又唱了很多歌曲，一直唱到该上床休息的时刻，然后遵照女王的吩咐，回各自的房间睡觉去了。

第五天

《十日谈》第四天到此结束，第五天由此开始；大家在菲亚美塔的主持下，讲述有情人遭到最令人悲痛的不幸但最后获得幸福结局的故事。

东方已经发亮，旭日的光辉洒满了我们的整个半球，树上的鸟儿不停地吱吱唧唧地叫，迎接新的一天来到。鸟的甜美歌声也唤醒了菲亚美塔，她起床后，吩咐仆人唤起其他小姐和三位男青年，然后带领她的朋友们走出房间，一路上有说有笑，脚下踏着挂着露珠的小草，来到辽阔的田野愉快地漫步，等待着太阳高高升起。当大家在阳光的沐浴下感到太热了时，她便吩咐大家回到他们通常去的地方，受到好酒美食的款待，以消除晨练的疲劳。然后，他们又在赏心悦目的花园里信步游玩，一直到吃午饭时间。细心周到的总管已经准备好午饭，他们按照女王的心愿，唱、跳了一两支源自普罗旺斯的快活的歌舞曲和其他歌舞曲后，高兴地坐下来用餐。午饭在一个既快乐又讲究教养的场合。午饭后，大家按照惯例，在歌唱家和乐师们的伴唱、伴奏下，又跳了好几支歌舞曲。然后，女王吩咐大家回房间午睡。一些人回去午休了，其他人仍留在花园里玩耍。下午三点钟刚过，他们像往常一样，又都按照女王的吩咐，聚集在喷泉旁边。女王坐在她的臣民们面前，微笑着转过身来，吩咐潘非洛开头讲述幸福结局的故事。他欣然从命，这样开始了：

故事 1

爱神使傻瓜齐莫内开了窍，他的心上人埃菲杰尼亚被人抢去，他一心要将她夺回。他的计划遭到命运之神的挫折，他以被关进监狱告终。但就在这里，命运之神也给他带来一个同盟者。

为给今天这样一个愉快的日子开头，我有很多故事可讲。但其中有一个故事我特别喜欢，因为它将不仅帮助愉快的小姐们理解我们今天要讲的故事为什么会有幸福的结局，而且会使你们认识到爱情的力量有多么神圣、多么伟大、对人生是多么有益。如我没有弄错，你们都在爱恋之中。

我们在塞浦路斯人民的古老传说中读到，从前，在塞浦路斯曾有一个非常著名的绅士，名叫阿里斯蒂帕斯。他的财产无疑使他成为该岛上最富有的人，如果不是一件事儿让他烦恼，那么他完全可以认为自己是最受命运垂青的人。那就是，他的几个儿子中，有一个长得身材高大，相貌堂堂，其他任何一个小伙子都比不上他漂亮，但是他却非常愚笨，不可救药。老师的耐心教育、父亲的好言相劝或愤怒鞭打、任何人所凭空想出的各种办法，都不能灌输给他一点儿学问或一些礼仪。他原名叫加莱索①，但是他那嘶哑、让人不愉快的讲话声音和他的动物而非人类的举止给他赢得了一个蔑称，齐莫内（Cimone），这个名字相当于我们语言中的“畜生”。父亲一想起儿子如此浪费光阴就感到难以忍受。因为他对儿子的改好完全放弃了希望，所以让他去和乡下庄园里的土包子们生活在一起，不想在他的眼前经常见到这个使他忧伤的儿子。齐莫内一点儿都不在乎：他觉得跟乡下人在一起比跟城里人在一起更自在。

于是，齐莫内来到了乡下庄园，帮助佣人们干这干那。一天，中午刚过，他肩上扛着一根木棍，碰巧要从一个农庄到另一个农庄去，途中要穿过附近的一片美丽的小树林。当时正是五月份，树上枝繁叶茂，青翠欲滴。正当他在林子里走着的时候，命运之神指引他走进一块高树环绕的林中空地，空地一角有一眼凉爽的清泉。他看见一个非常美丽的女人躺在清泉边的绿草坪上，睡得正香；她身穿一件薄薄的衣裙，她那乳白色的肌肤清晰可见，腰部往下盖着一条雪白色的薄被子。在她的脚边，躺着她的仆人，二女一男，也都正睡着。齐莫内一见到她，就停住脚步，支着那根木棍，一声不响地盯着她看，心里产生一种强烈的爱慕，完全被那姑娘迷住了，好像在此之前他从未见过女人形体似的。他感到，在他那粗鲁的、上一千次课也无法灌输进半点优雅品位的内心世界里，产生了一个想法：这想法似乎在对他那愚钝而单纯的心灵说，这是人的眼睛所见过的最美丽的女人。他继续仔细地将她身体的各个部分一点一点地尽收眼底，他赞美她像金子一样的头发、她的前额、鼻子和嘴、脖子和肩膀，特别是她那微微隆起的胸部。他从一个庄稼汉变成了一个美的鉴赏家，此时他最想看的是她的眼睛，可是她双眼紧闭，因为她正香甜地睡着。

①加莱索（Galeso）：希腊语，按薄伽丘所想象的，意思是“懦弱的人，没有骨气的人”。

他多次想唤醒她，看看她的眼睛，但是他发现她是他所见过的女人中最漂亮的，因而怀疑她可能是某位女神。他恰恰有足够的理智，使他懂得神圣的东西比世俗万物都更值得尊敬，于是他后退几步，等待她自己醒来。长时间的等待的确使他忍无可忍，但他被一种异常的愉悦所控制，舍不得离开。

过了很长时间，那个名叫埃菲杰尼娅的姑娘在仆人之前醒过来。她抬起头，睁开眼，见齐莫内支着那根木棍站在她面前，不禁大吃一惊。“喂，齐莫内，”她说，“这个时候你来这林子里干什么呀？”

由于齐莫内身高体壮、愚笨粗鲁，其父亲财产无数、地位显赫，附近的人没有不认识他的。见她睁开了眼睛，他没有回答埃菲杰尼娅的问话，只是出神地看着她的眼睛，似乎感到从姑娘的眼睛里发出一种甜美的东西，使他心里充满了他以前从未感受过的幸福感。

姑娘见他这样看她，担心他的凝视是一种信号，这傻子也许会干出让她脸红的事情来。于是，她叫醒女仆，站起身来，说：“再见，齐莫内。”

“我要跟你一块儿走，”他回答说。

因为姑娘提防他干蠢事，所以拒绝他与自己一块儿走，可是怎么也摆脱不掉他，只得随他跟着自己回到家门口。齐莫内离开姑娘的家门口，径直去了父亲那里，对父亲说他绝不再回乡下去了。父亲和家里人被他的决定弄得心烦意乱，但他们也只好随他的便，等着瞧是什么原因使他改变了主意。

由于埃菲杰尼娅的美丽，爱神的箭射中了齐莫内那学不进任何知识的心，使他的精神发生了如此迅速的变化，父亲、家人和所有认识他的人都感到非常惊讶。他首先请求父亲让他和兄弟们穿得一样好，像他们一样潇洒地出现在人们眼前，父亲欣然满足了他的请求。此后，他开始结交行为端正的年轻人，学习有教养的人的行为举止，特别是恋人的行为举止；更让所有的人大大吃惊的是，他很快掌握了读、写的入门知识，进一步成为一个非常博学的人。此外，在他对埃菲杰尼娅的爱的驱使下，他不仅改掉了乡下佬讲话的粗鲁方式，变得温文尔雅，而且成为一名能歌唱、能演奏，技巧娴熟的音乐家，成为一名精通骑术、善使武器的能手，一名通晓海陆作战的专家。事实上，简而言之，不必再一一列举他的杰出才能，从他恋爱的那一天起，一年还未过去四分之一，他就已经成为塞浦路斯全岛上最有教养、最英俊、最有造诣的年轻人。

亲爱的小姐们，对于齐莫内发生这么大的变化，我们能说些什么呢？我们只能指出这样一件事儿，天主赐给齐莫内的充满勇敢精神的天资，被妒忌的命运之神牢牢地拴在他心灵的一角，严密地禁闭起来，但是比命运之神更加强大的爱神打破了束缚，将他的全部天资释放出来。是爱神唤醒了他沉睡的心灵，强有力地使天主赐予他的却被禁闭在残酷的阴影里的才智重见天日。爱神也清楚地揭示，他在何时吸引人们的心灵并使之臣服于他的影响，又在他的光辉照耀下把人们的心灵引向何处。

齐莫内在表现对埃菲杰尼娅的爱中，像其他热恋中的年轻人一样，有时也做得过度。但他父亲明白，是爱情把他从猴子又变成了人，很乐意接受他的一切表现，并且积极支持他的追求。齐莫内记得，埃菲杰尼娅用“齐莫内”这个名字称呼他，因此拒绝人们用“加莱索”这个名字叫他。齐莫内努力为自己的爱情追求体面的结果，为了能娶她为妻，他几次想亲近他恋人的父亲齐普塞奥；但齐普塞奥总是这样回答：姑娘已被许配给罗得岛的帕西蒙达，他齐普塞奥不能食言。

埃菲杰尼娅的婚期到了，新郎已派人来接她去罗得岛。这时，齐莫内对自己说：“埃菲杰尼娅，现在是我向你表示我多么爱你的时候了。是你使我恢复为人，如果我能使你成为我的妻子，我确信我会比任何神仙都更光彩。有一件事是肯定了的：要么拥有你，要么一死了之。”说完这番话，他秘密地找了几个贵族青年朋友，准备了一艘为海战做了充分准备的大船，离港出海，在海上等待运送埃菲杰尼娅去罗得岛完婚的大船起航。埃菲杰尼娅的父亲很体面地招待了新郎派来迎亲的朋友之后，送女儿上了船，迎亲的大船立刻起航，向罗得岛方向驶去。一直在留神迎亲大船动静的齐莫内，第二天就指挥自己的战船赶上了他们。他站在船头，对运送埃菲杰尼娅大船上的人大喊："立刻停船，降下风帆，否则就把你们打沉到海底！"对方的人从甲板下拿起武器，准备应战。齐莫内已经说得足够清楚了，抓起一个铁爪篙，扔向疾速行驶的罗得岛船的船尾，将铁爪篙的另一端拴在自己的船头上。然后，他不等同伴们相助，就像狮子一样凶猛地跳上罗得岛船上；在爱情的激励下，他奋勇扑向敌人中间，手持短刀，以非凡的力量，刺穿一个又一个敌人的心脏，把他们像绵羊一样一个个击倒。罗得岛人见状放下武器，几乎异口同声地喊饶命。

齐莫内对他们说："不是对抢劫的渴望，也不是我与你们的什么仇恨促使我离开塞浦路斯，来到公海上袭击你们。逼迫从事这一冒险行动的是一件我永远要得到的至高无上的东西，而对你们来说，把她和平地交给我只不过是最最轻微的损失——我指的是埃菲杰尼娅，我爱她胜过爱所有别的东西。因为我不能和平地、友好地从她父亲手里得到她，爱神迫使我以武力和敌对的方式从你们手里夺取她。所以把她交给我吧，愿天主保佑你们一路顺风。"

罗得岛的年轻人并非出于慷慨而是为武力所迫，将泪流满面的小姐交给了齐莫内。齐莫内见她哭哭啼啼，就安慰她说："尊贵的小姐，请不要悲伤。我是你的齐莫内。我对你长期真诚的爱与帕西蒙达的空口许诺相比，我比他更有资格得到你的爱。"

齐莫内吩咐把姑娘转送到自己的船上，对船上的财物分毫未动，悉数归了罗得岛人，自己也回到他的水手们中间，然后他放走了那些罗得岛人。齐莫内获得了如此珍贵的战利品，因此他成了世界上最幸福的人。花了一些时间安慰哭泣的姑娘之后，他与同伴们商定不直接回塞浦路斯岛。他们一致赞同将船驶往克里特岛，不仅齐莫内，而且几乎他们所有人，都在那里有新老亲戚和很多朋友，因此，把埃菲杰尼娅带去那里是十分安全的。

但命运之神是反复无常的，刚才还微笑地帮助齐莫内得到了他心爱的小姐，突然就把被爱神之箭射中的年轻人的无比欢乐变成了无限悲痛。从齐莫内放走罗得岛人之后还不到四个小时，在夜幕降临时——齐莫内期待着那个夜晚将是他所经历过的最幸福的夜晚——突然刮起了最猛烈的风暴，空中乌云密布，海上波涛汹涌。因什么也看不清，齐莫内和他的同伴们很难采取任何行动或确定航向，实际上在那种情况下，甚至连船也控制不住了。齐莫内此刻是多么心烦意乱，就不用说了。在得到埃菲杰尼娅之前，死原本对他来说是无谓的，而现在他似乎觉得，天主让他如愿以偿的目的只是为了让他更加悲惨地死去。他的同伴们也同样感到非常痛苦，但最悲哀的是埃菲杰尼娅，她痛苦地哭着，波浪的每一次撞击都使她非常害怕。她一边哭，一边严厉地诽谤齐莫内对她的爱，指责他这种鲁莽的行为：她说，风暴骤起的唯一原因就是神灵不允许他违背他们的意愿，实现使她成为他的新娘的肆无忌惮的野心；他将看着她死去，然后他自己也悲惨地死去。在浓重的悲伤气氛中，水手们不知所措，而风却越刮越猛。他们不能确定他们是在朝哪个方向行驶，当他们到达罗得岛海岸时却未能认出那就是罗得岛，只是为了活命，竭力向岸边靠去。这时，命运之神又帮助了他们，把他们领进一个小港湾，碰巧齐莫内放走的那些罗得岛人也在他们前面刚刚到达那里不久。他们刚一意识到他们到达了罗得岛这一事实，天就破晓了，借着黎明的光亮，他们发现他们的船停泊在离他们前一天放走的那艘船不到一箭地的地方。

齐莫内顿时吓呆了，他对罗得岛人会报复的担心后来证明是完全有道理的。他命令他的水手们全力以赴，快速离开这里，然后，就听凭命运之神把他们带到哪里，任何地方也不会比此刻在这里更糟糕。于是他们奋力划船，试图逃离港湾，但无济于事。他们逆风行驶，风力非常大，不仅不能划出港湾，反而被冲上了岸滩。他们的船就这样搁浅了，刚刚离船上岸的罗得岛水手们认出了他们，其中一人立即跑向附近的年轻贵族们经常去的一幢房子，告诉他们，齐莫内和埃菲杰尼娅也被这场风暴吹到这里来了。他们听到这个消息，万分高兴，立刻从庄园里召集了很多人，迅速赶到海边来。齐莫内与同伴们已经下了船，决定逃进附近的一个树林里，但他们全被抓获，包括埃菲杰尼娅，被带到那幢房子里。后来，当时正担任罗得岛法官的利西科带领大队士兵从城里赶来，将齐莫内和他的同伴们带走，关进了监狱。这是执行帕西蒙达的命令，在得到这个消息之前他正在罗得岛参议院里哀叹自己的命运。

就这样，不幸的齐莫内刚一拥有他心爱的人就又失去了她，除了几个亲吻，从她那里什么也没有得到。埃菲杰尼娅受到几位罗得岛贵族夫人的亲切接待，她们安慰她，帮助她从遭劫持所受到的惊吓和遇风暴所受到的折磨中恢复过来。在指定举行婚礼的那一天到来之前，她一直被当作客人招待。尽管帕西蒙达极力要求法官将齐莫内等人处死，但因齐莫内在前一天释放了年轻的罗得岛人，所以他和他的同伴们被免了死罪，但被判处终身监禁。可想而知，在狱中，他们备感凄凉悲苦，没有一点儿获得快乐的希望。同时，帕西蒙达拼命地催促婚礼的准备工作。

这时，命运之神好像后悔，她不该这样突然不公平地对待齐莫内，于是用了一个新花样前来援救他。帕西蒙达有一个弟弟，名叫欧尔米斯达，年纪虽比他轻，但智慧绝不在他之下。他很长时间以来就一直与城里一位年轻、美丽、名叫卡桑德拉的贵族小姐协商结婚的日期，但利西马科法官也深深地爱上了她，与此同时，姑娘的婚礼因各种原因推迟了很多次。这时，帕西蒙达正在为自己筹办一个盛大的婚礼，心想如果他能使弟弟欧尔米斯达也在同一天与卡桑德拉结婚，免得以后再举行一次婚礼，再一次开支，那岂不是很好的一件事。于是，他出面又一次与卡桑德拉的家人商量，这一次终于达成协议。他和弟弟与他们一起安排，他们将在同一天分别与埃菲杰尼娅和卡桑德拉结婚。利西马科听到这个消息后非常痛苦，因为这剥夺了他一直逗留不去的希望，如果欧尔米斯达不与卡桑德拉结婚，那么他就肯定会把她娶到手。但他很聪明，把痛苦压在心底，转而考虑如何使他们的计划失败。唯一的可能性就是携姑娘逃走。他认为，这个计划是完全可行的，因为他可利用他的职权之便，尽管他也很清楚作为法官这样求婚是很不体面的。总之，经过再三考虑，体面让位于爱情，他决定就那样干——携卡桑德拉逃走。当他考虑他将需要什么人来帮忙、如何实施这一计划时，想到了正被他严密监禁的齐莫内及其伙伴们。他认为，干这样的冒险行动，除了齐莫内，他再也找不到更好、更可靠的伙伴了。

那天夜里，他秘密地把齐莫内传到自己房间里，对他说了下面这番话："齐莫内，"他说，"神灵用他们的慷慨之手把美好的礼物赐予人们。他们也非常聪明地考验一个人的力量，他们认为那些在任何情况下都坚定、忠贞的人是最勇敢的人，因而也最值得最高赏赐。因为你父亲是一个极有钱的人，这我知道，所以神灵想要对你现在的勇气做一次比你在父亲家里受保护的范围内更使人确信的考验。我听说，神灵用爱的刺激和渴望把你从畜生转变为一个人；随后，他们想要看一看，在你经历了不幸和牢狱之苦之后，你是否保持着你因获得了心爱的人而享受短暂快乐时的同样心态。如果你的确还是同样心态，神灵将要赐予你比以前任何时候都更使你感到幸福的东西。为了更好地恢复你以前的勇敢精神，我将告诉你神灵将再次要赐予你什么。命运之神将埃菲杰尼娅赐予你，但立刻又愤怒地将她从你身边夺走。帕西蒙达则因你的失败而高兴，又急切地欲将你置于死地，现在正紧锣密鼓地准备他与你的埃菲杰尼娅的婚礼：那样他就会享受命运之神赐予你的宝贵财富——埃菲杰尼娅。如果你像我所相信的那样深爱着她，这一定会使你非常痛苦。我之所以能如此深刻地理解你的痛苦，是因为我有与你类似的经历：他的弟弟欧尔米斯达正准备在同一天娶卡桑得拉，而我爱卡桑得拉胜过爱一切其他任何东西，因此他将对我做出严重伤害。为了避免命运给予我们的这一令人痛苦的打击，就我所能看到的，命运之神留给我们唯一可行的路就是发扬我们的英勇气概，拿起刀剑。这样你用武力第二次劫走你的心上人，我是第一次。那么，如果你要再次夺回你所爱的人——我不想说你的自由，因为我怀疑没有她你还会重视你的自由——你的小姐，假如你愿意与我一起行动劫走她们，神灵就已经把她置于你的掌握之中了。”

这番话使齐莫内精神振奋，立即回答：“利西马科，如果你所说的真的会使我夺回埃菲杰尼娅，干这事儿你再也找不到比我更勇敢、更可靠的人了。请告诉我你要我做什么，你会看到我将以非凡的力量去完成此事。”

“后天，那两位新娘将首次踏进她们丈夫的家门。我们也将在黄昏时分进入他们家，你要全副武装，带上你的同伴，我带上我自己完全信赖的朋友。我们将从宾客中抢走新娘，把她们带上我已经秘密准备好的船，无论谁胆敢阻挡我们，一律杀掉。”

齐莫内赞同这个计划，回到监狱中静静地等待那一约定时刻的到来。

举行婚礼的那天到了，两位新郎家里上上下下所有的人都身穿最美丽的盛装，处处洋溢着欢乐和节日的气氛。利西马科已事先发表了高谈阔论的长篇演说，激起了齐莫内及其伙伴和他自己同伴们的行动热情，吩咐他们将武器藏在衣服里。然后，当时机似乎成熟时，他将这些人分成三组：他谨慎地将其中一组派去港口，以保证他们顺利上船，无人阻挡。他率领另两组去了帕西蒙达家里，留下其中一组把守大门，以防止另一组人被锁在房内或被切断退路；他与齐莫内率领第三组爬上楼梯，见两位新娘与许多其他夫人、小姐一起在一个房间里，坐在餐桌旁指定的位置等待上菜，他们大步闯了进去，掀翻餐桌，各自抢得自己所爱的人，交给同伴，吩咐他们立刻把两位姑娘送到在港口等待的船上。两位新娘尖声叫喊，号啕大哭，其他夫人、小姐和女仆们也都大哭大嚷着，整个房间里顿时哭喊声震耳欲聋。齐莫内、利西马科及其伙伴们拔出刀剑，向楼梯冲去，无人敢挡。正当他们下楼梯时，遇上了闻声赶来的帕西蒙达。他手执一根大棒，但齐莫内猛然一刀向他砍去，将他的头劈成两半，帕西蒙达当即倒在他的脚下毙命。欧尔米斯达跑来援救他的哥哥，这可怜的家伙被齐莫内又一刀砍死。其他试图接近他们的人都被利西马科和齐莫内的伙伴们击退、砍伤。他们迅速冲出这座充满鲜血和混乱、眼泪和悲哀的宅子，紧紧簇拥着他们的战利品——两位姑娘，直奔港口的那艘船，一路上未遇到任何阻碍。利西马科和齐莫内及其伙伴们护送着两位小姐上了船，然后水手们操桨开船，快乐地离开了罗得岛，此时岸上站满了手持武器前来搭救两位小姐的人。

到达克列岛后，他们受到很多亲戚朋友的热烈欢迎。齐莫内和利西马科在大家隆重的祝贺声中娶了两位姑娘，并为他们的成功抢劫而沾沾自喜。他们的所作所为闹得塞浦路斯和罗得岛天翻地覆，多亏两地亲戚朋友们的调解，双方的敌对情绪才有所减轻，最后终于为齐莫内找到一个办法，经过一段长时间的流放之后，他才带着埃菲杰尼娅回到塞浦路斯；同样，利西马科也带着卡桑德拉回到罗得岛。自此他们各自与自己所爱的人在自己的家乡幸福地生活下去。

故事 2

马尔图乔因家境贫穷不能娶来他的心上人戈斯坦莎，去了柏柏里。在那里，他几经挫折之后，成了国王的宠臣。悲痛欲绝、企图自杀的戈斯坦莎也随船漂泊到了柏柏里。在那里，命运之神对他们两人加以青睐。

女王听完了潘菲洛的故事后大加赞赏；然后吩咐艾米莉亚接着讲个故事，于是她这样开始了：

当我们所做的事情赢得了我们所寻求的奖赏时，我们有理由为之快乐。因为从长远的观点看，当我们恋爱时，我们应该享受欢乐，而不是痛苦；比起我遵从前任国王的命令讲他那个题目，我将更快乐地遵从女王的命令。讲今天这个题目。

你们一定知道，西西里附近有一个名叫利帕里的小岛，不久以前，那里有一个名叫戈斯坦莎的非常美丽的年轻姑娘，是岛上一家名门望族的后代。一位名叫马尔图乔·戈米托的岛民爱上了她。这是一位有良好教养、举止文雅、技艺精湛的年轻人。戈斯坦莎也深深地爱上了他，到了一日见不到他就闷闷不乐的程度。马尔图乔想娶她为妻，于是向她父亲表明自己的心意，但她父亲的回答却是：他是个穷小子，不能把女儿嫁给他。因为穷而遭到拒绝，马尔图乔为此感到非常气愤；他与几位亲戚朋友装备了一艘小船，发誓不成富翁不回利帕里。他离开家乡，开始穿行在柏柏里沿海一带，干起了海盗的勾当，掠夺任何不能将他击退的人。在这个冒险性事业上，命运之神是很能够支持他的，但他却不能见好就收。在极短的时间内，他就使自己和他的伙伴们变得极为富有，但他仍不满足，与他的伙伴们继续堆砌财富，直到有一天他们被几艘撒拉逊人的船只包围，抵抗了很长一段时间之后，全部被俘，他们的财物被劫掠一空；他的大多数伙伴被塞进加重的麻袋，扔到海里；马尔图乔的船被凿沉，他被带走，关进突尼斯监狱。他在那里吃尽苦头，备受折磨了很长时间。

消息传回利帕里，但消息不是从一两个人嘴里说出的，而是源自各种各样的人，都说马尔图乔及其伙伴全都淹死了。戈斯坦莎本来因马尔图乔出走已经痛苦万分，现在听说他与伙伴一起淹死了，更是痛哭不已。决定不活下去了。因为她不能使用暴力手段结束自己的生命，她忽然想出一个新奇的自杀方法。一天夜里，她悄悄地溜出了父亲的宅子，来到港口，幸运地发现在一艘小船稍远处停泊着一艘小渔船；它的主人刚刚离船上岸，所以她发现这艘小渔船上船桨、桅杆、船帆装备齐全时迅速跳进渔船，向大海深处划了一小段路后，扬起风帆——因为她像岛上的其他女人一样，也受过一些驾船训练。然后，她扔下桨，抛开舵，任凭风浪摆布，心里想这海风一定会使一艘无人掌舵、没有货载的小船倾覆，或者将船吹到一块礁石上将其撞碎，结果她会淹死，即使她想逃也逃不脱了。她将一件斗篷裹在头上，哭泣着躺在船舱里。

但是，事情的发展结果与她想象的完全不同：那天刮的是北风，而且风力很小；海面平静，小船随风漂泊，第二天晚上漂到了一个名叫苏萨的城镇附近的海滩边，距离突尼斯约一百英里。戈斯坦莎根本没有意识到船已经搁浅了，因为她一直躺在船舱里，一次也没抬起头来，她也从未打算抬起头来看一看船漂到什么地方了。正当船搁浅在沙滩上时，一个矮小的穷苦女人碰巧在沙滩上，帮助渔民们收渔网。她看见了这艘船，感到非常奇怪，这艘船竟然张着满帆，全速地冲向岸边。她心里想，船上的渔民一定是睡着了，便走过去看看，但她没看见一个渔民，只见这位年轻姑娘睡得正香。她一遍又一遍地叫她，终于把她叫醒；她根据服装认定那姑娘是个基督徒，便用意大利语问她，为什么孤身一人驾船来到这里。戈斯坦莎听见有人用意大利语对她讲话，便以为一定是一阵风将她刮回了利帕里岛；她迅速站起身来，向四周看了一看，发现自己是在岸上，却不认识这里的风光，便问这位女人自己是在什么地方。

"孩子，你现在是在柏柏里，离苏萨很近。"

戈斯坦莎见天主不愿送她去死，感到非常失望；听说身处异地，她又为自己的贞洁担心。她完全不知所措，坐在船边大哭起来。那位善良的女人见她这样，怜悯之心油然而生，她说服姑娘跟她来到自己的小棚屋里，继续好言劝慰姑娘，终于使姑娘讲出了她来到这里的经过。她发现戈斯坦莎一整天没有吃东西了，就拿出一些干面包、一点鱼和一些水放在她面前，劝她吃一点儿。戈斯坦莎听那位善良的女人讲意大利语，便问她是什么人。那位女人回答说，她是特拉帕尼人，名字叫卡拉普雷莎①，她在这里服侍一些基督教渔民。无论姑娘怎样伤心，当她一听到这个名字时，就觉得这名字是一个好的征兆，尽管她说不出是为什么会有这种感觉；心里顿时产生了新的希望，虽然她还不知道这是什么希望，她求死的欲望也就随之消失了。她既没有泄露自己的身份，也没有说出自己是哪里人，只是一再恳求那位善良的女人看在天主份上，可怜、可怜她的小小年纪，给她一些指点，怎样做才能保护自己的贞洁。

好心肠的女人卡拉普雷莎听了她的话，把姑娘留在棚屋里，出去迅速收完渔网，然后回到棚屋里，用自己的斗篷将姑娘从头到脚裹得严严实实，带着她去苏萨。她们到达那里后，她对姑娘说："我要领你去见一位撒拉逊女人，她非常善良，是一位有一颗金子般心的慈祥的老太太，我经常帮助她料理家务。我会尽力把你交托给她，我绝对相信她会高兴地收留你，把你当成女儿看待。你跟她生活在一起时，应该尽你最大努力服侍她，取得她的欢心，直到天主赐予你更好的运气。"她果然照她的话去做了。

那位已年迈的老太太听了卡拉普雷莎的介绍后，端详着姑娘的脸，感动得流下了眼泪；她把戈斯坦莎拉到自己身边，吻了吻她的前额，然后拉着她的手，领她进了屋里。她与另外几位妇女住在一起，但家里一个男人也没有，她们都在忙着干手里的活儿，用丝绸、棕榈叶和皮革制作各种东西。仅在几天之内，戈斯坦莎就学会干一些这类活儿了，和她们一起制作手工艺品；老太太和那些妇女们都非常疼爱她。不久在她们的教导下，她又学会了她们的语言。

①卡拉普雷莎（Carapresa）："仁慈地对待"，这个名字对戈斯坦莎来说是主吉的。

戈斯坦莎就这样在苏萨住了下来，而家里人却为她的失踪甚至以为她死了而悲痛不已。当时突尼斯的王位被一个名叫穆里亚布德拉① 的人所占，但住在格拉纳达的一位与权贵有关系、势力十分强大的年轻人声称，突尼斯的王冠应属于他，于是征募组建了一支强大的军队，浩浩荡荡前来攻打突尼斯，要把突尼斯国王赶出去。

这个消息传到了监狱中马尔图乔·戈米托耳朵里。他精通柏柏里语言，当他听说突尼斯国王正在竭尽全力准备防御时，他对看守他的人和同伴们说："如果我能见到国王，我敢说我能给他献上一计，使他打赢这场战争。"

监狱看守把他的话报告给了狱长；狱长又立刻把他的话报告给了国王。国王派人把马尔图乔叫来，问他："你有什么建议？"

"陛下，"他说，"我过去多次来贵国办事儿，我曾仔细观察过您指挥作战的方法，给我的印象是，比起其他战术来，您更喜欢运用弓箭。所以，如果有办法剥夺敌人的箭，而您的士兵却有丰富的箭供应，那么我认为，您一定能打赢这场战争。"

"如果您的建议有可能实现的话，我相信我会取得胜利的。"

"陛下，如果您愿意，这是完全可以实现的；我来告诉您怎样做。您必须这样做，使您的弓箭手们的弓安装上比一般的细得多的弓弦。然后，您必须命令制造其槽口只适合于这种细弓弦的箭。这件事必须在极秘密的情况下完成，因为如果您的敌人知道此事，他就会找到对策。我建议您这样做的理由是：当敌人的弓箭手把他们的箭全都射光而且您自己的弓箭手也射光了自己的箭时，您的敌人将需要使用您的军队射出的箭继续战斗，我们的士兵也将不得不捡起敌人的箭用。但敌人将不能使用我们的士兵射出的箭，因为他们不能把

①穆里亚布德拉(muli Abd Allan)：两位突尼斯君主，第一位君主（1274—1277 年），第二位君主（1295—1309 年）都用了这个名字。

槽口窄小的箭放在粗弓弦上使用，而您的士兵将会发现使用敌人的箭与敌人使用我们的箭的情况恰恰相反，因为他们的细弓弦很容易适用于槽口很宽的箭。这意味着您的弓箭手们将会有丰富的箭供应，而敌人将把箭全部用光。”

国王很精明，立刻采纳了马尔图乔的建议，并完全付诸实施，因此打赢了那场战争。结果，马尔图乔成了国王特别喜爱的人，因而也成了一个既有钱又有很高地位的人。

关于马尔图乔的消息传遍了四面八方，也传到了戈斯坦莎的耳朵里。她得知马尔图乔还活着，而在此之前一直以为他死了。于是，她对他早已冷却的爱情在心中又燃烧起来，而且比以前更加炽烈，她那熄灭了的希望也复活了。她把自己的一切详详细细地告诉了收留她的老太太，并说她要去突尼斯，亲自看看传闻所说的是否属实。那位老太太完全赞同她的想法，并陪她乘船去了突尼斯，好像她是姑娘的母亲。在突尼斯，她们受到了老太太的一位亲戚的通情达理的款待。卡拉普雷莎也来了，她被派出去打听马尔图乔的情况。她回来报告说，马尔图乔的确还活着，而且生意兴旺。于是老太太决定，她要亲自去见马尔图乔，把戈斯坦莎前来找他的消息告诉他。

一天，她找到了马尔图乔，对他说：“马尔图乔，你的一个仆人从利帕里来到我家，他想秘密地和你说几句话。他不想把这个口信托付给任何人转达，所以我应他的请求亲自来把他的想法告诉你。”马尔图乔向老太太致了谢，陪她回家。

戈斯坦莎见到马尔图乔，简直高兴得要命。她禁不住跑上前去，张开双臂搂住他的脖子，不住地亲吻他，过去的悲哀和今日的快乐一起涌上她的心头，她一句话也说不出来，只是流着温柔的眼泪。马尔图乔突然见到姑娘，感到非常惊愕，然后叹息一声，说：“啊，我的戈斯坦莎，你真的还活着？我早就听说你失踪了，这一带的人谁也不知道你的下落。”说完话，他拥抱她、亲吻她，也流下了温柔的眼泪。戈斯坦莎向他诉说了自己的全部历险和收留她的老太太对自己的悉心关照。

他们互诉衷曲，谈了很长时间，然后马尔图乔告辞，去见他的主人国王陛下，把自己与戈斯坦莎的爱情及他们两人为爱情所历尽的艰险讲给他听。“我请求您，”他补充说，“允许我按我们国家的法律娶那位姑娘为妻。”马尔图乔讲述的故事使国王非常惊异；国王立即把那位姑娘传过来，听那位姑娘亲口讲的情况与马尔图乔说的完全一致，便说：“哎呀，你完全有资格要他做你的丈夫！”他派人拿来很多贵重的礼物，分别赏给戈斯坦莎和马尔图乔；允许他们按自己的愿望商定如何办他们的婚事。马尔图乔非常慷慨地款待了收留戈斯坦莎的那位老太太，感谢她为姑娘所做的一切，并赠送给她许多适合于她身份的礼物。马尔图乔向老太太告别后离去，此时戈斯坦莎流着眼泪，依依不舍。然后，他们得到国王允许，带着卡拉普雷莎，乘一艘小船，一帆风顺地回到了利帕里。在这里，他们受到的热烈欢迎简直难以描述。马尔图乔娶了戈斯坦莎为妻，他们的婚礼豪华热烈，他们相亲相爱，幸福和谐，白头到老。

故事 3

皮埃特罗·波卡马察与阿尼诺莱拉结成夫妻，从各自家里逃出。旅途中，可怕的历险使他们分开又团聚；但他们什么都未失去。

艾米莉亚的故事受到了大家一致夸赞。女王发现她的故事结束了，便转向爱丽莎，吩咐她接着讲下一个故事，爱丽莎遵命讲了下面这个故事：

我想讲一个故事，说的是一对可笑的年轻人度过了一个可怕的夜晚；但那痛苦的夜晚过后却是很多快乐的日子。我的故事完全符合我们的计划，所以我打算把它讲给大家听。

从前，在罗马这座过去曾是世界之首而现在仅是世界之尾① 的城市里住着一位名叫皮埃特罗·波卡马察的年轻人。他出身名门望族，爱上了一个名叫阿尼诺莱拉的非常美丽迷人的姑娘；父亲吉柳佐·萨乌洛，是一个平民，但深受人们的爱戴，皮埃特罗煞费苦心地获得了姑娘的芳心，使姑娘也同样深地爱上了他。他对姑娘的爱太炽烈了，实在忍受不了相思的煎熬，于是向她求婚。当他的家里人听说此事时，都出现在门前的石阶上，以断然否定的措辞和他谈了他们对此事的看法；而且，他们又派人去对吉柳佐说，不要考虑皮埃特罗的求婚，如果他答应这门婚事，他就不再是他们的朋友，他也不会被承认是他们的亲戚。皮埃特罗发现他原以为可由此实现愿望的那道门被堵死了，感到痛苦极了。如果吉柳佐同意，不管他家人怎么说他都会娶他女儿为妻。但他心中仍然坚定地相信，只要他的情人同意，他的愿望就一定会实现；于是，他通过中间人的斡旋，知道姑娘愿意与他私奔，便做好了各种准备。一天早晨，皮埃特罗按计划在破晓时起了床，与情人一起骑着马，向阿纳尼方向进发，他在那里有几位信得过的朋友。因为担心有人追赶，他们不能轻松愉快地举行婚礼，只是一边骑马赶路，一边谈论着爱情，偶尔相互亲吻一下。

但皮埃特罗不大熟悉路，走出罗马约八英里后，他们本应该向右拐，却偏偏走上了左边的那条路。向前走了不到两英里，他们就进入了一座小城堡的视野。城堡里的人发现了他们，突然之间，他们的面前出现了十二名全副武装的彪形大汉。当他们几乎就要赶上这一

---

①世界之首……世界之尾：罗马本是教皇所在地基督教的首都，1309 年罗马教廷迁都于法国阿维尼翁市，至 1377 年才又迁回罗马。

对恋人时，阿尼诺莱拉发现了他们，连忙大喊：“皮埃特罗，咱们快逃吧，我们遭到袭击了！”她紧夹马刺，贴紧马鞍，策马飞快地跑进了树林里。

皮埃特罗一路上眼睛不离姑娘的脸蛋，很少看路，因此他比姑娘晚些时候才发现这些全副武装的人；他还在东张西望时，那些人赶上了他。他们抓住了他，把他拉下马，然后问他是什么人。他告诉了他们自己的身份后，他们就如何处置他争论起来。“他应归入敌人一伙，”他们说，“干脆剥下他的衣服，牵走他的马，把他吊死在这些橡树上，这样会教训一下奥尔西尼家族。”他们一致命令皮埃特罗脱下衣服。皮埃特罗无可奈何，只能一边脱衣，一边在细想必将发生什么，突然从树丛中窜出二十四个士兵，“抓住他们！杀死他们！”他们呼喊着向这十二个抓捕皮埃特罗的人冲杀过来。他们在慌忙中忘记了皮埃特罗，赶紧自卫。但他们发现自己寡不敌众，于是溃逃而去，进攻者在他们后面紧紧追赶。皮埃特罗捡起衣服，跳上马背，向情人奔去的方向逃命而去。

在森林里，他既看不到路径，也看不到马的蹄印。所以，当他离抓捕他的那些人和进攻他们的那些人都很远了，有了安全感时，因找不到阿尼诺莱拉而心痛欲碎；他伤心极了，一边骑马在森林里四处寻找，一边哭喊着她的名字。没有人回答，他既不敢往回走，也不知道如果他继续向前走，会走去哪里。此外，他既为自己也为阿尼诺莱拉担心，林中的野兽会出来袭击他们，他似乎已经看到她被一头熊或一匹狼撕扯着。于是，可怜的皮埃特罗不停地喊着她的名字，在森林里跑了一整天；有时他以为他在向前走，而实际上他是在后退。一方面由于哭喊，一方面由于恐惧和饥饿，他筋疲力尽，一步也走不动了。他见天色已晚，无计可施，只好下了马，把马拴在一棵粗大的橡树上，然后他自己爬到树上，以免夜里被野兽吃掉。不一会儿，月亮升起来了，皎洁的月光洒满了大地。皮埃特罗不敢睡着，担心从树上掉下去；即使这不算危险，他对情人伤心的思念也使他不能入睡。

所以，他一直醒着，不停地叹息和哭泣、诅咒自己的厄运。

我们已讲过，阿尼诺莱拉漫无目标地逃跑，信马由缰，那匹马把她带到哪里就是哪里。那匹马把她带到了树林深处，直到她再也弄不清她是从哪儿进入树林的。于是，就像皮埃特罗一样，在树林里兜着圈子，停停走走，哭着、喊着、哀叹自己的不幸。夜晚终于降临了，但仍没有皮埃特罗的迹象。少女碰巧发现一条小径，她的马带着她沿着这条小径向前走了好几英里远，发现一幢小屋，于是她尽快向小屋走去。她在小屋那里，发现了一位善良的、年事已高的老人和他同样年老的妻子。

他们见她孤身一人出现在屋前，“天哪！”他们说，“这么晚了你怎么还独自一人出行，游荡在深山老林里？”

她哭着告诉他们，她与伙伴在树林里走散了，问他们从那里到阿纳尼还有多远的路。

“姑娘，这不是通往阿纳尼的路，”老人回答说，“阿纳尼离这里有十二英里多远。”

她问：“附近有没有我可以投住一宿的旅店？”

“天黑以前哪一家旅店你也赶不到了。”

“如果我无旅店可投宿，”她问，“您是否愿意看在天主的分上，收留我在你们这里过一夜呢？”

那位善良的老人回答说：“年轻的姑娘，我们非常高兴留你住一宿。但我们必须提醒你：周围这一带乡村，白天黑夜都有很多土匪出没，有些人对我们很好，有些人对我们不好；他们为非作歹，干各种伤天害理的事情，如果你在这儿寄宿时碰巧他们来了，他们见你如此年轻貌美，就会对你做出最可耻的举动。那时，我们可无法帮助你。我们之所以这样提醒你，是因为如果那样的事发生，我们不想让你来责备我们。”

听了老人的话，阿尼诺莱拉大吃一惊，但见天色已晚，便说：“愿天主保佑您和我免遭邪恶的袭击吧。即使发生了这种事情，遭到男人的侮辱也比在森林里被野兽吃了好些。”

于是，她下了马，走进小屋，与这对老夫妇一起坐下来，吃了他们所能提供的粗茶淡饭；然后，她和衣躺下，与两位老人挤在他们那张窄床上。她整夜哀叹自己和皮埃特罗的不幸，她不知道皮埃特罗的情况会怎么样，担心他凶多吉少。

快天亮时，她听见一队人马行进的脚步声。她赶紧起身。悄悄地溜出去，走进小屋后面的一个大院子里，她发现院子的一侧有一大堆干草；她藏身在干草堆里，这样如果那些人来到小屋这里，他们也不会立刻找到她。她刚一藏好，一伙邪恶的强盗就来到了小屋门口。他们敲开门，走进小屋，发现了姑娘的马尚未卸鞍，便问这是谁的马。

“这里除了我们没有别人，”那位善良的老人见姑娘已藏了起来，便回答说，“不管这匹马的主人是谁，它一定是与主人失散了；它昨天晚上出现在这里，我们把它牵了进来，否则狼就会把它吃掉。”

“好极了，”那伙强盗的头儿说，“既然这是一匹没有主人的马，那它就归我们了。”

于是，他们在小屋里分散开来，一些人走进后院，扔下他们的枪和盾，其中一人漫不经心地把枪插进草堆里，差一点杀死藏在那儿的姑娘——她也差一点暴露了自己——因为那枪尖擦着她的左乳刺过去，刺破了她的衣服。她担心自己受了伤，差一点尖叫起来，但想起自己是在什么地方，便控制住了自己，没有叫出声来。那伙强盗在院子里、屋子里窜来窜去。他们烤乳羊和其他肉，大吃大喝一顿。然后，他们牵着阿尼诺莱拉的马，离去了。

他们走远了后，老人问他的妻子：“昨晚上来我们这儿的那位年轻姑娘不知怎样了？我们起床后就一直没见到她。”

“我也不知道，”妻子说，然后去四处寻找。

听见那些人已经离去，阿尼诺莱拉从草堆里钻出来；她的房东见她未落入歹徒之手，非常高兴。天已破晓，老人对她说：“现在天已经亮了，如果你愿意，我们陪伴你去离这儿五英里远的一座城堡，到了那里你就安全了。但你得步行了，因为刚刚离去的那伙歹徒牵走了你的马。”

阿尼诺莱拉并不为失去了马而烦恼，只是恳求他们带她去那座城堡。于是，他们出发了，不到上午中段时间就到达那里了。

那座城堡的主人是奥尔西尼家族的一个子弟，名叫利埃洛·迪·坎波·迪·费奥雷，他妻子那天碰巧住在那里，那是一位非常善良的女人。她立刻认出了阿尼诺莱拉，给了她热情的接待。她想听听她是怎样来到这里的全部经过。姑娘给夫人讲述了她所经历的一切。夫人也很熟悉皮埃特罗，因为他是她丈夫的朋友。她听说皮埃特罗出了事，很是悲伤，当她听说他被强盗抓住的准确地点时，她确信他一定是被杀害了。所以，她说："既然你不知道皮埃特罗情况如何，你必须和我一起住在这里，直到我能把你安全地送回罗马。"

正当皮埃特罗极为伤心地待在那棵橡胶树上，大约在困倦首次向他袭击时，他看见二十多条狼来到了这里，它们一见到他的马就立刻把马包围起来。马发现自己被狼群围住，猛地扬起头，挣断拴住它的缰绳，试图逃跑，但是，它已被狼群围住，只能用牙齿和蹄子自卫一阵子。但最后，它还是被狼群撂倒，将它从脖子到腹部撕成碎片，饱餐一顿，整个一匹马被狼群吃得干干净净，只剩下一堆骨头。然后，狼群离去了。皮埃特罗一直把那匹马视为伙伴和他身处困境时的依靠，所以，他见自己的马被狼群吃掉，感到非常沮丧，认为他将永远也无法走出这片森林了。天很快就要亮了，但他在树上快要冻死了。他不住地向四周张望，发现离他约一英里远的地方有一大堆篝火。天大亮时，他胆战心惊地从树上爬下来，朝那堆篝火走去，不停地向前走，一直走到篝火跟前。他发现是几位牧民聚在篝火周围，一边吃饭，一边娱乐；他们出于怜悯，热情地招待了他。他吃了东西、暖了身子之后，给他们讲述了自己的不幸遭遇和他怎样孤身一人来到这里；他问他们附近是否有他可投奔的城堡或旅店。牧民们告诉他，离这儿大约三英里远，有一座属于利埃洛·迪·坎波·迪·费奥雷的城堡，他妻子此时正住在那里。皮埃特罗听了这一情况高兴极了，问他们是否有人愿意带他去那里，有两个人欣然愿往。到达城堡后，皮埃特罗碰见一些他认识的人，正想请他们帮助去森林里寻找他的情人。这时夫人派人来请他，他立刻去了夫人那里；当他见到阿尼诺莱拉与夫人在一起时，可想而知他有多么快乐。他极想跑过去拥抱她，但在夫人面前感到有点儿害羞而克制了自己。现在，如果说他处于狂喜状态，他的情人见到了他也同样是欣喜若狂。

夫人张开双臂向他表示欢迎。她听了他不幸遭遇的叙述，率直地谴责他不该违背家人的意愿。但夫人见他决心已定，姑娘也与他一心一意，“嗨，”她说：“我何苦操这份心呢？这两个人相爱，他们彼此互相了解，又都是我丈夫的朋友，他们的愿望完全是正当的，我相信天主一定会允许他们结婚的，因为毕竟是他老人家拯救了他们的性命，使他们一人免于被绞死，另一人免于被刺死，又使两人都免于被野兽吃掉。所以，就让他们结婚吧！如果你们决心结成夫妻，”她对他们说，“那么，我也赞成。就让你们的婚礼在这里举行吧，费用由利埃洛承担。我相信以后我能使你们和你们的家人和解。”

于是，他们在这里结成夫妻。皮埃特罗兴高采烈，阿尼诺莱拉更是喜气洋洋。热情的夫人尽她在乡村环境中所能做到的，为他们举办了豪华的婚礼。这一对有情人在这里品尝了他们爱情的初果。几天后，他们由夫人陪伴，骑着马，在大队仆人强有力的保护下，回到了罗马。夫人发现皮埃特罗的家人正为年轻人的越轨行为狂怒不已，但还是高兴地同意和解。从此，皮埃特罗与阿尼诺莱拉过着平静、幸福的生活，互敬互爱，白头偕老。

故事 4

利齐奥的女儿卡特里娜睡在外面的凉台上，呼吸着新鲜空气，听着夜莺的歌唱;她怎样抓住了这只夜莺，结果又如何。

爱利莎讲完了故事，听着小姐们的赞扬。然后，女王命令菲洛斯特拉托讲个故事，他先抿着嘴，轻声地笑笑，开始了:

你们当中有好几位小姐责备我用残忍的故事使你们掉了不少眼泪;所以，现在为了将功补过，我觉得我应该讲一个逗你们乐一乐的故事。我要讲的是一个很短的爱情故事，故事中不幸事件唯一缺陷就是有几声叹息和瞬间带着羞耻色彩的惊恐，但故事的结局是快乐、美满的。

不久以前，在罗马涅有一位名叫利齐奥·达·瓦尔波纳的骑士。他是一位十分杰出的人，修养完美的绅士，快到晚年时他妻子贾科米娜碰巧给他生了个女儿。这个女儿长大后，成为附近一带最美丽、最迷人的年轻小姐。作为独生女，她是父母的掌上明珠，她的父亲、母亲不遗余力地将她抚养大，一心要给她找一门极好的亲事。当时有一位相貌英俊、精神饱满的青年，名叫里恰尔多，出身于布雷蒂诺罗的马纳尔第家族，是利齐奥家的常客，而且利齐奥很喜欢他常来陪伴他聊天。利齐奥夫妇俩一点儿也不把他当外人看待，仿佛他是他们亲生的儿子。里恰尔多多次见到利齐奥妩媚可爱、文质彬彬、风度迷人、正当出嫁之年的女儿，于是着迷地爱上了她，但却努力不表现出对她的爱情。然而，他的感情却逃不过这位年轻小姐的注意，她不但不躲避他，反而也爱上了他——这可使里恰尔多高兴极了。

他多次想与姑娘说句话，吐露对她的衷情，但都没有敢开口，直到有一次机会，他鼓足勇气对她说：“卡特里娜，我求求你，别让我死于对你强烈的爱吧！”

“天哪，你也别让我死于对你强烈的爱吧，”她立刻回答说。

她的回答使里恰尔多感到无比高兴，也使他变得更勇敢了。“凡是让你高兴的事儿我都愿意做，”他说，“但如果我们想要挽救你我的性命的话，那就全靠你为我们想个办法了。”

“里恰尔多，看看他们把我看得多么紧吧；我真不知道你怎么才能接近我，但如果你能找到什么办法使我们在一起，而且不使我的名声受损，你告诉我怎么做，我就怎么做。”

里恰尔多想了一会儿，突然说：“我亲爱的卡特里娜，我看只有一个办法，那就是如果你能在俯瞰你父亲花园的凉台上睡觉，或者至少你能在凉台上等我。如果在夜里我知道你在那儿，即使那凉台很高，你尽管放心，我都将尽我最大所能爬上去与你相会。”

“如果你有足够的勇气那样做，我想我能设法睡在那儿。”

“是的，我有足够的勇气爬上去，”里恰尔多说，两人匆匆亲吻一下，就分别了。

当时正是五月底，第二天卡特里娜就去母亲那儿抱怨，说前一天夜里房间里太热，害得她没能睡着觉。

“孩子，你说热吗？可是天气根本没那么热啊！”

“妈妈，您听我说，如果您加上‘依我看’您也许就说对了：您必须记住，年轻姑娘要比老太太更多地感到热呀。”

“孩子，你说得很对。可是我不能使天气按你的心愿，要热就热、要冷就冷啊。天气随季节变化，你得忍耐。也许今天晚上会凉爽些，你就能好好睡一觉了。”

“天哪！眼看就要入夏了，天气竟反常地一天夜里比一天夜里凉爽了，这怎么会呢！”

“好啦，”她妈妈说，“你希望谁能把天气怎么样呢？”

“如果您和爸爸不反对的话，我想要在他房间外面俯瞰花园的凉台上放个小床，我就睡在那里。既听着夜莺①歌唱，又待在凉爽的地方，我会觉得比待在您房间里舒适多了。”

“那你就放心吧。我会跟你爸爸说的，只要他答应，我们就那么办。”

利齐奥听了夫人的话，也许因为上了年纪就有点坏脾气，回答说：“她听着夜莺的歌声就能睡着觉，这不是胡说八道嘛。我倒要让她在大白天听着蟋蟀的唧唧叫睡觉呢！”

父亲的话传回给卡特里娜后，她非常生气，那天夜里她不是因为天热，而是因为气恼而一夜未睡；妈妈因为听她不住地抱怨天热，也未能睡着觉。第二天早晨，夫人去对利齐奥说：“你太不关心女儿了，她要去凉台睡觉碍你什么事啊？昨天晚上因为天热她一夜未睡。她想听着夜莺的歌声睡觉有什么好奇怪的？她还只是个小女孩儿嘛。就是那些玩意儿才让年轻人高兴的呀。”

“好吧，”利齐奥说，“就给她在那儿搭个与凉台大小合适的床铺吧，再给她做一顶印花装饰布床罩；让她睡在那儿，心满意足地听夜莺唱歌吧。”

卡特里娜听说父亲答应了，赶紧让人在那里搭起了床铺。因为那天晚上她就要在那张床上睡觉，所以等着见到里恰尔多，向他打了约定的信号，通知他该做什么。利齐奥听见女儿已上床睡觉后，关上了他卧室通往凉台的门，也上床睡觉了。里恰尔多等到万籁俱寂，借助一个梯子爬上一面墙，从那面墙的墙顶抓着突出来的石头攀上另一面墙，凭借极大的努力，冒着摔下去的危险，爬到了凉台上。他受到了卡特里娜最热烈但不出声音的欢迎。他们亲吻了一阵后，一起躺下，几乎玩了一整夜，相互从对方获得了快乐与满足——他们

①夜莺：表达夜间活动热情的传统主题。

让夜莺唱了不知多少遍。他们不停地寻欢作乐，可夏夜苦短，不知不觉中天就要亮了；他们两人做爱后又累又热，个个脸色红润，不一会儿就都睡着了，身上一丝遮盖都没有，卡特里娜躺在里恰尔多身边，右手搂着他的脖子，左手握着他的那个——你们小姐们在男人们面前过于假正经而不愿说出来的——玩意儿。

他们就这样香甜地睡着，新的一天没有唤醒他们。利齐奥起了床，想起女儿在外面凉台上睡觉，悄悄地打开那道门，说："让我们瞧一瞧，看看夜莺的歌声让我们的卡特里娜睡得怎么样。"他走了出去，轻轻地掀起床罩，看见她和里恰尔多像我们已经说过的那样，一丝不挂地搂抱在一起，睡得十分香甜。他清楚地认出了里恰尔多，悄悄地走开，去了他夫人的房间，将她唤醒："夫人，赶快起来！"他说，"快来看看吧：你的女儿一直渴望抓住夜莺，一直在留心并终于设法抓住了一只——现在还把它握在手里呢。"

"怎么会有这样的事？"

"快来吧，你会见到的。"

夫人急忙穿上衣服，悄悄地跟着他。他们一起来到女儿床前，掀起床罩，贾科米娜非常清楚地看到她女儿抓住的而且还握在手里的那只夜莺，她盼望已久要听它唱歌的夜莺。

贾科米娜觉得自己受了里恰尔多的欺骗，刚要大声喊叫，责骂他一顿，丈夫却对她说："等等！如果你珍惜我对你的爱，你就一句话也别说。你听我说，既然她已抓住了那只夜莺，它就应该属于她。里恰尔多是一个有钱的年轻人，出身高贵；他对我们来说是门好亲事。如果他想作为朋友从我这里走出去，他要做的第一件事就是娶她，那样他就是把他的夜莺放进了自己的笼子里，而不是放进了别人的笼子里。"听了丈夫的话，贾科米娜感到很高兴，也就闭口不说什么了。她看得出，丈夫非常愉快地对待这件事，女儿也享受了一个快乐、美好的夜晚，并且捉住了她喜爱的夜莺。

他们的话刚一说完，里恰尔多就醒了。他见天已大亮，立刻慌得要死。“天哪，亲爱的！”他失声向卡特里娜喊道，“我们该怎么办啊？已经是白天了，可我还在这里。”

利齐奥听见了他们说话，来到床边，揭开床罩，对他们说：“你们会做得顺利的！”

里恰尔多看到利齐奥，吓得心脏都停止了跳动。他在床上坐起来，大声地说：“先生，看在天主的分上，饶恕我吧。我知道我是一个背信弃义的坏人，罪该万死，所以，您想怎么处置我就怎么处置我好了。但我恳求您，如果可能，请您大发慈悲，饶恕我的性命吧。”

利齐奥回答说：“里恰尔多，你竟然如此卑鄙地回报我对你的喜爱和信任。但是木已成舟，你因为年轻而犯下这一过错。如果你想使自己避开死刑，使我免于耻辱，在你采取另一步骤之前，你必须对卡特里娜盟誓，娶她为你的合法新娘，那样，既然你昨天夜里占有了她，那就让她终生属于你吧。只有这样做，你才能获得我的饶恕，使自己得到安全。如果你不想这样做，那你就向天主祈祷吧！”

在父亲对她的情人讲这番话的时候，卡特里娜松手放开了那只夜莺，用被子遮盖自己，突然大哭起来。她恳求父亲饶恕里恰尔多，又恳求里恰尔多按父亲的愿望去做，这样，他们就能永远放心地在一起享受这种快乐的夜晚。然而，里恰尔多根本不需要任何压力，因为一方面，他为自己所干的事儿感到耻辱，并急切地向利齐奥赔罪；另一方面，他吓得要死，有逃生的强烈愿望。再说，他强烈地爱恋着，渴望拥有他爱的对象；所以，他毫不犹豫地立即同意利齐奥提出的建议。于是，利齐奥从妻子那儿借来一枚戒指，交给里恰尔多，里恰尔多当着他们的面，就在床上原地未动地向卡特里娜盟誓娶她为妻。他们的婚事安排好后，利齐奥和夫人离去。他们的告别语是这样说的：“再睡一会儿吧，也许你们更想再睡一会儿，不想起床吧。”他们走后，这对年轻人又拥抱在一起，因为他们昨天夜里只走了六英里的路程，他们在起床前又走了两英里，这样才结束了第一天。他们终于起床了，里恰尔多又与利齐奥进行了详谈，几天后，里恰尔多和卡特里娜按照婚俗，当着亲戚朋友的面重新举行了订婚仪式。里恰尔多隆重地将卡特里娜接回家中，举行了优美体面的婚礼。从此以后，里恰尔多与卡特里娜一起过着非常宁静而舒适的生活，不论白天晚上只要一有空闲他们就在一起尽情地玩弄那只夜莺。

故事 5

两个年轻人贾诺莱与明吉诺为一位姑娘发生械斗，都被投进了监狱。命运之神出面干预，解决了这一争端，将姑娘赐给了这两个情敌之一。

关于夜莺的故事把小姐们逗得哈哈大笑，甚至故事讲完了，她们还是笑个不停。但在她们哈哈大笑了好长一会儿之后，女王说：“真的，如果说昨天你让我们都很难过，今天你又使我们都乐了个够，我们这几位小姐谁也没有理由再抱怨你了。”然后，她转身吩咐内菲勒讲个故事，于是内菲勒非常高兴地开始了下面这个故事：

菲洛斯特拉托带着他的故事进入了罗马涅。我也想在讲我的故事时去罗马涅走一走。从前在法诺城里住着两个伦巴第人，一个是名叫圭多托的克雷莫纳人，另一个是名叫贾科米诺的帕维亚人。他们两人如今都年事已高，但他们年轻时的大部分时光都用在当兵打仗上。圭多托没有儿子，也没有比贾科米诺更可信赖的亲戚朋友，临终前把他约十岁的女儿和他的全部财产都托付给了贾科米诺；与贾科米诺关于他的庄园谈了很长时间之后，就与世长辞了。当时大约是在法恩扎经过长期战乱和灾难之后，情势趋于稳定之时，任何想回去的人都可以回去。过去曾在法恩扎住过的贾科米诺认为那是一个让人生活愉快的地方，所以，他把所有的包裹、行李等家什都搬回了那里，带着圭多托托付给他的小女孩儿，一同回到了法恩扎。他非常喜欢这个小女孩儿，把她当成自己的亲生女儿一样抚养。这女孩儿长成了一个十分漂亮的姑娘，她的美丽堪与城里的任何一个女人相比。她不仅长得漂亮，而且品行端正，举止文雅，于是有好几个小伙子向她求婚，但其中有两个漂亮的、有相当身份的年轻人特别喜爱她，为了她他们彼此争风吃醋，结果相互憎恨。一个名叫贾诺莱·迪·塞维里诺，另一个名叫明吉诺·迪·明戈莱。这时，姑娘已经十五岁了，如果姑娘的家人同意，两个小伙子都会高兴地娶她为妻。但他们的家长都不同意，因此不能实现与姑娘的有效婚姻。于是，为了得到她的喜欢，他们就各自使用所能想出的各种手段。

贾科米诺家有一个年长的女仆和一个年轻的男仆。那男仆性格活泼，为人亲切，名叫克里维洛。贾诺莱与他成为最好的朋友，在一个适当的时刻，贾诺莱把对姑娘的爱告诉了他，恳求克里维洛帮助并教给他怎样做才能实现他追求的目标；贾诺莱许诺，事成之后他会慷慨地报答他。“好吧，”克里维洛说，“我只能帮你做一件事，那就是当贾科米诺碰巧到外边吃饭时，我把你领进她家里，你就可以和她在一起了。如果我代表你与她说话，她是永远也不会听我的。但如果你愿意，我肯定能替你办到那样的程度，那时就看你的了，你认为怎么好你就怎么做吧。”

“那样就非常好了，”贾诺莱说，他们二人决定实施这个计划。

至于明吉诺，他与那年长的女仆成为好朋友，她多次给那姑娘捎去明吉诺的口信，多少点燃了姑娘爱的火焰。那女仆还答应下次贾科米诺碰巧晚上有事离开家里时，介绍明吉诺与姑娘见面。

过了不久，碰巧贾科米诺一天晚上要出去与一位朋友一起吃饭，这实际上是克里维洛精心安排的。那男仆立刻通知贾诺莱，与他商定好进门的暗号，他会发现那前门是开着的。那女佣不知道他们的安排，也把贾科米诺出去吃饭一事通知了明吉诺，让他在附近待着，看见她给的信号时，他就可以悄悄地溜进来。这两位求婚者尽管都相互多疑，却都不知道彼此的安排。夜幕降临，他们都出发了，各自带了几个朋友，全副武装，准备把姑娘弄到手。明吉诺带着他的那伙人躲在一位朋友家里，那朋友是姑娘的一个邻居；而贾诺莱和他的朋友们踯躅在离姑娘家不远的地方。

等贾科米诺一走出家门，克里维洛和那女仆都想方设法把对方打发走。“你为什么不去睡觉？”克里维洛对那女仆说，“为什么还在这屋子里转来转去的？”

“你为什么不去伺候老爷？”她问那男仆，“你在等什么？你已经吃过晚饭了。”

就这样，他们谁也不能把对方打发走。克里维洛发现他与贾诺莱约定的时间到了，心里想：“我何必担心她呢？如果她不保守秘密，我就收拾她。”于是，他发出事先商定好的暗号，去开了门；贾诺莱和他的两个同伴转眼间就出现了，走了进来，发现姑娘在客厅里，就抓住她，将她带走。姑娘奋力抵抗，大吵大嚷，女佣人也跟着大叫起来。明吉诺听到叫喊声，带着他的几个朋友迅速赶来，发现姑娘已经被拖出前门。他们拔出刀剑，大喝：“嗨，你们这些坏蛋！竟敢干起这等事！你们到底是什么人？休想得逞！”说完，他们就举刀向对方砍去。所有的邻居听见叫嚷声，都提着灯笼，拿着武器，来到了大街上。他们表示厌恶这种抢亲行为，都站在明吉诺一边。经过一番艰难的争斗，明吉诺从贾诺莱手中夺回姑娘并把她送回贾科米诺家中。不一会儿，地方长官的巡警赶来，当场抓捕了许多人，包括明吉诺、贾诺莱和克里维洛，他们都被关进了监狱。最后，秩序得到了恢复，贾科米诺回到家中；这场事件使他非常气恼，但仔细了解打斗的原因之后，发现女儿没有什么责任，他才恢复了平静。但是，他得出结论，如果要使这类事情不再发生，他必须尽快把女儿嫁出去。

第二天早晨，那两个青年的家人准确地得知了所发生的一切。

他们意识到，如果贾科米诺坚决进行起诉，而他完全有权利这样做，那两个青年将会遭受更大的牢狱之苦，因此他们找到贾科米诺，说尽好话，恳求他原谅那两个青年的愚蠢行为给他带来的伤害，请他考虑与他恳求者的友谊，他们相信他会考虑的。他们代表自己和那两个给他造成损失的青年，表示愿意按他提出的任何条件赔偿。

贾科米诺是个见多识广、心地善良的人，干脆地回答说："先生们，如果我回到家乡，不再做你们的客人，我也会与你们保持友谊，我不会干任何超越友谊的事儿，除非那样做符合你们自己的愿望。实际上，我更应该赞成你们的愿望，因为是你们自己伤害了自己，因为要害在于，这个姑娘并非如你们许多人以为的那样，是克雷莫纳人或是帕维亚人，实际上她是法恩扎人，尽管我、她和把她托付给我的人都不知道她是谁的女儿。至于你们向我提出的要求，我将完全照办。"

这几个善良的人听说那姑娘是法恩扎人，都非常惊讶；他们感谢他乐于助人的态度，并请他解释一下那姑娘是怎样归他抚养的，是什么使他那么肯定那姑娘是法恩扎人。

"克雷莫纳的圭多托是我的朋友和战友，"贾科米诺说，"他临终时对我说，当这座城市被腓特烈皇帝① 攻占，整个城市遭到洗劫时，他和他那一帮士兵走进一幢房子，发现房子里面堆满了私人动产，是这家逃命时抛弃的，大人都跑了，只剩下一个大约两岁的小女孩儿。那孩子见他跑上楼来，叫他'爸爸！'所以，他可怜那个小女孩儿，把屋里的东西收拾一空后，带着那女孩儿和那些东西去了法诺。他在法诺故去，临终前把小女孩儿和他的全部财产都托付给了我。他让我到了她出嫁的年龄时，把属于她的一切财产都给她作为嫁妆。现在，她已经到了婚嫁的年龄，但我还没有找到任何一个我愿意将

①腓特烈皇帝：腓特烈二世1240年围攻法恩扎。

姑娘托付终身的人，但我非常愿意尽早把她嫁出去，免得再发生类似昨天夜里打架的事情。”

在场的人中有一个名叫圭利埃尔米诺·达·梅迪奇的人。他当时正和圭多托在一起，准确地知道圭多托抢劫的是哪幢房子。“贝尔纳布乔，”他走到他发现此时也在场的一个人身边说，“你听见贾科米诺讲的话了吗？”

“听得很清楚。我一直在想这件事儿，因为我记得在那场战乱中我失去了一个小女孩儿，她与贾科米诺讲的小女孩儿同龄。”

“那么说，她就是这个姑娘了，”贾科米诺插话说，“因为我碰巧无意中听到圭多托在沉思默想中说出了他抢劫的那幢房子的地点，我发现那一定是你家。所以你回想一下，你认为你能凭借某种特征认出她来吗？如果你认为你能认出她来，那你就在她身上看一看，你肯定会发现她就是你的女儿。”

贝尔纳布乔沉思了一会儿，想起了那女孩儿左耳上面有一个十字形伤疤①，那是战乱前不久一块囊肿被切除后留下的。于是，他赶紧向还没有离开这里的贾科米诺身边走去，问贾科米诺他可否与他一起走，去他家里看看那姑娘。贾科米诺欣然同意，把他领到自己家里，并叫姑娘过来与客人相见。贝尔纳布乔认为，他在姑娘的脸上看到了她妈妈的妩媚——甚至在这时看，那女人也是个美人儿——但是，不能就到此为止，他请求贾科米诺的允许他把她左耳上面的头发向后掠一下。贾科米诺表示同意。贝尔纳布乔走近羞怯地站在那儿的姑娘，用右手撩起她左耳上面的头发，看见了那个十字形伤疤。当他认出那姑娘真是她的女儿时，立刻热泪盈眶，张开双臂去拥抱她，而她却使劲地挣脱了。

他转身对贾科米诺说：“朋友，这姑娘真是我的女儿。圭多托抢

①伤疤：传统的辨认主题，就像第二天故事9中妻子的痣一样。

劫的就是我家，她妈妈（我妻子）在慌乱出逃时忘记了这个孩子；她被扔在家里，那天我家的房子被烧毁了，时至今日我们一直以为她被烧死了。”

姑娘听了他的话，看到这个人是一位长者，她相信他的话，由于受到某种看不见的力量的触动，她开始顺从他的拥抱，流下了伤心的眼泪。贝尔纳布乔立刻派人把她妈妈、家中的其他女人，还有他的兄弟、姐妹们都请来，让姑娘与他们所有人相见，并向他们讲述了事情的经过。大家一一与她拥抱，向她表示欢迎之后，贝尔纳布乔欢天喜地地将女儿领回家去，贾科米诺也分享了这份父女团聚的欢乐。

地方长官是个心地善良的人，听说了贝尔纳布乔父女相认的事情之后，知道被拘留的贾诺莱是贝尔纳布乔的儿子，自然就是那姑娘的哥哥，他决定从宽处理他的过失。他又与贝尔纳布乔和贾科米诺联手恢复了贾诺莱与明吉诺之间的友好关系。他又亲自做媒把那原名叫阿涅莎的姑娘许配给明吉诺，全家人都非常高兴。最后，地方长官将明吉诺、贾诺莱与贝尔纳布乔和所有其他与此事有关而被捕入狱的人全都释放出来。然后，明吉诺兴高采烈地设下最隆重的喜宴，将姑娘接回家中，与她一起宁静而快乐地生活了许多年。

故事 6

贾尼·迪·普罗奇达与他的心上人侮辱了西西里国王，被判处火刑烧死。但是，贾尼的最后请求得到了出人意料的答复。

小姐们听了内菲勒的故事，都感到非常快乐。她的故事讲完后，女王命令潘比妮亚讲一个。她平静地抬起头看看大家，立即开始了她的故事：

爱情的力量是伟大的。大家可以从今天讲过的和以前讲过的故事中认识到，恋人们为了实现自己的爱情总是要历尽大家永远也想象不到的千难万险。即使如此，我还是想再讲一个这样的例子，这个故事讲的是一个年轻恋人的勇敢。

伊斯基亚是一个离那不勒斯很近的岛，岛上曾住着一个漂亮、活泼的年轻姑娘，名叫雷斯蒂图塔，是伊斯基亚岛绅士马林·波尔加罗①的女儿。在附近的普罗奇达岛上有个名叫贾尼的青年，他爱那姑娘胜过爱自己的生命，她也这样爱他。贾尼经常乘船从普罗奇达岛来伊斯基亚岛待上一天，目的就是来看那姑娘。他不仅在白天，也经常在晚上来，如果他找不到船，他就泗水过来，即使看不到她本人，就只是能看到她住宅的墙壁也感到莫大的安慰，正当他们的热恋在顺利进行时，一年夏天的一天，雷斯蒂图塔碰巧独自一人在海边游玩，用一把小刀挖石缝里的贝壳。她从一处礁石走到另一处礁石，来到一个僻静的小海湾，有几个乘快艇从那不勒斯来的西西里青年正在那里休息，这地方很阴凉，而且还有一眼冰凉的清泉。他们见一位非常漂亮的姑娘独自一人朝这里走来，而且还没发现他们在这里，于是他们决定抓住她，把她劫持走。她尖叫、哭喊着，他们抓住她，拖到船上，疾驶而去。当他们到达卡拉布里亚时，他们为姑娘归谁所有争吵起来，因为谁都想要她；但因为他们各不相让，又担心她可能会给他们带来比她的价值大得多的麻烦，他们一致决定，把她献给西西里国王腓特烈②；当时腓特烈还是一个年轻人，喜好美色。于是，他们去了巴勒莫，真的

①马林·波尔加罗：著名的海运业巨头，薄伽丘年轻时他还活着。

②西西里国王腓特烈：阿拉贡的腓特烈二世，他在1296—1337年间统治西西里。

把姑娘送给了国王。国王见她长得非常漂亮，高兴极了，但因为当时身体欠佳，就吩咐先安置她住在他的名为拉古巴① 花园一个美丽的楼阁里，悉心伺候，待他身体康复后再作安排。侍从们当即照办了。

那年轻姑娘被劫持一事在伊斯基亚岛上引起了极大的轰动，最糟糕的是没有人能够发现是谁把她劫走了。贾尼比任何人都关心此事，他决定不在伊斯基亚岛上等待关于她的消息。他知道那艘快艇开去的方向，于是，他装备好一艘出海的快艇，登上去，迅速开航，飞速搜遍了萨拉诺海湾和波利卡斯特罗海湾之间的整个海岸，到处打听姑娘的下落。他在卡拉布里亚的斯卡莱阿听说，西西里的水手们把姑娘带去巴勒莫了。贾尼尽快驶向那里，经多方打听，他发现姑娘已经被当作礼物献给了国王，国王将她扣留在拉古巴花园里。这个消息使他非常沮丧，并使他实际上失去了再与她见面的希望，更不用说把她夺回来。

然而，爱神把他留在了那里；他见这里没有人认识他，就打发走了那艘快艇，只身留在了巴勒莫。他经常从拉古巴花园外面走过，一天他碰巧瞥见姑娘在窗边站着，姑娘也看见了他，两人都暗自高兴。贾尼见这房子处于僻静之处，就尽可能靠近她与她讲话，她告诉他如果他想与她更亲密地交谈，他该怎样做。他把那里的地形作了一番仔细的研究之后，就辞别了她，等到夜深人静时再来。到了下半夜，他回到这里，爬到了甚至啄木鸟也无法攀缘的高度，进入了花园。他在花园找到了一根竹篙，把它靠在姑娘指给他的窗前，敏捷地顺着竹篙爬到了窗口。此时，雷斯蒂图塔似乎以为她的名誉实际上已经失去了，以前为了维护自己的名誉，她总是让贾尼保持与她一臂长的距离；而此时她觉得除了他，再也没有任何人更适合她以身相许了，此外，她还可以劝他，带她逃走，所以她决定满足他的一切愿

①拉古巴：诺尔曼－阿拉伯建筑物，今天仍矗立在巴勒莫市内。

望。她早已把窗户打开给他留着，这样他可迅速进入房间。贾尼见窗户是开着的，悄悄溜进去，在她身边躺下。她还没有入睡。在他们相互亲热之前，雷斯蒂图塔把自己的想法告诉了他，恳求他一定把自己救出去，把她带走。把她救走是他最大的快乐，贾尼说，当他离开她时，他一定要为下次来救她出去做好准备。然后，他们狂喜地拥抱在一起，享受爱神赐予他们的最大快乐。他们干了一次又一次，直到筋疲力尽地相互搂抱着睡着了。

那国王第一次见到雷斯蒂图塔，就被她的美丽给深深地迷住了。那天夜里，他觉得身体好些，就想起了那姑娘，虽然天快亮了，他还是决定去跟那姑娘亲热一会儿。于是，他带了几个侍从，悄悄地来到拉古巴花园，进入那座楼阁里，吩咐侍从轻轻地把姑娘卧室的门打开，然后他手持一个点燃着的烛台走进姑娘的卧室。他往床上一看，见那姑娘正与贾尼搂抱着睡得正香，两人都一丝不挂。此情此景令他勃然大怒，气得话都说不出来，真是一触即发，他恨不得立刻拔出腰中短剑，把这对男女杀死在现场。但他转念认为，杀死两个赤裸的正熟睡着的人，对任何一个人来说，不用说对国王，都是非常卑鄙的行为。所以，他克制了自己，决定将他们当众烧死。他转身对一个侍从说："我对这女人寄予厚望，而她却做出如此邪恶的勾当，你看该怎样处置她？"然后他又问那侍从是否认识那个竟如此大胆地闯入这座楼阁里，以这等厚颜无耻的行为来藐视他的青年。那侍从回答说，他从未见过这个人。

国王怒气冲冲地走出那间卧室，命令将那对恋人就那样赤身裸体地捆绑起来，天亮后，把他们带到巴勒莫，背靠背地捆在广场中央的火刑柱上。他们将被这样绑着到上午九点钟，这样全市的人就都能看到他们的丑态，然后他们就将被烧死，因为他们罪有应得。说完这番话，他依旧怒气未消，回巴勒莫王宫去了。

国王一走，许多侍从就冲进姑娘的卧室，抓住这对恋人，不仅将他们唤醒，而且立刻将他们残忍地捆绑起来。这对青年男女见自已被一丝不挂地捆绑起来，痛苦万状，更担心自己性命难保，他们悲伤不已，可想而知。按国王的命令，他们被带到巴勒莫，被捆绑在广场中央的火刑柱上；他们眼看着木材在面前堆放起来，火种也已准备好，到了国王指定的时刻，他们将被活活烧死。巴勒莫全城的男男女女都立刻起来看这对恋人，男的都挤着看那姑娘，上下打量，高度夸赞她身段匀称，长得真美；女的都围着小伙子看，赞美他身材魁梧，长得俊秀。可是那对不幸的恋人站在那里，低着头，羞愧难当，哀叹自己不幸的命运，一小时一小时地挨着，等待被用火刑残忍地处死。

当他们就被那样绑着等待着行刑时刻的到来时，他们的风流罪过传遍了全城，也传到了鲁杰里·德·洛里亚① 耳朵里，鲁杰里是一个非常勇敢的人，当时任国王的海军大将。他也来到捆绑他们的地方看看热闹，他看见了那姑娘，高度赞美她的美丽；然后他又仔细看那小伙子，一眼就认出了他。他走近那小伙子并问他，他是否叫贾尼·迪·普罗奇达？

贾尼抬起头，认出了这位海军大将。“将军，我就是您说的那个人，”他说，“但是再过一会儿，我就不在这个世界上了。”

海军大将问他是什么使他落到了这个地步，贾尼说：“是爱情，是国王的愤怒。”

海军大将请他详细解释一下，当他听完贾尼讲述的全部经过之后就要离开时，小伙子把他叫回来并对他说：“将军，可否请您替我向如此扣留我在这里的那个人提个请求？”

“什么请求？”鲁杰里问他。

“我知道我就要死了，而且很快就要被烧死，”贾尼回答说，“我的请求是：因为我爱这个年轻姑娘胜过爱我自己的生命，她也这样爱我，而我们却背靠背地捆在一起，所以请求将我们面对面地捆在

①鲁杰里·德·洛里亚：自 1296 年起任腓特烈二世的将军。

一起，让我死的时候看着她的脸，那我就死而无憾了。”

“当然可以，”鲁杰里大笑着说，“我会设法让你看着她，直到你看个够！”

海军大将离开贾尼，吩咐负责行刑的士兵，没有国王新的命令，不得采取进一步的行动。然后，他赶紧去见国王，虽然他见国王仍然生着气，但他还是把自己的想法明确地讲给他听。“陛下，”他说，“那对年轻人做了什么事冒犯了您，您下命令要把他们在广场中央烧死？”

国王告诉了他原因，鲁杰里劝他说：“这种罪过当然应受惩罚，但不应该由您来处罚。正如犯了罪应受惩罚，那么立了功就应受奖赏，立功者还可以将功折罪，受到宽容。您知道您要烧死在火刑柱上的那两个年轻人是谁吗？”

“不知道，”国王说。

“好吧，”鲁杰里说，“我想让您知道他们是谁，那样您就会意识到您是多么的‘稳健’，让愤怒冲昏了头脑。那青年的父亲是兰多尔弗·迪·普罗奇达；多亏兰多尔弗的哥哥贾安·迪·普罗奇达的鼎力相助，您才成为这个岛国的君主。那年轻姑娘是马林·波尔加罗的女儿，正是凭借他的势力，您才得以继续统治伊斯基亚岛。此外，那两个年轻人相爱已久，是爱情的力量，绝非任何要侮辱陛下您的愿望，使他们犯下这一罪行，如果罪行是相爱的年轻人行为的正确名称的话。您本应该慷慨地款待他们并赐予他们最好的礼物，您为什么要处死他们呢？”

国王听了鲁杰里的话，查明他说的情况完全属实后，很后悔如此粗暴地对待这对年轻恋人，更后悔他已使他们遭受了痛苦。所以，他立即下令将他们从火刑柱上解下来，带进宫来见他。他的命令立刻得到执行。他从两个恋人的讲述，清楚地了解了事情的原委，决定热情地款待并慷慨地赏赐他们，以补偿他对他们已做出的伤害。他吩咐侍从给他们换上华贵的服装，征得他们相互同意后，由他主婚，将年轻姑娘嫁给了贾尼，又赐予他们大量贵重的礼物，并把他们欢天喜地地送回了家乡。乡亲们举行了隆重的庆祝仪式，欢迎他们的归来。从此以后，他们在家乡度过了快乐而满足的一生。

故事 7

获得自由的奴隶特奥多罗使主人的女儿维奥兰特怀了身孕，因此被判处绞刑。但从出人意料的方向赶来了搭救者。

小姐们都提心吊胆地听着那个故事，不知那对恋人是否会被烧死；听到他们摆脱了厄运，"感谢天主！"她们放心地叹息说并立刻高兴起来。女王听完了这个故事，就命令劳蕾塔接着讲故事，劳蕾塔非常愉快地讲了下面这个故事：

在善良的国王威廉① 统治西西里岛时，有一个名叫阿美里戈·阿巴特的绅士，他是特拉帕尼人，家财无数，子女众多。因为他需要许多仆人，他从热那亚贩奴船上买了几个小孩。这些贩奴船是在亚美尼亚海岸② 掳掠几个孩子之后，从勒凡特开来，停泊在那里的。阿美里戈把那些孩子当成了土耳其人，他们中大多数都像牧童，但其中有一个看上去有些教养，他的名字叫特奥多罗。尽管在这个家中他的地位是奴隶，但他却是被放在阿美里戈的孩子中一起养大的。与

①善良的国王威廉：善良的威廉，1166—1189 年为西西里国王。

②亚美尼亚海岸：薄伽丘很明显指的是"小"亚美尼亚，易受武力袭击的地区，位于当今土耳其的阿那达地区中部。当时它与意大利贸易往来频繁。

偶然发生的目前身份对他的影响相比，遗传对他的影响更大。他成长为一个有良好教养的绅士，受到主人的高度器重，以至于解除了他的奴隶身份，成为自由人。因为他是土耳其人，主人给他行了洗礼，取名为彼埃特罗，把他提升到了主要合伙人和知己的地位。

阿美里戈有好几个儿子，但只有一个女儿，名叫维奥兰特，长得秀丽文雅，已到了婚嫁年龄。在闺中待嫁的同时，她爱上了彼埃特罗，彼埃特罗的言行举止深深地吸引着她，但她却羞于向彼埃特罗表示对他的爱情。但是，爱神帮了她的忙。原来，彼埃特罗经常在暗地里偷看她，也深深地爱上了她，只要一时看不到她，他就坐卧不安。他知道他爱上小姐是严重地步入歧途，而且非常害怕，唯恐有人发现他对小姐的感情。这时的维奥兰特时时刻刻都在高兴地看着他，注意到了他的焦虑，为了让他放心，她清楚地暗示她完全接受他的爱情。虽然他们都非常想向对方倾吐衷肠，但谁也不敢开口，这种情况持续了很长一段时间。但正当他们两人同受爱情的折磨时，命运之神终于决定为他们铺平道路，帮他们找到驱走阻止他们相爱的羞怯心理的办法。

在特拉帕尼市郊大约一英里的地方，阿美里戈拥有一处令人愉快的地产，他的夫人和女儿经常带着她们的女友和仆人们去那儿过上快乐的一天。有一天，天气酷热，她们又都去了那儿玩，这次带上了彼埃特罗。夏天的天气变化无常，天空中突然乌云密布，为了不被暴雨淋着，她们赶紧动身返回特拉帕尼。彼埃特罗年轻腿快，走在女人们的最前面，又兼有维奥兰特为伴，将她们远远地甩在后面：与其说是害怕雨淋，还不如说是爱情给他们插上了飞奔的翅膀。这一对青年男女走得飞快，后面的人几乎看不见他们了，这时天空中电闪雷鸣，然后就开始下起了猛烈的冰雹；维奥兰特的母亲和与她同行的那群人进了一个农家小屋避雨。彼埃特罗和维奥兰特所能找到的最近的避雨之所是一个被人遗弃的坍毁的棚屋，棚屋上面还残留一块屋顶；于是，他们就在这块屋顶下避雨。避雨的地方十分狭窄，他们两人必然紧紧地靠在一起。身体的紧密接触不仅给了他们吐露真情的勇气，而且给了他们满足强烈爱欲的机会。

“天主保佑，”彼埃特罗先鼓足勇气说，“但愿这场冰雹永不停止，让我和你就这样永远待在一起！”

“我也但愿如此，”那姑娘接着说。

说完这句话，他们相互紧紧握住对方的手，然后相互拥抱，接着就是亲吻，冰雹在他们四周噼里啪啦地下；长话短说，到雨过天晴之前，他们已经设法做爱了很久，尽享了爱情的快乐。暴风雨过后，他们又向前走一段路，在城边等候母亲以及和她在一起的那一群人，与母亲一起回家。在家里，这一对恋人经常秘密约会，享受爱情的甜美，到了这样的程度以致维奥兰特怀了孕，这一结果使他们两人十分苦恼。她试过了几种办法以逃避自然的进程，实现流产，但都未见效。

彼埃特罗害怕自己性命难保，决定逃走，但当他把自己的决定告诉姑娘时，姑娘说：“如果你走，我就自杀，只能那样。”

“你怎么能让我留下呢？”他问他的情人，“你怀了孕，会暴露我们的罪过。你的家人会很容易地原谅你，而我却要为我们两人的罪过受到惩罚。”

“他们很快就会发现我的罪过，”她说，“但你可以放心，他们永远也不会发现这件事是你干的，除非你自己不小心说出去。”

“那好吧，”彼埃特罗说，“既然你保证不把我说出去，那我就留下；但你必须遵守诺言。”

维奥兰特尽可能长时间地掩盖自己的身孕，但有一天，她见自己肚子越来越大，再也不能保住秘密了，就泪流满面地去见母亲，把自己怀孕的情况告诉了母亲。“救救我吧！”她说。

母亲听了真是气得发疯，狠狠地骂了她一顿。“这事是怎么发生的？”母亲问。女儿已事先编好了谎言，掩盖事实真相，以保护彼埃特罗。母亲相信了她的话，把她送到他们家乡下的一座别墅里去住，以掩盖姑娘的尴尬处境。

当她分娩时刻到来时，维奥兰特也像一般生孩子的妇女一样尖声叫喊起来。但是，她母亲没有料到的是阿美里戈这时出现在那里，因为他以前实际上从不到别墅这儿来。但那天碰巧他捕鸟归来，从他女儿发出叫喊声的房门口经过，觉得奇怪，就停下脚步，走进房间看看究竟是怎么一回事。夫人见丈夫来了，只好站起身来，悲哀地把发生在女儿身上的事情告诉了他。但是，阿美里戈可不像夫人那样轻易地接受女儿对此事的说法，他说女儿不知道是谁使她怀了这个孩子，这是不可能的，他坚决要查出那个人是谁，如果女儿告诉了他，她或许会得到他的原谅，否则，她必须下定决心去死，他毫不宽容。夫人竭力劝阿美里戈相信她女儿的解释，但丈夫根本不听她的话。盛怒之中，阿美里戈拔出剑来，走向女儿跟前说："你要么说出孩子的父亲是谁，要么立刻就死。"姑娘在她母亲与父亲谈话以分散他的注意力时，生下一个男婴。

因害怕失去性命，她就违背了对彼埃特罗的诺言，把他们之间的恋爱与偷欢全都讲了出来。这使父亲愤怒到了极点，几乎控制不住自己，要把女儿杀掉；但他把女儿责骂一顿发泄完怒气之后，又骑上马，回到特拉帕尼，找到国王的代理总督库拉多，将彼埃特罗对他的伤害报告给了总督。彼埃特罗在丝毫不知道自己已面临危险时被逮捕，在严刑拷打下，招供了一切。几天后，他被国王的代理总督判处绞刑，在去往绞刑架的一路上先受鞭笞。

但是，阿美里戈的愤怒并未因彼埃特罗被判处死刑而平息，他决心要在同时除掉这对恋人和他们的孩子。他准备好一杯毒酒和一把无鞘的剑，交给一个仆人，吩咐他说："把这两样东西拿去交给维奥兰特，把我的话转给她，叫她选择这两种死法中的一种，是服毒还是自杀；如果她不迅速做出选择，我要当着全城市民的面将她绑在火刑柱上烧死，因为她罪有应得。然后，抱起她刚生下的孩子，将他的头往墙上撞，撞死后扔给狗吃。"这是愤怒的父亲对女儿和外孙发出的残忍的判决，那仆人幸灾乐祸地前去执行。

为彼埃特罗选定在鞭笞下去往绞刑架的那条路，碰巧经过一家旅店，里面住着三位来自亚美尼亚的贵族。他们是亚美尼亚国王派遣的使节，要去罗马就有关即将进行的访问等重大问题与教皇谈判，途经特拉帕尼下船休息几天；在这里，他们受到了这个城市的隆重欢迎，特别受到了贵族阿美里戈的最殷勤的款待。这几位使节听到人群吵吵嚷嚷地鞭打彼埃特罗，向绞刑架行进，从旅店门前经过，他们走到窗口观看。彼埃特罗上身被扒光，两手被反绑在身后。三位使节中，一位德高望重的最受尊敬的长者名叫菲内奥，注意到那小伙子胸前有一大块红色的斑，那绝不是涂抹上去的，很像是这里的妇女所说的莓状痣。那块红色胎记使他想起十五年前在拉亚佐海滩被海盗抢去的儿子，从那时起一直未听到那个儿子的消息。当他猜测着这个遭鞭笞的可怜的小伙子的年龄时，他突然想起，如果他的儿子还活着，应该跟这个小伙子的年龄一般大，这一猜疑加上那块胎记使他开始意识到，这个小伙子可能就是他的儿子。他想如果那小伙子是他的儿子，他一定还记得他的名字和他父亲的名字，还一定会说亚美尼亚语。

于是，当小伙子走近时，他大声喊叫："喂，特奥多罗！"

彼埃特罗听见喊叫声，猛然抬起头来。

"你是哪里人？"菲内奥用亚美尼亚语问，"你是谁的儿子？"

押解彼埃特罗的看守出于对这位绅士的尊重，让彼埃特罗站住，彼埃特罗回答说："我是亚美尼亚人；我父亲名叫菲内奥，我小的时候被陌生人带到这里。"

菲内奥听了小伙子的回答，确信这就是他当年失散的那个儿子；于是，他哭着与同伴们一起走下楼来，穿过押解的看守，去拥抱那小伙子。他把自己穿的那件非常华贵的斗篷披到儿子的肩上，然后请求看守班长在这里稍等片刻，直到他接到新的命令，班长很愿意地答应了。

菲内奥已经知道小伙子被判处死刑的原因，因为关于他的传闻已闹得满城风雨了。于是，他立刻与同事以及他们的仆人一起去见国王的代理总督库拉多。

“先生，您把他作为奴隶宣判死刑的那个人，”他对总督说，“是一个自由的人，是我的儿子。他愿意娶那个他被指控破坏了贞操的姑娘为妻。恳请您开恩，暂缓行刑，等我了解一下她是否愿意嫁给他，如果她同意嫁给他，您就不要无视法律了。”

库拉多听说这小伙子是菲内奥的儿子，大吃一惊，为命运之神指使自己如此不公正地对待这小伙子感到非常窘迫。彼埃特罗证实了菲内奥的话，因此总督派人把他立即送回家去，又派人请来阿美里戈，向他说明了情况。阿美里戈认为女儿和外孙此时已死，他知道如果女儿还活着，一切都还能得到补救，因此痛苦地懊悔自己所做的一切。不过，他还是派人飞速赶往女儿那里，如果他的命令还未执行，就取消那个命令。新的使者赶到时发现，先期来到的执行杀死小姐命令的那个仆人正在训斥小姐，因为她在做毒酒和刀的选择时一再拖延时间；他正在试图将一种决定强加给她。但他听到他主人新的命令后，立刻撇下她，回去向主人作了小姐未死的报告。

所以，阿美里戈高兴极了，赶紧去见菲内奥，含着眼泪为所发生的一切向他道歉；他说，如果特奥多罗愿意娶他女儿为妻，他将非常高兴地把女儿嫁给他。

菲内奥很痛快地接受了他的道歉。他说：“我的儿子娶你的女儿为妻是我的愿望。如果他不同意，那就执行原来的判决吧。”这样，两人达成共识后，一起去找特奥多罗。尽管特奥多罗找到了父亲很高兴，但他仍在担心自己性命难保。菲内奥与阿美里戈来询问他的打算，告诉他，如果他愿意娶维奥兰特为妻，维奥兰特就愿意嫁给他。他真是高兴极了，他感到他只一跳就从地狱跳入了天堂。“如果你们愿意我们结婚的话，”他说，“那将是赐予我的最大恩惠。”于是，他们又派人去了解姑娘的愿望。姑娘一直在最痛苦的精神状态中等待着死亡，当她被告知特奥多罗已被释放，婚礼在等待着她时，她才高兴起来，开始相信来人带来的口信。“如果我能按照自己的心愿，”她说，“最让我高兴的事情莫过于嫁给特奥多罗为妻了；但是，我无论做什么事情都要服从父亲的命令。”这样，友谊胜过了一切，有情人终成眷属，姑娘与小伙子举行了订婚仪式，全城的人都参加了欢庆。

维奥兰特恢复了健康，精心地哺育小儿子，不久她就完全像她先前一样容光焕发，美丽动人。她分娩满月后，就来拜见刚从罗马归来的菲内奥，向公公行了礼。菲内奥为有这样一个漂亮的儿媳而感到十分高兴，把她当作自己的女儿一样对待，以后也一直这样对待她。他为儿子和儿媳安排了一场豪华的婚礼，欢乐的喜宴；几天后，他带着儿子、新女儿和孙子乘船回到了拉亚佐。这对恋人在那里度过了他们平静而满足的一生。

故事 8

被拒绝的求婚者纳斯塔乔·德利·欧内斯蒂，在一片松林里遇见一位复仇的骑士和一位忧伤的姑娘，得知了他们的故事；这故事给了他一个有效的办法，使他得以转变他所追求的那姑娘残忍的心。

劳蕾塔讲完故事后，菲罗美娜奉女王的命令，这样开始了她的故事：

美丽的小姐们，正如我们的同情心受到人们的赞美一样，我们的残酷无情也会受到天主的严厉惩罚。所以，我想讲一个故事来证明这一点，并给大家提供断然放弃残酷无情的理由。此外，这是一个最富于同情心、最令人高兴的故事。

从前，在罗马涅地区的古城拉文纳，曾有许多富有的贵族，其中有一个年轻人名叫纳斯塔乔·得利·欧内斯蒂，他的父亲和叔叔去世后给他留下的财产不计其数。他尚未娶妻，像通常的年轻人一样，他也恋爱了，爱上了保罗·特拉维尔萨罗的女儿，可她却是一个地位比他高的贵族小姐。尽管如此，他仍希望通过努力追求来赢得小姐的爱情。然而，他无论采取怎样慷慨、时髦、值得称赞的求爱方式，结果却总是毫无益处，适得其反，他深爱着的小姐对他极为冷淡。也许是她的非凡美貌或是她的高贵出身使她如此傲慢、如此轻蔑，对他这个人和他的所作所为百般挑剔，横看竖看都不顺眼。纳斯塔乔忍受不了她的这种冷酷无情的态度，几次挫折使他非常悲痛，想要自杀。尽管他克制了自己没有自杀，但他一次又一次地下决心彻底地断绝对她的思念，而且如果可能的话，像她厌恶他那样厌恶她。那样想固然不错，但事实上，他的希望越是渺茫，他似乎越是特别喜欢她。因此，纳斯塔乔继续追求那姑娘，不惜过量支出。很多亲戚朋友认为，他简直是在毁掉自己，祖传的遗产眼看就要被他耗尽，于是他们一再力劝、请求他离开拉文纳，去别的地方待一段时间：这样他就会使爱情降降温，也随之停止了无度的挥霍。纳斯塔乔总是对大家的劝告不屑一顾，但大家坚持不懈地劝导他，他也就不能永远将亲戚朋友的话当成耳边风。所以，他最后还是同意了。他做了充分的准备，好像他是要去法国或西班牙或某个像这样的遥远的地方，然后骑上马，由几位朋友陪同离开了拉文纳。他来到一个位于拉文纳城外三英里名叫克拉塞的地方。一到这里，他就吩咐仆人去买帐篷，告诉他的朋友，他打算就住在这里，让他们回城里去。然后，他搭起营帐，开始了别人曾享受过的那种豪华而快乐的生活方式，像他往日一样，盛情款待一群又一群的朋友，有时共进午餐，有时共进晚餐。

五月初的一个星期五[1]，天气晴好，他又想起了那个冷酷无情的姑娘，吩咐仆人们都退去，留他一人郁闷地沉思默想；然后，他出神地离开营帐，信步走去，直到他发现自己身在一片松林中。当时正是上午十一时刚过，他已走进树林有半英里多，完全忘记了吃饭或做任何事情，突然他觉得听见了一个女人的哭声和尖叫声。女人的哭声打断了他的沉思，他抬起头来，看看究竟发生了什么事情，这才惊讶地发现自己是在一片松林里。他定睛观察，只见一个非常美丽的姑娘穿过一片长满荆棘的灌木丛；她全身赤裸，头发散乱，被树枝和蒺藜划得遍体鳞伤，尖叫救命。两条凶恶高大的猛犬[2]在她身前身后和左右两侧一边追一边凶残地胡乱咬她。她身后是一个骑着马、身着黑衣的骑士，手持一柄短剑，满脸怒气，凶狠地辱骂她，威胁说要杀死她。纳斯塔乔感到非常奇怪和惊恐，他的沉思变成了对不幸姑娘的怜悯，如果可能他想要搭救她的性命，使她免遭痛苦和折磨。他手中没有任何武器，便捡起一根树枝当成棍棒，挺身而出迎战那两条狗和那骑士。

那骑士老远就见他准备与自己厮杀，向他大喊："纳斯塔乔，别管闲事，让我和这两条狗来处置这个恶魔似的女人，她是罪有应得！"

那骑士这样说时，那两条狗猛扑到姑娘身上，咬住她的臀部，使她站了下来。那骑士赶上前来下了马，纳斯塔乔上前对他说："我不认识你是谁，但你显然是认识我的。可我要告诉你，一个全副武装的骑士试图杀死一个赤身裸体、手无寸铁的女人，把她当成一个野

①五月初的一个星期五：星期五是传统上的忏悔日（本故事接受了一种非正统的解释），五月份则是合乎教规的爱情和幻想月。

②高大的猛犬：薄伽丘可能想到了但丁的《地狱篇》第八章中挥霍者受到的惩罚，挥霍者在自杀林里遭到猛犬的追咬。

兽，让狗去追咬她，这是一种最卑鄙的懦弱行为。真的，我要尽力保护她。”

“纳斯塔乔，”那骑士回答，“我与你是同乡，名叫圭多·德利·阿纳斯达吉。我爱上这个女人的时候，你还是一个小孩，我爱她比你现在爱特拉维尔萨里家族的那个姑娘深得多。可她却傲慢、残忍地对待我，我被逼得绝望了，有一天我用你见到的我手中的这把短剑自杀了，因此我被打入地狱，永受折磨。这个女人见我死了，她是多么高兴啊！但不久，她也死了，她因为犯有残忍罪，因为她以我的痛苦为乐，更因为她不但不思悔过，反而认为自己做得无可指摘，也被打入地狱，去忍受地狱之火的煎熬，她一进入地狱，我就和她分别受到这样的惩罚：她必须在我前面奔跑，我必须在她后面把她当成不共戴天的敌人而不是当成情人追杀，尽管我的确爱过她。我经常在抓住她后，必须用这把结束自己生命的短剑杀死她，剖开她的后背，挖出她那颗冷酷无情、爱与怜悯都进不去的心，连同她的内脏一起喂狗，这一情景一会儿你就会看到。然后，按照天主的旨意与判决，过一会儿她就又站起来，好像她从未被杀死过似的，于是痛苦的追杀又重新开始，她在前面拼命地跑，我带着两条狗在后面紧紧追赶。每个星期五的这一时刻我在这里追上她，将她剖背掏心，这你一会儿就会看到。当然，你不要以为其他日子我们就休息，我要在她以前曾残忍地对待我或对我有残忍想法的地方追杀她。你看到，我从她的情人变成了她的敌人，她活着时冷酷无情地对待我多少个月，我就必须这样追杀她多少年。所以，让我来执行天主的判决，不要试图阻止你无力抗衡的事情吧。”

纳斯塔乔听了他的话，吓得毛发直竖、浑身战抖，赶紧退到一边，眼光落在那不幸的姑娘身上，惊慌地等待着，看那骑士如何处置她。那骑士话音刚落，就挥舞着短剑，像一条凶残的猎犬扑向那姑娘；那姑娘被那两条狗咬住正跪在地上，尖叫求饶，但他用全身力气，将短剑照准她胸膛正中部刺去，剑锋从前胸透过后背。姑娘被刺了个透穿，面朝下倒在地上，似乎在哭叫着，而那骑士拔出一把匕首，剖开她的后背，将她的心与其他毗连器官全都掏了出来，扔给那两条猛犬，那两条饿极了的猛犬顷刻间将她的心和内脏吃了个干干净净。过了一会儿，那姑娘从地上跳起来，好像什么事儿都没发生过，拔腿向大海的方向奔逃而去，那两条狗紧追在后面咬她；那骑士又拿起短剑，上了马，飞奔而去，紧紧追赶那姑娘。转眼之间，他们就消失了，纳斯塔乔再也望不见他们了。

他在那里站了很久，他所目睹的情景既让他怜悯，又使他害怕，但过了一会儿，他忽然想到，既然这一切每礼拜五都发生，它就能有效地服务于他的目的。于是，他在那个地点作了记号，回到家里，找了个机会请来几位亲戚朋友，这样对他们说："很久以来，你们一直力劝我放弃对这位姑娘——我的敌人的爱，不要再为她挥霍钱财，如果你们愿意帮我一个忙，我现在就照你们的意见办：下个礼拜五，你们务必把保罗·特拉维尔萨罗、他的夫人、女儿、夫人这边的所有亲戚和他愿意带来的其他女眷请到这里与我共进午餐。我为什么提出这一请求，到那时你们就明白了。"

他们觉得这是小事一桩，很容易办到，就答应了他。他们回到拉文纳，在合适的时刻邀请到了纳斯塔乔要请的所有人。虽然要把他所爱的那姑娘请出来很不容易，但她还是跟着其他人来了。纳斯塔乔准备了丰盛的宴席，将餐桌就摆放在松树下面，就是七天前他目睹那冷酷心肠的女人被剖背挖心的地点。他请女士们、先生们入座，特别注意把他深爱的姑娘安排在正对着出事地点的位置。当他们吃最后一道菜的时候，被追杀姑娘绝望的尖叫声传到了他们的耳朵里。他们都感到非常奇怪，你问我，我问你，发生了什么事，但谁也不知道，于是他们都站起身来想看个究竟，只见那痛苦的姑娘、骑士和那两条狗向他们这个方向飞奔而来。不一会儿，他们就都来到他们跟前，人群里发出一声震天的吼叫，强烈反对那骑士和狗追杀那可怜的姑娘，一大群人拥上前来搭救那姑娘。但那骑士把对纳斯塔乔说过的话又对他们重复了一遍，吓得他们毛骨悚然，纷纷后退。在场的许多妇女是那惊慌的姑娘和那骑士的亲戚，仍然记得他对那姑娘的爱情和他绝望的自杀；于是，那骑士又像上一次那样将杀死姑娘的惨剧当着她们的面重演一遍，她们人人都流下伤心的眼泪，仿佛那杀戮是发生在她们自己身上似的。这一杀戮行为结束后，那姑娘又站起身来奔逃，骑士带着狗继续追杀而去。目睹了这一切的人们对此事议论纷纷。但受惊吓最深的是纳斯塔乔爱上的那个冷酷无情的姑娘。她把一切看在眼里，听在耳中，她想起自己对纳斯塔乔的残酷无情，认识到她比其他任何在场的人都受感动最深。她已看得见自己在愤怒的纳斯塔乔面前奔逃，两条猛犬在她左右两侧咬她。这一情景使她害怕极了，为了确保此情此景不在她身上发生，她赶紧抓住那天晚上给她提供的机会，派她最信任的一个女仆秘密地去纳斯塔乔家里，与此同时她已将对纳斯塔乔的厌恶变成了热爱。那女仆给他带来口信，请他到她家里来，她愿意满足他的一切要求。纳斯塔乔回答她说，小姐的心意使他不胜高兴，如果她不介意，他不想以损害她的名誉来满足自己的欲望，所以，只有她成为他妻子的时候，他才能跟她在一起。那姑娘意识到，如果说她还不是纳斯塔乔的妻子，那完全是她自己的决定，所以，她表示同意嫁给纳斯塔乔。实际上，是她自己把纳斯塔乔的求婚告诉了她的父母，说她非常高兴做纳斯塔乔的新娘；父母听了非常高兴。纳斯塔乔在下一个礼拜天举行了婚礼，娶了那姑娘，从此与她幸福地生活在一起。

树林里的那一恐怖情景不仅产生了唯独这一个幸福的结局，而且把这一强烈的恐怖逐渐灌输进了拉文纳每一个女人的心田，从那时起，她们对男人的求爱就表现出比以前更多的依从了。

故事 9

费德里戈·德格里·阿尔贝里吉徒劳地追求一位夫人而毁了自己；但在夫人的儿子渴望得到他珍贵的猎鹰那天，命运之神开始对他加以青睐。

菲罗美娜讲完了她的故事后，女王见除了享有讲最后一个故事特权的迪奥内奥之外，都各自讲完了自己的故事，于是高兴地讲起下面这个故事：

亲爱的小姐们，现在轮到我讲故事了，我想讲一个与刚才那个有些相似的故事，不仅要让你们知道你们的美貌对那些多情善感的男人有着什么样的影响，而且要教你们学会在适当的场合报答别人，而不要总是听从命运之神的安排。因为命运之神是一个不加区别的赐予者，她通常过分地恩赐于人。

你们一定知道，在我们这个时代，科波·迪·波尔盖塞·多梅尼基是我们城里一个很有威望、受人高度尊敬的人，他也许还健在；是他的为人处事，而不是他的高贵出身，使他享有不朽的杰出声誉。他在晚年时经常高兴地与邻居、朋友们回忆往事。他思路清晰，记忆力好，谈吐优雅，讲起往事来谁也不如他讲得好。他讲得最好听的故事之一是关于一个名叫费德里戈·德格里·阿尔贝里吉的佛罗伦萨小伙子的故事。费德里戈是一个武艺高超的年轻骑士，在托斯卡纳地区无人能比。像大多数贵族出身的年轻人一样，他也恋爱了，他的情人名叫乔万娜，是一个已婚女人，她的优雅和美丽给了她佛罗伦萨最好女人的声誉。为了赢得她的爱，他经常参加比武和竞赛，为她举行盛宴，馈赠她慷慨的礼物，毫无节制地挥霍着他的财产。但是，她不仅长得美丽，而且恪守贞操，她对为她举办的这些活动和举办这些活动的人毫不动心。于是，费德里戈不停地花费，有出无进，直到把钱全部花光（耗尽家财偏偏是特别容易的），成了个贫民。眼下他只剩下一小块土地，仅供他糊口，还有一只珍贵的猎鹰。他对乔万娜的爱情丝毫不减，但他觉得他已不再能维持城里那样的生活方式，于是搬到了他在坎皮的那个农庄去住，他在那里耐心地忍受着贫穷，每天带猎鹰去打猎，不与任何人来往。

正当他如此穷困潦倒之际，一天乔万娜的丈夫突然病倒，见自己将不久于人世，就立下遗嘱，把他那很大一笔财产留给尚未成年的儿子，但假如儿子死了又没有合法继承人，就由他的爱妻乔万娜继承遗产。他立好遗嘱后就去世了。那年夏天，按照当地妇女们的习惯，成了寡妇的乔万娜带着儿子去她乡下的一个庄园里避暑。那个庄园离费德里戈的庄园很近，那孩子与费德里戈成了朋友，非常喜欢放猎鹰和打猎。他经常看见费德里戈的那只猎鹰在空中飞翔，非常喜欢它，但不管他是多么渴望得到它，他也不敢贸然开口，因为他知道费德里戈特别珍爱那只猎鹰。那孩子因得不到那只猎鹰，思虑成疾，病倒了。母亲为此非常焦急，因为他是独生子，她的全部心思都在这孩子身上。她整天守在他的床边，安慰他，不断地问他最想要什么东西，求他一定说出来，只要有一点可能，她就一定给他弄来。

那孩子听她好几次这样许诺之后，对她说："妈妈，如果你能把费德里戈的那只猎鹰给我要来，我相信我很快就会好起来。"

母亲沉思了一会儿，开始琢磨这件事该怎么办才好。她知道，费德里戈早就爱上了她，可她从未看过他一眼，她不禁左思右想："我怎么能派人去或我亲自去要这只猎鹰呢？听说那是世界上最好的猎鹰，而且那是他日常生活中的唯一安慰。我怎么能如此麻木不仁地想去剥夺这样一位好心人的心爱之物——他剩下的唯一乐趣呢？"她思虑重重，左右为难。尽管她确信只要她开口向费德里戈要，她就一定能得到那只猎鹰，但她不知怎样对儿子说，只好一再推迟不答。

但最后，她的母爱占了上风，于是她振作起来，不管会产生什么后果，她要亲自去，而不是派人去，向费德里戈要这只猎鹰，把它带回给儿子。“孩子，”她说，“放心吧，快点好起来。因为我答应你明天早晨我要做的第一件事就是去给你要那只猎鹰。”那孩子听了非常高兴，当天病情就有了好转。

第二天早晨，乔万娜带着一个女伴，出去散步，来到费德里戈的农舍门口，让女伴去叫他出来。因当时不是带猎鹰打猎的季节，费德里戈正在外面的菜园里干些杂活。当他听说乔万娜在门口要见他，他简直不敢相信自己的耳朵，高高兴兴地跑过去见她。

乔万娜见他跑了过来，迎上前去，对他做出迷人的微笑。费德里戈尊敬地问她好，她说：“费德里戈，你好。我是来补偿你因为我而蒙受的伤害，因为你爱我爱得过火。我补偿的方式就是，我带来女伴与你一起共进午餐，请注意，只是一顿便饭。”

“我不记得曾经受过您的伤害，”费德里戈谦恭地说，“您对我没做过任何错事，对我很好，如果说我曾经取得过什么荣誉，那都归功于您的美德和我对您的爱。即使我仍有万贯家财，您的光临也使我感到万分荣幸，但事实上您是来访问一个一贫如洗的人了。”他一边说着这些话，一边尴尬地引领她穿过宅子，来到花园里，因没有人陪伴她，就对她说：“您看我这里再没有别人了，就请这位女人陪陪您吧，她是我邻居的妻子，我去准备午饭。”

尽管他已陷入极端贫困的境地，但他仍未意识到，（虽然天主知道他应该意识到）他是多么无节制地将他的财产挥霍一空。但今天早晨，因为他实在拿不出他当初出于对夫人的爱款待成千上万客人的像样饭菜摆在夫人面前，他终于意识到自己因挥霍无度而造成的赤贫。他疯狂地东翻西找，但既找不到钱也找不到东西来换几个钱，弄得他不知所措，只好诅咒自己的命运；上午过了大半，他还是未能找到一点儿招待夫人的东西，为此他十分焦急，但他不愿求助于任何人，更不愿向他的雇工开口。这时，他的目光落在了他那只心爱的蹲坐在他小客厅里栖木上的猎鹰身上。因没有任何东西可招待夫人，他抓起那只猎鹰，摸一摸，觉得它挺肥，认为这是一道适合招待这样尊贵夫人的美味佳肴。他没再多想，拧断它的脖子，把它交给女仆，那女仆迅速将它去毛、清理干净，放到烤叉上去，用心翻烤。在餐桌铺好了雪白的亚麻台布后，他愉快地来到外面的花园里，对夫人说午餐已经准备好了，请夫人用餐。于是，乔万娜和她的女伴走进了餐厅，坐下来与费德里戈共进午餐。费德里戈非常热情地招待她们吃肉，她们不知情地吃下了那只珍贵的猎鹰。

吃完午饭后，两位女客又与费德里戈愉快地交谈了一会儿。然后，乔万娜觉得是她提出来访目的的时候了，于是她亲切地对费德里戈说："如果你回想一下你过去的生活和我的你理解为冷酷无情的贞操，我相信当你听到我来到这里的主要原因时，你会为我的冒昧感到惊讶。但是，如果你有孩子并知道父母对孩子的疼爱，我相信你多少会原谅我的。尽管你没有孩子，但我有一个，而且逃避不了母爱对我的各种强制，它们迫使我，不论我自己的情感或社会礼仪怎样看这件事，它们迫使我向您要一件东西作为礼物，我知道那是你特别珍惜的东西，你那样珍惜它也是可以理解的，因为在你不幸的境况中，它是唯一能给你快乐、消遣和安慰的东西。我向你要的礼物就是你的猎鹰。我的小儿子特别喜欢它，如果我不能把猎鹰带给他，恐怕他的病就会加重，我就可能失去这孩子。所以，我请求你，不是出于你对我的爱，你对我的爱并不使你对我负有任何义务，而是出于你的慷慨——从来没有任何人像你那样慷慨——请你把那只猎鹰送给我吧。那样我就能声称我用这件礼物救了我儿子的命，而且我当然将永远为此而感激你的。"

费德里戈听了她的请求，意识到他已无法满足这个请求，因为他已经把那只猎鹰做成午饭款待她吃了；所以他突然在她面前大哭起来，说不出一句话来。乔万娜以为他是舍不得与他那只猎鹰分开而悲伤，不是因为别的原因，所以她想说她并非真的想要那只猎鹰；但是，她没有立刻说出来，想等费德里戈镇静下来，看他如何回答她。费德里戈这样对她说："自从天主高兴地让我爱上您以后，我想命运之神一直在用各种方法虐待我，因此我对她满腹怨言；但她以前对我的所有虐待与她这次在我身上玩弄的诡计比起来，都算不上什么了。在我家还是一座豪宅时，夫人都未曾踏进门槛一次，而您今天却光临寒舍，只是想向我要一件小小的礼物，可命运之神却故意让我不能把它给您。是什么原因，听我简单地说给您吧。当我听说您瞧得起我，想在我这儿吃午饭时，考虑到您的高贵地位和品德，我要尽我所能，用最精美的菜肴款待您，而不能用一般客人的东西招待您，我想这样做是正确、合适的。我想到了您向我要的那只猎鹰，那是一只多么特殊的猎鹰啊，我突然想到那只猎鹰是招待您的一道合适的佳肴，所以我把它烤了，放到盘子里献给了您，您刚刚吃下了它，我想不会有比这更好的结果了。可是现在我明白了您并不是想以这种方式得到它，我不能将它给您了，我感到非常沮丧，我想我将永远也不能原谅自己了。"

说完这番话，他拿来那只猎鹰的羽毛、爪子和嘴，扔到她面前作为证据。乔万娜责怪他不该把这样一只珍贵的猎鹰杀了给一个女人吃，但心中只是暗暗地高度称赞他贫贱不能移的高贵精神。因为她已经没有了得到猎鹰的希望，所以特别担心儿子的身体。她谢过费德里戈的热情款待和善良愿望，忧郁地告辞费德里戈，回到儿子身边。不知是因为他没能得到那只猎鹰而失望，还是因为他的病已无可救治，那孩子没过几天就告别了人世，使母亲悲伤至极。

很长一段时间她与苦涩的眼泪为伴；但她极其富有，而且还很年轻，她的兄弟们不断地劝她改嫁。她本不愿改嫁，但她的兄弟们再三相劝使她不得安宁，她想到了费德里戈、他的善良和他上次杀猎鹰招待她的令人崇敬的举动，于是对她兄弟们说："如果你们不介意，我宁愿独身。但如果你们坚持要我改嫁，哎呀，我只愿嫁一人，那就是费德里戈·德格里·阿尔贝里吉。”

她的兄弟们认为这是一个天大的玩笑。“这是什么话，你傻吧？”他们说。“你怎么能要他？他身无分文！”

“当然，你们说得完全对，”她回答说，“可是我宁愿嫁给一个没有钱财的男子汉，也不愿嫁给一个有钱财但没有男子汉气概的人。”

兄弟们见她主意已定，虽然费德里戈现在贫穷，但他们都很崇敬他的为人，所以就都同意了她的愿望，她带着全部财产嫁给了费德里戈。费德里戈娶了这位他一直强烈追求的女人，并由此而成为一个富有的男人，他从此学会了节俭，一生与妻子过着幸福的生活。

故事 10

一位偷情受挫的妻子痛骂其他与人通奸的女人，而对丈夫皮埃特罗隐瞒自己的情人。不幸的是，她的不端行为也被丈夫发现，但故事的结局却是十分快乐的。

女王讲完了故事，大家都赞美天主赐予了费德里戈应得的奖赏。然后，从来不用人吩咐的迪奥内奥清楚而响亮地说：

我们都喜欢取笑别人的卑鄙行为，而不愿快乐地提及人们的善行，特别是正被谈论的事情与我们无关时尤为如此。我也不知应该受到谴责的是我们性格上的随意性缺点，还是人的某种邪恶品质，还是人的本性如此。可爱的小姐们，我以前讲的故事和我现在将要讲的故事都只有一个目的，那就是消除你们的郁闷，给你们提供一点儿快乐，使你们有个好心情。尽管我要讲的故事中有的内容不完全妥当，但它会给你们提供很大的乐趣，所以我还是讲给你们听吧。当你们听这个故事时，你们要像在花园里那样做：当你们伸出纤手去摘玫瑰时，别碰着刺儿。听这个故事时，你们必须这样做，别管那可怜的男人注定要倒霉的、卑鄙的癖好，只看着他妻子与别的男人明来暗往地偷情鬼混并欺骗他而开怀大笑吧；必要时，对他人的不幸表示同情吧。

不久以前在佩鲁贾，有一个名叫皮埃特罗·迪·温乔洛的富翁，他娶了妻子，不是出于对那姑娘的爱，主要是为了掩人耳目，减少人们关于他酷爱男色的舆论。命运之神以这样的方式赞许他的癖好：他娶的妻子是一个身体健壮、精力旺盛、红头发、红皮肤的年轻女人，她本来有能力接纳两个丈夫，一个丈夫根本满足不了她，可她偏偏嫁给了一个把更多心思放在与其同性的男人身上而不是在她身上的男人。时间长了，她逐渐看出了这一点。她深知自己长得漂亮，有着强烈的做爱欲望，起初对丈夫的行为极为愤怒，偶尔用一些说不出口的话骂她丈夫，因为他使她过着受折磨的日子。但是，她发现她的责骂并不能改变她丈夫的心，反而使自己心情更加不好，于是对自己说："既然这个性反常者为了与他那些去势的雄马同住一间马厩而抛弃我，那我就去找别的男人与我交配。再说，我当初嫁给他并给他带来一份丰厚的嫁妆，那是因为我把他当成了一个男子汉，完全相信他也需要其他男人需要的东西。如果我没有把他当成一个男子汉，我是决不会嫁给他的。他知道我是一个女人，如果他不喜欢我们女人，他为什么要娶我？这是不能忍受的。假如我想背弃这个世俗的世界，我早去当了修女。但我不想超凡脱俗，我想生活在这个世界里，所以我没有出家。但是，如果我指望这个家伙给我快乐，我就是等到老也不会如愿以偿。当我成为一个干瘪的皱皮老太婆时，我会多么严厉地责怪自己，懊悔浪费了自己的青春，没享受到一点儿人生的乐趣。而他竟是这么好的老师和榜样，教给我如何从他所爱的那些强壮男人身上获得最大的快乐。我追求这种快乐是完全值得称赞的，而他那样做则是彻头彻尾可耻的。我所触犯的只不过是法律，而他不仅触犯了法律而且违背了天理。”

这种想法也许在她脑子里出现过多次，于是她决定谨慎地将这一想法付诸行动。她与一位老太婆交上了朋友。乍看起来，这个老太婆简直就是那位喂蛇的圣维尔迪安娜①；她的手指总是不停地捻着念珠祈祷，总是得到赦免；她逢人就讲历届教皇的生平和圣方济各的创伤，几乎人人都把她看作是一位圣人。那少妇与她交往了一段时间后，认为时机成熟，就将自己的目的向她和盘托出，那老太婆对她说：“孩子啊，天主知道（而且他洞察一切）你是非常正确的。如果你不想浪费青春，即使你这样做不是为了别的原因，你也应该这样做（而且每一个姑娘都应该这样做）。对任何一个心智正常的人来说，没有比虚度青春更悲惨的了。我们一旦成了丑陋的老太婆，除了坐在火炉边望着余烬，我们究竟还有什么用处呢？如果说有个女人清楚地知道这一点，并且能作为见证，那么我就是这个女人。因为我现在老了，所以我意识到我失去了很多机会，因为认识得太晚，一想到这一点我的心就感到无尽的痛苦！我并不是说我让所有机会都白白错过了——你不要以为我有那么傻——但我连一半的愿望都未能满足，想起这些就感到非常痛苦，天主是知道的！我的意思是，看看我现在这个样子吧：没有一个男人见了我会停下来问我一声好！男人们的情况就不是这样。除了这件事儿外，他们生来就有许多种能力，而且他们的大多数能力从年轻时一直持续到老年。而我们女人呢，如果不只是为了这件事儿和生孩子，我们生来还能干什么呢？他们就是为了这个才爱我们的。如果别的不能使你明白这一点，这

①圣维尔迪安娜：中世纪意大利圣人，以饲养天主派去她房间引诱她的两条蛇而闻名。

个事实会使你明白的：女人随时都可以干这件事儿，而男人却不行，另外，一个女人能把十二个男人玩得筋疲力尽，而多少个男人却总是对付不了一个女人。我们女人生来就是干这个的，我再跟你说一遍，你最好跟你丈夫针锋相对。那样当你的肉体变得衰弱无用时，你的心就不会责怪它。你在这个世界上所能得到的就是伸出手去找，找到了就抓住，及时行乐，对于女人来说尤其如此，趁我们还年轻，我们要比男人更好地利用我们的时光。你自己会看到的，当我们老了的时候，我们的丈夫会一眼都不看我们，其他男人也不会理睬我们——他们会把我们赶进厨房去和猫儿亲近，去数锅碗瓢盆。更可气的是，他们把我们当成他们的笑柄，他们这样唱：'年轻姑娘吃瘦肉，干瘪老太啃骨头，'还有更多的难听话呢。好了，我不想再说了，我只想告诉你，你再也找不到比我更可信任的人了，因为我真能帮助你。任何尊贵的男人，我都能把需要说的话说给他听；任何粗鲁的男人，我都能讨好他，让他对我唯命是从。所以，告诉我你喜欢上了哪个男人，其余的事情就都包在我身上了。姑娘，我有一件事要告诉你：请你记住，我是一个穷女人，我想从现在起，请你资助我的所有祈祷和每一次诵经，天主会为你已故亲人的灵魂将这些祈祷化为点燃了的蜡烛。"那老太婆说完这番话，就不再说什么了。

所以，那少妇就与那老太婆达成了一个协议——如果老太婆遇到那位经常在这一带经过的年轻人（少妇向她描述了那年轻人的相貌特征），她就知道该怎么做。然后，她给了老太婆一块带骨头的咸肉，与她告别了。没过几天，那老太婆就秘密地将少妇所描绘的那个小伙子带进了她的卧室；不久又按照少妇的喜好换了另一个，因为她可不是一个明知能从年轻小伙子们身上获得享乐而放过机会的姑娘，同时密切注意不让她丈夫发现。一天晚上，她丈夫要去一个名叫艾尔科拉诺的朋友家吃晚饭，她吩咐那老太婆从佩鲁贾最漂亮、最迷人的小伙子中给她弄一个来。老太婆很快就办到了。但是，她刚要与那小伙子坐下来吃饭，就听见有人在前门外叫门，那不是别人，正是她丈夫皮埃特罗。少妇听出了她丈夫的声音，吓得要死。如果可能，她还是要设法把小伙子藏起来。因为她想不出怎样把小伙子弄出家门，也找不到其他藏身之处，就只好把他藏在他们一起吃晚饭房间外面阳台上的一个鸡笼下面。她把那天早些时候倒空的一条粗糙的草袋子盖在鸡笼上。把这一切安排好后，她立刻吩咐仆人给她丈夫开门。

丈夫一进门，她就对他说："哎呀，你一定是一口吞下了你的晚餐！"

"我们连晚餐什么味儿都没尝到。"

"怎么回事？"

"听我慢慢跟你说，"皮埃特罗说，"我们，艾尔科拉诺，他妻子和我，刚坐下来要吃饭，忽然听到附近有人发出打喷嚏声，接着又听见第二声，我们都没有在意。但接着传来第三声、第四声、第五声，随后，喷嚏声不断传来，我们感到非常奇怪。本来就因为妻子让我们等了半天才给我们开门而对妻子有些生气的艾尔科诺，这时对妻子大发脾气说：'这是怎么回事？打喷嚏的那个家伙是谁？'他从桌边跳了起来，朝我们旁边的楼梯走去。楼梯下面有一个放置杂物的小房间，你会看到在这一带住宅里的楼梯下面都有这样一个杂物间。他觉得喷嚏声就是从这里传出来的，于是他去开那个小杂物间的门。门一开，里面立刻冒出一股最令人讨厌的硫磺臭味来。实际上，他们早就闻到那种臭味，并都抱怨过怎么会有这种臭味。那夫人仅解释说，她曾用硫磺来漂纱，她把倒硫磺的铜碗放在杂物间里来熏面纱，那臭味还是冒了出来。艾尔科拉诺打开了杂物间的门，让气味散去一些，便朝里面看去，看见一个男人还正在那儿打喷嚏呢。的确，那硫磺仍在使他不停地打喷嚏。再过一会儿，这种硫磺气味就会憋得他再也打不出喷嚏、再也呼吸不了了。'啊！'艾尔科拉诺发现了那个男人，对妻子大喊：'你这个女人，现在我明白了刚才我们到家时你为什么让我们在外面等了那么长时间。但我一定要以牙还牙地报复你，即使那是我最不愿意干的事情！’那夫人见自己的私情被当场捉住，未做任何辩解，赶忙离开餐桌溜走，不知去向。艾尔科拉诺没有注意到他妻子已经溜走，只是不停地催促那打喷嚏的人出来，但无论他说什么，那人也一动不动，他已经呛得晕过去了。于是，艾尔科拉诺抓住他的一只脚，将他拖了出来，然后跑着去拿来一把匕首，要杀死那人。我赶紧站起身，阻止他杀死或残害那人，因为我担心事情闹大会把法官招来。实际上，在我保护那小伙子时，我喊叫声音太大，邻居们闻声赶来，抢走那小伙子，不知道把他抬到什么地方去了，他一点儿力气都没有了。我们的晚饭就这样被打断了，我刚才已经跟你说过，不是我一口吞下一顿晚饭，实际上我连一口都没尝到。”

听了丈夫这番话，夫人意识到还有别的与她一样聪明的女人，但有些人偶尔会遭到不幸。她很愿意站出来为那女人说几句话，但转而想到如果她谴责其他女人的过失，她就会有更多的追求自己享乐的自由，于是她这样对丈夫说：“啊，我永远也干不出这种事儿来！好一个圣洁的典范！一个贞洁女人的忠诚！她看上去像个圣人，我都曾想找她去忏悔！作为一个已不算年轻的女人，她给姑娘们做出了什么好榜样啊！我诅咒她出世的那个时刻，诅咒她居然还有脸活下去！她是一个无耻、邪恶的女人！她是所有女人的耻辱。她这样做岂不是把自己的贞洁与对她丈夫许诺的忠诚和她在世人眼中的好名声一起抛弃了吗？岂不是无耻地把她的丈夫—— 一个有成就的男人，一个受尊敬的市民，一个对她那么好的丈夫，拖入泥淖了吗？她为另一个男人而侮辱了自己的丈夫，她不仅侮辱了她丈夫也侮辱了她自己。因为我希望得到天主的拯救，所以我认为天主不会饶恕她这种女人：应杀死她们，把她们活活烧死，化为灰烬。”

说完，她想起了她藏在附近鸡笼里的情人，就哄皮埃特罗去睡觉，因为到了睡觉的时候了。但他只想吃饭，不想睡觉，就问她晚饭有什么吃的。“现在又提起晚饭了是不是？”她大声说，“当然我们都非常习惯了在你不在家的时候吃晚饭！我们真都成了艾尔科拉诺老婆一样的人了！去吧，快去睡觉吧，为什么不？那是你能干得最好的事情。”

那天晚上，碰巧皮埃特罗的几个雇工从农场运回一些东西，把毛驴拴在与阳台毗邻的小马厩里。他们忘了给毛驴水喝，其中一头毛驴渴得难忍，挣脱缰绳，跑出了马厩，这里闻闻，那里嗅嗅，希望找到水喝，碰巧撞上了里面藏着小伙子的鸡笼。那小伙子趴在鸡笼里，一只手的指头伸在笼外；他可真走运，或者说他真倒霉，那头毛驴踩在他的手指上，他疼得大叫起来。皮埃特罗听见叫声感到非常奇怪，注意到那叫声就来自他的房子里。于是，他走出房间，跑向鸡笼，因为他听见那小伙子还在那儿叫喊，那头驴的蹄子正重重地踩在他的手指上，还没抬起来。“谁在那儿？”皮埃特罗一边问，一边抬起鸡笼，发现了那个小伙子。小伙子浑身发抖，不仅因为毛驴踩痛了他的手指，而且也因为担心皮埃特罗会伤害他。皮埃特罗实际上认出了他，他一直是皮埃特罗因同性恋癖好而长期追求的对象；但当他问小伙子在这里干什么时，小伙子无言以对，只是恳求他看在天主面上别伤害他。

“起来吧，”皮埃特罗说，“别担心：我不想伤害你，但你必须告诉我，你来这里干什么。”

那小伙子将夫人与他的私情和盘托出，皮埃特罗拉着他的手，把他领进卧室，他妻子正在那里惶恐不安地等待着他。他抓住了妻子的情人，妻子十分沮丧，但他却非常高兴。他在妻子对面坐下来，对她说：“你刚才还在咒骂艾尔科拉诺的老婆，说她应该被处以火刑烧死，说她是所有女人的耻辱。你为什么不用这同样的话咒骂你自己呢？如果你不愿意用同样的话咒骂你自己，那你为什么要那样咒骂她呢？你清楚地知道，你犯下了跟她一样的罪过！只有一件事儿促使你干这种事儿，那就是：你们女人都是一路货色，一个个都是以谴责别人的罪过来掩盖自己。你们这些令人恶心的下贱东西，愿天主降下天火把你们都统统烧死！”

那少妇见她丈夫对此事的第一反应不过是痛骂她一顿而已，又见他牵着那漂亮小伙子的手脸上得意洋洋的样子，鼓起勇气说："你当然希望天降大火把我们都烧死：你们男人对我们女人的爱好，就像狗喜欢骨头那样强烈。但是，天知道，你的愿望不会实现的。我很高兴和你说个明白，你到底抱怨什么。事实上，如果你愿意将我置于艾尔科拉诺老婆的同样处境，我本不应该觉得有什么不好。他老婆是一个虚伪的大骗子，但她却从她丈夫那里得到了她想要的东西——他丈夫像一个男人应该对待妻子的那样体贴她、满足她，而我的情况却并非如此。是的，你让我有漂亮衣服和鞋子，可你清楚地知道你在那方面对我怎么样，有多久了你没有跟我睡觉。只要你能在床上照料我，我宁愿穿破衣、打赤脚，也不愿意拥有所有那些财产，忍受你的对待。皮埃特罗，咱们把这件事儿挑明了吧：我像其他女人一样也是女人，她们需要什么我也需要什么。所以，如果我去寻求你不给我的东西，你就没有理由责备我。至少我没有使你丢脸，没去找马夫或乞丐睡觉。"

皮埃特罗看得出来，她决心要说个通宵，因为他对妻子的行为并不在意，于是对她说："好吧，夫人，够了。咱们就谈到这里为止吧。如果你真是好心肠，就劳驾你弄点晚饭来吃吧。我想这年轻人跟我一样，还没有吃晚饭呢。"

"他当然还没吃晚饭，因为我们刚坐下来要吃饭，你就突然回来了，真倒霉！"

"好吧，我们吃完饭，我就把这事儿安排好，你再也没什么可抱怨的了。"

那少妇见丈夫情绪很好，便站起身，重新摆好餐桌，端进来她先前准备好的饭菜。然后，她在放荡的丈夫和年轻小伙子的陪伴下，高兴地用餐。我想不起来晚饭后皮埃特罗是怎样"把这事安排好"，让他们三人都满意的，但我清楚地知道，第二天早晨，当那小伙子被护送回广场时，他仍不完全清楚那天夜里他与皮埃特罗睡在一起的时间是否比与他妻子睡在一起的时间长。亲爱的小姐们，听我的忠告吧：针锋相对，他怎样对你，你就怎样对他，如果你当时办不到，那就记在心里，伺机报复。这样，你就不会白白吃亏了。

迪奥内奥的故事讲完时，姑娘们因自己的微妙意识，未敢放声大笑，但这个故事的确使她们非常高兴。女王意识到她的任期行将结束，于是站起身来，摘下花冠，快活地将它戴在爱丽莎头上，对她说："小姐，现在应该由你执掌国政了。"

爱丽莎接受了这一荣誉，并按惯例，首先与管家一起安排好在她任期内要进行的活动；然后，大家高兴地听她说："我们听过许多这样的事例：机智的人们用妙语或巧妙的回答阻止他人的挑衅或挡开即将到来的灾难。这是一个既有趣又有益的话题，因此，我希望我们明天就按照天主的意愿，讲述人们在被戏弄时，凭借敏捷的回答针锋相对、急中生智，避免危险、尴尬或损失的故事。"

这一建议得到大家一致赞同，于是女王站起身来，吩咐大家晚饭前自由活动。大家见女王已经站起来，就也像先前一样站起来，按照各自的爱好，四散开去，寻找乐趣。当蟋蟀停止鸣叫时，女王召集她的伙伴们回来吃晚饭，这是一桌节日般欢乐的筵席。吃过晚饭，大家又专心致志地奏乐、唱歌。艾米莉亚奉女王之命，领头跳起舞来。女王又吩咐迪奥内奥唱一支歌①。他立刻唱了起来："阿尔德鲁达夫人，我给您带来了喜讯，所以……请您翘起尾巴吧！"他的歌儿逗得小姐们尖声狂笑，女王笑得最厉害，但女王不许他再唱下去，让他换一支歌。

"好吧，"迪奥内奥说，"如果我有手鼓我就唱：'小夫人，请您撩起裙子吧，'或'橄榄树下的草，'除非你们愿意让我唱'海浪使我忧

①唱一支歌：迪奥内奥建议唱几支通俗的、高度挑动情欲的小调，非常坦率，当然不是那种适合高雅人群演唱的歌曲。

伤’。可是我没有手鼓，只好请你们告诉我唱什么。唱‘五朔节花柱舞蹈游戏好啊’怎么样？”

“不，再想个别的。”

“好吧，”迪奥内奥说，“我给你们唱‘喂，我的西蒙娜，咱们把它填满吧’。”

“啊，你这家伙真讨厌！”女王很快乐地说，“如果你愿意唱，就给我们唱一支好听的歌，那支歌不行。”

“喂，您别生气。只请您告诉我，哪一支歌您喜欢听。我会唱成千上万支歌。那么我就唱‘我有这把小竖琴，我能让它丁零零，丁零零’，或者‘我的丈夫，你轻点儿’，或者唱‘我花一百银币买了只公鸡’怎么样？”

小姐们都哈哈大笑，女王却有点生气了。“迪奥尼奥，别再胡说八道了，”她说，“给我们唱一支正经的歌吧，否则我要发脾气了。”

于是，迪奥尼奥收起笑容，立刻唱起了下面这支歌：

啊爱神，您看我被她多情明亮的目光所诱惑。
您和她的优雅使我销魂落魄，沦为您和她的奴隶。

她的目光光彩夺目，不，激情四射
刺穿我的双眼，进入我的心田。
爱神啊，她的美教我珍爱您，
因此，我必须赞美我的爱情：
您的美是人类应该真正珍视的美德，
她的美却使我发出衷心的叹息。

爱神啊，请接受我做您脚下的奴隶吧。
我，可怜的哀求者，请您大发慈悲吧。
怀疑揪住了我的心，令我困惑茫然：

事实上我的忠诚与她的爱融为一体，
但是，我不知能否推测出
她的确承认我谦卑的忠诚。

亲爱的爱神啊，请您去点燃她心中爱情的火焰
并把我的问候带给她，告诉她
我对她的耿耿忠心和因不知能否
得到她的爱而忍受的巨大痛苦。
亲爱的爱神啊，她能立刻认出您的尊容：
恳求您，在命运拒绝之前，给我这个机会吧。

迪奥内奥不作声了，显然他的歌结束了。女王对迪奥内奥的歌大加赞扬了一番之后，又让其他人唱了几支歌。当夜深时，女王感到夜晚的清凉驱走了白天的炎热，便请大家回房睡觉，直到第二天天明。

第六天

《十日谈》第五天到此结束，第六天由此开始；大家在爱丽莎的主持下，讲述人们在被戏弄时，凭借敏捷的回答针锋相对、急中生智，从而避免了危险、尴尬或损失的故事。

当月亮走完它行程的一半，渐渐失去光泽，曙光又洒满了天际时，女王起了床，并叫醒了大家。他们离开漂亮的别墅，来到露珠晶莹的草地上漫步，边走边聊，谈着各种话题；他们讨论着已听过的不同故事的相对优点，回忆故事中某些情节时又哈哈大笑一番。最后，当太阳升高、热浪袭人时，他们都觉得应该回别墅去了，所以沿原路返回。女王吩咐大家趁着天还不太热，赶紧坐下来吃饭，餐桌已经摆好，到处摆放着芳香的青草和美丽的鲜花。他们吃过了丰盛的午餐后，唱了几支欢乐的歌，然后有人回房去午睡，有人留下来下棋或玩十五子游戏。迪奥内奥与劳蕾塔一起唱了几支关于特罗伊洛斯和克莱西达① 到

①特罗伊洛斯和克莱西达：薄伽丘约1335年创作的长诗《菲洛斯特拉托》中的男女主人公。爱情的二重唱。

了他们重新聚会的时候，女王召集大家，像往常一样，围坐在喷水池旁。但正当女王要命令开始第一个故事时，发生了一件以前从未发生的事情：女王和他们所有的人都听见厨房里男女仆人令人惊骇的吵闹声。女王派人叫来总管，问他是谁在大声喊叫，因为什么吵闹。总管回答说，是女仆莉齐斯卡和男仆丁达罗在争吵，但他不知道他们为什么争吵，因为他刚刚赶去制止他们，就被女王叫到这里来。于是，女王吩咐他让莉齐斯卡和丁达罗立刻到她这里来。两人来到女王面前，女王问他们为什么争吵。

丁达罗正要回答，已不再是幼稚小姑娘的莉齐斯卡，从不逆来顺受，此刻情绪激动，转过身来，瞪他一眼，抢先说："听着，你这个蠢人，胆敢抢在我前面说话！让我来说吧。小姐，这个家伙，"她转向女王，接着说，"以为他可以教给我有关西科梵特老婆的事情，竭力想告诉我她的故事，好像我对那女人一无所知似的。他说，新婚之夜，西科梵特与他老婆睡觉时，他不得不用他的棍子摧毁他老婆的大门，当他拔出棍子时，弄得到处是血。我说，情况并非如此，他像羊羔一样溜了进去，而且深受欢迎。看看这个白痴吧，他以为姑娘们都是愚蠢的小兔子，只知道对她们的父兄说'是的，先生；不，先生'而浪费青春，她们的父兄十有八九都是在迟了四五年之后，才想到把她们嫁出去的，实际上她们对这件事儿早已十分在行了。听我说，年轻人：如果那些姑娘们干等那么长时间，那可是好极了！我以基督的名义发誓，我应该知道我在说什么，我邻居家的姑娘中，在结婚的时候，没有一个还是处女的。至于那些结了婚的女人，她们都在丈夫背后耍花招背叛男人，这种事儿我都知道！可是这个蠢人却以为他可以教给我关于我们女人的事情，好像我是昨天刚出生似的！"

莉齐斯卡这么说的时候，小姐们都哈哈大笑，简直要笑掉了大牙，尽管女王多次试图制止她，不许她再说下去，可她根本不听，直到她把要说的话说完，才闭嘴。

莉齐斯卡的话一说完，女王就转身笑着对迪奥内奥说："这事儿就交给你处理吧。我们把各自的故事讲完后，请你对他们谁是谁非做出裁决。”

“小姐，”他立刻回答说，“我们已经有了裁决，不必等其他的裁决：莉齐斯卡的话是对的，我认为事情正如她所说的那样，而丁达罗是头蠢驴。”

莉齐斯卡听了这话，放声大笑，转身对丁达罗说：“是这样吧，我就是这样告诉你的！快去干活吧……看看他吧，还乳臭未干就以为他比我更了解女人！按照天主的愿望，我这么多年可不是白活的呀……”但这时女王瞪她一眼，严厉地制止了她，告诉她如果她不想挨鞭子打就赶紧闭嘴，安静下来，然后把他们两人都打发走了。假如女王不制止莉齐斯卡，恐怕大家一整天都得听她絮絮叨叨了。他们两人走后，女王吩咐菲萝美娜开头讲故事，于是她愉快地开始了她的故事：

故事 1

奥蕾塔被迫听一位不会讲故事的人讲故事，她圆滑得体地说服了他放弃了那个已经开头但尚未结束的故事。

夜空，有繁星点缀而晴朗；春天的田野，有盛开的鲜花而艳丽；连绵的山峦，有刚发出嫩叶的绿树而赏心悦目。同样，值得称赞的社交行为和优雅的谈吐，也都以机智的妙语作为装饰而更加动人。机智的妙语简洁明快，它对于女人来说比对于男人更合适，因为女人比男人更不允许说话啰嗦累赘。说真的，别问我为什么，今天我们女人中很少有人、几乎没有人能在适当的时候说出机智的妙语，或者听到有人说出机智的妙语时能够正确理解它，这也许是因为我们智力有缺陷，或是因为苍天对我们这个时代不公平。小姐们，这真可说是我们女人的耻辱啊。关于这一问题，潘比妮亚已经讲得很深刻了，我不想再多讲了。但是，为了证明适时的机智妙语的美好，我想给大家讲讲，一位夫人是如何圆滑得体地使一位绅士闭了嘴的。

你们当中许多人可能见过或听过，不久以前在我们城里，有一位夫人，她举止高贵，谈吐优雅，的确她的高贵身份也使她远近闻名，她就是奥蕾塔，杰里·斯皮纳① 的妻子。有一天，她像我们这样也在乡下，正与那天她邀请共进午餐的一群女友和绅士们去某处寻找乐趣的路上。对于徒步旅行的人们来说，通往他们预定目的地的那段路可能很长，因此陪伴她的人群中一位绅士对她说："如果您愿意的话，我会让您骑着马走好长一段路——我要给您讲一个世界上最有趣的故事，您听着会觉得像骑在马上一样舒服，就忘记了走路的劳累。"

"啊，请讲吧，"她说，"我最喜欢听故事了。"

于是，那位绅士开始讲起了他的故事。他讲故事的本领实在太差，可能他挥舞佩剑的本领也好不了哪去。故事的确很好，可是他颠三倒四，五遍六遍地重复同一句话，不时地说，"不对，我讲错了！"他对人名混淆不清，常常张冠李戴，事实上，他把一个好故事讲得一团糟。而且，他讲述的声调、语气与故事中的人物或行为完全配合不上，令人绝望。

奥蕾塔听着他的讲述，浑身冒汗，感觉自己头晕目眩，简直是到了死亡的门口，她终于一分钟也忍耐不下去了。但她意识到，那绅士已深陷泥潭，不能自拔，就亲切地对他说："我发现您的这匹马跑得太艰难，还是请您让我下马步行吧。"

①杰里·斯皮纳：一个真实的人物，见下一个故事注释。

那绅士虽然讲故事的能力很差，但所幸理解能力很好，所以，立刻明白了她的意思，大部分理解了她的这句俏皮话。他放弃了那个开了头、陷入深渊而没有结束的故事，另找了别的话题。

故事 2

对于智者，一句话就足够了。面包师齐斯蒂提醒一位绅士注意行为方式。

每一位女士和男士都赞赏奥蕾塔说的那句俏皮话。然后，女王命令潘比妮亚接着讲这类故事。于是，潘比妮亚开始了：

我可能一生都分辨不清这两者：大自然将高尚的灵魂赋予了一个卑贱的躯体，而命运之神安排具有高尚灵魂的人去从事卑贱的职业，究竟是谁犯了更严重的错误。我们的佛罗伦萨市民齐斯蒂就是一个例子，我们还可以想出其他类似的例子。齐斯蒂具有高尚的灵魂，可命运之神却注定他当一个面包师。如果我不知道大自然有多么特别地精明，命运之神却有一千只眼睛——尽管白痴把她描绘为瞎子，但我也许会同样强烈地谴责他们两人。我认为，他们像我们凡人一样聪明地做事：人们考虑到生活变幻莫测，通常把最珍贵的财产藏在房子里最不起眼、东西最不可能被找到的地方，以备不时之需，因为把那些财产放在这些不引人注目的藏匿之处要比把它们放在主人的卧室里更加安全，需要的时候就把它们取出来。同样，这两位世界的主宰经常把他们最珍贵的东西藏匿在最卑贱的职业的阴影里，从而确保当他们在恰当的时刻把这些东西从那里取出来时，使这些东西更光彩夺目。面包师齐斯蒂为我们提供了这样一个例子，尽管是一个最朴实的例子：他用一件小事促使杰里·斯皮纳去思考，后来茅塞顿开。我想用一个简短的故事把齐斯蒂的事例讲给大家听，因为是我们刚听到的奥蕾塔的故事使我想起了齐斯蒂。奥蕾塔是杰里·斯皮纳的妻子。

当时，杰里·斯皮纳颇受卜尼法斯教皇①的重视，教皇曾派一些贵族作为使者去佛罗伦萨替他处理一些重要的事务②。这些使者就住在杰里家里。在与他们就教皇的事务进行谈判的过程中，不知什么原因，他和教皇的使者每天早晨都习惯于步行从圣玛利亚教堂前经过。齐斯蒂的面包房就坐落在那里，齐斯蒂每天都亲自在那里做面包。虽然命运之神安排他干了这种最卑贱的职业，但使他成为一个很有钱的人，因此算是厚待了他。他并不想改行，过着最豪华的生活，享受着大量的好东西，包括在佛罗伦萨城里和周边地区所能找到的最好的白葡萄酒和红葡萄酒。齐斯蒂见杰里先生和教皇的使者们每天早晨从他门前经过，忽然想到，夏天天气这么热，如果他给他们献上一杯他的上好的白葡萄酒解解渴，那可是他做出的不小的善举。但他意识到他自己与杰里先生的悬殊地位，觉得就那样邀请恐怕不行，于是他想出一个办法，引诱杰里先生自己向他提出要求。

---

①杰里·斯皮纳……卜尼法斯教皇：斯皮纳是佛罗伦萨教皇党黑派的头儿，所以是教皇卜尼法斯八世的同盟者，卜尼法斯八世教皇任期（1294—1303年）恰好与对佛罗伦萨政治的积极干预相合。

②一些重要的事务：可能指1300年6月在黑派与白派之间进行的不成功的和平谈判，但丁曾经参加了这些谈判。黑派与白派原是皮斯托亚宗派争端的两派，但在皇帝党于1266年被打败，教皇党分裂为两个阵营后，黑派与白派这两个名字逐渐取代了教皇党（黑派）和皇帝党（白派）这两个术语。如，但丁就是一个教皇党白派成员，所以是一个皇帝党成员。

他总穿着一件洁白的紧身上衣，系着一条刚洗过的围裙，使他看上去不像一个面包师，倒像一个磨坊主。每天早晨，他在料定会见到杰里先生和教皇使者从门前经过的时刻，把一只盛着清水的新锡桶、一只盛着上好白葡萄酒的新的小博洛尼亚酒壶和两只晶莹透亮的闪着银光的玻璃杯放在门口。他总是坐在那里，当他们从他门口走过时，他就清清嗓子，唾几口唾沫，然后开始啜饮着那白葡萄酒，发出非常响亮的咂嘴声，那声音能让死人见了也得垂涎三尺。

连续两天早晨，杰里都注意到了他喝酒的情形。第三天早晨，他说："齐斯蒂，那酒怎么样？好喝吗？"

齐斯蒂立即站起身来，回答说："先生，的确是好酒，但我很难说明白它到底有多么好，除非您自己品尝一下。"

也许因为天气热，也许因为太累了，也许因为看见齐斯蒂喝得那样津津有味，杰里顿时觉得口渴起来；他转过身来，微笑着对那几位使者说："各位绅士，我们应该品尝一下这位好人的酒。那酒可能是非常好，我们喝了它不会后悔的。"他把他们引到齐斯蒂这里来，齐斯蒂叫人从面包房里拿出一条做工精致的长凳，邀请他们都坐下。他对前来洗杯子的仆人说："朋友，请退后，把这事儿留给我做吧。我斟酒的功夫与做面包的功夫一样好。难道你们不想尝一尝？"他一边说着话，一边洗了那四只新玻璃杯子，让仆人拿来一个小酒壶，里面装着好酒，殷勤地给杰里先生和他的同伴斟上，他们发现这是他们多年来所品尝过的最好的酒。所以，杰里先生高度评价这酒，在教皇的使者们留在佛罗伦萨期间，他实际上每天早晨都带着他们到齐斯蒂这里喝酒。

当使者们完成了公务就要离开佛罗伦萨时，杰里为他们举办了一次盛大宴会，把佛罗伦萨最高贵的市民都邀请来；齐斯蒂也受到了邀请，但他说什么也不接受。所以，杰里派仆人去齐斯蒂那里要一瓶好葡萄酒，准备在上头道菜时给每人斟上半杯。那仆人可能因为他从未有机会品尝那种葡萄酒而生气，他拿着一个大瓶子去了。

齐斯蒂见到这个大瓶子，对那仆人说：“小伙子，杰里先生不是派你来找我的。”

那仆人反复向他保证，就是来找他的，但齐斯蒂总是那么回答他。所以，他只好回去将这一情况禀报主人。“再去见他，”杰里说，“告诉他，我的确是派你找他的；如果他还那样回答你，你就问他我派你去找谁。”

于是，那仆人又回到了齐斯蒂那里。“齐斯蒂，”他说，“杰里先生肯定是派我来找您的。”

“他肯定不是。”

“那么，请告诉我，他派我来找谁呢？”

“找阿尔诺河啊！”齐斯蒂说。

那仆人把齐斯蒂的话报告给他的主人。杰里立刻明白了他的意思。“让我看一看你带去的瓶子，”他对仆人说。看到了那个大瓶子，他接着说：“齐斯蒂说得完全对，”他狠狠地训斥仆人一顿，让他带一个合适的瓶子去。

见到这个合适的瓶子，齐斯蒂说：“现在我完全明白了，他是派你来找我的。”他愉快地将那个瓶子装满了好酒，交给了那仆人。

当天，他让人把装满相同好酒的一个小酒桶小心翼翼地抬到了杰里先生家里，他也亲自来拜访他，对他说：“先生，您不要以为今天早晨我被那个大瓶子吓坏了。但我想也许您忘了这几天我一直用小酒壶为各位斟酒是什么意思，那是说这不是那种放在仆人餐厅里饮用的酒。今天早晨我就是想提醒您这一点。现在我不想再珍藏这酒了，全都拿来送给您：您想怎么喝就怎么喝吧。”

杰里当然非常珍视齐斯蒂的礼物，对齐斯蒂感激不尽；从此杰里对齐斯蒂非常敬重，把他看作自己的好朋友。

故事 3

诺娜·德·普尔齐以一句机智的回答，使庸俗下流的佛罗伦萨主教哑口无言。

潘比妮亚讲完了她的故事，大家都赞扬齐斯蒂的机智回答和他的慷慨为人。因为女王希望劳蕾塔接下来讲个故事，所以劳蕾塔开始高兴地讲起来：

潘比妮亚和菲罗美娜都真实地谈到了我们的不足之处和机智妙语的优点，所以关于那个问题再没有什么可说的了。既然我们就这个话题讲故事，我想要补充的是：机智的妙语应该在本质上像羊一样啃，而不是像狗一样咬人；像狗一样咬人的话不是巧妙的措辞，而是恶意的冒犯。奥蕾塔的俏皮话和齐斯蒂的机智回答都最好的取得了措辞巧妙的效果。但是，请大家记住，如果你在被人像狗一样地咬了一口之后，你回敬他一口，那是可以原谅的。那么，我们就必须留心使用机智妙语的对象、时间和方式。我们曾经有一个主教，他忽视了这一规则，因此受到了针锋相对的重重的回敬。这是我将要在这个小故事里讲到的。

受人尊敬的、明智博学的安东尼奥·多尔索在担任佛罗伦萨主教期间，一个卡塔卢尼亚绅士作为贝尔托国王的代理官来到这个城市。他的名字叫德戈·德拉·拉塔①，是一名中将，长得一表人才，

①德戈·德拉·拉塔：原名为迪埃戈·德·拉·拉斯，是那不勒斯国王贝尔托·安茹的代理官（中将），曾于1305年，1310年，1317—1318年多次来到佛罗伦萨。根据故事中提到的其他人物，他的这次代理官活动发生在1310年或1317—1328年。

生活有点儿放荡，他看上了一位佛罗伦萨美人儿，那美人儿碰巧是主教的侄孙女。他听说那位夫人的丈夫虽然出身高贵，但却是一个不择手段、顽固不化的吝啬鬼，便同意给他五十个金币，条件是在他妻子的怀里睡一夜。于是，尽管夫人很不情愿，他还是与她一起睡了一夜，然后他将镀了金的通行银币付给了她丈夫。后来这事传开了，那吝啬鬼不仅损失了钱财，还成为了笑柄。主教是个精明的人，假装没听说过此事。

主教和那位卡塔卢尼亚人是亲密的朋友，在圣约翰节那天，两人并肩骑马沿街游逛，当时那条大街正在进行赛马会①。他们正赞美着那些看热闹的妇女，主教突然看见一位名叫诺娜·德·普尔齐的年轻夫人，她是阿列索·旦奴齐的表妹——我想你们都知道我说的是谁——现在，她是老太太了，死在这场瘟疫里。那时候，她像一朵雏菊一样鲜艳美丽、聪明机智、无拘无束，不久前出嫁，与丈夫住在波达·圣·彼埃特罗区。主教指给他的朋友看这位年轻夫人。当他们走近她时，主教手拍着卡塔卢尼亚人的肩膀，大声说："诺娜，你看这位绅士怎么样？你认为你能对付得了他吗？"

诺娜认为，主教这些话表示出对她清白名誉的怀疑，或者会引起大群旁观者心目中对她好名声的怀疑；她不想对主教的挑战俯首屈服，而是针锋相对，立刻回答说："问题是，他能对付得了我吗？假金币可不行。"

中将和主教同样感到被她的机智回答所揭穿而无地自容，前者因为用卑鄙手段侮辱了主教的侄孙女，后者则因为事过之后成了前者的帮凶；他们都顿时哑口无言，满脸羞愧，骑马离去，在那天剩下的时间里他们既不再相对而视，也不再对那年轻夫人多说一句话。就这样，那位被别人咬了一口的年轻夫人毫无顾虑地用她自己的利

①赛马会（Palio）：著名的赛马会，原来的奖品是布匹（palio）。

箭一般的机智回答，以牙还牙，回敬了他们一口。

故事 4

厨师基基比奥给了他情人一条烤鹤腿，但却以一句巧妙、敏捷的回答使主人库拉多·詹菲利亚齐转怒为喜。

劳蕾塔的故事讲完了，大家都高度称赞诺娜，女王吩咐内菲勒接着讲故事。

机智（她说）经常根据场合需要，把巧妙、得体、敏捷的话送进一个人的嘴里。但是，命运之神也有时帮助胆怯的人，促使他们急中生智，讲出平时从未想到过的话来。我的故事将会证明这一点。

库拉多·詹菲利亚齐是我们城里一位品行高尚的市民，他乐善好施，具有典范的骑士精神，喜欢带着他的猎鹰、猎犬去打猎，我们暂时不必提及他更重要的活动。有一天在佩雷托拉附近，他的猎鹰捕杀了一只鹤。他见这只鹤又肥又嫩，就把它交给了厨师，一个来自威尼斯的名叫基基比奥的很能干的人。基基比奥总是显得坐立不安的样子，而实际上他也就是这种人。他接过这只鹤，将它收拾干净，穿在炙叉上，放进炉内精心烧烤。当鹤肉烤熟，散发出诱人的香味时，恰巧布鲁内塔走进了厨房。布鲁内塔就住在这条街上，是基基比奥正热恋的一个年轻姑娘。当她看见那只烤熟了的鹤，闻到它的香味时，她就缠着基基比奥给她一条腿尝尝。

“不给你，你吃不着，就是不给你！”他像唱歌似的逗她说。

“你听着，”布鲁内塔有些生气地说，“如果你不给我一条鹤腿，那你今后就永远别想从我这儿得到任何你想得到的东西！”他们就这样你一言、我一语地争吵起来，最后，基基比奥为了不使自己的情人生气，还是切下一条鹤腿，给了她。

于是，缺了一条腿的鹤被端到库拉多和客人的面前。库拉多感到很奇怪，把基基比奥叫来，问他那条鹤腿哪儿去了。“先生，鹤只有一只脚，一条腿啊，”那奸诈的威尼斯人立刻回答说。

“你究竟是什么意思，鹤只有一只脚，一条腿吗？”库拉多勃然大怒地说，“难道我以前从未见过鹤吗？”

“先生，鹤就像我说的那个样子。如果您愿意，我可以带您看看活着的鹤。”

因为有客人在座，库拉多不再和他争论下去，但对他说：“我可从未见过、也从未听说过鹤只有一只脚、一条腿。既然你说你可以带我去看看活着的鹤，我倒愿意明天你带我去看看，如果真是那样，那我就没什么可说的。但是我以天主的名义发誓，如果事实不像你说的那样，那我可要狠狠地教训你一顿——如果你活着记住我，让你一想到我就怕得要死。”

那天晚上，谁也没有再提起那件事，但第二天天亮时，因为生气，一夜未睡的库拉多起床时仍然是怒气冲冲的，吩咐仆人备马。他让基基比奥骑着一匹驽马，带着他朝日出时总能看见鹤的河边走去。“我们马上就见分晓，昨天晚上是谁说了谎，是你还是我，”他对基基比奥说。

基基比奥见库拉多怒气丝毫未减，自己的谎言也将被揭穿，骑着马心中忐忑不安地与库拉多并肩走着，不知如何是好；如果可能，他多想逃之夭夭啊；既然逃不掉，他只好东张西望、左顾右盼，可是他所看到的唯一的景物似乎只是两条腿站着的鹤。

但是，当他们几乎来到河边时，基基比奥先看到岸上约有十几只鹤，都是一条腿站着，因为鹤睡觉时习惯一条腿站着。所以，他赶紧指给库拉多看，对他说："先生，到地方了，您只要瞧一眼站在那边的鹤便知，我昨天晚上说鹤只有一只脚、一条腿，我说得不错吧。"

库拉多一边看着那些鹤一边说："等一等，我将让你看到它们都有两条腿。"他朝鹤群走近一些，大声喊叫："嗬！嗬！"那些鹤听见他的喊叫，都放下另外一条腿，跑了几步，飞走了。于是，库拉多转身对基基比奥说："喂，你这混蛋，你还想说什么？它们有两条腿还是一条腿？"

基基比奥也不知自己是从哪里得到了启发，慌里慌张地脱口而出："先生，它们的确有两条腿。但是您昨天晚上没有对那只鹤大喊'嗬！嗬！'呀。如果您也对它大喊一声，它也会像这些鹤一样，放下它的另一只脚和另一条腿来。"

库拉多听了这句回答高兴极了，立刻转怒为喜，哈哈大笑起来。"基基比奥，你说得很对，"他说，"我本应该对它大喊一声的。"

就这样基基比奥用他敏捷、巧妙的回答避免了灾难，并重新博得了主人的欢心。

故事 5

著名的法学家佛雷塞·达·拉巴塔与画家乔托途中遇上大雨；这情景激起二人你一句俏皮话、我一句尖锐反驳，相互嘲笑对方的狼狈相。

内菲勒的故事讲完了，小姐们觉得基基比奥的机智回答有趣极了。然后，奉女王的命令，潘菲洛清楚而响亮地讲起了他的故事：

命运之神经常把最宝贵的精神财富隐藏在从事最卑微行业的人

身上，潘比妮亚的故事已经为我们说明了这一点；同样的，大自然也经常把最杰出的才能赋予相貌最丑陋的人。这一点在两个佛罗伦萨人身上显得极为明显，我现在就讲一个关于他们的小故事。他们一个是佛雷塞·达·拉巴塔，身材矮小，发育不全，圆脸、扁鼻子，与他相比，巴龙齐家族[1]中最不讨人喜欢的成员也看上去美如天使了；但他却是一位非常杰出的法学专家，在许多重要人物的眼睛里，他就是一部名副其实的民法百科全书。另一个名叫乔托[2]，是一个非常卓越的天才，他能用铅笔、钢笔，或毛笔把一年四季生育、操纵万物的大自然所创造的任何事物画得栩栩如生；他的画看上去不像是画，而是真正的实物，因此经常骗过人们的眼睛，让人以为他看的就是实物，而不是根据实物所作的画。过去画家们只关注让浅薄的人看得眼花缭乱而不去满足鉴赏家们的高雅艺术标准，因此，他们扭曲的作品使绘画这门艺术沉寂了几百年，是乔托使绘画艺术重放光彩。因此，他也许值得被人们称作佛罗伦萨的光荣，从而赢得了艺术大师的声誉，但他非常谦虚，从不让人们把自己作为名流看待。他虽然拒绝接受艺术大师这一称号，但他的声誉却更加光辉灿烂；相比之下，那些比他才能低下的艺术家和他的学生却对艺术大师这一称号垂涎三尺。然而，尽管他是高超的艺术家，但这并未使他比佛雷塞漂亮一点儿或好看一点儿。这使我又言归正传了。

佛雷塞和乔托都在穆杰洛[3]拥有自己的地产。一年夏天，在法庭休假期间，佛雷塞去自己的庄园度假后回家途中，骑着一匹劣等的出租马，恰巧遇上了也是去自己庄园度假后回佛罗伦萨的乔托。画家骑的马和身上穿的衣服都与律师的一样糟糕。两人都上了年纪，

---

①巴龙齐家族：在第六天的故事 6 中讲到。

②乔托：著名画家（1266—1337 年），薄伽丘可能在那布勒斯见过他（1329—1333 年）。

③穆杰洛：佛罗伦萨东北部乡村地区。

步伐一致，缓缓而行。夏天天气多变，常有阵雨，偏巧被他们两人遇上了。他们赶紧去了与他们两人都很要好的一位农民家里避雨。但过了一会儿，雨还没有要停下的迹象，他们两人又都想在天黑前赶回城里，就向那农民借了两件破旧不堪的斗篷和两顶碎成破布块的帽子——那是那农民一家仅有的最好的帽子了——继续赶路。

他们冒着雨一声不吭地走了一会儿，浑身都淋透了，并沾满了马蹄溅起的泥浆，都弄得狼狈不堪。雨渐渐小了，他们两人开始攀谈起来。乔托是个健谈的人，佛雷塞一边骑马听他讲话，一边仔细打量他——从侧面的每一个角度看，乔托都是满脸泥浆——佛雷塞发现乔托看上去简直就是个竖立在田地里用于吓鸟的稻草人。他完全没有想到自己会是一副仆人模样，看了看乔托的狼狈相，突然哈哈大笑起来。“乔托，”他说，“如果有一个以前从未见过你的陌生人朝我们走来，你认为他会相信你是世界上最优秀的画家吗？”

乔托立即回答说：“佛雷塞，如果他看着你这副模样，以为你也认得几个字的话，我相信他就会相信我是世界上最优秀的画家的。”佛雷塞听了乔托的话后，立刻意识到自己失言了，被别人以自己之道还治了自己之身——本想取笑别人，却反遭别人取笑。

故事 6

米凯莱·斯卡尔扎证明，巴龙齐是世界上最高贵、最古老的家族，因此给自己赢得一顿晚餐。

小姐们正在为乔托的机智回答十分开心而不住地轻声笑时，女王吩咐菲亚美塔接着讲故事，她这样讲了起来：

潘菲洛在故事中提到过巴龙齐家族，他可能比你们这些小姐们更了解这个家族。他使我想起了一个故事，它涉及这个家族成员高贵的力量。这个故事并不脱离我们今天的故事话题，所以我想把它讲给大家。

不久前，我们城里有一个青年，名叫米凯莱·斯卡尔扎。他是世界上最有趣、最有吸引力的人，肚子里装着不计其数的丰富多彩的故事，所以他深受佛罗伦萨年轻人的欢迎，无论什么样的聚会都一定要把他请来。有一天，他和几个朋友在蒙突吉山顶上聚会，就佛罗伦萨哪个家族最古老、最高贵的问题争论起来。有人说乌贝尔蒂家族，有人说是兰贝尔蒂家族，各执己见，互不相让。

斯卡尔扎听着他们的争论，微笑着说："喂，得了吧，你们这帮傻瓜，你们是在胡说八道！佛罗伦萨，甚至全世界最高贵、最古老的家族是巴龙齐家族：像我一样了解这一家族的人都同意这个看法，连你们称之为哲学家的人也这样认为。让我们把话说清楚，我说的巴龙齐家族就是你们的邻居，住在圣玛利亚大教堂旁边的那个巴龙齐家族。"

那几位小伙子本以为他指的是别的巴龙齐家族，听他这么一说，就都以此嘲笑他说："你以为我们是谁呀？我们跟你一样了解巴龙齐家族！"

"我可不是在开玩笑，"他回答说，"这实实在在是真的。听我说：我愿意跟你们赌一顿晚饭，输者要请赢者和他选带的六个客人吃饭。而且，我愿意接受你们指定的任何人做出的裁决。"

那几个年轻人中有一个名叫内里·马尼尼的说，他愿意赢这顿晚饭，大家一致同意，请皮埃罗·迪·费奥伦诺担任裁判，当时他们正在他的家里。于是，他们两人去见他，其他人也都跟了去，等着看斯卡尔扎赌输了好告诉他"呸，你输了！"他们使皮埃罗卷入了这场打赌。

皮埃罗是一个有见地、很能干的年轻人。他听完了内里的话，然后转身问斯卡尔扎："他说的对吗？你怎样证明你的话有道理？"

"怎样证明？我有理由不仅会使你而且会使反对我的这个家伙都相信我说的有道理。你们都知道一个家族越古老，它就越高贵，这一点是刚才我们大家都说过的。巴龙齐家族比其他任何家族都古老，所以他们必定是最高贵的。一旦我证明他们是最古老的家族，那我就必定赢得这场辩论。你们应该知道，天主是在他初学绘画时创造了巴龙齐家族，而其他人则是在天主学会绘画以后创造的。如果你们把巴龙齐家族人的长相和其他人的长相比较一下，你们就会发现我说的是真的了。你们都看到了，所有其他人都五官端正，各部分比例适当，可是看一看巴龙齐家族成员的脸吧：有的脸又长又瘦，有的脸胖得出奇；有的长着长鼻子，有的长着短鼻子；有的下巴长得跟驴的下巴一样长；你们会发现他们有的一眼大一眼小，有的一眼高一眼低——他们很像天主初学绘画时创造的，这使得他们比任何家族都更古老，结果也就是最高贵的了。"

担任裁判的皮埃罗、参与赌晚饭的内里和其他人都想起了巴龙齐家族成员的长相的确如此，听了斯卡尔扎逗人发笑的议论，都高兴地承认他说得有道理，承认他赢得了那顿晚饭，因为巴龙齐家族应该被认为不仅是佛罗伦萨的而且是湿地这边整个辽阔地区的乃至全世界的最古老、最高贵的家族。

所以，当潘菲洛想要描述佛雷塞的脸有多么丑陋时，他当然可以这样说那张脸甚至在巴龙齐家族中看上去也是够丑陋的了。

故事 7

菲莉帕夫人与情人私通时被丈夫捉住，于是被传唤到法庭受审。她的巧言申辩使审判进程改变了方向。

菲亚美塔默不作声了，大家为斯卡尔扎证明巴龙齐家族的卓越所做的新颖辩论仍然笑个不停，这时女王命令菲洛斯特拉托讲个故事。于是，他这样开始了：

能言善辩在任何情况下都是一件好事，但我认为，只有在紧急需要时，它才更加难能可贵。我想给大家讲一个关于一位贵族夫人的故事，这位贵族夫人就是有这样的才能：她的几句话不仅使在场的听众哈哈大笑，而且——大家将会听到——使她自己逃过了一场羞辱性的死刑。

从前普拉托有一条严酷的、要不得的法律，这条法律规定：所有与情人通奸时被丈夫捉住的女人与为了获得钱财陪其他男人睡觉的女人同罪，不加区别，一律判处火刑烧死。当这条法律依旧生效时，发生了这样一件事：一位名叫菲莉帕的美丽而多情的夫人，一天夜里在她的房间里与情人拉扎里诺·德·瓜扎利奥蒂幽会；当她与情人搂抱在一起时被她丈夫里纳尔多·德·普利埃西发现了。她的情人是普拉托一位年轻漂亮的贵族，两人暗地里深深相爱。里纳尔多见此情景，气得浑身颤抖，他真想扑过去，杀死这一对情人；但他抑制住了自己的冲动，因为他害怕如果控制不住愤怒将会产生的后果。他要依靠那条法律来置他妻子于死地，这样他就无须亲手杀死她，法律也就不会追究他的杀人罪了。所以，在他得到有关他妻子不端行为的充足证据后的第二天，他毫不迟疑地向法庭指控他的妻子，要求法庭传讯她。像大多数一往情深的女人一样，菲莉帕也是勇敢坚定，不顾许多亲戚朋友们的劝阻，决意出庭受审，承认通奸事实，毫不退缩地面对死刑，而不是像懦夫那样逃走他乡，因缺席判决而不得不去过流放生活，因为这会证明她不配昨天夜里与她同床共枕、相互拥抱的情人。于是，许多男女亲友都一再否认一切指控；她在亲友们的陪同下，出现在法官的面前。她看上去态度坚决、十分镇定地问法官传她到庭的原因。法官看到，她美丽迷人，举止优雅。听了她的话，法官很清楚她无所畏惧，视死如归。他虽然很怜悯她，但又担心她会坦白认罪；如果他想以事实为依据，以法律为准绳，他就必须判她死刑。

然而，他不能不依照程序，根据对她的指控对她审讯一番。“夫人，您看到了，”他说，“您丈夫里纳尔多在这儿指控您，说他发现您与其他男人通奸。所以，他要求我依据法律判你死刑。但是，除非你自己认罪，我是不能这样做的。因此，请您小心回话，并请告诉我：您丈夫的指控是真的吗？”

夫人沉着镇定，言辞流畅地回答说：“法官先生，里纳尔多是我的丈夫，这是真的；昨天夜里他发现我躺在拉扎里诺的怀抱里，这也是真的。我多次躺在他的怀抱里，因为我真心诚意地爱他。这一点，我永远都不否认。但是，我相信您一定知道，法律在使用时对男女应该一视同仁，而且法律的制定应该得到受法律约束的人们的同意。但这条法律可不是这样：它只威胁我们这些可怜的女人——比起一个男人满足几个女人来，一个女人更能满足好几个男人。另外，制定这条法律时，没有一个女人同意过——实际上，没有征求一个女人的意见。所以，这条法律完全可被认为是不公正的。法官先生，如果您坚持执行这条法律，加害于我的肉体和您的精神，那是您的特权。但是，在您做出判决之前，请您给予我一个小小的恩典吧：请您问问我丈夫，每次他需要我的肉体时，我是否都慷慨地将自己给了他，我没有一次拒绝过。”不等法官问，里纳尔多立刻回答说，的确如此，他每次求欢，妻子都使他很快活。“既然是那样，”他妻子接着说，“请问法官大人：如果他已经在我的身上得到了满足和快乐，那我应如何处理我的剩余能量呢？难道我应该把它扔了喂狗① 吗？与其让它糟蹋掉或浪费掉，还不如把它送给一位爱我胜过爱一切的绅士去享用，岂不更好一些吗？”

因为菲莉帕是个出了名的美人儿，所以普拉托全城的人都来到法庭旁听。他们听了她这番令人快乐的辩驳后，都开怀大笑，并立刻几乎异口同声地大喊说，那位夫人讲得好，说得完全正确。他们在离开法庭之前，得到法官很痛快的赞同，修改了那条残忍的法律，规定只惩罚那些为了钱财而背叛丈夫的女人。里纳尔多极其愚蠢的指控遭到挫折，只好垂头丧气地离开了法庭，而菲莉帕则大难得救，获得了自由，兴高采烈，胜利地回到家中。

故事 8

弗雷斯科叔叔劝告侄女不要过分讲究，但她的虚荣心却是非常顽固。

小姐们听着菲洛斯特拉托的故事，起初感到有点儿不好意思，她们脸上泛起的诚实的红晕证明了这一点。但当她们面面相觑时，都忍不住露出笑容，所以一边听故事，一边咧嘴笑着。菲洛斯特拉托讲完故事后，女王转身吩咐艾米莉亚接着讲故事。艾米莉亚叹息了

①喂狗：见（《圣经·新约全书》中的）《马太福音》第 7：6 节。

一声，仿佛从梦中唤醒，开始了她的故事：

恐怕我刚才因为想别的事儿，走了神儿。为了遵从女王的命令，我只好讲一个很短的故事勉强混过；假如我刚才没有走神，我本应讲一个更好一些的故事。我要给大家讲一个令人愉快的俏皮话，那是一个叔叔为教训他愚蠢的侄女而说出来的；但她可能太愚蠢，不懂得那句话的含义。

从前，有一个名叫弗雷斯科·达·切拉蒂科的人，他有个侄女，小名叫切斯卡。她相貌俊秀，身材苗条，但她并不像人们常见的小天使那样美丽。可她却以为自己是世界上最漂亮的人，因此养成了贬低她所看到的任何东西、任何人的习惯，她认为所有的男人、女人都不好看。她时刻都在想她自己是多么的美丽，因此她脾气很坏，十分固执，令人厌恶，任何人做的事情都不顺她的眼。您会问：她傲慢吗？她的傲慢胜过法国皇室成员①。她走在大街上时，脸上总是这样一种令人厌恶的表情：她不知道该把她的鼻子放在哪里才好，好像她所遇到或见到的任何人都散发臭气似的。

她还有其他一些非常讨厌的恶习，就不必说了。有一天，她回到家，坐在弗雷斯科身边，满脸的不高兴，不断地发出表示轻蔑的哼声。“切斯卡，你怎么了？”叔叔问，“今天是过节呀，你为什么这么快就回来了？”

“不错，我是回家早了，”她冷笑着说，“我简直不能相信，今天城里会有那么多粗俗的令人讨厌的男男女女。我在大街上没见到一个不像瘟疫那样令我反感的人。我认为在这个世界上，不会有第二个女孩像我这样发现这些丑陋的人是如此地令人不愉快。为了眼不见心不烦，所以我这么早就回来了。”

①法国皇室成员：形容傲慢的谚语。

弗雷斯科早已受够了侄女的这种敏感性，于是对她说：“如果你发现那些丑陋的人如你说的那样讨厌，那么你若想每天心情愉快，就永远别再照镜子了。”然而，切斯卡十分愚钝（尽管她本人以为自己像所罗门① 一样精明），叔叔的妙语对她来说简直是对牛弹琴。“我还要像别的姑娘一样照镜子，”她说，继续像以前一样愚钝。如今她依然那么愚蠢狂妄。

故事9

圭多·卡瓦尔坎蒂用一句掩饰得恰到好处的侮辱的话，使几位缠扰不休的绅士感到十分沮丧。

女王意识到艾米莉亚讲完故事后，（除了享有特权讲最后一个故事的迪奥内奥外）只剩下她自己还没讲故事了，于是她开始讲了下面这个故事：

今天你们两次抢先讲了我要讲的故事，但我还有一个故事，这个故事以一句俏皮话结束，它的机智可能会超过前面讲过的任何一句。

大家知道，从前我们城里有一些引人注意、值得称赞的好传统，但这些好传统现在已不被人们遵守，反而被随着财富的增长而增长的普遍贪婪所取代了。过去的好传统之一就是佛罗伦萨的绅士们以足够的人数组成俱乐部，分担费用，轮流设宴招待伙伴们。他们也经

①所罗门：古代传说中的以色列第三任国王（约公元前10世纪），以贤明著称。

常款待外地来访者和佛罗伦萨同城人士。一年中至少有一次他们要穿上为自己设计的礼服。每当有值得庆祝的时刻，特别是在节日和传来胜利喜讯的日子或在任何其他事物给这座城市带来欢乐的日子里，他们就骑马在大街上游行，并举行马上比武大会。

在这些俱乐部[①]中，有一个是贝托·布鲁内莱斯基主办的。他和同事们正想方设法把圭多·卡瓦坎特·德·卡瓦尔坎蒂[②]吸收进他们的俱乐部。圭多是世界上最优秀的哲学家和自然科学家之一。俱乐部成员们对他这一点并不感兴趣，但圭多还是一个最优雅的辩才、造诣最高的绅士，此外，他还像大财主一样有钱，如果他愿意招待你，他总是十分慷慨。但是，贝托一直未能成功地达到目的。他和同事们把这归咎于圭多对哲学思辨的癖好上，这使他对世事不闻不问。由于他对伊壁鸠鲁学说的倾向，那些没有学识的人都认为他的哲学思辨就是专心致志地试图证明天主并不存在。

有一天，圭多从奥托·圣米凯莱出发，经过科索·德戈里·阿迪马里大街，去圣乔万尼教堂，这是一条他常走的路线。如今圣雷帕拉塔大教堂内的巨大的大理石坟墓那时与其他坟墓一起位于圣乔万尼教堂周围，他站在这些坟墓和圣乔万尼教堂侧面斑岩石柱之间，教堂的门是锁着的。这时，贝托和几个朋友骑马经过圣雷帕拉塔大教堂前的广场，来到了这里，发现圭多站在坟墓中间。“来呀，”他们说，“咱们去戏弄他一下！”于是，他们将带刺马靴紧夹几下马腹，向他发动了一场玩笑般的冲锋，出其不意地出现在他面前。“圭多，”

---

①俱乐部：《十日谈》的十位年轻叙述者在向乡村走去时，就实际上重新创办了一个这样的俱乐部。

②圭多·卡瓦坎特·德·卡瓦尔坎蒂：著名诗人，也是但丁的良师益友。但丁将圭多的父亲安排在地狱中专门用于关押伊壁鸠鲁学说的信徒（无神论者）的那一部分，见《地狱篇》第十章。对他们的惩罚是把他们监禁在燃烧着的石棉里。

他们对他大声喊道，“你不愿意加入我们的俱乐部吗？当你发现了天主果真不存在时，那又会怎么样呢？”

圭多发现自己被围在中间，立刻反驳他们说：“先生们，既然你们此时此刻都待在自己家里，你们喜欢跟我说什么就说吧。”说完，他把一只手按在一座坟墓上——这些坟墓都不小——十分敏捷地一跃而过，在他们的眼皮底下消失了。

他们坐在那，目瞪口呆地面面相觑。“啊，这家伙一定是脑瓜儿出了毛病，”他们说，“满嘴的胡言乱语。”他们毕竟还是指出来这一点，说这个特殊的地方不是他们的家，也不是任何一位佛罗伦萨人的家，实际上更不是圭多的家呀。但是，贝托转过身来对他们说：“如果你们弄不明白他话里的意思，你们的脑瓜儿才真的出了毛病，而不是他的。他刚才说了一句表面上非常文明而实际上极为无礼的话。你们看：这些坟墓是死者的家，他们待在安放死者的地方，那是他们的居住之所。圭多告诉我们，我们待在这儿的家里，意思是说像我们这些普通的无学识的笨伯，与像他那样有学识的人相比，还不如死人呢，所以我们与死人一起待在我们应该待的地方。”

他们这才懂得了圭多妙语的含义，感到十分惭愧；他们再也不纠缠他了，而且从那以后，他们把贝托尊崇为一个真正有学识的人。

故事 10

齐波拉神甫向他的村民教徒们许诺，给他们出示加百利天使的羽毛，但是两个恶作剧者将盒子里的羽毛偷去，放进几块木炭。在这种情况下，齐波拉神甫如何证明他仍有能力把事情同样办好。

每个人都讲完了一个故事，迪奥内奥知道现在轮到他了，因此他不等女王吩咐就请那些仍在赞赏圭多敏捷机智妙语的伙伴们安静下来，开始讲起了他的故事：

虽然我享有特权自选题目讲故事，但今天我不打算离开美丽的小姐们都很精彩讲述的题目。我打算步你们的后尘，给大家讲一位圣安东尼修道院神甫如何凭借紧急关头的权宜之计，谨慎地避开了两个青年为他设下的陷阱。为了详细地讲述这个故事，我可能要多用一点儿时间，如果你们抬头看看太阳，它才走完它今天在天空路程的一半儿，时间尚早，故事长一点儿不至于使大家心烦。

我想你们也许听说过，切尔塔多是德尔萨山谷中的一个村庄，是佛罗伦萨城郊的一部分。村庄固然很小，但它也有高贵和富豪的人家。有一位遵守圣安东尼① 教规的修士每年都来这里收取那些易上当的村民所给予他的施舍物，因为他发现在这里能捞到丰厚的油水。修士的名字叫齐波拉② 神甫。这位洋葱神甫之所以受欢迎，并非因为他对宗教虔诚，而是因为他的名字，因为他选择乞求施舍的常去之地盛产洋葱，那是托斯卡纳地区人们的骄傲。齐波拉神甫身材矮小，红头发，总是笑眯眯的，特喜欢交际。他未受过任何教育，但却非常健谈，十分机智，不认识他的人会以为他是一位伟大的雄辩家，甚至认为他不亚于西塞罗或昆提良③。当地的每一个居民都与他

①圣安东尼：3世纪修道生活的创始人，害病动物的保护圣徒；但安东尼修士们却因为他们专事蒙骗易上当者的“挨门扒销术”而得了坏名声。

②齐波拉(cipolla)：意大利语，意思是“洋葱”。

③西塞罗……昆提良：西塞罗（Marcus Tullius Cicero，公元前106—43年），古罗马政治家、律师、作家，历史上著名的演说家。昆提良(Marcus Fabius Quintilianus，公元35-95年)，古罗马作家、修辞学家，他对古代雄辩术的研究在中世纪和文艺复兴时期有很大影响。

关系甚密，或是认他为亲戚，或是与他交朋友，他们互相施与恩惠。

有一年八月，他又照例去了那个村庄。在一个礼拜天早晨，当所有的男女村民都从附近的各个庄园赶到教区的教堂来做弥撒时，他看准时机，走上前来对他们说："女士们，先生们，你们都知道，你们的风俗是为了确保圣安东尼保护你们的牛、驴和猪羊，你们每年都从你们丰收的小麦和燕麦中拿出一点儿，施舍给圣安东尼可怜的子民们，根据你们田地的多少和虔诚的不同程度有的人给的多一些，有的人给的少一些。你们——特别是那些入了我们这个修士会的人，通常每年还要付一小笔钱。我受我的上司院长教父委派，前来收取你们的捐赠物。因此，愿天主保佑你们，今天下午你们听到钟声后，你们要争先恐后地聚集在教堂外，我将像以往一样给你们布道，让你们亲吻十字架。因为我知道你们都非常忠诚于我们神圣的圣安东尼教父，作为一种特殊的恩惠，我将给你们出示一件非常可爱而神圣的圣物，那是我亲自从海外圣地带回来的。这件圣物就是加百利天使身上的一根羽毛。那根羽毛是在他去拿撒勒向圣母玛利亚报喜时掉在她房间里的。"他说完了这番话，就转身做弥撒去了。

在现场听齐波拉神甫说这番话的众多会员中有两个诡计多端的青年，一个名叫乔万尼·德尔·布拉戈涅拉，另一个名叫比阿焦·皮齐尼。他们两人都是神甫的好朋友，但他们对他说的那件圣物暗自发笑，于是商量要用他那根羽毛跟他开个玩笑。他们得知齐波拉神甫要与一位朋友一起在城堡里吃午饭，于是一听说他已坐在餐桌旁，他们就跑到大街上，直奔神甫住的那家旅店。他们的计划是：比阿焦缠住神甫的仆人聊天，同时乔万尼去神甫的行李包里搜寻那根羽毛，不管它是不是圣物，把它拿走，看神甫布道时怎样向会员们交代。

齐波拉神甫有个仆人，名叫古齐奥，但有人叫他"鲸鱼"，有人叫他"肥猪"，也有人叫他"肮脏的小狗"。他非常机灵，甚至那个诡计多端的拙劣画家利波·托波也不能与他相比。齐波拉神甫经常与朋友们开玩笑说起他："我的这个仆人身上有九个特点，如果其中之一出现在所罗门、亚里士多德或塞内加① 身上，那么那个特点就会毁掉他们所具有的全部品德、智慧或神圣。所以你们想想看，他一个人身上有九个特点，竟没有一点儿品德、智慧或神圣，那他一定是怎样一个人了！如果有人问他那九个特点是什么，他就用一首打油诗回答说：

他邋遢，撒谎，总是睡眼惺忪；
他粗野，懒散，爱讲别人坏话；
他轻率，工作笨拙，还生活放荡。

此外，他还有其他小缺点，最好不提了吧。他最可笑的是，无论他去什么地方，他都要给自己找个老婆，租个房子。他长了一把光滑、黑亮的大胡子，因此他认为他是美男子阿多尼斯再世，认为每一个见到他的女人都会着迷地爱上他；一有半点儿机会，他就去追女人群中跑在最后面的那一个。嗨，他总是跑在自己的马裤前面。但实际上，他是我的好帮手。不论什么人来与我私下谈点儿什么，他总设法偷听了去，如果人家问我问题，他总担心我答不上来，便替我回答'是'或'不是'，完全凭他自己的判断，不管他怎样想都是对的。"

齐波拉神甫离开旅店时，吩咐这个仆人不准任何人碰他的东西，特别是他的马褡裢，因为那里放着他的圣物。可是"肮脏的小狗"像黄蜂喜欢蜜罐一样喜欢待在厨房里，特别是当厨房里有女佣人的气息时。他发现那家旅店老板恰巧雇用了一个女佣人。她肥胖、矮小、

①所罗门、亚里士多德或塞内加：所罗门，见第六天故事8注释。亚里士多德（Aristotle，约公元前384—322年），古希腊大哲学家。塞内加（Lucius Annaeus Seneca，约公元前55—39年），古罗马修辞学家，对罗马帝国早期的文学发表了很有价值的见解。这里，这三位被讽刺地标榜为智慧的典范。

畸形，她那对大乳房像两个成熟到快要烂了的葫芦，她那张脸活像马屁股；她汗流浃背，浑身油腻，衣服上积满污垢，但“肮脏的小狗”可不在乎这些，像秃鹫扑向动物尸体那样向女佣扑去，他身后齐波拉神甫的房门敞开着，他的东西被扔得满地都是。虽然那是八月份，他却坐在炉灶旁边，开始与那位名叫努塔的姑娘聊起天来；他对她说，他是一位绅士的代理人，他的财产有几万个亿，这还不包括他施舍给别人（受他施舍的人很多）的钱，还对她说他什么都会做，什么都会说——嗨，他甚至能教天主一二呢！他完全忘记了他头上那条因为为全修道院修士们煎鱼而弄得油渍斑斑的头巾；他那件破烂的、打着补丁的紧身上衣，脖子周围和腋下布满了汗渍；他身上斑驳的丰富多彩的缝缀起来的各色布片，使人想起鞑靼人或印度人的被子；也不顾他那双破旧的鞋子和开了线的袜子，跟她讲起话来仿佛就是大财主潘赞德鲁姆本人。“我的意思是给你买一些体面的衣服，”他对她说，“把你好好打扮起来，把你带走，不再被人随心所欲地使唤干这种苦活；虽然你身无分文，我要让你看到发大财的美好前景。”他又讲了很多很多，而且讲得充满激情；但是，他这些话就像他跟其他女人讲的那些花言巧语一样，没有实质性内容，不能产生任何结果。

那两个青年发现“肥猪”正缠着那厨房女佣聊天，高兴极了，因为这样就完成了他们要做的事情的一半。他们进入齐波拉神甫的房间，没有任何人阻拦，因为门是开着的；他们要寻找、翻查的第一件东西就是装有那根羽毛的马褡裢。他们打开马褡裢，找到了一个用一块色彩鲜艳的绸子包裹着的小盒子，发现盒子里面有一根鹦鹉尾巴上的羽毛。他们断定这一定就是他许诺要给村民们看的那件圣物了。那个时候，神甫经常发现欺骗这些村民是很容易的，因为当时东方的使人变得软弱无力的奢侈品只是以很小的规模进入了托斯卡纳地区，不像后来开始大批涌入，损害了整个意大利的风气。如果说这样的东西在其他地方很少见，那么在世界的这一角落的居民们对这些东西闻所未闻。居民们仍然保持祖先们留下的质朴、诚实的传统，他们不仅没见过鹦鹉，甚至大多数人还从未听说过这种鸟类。这两个小伙子找到了那根羽毛后非常高兴；他们把它拿出来，为了不使盒子空着留在那里，他们从墙角拿了几块木炭放进盒子里。然后，他们把盒子盖好，再把一切都恢复原状，悄悄溜走，未被任何人发现。他们开始快乐地期待当齐波拉神甫发现盒子里是几块木炭而不是羽毛时，他会怎么说。

教堂里那些单纯的男男女女听说下午能看到加百利天使的羽毛，弥撒一结束就回家了。这消息在邻里中相互转告，那些爱传播流言蜚语的人更是积极，把消息传遍了全村。吃过午饭后，全村的男女老少会聚在村里的广场上，人太多，把广场挤得水泄不通，都迫不及待地要看那根羽毛。齐波拉神甫美美地吃了一顿午餐，饭后又睡了一会儿；刚过三点钟他就起来了，他听说一大群农民聚集在广场上要看那根羽毛，就派人去叫"肮脏的小狗"把他的马褡裢和手摇铃拿来。"肮脏的小狗"费了九牛二虎之力才告别努塔，离开厨房，带着主人要的东西步履艰难地、缓慢地走上城堡。他喝了一肚子水，肚子鼓鼓的，到达城堡时，已经上气不接下气了，然后奉齐波拉神甫之命，赶紧去教堂门口大声地摇铃。等人们都聚集到教堂门口后，齐波拉神甫开始布道，完全没有意识到他的东西已经被人摸弄过了，又讲了一大堆话，让大家相信他要出示的东西。展示加百利天使羽毛的时候到了，他首先做了一番虔诚的忏悔祈祷，然后让人点着两支蜡烛；他轻轻地打开那块绸子，撩起头巾，拿出那个小盒子；他讲了几句赞美和忠于加百利天使和那件圣物的话，然后打开了那个小盒子。当他看见小盒子里装的是几块木炭时，他并不怀疑是"鲸鱼"古齐奥搞的鬼，因为他知道古齐奥没有干这种事的机智；他也没有因为古齐奥未能阻止别人做手脚而责骂他；但是他暗暗地责骂自己明知古齐奥是个懒散、粗野、轻率、工作笨拙的家伙，却把东西托付给他看管。但他不动声色，眼望天空，举起双手，为了让大家都能听见，大声地说："啊，天主啊，愿您的力量永远受到赞美！"然后他关上那个小盒子，转身对会员们说：

"女士们，先生们，在我还年轻的时候，我被上司派到太阳升起的东方国家，我承担着一项特别调查任务：找到圣波尔克斯·霍斯比斯的封地，它们当初仅以一首歌的代价就被别人得到了，它们如今仍在给别人带来金钱，而不是给我们。所以，我出发了，我从威尼斯出发，步行经过马格尼亚大街，骑马穿过奈米西亚王国和弗雷西亚，来到卢蒂西亚，然后又经过一段忍饥挨饿的旅行，来到撒丁岛。可是，我何必要把从事此项调查经过的地方全部说出来呢？我穿过海峡，来到鲁昂地区的一个镇，因为我没丢失什么东西，所以我继续赶路，但我必须快走，逃出里昂地区。当我到达一个名叫博罗尼的镇子时，我发现我们许多修士和其他宗教界人士住在那里，都出于对天主的爱，在忙于逃避艰苦的工作；他们好逸恶劳，毫不关心他人的疾苦，只作对自己有利的事情，他们在全镇所流通的唯一钱币还是伪造的。我继续前行，来到了卡帕西亚国，那里的男男女女都穿着木底鞋爬山，他们把猪肉灌成香肠。我再往前走，离卡帕西亚国不远，遇到一些用酒桶运面包、用麻袋装葡萄酒的人。接着，我来到了巴斯克山区，那里的水实际上都往山下流。简言之，我走啊，走啊，走得很远，直到我来到朱砂海岸（那是樟属植物的发祥地）；在那里我看到——真的，我发誓，我凭着圣袍发誓——我看到农民们用犀鸟作钩刀，如果你们没有见过，你们永远也不会相信的。但是，如果我撒了谎，马索·德尔·萨乔不会放过我的。我在那里遇到了他，他在那里做一笔大生意，当时正在砸核桃，零售核桃壳。但因为我在那里找不到我要找的东西，又因为再往前走只是一片汪洋，我只好往回走，来到了圣地。在夏天，那里的面包烤得半生不熟的，不值多少钱，而刚从炉子里拿出来的热面包就更不值钱了。我在那儿见到了最令人尊敬的耶路撒冷大主教布莱莫伊斯帕斯·西沃普雷。他见我身穿圣安东尼袍，便出于对圣安东尼袍的尊敬，坚持让我看看他收藏的所有的圣物。他的圣物实在太多了，如果我给你们把所有的圣物都列出单子，那单子会从这儿延伸到天主才知道多远的地方去，但因为我不想让你们失望，我来给你们讲一讲其中的几件吧。

“他给我看的第一件圣物是圣灵的一根手指，跟它原初一样完好无损；接下来他让我看了曾在圣方济各面前显灵的云翼天使的一绺头发、知识天使的一个指甲、结满葡萄的冰雹之神身上的一根肋骨、圣母丘奇的内裤、出现在东方为东方大博士引路的那颗星星的几缕光线、一个装着圣迈克尔与魔鬼搏斗时淌下的汗水的小瓶、圣拉撒路死后头上的一块颚骨，等等。因为我把我的《罪恶之地的罪过》一书中几个精选章节撕下来，送给了他，这是他多年来求之不得的东西（他经常按该书所示进行手淫），所以他回赠我几件圣物：圣克罗斯的一颗牙齿、一小瓶所罗门圣殿的钟声、我已经说过的加百利天使的一根羽毛和第一位赤脚的加尔默罗会白衣修士扔出来的一只凉鞋，我不久前把这只凉鞋送给了一位虔诚的佛罗伦萨第三级教士，他做这类圣物贸易，而且生意兴旺。他还送给了我几块曾烧死有福的殉教士圣劳伦斯的木炭。所以这些东西我都虔诚地随身带回来了，今天我还把它们带到了这里。实际上，我的上司在他满意地鉴明它们都是真的之前，不允许我把它们拿给大家看；但是现在，多亏了这些圣物都显示了奇迹，而且我的上司收到了耶路撒冷大主教的来信，他相信了这些圣物都是真的，所以他允许我把它们拿给你们看。因为我不放心把这些圣物交给别人保管，所以总是随身带着它们。为了防止不小心弄坏了加百利天使的羽毛，我真的把它放在一个小盒子里，把烧死圣劳伦斯的几块木炭放在另一个小盒子里。但这两个盒子看上去非常相似，因此我经常弄错，现在我又弄错了：我以为带来了装着羽毛的那个盒子，可我带来的却是那个装着木炭的盒子。我认为，这不是什么错误：我真的完全相信这是天主的意愿，是他把装木炭的盒子放进了我手里，因为我刚刚想起再过两天就是圣劳伦斯节了。因此，既然天主让我用烧死圣劳伦斯的木炭来重新点燃你们心中对这位圣徒应有的虔诚，那么他让我带来的就不是我想带的那根羽毛，而是那被圣体的汗液浸灭了的几块木炭。所以，我幸运的孩子们，摘去你们的头巾，虔诚地靠近，来瞻仰它们吧。但首先，你们要知道，不管你们当中哪一位被这些木炭在身上画了十字，他在一年之内不会被火烧伤，即使有火烧身，他也不会感到疼痛的。”

他说完这番话后，吟诵了一首圣劳伦斯赞美诗，打开那个小盒子，向大家展示那几块木炭。这群愚蠢的会员敬畏地目瞪口呆地凝视了一会儿，然后都涌向齐波拉神甫，向他献上比以往更多的财物，人人都恳求他用木炭在他们身上画十字。于是，齐波拉神甫拿出木炭，在他们的白罩衫上、紧身衣上、和女人们的面纱上画上尽可能大的十字；他对他们说，因为画十字而消耗了的木炭，一放进盒子里就会长出来，这情况他已发现多次了。他在切尔塔尔多所有善良的居民身上画上了十字，他自己也捞到了很大好处；就这样他运用自己的机智，对那两个拿走他的羽毛，想要让他出丑的青年反守为攻，反败为胜。那两个青年也听了他的布道，也见识了他采取的狡猾的逃避手段。他们两人听了齐波拉神甫现场编造的漂亮谎言，见几乎没有人发现他是在信口胡诌，禁不住哈哈大笑，因为笑得太厉害了，几乎使上下颚都脱了臼。众人散去后，他们来到神甫跟前，一边大笑着一边告诉了神甫他们所干的事情。他们把那根羽毛还给了他，第二年，他用这根羽毛获得了跟他用那几块木炭所得到的同样多的收益。

大家听了这个故事，都认为它非常有趣，因此听得津津有味，特别是齐波拉神甫和他的朝圣漫游，他看到的和带回来的那些圣物都使他们乐不可支。女王意识到故事讲完了，她的任期也随之结束，于是站起身来，摘下王冠，微笑着将它戴到迪奥内奥头上。“迪奥内奥，”她对他说，“现在是你来尝试管理和领导女人的时候了。你来当国王吧，把我们的国政治理好，让我们能在你任期届满时以赞美的眼光回顾你的政绩。”

迪奥内奥戴着王冠，快乐地回答说："你们将会看到很多比我好的国王——我指的是棋盘上象牙制成的王。请你们听着，如果你们像服从真正的国王那样服从我，我会让你们享受到任何真正成功的聚会所能享受到的那种快乐。好吧，不说这些话了。我要用我所知道的最好办法来治理国政。"他也像往常一样叫来总管，把他在任期间总管要做的事情做了明确的安排，然后他说："在我们讲述的故事中，我们已经探讨了人类活动的全部领域，而且非常广泛地涉及了人生的各种机遇；如果不是我们可爱的莉齐斯卡刚才来这里介入一下，我恐怕很难想出一个新鲜的题目来；莉齐斯卡使我想出了我们明天讲故事的话题。你们听到，她说在她的邻居中没有一个姑娘出嫁时还是处女；她还说她非常了解已婚妇女们在丈夫背后欺骗丈夫时使用的种种诡计。抛开她的第一句话，那是孩子气的话，我认为以她的第二句话为话题讲故事会是很有趣的。所以，既然莉齐斯卡给了我们一个借口，我想我们明天讲故事的题目就是，讲述女人为了偷情或为了保护自己而欺骗丈夫时所使用的种种诡计，有的被发现了，有的尚未被发现。"

有的小姐认为这个题目对她们不合适，要求他换一个话题。可是国王回答她们说："小姐们，我对这个题目的熟悉程度跟你们一样，因此你们的请求不能阻止我坚持这个题目。请记住，在目前这个非常时候，无论男人还是女人，我们都在小心翼翼地过着无可指责的生活，这就允许我们在讲故事时不受约束。难道你们不知道，在这灾难时期，法官们已经抛弃了他们的法庭，宗教与世俗的法律皆已名存实亡，我们都被慷慨地允许只要能活下去怎么做都可以吗？所以，如果你们在谈话中稍有出格，只要不想真的去干那种丢脸的事情，仅仅是为了给自己和他人消遣解闷，我认为将来不会有人以似乎有理的理由来批评你讲了这个题目。再说，我们这些人从第一天起就沿着这条最严格的道德之路走了过来，而且我认为我们并没有因为我们说过的什么而损害了我们自己的美德。愿天主保佑，我们将来也不会。另外，请告诉我，有不承认你们美德的人吗？如果对死神的恐惧都不能败坏我们的美德，我认为它也不会因为一点儿轻松愉快的谈话而遭到玷污。我可以肯定地说，如果人们知道你们回避谈这类轻松愉快的话题，他们可能会认为你们拒绝谈这一话题，等于你们承认犯有这样的罪过。除此之外，我一直服从你们大家，如果你们推选我做国王，并委任我做制定法典者，然后又拒绝我指定的故事题目，那么你们要授予我什么样的尊贵呢？你们的这种反对意见只有那些心里有鬼的人才提得出来，本不应该是你们这些小姐们提出来的。所以，把这种顾虑放在一边，每人都去想出一个好故事吧。”他的这番高谈阔论说服了小姐们都按他的愿望去做，于是国王吩咐大家晚饭前随意活动，自寻快乐。

因为这一天他们讲故事的时间很短，天上的太阳仍然很高。所以，当迪奥内奥与其他男青年们坐下玩十五子游戏时，爱丽莎把小姐们叫到一边儿，对她们说：“自从我们到达这里，我就一直想领你们去附近的一个地方看看，我想你们谁也没去过那个地方；那个地方名叫女人谷，今天太阳还很高，我觉得这是个最好的机会，让我带你们去那儿看看吧。我相信你们一旦去了那里，就一定会为看到了那个地方而感到分外高兴的。”小姐们都表示愿意去，于是她们叫来一个女仆，就出发了，没有向那几个男青年透露一点消息。她们只走了一英里就到了女人谷。她们沿着一条非常狭窄的小路进入了峡谷，路边流淌着几条最清澈的小溪，她们发现这地方像人们想象的那样风光秀丽，令人心旷神怡，特别是在这大热天里让人感到格外舒服。后来她们当中一位小姐对我说，那块位于谷底的平地呈圆形，完全像是用圆规画出来的，但看上去非常自然，绝无人工雕琢的痕迹。它的周长有半英里多，周围有六座不高的小山，（她们看得见）每一座山顶上都建有一座具有美丽城堡风格的小房子。那些小山以许多圆形剧场的样子向谷底倾斜，形成弧形的台阶，从山顶到山脚，一级、一级依次缩小。朝南的山坡上长满了葡萄树、橄榄树、扁桃和樱桃树、无花果树和其他各种果树——没有一寸荒地。朝北的斜坡上长着茂密的笔直挺拔的橡树、白蜡树和其他草木。只有小姐们走的那条小路通往那块位于谷底的平地，那里长满了冷杉、柏树、月桂树和松树，排列得非常整齐、和谐，好像是一位最优秀的艺术家亲手栽种的。甚至在中午，阳光也几乎照射不进这片枝叶繁茂的树林，在享受到太阳光线的地方长着地毯一般细嫩的绿草，草地上盛开着紫罗兰和其他鲜花。

给了她们同样快乐的另一景象是一条似瀑布般从山岩上落下、流入将两座小山分开的冲谷中的小溪；听着溪水落在岩石上发出清脆悦耳的声音，真叫人心花怒放，从远处望去，那条小溪就像被挤出来的水银，泛着美丽的浪花。当那条小溪到达小小的谷底平地时，就被归入窄窄的河岸之间，快速地流向谷底平地中央，在那里聚成一个水塘，很像城里人有条件时在自己花园里修建的养鱼池。这个小水塘只有齐胸深，塘水清澈，由漂亮的圆卵石构成的塘底清晰可见——说真的，无事可干的人可以数得清楚每一块卵石。如果你往塘底看去，你不仅能看见塘底，还能看见许多游来游去的鱼儿，那真是一种乐趣呀，不，那简直就是一个奇迹。那水塘没有堤岸，塘水泼溅在谷底平地的青草上，青草因此而保持着它的芬芳与湿润。流出水塘的水流入另一条小溪，那小溪沿着它通向低处的河道流出山谷。

小姐们走进山谷，欣赏了全部美景，感到高兴极了；她们望着眼前清澈的水塘，当时天气极为闷热，就决定跳进水塘里洗个澡。她们这时不怕被人看见，吩咐那女仆站在她们走进山谷的那个路口，密切防备，如果有人来，就赶紧告诉她们。然后，她们七个小姐全脱光衣服跳入水塘，那清澈的水塘就像一个透明的玻璃花瓶掩藏一朵红色的玫瑰花那样掩藏了她们乳白色的躯体，实际上清楚可见。她们在水中四处游动，追赶着鱼儿，但并没有搅起任何沉积物；那些鱼儿因为小姐们伸着白光光的手要抓它们，无处躲藏，只好东奔西游。她们高兴地玩了一会儿捉鱼的游戏，还真的捉到了几条；然后爬出水塘穿上衣服，觉得到了该回去的时候了，就从容不迫地往回走去，一边走一边不断地赞美那个山谷，简直把它赞美到了天上去，她们觉得那山谷美得怎么夸赞都不过分。

当她们回到别墅时，时间还很早，那几个男青年像她们离开时一样还在那里玩十五子游戏。潘比妮亚一边哈哈大笑一边对他们说："今天我们真的捉弄了你们！"

"你说什么？"迪奥内奥大声说，"在我们讲女人欺骗丈夫的故事之前，你们就已经开始要花招欺骗我们男人了？"

"是呀，国王陛下，"潘比妮亚说，接着，她详细地告诉了这几个男青年刚才她们去哪儿了，那是个什么地方，离这儿有多远，她们在那儿玩什么了。

潘比妮亚对那个地方的描述和那个地方的秀美使国王产生了要去那里看看的愿望，于是他立刻命令开晚饭。大家都津津有味地吃完晚饭后，三个男青年告别了小姐们，带上仆人，直奔女人谷。在此之前，他们谁也没有见过这个山谷，在他们仔细看过之后，都说这地方是世界上最美丽的地方之一。他们也洗了个澡，穿上衣服，返回别墅，因为天色真的很晚了。回来后，他们见小姐们正在菲亚美塔的伴唱下合着拍子跳舞。跳完了舞，他们就和小姐们谈起女人谷来，热烈夸赞那里的美景。然后，国王把总管叫来，吩咐他明天早上把一切生活用品都摆放在女人谷，其中包括几张床，以备有人想在床上躺一躺或在那里睡个午觉。安排好后，他命令仆人点上灯，拿来葡萄酒和糖果，请大家享用，然后让每个人都来跳舞。潘菲洛奉国王之命，带头跳起舞来，同时迪奥内奥向爱丽莎转过身来，微笑着对她说："美丽的小姐，今天你向我表示敬意，使我成为国王；今天晚上我要回敬你，请你唱歌：你喜欢哪一支歌，就唱哪一支吧。"

"非常愿意，"爱丽莎说，于是就用悦耳的声调开始唱了：

爱神啊，如果我能逃脱你的魔爪，我就能

获得自由，
我认为任何男人都将永远
无法再将我俘获。

我年幼少女时，就进入了你的王国，
我解开剑扣，摘下头盔，
寻求和平与安宁。
啊，我为何信任自己的无知？
你用你巨大的力量将我压倒，
将我的心拖出我的胸膛。

我立刻成了俘虏，被铁链紧紧捆绑，
当我正因心痛而哭泣哀伤时，
你把我给了那个为了让我绝望而出生的人，
他将我紧紧管束，随意摆布，
他虽面善但却铁石心肠——
看见了吧，我以泪洗面日渐憔悴！

我的祈祷和叹息全被大风刮走，
我的话他一个字也听不进，
他装聋作哑不愿听我讲话。
活着是个负担而我却又惧怕坟墓，
啊，天主啊，怜悯我吧，把我恳求的东西给我吧：
爱神啊，让他服从我的安排吧。

爱神啊，难道你不愿意？那么给我这个恩惠吧：
我恳求你抹去希望之神的允诺，
把我从她符咒的控制下释放出来。

你会看到，我将不再叹息，
我的双颊又会鲜花绽放，我的双眼又会星光灿烂——
我可以预言这一切都会真正发生。

爱丽莎唱完了歌，发出一声十分心痛的叹息，大家都对她的歌词困惑不解，但谁也猜不出使她唱出这些歌词的那个人是谁。然而，国王此时兴致勃勃，派人把丁达罗叫来，让他为大家吹风笛，然后命令大家在笛声的陪伴下跳啊，跳啊，一直跳到深夜，这时他才让大家回各自的房间睡觉。

第七天

《十日谈》第六天到此结束，第七天由此开始；大家在迪奥内奥的主持下，讲述女人为了偷情或为了保护自己而欺骗丈夫时所使用的种种诡计，有的被发现了，有的尚未被发现的故事。

东边天空中的星星都已消失，只有我们熟知的金星① 还在渐增的黎明中闪耀。这时，总管起了床，带着大量的生活用品去了女人谷；他在这里按照国王的要求把一切准备好。他刚一动身，国王就起了床，他是被搬运东西的仆人和驮畜搅醒的。他一起床，就吩咐仆人把小姐们和那几个男青年全都叫醒。他们依次上路时，太阳刚刚露出地平线；他们似乎觉得夜莺和其他鸟儿从来也没有像今天早晨唱得这样欢快；鸟儿的歌声伴送着他们来到女人谷，在这里他们受到了更多的鸣鸟的欢迎，好像他们的到来引起了一阵爆发性的欢乐。他

①金星：此处指的是太白星。

们又游了一遍女人谷，又仔细观赏了一遍它的美景，他们觉得在今天早晨这一特殊时刻，女人谷处于最好状态，甚至显得比前一天更加美丽。他们早餐吃了各式各样精美的食物，喝了优质的葡萄酒，然后开始唱起歌来，因为他们不愿意被鸟儿胜过，于是整个山谷都与他们一起歌唱，山谷回荡着他们唱的每一支歌。至于鸟儿们，它们不甘示弱，唱出了它们自己与人和谐的新的甜美曲调。午饭时，国王吩咐把桌子摆放在水塘边的月桂树和其他美丽的树下，他们按照国王的吩咐入席，一边吃饭一边观赏着大群大群的鱼儿在水塘里游来游去，他们看着自由可爱的鱼儿，偶尔发表一番对鱼儿的评论。午饭吃完，桌椅撤去后，他们突然比先前更加起劲地唱起歌来，然后，奏起乐器，跳起了圆舞曲。在管家的精心安排下，山谷里各处摆好了床，每张床都配有印花装饰布床罩；任何想睡午觉的人都得到了国王的准许，去到床上休息，不愿睡觉的人可以像通常一样自由地寻找快乐。最后，大家起床、集合起来讲故事的时间到了；就在离他们吃午饭的地点不远，国王吩咐将地毯铺在紧靠水塘的草地上；他们在这里坐下来，国王命令艾米莉亚开头讲故事。她很高兴第一个讲，于是微笑着说：

故事 1

特莎的情人在特莎正与丈夫詹尼一起睡觉时敲门。特莎凭空想出一个办法，在毫不怀疑的丈夫的帮助下，巧妙地将情人打发走了。

国王陛下，我们今天故事的题目非常有趣，如果您高兴的话，我会非常高兴地让别人来开头讲这个题目的故事。但是，既然您旨意已下，让我来激发所有这些小姐们的灵感，那我就高兴地开这个头吧。亲爱的小姐们，我将尽力讲一个日后对你们有用的故事，因为也许你们都像我一样，容易受到惊吓，特别是容易受到鬼的惊吓。我不知道鬼是什么，只有天主知道，我也从未遇到一个知道鬼是什么的女人，但我们都同样怕鬼。今后如果有鬼来找你，那你就认真地听我的故事，你将能学会一段漂亮、神圣的祈祷词，你可以用它来把鬼赶走。

从前，在佛罗伦萨市的圣布兰卡奥区，曾住着一个名叫詹尼·洛泰林吉的人。他做羊毛生意，而且做得很成功，但他在其他方面却毫无能力可言；尽管他是一个粗笨的人，但他却经常负责管理圣玛利亚·诺维拉教堂的唱诗班，他的工作就是使他们规规矩矩，他也经常与他们一起演唱，因此他觉得自己真是个大人物。（实际上，这些差事之所以给了他，是因为他有钱，经常款待修士们一顿丰盛的饭菜。）修士们经常从他那里得到一些衣物——一件披肩的无袖外衣、一条头巾，或一双袜子——所以他们经常教他几篇便于使用的祈祷文，如《我们的天主在塔斯肯》《圣阿莱索颂》《圣贝尔纳多哀歌》《马蒂尔达夫人颂歌》① 和其他诸如此类的胡言乱语，可他却把这些东西精心地珍藏起来，以拯救自己的灵魂。

詹尼娶了个十分漂亮的妻子，名叫特莎（圣弗雷迪亚诺人曼努齐奥的女儿），是一个讨人喜欢的女人，而且机智聪明。因为她深知自己的丈夫头脑简单，于是就找了一个名叫费代里戈的相貌英俊、风流倜傥的小伙子做自己的情人，小伙子也很爱她。她丈夫在去往费耶索莱中途的卡麦拉塔建有一座漂亮的别墅，她总在那里度夏，詹尼有时来这里与她一起吃晚饭并过夜，第二天早上回到他的商店

①《马蒂尔达夫人颂歌》：为俗人编写的通俗祈祷文。

（偶尔回到他的唱诗班）。她和女仆商议出一个计划，安排小伙子来这里与她幽会。至于费代里戈，对于这个计划，简直是求之不得。于是，一天晚上他接到通知后，来到了别墅，詹尼不在那里。他与夫人一同用餐，然后从容地与夫人上床，一起享受到了巨大的快乐。那天夜里夫人躺在小伙子的怀抱里，教给了他六篇她丈夫的祈祷文。但是，特莎并不想让他们的第一次幽会成为最后一次，而是想有更多次，为了避免每一次都由女仆去通知他来，于是他们这样安排：费代里戈沿这条路再往前稍远一点儿也有他自己的一份地产，每一次他去那里和从那里返回路过夫人的别墅时，他要看一眼长在她房间旁边的那棵葡萄树，他会看见葡萄树的一根支柱上挂着一个驴头骨；如果他看见驴头骨的口鼻朝着佛罗伦萨方向，那天夜里他就可以放心地到夫人这里；如果他发现大门不是开着的，他就轻轻地敲三下，夫人就会来给他开门；但如果他看见那驴头骨的口鼻朝着费耶索莱方向，他就不能来，因为詹尼会在那里。他们用这个方法幽会了许多次。

但有一次，费代里戈按照暗号约定应该来与特莎共进晚餐，特莎特意煮了两只嫩的阉鸡，不料詹尼却在很晚的时候回来了。妻子感到非常不安，与丈夫一起吃了她另做的一份炖咸肉，而吩咐女仆把那两只煮好的阉鸡、好几个新鲜鸡蛋和一瓶好葡萄酒用一块白布包好，拿到果园里去——去那里不必经过住宅。她以前有好多次与费代里戈在那里吃晚饭，所以她吩咐女仆把那些东西都放在一小块草坪边上的桃树底下。但特莎因心烦意乱，忘记告诉女仆在那里等待费代里戈到来，把詹尼在这里的消息告诉他，让他自己享用放在果园里的那些东西。她和詹尼上床睡下，女仆也睡下不久，费代里戈来了，在前门轻轻敲了一下，詹尼听见了，因为他的卧室离前门很近。特莎也听见了，但假装睡熟了，以免引起詹尼的怀疑。

过了一会儿，费代里戈又敲了一次门。詹尼很吃惊，就推了他妻子一下："特莎，"他说，"你听见什么声音没有？好像有人在敲我们家的门。”

特莎听得比他清楚，假装刚刚醒过来的样子咕哝着说：“什么……什么……你说什么呀？”

“我说好像有人在敲我们家的门。”

“敲门？天啊，詹尼，你不知道那是什么吗？那是鬼！这几天夜里它把我吓坏了，我一听见这敲门声我就把头蒙在毯子底下，直到天亮才敢把头伸出来。”

然后，詹尼对妻子说：“如果那真是鬼，你也别害怕，因为我在上床前念了《台·卢契斯》[1]《因特梅拉塔》[2]和许多其他好祈祷文，而且我以圣父、圣子、圣灵的名义在床的四角画了十字，所以没有什么可怕的了，不论鬼的力量有多大，它也不能害我们了。”

特莎担心费代里戈可能会产生疑心并与她大吵大闹起来，因此决定最好起床，设法让费代里戈听得出詹尼在家，便对丈夫说：“好吧，你念你的祈祷文，但唯一能使我感到真正安全的是趁你在这里，我们得把鬼用符咒镇住。”

“怎么用符咒镇住它呢？”

“好啦，詹尼，”她说，“我知道这个符咒。前天我去费耶索莱的教堂求免罪符时，一个女修道士见我非常怕鬼，就教给了我一篇神圣而有效的祈祷文。天主知道，她非常圣洁。她对我说，她在出家做女修道士之前曾试过这篇祈祷文很多次，每一次它都非常灵验。但是，天知道，我一个人在家从来也没敢试过；但现在你在这里，让我们一起去用这符咒镇住那个鬼。”

詹尼表示愿意，于是他们起床，轻轻地来到门口。费代里戈虽然已心存疑惑但仍在门外等着。当她们到达门口时，特莎对丈夫说：

①《台·卢契斯》：这首颂歌有这样一个诗行：“愿夜鬼退去吧。”

②《因特梅拉塔》：一篇拉丁祈祷文，用以祛邪驱魔。

“当我让你吐唾沫时，你就吐。”

詹尼表示同意。

特莎开始念起了她的驱鬼祈祷文：“鬼怪，像猫一样徘徊的鬼怪：你翘着尾巴来，现在请你翘着尾巴去吧。快去果园里那棵大桃树底下，你会找到我煮熟的肥鸡和她为绅士们下的蛋。然后你拿起酒瓶，一饮而尽，酒足饭饱，快快滚蛋，不要伤害我和我的丈夫……快吐唾沫，詹尼。”詹尼吐了唾沫。

这一切费代里戈在门外都听到了；他尽管很沮丧，但他的嫉妒平息了，还差点笑出声来。詹尼吐唾沫时，他只不过咕哝着说：“把你的犬齿都吐出来吧。”夫人把这套胡言乱语连说了三遍，那个鬼果然被镇住了，她便与丈夫一起回床上睡觉去了。费代里戈本想与特莎一起吃晚饭，没有吃成，但他明白了夫人驱鬼祈祷文的意思，便去了果园里，在那棵大桃树底下找到了那两只阉鸡，还有葡萄酒和鸡蛋；他把这些东西带回家去，舒舒服服地吃了这顿晚饭。后来，当他与特莎一起享受快乐时，他们还为特莎的那个符咒十分开心。

有人说，那位夫人确实把那驴头骨口鼻朝向费耶索莱了，但有个农民经过那棵葡萄树时将他的棍子插进了那个驴头骨，使它在葡萄树支柱上旋转了一圈，结果使它面向了佛罗伦萨，因此，费代里戈把它当成了夫人召唤他去的暗号，就去了。所以，关于特莎的符咒还有另外一个说法，她是这样说的：

鬼怪，鬼怪，老天在上，你快快滚蛋。
并非我转动了那驴头骨的口鼻方向。
那是某个该天主惩罚的闲荡蠢人所为。
而我，此刻正与我的詹尼在家同床共枕。

费代里戈没吃成晚饭，赶紧溜走，他在野外待了整整一夜。但我有一个邻居，是一个年纪很大的老太太，她对我说，根据她还是个小女孩时听说的，这两种说法都对；但第二种说法与詹尼·洛泰林吉无关，而与一个名叫詹尼·迪·内洛的人有关，他住在波塔·圣彼耶特罗附近，是一个与詹尼·洛泰林吉完全一样的笨人。亲爱的小姐们，如果你们愿意，可以从这两篇祈祷文中选择一篇或者两篇都要。你们已从人们的经验中听到，这两篇祈祷文在这种情况下完全有效。把它们背下来吧：也许以后会用得上的。

故事2

佩罗内拉的丈夫提前归来，她把情人藏在酒桶里。丈夫带来了买酒桶的人，但佩罗内拉十分机智地骗过丈夫。

艾米莉亚的故事逗得大家开怀大笑，大家一致称赞，那两篇祈祷文真是既有效又神圣。她讲完故事后，国王命令菲洛斯特拉托接着讲故事，于是他这样开始了：

亲爱的小姐们，你们女人经常都是男人诡计的受害者，特别是已婚男人诡计的受害者，所以当你们听说一位妻子扭转局面，使用诡计欺骗丈夫时，你们不仅会因为有这种事情发生或从别人那里得知此类事情而感到高兴，而且也应该去宣传此类事情，这样男人们就会懂得：如果他们使用诡计欺骗女人，女人们也同样会使用诡计欺骗男人。这样做只能对你们有利，因为当一个男人知道，这是一种两个人都能玩的游戏时，他就会三思而后行。如果男人们听到了我们今天要就这个题目所讲的事情，懂得了你们女人如果想就完全能够像他们那样使用诡计，那么他们就完全可能抑制自己，不再肆无忌惮地欺骗你们了。会有人怀疑这一点吗？所以，我想给大家讲一个出身低微的年轻女人为挽救尴尬局面，不假思索地对丈夫做了什么。

不久以前，那不勒斯有一个穷人，娶了一个美丽迷人的年轻姑娘，名叫佩罗内拉。他们的生活不富裕——男的做泥瓦匠，女的在家纺线——他们尽最大努力使收支相抵。有一天，一个年轻的豪侠看见了佩罗内拉，发现她非常合自己的口味，于是就爱上了她。他用各种办法追求她，直到赢得了她的欢心。他们为幽会做出了这样一个安排：既然佩罗内拉的丈夫每天早上为了上工或找活儿干都起得很早，那小伙子就待在能看得见她丈夫离开家门的地方；因为他们居住的阿沃里奥街经常是很僻静的，很少有人走动，她丈夫一出门，小伙子就可以溜进屋去与那女人幽会。他们就这样幽会了很多次。

但有一天早上，那泥瓦匠刚一出门，詹内洛·斯克里尼阿里奥（这是那小伙子的名字）就走进屋与那女人欢聚；那泥瓦匠通常出了门整天都不回来的，可这天没过多大一会儿就回来了。他发现门是闩着的，就一边敲门，一边自言自语："啊，天主啊，我愿永远赞美你：虽然你使我生来就受穷，但你至少作为安慰，赐予了我一个善良、贤惠的妻子。你看，我一出去，她就闩上了门，这样没有人会进来骚扰她。"

佩罗内拉听出是她丈夫回来了，因为她熟知他的敲门声，就赶紧对詹内洛说："救命啊，亲爱的！现在我要没命了：那是我丈夫，该死的！我不知道他为什么这么早就回来了，平时这时候他从不回来。也许他发现你进来了。但是，不管那是怎么回事儿，看在天主的分上，你钻进这个大酒桶里躲躲吧，我要去开门让他进来。然后我们就会知道，他这么早回来要做什么。"

詹内洛赶紧跳进那个酒桶里，佩罗内拉去给丈夫开门。"你今天一大早就回来了，是怎么回事儿啊？"她皱着眉头问，"我看你把工具也带回来了，你今天是不打算干活儿了。如果你不干活儿，我们靠什么生活呀？我们拿什么去买面包啊？难道你要把我的裙子和一两件衣服都拿去当了，而我却要整日整夜不停地纺呀、织呀，一直到我的手指细得只剩下骨头，就是为了至少还有点钱买灯油吗？啊，我的丈夫，丈夫！街坊四邻的女人们都斜眼看着我，在我背后窃笑，就因为我不停地干活儿。而你本应该出去干活儿，却回到家里无所事事。”说完，她突然大哭起来，接着说：“啊，我多么可怜啊！啊，我不幸的星辰，我出生在多么糟糕的征兆下面！我本可以嫁给一个优秀的年轻人，但我却拒绝了他，嫁给这个从来不为自己娶回家的女人着想的人！别的女人都与情人寻欢作乐——她们都有两三个情人，牵着丈夫的鼻子走，过得非常快活。而我有多么可怜啊，我是一个善良的女人，不喜欢那种事情，可我一无所有，只有厄运。我不知道我为什么不像别的女人那样也给自己找个情人。我的丈夫，这一点你必须明白：如果我存心走邪路，我就会毫不费事地找个情人——有很多漂亮的小伙子爱上了我。他们给我钱，给我很多钱，或者给我衣服或珠宝，但我从未容忍过他们，因为我不是出身于那种家庭。可你在应该干活儿的时候倒回家来了！”

“得啦，我的妻子，”她丈夫说，“别这样生气了。请相信我，我知道你是什么样的女人，今天早上我已经看出来了。我的确是出去找活儿干了，你似乎不知道，我也不知道，今天是圣加莱奥内节，不是工作日，因此我这么早就回来了。但我已经为我们家提供了生计，找到了一个为我们买一个多月面包的办法。你看见了跟我来的这个人，我把那个大酒桶卖给他了，你知道那个大酒桶这么长时间一直在家里挺碍事的。他打算给我五个法郎，买这个酒桶。”

“嗨，”佩罗内拉说，“那只能使我更生气了！你是个在外面东奔西走的男子汉，你应该有鉴别力。你把一个酒桶只卖了五法郎，而我，一个瘦长的足不出户的女人，也注意到那酒桶在家里挺占地方的，我把它以七个法郎的价格卖给了一个老实人。你还在回家路上的时候，他就到了，并钻进酒桶里查看它是否完好无损。”

丈夫听了这话十分高兴，对跟他来买酒桶的那个人说：“喂，我的朋友，你听到了我妻子说把它卖了七个法郎，而你只想给五个法朗，那么只好请你走吧。”

那个人耸耸肩，走了。

“既然你回来了，”佩罗内拉对丈夫说，“你过来和他谈谈卖这个大酒桶的事儿吧。”

詹内洛一直在竖着耳朵听，以防他担心或提防的事情发生。他听了佩罗内拉对她丈夫说的话，立刻从酒桶里跳了出来，好像不知道她丈夫回来了似的，大声喊叫：“夫人，你在哪儿呀？”

“我在这儿，”丈夫走了过来说，“我能帮你忙吗？”

“你是谁？我要找的是那位要卖给我酒桶的夫人。”

“好吧，你可以跟我谈，我是她的丈夫。”

“我看这桶还是完好无损的，”詹内洛说，“但好像你们一直在用它装酒糟，因为桶壁上完全盖了一层天知道是什么东西，那东西干结在桶壁上，我用指甲都刮不掉。如果你们不先把它清理干净，我就不要了。”

“别不要啊，”佩罗内拉说，“这买卖不能因为那点事儿就吹呀，我丈夫会把它清理干净的。”

“我当然会把它清理干净的，”她丈夫说，说完就放下手中的工具，脱下衬衫。他让妻子点着一盏灯，拿着一把刮刀，爬进酒桶里，开始刮起来。同时，佩罗内拉将头、一条胳膊和一侧肩膀从桶顶探进去，那桶口很小，让她堵了个严严实实，好像她要看看她丈夫怎样刮似的。“刮这儿，”她不停地说，“还有这儿……还有这儿……瞧，这儿有一小块儿你没刮到。”

那天早上，詹内洛在她丈夫回家之前玩得没有完全尽兴，发现佩罗内拉指点她丈夫干活儿的这个姿势可以利用，就想以此补偿一下。于是他趁她捂住桶口的时候，扑到那女人身上，采用人们经常在帕提亚辽阔草原上见到的发情期脱缰的雄马趴到母马身上的姿势，放纵了他那青春的欲望。几乎是同时，詹内洛达到了高潮，那女人的丈夫也在酒桶里完成了最后一刮，他将身子退后，佩罗内拉把头缩回来，她丈夫从酒桶里爬出来。

然后，佩罗内拉对詹内洛说：“我的朋友，拿着这盏灯，看看这桶是不是像你要求的那样干净了。”詹内洛朝酒桶里看了一眼，说酒桶很令人满意，而且他本人也的确很满意。他付给她丈夫七个法朗，然后找了个人把酒桶给他搬回家去。

故事3

里纳尔多神甫正与情人做爱时被捉住。他们两人一起设法说服她的丈夫，使他相信他受了神甫很大的恩惠。

菲洛斯特拉托未能足够隐晦地提及帕提亚母马以瞒过小姐们，再说她们都非常聪明，一边听一边禁不住抿着嘴轻声地笑，而且假装是别的事情逗得她们发笑。国王见他已讲完了故事，就吩咐爱丽莎讲故事，爱丽莎遵命，开始了下面这番话：

艾米莉亚的鬼和镇鬼的符咒使我想起了另外一个与令人畏惧的东西有关的故事。这个故事没有她那个故事好听，但因我实在想不出别的符合今天话题的故事来，我就马马虎虎地讲这个故事吧。

你们一定知道，从前在锡耶纳有一个贵族出身的年轻豪侠，名叫里纳尔多。他疯狂地爱上了本地一个名叫安涅莎的非常美丽的女人；她是里纳尔多的邻居，一位有钱人的妻子。他心想，如果他能找到机会和她说上话，又不引起怀疑，他就可能使她满足自己的心愿。但他一直想不出办法来，直到那女人怀了孕他才想出一个主意：当那婴儿的教父。于是，他先和她丈夫交上了朋友，然后以最无懈可击的方式说出了自己的打算，得到了她丈夫的同意。一旦当上了安涅莎孩子的教父，有了与她交谈的更好借口，里纳尔多就大胆地把自己的心愿对她说了，事实上，他的眼睛早就十分清楚地向她传递了爱她的信息。虽然她很愿意地听完了他的表白，但里纳尔多并未实现愿望。

在这之后不久，里纳尔多不知什么原因成了一名神甫，不论他从这个职业得到了什么样的快乐，他一直坚持做下去。他刚开始当神甫时，不得不把对那位夫人的爱和其他俗念都放在一边。事实上随着时间的消逝，他虽然身披圣袍，但又重新开始了对那位夫人的爱和对世俗享乐的追求，他以穿戴华丽、外表潇洒、充当豪侠、编写歌谣、歌曲和十四行诗、唱小夜曲等等为乐。

我说里纳尔多神甫追求这些世俗享乐吧？可事实上，没有一个神甫不追求的！唉，这腐败的世界真是无耻至极呀！神甫们看上去个个体态丰满、面色红润，穿着柔软花哨的圣袍，散发出他们娇生惯养的气息，他们一点都不感到羞耻。他们像鸽子吗？不，他们走路像大摇大摆的公鸡，露出肚子，竖起冠毛。可是还有更糟糕的呢：他们的房间里塞满了一罐罐软膏和油膏、一箱箱各种糖果、一小瓶一小瓶芬芳的玫瑰油和其他油类、一大瓶一大瓶浓烈的葡萄酒和其他葡萄酒。这是神甫的房间吗？它们看上去更像一家药剂师的药店或一家香料商的店铺！如果人们发现他们患了痛风，他们甚至丝毫不感到惭愧。他们以为没有人知道，实际上，斋戒的生活方式、简单和少量的饮食、清心寡欲的生活习惯会使人消瘦、健康。此外，即使斋戒的确证明有害于健康，但痛风却是一种斋戒不会造成的疾病。治疗痛风的通常方法是简朴和其他一切标志着神甫俭朴生活的做法。一种贫乏的生活，加上长久的斋戒前夜、频繁的祈祷和苦修，只会使一个人看上去苍白憔悴，但他们以为修道院外面的人不知道这一点。他们忘记了圣明我会和圣方济各并不是每人身着四件长袍，而是只穿着仅能御寒的衣服，也不是为了会看上去漂亮；他们的长袍不是用有钱人的染色羊毛布料做的，而是用本色的粗毛织物做的。愿天主像他只按生活需要供给那些照顾神甫们的老百姓那样，供给神甫们吧。

里纳尔多神甫又恢复了先前的欲望，经常去看他教子的母亲，越来越大胆地恳求那夫人满足他的愿望。那漂亮夫人觉得自己被他逼得非常窘迫，但也发现她的求爱者比以前更有吸引力了，有一天当他特别纠缠不休时，她采取了有意满足男人要求的一般女人使用的手段："喂，里纳尔多神甫，"她说，"修道士也干这种事儿吗？"

"啊，"里纳尔多神甫回答说，"等我脱下这件圣袍，这是最轻而易举的事，您将看到一个与任何其他男人无异的男人，而不是一个修道士。"

她听了咧嘴一笑，又说："啊，天哪！那种事儿绝对不能做的，我毕竟是你教子的母亲！那是大错特错的，所以，我经常听人们说那是一件大罪。如果不是因为那种关系，我肯定会听候你的吩咐。"

"如果您顾虑那个，那您就太傻了。我并不是说这不是罪过，但天主原谅、宽恕一个忏悔者所犯下的更大过失。不管怎样，请告诉我：我为您的孩子施了洗礼，您丈夫是您孩子的父亲，我和您丈夫谁与孩子的关系最亲近呢？"

"我丈夫最亲近。"

"完全正确。您丈夫与您一起睡觉吗？"

"当然！"

"说得好，那么，"神甫大声说，"我没有您丈夫与您儿子那样亲近，所以我就跟您丈夫一样可以和您睡觉。"

安涅莎没有哲学的基础训练，而且她不需要进一步的说服，所以她相信了神甫的话（或者假装相信）并说："谁能对抗得了像您这么高超的智慧呢？"于是立刻投降，不再顾虑关系远近了。这只是第一次。孩子在他们之间构成的纽带给他们提供了无数次相互陪伴、共享快乐的机会。

但有一次，里纳尔多神甫来看望夫人，家里除了他的情人和她的小女仆外再没有别人。那小女仆长得非常漂亮可爱，神甫让她上楼，与他同来的伙伴待在她的阁楼里，他的伙伴教那小女仆念祈祷文《我们的天主》。同时，他走进他情人的卧室。她手中抱着孩子，夫人的丈夫回来了，谁也没有发现他，此时他站在卧室门口，叫他夫人开门。

"这一下我要受惩罚了，"安涅莎说，"那是我丈夫。这一次他就会明白了，我们所有的相会都真正是为了什么。"

里纳尔多神甫仍穿着他的黑色长袍，但已脱去头巾和无袖外衣。"您说得对。如果我穿戴整齐，我们还可能找到摆脱这种困境的办法，但如果您打开房门，他发现我这个样子，我们就将被当场捉住了。"

突然，安涅莎想出一个主意。"快穿好衣服，"她说，"然后抱着你的教子，仔细听我对丈夫说的话。你的话必须与我的话相吻合。其余的事就由我来对付吧。"

她丈夫的敲门声刚一停下，安涅莎说："我这就来了。"她站起身，来到门口，给丈夫打开门，看上去非常镇定。"里纳尔多神甫在这儿，"她说，"听我跟你说，他来得正好。如果他没来，我们的孩子今天肯定就没命了。"她的丈夫，一个老傻瓜，听了她的话，几乎晕过去。"你说什么？"他大叫。

"哎呀，亲爱的，"她说，"刚才我们的儿子突然昏了过去，我以为他死了，我不知道如何是好；正在这时，他的教父里纳尔多神甫来了，抱起孩子说：'孩子肚子里有虫子。这些虫子正向他的心脏爬去，会置孩子于死地的。但不要害怕，我将用咒语把它们全部杀死，在我离开之前你们会发现你们的小伙子像以前一样健壮。'我们本需要你在这儿念几篇祈祷文，可是那女仆找不到你，所以他让他的伙伴和女仆到阁楼上去念了，同时神甫和我来到这里。因为只有孩子的母亲才能在这样的事情上协助一下神甫，而且我们不能被打搅，所以我们锁上了门。里纳尔多神甫还正抱着他；我想他正等待着他的伙伴念完祈祷文，然后救孩子的事情就做完了，因为孩子已经完全恢复知觉了。”

那愚蠢的人完全相信了妻子的这番话，因为他非常关心自己的儿子，他从未想过他妻子会欺骗他，所以他深深地叹了一口气说：“我想要看看孩子。”

“你不能看，”他妻子说，“那样你只会破坏了咒语的法力。你等一下，我去看看你是否可以进去，我再来叫你。”

里纳尔多神甫一边听着他们的谈话，一边从容不迫地把衣服穿好了。他把孩子抱在怀里，朝外面喊：“喂，我听见外面有个人，是这孩子的父亲吗？”

“是的，是我。”

“那好吧，请进来吧。”里纳尔多神甫说。他走进卧室，里纳尔多神甫接着说：“你可以抱着你的儿子。他的病已经治好了，感谢天主，但是刚才我还以为今天晚上你见不到他了。请做一个跟原物一般大小的蜡像来赞美天主，把它放在圣安布罗斯的神像前，天主就是通过他的功劳赐予了你这份恩惠。”

像一般年幼孩子一样，那孩子见到了自己的父亲，赶紧跑过去，高兴地拥抱父亲。父亲把孩子抱起来，为孩子哭泣着，好像他是刚从坟墓里抢回来的似的，把孩子全身上下吻了个遍，一再感谢神甫治好了他儿子的病。同时，里纳尔多神甫的伙伴教给那女仆念祈祷文《我们的天主》，教了她四遍，他还把一个修女给他的一个白色亚麻布钱包当成礼物送给了那女仆，使那女仆完全顺从了他。当他听见那傻子在卧室门口喊他妻子时，他悄悄地溜下来，躲在一个什么都能看见、听见的地方。他见所有事情都结果圆满，就直接从楼上走下来，进入卧室说：“里纳尔多神甫，我把你教给我说的四篇祈祷文全都念完了。”

“兄弟，”里纳尔多说，“干得好。你把四篇祈祷文全都念完了，我很高兴。我们的朋友回来时，我才念完两篇，但多亏了你和我的努力，善良的天主赐予了我们恩惠，帮我们治好了这孩子的病。”

那愚蠢的丈夫吩咐仆人拿来精美的葡萄酒和点心，招待他儿子的教父及其同伴，一再请他们最想吃什么就吃什么，以恢复他们的体力。然后把他们送到门外，祝他们一路平安，然后立刻请人，做了一个蜡像，与其他还愿的塑像一起摆放在圣安布罗斯① 的神像前（是来自西耶纳的多明我会的圣安布罗斯，不是米兰的圣安布罗斯）。

故事 4

蠢人托法诺将妻子关在屋子外面；后来妻子设计使他为那一做法后悔不迭。

国王听爱丽莎的故事讲完了，立刻转过身来对劳雷塔说，希望她接下去讲故事，劳雷塔立刻这样开始了她的故事：

啊，爱神具有多么伟大的力量、多么丰富的妙计、多么惊人的机智！任何一位艺术家、任何一位哲学家在智慧上都比不上爱神的非常机智的追随者！我们的故事已经证明，与爱神的追随者相比，任何人都是蠢笨的。我再给大家补充一个故事，讲一个普通女人所运用的一条妙计。如果不是爱神，谁会让她想出如此妙计呢？

从前，在阿雷佐有个名叫托法诺的有钱人。他娶了个非常美丽的女人为妻，名叫吉塔，婚后不久，他无缘无故地、疯狂地嫉妒起妻子来。妻子发现这一情况后非常生气，几次问他为什么嫉妒。但是，

---

①圣安布罗斯：不是教皇和赞美诗作者，而是当地中世纪的圣安布罗斯·桑西多尼（1220—1286 年）。

托法诺的借口总是那些站不住脚的说法，因此吉塔决定，既然他如此怀疑她行为不轨，她不妨就给他一个嫉妒的理由。

她早就注意到一位举止文雅的年轻人，觉得这位年轻人颇为自己神魂颠倒，于是她心照不宣地接受了他的主动表示。事情进展得很快，到了将爱的言辞转为行动的时候了，那位夫人也在想办法如何实现爱的行动。她发现丈夫的缺点之一就是嗜酒，于是她不仅开始赞许他这个特点，而且设法怂恿他喝酒，当他喝得很上瘾的时候，她就能随时让他醉得不省人事。当她看丈夫喝得烂醉如泥时，就扶他上床睡觉，然后自己安全地去与情人幽会，这成了一个习惯性行为。她逐渐对丈夫酒醉放心到这种程度，经常把情人领到自己家里来寻欢作乐，也偶尔在情人家里与情人一起睡上大半夜再回来，情人家就在她家附近。

当这位夫人与情人如此肆无忌惮地为所欲为时，她不幸的丈夫终于察觉:妻子总是怂恿他喝酒,她自己却滴酒不沾。“这里面有鬼，”他心里想：“难道她会把我灌醉，在我睡觉时出去做不规矩的事情？”他要查清楚情况是否如此。于是，有一天他一口酒没喝，却在黄昏时分装成酩酊大醉的样子回到家里来。妻子相信自己的眼睛，认为不需要再灌他了,就直接扶他睡觉去了。然后她像往常一样,走出家门,在情人家里睡到半夜。

托法诺在家里听不到妻子的声音，便起了床，去把房门锁上，然后站在窗前等候，窥视她什么时候回来，并要告诉她，他已经明白了她的诡计。她终于回来了，但发现自己被锁在门外，非常生气。她试着用力把门撞开。托法诺在等待时机，然后说：“别把你自己累坏了，我的女人，你别想进来了。回到你刚才来的那地方去吧，别弄错了，直到你在你的家人和邻居们面前光彩一番之后，你再进来吧。”

吉塔恳求他看在天主的面上让她进去，说她并不是去了他以为她去的地方,她一直在和同街的一位女友待在一起。“夜很长,”她说，“我不能整夜都睡觉，或者一个人待在家里不睡觉等到天亮。”但她的请求是徒劳的，因为这畜生想让全城的人都知道他们的耻辱，但它此时还是个秘密。

吉塔见自己的恳求无效，便试着威胁他：“如果你还不开门，我发誓我要叫你成为活着的最后悔的人。”

“你能怎么样？”

爱神使吉塔的智慧变得更加敏锐，她说：“与其忍受你非常不公正地让我忍受的侮辱，不如我跳井自尽了。当人们发现我死了时，都会认为是你喝醉了酒，把我扔到井里淹死的。你将不得不抛弃家产、背井离乡、流亡在外，或者因为你谋杀了我，你的头被砍了下来，这就是你最后的结局。”

这些话反而使托法诺更加愚蠢地坚持自己的想法，于是他妻子说：“好吧，就那样吧，我也不多说了！我把纺纱杆放在这儿，替我收起来，愿天主宽恕你！”说完，她向井边走去。那天夜色很黑，伸手不见五指，她搬起井边的一块大石头，大喊一声：“天主宽恕我吧！”然后就把那块大石头扑通一声扔到井里。

托法诺听见了那声音，完全相信妻子投井自杀了。他急忙拿起水桶和绳子，冲出房门去救她。同时，那位夫人躲在房门旁边，见丈夫冲向井边，就立刻溜进屋里；她把自己锁在屋内，来到窗前，对丈夫说：“在你喝酒的时候往酒里掺些水，那个时间最合适，不要等到夜里才想起往酒里掺水。”

听了她的话，托法诺知道自己受骗了。他回到门口，发现门被锁上了，就吩咐妻子给自己开门。

“你这个令人厌恶的酒鬼要是今天夜里进了屋，我就不是人。”她大声说，不再压低自己的嗓门，“我再也忍受不了你这酒鬼了。到了让大家都知道你是什么样的人、夜里什么时候回家的了。”

这些话刺痛了托法诺，他开始回骂起妻子来。邻居们听见吵闹声，男男女女都来到自己的窗口前，问发生了什么事儿。

吉塔一边呜咽着一边解释说：“就是这个坏蛋丈夫：他每天在外

边转悠到天黑才回家，或者死在酒馆里，到了夜里这个时候才回家。我忍受他这种行为很久了，劝了他多少次，但他仍然我行我素，我再也忍受不下去了。所以，我别无选择，只好把他锁在门外，让他出出丑。我希望今夜能帮助他改掉坏毛病。”

这可把托法诺逼疯了。他把真正发生的事情讲给大家听，并对妻子说出了各种威胁的话语。

吉塔对邻居们说：“现在你们都看清了他是什么样的人了吧！如果相反，我在大街上，他在屋子里，你们会怎么说呢？我完全相信，你们可能会接受他的说法。因此我问你们，他是一个什么样的傻瓜？依我看，他是用他自己干的错事来指责我。他以为他把什么东西扔到井里就能吓住我。我请求天主，让他自己跳进井里浸没在水中，那样他就肯定会用井水把他喝进肚子里的酒冲淡一些！”

邻居们和他们的妻子们都谴责托法诺，蔑视他对妻子的指责。这件事马上传开了，很快就传回到了吉塔家人的耳朵里。他们赶来，听了邻居们的话。抓住托法诺，把他狠狠地揍了一顿。然后，他们走进屋子里，把吉塔的东西收拾起来，把她带回娘家去，临走时又威胁托法诺说以后还要让他尝尝更大的苦头。

托法诺见自己处境这么悲惨，明白那是他的嫉妒造成的。因为他还深爱自己的妻子，通过一些朋友们的斡旋，他设法说服了妻子回来，与他和好，并向妻子保证他永远不再嫉妒了。实际上，他让她随心所欲，只要别让他看见或知道。他像一只傻乎乎的呆头鹅，先是被揍一顿，然后又与妻子制定了休战协定。因此为爱神山呼万岁吧：爱神万岁！爱神万岁！爱神万万岁！打倒吝啬鬼、小气鬼、坏脾气的人！——那对我们也适用！

故事5

一位本不该嫉妒的丈夫为了发现妻子的错误，化装成神甫听自己妻子的忏悔。他的计谋反使他自食其果。

劳蕾塔讲完了故事，大家都一致认为妻子做得对，说她丈夫应该受到那样的对待。然后，国王丝毫不浪费时间，朝菲亚美塔转过身来，谦和地请她接着讲故事，她是这样开始的：

上一个故事使我也想讲一个类似的、关于嫉妒的丈夫的故事，因为我认为，不论何时只要男人们无缘无故地嫉妒，他们的妻子就应该那样对待他们，这样只会有好处。如果立法者考虑到了所有情况，我认为他们应该在这一点上建立一种与对女人同样的惩罚，用以惩治那种为了自我保护而伤害妻子的男人：嫉妒的男人是对年轻女人生命的威胁，他们简直是在孜孜不倦地置他们的妻子于死地。女人们，整个一个星期都被关在家里，做家务活、照顾家人，像其他人一样，她们也想在礼拜天过得快乐；她们也想在那天像农民、城里的工匠、法庭上的法官们一样，安静地休息一下，有机会出去玩一玩，因为天主规定，他们应该在劳累了六天之后的第七天休息，而且因为教规和民法也要求为了尊重天主和公众的利益，将工作日和休息日区分开。但是，这是那些嫉妒的男人们所不允许的，非但不允许，在那些所有其他女人们都感到快乐幸福的节日里，男人们把妻子看得比以往更紧，把她们严严地关在家里，尽可能地使这些女人郁闷和痛苦；只有那些可怜的、亲身经历过这种生活的妻子们才知道这种生活是多么残酷地毁灭精神。所以，我说过，一个妻子对无端嫉妒的丈夫所做的任何事情都不应该受到谴责，而应该受到赞扬。

从前，里米尼有一个商人，钱财无数，是当地的巨富。他娶了一个美丽迷人的妻子，但非常嫉妒她。他并没有理由嫉妒妻子，只因为他非常爱她，认为她美极了，知道她想方设法让他快乐，所以，他就想到别的男人也一定爱她，觉得她令人陶醉，她也会同样竭力地去让别的男人心满意足。这种想法只能进入那种无情的、鲁莽的人的脑子里。这就是他的占有欲，他严密地看着她，甚至比狱卒看守死刑犯还要严密。他妻子不得走出家门半步，更不用说参加婚礼、聚会或去教堂；甚至她都不敢在窗口露面，不得以任何借口让任何人在家门外面看见她。所以，她的生活真是痛苦极了，她在这些限制下感到特别伤心，因为她认为这些限制是完全不正当的。

她清楚地知道自己在丈夫的手里痛苦地忍受着不公平的对待，于是就有了一个想法，为了自己的满足，如果可能，她要找到某种办法证明她丈夫那样对待自己是不合理的。她不能走近窗口，所以没有机会向一些过路的深情求爱者表示自己的心意。但是，她知道邻院里住着一位英俊潇洒的青年，于是就想通过两座房子共用墙上的某个裂缝不断地朝邻居房内窥视，直到看见他的眼睛，能与他交谈；如果可能的话，她就向他表示自己对他的爱；如果他接受她的爱，再想办法与他偶尔幽会。这样，她也许能继续忍受她那不幸的生活，直到她丈夫把那化脓的嫉妒从他的体内清除出去。于是，当她丈夫不在家时，她就探查墙上的每一个角落，终于在房子的一个隐蔽处发现了一条裂缝。她虽然不能通过那条裂缝清楚地看到一切，但她发现那裂缝正对着一间卧室。“如果那是菲利普的卧室，”她心想（菲利普是那青年的名字），“我的心愿就实现一半了。”她有一个同情她的女仆，她让那女仆小心谨慎地透过那裂缝窥探，结果她发现那青年就在那间卧室里睡觉，而且独自一人。于是，她经常在裂缝处窥视，每当她听到菲利普在房间里，她就往那边扔鹅卵石和树枝，直到吸引了他的注意，他走过来查看情况。她轻轻地叫他，那青年听出了她的声音便回应了她，然后，她赶紧利用这一机会简要地向他说明了自己的心意。菲利普听了，高兴极了，想办法从他这边把墙洞弄得大一些，但做得十分隐蔽，别人不会轻易发现。他们经常在这儿相会，说说话、拉拉手，但他们无法使爱情再前进一步，因为那嫉妒的丈夫看得很严。

圣诞节就要到了，那位夫人请求丈夫允许她像其他基督徒们那样，去教堂做忏悔，领圣餐。“啊！”她丈夫说，“你有什么罪过要去忏悔啊？”

“什么罪过？你以为你整天把我严严地关在家里，我就是圣人了？你完全清楚，我像其他任何活着的人一样犯下了罪过。但我不想告诉你，你不是神甫。”

这些话引起了丈夫的怀疑，他决定一定要弄清楚她犯下了什么罪过。他想好了实现这一目的的办法，便告诉她，她可以去教堂，但坚决要求她必须去他们家专去的教堂，那天早晨她的第一件事就是去教堂，她必须向专门负责他们家圣事的神甫本人忏悔，或者向那位神甫指定的某一位神甫忏悔，但不许向别的神甫忏悔；然后，她必须马上回家。那位夫人大半明白了丈夫这些命令背后的用心，但答应一定照他的要求去做，没再表示任何别的想法。

圣诞节的那天早晨，夫人天一亮就起了床，梳洗打扮，然后去了她丈夫指定的那个教堂。同时，那嫉妒的丈夫也起了床，去了同一个教堂，但他比妻子先到。他已经与那神甫做好了安排：他迅速地穿上一件神甫穿的圣袍，戴上一顶神甫戴的宽大的帽子；他把帽子往下拉一拉，遮住他的前额，然后坐进唱诗班的座椅里。夫人到了，求见丈夫指定的那位神甫。那神甫朝她走来，听说她要做忏悔，就对她说他不能亲自听她的忏悔，但愿意派他的一个同事听她忏悔。那神甫走了，打发那嫉妒的丈夫来迎接他自己的厄运。他看上去道貌岸然地朝她走过来，但尽管天还没大亮，他把帽子拉得很低，遮住了他的眼睛，但他妻子很容易就看穿了他的伪装。“感谢天主，”她在心里对自己说，“这个嫉妒的家伙变成了神甫。很好，我会让他知道他想知道的事情的。”于是，她假装没认出他来，坐在他的脚下。那嫉妒的丈夫往嘴里放进几块小鹅卵石，来影响他说话，目的是以此来防止他妻子根据他的声音认出他来，他以为他伪装得很好，他妻子绝对不会认出他来。她开始忏悔了，除了其他事情之外，她还讲到她是一个结了婚的女人，但她与一位神甫相爱，他每天晚上都来和她睡觉。

她丈夫听到这话，感到自己的心被刺进一刀，如果不是急着要听到更多的详情，他真会抛弃忏悔室，离开教堂。于是，他克制了自己，说：“这是怎么回事？难道您丈夫不跟您睡在一起吗？”

“他当然跟我睡在一起。”

“那么，那神甫如何设法也与您睡在一起呢？”

“我也不知道那神甫如何与我睡在一起的，”她说，“但是，我家里的房门，无论锁得怎样紧，只要他用手一碰，门就开了。他对我说，当他来到我的卧室门口时，开门前，他先念几句咒语，那咒语非常灵验，使我丈夫立刻呼呼大睡；当他听见我丈夫睡熟时，他就打开门，走进卧室，和我睡在一起。他从未出过差错。”

“夫人，这样做是非常错误的，您必须完全停止与那神甫的关系。”

“神甫，我认为我永远也做不到。我非常爱他。”

“那么，我将不能赦免您的罪孽了。”

“我感到很难过，”她说，“我不是来跟您说谎的。如果我认为我能做到，我会告诉您的。”

“啊，哎呀！听您那么说我感到非常遗憾：如果您继续这样做，您是在走向毁灭。但我告诉您我将怎样来帮助您：我将代您向天主做特殊的祈祷。虽然做祈祷会很艰苦，但这样做会拯救您。我将经常派一个小教士去您那里，请告诉他我的祈祷对您是否有帮助。如果有帮助，我们就接着做下一步祈祷。”

“不，神甫，不要往我家里派任何人。如果我丈夫发现了，他是个嫉妒心非常重的人，他会坚决认为那小教士一定是来干坏事儿的，他就会没完没了地跟我争吵下去。”

“您别担心。我会非常谨慎地办这件事儿，您永远也不会听您丈夫嘀咕一句的。”

“很好，”夫人说，“如果您确信您能把这件事安排好的话，那您就那样安排吧。”她做完了忏悔，受了补赎，站起身来，去听弥撒了。

那嫉妒的丈夫离开了忏悔室，一边哼着鼻子说倒霉，一边脱去身上的圣袍，回家去了。他想，他一定要想出个办法，把那神甫和他妻子一起当场捉住，严厉教训他们一番。他妻子从教堂回到家中，从他的脸上看得出，她使他过了一个快乐的圣诞节，尽管他在尽力掩饰他干了什么和他以为他知道了什么。

那天夜里，他决定不睡觉守在前门口等待那神甫的到来。他对妻子说：“今天晚上我要在外面吃晚饭，并在外面过夜。一定要把前门楼梯口的门和卧室的门锁好。想睡觉的时候就上床睡去吧。”他妻子表示同意。

夫人一有机会赶紧来到共用墙的裂缝处，打出一个通常的信号。菲利普听见信号也来到裂缝处，她把那天早晨她做了什么和她丈夫午饭后说了什么都告诉了他。“我肯定他不会离开家的，”她补充说，“他会守在前门口。所以，今天夜里你要设法从屋顶上过来，我们就可以在一起了。”

菲利普听了非常高兴。“夫人，”他说，“我一定设法过来。”

到了夜里，那嫉妒的丈夫手持武器悄悄地隐藏在一楼的一个房间里。夫人选择时机把每道门都锁好了，尤其是楼梯口的那道门，这样她丈夫就不能上楼了。那青年异常谨慎小心地来到了她的房间里。他们爬上床，相互使对方感到非常快乐，一直玩到天亮，那小伙子才回到自己家去。同时，那丈夫手持武器守在前门口整整一个夜晚，期待着那神甫的到来。他没吃晚饭，冻得要死，痛苦极了，天亮时他困得再也睁不开眼睛了，就在一楼的那个房间里睡着了。约九点钟他醒了过来。前门已经开了，他爬上楼，装作刚从外面回来的样子，坐下来吃早饭。然后他派了个小男孩儿，装扮成听他妻子忏悔的神甫派来的小教士，给他妻子带来口信，询问某人是否又来了。夫人完全清楚送信人是谁，就告诉他那天夜里那人没来。而且，她还补充说，即使他来了，无论自己怎样不情愿她也要忘掉他。

好啦，我还应该说什么呢？那丈夫在前门口度过了许多个夜晚，希望当场抓住那位来跟他妻子睡觉的神甫，而他妻子在她情人的怀抱里连续享受了许多个快乐的夜晚。最后，那丈夫实在不能继续忍受冻、饿、不眠之苦，气愤地问他妻子，那天早晨她去做忏悔时对那位神甫说了什么。妻子回答说她不能告诉他，因为把忏悔的事情说出来既不对也不妥。

"你这淫妇，"他大声说，"你不说我也知道你对他说了什么，你必须告诉我你迷恋的那个神甫——每天夜里运用魔法与你睡觉的那个神甫是谁。告诉我，否则我割断你的手腕。"

"那不是真的，我没跟任何神甫相爱。"

"什么？难道你没与听你忏悔的神甫说这件事儿吗？"

"也许是他把这事儿告诉了你。但从你说的话看，你好像亲自在场似的！这千真万确是我对他说的。"

"好吧。那神甫是谁？快说出来！"

他妻子微微一笑，说："啊，一个普通女人能把一个聪明的男人牵着鼻子走，就像一个人牵着羊角把一头绵羊送往屠宰场似的，我真喜欢这种情景！你并不聪明，从你让嫉妒的恶魔占有了你，你甚至不知道你为什么要嫉妒的那一刻起，你就不再聪明了。你的行为越是像个傻瓜、越是像个畜生，你就越加使我感到耻辱。亲爱的丈夫，就因为你心智中没有了眼睛，你真的认为我头上就没有眼睛吗？唉，你错了。我用我的眼睛认出了听我忏悔的神甫，那就是你。我决定：把你特意出来寻找的东西送给你。你喜欢认为自己有头脑，如果你真有一点头脑的话，你就不会用那种办法刺探你善良妻子的秘密，不会匆忙做出错误的结论，你就会意识到她向我忏悔的话中有多少是真的，而且她根本就没犯下任何罪过。我告诉你我跟一位神甫相爱，我完全是毫无道理地爱上了你，难道你当时不是化装成一个神甫吗？我告诉你当那神甫想跟我睡觉时，对他来说我家里的哪一道门都是锁不住的，你想一想：当你想来找我的时候，你发现家里的哪一道门是关着的？我告诉你那神甫每天晚上都与我睡在一起，哪天夜里你没跟我睡在一起？你一次又一次派那小教士来询问情况，因为你这些天夜里没有跟我睡在一起，所以我让他给你带回口信说，那神甫没来跟我睡觉。除了你，任何傻瓜都会听出我那些话的意思，而你却让嫉妒使你失去了判断力。你整夜守在前门口，一直以为我相信了你在外面吃饭过夜的鬼话！得了，改过自新吧，恢复你原来的样子，别让你自己成为像我一样了解你的人的笑柄。别再像你以前那样扮演看守的角色了，因为我对天主发誓，如果我曾想过让你戴绿帽子，我会以我自己美妙的方式进行，让你什么都不知道，即使你有一百只眼睛，你也什么都不会知道！”

这可怜的家伙，自以为非常聪明，能揭穿他妻子的秘密，现在听了他妻子的话，感到自己非常愚蠢，发现自己竟无话可答。他认为他妻子是一个贞洁的好女人，就像他在毫无理由时对妻子怀有无尽的怀疑一样，现在有理由怀疑她的忠贞时他却把所有的怀疑放在了一边。至于那精明的夫人，她不再让她的情人像一只雄猫那样，从房顶上鬼鬼祟祟地溜到她的房间里来，而是设法让他直接从前门进来，因为整个世界似乎都归她安排；从那以后，她与情人又在一起快乐了许多次。

故事 6

一位丈夫捉住妻子在家里接待两个情人。妻子依然成功地蒙蔽了他。

大家听了菲亚美塔的故事，都感到非常高兴，他们都一致认为：那女人做了一件再好不过的事情，那人面兽心的人就应该受到那样的对待。她的故事讲完了，国王吩咐潘比妮亚接着讲故事，于是她开始讲起来：

许多人都胡说，爱神把人们变成傻瓜，他们实际上是断言，一个恋爱中的人完全失去了理智。我认为这是一种非常愚蠢的看法！我们前面讲过的故事已经足够清楚地说明了这一点，我打算用我的故事再来证明一下。

在我们这座富裕美丽的城市里，曾经有一位出身高贵、美貌迷人的年轻夫人，她嫁给了一位骑士，他是一个为人豪侠仗义、品质优秀的人。就像生活中常有这样的情况，一个人不愿总吃同一种饮食，于是，那位夫人有些不满足于自己的丈夫，爱上了一个名叫列奥内托的青年。尽管那青年出身并不高贵，但他英俊可爱，举止优雅。他也同样爱上了那位夫人。大家知道，在通常情况下，当恋爱双方情投意合，追求同一目标时，他们一定会实现这一目标。不久，这一对情人就使自己的爱情产生了结果。由于夫人妩媚动人，名声在外，她碰巧又吸引了一位名叫兰贝图乔的骑士的深情爱慕，但她认为那骑士是个乡下佬，是个惹人厌烦的人，所以她无论如何也看不上他。他多少次向她求爱，全都是徒劳。于是他威胁说，如果她再不满足他的愿望，他就让她在众人面前蒙受耻辱，他是本地有权势的人。因为夫人知道他是什么样的人，而且很惧怕他，所以不得不使自己屈从他的心愿。

像我们在夏天习惯做的那样，夫人（她的名字叫伊莎贝拉）去她在城外的乡间别墅住一段时间。一天早晨，在她丈夫骑马出发，去了某个他不得不逗留几天的地方后，她派人去找列奥内托，列奥内托立刻十二分快乐地赶来。兰贝图乔也得到了她丈夫不在家的风声，他骑上马，独自一人来到她的别墅敲门。夫人的女仆看见是他，赶紧上楼去向夫人禀报，夫人正与列奥内托在她的卧室里，便把她叫出来。“夫人，”女仆说，“兰贝图乔先生在楼下，只他一人。”

伊莎贝拉听了这话，立刻成了世界上最悲哀的女人，但她惧怕兰贝图乔，因此问列奥内托是否介意到卧室里躲藏一会儿，等兰贝图乔走了再出来。列奥内托躲了起来，因为他像伊莎贝拉一样惧怕兰贝图乔。然后，她吩咐女仆给兰贝图乔先生打开大门。女仆给他打开大门，他走进院子里下了马，把马拴在一个钩子上，然后爬上楼来。伊莎贝拉装出一副笑脸，来到楼梯口迎接他，以她应该表现出的迎接姿态与他打招呼。“您怎么来了呀？”她问。兰贝图乔拥抱了她一下，吻了她一下，然后对她说：“亲爱的，我听说您丈夫出门了，因此我来陪您一会儿。”说完这话，他们走进卧室，反锁上门，兰贝图乔开始与她寻欢作乐起来。

正当他们如此快乐地男欢女爱时，她丈夫突然回来了，这是她最不愿意期待的事情。女仆见男主人正朝别墅走来，立刻跑到夫人的房间禀报说：“夫人，老爷回来了。我想他已进了院子里了。”

听了这话，伊莎贝拉意识到家里有两个男人，还意识到兰贝图乔的马就拴在院子里，根本无法把他隐藏起来，觉得自己必死无疑了。但是，她突然想出一个办法，跳下床，对兰贝图乔说：“如果您对我哪怕只有一点爱怜之心，愿意救我的命，那么请按我吩咐去做。拔出剑来，您手持利剑冲下楼去，满脸的愤怒与凶恶，口中大喊：‘我对天主发誓！无论他逃到哪里，我也要抓住他！’如果我丈夫试图拦住您，或问您什么，除了我说的这句话之外，您什么也别说，无论如何不要与他拖延时间，赶紧上了马就走。”

兰贝图乔很痛苦地答应了。他拔出剑来，按伊莎贝拉吩咐的去做，满脸涨红，一方面刚刚与夫人寻欢作乐正处于亢奋状态，另一方面夫人的丈夫不期而归他感到十分气愤。夫人的丈夫已经在院子里下了马，见有另一匹马拴在那里感到很奇怪。正当他要上楼的那一时刻，兰贝图乔冲下楼来，只见兰贝图乔手持利剑，满脸怒容，不禁十分惊讶。

“先生，这是怎么回事？”他问。

兰贝图乔一只脚踩住马镫，翻身上马，对那丈夫的问话什么也没说，嘴里只是嚷着：“我对天主发誓！无论他逃到哪里，我也要抓住他！”说完，他就飞奔而去了。

那绅士走上楼来，在楼梯口，见妻子满脸忧伤，因恐惧而浑身战抖。“发生了什么事？”他问，“兰贝图乔气势汹汹地在威胁谁呀？”

伊莎贝拉朝卧室退后几步，使列奥内托会清楚地听到他们的谈话，然后说：“我从来就没受过这样的惊吓。一个我不认识的年轻人急匆匆地跑到这里来，兰贝图乔挥舞着利剑在后面紧紧追赶。那年轻人见我们的房门碰巧开着，就结结巴巴地对我说：‘夫人，看在天主的面上救救我吧，否则我会被杀死在您的怀里呀。’我跳了起来，正要问他是谁，这是怎么回事，突然兰贝图乔跑上楼来，说：‘你在哪儿，你这个叛徒？’当他试图冲进来时，我站在卧室门口，拦住了他。他颇有骑士风度，见我不让他进入房间，恳求几次之后就走了，就像你刚才看见的那样。”

“你做得很好，”她丈夫说，“如果有人被杀死在我们家里，那可就太糟糕了。兰贝图乔绝对没有权利追到我们家里找人。那年轻人在哪儿？”

“我也不知道他藏在哪儿。”

“你在哪儿?”那丈夫大声说，“别害怕，出来吧。”

列奥内托听见了他们夫妇两人的全部谈话，战战兢兢地从他的隐藏处走出来，他那恐惧的样子很像是真的。

“你和兰贝图乔先生有什么关系呀?”那丈夫问。

“先生，我和他绝对没有关系，”那年轻人说，“我认为他一定是精神失常了，或者他把我错当成别人了。在你们家不远处的大道上，他一看见我，就拔出利剑，大叫：‘叛徒，你死到临头了!’我没敢停下来问他为什么，而是尽可能快地逃走，逃到你们这里来了，感谢天主和这位夫人，我终于逃过了这一劫难。”

“好了，不必再害怕了。我把你安然无恙地送回家去，然后你再去弄清楚他为什么追杀你。”

午饭后，他借给那青年人一匹马，把他送回佛罗伦萨他自己家里。当天晚上，列奥内托按照伊莎贝拉的指示，与兰贝图乔秘密地商量，把这件事安排得非常妥当，尽管这件事引起了很多流言蜚语，但那丈夫始终不知道他是怎样被他妻子欺骗的。

故事 7

贝阿特里切使丈夫的侍从阿尼基诺成为自己的情人，但她却成功地使丈夫相信，天主赐予了他最忠实的妻子和最忠诚的侍从。

大家都一致同意，潘比妮亚讲述的伊莎贝拉的机智真是令人惊奇。国王吩咐菲罗美娜接下去讲故事，菲罗美娜注意到了潘比妮亚故事的精彩，如果她不犯太大的错误，她自信她会给大家讲一个同样精彩的故事，下面就是她的故事：

从前，在巴黎住着一个贵族出身的佛罗伦萨人，迫于贫困的压力，改去经商。作为一个商人他非常成功，拥有了巨额财产。他妻子只给他生了一个儿子，给他洗礼时命名为洛多维科。因为洛多维科是按照其父亲的意愿作为一个贵族子孙，而不是作为一个商人的儿子养大的，所以他没有被安排在售货柜台后，而是与其他贵族一起为法国国王效力。在王宫里他学会了最优雅的礼节和最高尚的举止。有一天，他在这里碰巧和其他年轻人谈起了法国、英国和世界各地的漂亮女人，这时一些刚从圣墓回来的骑士也加入了他们的讨论。其中一人来到他们中间说，他已去过世界上不少地方了，见过许多女人，但仅就美丽来说，没有一个女人比得上博洛尼亚的埃加诺·德·加鲁齐的妻子，她的名字叫贝阿特里切。这一说法得到了与他一起去过博洛尼亚并亲眼见过那位夫人的伙伴们的证实。洛多维科尚未恋爱过，但他听到这话时，心里被燃起一种要见到那位夫人的强烈愿望，别的什么都不想了。因此，他决心去博洛尼亚看看她，如果他看上了她，他就留在那里，于是他对父亲撒谎说他想去朝拜圣墓，很容易地得到了父亲的同意。

他化名为阿尼基诺，来到了博洛尼亚。真是幸运得很，他第二天就在一次聚会上见到了这位夫人，他发现这夫人甚至比他想象的还要迷人，结果，他深深地爱上了她，并决定不赢得她的芳心他就不离开博洛尼亚。他反复考虑如何进行，最后他放弃了所有可行的办法，决定去当那夫人的仆人（她有很多仆人），因为他认为这是一个保证他实现目的的最好机会。于是，他把自己的马匹卖了，为他的随从做了适当的生活安排，分手前嘱咐他们假装不认识他。当时他与旅店老板关系很好，对他说，如果能找到一个好的主人，他很想去给这样的主人当仆人。“好啊，你正是一个能让本城一个名叫埃加诺的贵族喜欢的人，”那旅店老板说，“他有很多仆人，他要求他们像你这样，相貌端正，举止得体。我去跟他说说你的想法。”他说到做到，在离开埃加诺家之前，就把阿尼基诺做埃加诺侍从的事办妥了。实际上，埃加诺得到了这样一个侍从也是非常高兴的。在埃加诺家里，阿尼基诺有很多机会见到他的心上人。同时，他用心服侍埃加诺，埃加诺对他非常满意，因而赢得了埃加诺对他的重视。埃加诺做任何事情都要有他这个侍从的参与，不仅让他负责照顾自己，而且让他负责照管他的全部财产、办理他的所有事务。

有一天，埃加诺出去带猎鹰打猎，把阿尼基诺留在了家里，他妻子贝阿特里切坐下来与阿尼基诺下棋。尽管她已经形成了对阿尼基诺非常赞赏的印象，经常评论他的文雅举止，但她还不知道阿尼基诺深爱着她。阿尼基诺一心要讨好夫人，巧妙地让夫人相信他输了，这真的使贝阿特里切高兴极了。过了一会儿，夫人的侍女们放弃了看他们下棋，一个个走开了，留下他们自己继续下，阿尼基诺长叹一声。贝阿特里切看了看他。"阿尼基诺，你怎么了？"她问，"我赢了棋使你不高兴了？"

"唉，不是。是比那更重要的事情使我叹息。"

"那么，接着说。如果你愿意和我谈谈，就告诉我是什么使你叹息吧。"

听到她用"如果你愿意和我谈谈"的字眼来修饰她的请求——她是他爱得胜过爱一切的人——阿尼基诺又发出一声比第一声更深沉的叹息，贝阿特里切再一次敦促阿尼基诺，告诉她他为什么叹息。

"我非常害怕，如果我告诉了您我叹息的原因，您会不高兴的；而且还担心您把这件事儿告诉别人。"

"我当然不会介意的。请你不要担心，除非得到你的允许，我不会把你告诉我的任何事情告诉别人。"

"既然我有了您的保证，"阿尼基诺说，"我就告诉您吧。"他含着眼泪告诉了夫人他是谁、他听到的关于夫人如何美丽的传闻、他是在哪儿又是怎样爱上了夫人、他是怎样来到了这里和他为什么给她丈夫当侍从等等。然后，他低声下气地恳求夫人，如果可能的话，大发善心，可怜、可怜他，满足他那秘密的、正燃烧着的欲望。如果夫人不同意这样做，他恳求夫人允许他继续当她丈夫的侍从，不反对他继续爱她。

啊，博洛尼亚女人血管里流淌的血是多么的柔情啊！在这样的场合下，你们已经证明是多么值得人们的赞美！你们从不愿意看到人们叹息和流泪；不仅如此，你们总是被恳求所打动，去满足爱的强烈欲望。如果我知道更多的适合于赞美你们的语言，我就要把这些语言全都唱出来，一直唱到死！

当阿尼基诺向夫人吐露衷情时，那温柔的夫人看着他，完全相信他讲述的一切，她也开始叹息了，这是阿尼基诺的求爱在她心灵上产生的效果。她叹息了一声，然后，回答他："高兴起来吧，阿尼基诺，我的宝贝。曾经有许多人向我求爱，不论他们是高级贵族还是低级贵族，任何礼物、许诺和柔情的外表都从未打动我，使我去爱任何一个求爱者。但是，你却眨眼之间——在你向我表白你爱我的短短时间里——就迷住了我的心。我认为，你完全值得我爱，所以我要把我的爱作为礼物献给你；我向你保证，就在今天夜里，我就把爱的快乐送给你。今天夜里我们这样做：半夜时，你到我房间里来；我把门开着，你知道我睡在床的哪一边，到我睡觉的那一边；如果我睡着了，你就推醒我，我将为你长久忍受的对爱的饥渴好好安慰你，让你得到无比的快乐。你不相信我吗？那么，作为保证，先接受这个亲吻吧。"她张开双臂，搂住他的脖子，给了他一个温柔的吻；他也给了她一个深情的亲吻。

他们相互向对方表白了爱慕之情之后，阿尼基诺离开贝阿特里切去做他该做的事情了，同时欣喜若狂地等待着夜晚的到来。埃加诺带猎鹰打猎归来，吃过晚饭，就上床睡觉了，因为他觉得很疲倦；他妻子也随后上了床，按照她许诺的那样，把卧室的门开着，阿尼基诺在约定的时间来到了她的卧室门前，悄悄地走进房间，把房门反锁上；他轻手轻脚地溜到夫人的床边，用一只手摸到了她的乳房，发现她并未睡着。贝阿特里切感觉到阿尼基诺来了，伸出双手把他那只手紧紧握住。但是，当她在床上侧身时，设法弄醒了已经睡着了的埃加诺。她对埃加诺说：“晚饭后我看你很疲倦了，我就不想对你说什么了。现在你诚实地告诉我，在你家里所有的仆人中，哪一个是你认为最好的、你最信任的、你最喜欢的？”

“你为什么问我这个问题？难道你不知道是谁吗？我没有而且从未有过一个像我喜欢和信任的阿尼基诺那样的仆人。可是你为什么问我这个？”

阿尼基诺见埃加诺醒了，并在谈论他，几次想抽回手离去，因为他非常担心夫人有意欺骗他。但她用力地紧紧握住他的手，使他挣脱不开。她对埃加诺说：“我来告诉你为什么。我本以为他像你说的那样，他对你比其他任何一个仆人都更忠诚。但是，他可让我看清了他的真实面目：你今天一大早就出去带猎鹰打猎了，他留在了家里，选取了一个好时机厚颜无耻地向我求爱。我想没必要拿出各种各样的证据让你相信，但为了让你亲眼见到、碰到他，我告诉他我完全愿意，今晚半夜时我出去，在花园里的那棵松树旁等他。当然，我不是真的想去，但是如果你想了解一下你这个仆人对你到底有多么忠实，那很容易：穿上我的一件长外衣，头上蒙一块面纱，下楼到花园里松树旁等候，看他是否前来——我相信他会来的。”

“嘿，我当然要去看看，”埃加诺说。他起了床，在黑暗中摸索，穿上了他妻子的一件外衣，戴上一块面纱，出了房间，走进花园，在松树旁等候阿尼基诺。

贝阿特里切一听见她丈夫起身并走出了卧室，赶紧从床上下来，去把门锁上。阿尼基诺一生中从未这样惊恐过。他一边千百万遍地咒骂她、咒骂他对她的爱、咒骂他自己对她的轻信，一边竭力想挣脱夫人紧握着的手。但当他明白了夫人最后这样做的真正用心时，他感到了巨大的幸福。夫人回到床上，他应夫人邀请脱光衣服，二人完全沉浸在相互给予的快乐之中，尽情享受了很长一段时间。当夫人觉得阿尼基诺不能再继续久留在那里时，便吩咐他起床，穿好衣服，对他说："听着，我的宝贝儿，拿一根结实的棍子，到花园里去，假装你是为了考验我才在白天邀请我去花园里的。你就把他当作我，狠狠地训斥他一顿，再替我把他痛打一顿——那才有趣呢！"

于是，阿尼基诺起身，拿一根长长白柳木棍，走进花园里。当他走近那棵松树时，埃加诺见他走来，便迎上前去，表示热情地欢迎他；可是，阿尼基诺说："啊，你这个妓女！你竟然真的来了，是吗？你真的以为我会这样侍奉我的主人吗？你让我见到你就觉得恶心！"他举起木棍，朝他身上打去。埃加诺听了他的这些话，又见他抡起木棍就打，一句话没说，赶紧逃脱。阿尼基诺一边在后面追，一边大喊："滚吧，你这个荡妇！听着，明天早晨我就把这事儿告诉埃加诺。"

埃加诺挨了一顿痛打，快速地跑回卧室。他妻子问他阿尼基诺是否去了花园里。"真不幸，他去了，"埃加诺说，"他把我当成了你，用棍子在我身上乱打，听听他骂我的那些话吧。妓女都没有听说过的那种话！说真的，当他说出他对你说的要给我戴绿帽子的那些话来，我感到很惊讶。但是我又一想，也许因为他发现你总是高高兴兴、快快乐乐的，所以他想考验考验你吧。"

"感谢天主，他拿话来考验我，却用行动来对付你。我想他可能会以为我顺从他的言语比你忍受他的行动更耐心。还有，看看他对你的忠心吧，你一定要向他表示你对他的赏识。"

"你说得对极了。"

埃加诺根据这一切，认为自己拥有一位绅士所希望的最忠诚的妻子和最忠实的侍从。正因为他与妻子经常和阿尼基诺就那件事儿开怀大笑，阿尼基诺和夫人才有了足够的机会（如果不是这样，这机会他们是不可能有的）相互寻欢作乐，每一次都玩得心满意足。就这样，阿尼基诺就一直留在了博洛尼亚，给埃加诺做侍从。

故事8

西丝蒙达与情人一起被丈夫捉住，她的机智挽救了这一尴尬局面，使女仆遍体鳞伤但又心满意足，使丈夫垂头丧气，却又迷惑不解。

大家一致认为，贝阿特里切想出的欺骗丈夫的手法具有非凡的独创性，而且都说当那夫人一边紧紧握住阿尼基诺的手，一边向她丈夫交代说阿尼基诺向她求爱时，阿尼基诺一定吓得魂不附体了。国王见菲罗美娜讲完了故事，看了看内菲勒说：“轮到你了。”一丝微笑掠过她的面颊，然后她开始讲故事了：

美丽的小姐们，在我之前讲述的故事都很精彩，轮到我再讲一个令大家满意的故事，我感到很难。但是，愿天主帮助我，我相信我会讲得很好的。

大家一定知道，从前我们城里有一个拥有巨额财富的商人，名叫阿里古乔·贝林吉埃里，他有一个荒唐的想法：通过娶一个地位比自己高的妻子来提高自己的社会地位，甚至在今天，商人们也总是这样做。他娶了一个与他很不般配的年轻贵族小姐，名叫西丝蒙达。他像一般商人一样，也经常外出经商，四处奔波，很少有时间在家陪妻子，于是她爱上了一个向她求爱多年的年轻人，名叫鲁贝尔托。所以，他们成了情人，但一旦他们被爱的激情冲昏头脑，他们就不再那么小心谨慎，而与此同时阿里古乔变成了一个世界上最嫉妒的男人，也许他听到了有关他妻子与人偷情的风声，或者发生了其他什么事情。因此，他不再东奔西走，停止了他的经商活动，几乎把他的全部精力都用在严密地看管妻子上面。每天晚上直到他见妻子上了床他才睡觉。西丝蒙达因没法与鲁贝尔托在一起而感到极度伤心。她绞尽脑汁想办法与他幽会，鲁贝尔托也一再催促她，她终于想出一个办法：因为她的卧室俯瞰大街，而且她经常注意到虽然阿里古乔很晚才睡，但一旦睡着，就睡得很死，所以，她认为可以安排鲁贝尔托在半夜时等在门口，当她丈夫进入酣睡状态时，就让他进来，和他亲热、快乐一会儿。为了确保她能知道鲁贝尔托已经到来，又不让别人知道，她的办法就是从她卧室窗户垂下一根线绳，外面的一头几乎触到地面，她使里面的一头沿着地板上床，藏在被子下面。然后，她上床睡觉时，把线绳的这一头拴在自己的大脚趾上。她派人给鲁贝尔托捎话说，他来到时拉一拉线绳，如果她丈夫睡着了，她就解下她这一头，下床开门让他进来；但是如果他还没睡，她就抓住线绳，把线绳收上来，他就不必再等了。这个办法使鲁贝尔托很高兴，他经常去她房前，有时进去与夫人相会了，有时扑了空。

他们一直用这个办法相会，直到有一天夜里，西丝蒙达睡着了，阿里古乔在床上伸腿碰到了那根绳子。他伸手抓起线绳，发现那线绳拴在他妻子的大脚趾上。“这里面有鬼，”他心里想，当他看到那根线绳通到窗外时，这一想法就被进一步肯定了。他悄悄地把线绳从他妻子大脚趾处剪断，拴在自己的大脚趾上，然后躺下来，警觉地等待着接下去会发生什么事情。他没等多久鲁贝尔托就来了，他像往常一样拉了一下线绳，阿里古乔感觉到了；因为他没把线绳这一头在大脚趾上系牢靠，鲁贝尔托用力一拉，把线绳拉出去了，他认为这是让他等，于是他就在前门口等着。阿里古乔从床上跳起来，拿起武器，跑到前门，想看看那家伙是谁，让他尝尝苦头。虽然阿里古乔是个商人，但他身强力壮，生性好斗。他来到门口，他开门的方式不像他妻子那样轻柔；站在门外的鲁贝尔托注意到了这一点，意识到了事情不妙，开门的人是阿里古乔。于是，他像箭一般飞奔而去，阿里古乔在后面紧紧追赶。鲁贝尔托逃出很远一段路，但见阿里古乔仍在后面紧追不舍，于是拔出自己随身佩戴的利剑，转回身来，一场刺杀与防御的战斗就接着发生了。

阿里古乔打开房门时，西丝蒙达醒了，发现那根线绳被从她大脚趾处剪断，立刻意识到她的诡计已被发现。她听到阿里古乔追鲁贝尔托去了，知道可能会发生什么，于是赶紧起床，叫来她十分信任的女仆。西丝蒙达连哄带骗，说服那女仆代替自己躺到床上去，为了不暴露自己，必须一声不吭地忍受着阿里古乔的鞭打："我会非常好地报答你，"她说，"你将不会有任何抱怨的理由。"她熄灭了卧室的灯，离开房间，隐藏在家里别的地方，等候可能发生的事情。阿里古乔与鲁贝尔托正在厮杀时，邻居们听见了吵闹声都起了床，咒骂他们两人，不想被人认出来的阿里古乔突然离开，往家里的方向走去。他怒不可遏，倍感挫折，因为他始终未能弄清那青年是谁，甚至未曾损伤那青年的一根毫毛。

他走进卧室，"你在哪儿，你这个荡妇？"他大喊。"你把灯熄灭了，让我打不着你，对吗？这对你大有好处啊！"他走到床边，抓住那女仆，把她当作他妻子，用尽全身力气，对她拳打脚踢，把她打得遍体鳞伤。他用堆砌在堕落女人身上的各种侮辱言词来责骂她，最后剪下了她的头发。那女仆痛哭欲绝，不是没有理由。但尽管她偶尔喊叫"哎哟，饶了我吧！"或者"不要再打了！"，但她的声音因呜咽而含混不清，而阿里古乔正气得发疯，所以他分辨不清这声音是另一个女人的而不是他妻子的。在他把那女仆打得六神无主，剪下她的头发后，他对她说："你这个荡妇，我不打你了；但我要去找你的兄弟们，告诉他们你是一个美德的好榜样。然后让他们来把你带走，按照他们的荣誉所要求的方式来处理你。有一点是肯定的：这个家，你一刻也不能待了。"说完，他离开房间，反锁了房门，一个人走了。

这一切，西丝蒙达都听得清清楚楚，她一听见她丈夫出去了，她就打开卧室的门，点亮了灯，发现那女仆被打得满身伤痕，青一道紫一道的，号哭不止。她尽力安慰那女仆，把她送回自己的房间，派人小心周到地照顾她，而且，她用阿里古乔的钱重重地补偿了女仆，女仆表示非常满意。把女仆安排回自己的房间之后，她立刻重新铺床，把它弄得整整齐齐，好像那天夜里没人在上面睡过觉一样；她点着灯，重新穿好衣服，使自己恢复正常，好像她还没有上床睡觉似的。然后，她点亮另外一盏灯，拿着她正缝补的衣服，坐到楼梯口去，一边做着针线活儿，一边等待事态的发展。

阿里古乔离开自己的家，尽快地赶到他妻子的兄弟家去，不停地敲门，直到里边的人听见了让他进去。西丝蒙达的三个兄弟和他们的母亲听说是阿里古乔来了，都赶紧起来。他们吩咐仆人点亮了灯，过来问他一个人这个时候出来干什么。他把这件事情原原本本地讲给他们听，从他发现系在西丝蒙达大脚趾的线绳开始到他的最新行动和发现。作为他所说、所做的证据，他把从他妻子（他以为是他妻子）头上剪下的头发交给他们。他又说，他们应该去把她领回来，以合适的、符合他们荣誉的方式处置她。至于他，他不打算再让西丝蒙达待在他的家里。西丝蒙达的兄弟们完全相信他的话，个个愤怒至极。他们点燃火把，与阿里古乔一起出发，直奔他家，兄弟们都被西丝蒙达气坏了，做了充分准备，要狠狠地教训她一顿。他们的母亲见此情景也跟在他们后面，眼里含着眼泪，一会儿求这个儿子，一会儿又求那个儿子，说他们在既没亲眼见到又没有亲自查明之前，不要轻易相信阿里古乔的话——女儿的丈夫完全可能因为别的事情与她大发脾气、痛斥她，可能现在为了洗清自己而把这种事情强加在她的身上。如果这种事情发生了，她感到非常惊讶，她接着说，因为她把女儿从小养大，她很了解自己的女儿，等等，等等。

他们来到了阿里古乔的家，进了门，开始上楼。西丝蒙达听见他们的声音，问："谁呀？"

"你很快就知道是谁啦，你这荡妇。"她兄弟们说。

"你这话到底是什么意思？愿天主保佑我们！"她站起身来回答说，"各位兄弟，欢迎你们来。你们三人在夜里的这个时刻来这儿干什么呀？”

他们见她坐在那儿做针线活儿，脸上没有任何挨过打的痕迹——而阿里古乔告诉他们，他把她打得遍体鳞伤——从一开始就觉得很奇怪，就先克制住满腔怒火。他们要她解释一下阿里古乔对她的指责，告诉她最好全盘招供，否则……

“我不知道我应该告诉你们什么，”西丝蒙达回答说，“我也不知道阿里古乔向你们指责了我什么。”

阿里古乔看着她，像一个傻子似的目瞪口呆，他记得刚才用拳头猛揍了她一顿，抓破了她整个一张脸，打得她体无完肤；可是她现在看上去好像什么也没发生过。她的兄弟们简要地把阿里古乔讲的关于线绳、痛打等情形的话告诉了她。她朝丈夫转过身来，说：“哎呀，天哪，我的丈夫，我听到的这是什么话呀？我不是一个堕落女人，可你为什么非要把我说成是一个堕落女人，让你自己丢脸呢？你也不是一个残忍恶毒的男人，可你为什么非要把自己说成是一个残忍恶毒的男人呢？的确，你今天夜里没跟我待在一起，可是你什么时候出去的呢？你什么时候打了我？你说的这些，我可是什么都不记得！”

“什么，你这荡妇！”阿里古乔大声叫喊，“今天夜里我们没有一起上床睡觉？我没有追赶你的情人，然后回来过？我没有用拳头揍你、剪下你的头发？”

“你今天晚上没在这个家里睡觉，但是让我们还是不说这个吧，因为我找不到证人来证明我说的话是否属实。让我们来看看你说的话吧，你说你打了我、剪了我的头发。你确实没有打过我，请在场的每个人，包括你，都能看清楚我身上是否有挨了拳头连续揍的痕迹。听我的劝告吧，你不敢碰我一指头，否则我以天主的名义发誓，我会抓破你的脸，打断你的骨头！至于我的头发，据我所知，你从未剪下它呀——当然，除非你剪下它了而我没有注意。喂，让我们看一看，我是否被剪了头发。”她从头上掀起面纱，只见她一头完好的头发。

西丝蒙达的母亲和兄弟们听了她的话并且目睹了这一切后，转身对阿里古乔说："阿里古乔，你自己解释一下吧。这跟你到我们那儿去说的可是相去甚远啊。至于其余的话，天主知道你将怎么去证明它。"

阿里古乔十分困惑地站在那里。他想说什么，但是，很清楚他有把握证明的事情竟不是这样的，他一句话也不敢说了。

这时西丝蒙达对她的兄弟们说："我明白他的目的是什么：他想让我做我一直到现在都不愿意做的事情——跟你们讲一讲他的卑劣和下流习惯，那我就只好讲一讲了。我完全相信他做了并经历了他跟你们说的他所干的一切，事情是这样的：你们在一个不幸的时刻把我嫁给这个自称为商人的家伙。他喜欢被人以为比修士更有节制、比处女更贞洁，他本应该如此。可是他几乎每天晚上都在酒馆里喝得酩酊大醉，不是跟这个妓女在一起就是与那个妓女在一起。至于我，像你们看见的这样，他让我不睡觉等着他，一直到半夜，有时甚至到第二天天亮。在我看来，很清楚，他喝醉了酒，找了个妓女睡觉，醒来时发现她脚上拴了根线绳，然后就表演了他告诉你们的与人打斗的杰出武艺，最后回来对那妓女拳打脚踢，剪下了她的头发。他在酒还未完全醒过来的时候，以为他是对我做了这一切。我相信，他现在还是这样认为。好好看看他吧：他甚至现在还是半醉着呢。无论如何，他喜欢说什么就随他说去吧，你们不会相信一个醉鬼的话，也不要相信他的话。我原谅他，你们也原谅他吧。"

听了这些话，她母亲愤愤不平起来。"老天在上，我的女儿，"她大嚷，"绝不能原谅他！应该彻底制服他，这个难以忍受的、粗暴的、人面兽心的家伙！他身上有什么优点配得上娶你这样高尚的年轻女人？好啦，哎呀！即使他从街沟里把你救出来，他也没有权利这样对待你。不要再忍受任何土包子似的、从暴民组织里逃出来的商人的粗言恶语，愿他在地狱里腐烂吧！他这类人身穿满是针刺的哔叽上衣和体面的人死时都不穿的马裤，在后屁股口袋里插着一支鹅毛笔。给他三个便士摆弄摆弄，他就非绅士的女儿不娶。他会很快在衣袖上缝上某种臂章，并说，‘我是麦克塔维什家族的后代’，不停地吹嘘他的祖先。如果我的儿子们当初听了我的劝告，他们就会仅用一笔微薄的嫁妆使你成为圭迪伯爵夫人，可他们却把你嫁给了这个无耻的笨蛋，一个在三更半夜毫无顾忌地出去找我们来，称你为荡妇的家伙，好像我不知道你是佛罗伦萨最漂亮、最贞洁的姑娘似的。听着，如果你们听了我的话，这个家伙早被打得皮开肉绽、要疼痛一个月了。”她转身对她的几个儿子说：“我告诉过你们，这种事情从来就不允许发生。难道你们没听见你们这个勇敢的妹夫、这个卑鄙的小商人是怎样对待你们的妹妹的吗？既然他那样侮辱她，粗暴地对待她，如果我处于你们的地位，我一刻都不能忍耐，立刻、永远地除掉他，如果我是男人而不是女人，我会亲自处理这件事儿，不用别人帮忙。哎呀，这个可耻的老酒鬼，让魔鬼把他带走吧！”

那几个年轻人注意到了这一切，都朝阿里古乔转过身来，用世上所有最难听的话痛骂了他一顿。最后他们说：“这一次因为你喝醉了酒，我们就先饶了你……但是如果你珍惜你的生命，那你就小心点儿，我们不愿意再次看到这种情况，因为如果我们再次听到此类事情发生，我们将肯定与你新账、老账一起算。”说完，他们就走了。

阿里古乔完全给搞糊涂了，他自己也弄不清他是真的干了实际上发生过的事情呢还是仅仅做了一场梦。他只得与妻子相安无事，再也没多说一句话。西丝蒙达多亏了她的机智沉着，不仅避免了一场危急的灾难，而且为她将来与情人的寻欢作乐开辟了道路。从此以后，她丈夫连片刻的担心也不再让她有了。

故事 9

丽狄娅为了说服一个年轻人当自己的情人，用各种花招欺骗她年长的丈夫尼科斯特拉托，这最后一招使他怀疑他所看到的是事实。

小姐们听了内菲勒的故事都高兴极了，无论国王多少次吩咐她们安静下来，她们都抑制不住哈哈大笑，对这个故事赞叹不已。但在他命令潘菲洛开始讲故事后，小姐们才终于安静下来，潘菲洛这样开始了：

我相信，任何一位处于热恋中的人，无论他会冒怎样的风险，都准备把这份情爱尽可能长久地保持下去。尽管这一点已经在很多故事中得到了证明，我想用我的故事将这一点更清楚地加以证明，故事中的这个女人追求与情人寻欢作乐的成功，完全是因为好运气，而不是机智的行动。所以，我劝告各位小姐不要冒险步我要讲的这个女人的后尘，因为你不能总是依靠好运气，也并非所有的男人都容易受骗。

从前，在阿尔戈斯这座面积不大但却以其历代国王而著称的非常古老的希腊城市里，有一位名叫尼科斯特拉托的贵族。临近晚年时，命运之神赐予了他一个名门闺秀为妻，这姑娘既活泼热情又美丽迷人，名字叫丽狄娅。尼科斯特拉托是个地位高贵、非常富有的人，家里雇了一大群仆人，此外还养了许多猎鹰和猎犬，他特别喜欢打猎。他的仆人当中有个名叫皮罗的举止文雅的青年，他身材魁梧，漂亮可爱，多才多艺。尼科斯特拉托特别喜欢他，也最信任他。丽狄娅狂热地爱上了他——不论白天还是晚上，她都一门心思扑在他的身上——但皮罗对她的爱却连一丝兴趣都没表现出来，不知是因为他从未发现还是因为他根本不愿接受夫人的爱。这让夫人非常伤心。

夫人决心要让皮罗知道她对他的一片深情，把心腹女仆鲁斯卡叫到身边。“鲁斯卡，”她说，“我一向待你很好，我相信你对我也是忠心耿耿，百依百顺。你要小心谨慎地把我告诉你的话传达到我要你去找的人，但不要让别人知道。你知道我是一个年轻女人，我拥有一个女人想要拥有的一切，总之，除了一件事，我真的无可抱怨的了：与我的年龄相比，我丈夫的年龄太大了，在年轻女人最喜欢的那件事上，我从他那里得不到一点儿快乐。那是我和其他女人一样非常想得到的东西。我早就决定，既然命运之神对我不够仁慈，给了我一个这么老的丈夫，我无论如何要更加善待自己，想个办法满足欲望，保持健康，在这件事情上享有一样的快乐。我已选定皮罗，他可以代替我丈夫的位置给我最舒服的拥抱，因为依我看他是最适合这个角色的人选。我已经深深地爱上了他，只有在我看见他或者我想念他时，才觉得自己身体情况正常。我绝对相信，如果我不能马上和他在一起，我就活不长了，因此，如果你珍惜我这条命，就请用你认为的最好的办法让他知道我对他的爱，一见到他就以我的名义恳求他到我这里来。”

那女仆很高兴地同意了，找了一个合适的机会把皮罗拉到一边，尽她最大努力，替女主人转达了她的心意。皮罗听了她的话，很吃惊，因为他对此类事情一无所知，他怀疑夫人送来这个口信只是要考验他一下，所以，他立刻严厉地回答她说：“鲁斯卡，我不相信我的女主人会派你来告诉我这个，所以你要注意你在说什么。如果这真是她的话，我也不相信她是认真的。即使她是认真的，我的主人待我那么好，就是要我的命我也不能对他做出那样的事情来。所以，请你小心一点儿，别再跟我说这种事儿了。”

这番严肃的回答并未使鲁斯卡泄气。“皮罗，”她说，“不论是说这件事情还是说别的事情，夫人要我跟你说多少遍，我就要找你说多少遍，我不在乎你喜欢听还是不喜欢听。你真是一个傻瓜呀！”

鲁斯卡听了皮罗的话很生气，回到夫人那里；夫人听了他的话，简直就不想活了。几天后，她又对女仆说：“你知道，一斧子是砍不倒一棵橡树的。所以，依我看，你应该再回去找那个以伤害我为代价，奇特地忠于主人的仆人；找个合适的时机，干脆、坦率地告诉他我对他的热爱；你要尽最大努力使他相信。如果就此罢休，我就会死于对他的热恋，他也会以为他只不过是经受了一次考验。这样，我们不仅没得到他的爱，反而会招来他的恨。”

那女仆劝女主人振作起来，然后就去找皮罗。她见皮罗心情很好，便对他说：“几天以前我曾跟你说过，我的女主人，也是你的女主人，非常强烈地爱上了你。我现在再跟你说一遍：如果你还像几天以前那样冷酷，你可以相信一件事：她将死于你的冷酷心肠。所以，请你给她安慰吧，满足她下决心要实现的愿望吧。如果你还是拒绝给她以怜悯，那么很显然你是一个大傻瓜，而我却一直以为你很聪明。想一想吧，被这样一个夫人——一位既有钱又出身高贵的美丽夫人——疯狂地爱上了，那是多么值得夸耀的事情啊！此外，再想想看，她会为你提供对你青春欲望的完美回报，一个满足你任何需求的庇护所，你真应该好好感谢你的幸运星辰啊！如果你做了这件明智的事情，你的伙伴当中谁会比你过得更快乐呢？如果你愿意把你的爱献给她，你会有许多武器、马匹、衣服和满口袋的钱，请告诉我在你认识的人当中谁会跟你一样富有呢？你还是醒醒吧，再听我跟你说！别忘了，命运之神是一位兴高采烈、慷慨大度地只向你走来一次的夫人。那个不能在此关键时刻向她表示欢迎，后来受穷甚至求乞的人，只有责备他自己，怪不得命运。另外：你不要指望主仆之间的交往会像亲友之间的交往那样公平合理。正相反，不论在何时只要可能，仆人就应该像主人对待他们那样回敬主人。如果你的妻子，或母亲，或女儿，或姐妹长得很漂亮，被尼科斯特拉托看上了，你指望他对你会像你对他这样忠诚，不动他的妻子吗？你若是相信他会那样，那你就是一个傻瓜了。你听着，如果他不能用献媚、讨好博得她们的欢心，他就会用暴力，从不在乎你怎么看这件事儿。所以，让我们以其人之道还治其人之身吧！趁机利用命运女神赐予你的大好机会吧，不要把她赶走，去迎接她，向她表示欢迎。如果你不这样做，你的女主人必死无疑，但更糟糕的是，你会经常后悔，自己也不想活下去了。”

皮罗已经把鲁斯卡上次跟他说的话想了又想，最后决定，如果她再次来跟他提起这个问题，他就会给予她不同的回答，使他确信她的确不是引诱他、试探他，他就将完全满足夫人的欲望。于是，“鲁斯卡，”他回答说，“我知道你的话有道理，但我也知道我的主人是个非常谨慎而精明的人，我越是想到这一点，我就越是怀疑丽狄娅是受我主人的指使和怂恿来考验我。为了使我放心，我要请她做三件事，如果她愿意并做到了，那她就完全可以指望我欣然去完成她吩咐我做的任何事情。这三件事情是：第一，她要当着尼科斯特拉托的面把他的宠爱的那只猎鹰杀了；第二，她要送给我一束尼科斯特拉托的胡子；第三，他要送给我一颗尼科斯特拉托最好的牙齿。”

鲁斯卡觉得这三项任务非常棘手。丽狄娅觉得这三项任务棘手得难以形容。还是爱神这位伟大的鼓舞士气者和伟大的出谋划策者，又来激励她完成这些任务，于是她派女仆去告诉皮罗她将立刻满足他的要求。另外，她又说，既然他高度评价尼科斯特拉托的精明，她将与皮罗当着尼科斯特拉托的面做爱，当时还要让他相信那完全是错觉。所以，皮罗等待着，看她如何行动。几天以后，尼科斯特拉托像往常一样为几位绅士举行了一次盛大宴会。他们离开餐桌后，丽狄娅身穿棕色的天鹅绒锦缎衣裙，佩戴大量的珠宝首饰，走出她的卧室；她走进众客人都在的房间里，又当着众客人和皮罗的面，来到尼科斯特拉托最喜爱的猎鹰停歇的栖木旁，解开拴缚猎鹰的绳子，好像要把它移到自己手腕上似的，抓住系在它脚上的绳子，猛然往墙上一摔，把它摔死了。

“天哪，夫人，看你干了什么呀！”尼科斯特拉托大声嚷着。她没有回答他，但向客人们转过身来，说：“先生们，如果我都不敢向一只猎鹰报仇，那么如果一个国王欺侮了我，我怎么能向他报仇呢？让我来告诉你们吧。这只鸟儿从我这里长期剥夺了一个男人应该取悦一个女人的所有时间。每天太阳一出来，尼科斯特拉托也起来了，手腕上放着这只猎鹰，骑着马，跑到空旷的田野里，看着那只猎鹰飞翔。而我被孤独地留在家里，一个人在床上生闷气，就像你们看到我现在这个样子。所以，我经常想做我刚才做的事情——把它弄死，阻止我的唯一的一件事儿就是我要等机会，当着许多能为我的行动做出公正评判的男人的面来弄死它，我相信你们会做公正的法官的。”

绅士们听了她的话，都以为她真诚地表达了对尼科斯特拉托的深厚情感，所以他们转向生气的丈夫，开玩笑地对他说：“好啦，你妻子向这只鹰报仇做得对，因为它的死正好补偿了她所遭受的伤害呀！”丽狄娅回她自己的房间后，他们又给这个笑话添油加醋一会儿，直到最后连气恼的受害者也发现自己好笑了。

皮罗见此情形，心中暗想：“这是她为使我享受爱情快乐而开的一个好头。愿天主保佑她继续做下去！”

弄死这只猎鹰几天以后，丽狄娅与尼科斯特拉托在她的卧室里，一起亲吻和拥抱。他们嬉闹起来，尼科斯特拉托开玩笑地轻轻一拉她的头发，这可给了她完成皮罗第二个要求的机会。她迅速抓住他的一小束胡子，一边朝他微笑着，一边猛地一拉，把那束胡子从他下巴上拉了下来。这可使丈夫生气了，但是她说：“咳，别老是大惊小怪嘛，就因为我扯下你几根胡子！你不知道你刚才拉我头发时我是什么感觉！”于是，他们又继续一边相互戏弄，一边玩着做爱游戏，同时，丽狄娅手里小心地攥着她拉下来的那束胡须，当天就把它送给了她的情人。

第三件事情花了她很多心思，但丽狄娅的确足智多谋，爱神更使她机智过人。所以，她想出了一个完成此事的办法。尼科斯特拉托家族里有两个男孩儿，他们都是贵族家子弟，为了让他们在他家得到优雅行为的基础训练，他们的父亲把他们托付给了尼科斯特拉托。吃饭时，他们两人，一个负责给尼科斯特拉托切肉，而另一个给他斟酒。丽狄娅把他们两人叫来，对他们说他有口臭；她吩咐他们，当他们服侍尼科斯特拉托时，要尽可能把头向后伸，永远不要对任何人提及此事。这两个男孩儿对她的话信以为真，完全按她指示的去做。于是，她有一次问尼科斯特拉托："你注意到那两个男孩儿在伺候你吃饭时是怎么做的吗？"

"我的确注意到了，实际上我正想要问他们为什么那样做。"

"这个，你别问了。我能告诉你为什么。这件事我忍了很长时间了没对你讲，因为怕你生气，但现在我看别人已经发现了，我再不能对你隐瞒了。他们伺候你时头向后仰的原因是你口臭。我不知道你为什么口臭，因为你以前没有这个毛病。这是一个使人不愉快的毛病，因为你出入于上流社会，所以最好想个办法，治一治它。"

"这会是什么原因呢？"尼科斯特拉托问，"我怀疑是不是我嘴里有一颗牙齿坏了。"

"也许，"丽狄娅说，她把丈夫领到窗前，让他张开嘴，她往嘴里仔细查看，看完左边牙齿又看看右边牙齿。"啊，尼科斯特拉托！"她大声说，"你怎么能忍受这么长时间呢？就我所能看到的，你在这一边有一颗牙齿比坏了还糟糕，它已经腐烂透了。如果你还留着它，我相信它会使两旁的牙齿也变坏腐烂。我劝你把它拔了吧，免得情况越来越严重。"

"既然情况如你所见，我同意。那咱们马上把牙医请来，把这颗腐烂牙齿拔了吧。"

"请牙医？但愿此事不曾发生！看那颗牙齿烂成那个样子，我就能替你非常好地把它拔出来，不必请医生了。再说，牙医们拔牙都非常残忍，我不忍心看或听你在别人手里疼痛难忍。所以，我想我亲自拔这颗牙齿。就这么定了，那样，如果你觉得太疼，我就立刻住手，但牙医是不会住手的。”

于是，夫人吩咐仆人把需要的工具都拿进她的房间，然后只留下鲁斯卡，把其他人都打发出去。她们把门锁好，让尼科斯特拉托躺到一张桌子上，把钳子伸进他嘴里，紧紧夹住一颗牙齿，不管他疼得如何尖叫，她们两人一人按住他，另一人用全力把那颗牙齿拔了出来。她们把这颗牙齿收藏起来，然后把丽狄娅手中一直攥着的那颗腐烂得可怕的牙齿拿给疼痛得要死的尼科斯特拉托看，“看看吧，”她们说，“这颗烂牙这么长时间一直在你嘴里！”他相信那颗腐烂牙齿是他的，不论他忍受着怎样剧烈的疼痛，那疼痛着实令他痛苦万状，但既然坏牙已经拔出来了，他认为自己的口臭也就治好了。她们千方百计地让他高兴起来；当他觉得不疼了时，就离开了那个房间。丽狄娅拿出那颗牙齿，立刻让女仆给她的情人送去。皮罗现在相信了她的爱情，说他完全由夫人支配。

此时，尽管丽狄娅觉得把她与皮罗分开的每一小时都仿佛是一年，但她仍然急切地要使他更加相信并很好地履行自己的诺言。有一天，她假装病了，午饭后，尼科斯特拉托带着皮罗来看她。她见除了皮罗之外再没别人，就请他们帮助她去花园里走走散散心，缓解一下病情。于是，尼科斯特拉托和皮罗一边一个，把她搀扶到花园里，让她坐在一棵漂亮的梨树下的草坪上。他们坐了一会儿，早已与皮罗商议好这个计划的丽狄娅说：“皮罗，我非常想吃一个梨。快，爬上树去，摘几个扔下来吧。”

皮罗迅速地爬上了树，开始往下扔梨。他一边扔一边大嚷：“天啊，先生，您在干什么呀？哎呀，夫人，您当着我的面跟他干那种事儿不害羞吗？您以为我是瞎子吗？刚才你还病得很厉害，您怎么会好得这么快，能干那种事儿了呢？如果你们非干不可，你们不是有很多舒适的房间可干那种事儿吗？为什么不去哪一个房间里干呢？在那儿干这种事儿会比当着我的面更体面！”

丽狄娅朝丈夫转过脸去，对他说："皮罗在说些什么呀？难道他失去理智了？"

"不，夫人，"皮罗说，"我没有失去理智。你以为我看不见你们在干什么吗？"

尼科斯特拉托觉得非常奇怪。"皮罗，"他说，"我完全相信你是在做梦。"

"不，先生。我根本不是在做梦。而且你们也不是在做梦，远远不是做梦，你们两人抖动得这么厉害，如果这棵梨树也像你们那样抖动，树上的梨就会一个也剩不下了。"

"这到底是怎么回事呢？"丽狄娅说，"难道他真的看见了他所说的那种情形吗？如果我处于正常的健康状态，天主知道我病了，我就爬上树去亲眼看一看他说他能看见的这些奇事儿。"

但皮罗在树上仍然不停地说他看到的情形，直到尼科斯特拉托吩咐他下来。皮罗从树上下来了。"现在请告诉我，"尼科斯特拉托说，"你能看见什么？"

"我认为您一定把我当成一个傻瓜和做梦的人了。如果您想要我的真话，我刚才眼见你骑在夫人身上。然后，当我从树上爬下来时，我见您从她身上爬下来，坐在您现在的位置上。"

"你当然是一个傻瓜，"尼科斯特拉托说，"你在树上的整个这段时间里，我们从未离开过你看见我们现在坐着的这个地方。"

"好啦，咱们别再争论了，"皮罗说，"我看见你们在干那种事儿。而且，我看见您骑在夫人身上。"

尼科斯特拉托觉得这事儿更加奇怪了，最后说："好吧。我倒要看看这棵梨树是不是真的有魔法。让我们弄清楚爬到树上的人是不是就一定会看到那种怪事儿。"他向树上爬去。他一爬上树去，丽狄娅与皮罗就开始做爱，尼科斯特拉托大嚷："嗨，你这贱女人，你在干什么呀？还有你皮罗，我从未想到你会对我干出这种事儿来！"他一边说，一边从树上爬下来。

尼科斯特拉托觉得这事儿更加奇怪了，最后说："好吧。我倒要看看这棵梨树是不是真的有魔法。

“咱们坐下吧，”丽狄娅和皮罗说，他们见尼科斯特拉托从树上爬下来，就坐回到他离开他们时的位置上。他回到地上，见他们坐的位置与姿态跟他离开他们时一样，突然大骂起他们来。

但皮罗说：“尼科斯特拉托，我现在真正地承认，如你刚才说的，我在梨树上时我的眼睛欺骗了我。我之所以认识到这一点是由于一个原因：显然您的眼睛也欺骗了您。您不需要其他证据来证明我讲的是真话，您只要想一想您夫人是一位聪明过人的女人，一个贤惠贞洁的妻子，她会如此故意地——如果她有心的话——当着您的面来干这种事儿，轻视您吗？至于我自己我更不用多说什么了：我宁愿看着自己被粉身碎骨，也不愿自己有干这种事儿的一丝想法，更不用说当着您的面来干了。所以，毫无疑问：一定是这棵梨树在我们身上施了魔法，使我们看见本不存在的事情。如果不是我听您说，您以为我做了我绝对从未想过、更未实际做过的事情，世界上没有任何事物能让我相信您刚才没有和您夫人做爱。”

听他们争论之后，丽狄娅站起身来，装出生气的样子大声说：“好啦，你这该死的，竟以为我会如此愚蠢地做出你说你看见我做的这种肮脏的事情——假设我曾想做的话——会就当着你的面！你听着，如果我想干那种事儿，我是不会跑到这儿来的；我会在我们的某一个卧室里干，当然，我会注意保证使你永远也不会发现。”

尼科斯特拉托觉得他们两人说得都有道理：他们永远也不会允许自己在这儿当着他的面来干这种事儿的。于是，他不再责备他们，也不再谈这件事儿，而是在心里去琢磨这个令人迷惑的事实：任何人爬上那棵梨树，都会受到他自己眼睛的欺骗，看见本不存在的事情。

但他妻子继续装出对丈夫看法生气的样子，说：“竟然真有这样的事情！我绝不允许这棵梨树再次捉弄我或其他女人了！皮罗，去，找把斧子来，把它砍倒，为你和我报仇；其实最好用斧子砍掉尼科斯特拉托的脑袋，因为他的脑袋太糊涂了，竟然被他的眼睛所欺骗，做不出正确的判断。我的意思是，无论你脑袋上的眼睛看见了多少你所说的那种事情，你都绝对不应该根据它们的假象武断地乱下结论。”

皮罗赶快去拿来斧子，砍倒了那棵梨树。夫人见梨树倒下了，转身对尼科斯特拉托说：“既然我看到破坏我清白的敌人倒下了，我的气就消了。”她令丈夫感激地原谅了他，要求他永远也不要再怀疑她会做这种事情，因为她爱他胜过爱她自己。

这个可怜的、容易受骗的丈夫与妻子和妻子的情人一起回到屋里。从那以后，皮罗与丽狄娅随心所欲地多次在一起寻欢作乐。愿天主也赐予我们同样的快乐吧。

故事 10

廷戈乔不顾教父与教子母亲之间的礼仪，与其教子的母亲做爱，突然死去。他从阴间回来，拜访他的朋友梅乌乔，讲述了他如何在阴间受到惩罚的情况。

小姐们为那棵梨树被斧子无缘无故地砍倒而痛惜，只剩下国王还没讲故事了，他见小姐们安静了下来，就开始了：

毫无疑问，一个公正的国王应该以身作则遵守他自己制定的法律；如果他不这样做，他就不配做国王，而是一个应受惩罚的奴隶。我，作为你们的国王，将不得不实际上犯下这个错误，招致谴责了。的确，我昨天规定了今天讲故事的原则，本来打算今天不先行使我的特权，跟大家一起遵守规定，讲一个与你们相同主题的故事。可是，不仅我想给大家讲的故事已被你们讲过了，而且你们讲了这么多动听有趣的故事，无论我怎样搜索枯肠、绞尽脑汁也想不出来一个符合我们的话题，并且能与讲过的相媲美的故事来。所以，既然我打算违反我自己的规定，所以我此时此地已做好了充分准备，接受任何我应受到的惩罚，我将恢复使用我一向拥有的特权。爱丽莎关于教父与教子母亲通奸以及那锡耶纳人愚笨的故事给我留下了非常深刻的印象，我不想继续讲聪明的妻子如何捉弄愚蠢丈夫的故事，因为我很想讲一个关于锡耶纳人的小故事——它的确包含一些不可置信的情节，但即使如此，总的看来，它还是会把你们这些亲爱的小姐们逗乐的。

从前，锡耶纳有两个平民青年，一个名叫廷戈乔·米尼，另一个叫梅乌乔·迪·图拉，他们都住在萨拉亚城门附近。他们形影不离，而且从各种表现上看，相互忠诚。他们像其他人一样，去教堂、听布道；他们经常听说关于死者的灵魂在阴间被给予应得的荣誉或痛苦的故事。他们很想得到关于这种说法的更确切的信息，但却找不到办法，于是他们相互许诺：他们两人不论谁先死，如果可能，都要回来看还活着的那个人，回答他提出的任何问题。他们握手发誓一定照办。

两人立了这一项约定之后，我们已说过，他们继续亲密相处。廷戈乔碰巧成为安布罗焦·安塞尔米尼（他住在坎波雷吉街区）儿子的教父。孩子的母亲，安布罗焦的妻子名叫米塔。廷戈乔有时和梅乌乔一起去看望米塔。米塔长得非常漂亮迷人，因此廷戈乔不顾他是她孩子教父这种亲属关系，深深地爱上了她。梅乌乔也被她的美丽姿色强烈吸引，此外，他经常听廷戈乔赞美她，因此他也同样深深地爱上了她。但他们由于不同的原因，相互隐瞒各自对米塔的爱情：廷戈乔不对梅乌乔说明他爱米塔是因为他意识到追求他教子的母亲是有罪的，如果让人发现了，他将感到非常可耻。这不是梅乌乔保守秘密的原因，他是因为发现廷戈乔看上了米塔，认为如果让他的朋友知道了他的秘密，那只会激起朋友的嫉妒。“考虑到他们的亲属关系，廷戈乔随时都能和她说上话，”他心里想，“他会尽其所能让她厌恶我，因此我将永远也不能得到她的欢心了。”

我们说过，这两个年轻人都恋爱了，而且爱着同一个女人。作为孩子的教父，廷戈乔有较多的见面机会向那夫人求爱，他用甜言蜜语和实际行动成功地得到了夫人的爱。梅乌乔看出了这一点，这使他心中十分痛苦；但因为他仍有他最后也能博得夫人喜爱的希望，他假装没有发现他们的关系，其目的是避免给廷戈乔任何破坏他计划的借口。

这两个好友就这样追求他们的爱情，其中有一个比另一个更成功一些。但是，廷戈乔在他教子母亲的身上发现了一块如此肥沃的土地，使用他那把铁锹不知疲倦地、永不满足地精耕细作，结果劳累成疾，躺倒在床，几天后，病势加重，离开了人世。他在死后第三天夜里，按生前与梅乌乔相互许下的诺言，出现在梅乌乔的卧室里——也许他不能再早一些来——梅乌乔睡得正香，他只好叫醒他的朋友。

梅乌乔醒来问他：“你是谁？”

“我是廷戈乔。我许诺过我会回来告诉你有关阴间的一切。”

梅乌乔见到他有些惊恐，但还是镇静下来向他表示欢迎并询问他是否已经毁灭了。“毁灭了？毁灭了的东西就再也不会出现了！如果我毁灭了，我怎么还会在这儿呢？”

“我不是那个意思，”梅乌乔回答说，“我是问你是否与那些有罪的灵魂一起在地狱里受刑罚烈火的煎熬。”

“我没受到火烧，但我生前的确犯下罪过，正受到一种非常古老的酷热刑的惩罚。”

梅乌乔特别问到阴间针对灵魂在人间犯下的各种罪过给予的不同惩罚，廷戈乔给他作了详细回答。然后，梅乌乔问他在人世是否还有什么需要他帮忙的事情，廷戈乔告诉他有：梅乌乔可以为他做弥撒、念祈祷文、以他的名义救济穷人，因为这类事情对那些已死的人大有帮助。梅乌乔说他会很高兴去做的。

当廷戈乔要告辞时，梅乌乔想起了他朋友的女亲属；他稍稍抬起头来问："啊，我想起了一件事儿：和你睡觉的那个女人，你教子的母亲，你为那个受到了什么惩罚？"

"兄弟，我一到阴间就遇到了这样一个人，他似乎记住了我犯下的全部罪过。他告诉我去了一个地方，我在那里非常痛苦地洗刷我的罪孽。在那里我碰见了许多犯有与我同样罪孽的朋友。所以，我与他们在一起，当我回想起与我教子母亲所干的事情时，我就想一定还会有比我目前忍受的更加严厉的惩罚——我已经处在大火之中，被烧焦了——我像一片树叶一样浑身战抖。我身边的一个人问：'你在火中发抖。你犯下了我们其他人没有犯下的什么罪过？''朋友，'我告诉他，'我生前犯下一桩大罪，我非常害怕将要对我做出的严厉判决。'他问我那是一桩什么罪，我告诉他：'那是一桩很坏、很坏的罪：我和我教子的母亲睡觉。我把她那块土地耕耘得好极了，以至于把我自己耕耘进了土里。'他听了我的话，用肘部碰了一下我的肋骨，说：'去你的吧，你这傻瓜！不用害怕了：这里不管教父、教子母亲的事儿。听了这话，我感到多么宽慰啊！"天快亮了，他又说："再见，梅乌乔，我不能继续在这里陪你了。"说完，他就消失了。

梅乌乔听说教子的母亲们在阴间享有特殊的地位，他不禁捶胸顿足，懊悔他过去太多次为了安全或谨慎起见而远离教子的母亲。但从那以后，他的这一观点得到了纠正，因此在对待这种关系上他变得更精明了。如果里纳尔多神甫也知道这一点，他就没必要在向他教子的母亲求欢的时候，作那番无益的、琐细的分析了。

下午就要结束时，西风刮起。国王因为他的故事已经讲完，再也没人接下去讲了，所以摘下王冠，戴到劳蕾塔的头上。"劳蕾塔，轮到您了，"他一边说一边将王冠授予她，"我把它戴在您的头上，是因为您的名字的缘故①，这样您就真正成了我们的女王。现在您

①劳蕾塔（Lauretta）：在意大利语中有"王冠""桂冠"的意思。

认为什么有助于我们的快乐和安慰，就请您以我们女王的身份发号施令吧。”他回到他的座位上。

劳蕾塔被拥戴为女王后，就把总管叫来，吩咐他比平时提前一点儿在令人愉快的女人谷里开晚饭，这样他们可以从容地回到别墅去。她又吩咐总管在她的任期内他应该做的其他事情。然后，她转过身来，对大家说：“昨天迪奥内奥规定我们今天讲女人捉弄丈夫的故事；我想我可以让大家明天讲丈夫捉弄妻子的故事，但我不想表现得狡猾恶毒、志在报复。所以，你们每个人都要想出一个日常生活中男人捉弄女人，女人捉弄男人，或人们相互捉弄的故事；我想，我们将从这样的故事中得到与今天一样多的乐趣。”说完，她站起身来，吩咐大家晚饭前自由活动。

于是，小伙子们、小姐们都站了起来，一些人光着脚在清澈的小溪中蹚水，其他人在美丽挺拔的树林中绿色的草地上愉快、悠然地散步。菲亚美塔和迪奥内奥唱了一支关于帕勒莫内和阿尔奇塔爱情故事的叙事曲。他们就这样以各种方式自寻乐趣，非常快乐地度过了晚饭前的那段时间。晚饭摆在了水塘边，他们一边吃饭一边聆听百鸟的歌唱，微风从四周的山上吹来，他们感到非常凉爽；那里没有苍蝇打扰他们或破坏他们用餐的好兴致。餐桌撤去后，他们又游览了一遍美丽的山谷；之后，太阳就要落山了，女王高兴地吩咐大家抄旧路缓步返回他们往常过夜的住所。一路上，大家拿白天讲的故事话题和其他事情相互开着玩笑，黄昏时分回到了别墅。他们喝了些甘甜凉爽的葡萄酒，吃了些香脆可口的点心，消除了刚才那段步行的疲劳，然后立刻就在喷水池旁，跳起舞来，有时由丁达罗的风笛伴奏，有时由其他人弹奏的各种乐器伴奏。最后，女王命令菲罗美娜唱一支歌，她这样唱起来：

我愿意回首往昔
你还没有离我而去的日子！

啊，我的爱人，那伟大的爱情，
那强烈的情欲令我憔悴，
天主啊，我多想知道
那条让我回到爱神住所的大道；
恳求您，指给我那条大道吧，
别让绝望毁灭了我。
赐予我幸福的命运吧。

我找不到合适的词汇
去形容他发出的光芒：
它总在我的眼前闪烁，击打我的耳鼓，
刺激我的每一个感官，
每一时刻它都燃起新的火焰
用迷人的力量牵制着我
把我的灵魂撕成碎片。
天主啊，来救救我吧，别让我再悲伤。

还有可能，我们还会
破镜重圆吗？
我还能再次去亲吻那双
其魔力令我心神不安的眼睛吗？
你会回来吗？我希望得到的这一恩惠
会很快实现吗？
我的爱应该得到回报。
所以，回来吧，回来驱散我的痛苦。

如果我们还会破镜重圆，
我一定将你牢牢抱住，

我将不会再犯大错
让我们两人一起被扯得粉碎：
我的爱人，我要像蜜蜂呷花蜜一样
尽情亲吻你的双唇——
回来吧，让我用双臂拥抱你吧！
这一希望能使我情绪高涨。

听了这支歌，大家都认为菲罗美娜正处在一种异常美妙的爱情痛苦之中；的确，这支歌的歌词暗示爱情的进展已经超越了眉目传情阶段；大家认为她会因爱情而更加幸福，因此好几位小姐都很羡慕她。她的歌结束后，女王想起明天是礼拜五，便通情达理地说："大家都知道，明天是我主耶稣受难纪念日；内菲勒任女王时，我想你们都还记得，我们曾停止讲故事，虔诚地纪念这个日子。礼拜六那天我们也没有讲。既然我们都想学习内菲勒的好榜样，我想我们最好也在明天和礼拜六放弃我们快乐的故事会，为了拯救我们的灵魂，好好想一想过去那些日子里发生过了什么。"

大家都一致赞同女王这番虔诚的讲话；因为夜已经很深了，所以女王吩咐大家各自回房休息。

第八天

《十日谈》第七天到此结束，第八天由此开始；大家在劳蕾塔的主持下，讲述日常生活中男人捉弄女人，女人捉弄男人，或人们相互捉弄的故事。

礼拜天早晨，当山峰沐浴着旭日的光辉，黑暗已经消逝，万物又清晰可辨的时候，女王起了床，与她的伙伴们出去，在露珠晶莹的草地上兜了一圈，然后，九点刚过一点儿，他们在当地的一个小教堂里做了每日祷告。回到别墅后，他们快乐地吃了午饭；饭后，唱了几支歌，跳了一会儿舞；然后想要午睡的人得到女王的准许，回房午睡去了。太阳一过天顶，开始西斜时，他们按女王的吩咐，都来到喷水池旁就座，继续进行已习惯了的故事会，内菲勒奉女王之命，这样开始了：

故事 1

瓜斯帕罗洛的妻子答应古尔法多的求爱，条件是付给她现钱。古尔法多给了她现钱，但她并未因此而更加富有。

如果天主如此安排，我也非常高兴用我的故事作为今天讲故事的开头。既然我们已经讲了许多女人捉弄男人的故事，我想给大家讲一个男人捉弄女人的故事。我并不想因他的所作所为谴责那男人，也不想暗示那女人不该受此欺骗。恰恰相反，我的目的是要赞扬那男人，谴责那女人，并证明正如男人可能会被他们所信任的女人欺骗一样，他们也完全能欺骗那些信任他们的女人。如果我们想要说得更合适一些，我想要描述的不是男人对女人的捉弄，而是女人应得的报应。通常情况下，每一个女人都应该做一个品行端正的人，用她的生命去保护自己的贞洁，绝不允许她的贞洁受到玷污。尽管我们女人生性脆弱，不可能像人们所期待的那样完全做到这一点，但我还是主张那种出卖自己贞操的女人应该被判处火刑处死。另一方面，那种因爱情的力量不可抗拒，而出于爱情被迫失节的女人，应该受到宽厚的法官的原谅，就像一两天前菲洛斯特拉托讲的普拉托地方法官对菲莉帕通奸案① 的处理一样。

从前，在米兰有一个德国雇佣军人，名叫古尔法多。他身材魁梧，做事认真，对主人忠心耿耿，这种特点在德国人中是很少见的。因为他借钱总是谨小慎微地如期如数归还，所以许多商人都愿意把钱借给他，不论数目多大，而且利息最低。他住在米兰的时候，爱上了一

①菲莉帕：见第六天故事 7。

个名叫安布罗嘉的大美人儿，她是一位富商的妻子，这位富商的名字叫作瓜斯帕罗洛·卡加斯特拉乔，是古尔法多的好朋友。他非常谨慎地向她求爱，未引起她丈夫或任何人的注意。有一天，他捎信给她，求她大发善心，满足他的愿望，作为报答他表示愿意听候她的吩咐，做任何事情都在所不辞。那位夫人反复考虑之后决定，她愿意满足古尔法多的愿望，但古尔法多要满足她的两个条件：第一，永远也不要对任何人泄露此事；第二，因为她个人有事需要二百金币，古尔法多又是个有钱人，希望他能给她这么一笔钱，那样她就愿意继续听他的支配。

古尔法多一直把她看作是一个非常正派的女人，所以听了她这种贪财的建议，感到非常激动——原来她是多么下贱啊！他对她炽热的爱情化为对她的厌恶，他想出一个计划，要捉弄她一下。他派人捎回话去，说他愿意满足夫人那两个条件，并愿意尽其所能去完成夫人要他做的其他任何事情。他又说，他等待夫人的通知，什么时候去侍奉她，他会随身把钱带去；此外，除了一位他绝对信任、总是陪伴他从事各种冒险活动的朋友外，任何人都不知道这件事。那位夫人是个不折不扣的荡妇，得到他的回话后非常高兴，又派人告诉他说她丈夫瓜斯帕罗洛几天后要去热那亚经商，到时她再通知他，派人请他来。

古尔法多找了个机会去见瓜斯帕罗洛，对他说：“我要办一件事，急需二百金币。我想请您按以前的利息借给我这笔钱。”瓜斯帕罗洛很爽快地答应了他的请求，立即点了二百金币借给了他。

几天后，瓜斯帕罗洛正如他妻子所说去了热那亚。她派人送口信给古尔法多，请他带着那二百金币到她家里来。于是，古尔法多带着他那个朋友一起到那女人家里。他见那女人正等待着他，他做的第一件事就是当着他朋友的面，把那二百金币交到她的手里，并对她说：“请您收下这笔钱，您丈夫回来时交给他。”

那女人接过钱，但她并不懂古尔法多为什么说这句话，她以为一定是为了防止他的朋友发现他是在给她过夜钱。所以她回答说："我当然会交给他的，但让我数一数这是多少钱。"她把钱散开在桌子上数了数，当她发现是二百金币后，非常高兴地把钱收藏起来。然后，她就领着古尔法多走进她的卧室，让他尽情享用她，满足他的欲望，不仅是那一夜，而是在那一夜之后，她丈夫从热那亚回来之前的很多个夜晚。

瓜斯帕罗洛从热那亚回来了。古尔法多在弄清楚瓜斯帕罗洛与他妻子在一起的时候，前来拜访他，当着他妻子的面对他说："那天我从您那儿借来的二百金币，因为我借钱要办的事情没能办成，根本未派上用场，我立刻把钱带回来交给您妻子了。所以，请您把这笔欠账注销了吧。"

瓜斯帕罗洛转身问妻子，她是否收到了这笔钱。因为她见有证人——古尔法多形影不离的朋友——在场，她无法否认，只好说："是的，我收下了那笔钱，但在此之前我忘记告诉你了。"

"好吧，古尔法多，那就没事儿了，"瓜斯帕罗洛说，"放心吧，再见，我会给你注销欠账的。"

古尔法多走后，那位被捉弄的夫人把那笔用可耻行为换来的肮脏的钱交给了丈夫。就这样，那位精明的情人未付任何代价，就玩了他那贪财的情妇。

故事 2

一位神甫以自己的斗篷做抵押，诱奸了标致的年轻村妇贝尔科洛蕾。贝尔科洛蕾几乎足够狡猾地抓住他，使其履行他作为交易一方应承担的责任，但她未能做到。

小伙子们和小姐们听完了内菲勒的故事，都一致赞赏古尔法多对待那位贪婪的米兰女人的作法。女王这时转过身来对潘菲洛微微一笑，请他接下去讲故事，于是他开始了：

我想给大家讲一个故事，揭露那种总是在欺侮我们，而我们又不能以同样的方式进行报复的人：神甫。他们向我们的妻子们发动十字军东征一样的进攻，每当他们成功地爬上了我们妻子当中某一个的身上，他们就以为已经获得宽恕和免罪，就好像他们把捕获的苏丹从亚历山大押去阿维尼翁，献给教皇一样。这就是我们俗人无法报复他们的事情，我们只好以同样的热情，像神甫们进攻我们的妻子那样向他们的母亲、姐妹、女友和女儿们报仇。所以，我打算讲一个关于好色的乡下神甫的小故事；故事不长，但故事的结尾会让你们哈哈大笑；另外，你们会从中得到一个教训：在每一件小事上，都不要轻信神甫的话。

小姐们知道，或者听说过，从前，在一个离这儿很近的村庄瓦伦戈有一个神甫。那神甫精力旺盛，总是不倦地追逐女人。尽管他识字不多，但他每逢礼拜天总是设法在教区的一棵大榆树下，用事先编好的套话开导他的教民。每当男人们外出时，神甫都去访问他教区内的女人们，在这件事儿上这位神甫要比他的前任任何一位都表现得更加出色；他会给她们带去礼拜日小饰物——神画和念珠——还有神水和零散的蜡烛头；他把这些东西带去她们家里，向她们表示他的祝福。

在他教区内他经常亲近的女人当中，他最喜欢一位农民本蒂维尼亚·德尔·马佐的妻子，她的名字叫贝尔科洛蕾。她年轻健壮，是那种丰满诱人、面容俊俏、橄榄色皮肤的乡村少妇，推磨时，啊，她能把你的玉米磨成最好的面粉。另外，当她摇着铃鼓、唱着《水沟颂》①，

①《水沟颂》：这是一首高度暗示性欲的歌曲，当时非常流行。

或手腕上系着一块漂亮的手帕，领着大伙跳起奔放的舞蹈的时候，村里哪个年轻女人也比不上她。这一切使那位神甫如醉如痴地爱上了她。的确，那神甫一见到她，就快乐得浑身战栗，他整天在村里转来转去，目的只是想看上她一眼。如果他在礼拜天早晨听到她来教堂做礼拜，他就像驴叫那样炫耀他的音乐技巧，大声领唱《主啊怜悯我们》或《三圣颂》赞美诗，让全世界都听得到；但如果那天她没到教堂来，他就无精打采，唱得平平淡淡。无论如何，他非常小心，没有引起本蒂维尼亚或任何一家邻居的怀疑。为了博得贝尔科洛蕾的欢心，他不时地送给她一件礼物：也许是一束从他菜园里挖出的新鲜大蒜，因为他本人在邻里中种出最好的大蒜；也许是一小筐蚕豆，或是一串洋葱，或是一盆细香葱。有时他找机会向她投去责备的一瞥，温和地批评她几句，而她的反应都是离他远远的，迈着欢快的步子，趾高气扬地走过去，不理睬他——神甫一直未能靠近她。

一天中午，神甫在村里闲逛时遇见本蒂维尼亚赶着一头驮着东西的毛驴走过来。他向这位农民热情地打个招呼，问他要去哪儿。

"神甫，跟您说实话，我要去城里办事，这些东西是要送给波那·科里的，求他帮我办一件诉讼案，法庭起诉人传我出庭，不知为了什么。"

"孩子，你做得好，"神甫微笑着说，"祝福你，快去快回。如果你碰见拉普乔或纳尔迪诺，别忘了告诉他们把我连枷上用的皮条儿给我送来。"

本蒂维尼亚说，那件事他一定办到；那农民朝佛罗伦萨方向赶路去了，神甫想这正是拜访贝尔科洛蕾的好机会，试试自己的运气。于是他直奔她家走去，一口气来到她家门口。他走进房门，大声说："愿天主保佑你。屋里有人吗？"

贝尔科洛蕾正在顶楼上。她听到了神甫的声音，便回答说："啊，神甫来了，欢迎您！这么热的天您怎么还四处溜达呢？"

"奉天主旨意，我来陪你一会儿，我刚才遇见你丈夫正往城里去。”

贝尔科洛蕾从顶楼上下来，拉过来一把椅子，开始筛她丈夫刚用连枷打下来的汤菜种子。“唉，贝尔科洛蕾，”神甫开始说话了，“你还打算让我这样如坐针毡多久啊？”

贝尔科洛蕾突然哈哈大笑。“我做错什么事儿了吗？”

“不是你做错了什么，而是你无视天主的命令，不让我和你干那个事儿。”

“去你的吧！神甫是不干那种事儿的。”

“我们不干？我们比别的男人干得好多了！为什么不呢？我可以肯定地说：这个事儿，我们比其他男人干得漂亮多了。你知道为什么吗？因为我们总是养精蓄锐；所以，如果你不对别人讲，让我干给你看，你会发现这对你有很多好处。”

“胡说！那对我什么好处也没有，”贝尔科洛蕾说，“你们神甫全是一帮干瘪的小气鬼。”

“好啦，相信我吧！”神甫说，“送给你一双漂亮的鞋怎么样？一条束发丝带儿？一束上等的毛线？你只要说出来，我就一定办到。”

“先生，很好，但这些东西我都有。如果您真的那么喜欢我，为什么不先帮我一个忙，然后我就满足您的愿望。”

“请告诉我，你要我做什么，我将很高兴去做。”

“礼拜六我得去佛罗伦萨交我纺好的毛线，并修理一下我的纺锤。借给我五个里拉——我相信这点儿钱你是有的——这样我就能从当铺里赎回我那件青灰色长袍和我那条过节的时候才使用的最好的皮带，这都是我用嫁妆钱买的。您知道，因为我没有这些东西，所以我就不能去教堂或任何要求穿着得体的地方。那么我就永远依您的心愿。”

“天主担保我说的是真话，我身上没带这么多钱，”神甫说，“但请你相信我的话，我非常愿意借给你钱，我一定在礼拜六之前把这笔钱带给你。”

“您别说好听的了！哼，你们这些神甫总说大话，可大话并不顶钱花呀。难道您以为您能像欺骗比柳莎那样把我骗到手——您一定骗过她了！无论如何您骗不了我，尽管您给了她一两次深刻教训！至于您，如果您身上没带钱，回去拿了钱再来吧。”

“哎呀，得啦，”神甫说，“别现在让我这么远地往家跑，这时恰巧没有别人，你会看到我的运气有多好。此时正是好机会——如果我晚些时候再回来，天知道，谁会来妨碍我们的好事儿。”

“随您的便。如果您要去取钱，那就快去；如果不，那您就这么干等着吧。”

神甫见她已打定主意，如果他不给她某种保证她是绝不会让他如愿以偿的，但他还是想继续争取赊账，便对她说：“你不相信我会事后给你送钱来？那好吧，我把这件深蓝色斗篷留给你作为抵押吧——现在你相信我了吧？”

“什么，那件斗篷！”她嗤之以鼻地说，“它值几个钱哪？”

“你是什么意思，它值几个钱？我得告诉你这是杜埃市织造的最好的佛兰德绸布，在特洛埃市你找不到这么好的布；本地人走很远的路去科特拉布拉斯仅为买一块这种布的布头。不到半月前，我花了一百五十个银币从洛托的一家旧货商那儿买来这件斗篷，我把它拿给权威人士布利埃托·达尔贝托看——你知道他是鉴赏这种佛兰德绸布的行家——他说那件斗篷要多值五个银币。”

“那是真的吗？嗨，天哪，我连想都没想到过它能值那么多钱！那么，把这件斗篷先交给我吧。”

神甫激动得浑身颤抖，费了好大劲才脱下斗篷交给她。她把斗篷收藏好，然后说：“来吧，咱们进这间棚屋里，从没有人来到这儿。”

他们走进棚屋，神甫温柔地吻遍她的全身，然后与她长时间做爱，直到把她送进七重天——天主和天使居住的天国最高层。他回教堂时，他身上只穿着圣袍，好像刚刚主持了一场婚礼似的。

回到教堂，他立刻意识到他一年收集的蜡烛头连二个半里拉都不值，所以他觉得他在这笔交易中吃了亏，后悔他不该把斗篷留给她作抵押；因此，他翻来覆去地想如何能不花一文钱把斗篷弄回来。他是一个有点儿小聪明的家伙，很快想出一个弄回斗篷的妙计。第二天是个节日，他派一个邻家小男孩去给贝尔科洛蕾送一个口信，说请她帮个忙把她的石臼借给他用一下，因为宾古乔·德尔·波乔和努托·布利埃托中午要到他那儿吃午饭，他想用石臼做些调味汁。贝尔科洛蕾把石臼借给了他。吃午饭的时候快到了，神甫估计本蒂维尼亚与贝尔科洛蕾应该坐下来吃饭了，便把教堂司事叫来，对他说："你把这个石臼拿去，还给贝尔科洛蕾，并告诉她，'神甫说，非常感谢您，他能拿回那男孩儿借石臼时留下作抵押的斗篷吗？'"

教堂司事带着那个石臼来到贝尔科洛蕾家，见她正和本蒂维尼亚一起坐在餐桌旁吃午饭。他放下石臼，向贝尔科洛蕾转达了神甫的话。

贝尔科洛蕾听说神甫想要回斗篷，刚要反驳，本蒂维尼亚粗暴地插话说："什么？你留下神甫的东西作抵押？基督在上，我真想打你的耳光。你马上把斗篷还给他，你这该死的，你记住无论他跟我们要任何东西，任何东西，哪怕是我们的那头驴，我们都要给他，就是这样。"

贝尔科洛蕾嘟嘟囔囔地站了起来，去从床底下的箱子里取出那件斗篷，交给教堂司事。"请把我的话捎给神甫，"她说，"贝尔科洛蕾说，她祈祷天主，您再永远也别想用她的石臼制作调味汁了。用她的石臼制作出的调味汁比你制作的好多了。"

教堂司事拿着那件斗篷走了，把她的话转给了神甫；神甫哈哈大笑地说："下一次你见到她时，告诉她如果她不借给我她的臼，我就不借给她我的杵。针锋相对嘛。"

本蒂维尼亚以为他妻子说了那番话是因为受了他的责骂，所以对她的话并不在意。但是受了欺骗的贝尔科洛蕾与神甫闹翻脸，拒绝与他说话，一直到那年收葡萄的时候。然而，因非常惧怕神甫要把她交给魔鬼的威胁，她与神甫言归于好，他们又喜欢在一起打情骂俏，享受男欢女爱了。神甫始终没有给她那五个里拉，只给她的铃鼓换了一张新羊皮面，加了一个铃，这就足以使她高兴的了。

故事3

卡兰德里诺去寻找有魔力的鸡血石。布鲁诺和布法尔马科前去帮助。卡兰德里诺的妻子令人遗憾地把事情完全破坏了。

小姐们听了潘菲洛的故事，个个捧腹，笑个不停。爱丽莎一边仍在哈哈大笑，一边奉女王之命，开始了她的故事。

我的小故事既有趣又真实，但我不知道它能否像潘菲洛的故事那样使你们开怀大笑；但我还是要尽力而为的。

我们这个城市总是充满着各种各样稀奇古怪的人物。不久前就有这样一个人，他名叫卡兰德里诺①，职业是画家。他头脑简单，但处事方式有些滑稽，他的大多数时间是和两个同行布鲁诺和布法尔马科在一起。这两个人天性快乐，但他们不像卡兰德里诺，都聪明机

①卡兰德里诺：历史上有文献记载的一个14世纪佛罗伦萨不重要的壁画家，是本书中少数几个不只在一个故事中出现的人物之一（见第三天故事6和故事9；第九天故事3和故事5）。他是具有明显的佛罗伦萨特点的恶作剧和城市幽默的一部分。

警。因为卡兰德里诺特别轻信，所以他们喜欢与他在一起，骗他取乐。当时在佛罗伦萨还有一个年轻人，名叫马索·德尔·萨焦，这小伙子聪明、能干，身上有一种非常迷人的特点。他听说卡兰德里诺是一个易受骗的人，就想捉弄他一下，给他编一个非常难以置信的故事，那会非常有趣。有一天，他碰巧在圣乔万尼教堂里遇见了卡兰德里诺；这位艺术家正在仔细地研究神龛上的绘画和雕刻，那神龛是最近才置放在祭坛上的。马索想，这正是他实现自己想法的好时机、好地点。他把自己的打算告诉了跟他一起来的一个同伴；他们一起来到卡兰德里诺的座位附近，假装没看见他，开始谈起了某些宝石的特性。马索完全以一个经验丰富的珠宝鉴赏家的权威口气谈论着宝石。卡兰德里诺听他们谈了一会儿，觉得他们谈的不是什么私事，就站起身来，走过去，加入了他们的谈话。马索见他走过来，心中十分高兴，继续大谈特谈宝石，直到卡兰德里诺问他在哪儿能找到他所说的具有那种特性的宝石。

"在巴斯克人居住的贝林佐内① 地区，"马索解释说，"这种宝石大多数出产在那里，更准确地说，出产在一个名叫本戈迪的村庄里，那是一个快乐的山谷。在本戈迪，人们用香肠捆葡萄藤，他们养着一只下金蛋的鹅，还养着一只下金蛋的鸭子呢，他们那儿有一座用巴马干酪堆成的大山，住在那座山上的人们整天做通心粉和有馅的小包子，把它们放在阉鸡汤里煮，然后把汤连同包子一起倒在山坡上，人们都去捡，捡得多就吃得多。那里流淌着一条美酒河，那是你将品尝到的最好的酒，一滴水都没搀。"

"哎呀，"卡兰德里诺说，"我就喜欢那样的地方！可是请告诉我，他们怎样处理他们煮的阉鸡呢？"

"你是说巴斯克人？他们把阉鸡全都吃了。"

---

①贝林佐内：马索的语言机智堪与第六天故事10中齐波拉的语言机智相媲美。

“你到过那里吗？”卡兰德里诺问。

“你问我到过那儿没有？我岂止是到过那里一次，我到过那里上千次了。”

“那儿有多远？”

“四千八百一十二哩，还要再稍远一点儿。”

“天哪，”卡兰德里诺大声说，“那一定比阿布鲁佐还要远。”

“你永远也说不准那儿到底有多远。”

天真的卡兰德里诺见马索说话时一脸严肃，就把他的话当成了《福音书》真理。“唉，如果那儿不是这么远有多好啊，”他叹了一口气，“否则，老实跟你说，我一定会跟你去一次那儿，就只为看一看在山坡上流淌的阉鸡汤，我会使自己像一头真正的猪一样吃个饱。但请帮我一个忙，告诉我：这些具有魔力的宝石——我们这一带也有吗？”

“啊，”马索对他说。“我们这里有两种具有神奇特性的宝石。一种宝石是你们的赛第涅诺沙岩——你还可以在蒙蒂西找到这种沙岩——这种沙岩被做成磨，转动起来磨面粉，所以当地流传着这样一句谚语：‘恩典来自天主，磨石来自蒙蒂西。’但因为我们这儿盛产这种磨石，所以就不重视它了，这就像巴斯克人不重视绿宝石一样——他们有一座比莫雷洛山还要高的绿宝石山，夜晚那些宝石发出灿烂的光辉，照亮了条条大路。告诉你吧，无论谁采到一块未经琢磨、尚未穿洞的宝石，把它镶嵌在戒指上，然后拿去献给苏丹，他就能想要什么苏丹就给他什么。另一种宝石，我们的宝石匠称作鸡血石，那正是你喜欢的一种宝石：凡是随身携带这种宝石的人，只要是他亲自采来那块宝石，无论他走到哪儿，别人都看不见他。”

“这可真是神奇之物啊！这第二种宝石，在什么地方能找到呢？”

“你在穆尼奥内河谷就能找到这种宝石。”

“这种宝石有多大？是什么颜色？”

“这种宝石大小不一，”马索说，“有的大些，有的小些，但大多数几乎全是黑色的。”

卡兰德里诺把这些话都记住了，便借口还有别的事情告别了马索。他暗下决心去寻找这种宝石，但他不愿意瞒着至交好友布鲁诺和布法尔马科而自己偷着去找宝石。于是他去找他们商量，请他们立刻和他一起去寻宝石，在别人行动之前捷足先登。那天上午的其余时间他都用来找那两个朋友了，直到下午过半时他才想起来他们可能正在波塔迪法恩扎城外的女修道院里干活；于是他放下所有的事情都不干了，不顾天气炎热，几乎是一路跑着来到女修道院。他把他们叫过来，说：“朋友，真的，我们能成为佛罗伦萨最富有的人。有这样一种宝石，无论谁把它带在身上，别人都看不见他，这种宝石可在穆尼奥内河谷找到。我是从一位宝石行家那里得到这一信息的。我认为我们应该立刻动身，抢在别人前面去寻找宝石。我们一定会找到这种宝石——我知道它是什么样子。我们一旦找到它，我们要做的事儿就是把它放进我们的衣袋里，飞快地跑到钱币兑换商那里——你们知道，他们的桌子上总是堆满了弗罗林和克朗——我们就可能随意把钱往自己袋子里装，谁也看不见我们。我们就可以这样迅速致富，再也不用像蜗牛那样在墙上涂抹了。”

布鲁诺和布法尔马科听了他这番话，不禁暗自发笑，相互交换了一下会意的眼色，都装出十分吃惊的样子。他们都表示赞成他的主意，布法尔马科问他那种宝石叫什么名字。

非常愚蠢的卡兰德里诺早把那个名字忘了。“我们为什么非要知道它的名字？”他说，“我们知道它的功能就行了。依我看，我们还是赶紧去寻找宝石吧。”

“好吧，”布鲁诺说，“那种宝石是怎样的形状？”

“各种形状都有，而且大小不一，但几乎全是黑色的。我想我们应该把见到的每一块黑色石头都捡起来，直到我们遇上真正的宝石。咱们别浪费时间了，快走吧！”

“等一等，”布鲁诺说，转身对布法尔马科说，“当然，卡兰德里诺说得不错，但我认为现在去时间不合适：太阳还在半空中，光线直射穆尼奥内河谷，会把所有的石头都晒干的，所以上午没被太阳晒的石头此时会变得漂白了。另外，今天是工作日，穆尼奥内河谷会有很多人在忙着干各种各样的活计。他们要是看见了我们，就会猜测我们在干什么，也许就开始跟我们一起找黑石头，这样宝石就可能落到他们手里。那岂不是白忙一场，'欲速则不达'吗？我们应该在早晨去干这件事儿，那时我们能清楚地分辨黑、白石头，而且应该在假日去干，那时没有人会注意我们，不知你们意见如何？"

布法尔马科认为布鲁诺的话完全正确，卡兰德里诺也同意他的意见，于是他们三人商定在那个礼拜天早晨集合，一起去寻找宝石。但卡兰德里诺再三恳求他们绝不对别人说起此事，因为这件事也是别人秘密地告诉他的。然后他又把听到的有关本戈迪的趣闻告诉了他们，"我向你保证确是这样，"他说，"这绝对是真的。"卡兰德里诺告辞了，他的两个朋友又暗中商定该做些什么。

卡兰德里诺急切地等待礼拜天的到来。礼拜天终于到了，天一亮他就起来了，去和他的两个朋友会聚。他们经圣加洛门出城，直奔穆尼奥内河谷，顺流而下，寻找宝石。卡兰德里诺求宝心切，走在最前面，连蹦带跳；他每见一块黑石头，就把它捡起来，放进衬衣里面。他的两个朋友跟在后面，见到模样奇怪的石头，也像卡兰德里诺那样这儿捡一块，那儿捡一块。但是，卡兰德里诺没走多远，他的衬衫就鼓起来了。于是，他把长及膝盖的短袖束腰外衣（他把这件外衣作为宽松合体的长袍穿在身上）的下摆撩起来，仔细地用腰带系好，这样就形成了一个足够大的衣兜——不一会儿又把它装满了。他又把斗篷做成了一个更大的袋子，不久把这个袋子也装满了石头。布鲁诺见卡兰德里诺身上带着那么多石头，午饭时间快到了，按他们两人事先商量好的计划，对布法尔马科说："卡兰德里诺在哪儿？"

布法尔马科明明见他就在自己身边，但却四顾张望寻找他，回答说："我也不知道啊。刚才不等于现在呀！"布鲁诺说。"如果你问我他去哪儿了，我想他一定是回家了，这会儿正在吃午饭，把我们扔在这穆尼奥内河谷，像一对傻瓜一样在这儿寻找石头。”

“唉，如果他真的把我们像一对傻瓜一样扔在这里，”布法尔马科说，“那就是说我们太傻了，竟然听信了他的话。听着，依我看：如果你相信你会在这穆尼奥内河谷里找到具有那种神奇特性的宝石，那你就是一个大傻瓜！我们不正是一对这样的傻瓜吗？”

卡兰德里诺听到了他们的谈话，以为他一定已经拥有了宝石，所以他虽然就在他们眼前，他们却看不见他。这突如其来的好运气令他一阵激动，他决定不跟他们打招呼就回家去；于是他就调头往家里走了。

布法尔马科真的见他往回走了，问布鲁诺：“我们怎么办？也回去吧？”

“好吧，”布鲁诺回答说，“咱们也走吧。不过我向天主发誓，今后卡兰德里诺再也别想愚弄我了。如果他还像整个上午那样跟我们在一起，我就用这块石头砸他的脚后跟，让他一个月也忘记不了他对我们的愚弄。”他一边说一边挥臂将那块石头扔过去，正好砸在卡兰德里诺的脚后跟上。卡兰德里诺疼得抬起脚，朝痛处吹几口气，但他却忍着不作声，匆忙向前赶路。

布法尔马科手里正拿着一块他刚才捡到的石头。“看见这块石头了吧，”他对布鲁诺说，“但愿它能击中卡兰德里诺的腰背部。”他也挥臂一掷，那块石头狠狠地砸在了卡兰德里诺的后腰上。他们就这样一路上一边用石头打卡兰德里诺一边威胁他，从穆尼奥内河谷回到了圣加洛门口。他们把捡来的石头都扔在了那里，与通行税收员闲聊了一会儿；收税员们已事先得到他们的通知，假装看不见卡兰德里诺，让他进了城，这件事把他们笑得前仰后合。卡兰德里诺一口气跑回家里。他家离圣加洛门不远，位于坎图德拉马齐那大街。恶作剧的人真是非常走运，因为无论他是沿河而下还是穿街走巷，都没有任何人跟他打招呼；再说他并没遇见很多人，因为当时大多数人都正在家里吃午饭。

就这样，卡兰德里诺身上带着重重的石头回到了家里。他妻子碰巧站在楼梯口上，她是一个善良的女人，而且长得漂亮，名字叫泰莎。她因丈夫出去了这么久才回来，很是生气，所以一见他进屋就开始责骂他："好哇，你真是活见鬼！别人都吃完了午饭，你才回来想要吃饭！"

卡兰德里诺听到了妻子这话，意识到他能被人看见，心里一沉，不禁愤怒地对她大声嚷："嗨，你这个坏女人，你在这儿干什么？瞧，你毁了我的法术！我向天主发誓，你要为此付出代价！"他走进自己的房间，放下身上带回来的石头，然后满腔怒火地扑向妻子。他揪住她的头发，将她摔倒在自己脚下，对她拳打脚踢，直打得她披头散发，浑身骨头都散了架。她抱着双臂，不住声地求饶，但毫无效果。

布法尔马科和布鲁诺在城门口停下脚步，与守城门的卫兵咯咯笑了一会儿，然后继续溜达，跟在卡兰德里诺后面，来到他的家门口。他们听见他正在痛打妻子，于是装作刚刚来到的样子在外面高声喊他开门。卡兰德里诺面色通红，气喘吁吁，满头大汗地来到窗口，请他们上楼来。他们装出一副不高兴的样子走上楼来，见他屋里乱七八糟地堆满了石头，卡兰德里诺的妻子被打得遍体鳞伤，脸上也是青一块、紫一块的，蜷缩在墙角里伤心地哭泣着；卡兰德里诺解开了腰带，胸脯剧烈起伏，还正生着气，一副疲惫的样子，坐在妻子的对面。

他们两人站在那儿看了一会儿，然后说："卡兰德里诺，这到底是怎么回事？你打算用这些石头干什么——砌墙吗？……泰莎夫人怎么了？好像你打了她。到底发生了什么事儿？"

卡兰德里诺带着沉重的石头走了很远的路回来，又气急败坏地打了妻子一顿，更不用说他因为自己好运已去而痛苦不堪，所以他筋疲力尽，上气不接下气，连一句连贯的回答都说不上来。布法尔马科见此情形，不等他回答就又接着说："如果你是因为别的事儿生气，那你也没有任何理由如此嘲弄我们呀。你说服我们跟你一起去寻宝石，可你连句‘再见’都不说就离开了我们，把我们像一对傻子似的扔在那里，而你自己悄悄地溜回了家里。做人可不应该那样啊，说真的，今后你别想再愚弄我们了。”

卡兰德里诺听了他的话，振作起来，大声说：“好了，别生气嘛，事情根本不像你们想的那样。我的确找到了宝石，可是非常倒霉呀！所以请听我把发生的真实情况讲给你们听吧。当你们二人相互问我在哪儿时，我离你们实际上不到十码远。我见你们怎么也看不见我，我就在你们前面先往回走了，一路上我也就在你们前面不远，先回到家了。”他从头到尾讲了整个事情的经过，他们说了什么，做了什么，又让他们看了他们用石头打中他的脚后跟和腰背部留下的伤痕。“当我走过城门进城时，”他继续说，“我带着满满一大衣兜石头，就是你们看见的这堆石头，可是守城门的卫兵一句话也没跟我说，你们知道平时那些卫兵有多么讨厌，每一件小东西都要检查。另外，我在大街上还遇见几位老朋友和熟人，平时我们总是开开玩笑，他们经常请我喝酒的，可是这一次他们连半个字都没跟我说，就好像他们没看见我。最后，我到家时，这个该死的女人从屋子里蹦出来，看见了我，因为你们知道女人有破坏一切事物的神奇功能。刚才我还以为我自己是佛罗伦萨最幸运的人，而现在却成了最不幸的人了。因此我用尽浑身力气狠狠揍了她一顿，我真不知道我为什么没有割伤她的手腕。真该诅咒我第一次见到她，她一进我家门的那一时刻呀！”他越说越生气，又要站起来再揍她一顿。

布法尔马科和布鲁诺听着卡兰德里诺的讲述，装出十分吃惊的样子，不断地插话证实他说得不错，尽管他们实际上多次差点忍不住哈哈大笑起来。但他们见他愤怒地跳起来，又要打他妻子，他们赶紧站在他们中间，拦住了他，对他说这根本不是他妻子的错，是他自己的错，因为他知道在女人面前任何魔法都会失灵，但他从未告诉她今天别出现在他面前。无疑，天主使他忘记了这一谨慎措施，或者因为他命中注定是不幸的，或者因为他本应与朋友分享他发现的宝石而他却成心欺骗他们，才受到如此报应。他们费了很大劲，说了多少好话才使卡兰德里诺与他那浑身疼痛、哭哭啼啼的妻子和解了，然后他们告辞，留下他自己面对那满屋子的石头郁闷忧伤。

故事 4

一位漂亮的寡妇如何摆脱了一个好色的神甫以及寡妇的丑陋女仆如何在这一过程中给自己挣得了一件衬衫。

爱丽莎的故事结束了，大家都认为这是一个最令人满意的故事。女王向艾米莉亚转过身来，示意她接下去讲个故事。艾米莉亚立即开始了下面这个故事：

我记得，前面讲述的好几个故事都是详尽地表现牧师、神甫和教士们所扮演的以各种方式勾引我们女人的角色。但是，无论人们就此话题谈得有多么多，也还是有很多这类故事可讲，所以我打算再给大家讲一个这样的故事：一位大教堂的教长不顾别人会怎么想，他一心想勾引一位出身高贵的寡妇，不论她愿意还是不愿意。但那寡妇是一个聪明的女人，使他受到了应有的对待。

大家都知道，菲埃索莱是一个非常古老的城市，曾经非常重要。请看，我们从这里能看得见它的山顶。如今它已陷于毁灭，但这并未妨碍它仍然拥有它自己的主教。从前有一个寡妇，名叫皮卡尔达，她拥有一小块土地，建了一个不大的宅子，就在大教堂附近；她出身高贵，但不富有，因此她每年大部分时间都和她的两个温文尔雅、品格高尚的年轻弟弟住在这里。皮卡尔达仍然是一个非常漂亮、艳丽迷人的年轻女人，因为她经常去大教堂做礼拜，教长（牧师会的会长）深深地爱上了她——她的美丽使得教长神魂颠倒。不久，教长就鼓起勇气去拜访她，向她表明心意，要求她接受他的爱，并以同样的爱回报他。

教长虽然年事已高，但在精力上却跟小伙子一样，厚颜无耻、骄横傲慢；他以为一切事物、所有的人都是唯他命是从，使自己成为一个极不受欢迎、目空一切、举止粗鲁、惹人厌烦的人。这位寡妇比任何人都更厌恶他——她不能忍受他，一见他就头疼得厉害。不过，她给他的回答还是非常明智的："先生，您竟然爱上我是最令人愉快的事情，作为回报我应该爱您而且很高兴爱您。但是在您与我之间的爱情里永远也不能有一丝一毫不纯洁的东西。您是我的精神之父，您是一位牧师，而且您已经上了年纪，这一切都应该使您纯洁、高雅。当然，一位年轻姑娘可以是男人谈情说爱的合适对象，可是我已不是年轻姑娘了，我是一个寡妇，您知道一个寡妇应该恪守哪些贞洁标准。所以，请原谅，如果说我不想按您要求的那样去爱您，那么我也不想接受您的那种爱。"

那一次，教长从她那里一无所获，但他并不因第一次受到挫折就放弃；他靠着他的厚颜无耻，继续逼迫她、给她写信、捎口信，每当在教堂里见到她，就亲自当面跟她谈、挑逗她。皮卡尔达终于觉得他这种求爱太过分了，真是忍无可忍，想来想去，没有别的办法，只好用他应有的方式来摆脱他。但她在采取步骤之前，就这件事儿与她的两个弟弟商量一番。她将教长的不良居心和她自己的计划都告诉了弟弟们，得到了他们的完全赞同。几天后，她又像往常那样去了教堂。教长一见到她，就立刻鬼鬼祟祟地朝她走过来，像往常那样与她随便地交谈起来。

皮卡尔达见他走过来，便与他四目相对，向他嫣然一笑。他们走到一边，她听那教长又喋喋不休地说了一番废话之后，叹了一口气，说："先生，我多次听人说，一座城堡，修得再坚固，也经不起日复一日地攻打，终究是要沦陷的。我的情形似乎就是如此：您不断地用甜言蜜语、柔情蜜意从四面八方向我进攻，终于战胜了我的决心。既然您这么喜欢我，我就只好答应您的要求了。"

教长立刻喜上眉梢。"夫人，"他微笑着说，"谢谢您！说真的，您坚持这么久，真令我惊讶——别的女人都没有跟我这样。她们远远不是这样，如我偶尔所说：即使女人都是银子做的，也不能用她们造出银币来，因为她们都经不住铁锤的敲打。但那只是顺便一说。那么我们何时、何地可以欢聚呢？"

"唉，亲爱的，至于何时——您喜欢何时就何时吧：我没有丈夫需要伺候，每个夜晚都是方便的。至于何地：我想不出合适的地方。"

"怎么会想不出呢？您家里不是很合适吗？"

"您知道，我有两个弟弟，整天带着朋友在家里进进出出，房子又不够大。所以在我家很不方便，除非我们都愿意装作哑巴，连一声耳语都不说，像瞎子一样在暗处摸索行事。如果您不介意，我们就在我家里欢聚，因为他们从不进我房间。但是他们的房间就在我的隔壁，连最小声的低语他们都会听见的。"

"那么，我们就在您那儿将就一两夜吧，"他说，"以后我再设法找一个比较方便我们欢聚的地方。"

"那就由您做主好了。但我求您一件事——一定要保守秘密，千万不要让外人知道。"

"您不要担心。只是考虑一下我们能否在今夜就欢聚一次。"

"好吧，"她说。她告诉了教长当夜怎样去，什么时候到她家，然后就回家了。

皮卡尔达有一个女仆，年纪不小了，长着一张世界上最丑陋、最奇形怪状的脸：她是扁鼻子、歪嘴巴、嘴唇又厚又大、门牙里出外进、一双斜眼总在发炎、灰黄色皮肤，好像她不是在菲埃索莱而是在疟疾流行的西尼加利亚度过的夏天。仿佛那样丑陋得还不够，她还是个瘸子，走起路来身子向右侧倾斜。她的名字叫丘塔，因为她的肤色，大家都管她叫蛋黄。但尽管她长相丑陋，却是个很不安分的姑娘。

皮卡尔达把她叫来，对她说："如果你愿意今晚帮我做一件事，我就给你一件漂亮的新衬衫。"

听到"衬衫"这个词，那女仆说："啊，夫人，如果您给我一件新衬衫，我愿意为您赴汤蹈火，别的就更不用说了！"

"很好，我要你做的事就是今天夜里在我的床上跟一个男人睡觉、与他做爱，但要小心，一句话也别说，否则我的弟弟们会听见你说话的，因为他们就住在隔壁，记住了吗？事后，我就给你那件衬衫。"

"跟一个男人睡觉？"蛋黄大声说，"嗨，如果必要，我可以跟六个男人睡觉！"

那天晚上，教长根据夫人的指示按时来到，那两个弟弟按与姐姐商量好的，在他们的房间里翻箱倒柜，砰砰地响，故意让隔壁听得见他们的声音。教长悄悄地溜进皮卡尔达卧室的黑暗之中，按照夫人吩咐，摸索着上了床；夫人早已详细地告诉了蛋黄该怎么做，所以蛋黄也按计行事。教长还以为他身边躺着的就是他的情人，把蛋黄搂在怀里，开始不住地亲吻，一句话也不说，蛋黄也连连回敬他，不吭一声。然后，教长爬到她身上，占有了他长久以来苦苦追求的女人。

皮卡尔达按照她的计划，使这场戏进行到了这一步，然后就按他们商量好的，吩咐她的两个弟弟进行计划的余下步骤。于是，两个弟弟悄悄地溜出房间，直奔大教堂前的广场，运气比他们希望的好得多：那天夜里天气热得难以形容，喜欢吃喝交际的主教正想派人叫来这两个小伙子，想问问他们，他可否到他们家去喝点酒，解解暑。主教见他们来了，就提出了自己的要求，并在那兄弟俩陪伴下来到他们家。他们家的院子里点着很多盏灯，主教一走进这个凉爽宜人的院子里，就开始津津有味地品尝起他们的美酒来。

他们畅饮一番过后，两个青年人说："主教大人，您屈尊光临寒舍，我们不胜荣幸，我们去广场就是要邀请您，我们家有一个小小奇景，如果大人愿意过目，我们将非常高兴。"

主教同意看一看，于是一位小伙子手持火把在前面带路，主教与其他人紧随其后，一直来到教长与蛋黄同睡一床的房间。教长在他们到来之前，为满足欲望心急如火，骑在蛋黄身上已驰骋过了第三个里程碑，因此有些疲倦，此时尽管天气很热，他搂着蛋黄睡得正香。那小伙子手持火把，进入房间，后面跟着主教和其他人，众人见那教长把蛋黄搂在怀里。教长发现灯火通明，周围站满了人，猛然惊醒，极为尴尬，非常害怕，赶紧钻到床单底下。主教将他严厉地训斥了一顿，命令他伸出头来，看看他究竟跟谁睡在一起。教长发现皮卡尔达捉弄了他，使他陷入如此困境，顿感自己是世界上最悲哀的人。主教命令他穿上衣服，派身强力壮的人将他押回大教堂，他肯定将以苦行来补赎他犯下的罪行。因主教想知道那教长怎么会来到这里与蛋黄睡在了一起，兄弟俩便把事情的来龙去脉都给主教说了，主教对皮卡尔达大加赞赏，也夸奖了那两个小伙子，因为他们避免了自己的手玷污上牧师的血，而是使他受到了应有的对待。

教长因此罪过，被主教处罚，苦苦忏悔四十天，可事实上情欲和愤慨使他痛苦了何止四十几天，更不用说他很长时间不能上街，因为那些顽童们一见到他就指着他喊：“看哪，他就是与蛋黄睡觉的那个男人！”他觉得这实在无法忍受，简直气得他发疯。就这样，那位勇敢的女人摆脱了无耻的教长，蛋黄给自己挣得了一件衬衫。

故事 5

一位法官如何在审判席上审理案件时掉了裤子。

艾米莉亚讲完了故事，那寡妇受到大家的一致称赞。然后，女

王朝菲洛斯特拉托转过身来。“现在轮到你了,”她说。菲洛斯特拉托立刻表示说,他已经准备好了,于是这样开始了:

刚才爱丽莎的故事提到那位名叫马索·德尔·萨焦的青年,这使我放弃了原打算要讲的故事,就给大家讲一个关于他和他的几个朋友的故事吧。虽然这个故事并非完全下流,但的确使用了一些你们这些美丽小姐用起来脸红的字眼,可这故事非常有趣,无论如何我还是要把它讲给大家听。

大家可能听说过,我们这座城市的主要行政官都来自马尔凯区①,他们通常都是些吝啬的人,过着一种乖戾的、小气的生活,实际上卑鄙到了极点。由于他们根深蒂固的吝啬习惯,他们带来当法官和公证人的那些人可能都是从田野里或修鞋摊上拉来的,而不是毕业于法律学校。一个来自马尔凯的主要行政官上任时带来了很多法官,其中有一人名叫尼科拉·达·圣埃尔皮迪奥——这家伙从长相上看,很像是一个铁匠——这位尼科拉被任命为审理刑事案的法官之一。经常有这样一种市民,即使他不打什么官司,他也喜欢到法庭里看一看。一天早晨,马索·德尔·萨焦正在找一位朋友,碰巧来到了法庭上。他朝尼科拉法官坐着的地方瞥了一眼,于是就仔细打量了他一番,因为他看那法官活像一个供骗子诈骗钱财的傻瓜。他注意到,那法官头戴一顶炭黑色松鼠毛皮做的法帽,腰带护套上悬挂着一支鹅毛笔和一个墨水瓶,他的法袍很短,几乎盖不住他的长达膝盖的短袖束腰外衣,总之他的这身打扮与他官职的尊严很不相称;但最引起马索注意的是他那条坐下时就能看得见的裤子,他的法衣因太紧太瘦,在前面敞开着:裤子的两条裤腿未及他大腿的一半。

①来自马尔凯区:情况确实如此,许多地方长官来自“粗野的”地区,像佛罗伦萨人这种对他们不满的“城市滑头”,通常把这些乡下人看作是不懂世故的乡下佬,非他们所能理解的人。

马索只在这儿逗留、打量了那法官一会儿，然后就不再找他原来要找的那个朋友，而是去找其他人，直到他找到这两个朋友，一个名叫里比，另一个名叫马特乌佐，两个人都像马索一样喜欢闹着玩儿。“喂，听我告诉你们一件事，”他对他们说，“请跟我到法庭去吧，我要让你们见识一位你们从未见过的傻瓜。”

他带他们来到法庭，指给他们看那法官和他穿的那条裤子。他们从很远处看那法官就已经禁不住哈哈大笑了。他们又往法官坐着的高台靠近一些，发现人可以很容易地悄悄溜到高台下面，而且法官脚踏处的一块木板断裂了，躲在高台下面的人完全可以从断裂处伸出一只手臂。

“让我们把他的裤子扯下来，”马索对那两个朋友说，“这事儿很容易干。”

他们三个人想出一个办法，于是商量好了每个人说什么、做什么，第二天早晨又回到了法庭。法庭里人很多，非常拥挤，马特乌佐在人们不注意的时候悄悄地溜到了高台底下，就藏身在法官脚踏处下面。马索从一侧靠近法官，抓住他的这一面衣襟；里比从另一侧靠近法官，抓住他的另一面衣襟。然后马索说：“法官先生，看在天主面上，别让那边的小偷跑了，叫他把我的靴子还给我；他偷了我的靴子，但他不承认；一个月前我见他拿着那双靴子去换底呢。”

里比则在另一侧大嚷：“先生，别信他的话，他是个卑鄙的无赖。只因为他知道我来控告他偷了我的旅行袋，就跑来诬告我偷了他的靴子，其实那是我几天前刚买回家的一双靴子。如果您不信，我有好几位证人：隔壁蔬菜水果店的女人、卖牛肚的巴特鲍尔夫人，还有打扫圣玛利亚教堂和维尔扎亚之间那段大街的那个男人，他亲眼看见他从乡间回来。”①

①……从乡间回来：里比故意说些不相干的话，“他”是谁，谁从乡间回来并不明确。

马索不停地打断他，里比就更大声地叫喊，把他的声音压住。法官站起身来，尽力靠近他们，好听清楚他们到底在说些什么；马特乌佐利用这个机会，从木板裂口处伸出手来，抓住法官的裤脚，猛然用力往下一拉；因为那法官是个皮包骨的瘦长条子，他那条裤子立刻被拉下来了。他感觉有什么事发生了，但不完全知道发生了什么，他竭力拉扯着法袍，遮掩前面，并坐了下来，马索和里比仍一边紧紧抓住他的两面衣襟，一边不停地叫嚷："先生，您不为我主持公道，您到底是什么意思？啊，您不是在听我申诉，您是在准备退庭了！在佛罗伦萨，审判这一类鸡毛蒜皮的小事儿是不需要查阅书面法律条文的。"他们两人一边说，一边在两侧拉着他的衣襟，这样法庭上每一个人都看得见他的裤子掉了。马特乌佐把他的裤子扯下来，攥在手里一会儿就松开了，悄悄地溜走了，谁也没看见他。

"我向天主发誓，"里比觉得闹够了，就说，"等着瞧吧，到年底再来找你算账——那时我一定要把这件事儿了结了！"

马索也松开了法官的衣襟，说："我可不等到年底。我要不断地来，直到我发现您不像今天早晨这样心事重重的。"

说完，他们从法官的两侧飞快地离开了法庭。

法官先生当着全法庭众人的面，提上裤子，仿佛刚刚起床似的。当他意识到发生了什么时，便查问那两个为靴子和旅行袋争论不休的人哪里去了。他看在哪儿也找不到那两个人，便向天主发誓说：有一件事他非要搞清楚不可，那就是当法官正在审判时，佛罗伦萨人是否有替法官脱裤子的习惯。主要行政官听说了此事，大发雷霆；但他的一些朋友劝他说，佛罗伦萨人之所以搞出这场恶作剧，只是为了证明他们完全意识到这样一个事实：他为了省钱，并未带来真正意义上的法官，而带来一些小丑。所以，他认为还是不声张为妙，他也的确未对此事继续追究。

故事6

卡兰德里诺杀了一头猪，准备把猪肉用盐腌上，但是布鲁诺和布法尔马科夜里蹑手蹑脚地溜进来，把肉偷走。他们如何帮助卡兰德里诺找到罪犯。

菲洛斯特拉托的故事逗得大家笑个不停。他的故事一讲完，女王就命令菲罗美娜接着讲她的故事，于是菲罗美娜开始了：

正如马索这个名字使菲洛斯特拉托想起并讲完了刚才大家听到的那个故事，我也同样从卡兰德里诺及其朋友们的名字想起另外一个关于他们的故事，我想把这个故事讲给大家，你们会喜欢它的。

我不必再向大家介绍卡兰德里诺、布鲁诺和布法尔马科是什么人了，你们对这几个人已经有了足够的了解。所以，我这就开始讲故事了。卡兰德里诺在佛罗伦萨附近有一个小田庄，那是他妻子的陪嫁，每年除农产品外，他还能从田庄得到一头猪。每年十二月他都习惯地与妻子一起去田庄宰猪腌肉。

有一年，卡兰德里诺的妻子身体不舒服，于是他独自一人前去田庄宰猪。布鲁诺和布法尔马科听说了此事，知道他妻子不准备跟他一起去了，便也去乡下一位当教士的朋友家里住了几天，那位教士是卡兰德里诺在乡下的邻居。卡兰德里诺在他们到达的那天早晨把猪宰了。他看见他们和那教士在一起，便向他们表示欢迎说："我要让你们看看我是一个多么手巧的人。"

他们看到，那是一头极好的肥猪，又听卡兰德里诺说他打算把猪肉腌上，供家人平日食用。"别犯傻了，"布鲁诺说，"把它卖了；

咱们用卖猪的钱乐一乐！你可以对你老婆说，猪被人偷去了。”

“不行，”卡兰德里诺说，“她永远也不会相信我的；她会把我赶出家门的。别胡扯了——我不会那样做的。”

他们又说了很多话，劝他把猪卖了，但都未奏效。卡兰德里诺邀请他们留下吃午饭，但他们见他并非真心诚意，因此谢绝了并向他告辞。

“我们今天晚上去偷他的猪好吗？”布鲁诺对布法尔马科说。

“我们怎么偷呢？”

“如果他不把猪移到别的地方去，我就会有办法的。”

“那咱们就去偷吧，”布法尔马科说，“真的，为什么不呢？我们就用卖猪的钱与教士好好享乐一下。”

那教士非常赞成他们的想法。于是布鲁诺说：“我们需要略施小计。布法尔马科，你是知道的，卡兰德里诺是一个极小气的吝啬鬼，如果不让他付酒钱，他就喝个没够。我们把他弄到酒馆里，教士假装请我们喝酒，付账单，不用他花一分钱。他会喝得酩酊大醉。然后，偷猪的事就变得极为容易了，他家里只有他一个人。”

他们按照布鲁诺的建议行事。卡兰德里诺见教士不让他付账单，就毫无节制地喝起酒来，尽管一点儿酒就能使他晕头转向，但他喝得很起劲，竟喝了大量的酒。他离开酒店时，夜已经很深了，他不吃饭，回到家就躺下睡觉了，以为他已经锁好了前门，其实门是开着的。布法尔马科和布鲁诺去与教士一起吃晚饭，饭后他们带上要撬开卡兰德里诺房门的工具，去了布鲁诺事先计划好的地点。他们悄无声息地来到卡兰德里诺家，发现前门开着，便溜了进去，把那头猪从钩子上取下来，把它抬回教士家里，然后上床睡觉了。

第二天早晨，卡兰德里诺起了床，酒已经完全醒了，他走下楼，四处看看，发现猪不见了。他见前门敞开着。于是他到处找人询问，谁偷了他的猪，可是谁也不知道，他便急得很，开始大声嚷嚷起来，“可怜的我呀，可怜的、倒霉的我呀，有人把我的猪偷去了！”布鲁诺和布法尔马科起床后，来到卡兰德里诺家，要听听他对猪不见了怎么一个说法。当他见到他们时，他简直是哭着说："哎呀，哎哟，我的朋友，我的猪被人偷去了。"布鲁诺慢慢地走到他身边，小声说："哎呀，干得好，你终于聪明了一次！"

"哎呀，我不聪明！我说的是真话呀！"

"这样做是对的，"布鲁诺不停地说，"使劲地大声嚷嚷，这样人们就会真的以为你的猪被人偷去了。"

听了他的话，卡兰德里诺真的抬高了嗓门，大叫起来："我向天主发誓，我说的是真话，我被人抢劫了！"

"对，对，真是太好了，"布鲁诺说，"坚持下去。就这么大嚷大叫，一定要让所有的人都听见，一定要使你的说法听上去十分真实。"

"哎呀，我都要急死了！既然我不能使你相信我的猪被人偷去了，我只好去上吊了！"

"等一下：怎么会有这样的事儿呢？"布鲁诺问，"昨天我还看见它在这儿呢。难道你想让我相信它不翼而飞了吗？"

"它真的被人偷去了。"

"不！这不可能，"布鲁诺说。

"我说的是真话！见猪没了，我简直是目瞪口呆了，我不知道怎么回家向老婆交代，她不会相信我的；即使她相信了我，明年一年她也不会让我安宁的。"

"哎呀，"布鲁诺说，"如果猪真被人偷去了，那真是够倒霉的了。但听着，卡兰德里诺，这话是我昨天教你说的。如果你用这话既骗你老婆同时又骗我们，我可要生气了。"

卡兰德里诺又开始大叫起来："啊，你要把我逼疯了！我告诉你们：昨天夜里有人把我的猪偷去了。"

"好吧，如果那是真的，"布法尔马科插话说，"我们得想个办法把它找回来呀。"

"我们能想出什么办法呀？"

“这个，”布法尔马科说，“不论是谁偷了你的猪，他总不会不远万里从印度来干这个事儿。他一定是你的一个邻居：如果你能把这些邻居都请来，我就使用面包和奶酪裁决法① 。我们会很快弄清楚谁偷了你的猪。”

“哦，你真想那样干吗？”布鲁诺插话说，“你的面包和奶酪对这里你要请来的一些乡邻们没有一点儿用处！我敢断定，偷猪的人就在他们中间，但你永远也别指望他们喜欢落入你的小圈套。”

“那该怎么办呢？”布法尔马科问。

“我们应该这么做，”布鲁诺回答说，“用一些上好的姜丸和几杯白葡萄酒来试探他们。邀请他们来喝酒，他们会毫不迟疑地来。姜丸像面包和奶酪一样，也是可以通神的。”

“你说得太对了，”布法尔马科说，“卡兰德里诺，你认为这主意怎么样？你想不想这样做？”

“当然想！看在天主面上，让我们马上就那么做吧。只要我知道是谁偷了我的猪，我的气就已经平息了一半。”

“你说得对，”布鲁诺说，“如果你给我钱的话，我愿意去佛罗伦萨采办你需要的东西。”

卡兰德里诺掏出一大把铜钱，交给了他。

布鲁诺去了佛罗伦萨，拜访了一位当药剂师的朋友。他买了一磅上好的姜丸，又让他们用欧龙牙草芦荟和狗粪配制了两粒药丸，外面裹上糖衣，大小和姜丸一般大，但在上面做了一个小小的记号，以便于他清楚地认出它们，避免与姜丸混淆。他买了一瓶上好的白葡萄酒，回到卡兰德里诺的田庄，对他说：“明天早晨你去把所有你认为可疑的人都请来喝酒。明天是个节日，他们都会很高兴来的。今

---

①面包和奶酪裁决法：对所谓“神裁法”的司法程序的戏仿。“神裁法”实际上是一种选择性拷问，意大利民间测试某人是否干了坏事，拿面包和奶酪给他吃，如果他咽不下去，就说明他干了坏事。

天晚上我和布法尔马科要在每个姜丸上念些咒语，明天早晨我把这些姜丸带到你家。因为你是我的老朋友，我愿意亲自动手分发姜丸，做什么和说什么都按计而行。”

第二天早晨，卡兰德里诺按布鲁诺的吩咐，请来了一大群人，有当地的农民，还有从佛罗伦萨来暂住乡下的年轻人，让他们聚集在教堂前面的榆树下面。布鲁诺和布法尔马科带着一盒姜丸和一瓶白葡萄酒来到这里。他们让大家站成一圈，布鲁诺说：“先生们，让我先说明一下请大家来这里的原因，那样，如果有你们不高兴的事情发生，你们就不会怪罪于我了。昨天夜里，卡兰德里诺的一头大肥猪被人偷去了，但他找不到罪犯。不论是谁偷的，他只能在我们这些人中间，为了调查出偷猪的人，他要请你们每人吃一粒姜丸，喝一口白酒。你们现在就得明白，偷猪的人是咽不下那粒姜丸的，他会感觉那粒姜丸比胆汁还苦，会把它吐出来。所以，偷猪的人最好去向教士忏悔，免得在这么多人面前出丑，我也就不用动手分发姜丸了。”

所有在场的人都坚持说他们愿意吃姜丸，于是布鲁诺让他们排好队，让卡兰德里诺也站在他们中间，然后从一头开始发给每人一粒姜丸；当他来到卡兰德里诺面前时，布鲁诺拿出一粒狗粪丸放到他手里。卡兰德里诺将那粒狗粪丸迅速放进嘴里，开始咀嚼。但他一尝到芦荟的味道，就感到苦得受不了，把它吐了出来。众人都在彼此注意看，看谁要把姜丸吐出来。布鲁诺还没发完姜丸，假装没注意到卡兰德里诺把他的药丸吐了出来，但他听到身后有人大喊：“嗨，卡兰德里诺，这是怎么回事儿？”他转过身来，看见卡兰德里诺已经吐出了他的药丸，便说：“等一等！也许是别的原因使他吐出了姜丸。来，再吃一粒。”他拿出第二粒，把它放进卡兰德里诺的嘴里，又接着分发剩下的姜丸。卡兰德里诺发现第一粒药丸很苦，这第二粒药丸就更苦了。他为刚才吐出了药丸而深感惭愧，因此这一次他把药丸含在嘴中，稍微嚼了一嚼，巨大的泪珠从他眼睛里涌了出来，那泪珠像一粒粒大榛子似的，但最后他还是忍不住，就像第一次那样把药丸吐了出来。这时布法尔马科、布鲁诺一起正给大家斟酒。他们和众人都看到卡兰德里诺吐出了药丸，都说当然一定是他自己把猪偷走了，实际上还有人尖刻地谴责他。

众人都散去了，只剩下布鲁诺和布法尔马科留下陪着卡兰德里诺。“好啦，”布法尔马科对卡兰德里诺说，“我一直认为是你自己把猪偷走了，而你却想让我们相信是别人偷了它，所以说你是舍不得用卖猪的钱请我们喝酒。”

卡兰德里诺还没有把嘴里芦荟的苦味吐干净，就赶紧发誓说偷猪的人不是他。

“得了吧，我的朋友，”布法尔马科接着说，“你把那头猪卖了多少钱？六个金币吗？”

这话真使卡兰德里诺有口难辩，陷入了绝望。这时布鲁诺对他说：“听着，卡兰德里诺。我从一个与我们一起吃喝的朋友那儿听说，你在这儿私下里养了一个年轻的姑娘，把你艰难弄来的几个钱全花在她身上了。他完全相信你把那头猪送给她了。很清楚，你已经成为一个十分狡猾、叫人莫测高深的人，你的确是这样一个人了！上次你领我们去穆尼奥内河谷捡黑石头，你让我们在那里忙得团团转，而你却悄悄溜走了；然后你又试图让我们相信你找到了宝石！现在你又故伎重演：想让我们相信你那庄严的誓言——你的猪被人偷去了，而实际上你把它卖了或送给了你的情人。好啦，我们不再受你的欺骗了，我们了解你了，你别想让我们上当了。实际上，我们费了很大劲在那些姜丸上念咒语；因此，你应该为我们做点什么作为酬谢，送给我们每人一对阉鸡吧，否则我们就把你在这里干的这些事儿全都告诉你妻子泰莎。”

卡兰德里诺见他们不相信他，又感到不提他的妻子他遇到的麻烦就已经够多的了，可不能再让他们去她面前胡说八道了，只好给了他们每人一对阉鸡。于是，布鲁诺与布法尔马科腌了猪肉，然后把猪肉带回佛罗伦萨，使卡兰德里诺既赔了钱又丢了面子。

故事 7

一个女人使她不喜欢的求爱者在雪地里站了一夜。夏天来了，那位求爱者非常漂亮地报复了她。

可怜的卡兰德里诺，他被捉弄的故事使小姐们笑个不停！如果不是同情卡兰德里诺还要给偷他猪的人赔上几只阉鸡，她们就会笑得更加起劲。这个故事结束后，女王吩咐潘比妮亚接着讲她的故事，潘比妮亚立刻开始讲起下面这个故事：

聪明反被聪明误的事情经常发生；有的人为了自己的快乐去取笑别人，他的理智哪里去了？我们已经讲了许多关于恶作剧的故事，大家听了都十分开心，但没有一个故事提到捉弄别人的人受到惩罚。现在我打算讲一个关于正当报复的故事，以激起大家去同情被捉弄的人，这一报复是施加在我们城里一位夫人身上的，她要花招捉弄别人，当被捉弄的人也用计报复她时，差一点儿使她丢了性命。你们听了我的故事定会得到一些裨益的，因为你们会更加小心不去玩恶作剧，那么你们就会变得聪明！

不久以前，佛罗伦萨城里有一个少妇，名叫艾伦娜。她长得漂亮，出身高贵，家产丰厚，但待人傲慢。她成为寡妇后，不想再嫁，但却找了个英俊文雅的青年做她的情人。他们经常在一起幽会，每一次都玩得十分快乐，因为她毫无后顾之忧，她有一个心腹女仆，那女仆十分周到地伺候她，并且为他们牵线搭桥。

那时大约就在这个季节，有一位年轻的佛罗伦萨贵族、名叫里尼埃里，在巴黎① 留学多年后回到佛罗伦萨。他不像许多人那样为

①巴黎：甚至在意大利也以其神学院而闻名，但通常是以其哲学研究而著称。

利益而出卖知识，而只是为了深明事理，探究缘由，这很适合一个有教养的人。他在佛罗伦萨定居下来，生活得十分时髦，由于他门第高贵，学问渊博，颇受人们的尊敬。但越是学问高深的人越是容易坠入情网，这种事情经常发生，也落在了里尼埃里身上。有一天，他很愉快地去参加一次聚会，这位夫人艾伦娜像我们这儿的寡妇一样身着一身黑色衣服，出现在他的眼前，他认为，他从未见过第二个像她这样美丽迷人的女人。他想，受天主恩典能将这个女人赤身裸体地搂在怀里的男人，真可以说是进入了天堂。他偷偷地瞥了她一两眼，心里明白，生活中重要而有价值的东西不努力是得不到的，因此他决心用他的全部身心来讨她的欢心，那样他就能得到她的爱，最终满足自己对她的欲望。那年轻夫人也以为自己很美，从不习惯于把眼睛盯在女伴身上，而是经常左顾右盼，很快就发现了是谁在用如此炽热的眼神盯着她看。当他发现了对她一片深情的里尼埃里时，心中暗暗狂喜，对自己说："我今天不会白来了；如果我没有弄错的话，我已经亲自钩住了一个十足的笨蛋。"她开始不时地斜眼瞥他，尽力向他暗示她对他并非无动于衷。她的想法是，她设法勾引到的男人越多，人们越重视她的美丽，那个已得到她的美丽和爱情的男人就会更加爱她。

这时，这位满腹经纶的学者把他的哲理思考全放在了一边，他的全部心思都集中在了她的身上。他找到了她的住址后，开始以各种借口天天在她的家门前走来走去，他以为这样做就能博得她的欢心。艾伦娜假装很高兴见到他，原因就是已经说过的——她很自负。因此，里尼埃里设法与她的女仆交上了朋友，向她吐露了对她女主人的爱情，求她在女主人面前为他美言几句，他就可能得到她女主人对他的爱。

那女仆不住口地答应，把他的话全告诉了女主人，她一边听一边哈哈大笑，说："这家伙从巴黎带回了学问，可是看哪，他又把学问全丢在了什么地方！好吧，让我们满足他的愿望吧。他下一次与你搭话时，你就告诉他，我爱他远远超过他爱我；但如果我想在其他女人面前抬起头来，那么我必须考虑自己的名声；如果他真像他自己所声称的那样是个聪明人，那他就应该更加珍爱我了。”

唉，唉，愚蠢的女人啊！她根本不知道与知识分子们较量会产生什么样的后果。那女仆按女主人吩咐找到他，转告了女主人的那番话。里尼埃里高兴地多次向她提出更加热烈的求爱；他给她写情书，送礼品，每一封信、每一件礼物都被收下了，可他得到的回答却总是最不明确的。艾伦娜就这样长期牵着他的鼻子走。

最后，她把这一切都告诉了自己的情人，这使他真的非常嫉妒，并对她生气了。所以，为了向他证明他的怀疑是没有根据的，她让女仆传话给仍在不停地追求她的里尼埃里，说自从她相信他爱她以来，一直未找到机会满足他的愿望。但是，她的确希望在即将到来的圣诞节期间与他相聚一会儿。如果他愿意，他可以在圣诞节后的第二个夜晚来到她院子里等候，她会尽可能快地出来会他。这位学者听了她的话高兴极了，按艾伦娜指定的时间来到了她家，女仆把他留在院子里，锁上了大门。他开始在院子里等候夫人。

那天晚上，艾伦娜派人请来自己的情人，与他一起快活地享用了一顿美味可口的晚餐，饭后她把那天夜里她计划要干的事情告诉了他。“你能亲眼看到，”她继续说，“我对你非常嫉妒的这个家伙到底有多么爱。”这些话给了她情人以莫大的安慰，他急切地要看到他的情人如何将她的话付诸实践。

那天白天碰巧下了一场大雪，一切都被积雪覆盖着。因此，里尼埃里在院子里没等上多久就感到寒冷难耐；但他仍然耐心地等待着，因为他在等待着更温暖的款待。

过了一会儿，艾伦娜对情人说：“让我们到卧室里去吧，从一扇窗子里看你嫉妒的那个男人在干什么。我已经派女仆去回话儿给他，让我们看看他怎么来回应女仆。”于是他们来到一个窗口，在那儿他们能看见里尼埃里，而里尼埃里却看不见他们，他们听着女仆在另一个窗口与里尼埃里对话。“里尼埃里,”她说,“我的女主人非常抱歉,她弟弟今晚来了,和她谈得没完没了,只好留他吃晚饭。他还没走,但我想他很快就要走了。这就是她没能来见你的原因,但她很快就会来的;她请你别介意,再等一会儿。”

里尼埃里信以为真,回答说:“请转告夫人,别为我担心,等她抽出身再来见我,但请她尽快来呀。”

那女仆将头缩回屋内,睡觉去了。

“好了,跟我说真话,”艾伦娜对情人说,“如果我像你担心的那样爱他,你真的以为我会忍心让他站在外面冻僵吗?”她的情人非常满意,他们说完话就一起上床,寻欢作乐,玩了很长时间,同时还不停地讥笑那可怜的学者真傻。

里尼埃里在院子里走来走去,以此取暖,院子里无处可坐,无处躲避夜晚的风寒,他只好咒骂夫人的弟弟待在这里的时间太长。每当他听到一点声响,就以为是他的情人来给他开门了,可是他的希望总是落空。

那少妇和情人尽情玩耍到了半夜,这时她说:“亲爱的,告诉我,你怎么看我们的学者?你认为他的智慧与我对他的爱相比,哪一个分量更重?那天我跟你开玩笑谈起他,你心里又是嫉妒又是生气,我现在让他在外面挨冷受冻,你心里该舒服了吧?”

“是的,的确很舒服,我甜美的小糖果,”他说,“我非常清楚地知道你是我的珍宝、我的安慰、我的快乐、我的全部希望,我也是你的所有这些。”

“好极了。那就给我一千个亲吻吧,以证明你说的是真话。”情人将她紧紧地搂在怀里,给了她岂止一千个亲吻,而是十万个亲吻。

他们这样谈了一会儿后,艾伦娜说:“听着。让我们起来一会儿,过去看看我那位求爱者的欲望冻得熄灭了没有。他每天都写信告诉我,说他的爱情之火在为我如何炽烈地燃烧。”

他们起床来到窗前,向院子里望去,见那年轻学者在牙齿因寒冷而格格作响的伴奏下，正在雪地里跳着狂乱的轻快舞步；他们从未见过按这样的节拍跳舞的人。“我的宝贝儿，你有什么说的？”艾伦娜问，“难道你不认为我擅长不用小号和风笛也能让男人跳舞吗？”

“是的，你的确擅长，我的宝贝儿，”情人大笑着说。

“来，让我们下楼到门口去，”艾伦娜说，“你别出声，我跟他谈话。让我们听听他要说什么，我们也许感到听他说什么要比看他跳舞更有趣呢。”她轻轻推开卧室的门，他们下楼来到门口，她通过门缝压抑着声音喊叫那学者，但没有开门。

里尼埃里感谢天主，终于听到了她的呼唤，他完全相信他这时应该被让进屋了。他赶快走到门口，说：“夫人，我在这儿。看在天主面上，开门吧，我快要冻死了。”

“噢，当然，”她说，“我知道你会感到很冷的，天气当然很冷了——院子里下了一点点雪——但我相信巴黎的雪要比这里的雪大得多。我还不能给你开门，因为我那讨厌的弟弟今天晚上来吃晚饭，到现在还没走呢。但他很快就会走的，他一走我就会立刻来开门，让你进来。我只是设法从他身边溜出来——哎呀，费了很大劲儿呀！——过来安慰你，所以请你别介意，再多等一会儿。”

“哎哟，夫人，我求您让我进去吧，这样我可以得到遮蔽，躲一躲风雪。刚刚开始了一场很大的暴风雪，而且还在下呢，雪很大。请您让我进屋等您，您要我等多久就等多久。”

“哎呀，亲爱的，那我可办不到，因为这道门一开就会发出很大声响，如果我让你进来，我弟弟就会立刻听见我开门的声音。但现在我要去告诉他，他该走了，那样我就可以回来，让你进来了。”

“那么您就快去吧。请您一定把炉火生得旺旺的，我进屋后可以暖暖身子；我感觉很冷，现在我几乎是冻僵了。”

“你胡说八道，”艾伦娜说，“你不是在那些信里一直跟我讲真话，说你因为爱我全身在燃烧嘛！可我相信你只是那样开玩笑地说说罢了。无论如何，我现在得走了。就再等一会儿，不要绝望啊。”

艾伦娜的情人听了他们的全部谈话，高兴极了，然后他们又回到床上，但他们几乎没睡觉，因为在剩下的半夜时间里他们相互寻欢作乐并嘲笑外边那位学者。

那位不幸的学者冻得牙齿格格作响，几乎变成了一只鹳。他此刻意识到，他受骗了，他几次试图打开大门都未成功，并且寻找别的出路，但根本就没有。他像一头关在笼子里的狮子在院子里来回走着，他咒骂天气太冷，咒骂那女人狠毒，咒骂这寒夜太长，也咒骂他自己太天真。他对她满腔怒火，他对她长期炽热的爱瞬间变成了强烈而刻骨的恨，他在心中反复思考各种报复的办法：在此之前他渴望得到这个女人，而现在他最渴望的是向她复仇。

漫长的寒夜过去了，东方开始破晓，白天来到了。女仆按女主人的吩咐，下楼来打开院子的大门，假装对他表示了同情。“唉，”她说，“我希望他倒大霉，昨天晚上来的那个家伙！他整个一夜给夫人和我找了这么大的麻烦，而且他使你也挨冻一夜。但我劝你别多心，昨天夜里没办成的事儿，我们可以下次再做嘛。我知道我的女主人为这件事儿非常伤心。”

里尼埃里虽然非常气愤，但他十分明智，他知道威胁只不过是放在被威胁者手里的武器，使他更加提防，因此他强忍住了那换了别人就可能暴发的怒火。他丝毫没有流露出愤慨的激情，而是逆来顺受地说：“这真是一个我有生以来度过的最糟糕的夜晚，但我十分清楚这不能怪你的女主人；她亲自下楼道歉并安慰我，因为她为我感到难过。如你所说的，昨晚未能办成的事情下次还有机会办嘛。替我向她问候，再见。”

他十分艰难地回到了家，全身都冻僵了，直接躺倒在床上，他已经累极了，一躺下就睡着了。但他醒来时发现他的四肢实际上失去了知觉。于是，他派人请来好几位医生，告诉他们他在外面挨了冻，并保证接受他们的治疗。医生们立刻对他进行了有效的护理，逐渐设法放松了他的肌肉，治愈了他的瘫痪；如果不是他年轻，天气及时转暖，他遭受的那场折磨可能就会要了他的命。他完全恢复了健康，假装比以往更爱那寡妇，而把仇恨藏在心中。

过了一段时间，命运之神为里尼埃里提供了满足他心愿的机会。寡妇所爱恋的那个年轻人不再理会她对他的爱情，而迷恋上了另一个女人。他再也不去寡妇那里与她柔情蜜意，哪怕是一件能让她快乐的微不足道的小事儿他也不为她做了。那寡妇因悲伤和痛苦而日渐憔悴。那女仆非常同情女主人，但却没有办法减轻她失去爱情的痛苦。她见那位学者像往常一样天天在她家门口走过，于是心里产生了一个愚蠢的想法：也许用魔法可以把女主人的情人召回来，那位年轻的有学问的求爱者可能精通这种魔法。她把这个想法对女主人说了，那愚蠢的女人竟也认真地接受了女仆的建议，也没想一想如果她的这位有学问的求爱者真的懂得魔法，他早就用它达到自己的目的了。她立刻吩咐女仆去问学者是否愿意用魔法帮她把情人召回来，并忠诚地许诺，如果他愿意，作为报答，她愿意满足学者提出的任何要求。

那女仆非常好地完成了任务。里尼埃里听了她的话，高兴极了。“赞美天主！”他在心里对自己说，“那恶毒的女人以怨报德，我一心一意地爱她，她却残忍地折磨我。在天主的帮助下，我惩罚她的时候到了。”他对女仆说：“告诉夫人不要烦恼：即使她的情人远在印度，我也会很快把他弄回来，让他恳求夫人原谅他给夫人造成的痛苦。但是，夫人应该怎么做，我想直接告诉她，谈话的时间和地点由她决定。把我的话转告给她，并替我安慰她。”女仆带回了学者的口信儿，会面的地点安排在普拉托的圣卢齐亚教堂。

那寡妇与里尼埃里就在这座教堂里会面、交谈，只他们两人。艾伦娜完全忘记了她实际上差点让她的求爱者送命的事实，向他吐露被情人遗弃的痛苦，提出自己的愿望，恳求他挽救这一局面。

“夫人，说真的，”里尼埃里说，“我在巴黎的确兼学了魔法，而且对此十分通晓。但因为使用魔法是冒犯天主的，所以我发过誓永远也不为自己或他人使用魔法。然而我深受对您爱情的驱使，我简直不知道如何拒绝您向我提出的任何要求。因此，即使我仅仅因为帮助您使用魔法而下地狱，我也非常愿意去做，因为那是您要我去做的。不过我得告诉您，使用魔法可不是那么容易，特别是当一个女人想要挽回一个男人的爱，或一个男人想跟一个女人重归于好时，那就更难了。您要知道，魔法只能由当事人亲自去做，当事人还必须对所作之事完全自信才行，因为魔法得在夜里偏僻的地方进行，没有他人做伴。我不知道您能否做得了这一魔法。"

艾伦娜正患严重的单相思病，因而谨慎不足。"我受爱情的驱使，"她说，"为了重新得到那个抛弃我的负心汉，无论什么事儿我都愿意去做。请你告诉我，我应该对什么事儿完全自信。"

复仇心切的里尼埃里回答说："我将做一个锡人，代表你要找回的负心汉。我将锡人送给您后，您得带着它，赤身裸体跳入流淌的河水里洗浴七次。你必须独自一人完成此事，时间是在人们刚刚入睡之后，正处于下弦月时。洗浴之后，您必须仍然一丝不挂地爬上一棵大树或者某个无人居住的建筑物上。您要面向北方，手持锡人，念七遍咒语，我将把咒语写下来给您。您念完咒语后，将有两个您以前从未见过的美丽少女向您走来，她们会亲切地向您致敬，问您想让她们为您做什么。您要把您的愿望清清楚楚地告诉她们；别把您情人的名字叫错了。您对她们讲清楚愿望后，她们就会与您告辞，您可以回到您脱下衣服的地方，穿上衣服，返回家中。第二天半夜之前，您的情人一定会回到您的身边，痛哭流涕地求您饶恕。我可以向您保证，从此他再也不会另觅新欢，将您抛弃了。"

艾伦娜听他把话讲完，对每一句都深信不疑；她仿佛感到她的情人实际上已经回到了她的怀抱里，情绪也顿时乐观起来。"请相信我，"她说，"这件事儿对我来说很容易做到，而且我能把它办得很好，因为我在阿诺山谷有个农庄，紧靠河边。现在是七月，在河里洗浴将是非常惬意的事儿。我还记得，离河边不远有一座小荒塔；偶尔有牧羊人顺着一架栗木梯子登上塔顶的平台，瞭望走失的羊只。那是一个非常偏僻、荒凉的地方。我将爬上那座荒塔，按你的指示去做，希望把事情完成得很好。”

里尼埃里很熟悉那寡妇的农庄和那座荒塔，看到自己的计划肯定会成功，心里非常高兴。“夫人，”他对她说，“我从未去过那一带，所以我不知道那个地方或那座荒塔，但是如果那地方真如您所说的那样，啊，那真是再好不过了。到时候我会把锡人和咒语送给您。但我恳求您，当您实现愿望，看到我是尽心尽力地为您效劳时，请不要忘记我并履行您的诺言。”“绝不食言。”她说，然后与他告别，回家去了。

里尼埃里看自己的计划就要实现了，自然情绪高涨；他笨手笨脚地做了一个锡人，胡编乱造了一套咒语。他看时机成熟，派人将这两样东西给寡妇送过去，并带去口信说，她必须在第二天晚上按他的指示去做，不得延误。他带上一个仆人，悄悄地来到一个朋友家里——他家就在那座荒塔附近——以便实行他的计划。

艾伦娜也带上女仆上路了，来到她的农庄。夜幕降临时，她假装要就寝，吩咐女仆睡觉去了。就在人们通常入睡的时刻，她溜出宅子，来到荒塔附近的阿诺河边，向四周看了一看，见没有什么动静，便脱下衣服，把衣服藏在矮树丛里。然后，她带着锡人，在河水里洗浴了七次，洗浴之后她依旧手持锡人，赤身裸体地朝荒塔走去。黄昏时，里尼埃里就已带着仆人来到了这里，藏在荒塔附近的柳树和其他树木丛中，观察着寡妇所做的这一切。当她赤裸着身体几乎从他身边擦肩而过时，他看到她乳白的玉体在周围的黑暗中更加光亮夺目。他看到了她那漂亮的乳房和身体的其他部位，想到过一会儿这一副美丽的身材将会遭受怎样的折磨时，他不禁感到一阵对她怜悯的痛苦。此外，一阵突发的欲望向他袭来——他那原本垂挂着的宝贝被刺激得站立起来——他感到一种要冲出他躲藏的地方、抱住她、向她求欢的冲动。对她的怜悯与欲望几乎将他征服；他忽然想起自己是什么样的人、他在谁的手里遭受到什么样的痛苦，这重新燃起了他愤怒的火焰，赶走了怜悯和欲望，坚定不移地继续实施他的复仇计划。他一动不动地让她从自己身边走过。她登上荒塔的平台，面向北方，开始背诵里尼埃里给她写的咒语。他紧跟在她后面进入荒塔，非常小心地、悄悄地搬走通向塔顶平台的梯子。然后，他等候在那里看她怎么说、怎么做。

艾伦娜背诵完七遍咒语后，就开始等待那两位美丽的少女，可是她得等待很久很久（夜晚的气温比她想象的冷得多了），一直等到黎明的到来。学者的预言没有应验，她感到非常伤心，但她又想："我曾让他白等一夜，恐怕他也想让我白等一夜吧。如果情况真是这样，他的报复并不算什么，因为今夜只有他那一夜三分之一那样长，而且远没有那一夜那样冷。"她不想在白天被人看见，便决定从塔顶平台上下来，但发现梯子不见了。她顿时感到大地仿佛从她脚下消失了：她在精神上完全崩溃了，晕倒在平台上。她苏醒过来后，十分悲伤，痛苦地哭起来。她完全清楚，这一定是那学者在捉弄她，她非常后悔：首先她欺骗了他，其次过分相信了他；她本应该想到他是自己的敌人啊。她这样沉思了很久很久，然后又一次四处寻找下去的途径，发现根本没有办法下去，就又放声大哭起来。她痛苦地沉思起来："啊，我真可怜啊，当我被人发现赤身裸体地待在这里时，我的弟弟们、亲戚们和邻居们，还有全城的人会怎么说呢？我一直十分贞洁的名声就要完全扫地了，即使我竭力为自己辩解，即使我或许能够辩解几句，那可恶的学者也不会让我蒙混过关的——他最知道实情。啊！我一下子失去了我心爱的年轻男人（那是一个多么错误的爱啊！）和我清白的好名声，我是多么可怜啊！"她已经到了绝望的程度，几乎想要从塔顶上跳下去，一死了之。

太阳升起来后，艾伦娜走到平台边缘的墙边，向四处张望，看看有没有牧童赶着牛羊向这里走来，好求他去叫来自己的女仆。里尼埃里在树丛里睡了一小觉，碰巧这时醒来，看见了艾伦娜，艾伦娜也看见了他。“夫人，早上好，”里尼埃里对她说，那两个少女来了吗？”

艾伦娜看见他，听见了他说话的声音，又开始痛苦地大哭起来；她恳求他到塔里来，以便她有话对他说。他欣然同意，来到塔内。艾伦娜趴在平台上，只把头伸出在梯口上，哭着说：“里尼埃里，如果说我让你受了一夜罪，那你也已经漂亮地完成了真正意义上的报复：现在虽然是七月，可是我昨天夜里一丝不挂，我以为我要冻僵了。我一直在为我捉弄了你，为我愚蠢地轻信了你而懊悔不迭，痛哭流涕，我还没有哭瞎眼睛，真是奇迹。所以，我恳求你，不是恳求你爱我，因为你不会爱我了，而是恳求你爱你自己，因为你是一名绅士，请你满足于你已经对我的报复吧。请把我的衣服还给我，让我下去：求你别剥夺我的好名声吧，如果你非要剥夺它，你将永远不能把它还给我了。听着，即使那一夜我没有陪你，我可以加倍地补偿你，你任何时候想到我那儿去，都随你。那么，你就满足了吧。当一名好绅士吧，到此为止吧，满足于你已经对我的报复吧，你已经让我领教了。别再继续跟一个女人斗了吧；一只雄鹰战胜一只鸽子，那不算光彩。所以，看在天主面上，也为了你自己的荣誉，可怜、可怜我吧。”

她对他的侮辱仍使他在心中对她怨恨不已，但她一边哭一边哀求的情景使他既高兴又苦恼：他高兴的是他念念不忘的报复已经得以实施，苦恼的是他发现自己真的为这个可怜的女人惋惜起来。然而，他那人道的天性并未战胜他复仇的怒火，因此他回答说：

“夫人，我不会用眼泪浇灌我的恳求，也不会像你这样把恳求说得婉转动听，但是那天夜里，当我在你那积雪的院子里冻得要死时，如果你当时接受我的恳求，让我到房间里避一会儿风寒，那你现在恳求我，我一定会非常痛快地答应你。但既然你此时比过去更加关心你的名声，赤身裸体地待在那上面你觉得不体面，那你就恳求那个男人吧——你那天夜里非常快乐地一丝不挂地躺在他的怀里。在你自己提起的那个夜晚，你狠心地听着我在院子里来回跑着，我被冻得牙齿格格作响。求他来帮助你吧，让他把衣服给你拿来，求他给你搬回梯子让你下来，让他来关心你的名声吧，因为正是因为他你才毫不犹豫地不止一千次地像现在这样拿你的声誉去冒险。你为什么不叫他来救你呀？你这傻女人，叫他呀，看看你对他的爱再加上你们两个人结合起来的智慧能否战胜我的愚蠢，把你救出去。现在你不必给我不想要的东西，如果我想要，你无论如何也无法拒绝。如果你有幸活着离开这里，把你的那些良宵都留给你的情人吧。让它们属于你和他吧，因为我上一次当就够了，我不想被人再践踏第二次了。另外，你甜言蜜语，诡计多端。你称我为绅士、正人君子，试图靠奉承来使我宽恕你；你心照不宣地试图利用我的善良天性，使我不去惩罚你的恶毒行径。但你花言巧语的哄骗再也不能像你上次欺骗性的许诺那样蒙蔽我。我有自知之明，我在巴黎留学那么长时间对自己的了解，也没有那一夜你教给我你的欺骗是那么多。即使我是宽宏大量的，但宽宏大量用在你这种女人身上简直是浪费。对你这类凶恶的野兽来说，无论是你悔过还是我报复，你的结局必定是死亡；对于人类来说，你建议的宽宏大量是十分充分的。尽管我可能够不上雄鹰，但我看你当然也不是鸽子，而是一条毒蛇，我要用满心的憎恨和全部力量把你作为我的死敌来对付。我对你所做的一切算不上是报复，而是惩罚。报复应该超过侮辱，而我对你所做的远不及你对我的侮辱。如果我是在寻求报复，考虑到你几乎让我失去性命，你的生命，甚至一百个你这种女人的生命都不足以补偿我遭受你侮辱我的痛苦，因为我应该杀死一个卑鄙、下流、残忍的轻佻女人。除去你那张有着瞬间之美的面容——几年后它就会被皱纹所破坏——请告诉我，哪一个特别的魔鬼会用你做他的毫无价值的女仆呢？你毫不犹豫地去杀害一个正人君子——承蒙你刚才称我为正人君子——而我生命的每一天给人类带来的益处，要比十万个你这种女人活在这世界上一辈子的价值都大得多。我现在让你忍受的痛苦是为了教你懂得捉弄有感情的男人，特别是捉弄有学问的男人会得到什么样的报应；我要教你永远不再做这种蠢事——如果你得以幸存的话。既然你那么急着从塔上下来，你为什么不跳下来？按照天主的愿望，你会折断脖子，那样你会实现两个目的：摆脱你的情感痛苦，使我成为世界上最快乐的人。我想要说的就是这些。我巧妙用计使你登上了塔顶；现在该由你自己像上次巧妙地愚弄我那样设法使自己从塔上下来。”

里尼埃里在讲这番话时，那可怜的女人一直哭个不停。时间过得很快，太阳越升越高。她听完里尼埃里的讲话后，说：“啊，你太残忍了！即使那个该死的夜晚使你那般痛苦，我对你的冒犯严重到我的青春美貌、苦涩泪水和苦苦哀求都不能打动你，但无论如何你应该被昨天夜里的事情和我对你的信任所感动，让它减轻你的严厉惩罚吧：我向你吐露了我的全部秘密，使你处于有利地位实现你的愿望、当面教训我的错误。如果不是我相信你，即使你复仇的愿望再强烈，你也根本无法向我复仇。啊，请你息怒，原谅我吧！如果你原谅我，让我从塔上下去，我愿放弃那个不忠不义的年轻男人，不论你怎样贬低我的美貌，不论你认为它怎样昙花一现、不值一文，我也要使你成为我唯一的情人和主人。不论人们如何评论我的美貌或其他女人的美貌，事实上你至少有一个理由追求它、珍爱它，那就是它会满足青年男人的欲望，使他们得到快乐和享受，你也并不老啊。尽管你残忍地对待我，但我相信你不会眼睁睁地看着我绝望地从塔上跳下去，不光彩地死在你的眼前——那是一双曾经一见到我就快乐的眼睛，但愿你说这话时不是一个骗子。啊，看在天主面上，发发慈悲，可怜、可怜我吧。太阳越来越热了，因为我受了一夜的寒冷，现在再也受不了炎热的折磨了。”

里尼埃里享受着这番谈话的乐趣，于是回答说：“夫人，你落到了我的手里不是出于对我的爱，而是为了找回你失去的情人，所以你应该受到加倍的惩罚。如果你以为这是我对你施行报复的唯一可行的办法，那你就太愚蠢了。我有一千种其他办法，我一边假装继续爱你，一边为你的双脚设下一千个陷阱，即使这个办法不能奏效，不用多久你也必定会落入其他陷阱：那时你会陷入更大的痛苦和耻辱之中。我利用了这个机会，不是为了让你少受些痛苦和耻辱，而是为了使我更快地获得快乐。此外，即使所有其他办法都不成功，我还有一支笔，我将用这支笔写下你的全部丑行，当你读到你的丑行时——你一定会读到的——你会在一天中的每一分钟都希望自己从未出生在这个世界上。笔的力量要比从未体验到它的人所想象的大得多，我向天主发誓——愿天主保佑，使我对你的报复自始至终成功地进行——我会把你做的丑事都写下来，让你羞愧得无地自容，不用说别人会怎么想，你就可能会挖出自己的眼睛，以免在镜子里看见丑恶的你自己。所以，如果小溪又给大海添了点儿水，不要责备大海。至于你的爱，我已告诉过你，我对它毫不稀罕。如果你能从塔上下来，还是把它送给你以前的情人吧。过去我憎恨他，而现在看他那样对待你，我倒喜欢上他了。你四处招摇，使年轻小伙子们都扭头看你，诱惑他们都爱上你——你追求那些满脸稚气、长着漂亮黑胡须的年轻小伙子——你喜欢让他们争先恐后地对你唱小夜曲，穿戴你最喜欢的服饰，好进入你喜欢的小伙子名单。比他们年龄大些的男人都已经历过那些事情，他们懂得小伙子们不该学习的东西。另外，你以为小伙子们骑马的劲头比中年人大，持续的过程也比中年人好。我承认，当他们在床上腾跃时，他们的力量更大，但是那些有经验的中年人在腾跃的同时知道发痒在何处。你最好选择时间短但感觉美妙的腾跃，不要选择那种时间长但感觉无趣的腾跃。骑马的劲头太大，只会使人疲倦，无论他们怎样年轻；缓步行进可能稍晚一些把你带到你的客栈，但至少你会舒舒服服地到达目的地。你们这些没有头脑的动物般的女人不知道有多少邪恶隐藏在那浅薄的漂亮外衣下面。年轻小伙子们从不满足于一个女人，他们见一个爱一个，以为他们有权利占有所有的女人，所以他们的爱是不可靠的，你可根据自己的经验，非常有力地证明这一点。他们认为他们有权受到女人的尊敬和宠爱；他们最大的可夸耀的事物就是他们所占有的女人的数量。因此，有多少女人信赖神甫们守口如瓶的誓言，而甘心情愿与他们私通！虽然你告诉我，除了你的女仆和我，没人知道你们的私情，但你大错特错了！如果你那样想，那你就应该再想一想：在你女仆的家乡，人们无不议论纷纷，都在谈论你们的私情，同样你的私情在你的邻里中也已是满城风雨。但最直接的当事人往往是最后一个听说此事的人。年轻人从你们女人身上偷钱，而中年人却给你们送钱。夫人，你做了糟糕的选择。你既然已经委身于那个小伙子，就跟他好下去吧。至于我，你轻蔑地拒绝过，因此你也就别再纠缠我了——我已经找到了一个你永远也比不上的女人，她比你更了解我。那么，我最珍爱的女人是什么样的呢？毫无疑问，如果你在此刻从塔上跳下来，你就会在阴间发现这样的女人，因为很清楚在这个世界上你是不会相信我的话的。我完全相信，既然你的灵魂已经在魔鬼的怀抱里，它就能看得出我的眼睛在看着你头朝下从塔上落下时是否会表现出一丝惋惜。但是，我想你不会愿意让我高兴地看到这一情景的，让我给你一个建议吧，当太阳开始晒得你受不了时，你就回想一下那天夜里你让我忍受的寒冷，把那天夜里的寒冷和今天白天的炎热混合起来，你一定会发现太阳不那么灼热了。”

那不幸的女人发现里尼埃里报复的决心越来越残忍，又突然大哭起来。“好吧，”她说，“既然我的一切都不能打动你的同情心，那么就看在你对另一个女人的爱的分上，可怜可怜我吧。你说你认为那个女人比我聪明，你爱她，她也爱你；为了你对她的爱，饶恕我吧，把我的衣服还给我吧，让我穿上衣服下去吧。”

里尼埃里哈哈大笑，见此时已是上午九点多了，便对她说：“唉！既然你以我情人的名义恳求我，我就不知道怎样拒绝你了。告诉我你的衣服在哪儿，我去拿给你，让你穿上下来。”

艾伦娜信以为真，稍感安慰，便告诉了他衣服藏在什么地方。

里尼埃里走出荒塔，吩咐他的仆人不要离开这里，而是留在荒塔附近，要尽力保证在他回来之前任何人不得走进荒塔。吩咐完仆人之后，他就去了朋友家里，悠闲自在地吃了午饭，然后，他感到是午睡的时候了，就睡觉去了。

艾伦娜被留在塔顶上，她的痴心妄想使她稍稍振作一些，但仍感到十分痛苦。她变换一下姿势，坐了起来，爬到有一点阴凉的墙边下面，开始等待，心里充满了痛苦的想法。她郁闷地沉思，哭泣，希望里尼埃里带她的衣服回来，然后又感到绝望；她这样胡思乱想着，最后她因痛苦和一夜没睡，疲倦极了，竟不知不觉地睡着了。此时太阳火一般炎热，已经爬到了子午线上，阳光直射在艾伦娜柔软娇嫩的躯体和没戴帽子的头上。烈日的暴晒不仅炙烤着它所照射到的每一寸嫩肉，而且使她全身皮肤都微微开裂了。虽然她睡得很沉，但炙烤的疼痛使她醒了过来。她觉得自己是被活着烤，她每动一下就感到她被烧烤的皮肤就像一张烧焦了的牛皮纸被拉扯一下一样，裂开并破碎了。另外，她的头也像裂开了一样疼痛，这是不令人奇怪的。塔顶平台也是热得烫人，她不能站在上面，没有一块地方她可以站一下的，她只好哭哭啼啼地不断地在塔顶上移动着，一分钟也不停。而且此时一丝风也没有，于是成群的绿头苍蝇和牛虻嗡嗡地飞来，落在她开裂的皮肤上，狠狠地叮咬，就像无数把利剑刺进她的肉里；所以她不停在挥手击打、驱赶它们，一直在咒骂她自己、她的生活、她的情人和那位学者。

就这样，难以置信的炎热、烈日的光线、绿头苍蝇和牛虻、她的饥饿和干渴，还有更多的东西——再加上千万种烦恼的思绪——一起刺她、叮她、折磨她，她忍无可忍，站起身来，四面张望，希望能看见或听见有人在附近；她做好了充分准备，不管怎样，一见人就呼救。但甚至这样的愿望也被她的厄运拒绝了。那天因为天气炎热，农民们都不在农田里，邻里中也没有任何人出来干活——他们都在家里打谷子。因此，她只能听到蟋蟀在鸣叫，只能看到阿诺河在流淌。

阿诺河诱人的水可望而不可及，使她只能口渴难忍。她看见到处都有房屋、树林和阴凉，所有这些使她充满了痛苦的渴望。关于这不幸的女人还要说些什么呢？她头上有炎炎烈日，脚下有灼热的塔顶平台，赤裸的身体上有无数的绿头苍蝇和牛虻，前一天夜里她乳白色的皮肤还在黑暗中闪闪发亮，而现在她全身上下像茜草一样鲜红，处处血迹斑斑。不论谁见到她，都会认为她是世界上最丑陋的东西。

当时她的情况就是这样，既无计可施又毫无希望，她只能期待尽快死去。此时已过了下午的中段时间，里尼埃里起了床，想起那个女人，便回到荒塔这儿来，看她情况怎么样了。他的仆人还一直饿着肚子，因此他打发仆人回去吃饭。当艾伦娜听见他说话的声音，尽管非常虚弱并还在忍受着折磨，爬到平台的开口处，坐下来，哭着说："里尼埃里，你报复得太过分了：我害你在我的院子里冻了一夜，你让我在这荒塔顶上烤了一天，你实际上是把我放在火上烧了一天，你正在让我死于饥饿和干渴。所以，我恳求你，只看在天主份上，上来杀死我吧，因为我没有勇气夺走我自己的生命；我已受尽折磨，现在只求一死。如果你不想帮我这个忙，让我至少喝一杯水，润一下我的嘴，这是我的泪水所办不到的，我干渴极了。"

里尼埃里从她的声音里明显听得出她已十分虚弱，此外，他看到了她那被太阳烤焦了的躯体，听着她温顺的哀求，对她产生了一丝怜悯。但他仍然这样回答说："你这恶毒的女人，我不会帮你去死的；如果你真想死，你得自己动手。就像我未从你那里得到炭火取暖一样，你也休想从我这里得到凉水解渴。我唯一遗憾的是，我的冻伤治疗用的是发臭的粪便，而你的灼伤却可以用凉爽、芳香的玫瑰水治疗。冻伤几乎使我失去感觉和生命，而你只不过是灼伤皮肤，你会像蛇蜕皮那样疗好灼伤后，跟以前一样美丽。"

"啊，我真可怜啊！"她大声说，"愿天主把那种办法换来的美丽赐予恨我的人吧。而你，你怎么会忍心那样折磨我呢？你比任何野兽都更加残忍。如果我在施行最残忍的折磨后又杀害了你的全家，那我又会从你或从任何人那里得到怎样的惩罚呢？我想对一个出卖全城百姓、使他们惨遭屠杀的卖国贼的折磨也不会比你对我的折磨更残忍，你让我在烈日下面烤，让我活活地遭苍蝇咬，甚至连一杯水都不给我喝，而被判处死刑的杀人犯在被处死之前，只要他们提出要求，还经常得到一杯葡萄酒喝呢。好了，我看得出你是铁心要残酷到底了，你完全不为我忍受的折磨所动。所以，我只有耐心地等死了，天主会怜悯我的灵魂的。我祈求天主用他那公正的眼睛看一看你的所作所为吧。”她说完这番话后，痛苦地、吃力地爬到平台中央，不再抱有从这炎热中幸免的希望了。除其他折磨外，仅干渴就使她不止一次而是上千次感到奄奄一息了，她不停地哭泣，为自己的不幸悲哀。

到了黄昏时分，里尼埃里觉得报复得足够了，于是他让仆人取来艾伦娜的衣服，用仆人的斗篷包好，朝那可怜的女人家里走去。他发现她那忧郁的女仆焦急地坐在门口，不知如何是好。“好姑娘，请告诉我，”他问，“你的女主人怎样了？”

“先生，我不知道。我想我昨天夜里看见她进卧室睡觉了，因此今天早晨我以为能在床上找到她。可是她不在卧室里，我哪儿也找不到她，我不知道她出了什么事儿，我非常担心，心里急得要命。先生，您能告诉我一点儿她的消息吗？”

“要是我让你也跟她一起去，待在我现在让她待的地方就好了！”里尼埃里说，“那样，我在惩罚她的同时也会惩罚你的罪过了。不过你放心，你逃不出我的控制，我也要为你的恶行对你实行报复。真的，我要让你一想起我来，你就永远也不敢再捉弄人了。”他说完就告诉仆人把那包衣服给她，吩咐说如果她愿意就去把她的女主人接回来。

那男仆按主人吩咐，把衣服交给女仆。那女仆一接过衣服就认出了那是她女主人的，听完里尼埃里的话差点大叫起来，因为她担心他们已经把她的女主人杀害了。里尼埃里走后，她立刻带着衣服，哭着向荒塔跑去。

恰巧在那天，艾伦娜的一个佃户不幸丢失了两头猪，在里尼埃里离开后不久，他在寻找猪时，来到了荒塔下面。他在东张西望寻找猪的踪迹，听见了那不幸女人的哭声。因此，他尽可能高地向塔上爬去，大声说："谁在塔顶上哭啊？"

艾伦娜听出了那是她佃户的声音，便喊叫他的名字。"喂，快去把我的女仆叫来，帮助她爬上塔顶，到我这儿来。"那佃户认出了她，说："天哪，夫人。谁把你弄到塔顶上去的呀？您的女仆找您一整天了，可是谁会想到您待在这里呢？"他把梯子竖起来，放回原处，然后用细绳子把梯级扎好。

这时女仆赶到了，一进入塔内，她再也控制不住自己，拍着手哭叫起来："哎呀，我亲爱的夫人，您在哪儿呀？"

艾伦娜听见了女仆的声音，尽力大声地回答："啊，我的好妹妹，我在塔顶上。别哭，快把衣服拿给我。"

女仆听见她讲话的声音，感到非常宽慰。她爬上那佃户扎好的梯子，在他的帮助下，登上了塔顶平台。当她看到女主人看上去不像是一个人，倒像是一段烧焦了的木头，浑身赤裸，躺在平台上，气息奄奄时，她抓着自己的面颊，号啕大哭，泪如雨下，好像女主人已经死了。艾伦娜恳求女仆看在天主面上，闭嘴别哭了，快帮她穿上衣服。当她从女仆那儿得知除了送衣服去的那两个人和在场的这个佃户外，再没有人知道她在哪里时，觉得有些安慰，恳求他们看在天主的面上绝不要把这件事儿告诉任何人。

谈了很多话之后，那佃户看出夫人不能走动，便把她扛在肩上，背到塔外面，那可怜的女仆跟在他们后面下来，不小心踩空了梯级，从梯子上摔了下来，跌断了一条大腿。她疼痛难忍，像一头母狮子一样大声吼叫起来。

那佃户把艾伦娜放在一块草地上，赶紧跑回来看那女仆怎么了；见女仆摔断了大腿，就把她从塔里抱出来，也放在草地上，她的女主人身边。艾伦娜见祸不单行——她原指望帮助她的人现在断了一条大腿——突然痛苦地放声大哭起来，因为她伤心得实在忍不住了。那佃户见女主人如此悲伤，不仅不能安慰她，反而也大哭起来。太阳渐渐下山了，因为他们不想在黄昏前还逗留在那里，所以那佃户应那不幸女人的要求回到家中，叫他的妻子和他的两个兄弟带上一块木板，与他一起回到荒塔外面。他们把那女仆放在木板上，抬回家去。艾伦娜喝了一点儿新鲜的水，受了几句安慰的话，感到精神上恢复了一些。然后，那佃户又把她背在肩上，送回她自己的卧室。那佃户的妻子喂了她几口浸了肉汤的面包，替她脱了衣服，扶她上床休息。他们当天夜晚就设法将夫人和女仆送回了佛罗伦萨。他们的确这样做了。

回到佛罗伦萨后，十分狡猾的艾伦娜编造了一个与实际发生的情况完全不符的谎言，说发生在她和女仆身上的事情完全是恶魔作祟的结果，她的弟弟、妹妹们和所有的人竟都信以为真。医生们都很殷勤，治好了艾伦娜的高烧和其他并发症，这是一种最痛苦、最难受的折磨，因为她的皮肤多次粘在床单上；同样，他们也治好了女仆的大腿。

从此以后，艾伦娜彻底忘掉了那个情人，学得真正聪明起来，再也不敢卖弄风骚，愚弄男人了。至于里尼埃里，当他听说女仆摔断了大腿时，觉得他的仇恨报得足够了，就快乐地将对女仆的报复丢在脑后，再也从未提起。

这就是对玩弄男人情感的愚蠢女人的报应。她以为她可以像对其他男人一样对学者也随意地调情卖俏。她哪里知道大多数学者都是非常精明敏锐的。因此，小姐们，一定要当心啊：不要愚弄男人，更不要愚弄学者。

故事8

两个年轻的锡耶纳男子是好友，其中一个勾引了另一个的妻子。后者以其人之道还治其人之身，报复了前者。然后，他们又恢复了友谊。

小姐们发现听艾伦娜的悲惨遭遇是件痛苦的事情。在听故事时，她们认为从某种程度上讲是艾伦娜自找麻烦，罪有应得，因此她们的同情并不强烈；但是她们也认为那学者过于固执，冷酷无情，简直是残忍凶狠。潘比妮亚讲完了她的故事后，女王吩咐菲亚美塔接下去讲故事，菲亚美塔欣然从命：

我想那被愚弄的学者报复时的严厉态度可能让大家很难受，所以我想我应该用令人快乐的事情来抚慰你们的痛苦心情。那么，我要给大家讲个关于一个年轻人的小故事。那年轻人虽然受到侮辱，但他非常心平气和地忍耐，而不是进行激烈、彻底的报复。这个故事将向大家表明，如果你受到侮辱，做适可而止的报复是件令人愉快的事情，你应该满足于对等；如果你被迫对伤害你的人进行报复的话，千万不要使你的报复太过火。

据说从前，在锡耶纳有两个青年，生活富裕，出身高贵；一个名叫斯皮内洛乔·塔维纳，另一个名叫泽帕·迪·米诺，他们俩是邻居，都住在卡莫利亚区。这两个青年交往甚密，表面上看他们亲如兄弟，相互忠诚。他们都娶了一位非常漂亮的女人为妻。

斯皮内洛乔经常去泽帕家里，不管泽帕本人在不在家他都去，他与朋友的妻子亲密起来，开始与她睡觉了。他们就这样私通了很长时间，也未被发现。但是，有一天，泽帕的妻子不知泽帕还在家里，恰巧斯皮内洛乔来找他。“他不在家，”泽帕妻子说，于是斯皮内洛乔快速走上楼来，进入客厅，见到了那女人；他见没有别人，就张开双臂将她搂住，开始亲吻起她来，她也热烈地拥抱和亲吻他。泽帕目睹了这一切，但不做一声；他隐藏起来，悄悄地观察着，看这游戏如何继续进行。不一会儿，他见他妻子与斯皮内洛乔手拉手走进卧室，锁上房门。这可把他气坏了。他意识到，如果他大吵大闹起来，不仅于事无补，反而会受到更大的侮辱。于是，他开始反复思考，他要采取这样一种报复——既能不使此事张扬出去，又能恢复生活的平静。他思谋良久，终于想出了一个解决办法。在斯皮内洛乔与他妻子在卧室里寻欢作乐的整个这段时间里，他一直待在隐藏的地方。

斯皮内洛乔走后，泽帕走进卧室，见妻子还正忙着调整面纱，因为斯皮内洛乔刚才与她玩乐时将面纱碰掉在了地板上。“你在做什么呀？”他问。

“你看不见吗？”

“我看得很清楚。我还看见了我不愿看见的事情！”他对妻子直言不讳地把他刚才看到的情景说了出来。她感到十分惊恐。她支支吾吾了半天，最后还是做了坦白，因为她实在无法否认她与斯皮内洛乔的私情，哭哭啼啼地恳求他原谅。

“听着，你这行为不端的女人，”泽帕说，“你干的事令人作呕。如果你想让我原谅你，你必须老老实实地按我的吩咐去做这样一件事：告诉斯皮内洛乔，让他明天上午和我在一起时，九点钟左右找个借口离开我，到你这儿来。在他到这儿之后，我就回来。你一听到我的声音，你就赶紧让他钻进这个木箱躲起来，把他锁在里面。你把这件事完成之后，我再告诉你下一步该做什么。不要担心——我保证不动他一根毫毛。”他妻子为了改过自新，答应一定按他的吩咐去做。

第二天上午，泽帕与斯皮内洛乔一起待在外面，到了九点钟，斯皮内洛乔因答应在这一时刻要去看望他朋友的妻子，就对泽帕说：

“一位朋友邀请我吃午饭，我不想让他久等。再见！”

“这还不到吃午饭的时间啊，”泽帕说。

“没关系，我有件事需要和他谈一谈，所以我应该早一点儿到他那里。”

于是斯皮内洛乔离开了泽帕，绕走一小段路，来到泽帕家，与朋友的妻子一起进入卧室。过了一会儿，泽帕回来了。泽帕妻子听见他回来了，立刻装出非常惊慌的样子，赶紧让斯皮内洛乔躲藏在她丈夫指定的那个木箱里，把他锁在里面。然后，她从卧室里走出来。

这时，泽帕走上楼来，他问妻子：“告诉我，快到吃午饭的时间了吗？”

“就要到了。”

“斯皮内洛乔去和一位朋友吃午饭了，把他妻子一个人留在家里。你到窗口那儿，叫她一声：请她过来，和我们一起吃午饭吧。”

他妻子因自己的事如坐针毡，因此特别听话，立刻按丈夫的吩咐去做；斯皮内洛乔妻子听说丈夫不回家吃午饭了，经泽帕妻子再三邀请，就到泽帕家来了。泽帕格外亲热地迎接她，不拘礼节地拉着她的手，悄悄地吩咐他妻子到厨房里去，然后把斯皮内洛乔妻子带进卧室，一进入卧室，他就转身把门锁上了。斯皮内洛乔妻子见他反锁房门：“天哪，泽帕！”她大声说。“你这是干什么呀？你把我带到这里来就是为了干这种事儿？你是这样喜欢斯皮内洛乔的吗？你是这样表现你自己是他的忠实朋友的吗？”

泽帕紧紧地将她抱住，领着她朝她丈夫被关在里面的那个大木箱走去。“在你开始抱怨之前，”他说，“先听我说一说。我像喜欢亲兄弟一样喜欢斯皮内洛乔，而且总是如此。昨天，我发现我对他的信任竟导致这样一个结果：他以和你睡觉的方式与我妻子睡觉了，但他不知道我已发现他们的事儿。事实上，我是忠于他的。我不想对他采取任何报复，只想以他侮辱我的办法回敬他一下。他已经受用了我的老婆，那我就要和你玩一玩。如果你拒绝，那我就别无选择，只好采取别的行动进行报复。既然我一定要惩罚他，我就要干一件让你们夫妇两人都感到痛苦的事情。”

斯皮内洛乔妻子听他再三说明此事之后，相信了他的话，对他说：“泽帕，亲爱的，既然你的报复要在我身上进行，那我就承受它吧，但有一个条件：在我们干完那个事情之后，你要在我和你妻子之间摆平事情，因为不管她对我做了什么，我不想和她争吵。”

“我当然会那样做的。”他回答说，“此外，我还要送给你一块富丽、精美的宝石，你找不到第二块像它一样漂亮的宝石。”他说完这话，就拥抱她，亲吻她，让他躺在里面关着她丈夫的木箱上面，然后就和她在这上面纵情地寻欢作乐。

木箱里面，斯皮内洛乔把泽帕的话和他妻子回答的每一句话都听得清清楚楚。他感觉到他头上在跳着快步舞，很长时间他心里十分沮丧，愿意马上去死。如果不是害怕泽帕，他一定会在箱子里将妻子痛骂一顿。然而，他转念一想，意识到是他引起的这一切，泽帕完全有理由这样做，实际上，泽帕是在轻轻地放他一马，表现得真够朋友。他下定决心，今后如果泽帕愿意，一定要做他更好的朋友。

泽帕玩到尽兴后，从箱子上下来，那夫人还提醒他别忘了把他许诺的宝石给她。泽帕开了卧室门，叫他妻子过来；他妻子走进来，只大胆地说了一句：“好啊，你对我针锋相对了！”她说完就抿着嘴轻声一笑。

“打开这个木箱，”泽帕吩咐妻子说。她打开了木箱，泽帕指给夫人看她那待在箱子里面的斯皮内洛乔。斯皮内洛乔看着泽帕，心里明白他的朋友完全清楚他以前干的事情；斯皮内洛乔的妻子看着丈夫，知道他听到并感觉到了她刚才就在他头上对他干的事情，要想说清楚这两个人哪一个更难为情，恐怕要花很长时间。

泽帕对她说：“这就是那块宝石，我把它当作礼物送给你。”

斯皮内洛乔从箱子里爬出来，立刻说到主题：“很好，泽帕：现在我们谁也没有对不起谁，正如你刚才对我老婆说的，我们仍像以前一样还是好朋友。既然将我们俩隔开的唯一的一件事儿就是我们的老婆，我们为什么不把她们共享呢？”

好主意，泽帕表示同意。于是，这四人和和美美地坐下来吃午饭。从那天以后，每个妻子有了两个丈夫，每个丈夫有了两个妻子，这种共同所有制从未引起一次争吵。

故事9

西蒙内老爷是一位医生，寻求过快乐生活的捷径，布鲁诺和布法尔马科热情地帮助他走上了这条捷径。

小姐们对这两个锡耶纳男人共享老婆的做法你一言、我一语地议论了一会儿。现在只剩下女王还没有讲故事了，她不打算妨碍迪奥内奥的特权，于是，她开始了：

泽帕对斯皮内洛乔的捉弄完全是斯皮内洛乔咎由自取，我认为如果一个人自作自受，甚至是自讨苦吃地被人家哄骗、取笑，那么开玩笑者——如潘比妮亚所表明的——不应该受到责备。斯皮内洛乔得到了应有的惩罚。我要给大家讲的故事是关于一个自找麻烦的人，那些捉弄他的人不仅不应该受到谴责，反而应该受到赞扬。这位受捉弄者是一位刚从博洛尼亚① 回来的医生，他虽然用一套松鼠毛皮

①博洛尼亚：这个故事发生时，佛罗伦萨还没有大学（佛罗伦萨大学普遍宣传的1321年的建校日期纯粹是国家的需要），想得到职业资格的佛罗伦萨人不得不去博洛尼亚。人们普遍认为博洛尼亚的大学毕业生完全不像他们自己以为的那样聪明。

做的、崭新的、医生专用华丽服饰把自己打扮起来，而实际上是一个不折不扣的傻瓜。

每一天都有我们的佛罗伦萨同乡从博洛尼亚回来，他们在那里变成了法官、医生、公证员，等等，身穿宽大、平滑的斗篷，红色的长袍和松鼠毛皮帽子，打扮得非常气派。很明显，他们是要在外表上显出一副了不起的样子，以掩盖自己的愚蠢。这一类佛罗伦萨人当中就有西蒙内·达·维拉，他继承了大量财富，但却不学无术，愚蠢至极。不久前，他身穿大红袍，头戴标志医学博士学位（他自称的）的礼仪帽回到佛罗伦萨，居住在维亚·德尔·科科麦罗街。这位新来的医生有一个值得注意的习惯：他每看到有人在街上走过，他就要向碰巧来治病的患者打听那人是谁。他总是仔细记下有关那些人的情况，好像他给病人调制的药剂取决于他对人们的观察似的。

那些人中特别引起他注意的是两个画家，布鲁诺和布法尔马科——我们已在今天讲的故事中两次提到他们了。这两个人形影不离，住在这位新来的医生家附近。他们两人与众不同的快乐、无忧无虑的性情给了他深刻印象，他向好几个人打听他们的情况。大家都告诉他，他们两个人是穷画匠。医生不能轻易接受这种说法，因为如果他们贫穷，他们不可能过得这样快活。人们又告诉他，他们都很精明，那他们必定有秘密的生财之道。因此，他决定与这两人交朋友，或者无论如何也要与其中一个交上朋友。于是，他成功地与布鲁诺交上了朋友。布鲁诺没用多长时间就发现这位医生是个大傻瓜，并开始拿他打趣。至于那医生，他每每乐得前仰后合，手舞足蹈。他多次邀请布鲁诺吃饭，直到他认为坚冰已被完全打破，可以谈谈知心话了，于是向布鲁诺说出了他对布鲁诺与布法尔马科无忧无虑生活方式的好奇：既然他们一贫如洗，他问，他们生活快乐的诀窍是什么？

布鲁诺听着医生的问话，忍不住哈哈大笑起来。他认为这是医生提出的又一个愚蠢的问题，于是他想出一个相对愚蠢的回答。“我们做的事情，”他说，“是不对许多人讲的；但我愿意告诉您，因为您是我们的朋友，不会把我们的秘密泄露给别人。您说得很对：我和我的朋友生活得像贵族，我们并不依靠绘画或地租的收入过活——这些甚至都不够我们用来付日用水费。但您不要以为我们四处抢别人的钱财。我们所做的是猎取，先生，以我们的方式去猎取给我们提供了快乐和生活所需要的一切，决不伤害他人。这就是我们生活得如您看到的那样快乐的诀窍。”

医生不懂得布鲁诺究竟在说些什么，但他相信他说的每一句话。他感到莫名其妙，因此迫不及待地要弄清楚他们的“猎取”是什么意思——他保证绝不把这个诀窍告诉别人。

“啊，哎呀！”布鲁诺大嚷。“您要是知道您在问什么问题该多好啊！先生，那是最大的秘密呀，如果它一旦被泄露，那我就会遭人犯恚、大发雷霆、蒙受耻辱，我一生的前程就全毁了。但是……但是我认为您品德高尚，我从未见过一个像您这样极端可靠的人，我完全信任您，所以……好吧……我简直不能对您说不。因此，我将把这个秘密告诉您，但有一个条件：你必须凭圣沃特西特山上的十字架发誓，永远也不把这个秘密告诉别人——您的确许诺过的。”

医生发誓绝不泄露秘密。

“那么，我单纯的西蒙，我就告诉您吧。不久以前我们这里有一位了不起的巫术师，名叫米凯莱·苏格兰①（他是个苏格兰人），他受到许多绅士们非常隆重的款待，这些绅士中的大多数人都与世长辞了。当他要离开我们这里时，绅士们恳求他留下两个较有才能的徒弟，他果然留下两个徒弟并吩咐他们说，这些绅士对他非常好，他们要听从绅士们的支配，满足他们的每一个愿望。于是这两个徒弟

①米凯莱·苏格兰：哲学家，西西里国王腓特烈二世的星象学家（约1236年），翻译并评论亚里士多德的阿拉伯文专题论文。但是，他却以术士和泥土占卜师的名声而受到人们的欢迎。

留下来为这些绅士们效力，满足他们在男女私情方面的要求和其他任何要求。最后他们决定在这里定居下来——他们喜欢我们佛罗伦萨人和我们的生活方式，在这里结交了许多亲密朋友，他们交友不分贫富贵贱，但只要求与他们合得来。作为对朋友的帮助，他们组织朋友们加入一个俱乐部，约有二十五人，每月至少聚会两次，地点由他们选定。在这些聚会上，每个人都随心所欲地向这两个徒弟提出要求，他们当天晚上就让这些朋友们的愿望得以实现。因为我和布法尔马科与他们两人关系最好，他们吸收我们进了这个俱乐部，我们现在仍是该俱乐部成员。

“在我们所有这些聚会上，那种富丽堂皇你几乎想象不出来：餐厅四壁上挂着豪华的帘帷，餐桌上的全副餐具跟国王使用的一样，男侍从们温文尔雅，女侍从们美丽大方，我们进餐用的餐具、托盘、大口水壶和瓶子都是金银制品，送到餐桌上的菜肴都是按照每位客人的口味做的——丰盛美味，多种多样，每道菜都是十分适时地端上来。多种乐器演奏出来的美妙音乐，男女声演唱的悦耳歌曲，我简直无法给您形容。还有那些蜡烛——您从没见过在这些宴会上点的那么多蜡烛；我们吃着各种糖果，喝着罕见的佳酿酒。您不要以为我们去那里时就穿着我们现在穿的衣服，每个人都打扮得极为华丽，件件衣服都是十分昂贵的。

“我们聚会时最痛快的事儿是那些伺候我们的美女，在我说出美……之后，就在你拍手的一瞬间，世界各地的美女立刻应召而来。啊，在那里你会看到孟买的穆斯林贵妇、戴姆车奇的少女、伊比扎的公主、麦德哈泼土邦主的妻子、慕尔豪森的侯爵夫人、帕尔马拉的公主和圣弟亚哥苏丹的妻子。还要我一一列举更多的美女吗？就说那一群女王吧！——连潘赞德里娜① 女王大帝本人也在场。”

①戴姆车奇……潘赞德里娜：这些地名、人名都是布鲁诺信口胡诌出来的，用来愚弄医生。

“不！这不可能！”

“嘿，这都是真的！我们都喝完美酒、吃完点心、在舞池里跳上几支舞曲后，每人带着各自选好的情人进入洞房。那些卧室简直就是天堂：那里芳香四溢，就像您在芳香罐里研磨枯茗籽时散发的香味一样，我们躺在上面睡觉的床漂亮舒适极了，漂亮舒适得令威尼斯总督都十分嫉妒。您可想而知，我们在卧室里玩着各种游戏，如‘把桶塞放进桶里’。我应该说，布法尔马科和我是玩得最愉快的，因为布法尔马科经常邀请法国王后陪他，我则经常邀请英国女王来陪我，她们是世界上最美的女人。我们尽心尽力，使这两个女人心满意足极了，因此她们只跟我们在一起。您明白了吧：我们之所以是世界上最快乐的男人，就是因为我们得到了这样两位美丽女王的爱。此外，每当我们向她们要一两千金币时，她们总是说：‘好的，给你！’那么，这就是我们所说的‘猎取’的意思；在某种意义上说，我们猎取猎物就像海盗抢劫一样；但我们又不像海盗，我们用过所得之物后，将其奉还原主。所以，您现在明白了我们说‘猎取’的意思了吧，而且您能够懂得对此事保守秘密是多么的重要，因此我也不必再次请您保守秘密了。”

毫无疑问，那医生的医学知识最多只能医治婴儿的乳痂，他把布鲁诺的信口开河当作无须证明的真理，产生了一种要加入那个团体的强烈愿望；这是他全部抱负的总和。他对布鲁诺说，难怪他们是如此快活的一对儿，他竭尽全力才克制住自己，没有立刻请求布鲁诺带他去那里看看并成为那个俱乐部的成员，在他进一步博得布鲁诺的欢心之后，这一请求才会更有把握地提出。于是，他推迟提出这一请求，进一步密切他与布鲁诺的友情，布鲁诺成了他早、午、晚饭的常客。实际上，那医生讨好布鲁诺都到了这样的程度，好像没有布鲁诺陪伴他就不能活下去似的。

为了报答医生对他的盛情款待，布鲁诺想，他应该为医生画几幅画。于是，他给医生客厅的那幅画上画了一个正在斋戒的女人图，代表“四旬斋”;在医生卧室门上画了一只绵羊,代表“天主的羊羔”;在大门上面画了一只便壶,作为一个招牌,使前来看病的人一望便知这是他的诊所;又在他的过廊里画了一幅“猫鼠斗”图,医生最喜欢这幅画。当布鲁诺偶尔没来和医生一起吃饭时,他就对医生说:“我们俱乐部昨天晚上聚会了。记得那位英格兰女王吗?太让我腻烦了!我吩咐把中国的秦莹阳给我召来。”

“秦莹阳?她是谁?”

“您不知道?这我不感到奇怪。我猜想希波斯格荻没见过她,哈瓦·蔡尔纳也没见过她。”

“你是说希波克拉底和阿维森纳① 吧?”“您说的可能是对的,”布鲁诺说。“我不了解您提到的那一群人,您也不了解我说的这一群人。但中国人所说的秦莹阳就是我们说的皇后。她是世界上最美的女人!您只要见上她一面,您就会忘记您是否还需要吞下一个药丸或一副泥罨剂。”布鲁诺经常来讲上这么一番话,不断增强医生要加入那个俱乐部的欲望。

一天晚上,只有他们两人很晚还没睡,布鲁诺正在为他画那幅“猫鼠斗”图,医生替他掌灯。医生终于觉得自己已经赢得了画家的完全信任,决定向他表白自己的愿望。“布鲁诺,”他说,“天主作证,在所有活着人当中,我最乐意尊重你的愿望。即使你让我为你绕这个街区跑一圈,我肯定会去跑一圈的!所以,我想坦率地向你提个请求,请不要见怪。你还记得吧,你最近和我说起你们的俱乐部及其快乐的聚会,坦率地讲,我在这个世界上的最大愿望就是成为你们那个俱乐部的一员。如果我加入了那个俱乐部,你会很快看到我不是无缘无故求你帮忙当那个俱乐部成员的。听着,如果我在很长一段

①希波克拉底和阿维森纳:著名的古代医学作家,一位是希腊人,一位是阿拉伯人,他们的医学作品是内科医生必修的全部标准课程的一部分。

时间内还不能使你见识一个你从未见过的最漂亮的小侍女，我允许你永远取笑我。一两年前我在红灯巷见到她，哎呀，我是多么喜爱她呀！我提出，如果她愿意跟我走，我就给她十个银币，但是她拒绝了。所以我诚挚地恳求你，告诉我如何加入你们的俱乐部，帮助我成为你们中的一员吧。那样，我会成为你最好的朋友，我会履行我的许诺。你不得不承认我是一个举止文雅、身体强健、姿态优美的男人，我知道如何使自己受到别人欢迎。看看我这张脸吧：红润得使玫瑰都妒忌！除此之外，我是一名医生，我保证在你们俱乐部里你找不出第二个来；我会讲很多故事，会唱很多小曲，听我给你唱一支吧。”说完他就唱了起来。

布鲁诺凭借巨大的自我控制才没有笑出声来。医生唱完后问："你觉得我唱得怎么样？"

"多漂亮的歌喉！"布鲁诺赞叹说，"唱得太美了！在此之前，我只听过乌鸦唱得很好听。"

"如果你没有听过我唱，你永远也不会相信我会唱得如此之好的。"

"我完全同意您的说法。"

"我会唱的歌很多很多，"医生说，"但不是现在就都唱完。听我说说我的父亲吧：虽然他住在乡下，但他是个绅士；至于我的母亲，我可以这样告诉你，她的娘家是希克斯威尔的有钱人家。如你所见，在佛罗伦萨，没有哪个医生的藏书和衣服能比得上我的。不瞒你说，我的一件衣服就花了我一百多个银币，这还是十年前的事儿！所以，你一定要、一定要帮我加入你们的俱乐部，我向你发誓，如果你帮了我的忙，今后无论你得了什么病，我都免费为你治疗。"

布鲁诺听完他的话，更加认为这位医生一定是世界上最愚蠢的人。"请把灯光往这儿来一点儿，"他说，"耐心地等我一下，我把这些老鼠的尾巴画好后，我就来回答你。"

布鲁诺把老鼠尾巴画好后，装出一副非常认真考虑的样子："先生，”他说，“我知道，如果我得了病，您会为我竭尽全力医治的；您要求我做的事，对您这样有渊博学问的人来说可能是件小事儿，但对我来说却完全是一件大事儿。当然，除了您，我不会为第二个人做这件事儿的，因为我是您最忠实的朋友，另外，您的话太令人信服了，您能说服素食主义者不吃炸肉排，因此我还怎么能拒绝呢！我见到您的次数越多，我就越觉得您智力非凡。此外，我很高兴您爱上了一个非常美丽的姑娘，就因为这个我也要帮助您。但有一点我必须先说清楚：我没有权力满足您的追求，无力为实现您的愿望做任何事情。但是，如果您以您的名誉向我保证您信任我，那我就告诉您如何实现您的愿望；您刚才告诉我，您有许多精美的藏书和其他财物，就凭这些，我相信您一定会成功的。”

“放心地告诉我吧：我看你还不完全了解我，还不知道我多么善于保守秘密。瓜斯帕罗洛·达·萨利切托在弗林波波利当地方行政长官时，什么样的秘密都告诉我，因为他发现我是一位非常优秀的私人秘书。当他要跟贝尔加米娜结婚时，他把这消息第一个就告诉了我。现在你认为我能保守秘密吗？”

“好啊，我应该说，”布鲁诺回答说，“如果他信任您，那么我也可以信任您。听我说，您得这样做。我们的俱乐部由一位主席管理，两位顾问协助他，每六个月轮换。布法尔马科将在下月一日担任轮职主席，我担任顾问之一，这是已经决定了的。任期内的主席在吸收谁加入俱乐部一事上有很大的发言权。所以，我认为您应该尽力与布法尔马科交往。他一见您非常聪明，肯定会喜欢您，当您用您的智慧和您所能贡献的礼物与他交上朋友时，您就可以向他提出要求，他是不能拒绝您的。我已经和他谈起过您，他很倾向于吸收您。按我说的去做，其余的事情就交给我吧。”

“我喜欢你说的这个办法，”医生说，“如果他欣赏聪明的伙伴并喜欢他们的谈话，那么你就可以放心，他会竭力找我做他永久的伙伴，因为我才华横溢，我的才华就是分给全城的人也还绰绰有余。”

布鲁诺和医生谈妥之后，把医生要加入俱乐部的事儿详详细细地对布法尔马科说了，布法尔马科恨不得马上就去答应那傻瓜医生的请求，快快乐乐地捉弄他一番。那医生受“猎取”欲望的驱使，竭尽全力地去讨好布法尔马科，很快就与他交上了朋友。他多次准备盛宴款待布法尔马科和布鲁诺；这两个人成了由医生付费的无情吃喝和排泄的机器。虽然开始时他们一再向医生保证，如果是别人请他们，他们肯定会拒绝的，但后来他们不用再三邀请，打个招呼就来，经常和医生一起饮芳香的葡萄酒，吃肥胖的阉鸡。

最后，医生像早些时候对布鲁诺那样，选定了一个他认为合适的时机，向布法尔马科提出了要加入俱乐部的请求。布法尔马科装出愤怒的样子，生气地痛斥布鲁诺“岂有此理，”他大叫大嚷地说，“你这个鬼鬼祟祟的家伙，我真恨不得一拳把你的头打进你的肋骨里！除了你，谁会把这个秘密告诉医生？”

医生恳求他息怒，一再向布法尔马科保证他是从别人那里得知这个秘密的，不是布鲁诺告诉他的；说了许多圆滑讨好的话，他才终于恢复了平和的态度，布法尔马科对他说：“先生，显然您去过博洛尼亚，带回了守口如瓶的艺术。我知道您是一个聪明人，我敢说您能用三种语言胡说八道，如果我没有弄错的话，您是在笨蛋白羊宫当空时出生的。布鲁诺告诉我，您是学医学的，因此您一定擅长发明疾病，一个人只需听您胡说半分钟，他就觉得他需要看医生了。”

医生打断布法尔马科的话，转向布鲁诺说：“和聪明人谈话是一件多么令人愉快的事儿！这位先生从一开始就深刻地理解了我。你与他相比，面对现实吧，你非常迟钝地看出我的长处。但无论如何，请重复一下你告诉我布法尔马科喜欢聪明的伙伴时我说的话。好了，您看我是否说到做到了？”

“您做得比我预想的更好，”布鲁诺说。

“你真应该在博洛尼亚见到我，”医生接着对布法尔马科说，“我在那里时，不论是年轻人还是老年人，不论是教师还是学生，他们都非常喜爱我，因为他们都从我的名言中受益匪浅！另外，我经常妙语连珠，使他们忍不住开怀大笑。我离开那里时，博洛尼亚全城的人都痛哭流涕，恳求我留下来，甚至建议我独自一人教所有的医科学生。但我拒绝了，我想回到这里来，因为我要继承一大笔遗产。所以我现在就在这儿生活了。”

“你看怎么样？”布鲁诺对布法尔马科说，“我以前怎么跟你说的，你还不相信我的话！你从这儿到巴黎绝不可能找到第二个像他那样对驴尿研究如此造诣精深的医生。试试你能否拒绝得了他的愿望吧！”

“布鲁诺说得对，”医生插话说，“这里的人不大了解我。面对现实吧，你们基本属于平民百姓，你们应该看看我跟我的同行医生们在一起时的风采。”

“是啊，先生。”布法尔马科说，“您的学问比我想象的更加渊博，我跟您讲话必须像跟您这一阶层的智者讲话一样，使用单音节词。我保证使您加入我们的俱乐部。”

听了布法尔马科的许诺之后，医生更加殷勤地款待他们，而他们却过分利用他的愚蠢。他们答应弄来给他做情妇的女人是格拉芬·冯·施西，一个浑身散发着芳香，令你大吃一惊的女人。

“跟我说说她是怎样一个女人，”医生问，布法尔马科解释说：“好吧，我的小蘑菇。这位格拉芬是一个有至高无上权力的女人，千家万户无不在她的管辖之下，她的官衔是王权监督人。从上到下各阶层的人没有不尊敬她的，甚至圣方济各派修士们都大肆赞扬她（特别是在菜单上有了蚕豆之后）。我说过她浑身芳香四溢吧？她一旦走上大街，人们在一英里外就能闻到她的香味，但通常人们发现她待在家里最小的房间里。不久前的一天夜晚她从我们门前经过，去阿诺河边呼吸新鲜空气，洗洗脚。但她的主要住处是在路易镇。她的侍从们手持象征她至高职权的标志物，如长笏和路易毛刷，到她的住处朝拜她。她的大臣多得无数，人们在大街上到处可以见到他们。他们身着许多不同服饰，但都佩戴着象征职权座位的尊贵称号。所以，如果设法实现那个计划，我们保证把您送进这位尊贵女人温柔的怀抱里，您可以忘掉您那位红灯巷姑娘了。”

那医生是在博洛尼亚出生、长大的，这些佛罗伦萨人的暗语，他一句也听不懂，但他表示非常喜欢为他选定的那位尊贵女人。那两位画家很快就能给他带来他被接收进俱乐部的消息。

在下次俱乐部聚会的前一天晚上，医生又请他们吃晚饭；饭后，他问他们，他应该怎样出现在聚会上。

布法尔马科说：“勇敢，先生，您必须勇敢。如果您不勇敢，您就可能不被接纳，我们也将遭受损失。听我告诉您，您为什么必须勇敢。大约在人们上床睡觉时，您必须设法站在圣玛利亚·诺维拉大教堂外一个新建的坟墓上面。穿上一件您最漂亮的长袍，使您在俱乐部会员面前的首次亮相就显出体面和尊严。另外，据说（尽管我们俩当时都不在场）因为您是一位有教养的人，格拉芬将自己付费举行仪式，给您的身上涂上骑士圣油，封您为骑士。您在那儿等着，直到有人来叫您。下一步，听着，我们将派一只身躯不大、头上长角的黑毛野兽前来接您；它将出现在您前面的广场周围，大声吼叫，跳来跳去，只是为了吓唬您。当它发现您并不害怕时，它就会慢慢地向您靠近；它一旦站到您的身边，您就赶快从坟上下来，非常大胆地骑在它身上，千万不要说‘天主保佑我！’；您在它身上坐稳后，要像朝廷的官员一样将双臂交叉，放在胸前，就这样，别再碰它。然后，那野兽将慢慢走开，稳稳地把您驮到我们那儿去。但是，如果您在路上甚至小声说出一句‘天主保佑我！’或者感到害怕，那么它就把您摔下来，使您不能继续前行，结果是您被跌入一个恶臭的地方，弄得一身大粪。如果您没有勇气就别去了，否则结果对我们会很不利的。”

“啊，”医生说，“你们不了解我。也许你们只看到了我身上穿着学者的长袍，手上戴着光滑的手套。如果你们知道我在博洛尼亚和同伴们一起在夜里追逐女人时所习惯玩弄的那些把戏，你们就会感到很惊讶。听我讲，一天夜里，一个身材瘦小的姑娘，该死的，不想跟我走；你们猜猜看，谁是我们当中的第一个，挥拳将她乱打一顿？是谁把她整个身子提起来，扔出老远？最后，她乖乖地跟我们走了。那是我干的，是我征服了她！我还记得有一次，夜幕刚刚降临，我路过圣方济各派修士的墓地，就在那个白天，那里刚刚埋了一个女人；除了我带的一个仆人外，只有我自己，但我一点儿也没害怕。所以，你们不用担心，我像其他俱乐部成员一样勇敢。你们也不用发愁，我要让你们大开眼界：我将身着我获得医学博士学位时穿过的大红袍，闪亮登场，出现在你们面前。你们会看到，整个俱乐部都将为之一震。转眼之间他们就会选我当俱乐部主席。你们只管瞧着，我一到，事情会发生怎样的变化；你们那位还没见过我就已经为我神魂颠倒的格拉芬，会立刻举行仪式，封我为她的骑士。我不配做骑士吗？你们以为我永远也做不到骑士该做到的事情吗？那你们就看我的吧！”

“那么，好极了，”布法尔马科说，“但您要小心，一定不要捉弄我们，您告诉我们去而结果又不去，当我们派那野兽接您时，您可一定要在那儿。我了解你们这些医生，如果外边天气冷，你们就闭门不出。”

“别担心。我可不那样娇生惯养。夜里我得好几次出去小便（谁不是这样？），我只是在紧身皮上衣外面再披上一件毛皮斗篷。我不怕冷，我一定去那儿。”于是，那两位画匠告辞了。

到了晚上，那医生找个借口告别了妻子，悄悄地找出他最好的长袍，等该走的时刻一到，他就穿上长袍，向墓地走去。他爬上一座新坟墓，冒着严寒，蜷缩着，蹲在坟上，等待着那只黑毛野兽。布法尔马科是一个身强力壮、体格魁伟的汉子，弄来一个人们在狂欢节（这种狂欢节现在已不再举行）上使用的面具戴在头上，又搞来一件黑色毛皮大衣反穿在身上。他看上去颇像一头熊，只是面具上有角，又使他看上去像一个魔鬼。他就以这身打扮向圣玛利亚·诺维拉大教堂的新广场走去，布鲁诺跟在他后面看热闹。他见医生已在那里等候，就开始在广场上来回跳跃；他怒吼、咆哮、喷着鼻息，仿佛着魔了似的。医生见状顿时吓得毛发直竖、牙齿打战、惊慌失措。他多次非常想回到自己家的大门口，但是既然已经来了，又十分急切地想看看那两个画匠给他描述的奇迹，于是自我壮胆，战胜了恐惧。

布法尔马科就这样折腾了一会儿后，装出平静下来的样子，走到医生所在的那个坟墓跟前，一动不动地站在那里。医生仍在浑身发抖，不能决定：是骑到野兽背上去呢，还是待在坟墓上不动。最后，他担心如果他不骑到野兽后背上去，那野兽可能会伤害他，这一恐惧压倒了前面的恐惧，于是他走下坟墓，轻声地说："天主保佑我！"然后，他战战兢兢地爬到野兽背上，小心地坐稳；虽然他仍是浑身发抖，但他还是按照布法尔马科的指示，将双臂交叉，放在胸前。然后，布法尔马科四肢着地，开始慢慢地朝圣玛利亚·德拉·斯卡拉大街爬去，把他驮到了里波利的圣贾考波女修道院。那时候，那一带有许多粪坑，农民们把大粪倒在里面，用来肥田。布法尔马科爬到一个坑边，瞅准时机，把一只手放在医生的一只脚下，猛力向上一推，使医生头朝下干净利落地从他背上栽到粪坑里，然后开始咆哮，像疯子一样四处乱跳，又沿着圣玛利亚·德拉·斯卡拉大街直奔奥格尼桑提旷野，在这里与布鲁诺会聚。布鲁诺原跟在布法尔马科后面，看着他捉弄医生的情景，早就忍俊不禁，所以先跑到这里捧腹大笑。他们俩你揍我一拳我打你一掌开玩笑地庆贺捉弄医生成功，站在那里老远地看着那浑身发臭气的医生怎么办。

那医生一次又一次地挣扎着试图爬出这个可怕的粪坑，但一次又一次地跌回去；他终于设法爬了出来，把帽子丢在了身后；他浑身从头到脚滴淌着湿粪便，感到疼极了、气坏了，而且把那粪便喝了个够。他尽可能地用手把粘在身上的粪便抹去，然后想来想去别无办法，只好回家，敲了半天才把家门敲开。

那臭气熏天的医生走进家门，他身后的门还没关上，布鲁诺和布法尔马科就赶来了，听着他妻子怎样来接待他。她把医生像犯人一样狠狠地训斥了一顿。“好啊,”她说,“我们真有洋相可瞧的了!身穿漂亮的红袍,去找别的女人!我不够满足你吗?小子,你听着,别说你一个人,我能满足一个团的男人!他们把你扔进粪坑里,这是你活该!只可惜没把你淹死。你可真是一个出色的医生,自己有老婆,夜里还要出去追别的女人鬼混!”她就这样骂着,直到半夜,然后才打发他去冲洗身子。

第二天早晨,布鲁诺和布法尔马科在自己的皮肤上涂抹了许多“伤痕”,然后去看医生。医生已经起了床。他家里仍有一种难闻的臭味。所有的衣物都洗了,但都没有完全洗去臭味。医生前来迎接他们,问他们早安,但布鲁诺和布法尔马科按他们事先商量好的,怒视着他。

“收起您的早安吧,”他们说,“快躺下死吧,该死的!您自杀吧!您是一个最邪恶的叛徒!我们拼死拼活帮您的忙,就是因为您,我们差一点被他们像狗一样给宰了。您太让我们失望了,结果昨天夜里我们挨了一顿凶狠的鞭打;即使一头驴被赶着从这儿去罗马,也不会挨这么多鞭子。我们想方设法帮您加入的那个俱乐部差一点儿把我们给开除了。如果您不相信,看看这儿。”他们在昏暗的灯光下扯开衬衫,露出涂满了“伤痕”的胸膛,让医生瞟了一眼,又迅速扣好衣服将“伤痕”盖上。

医生向他们赔礼道歉,向他们述说了自己的不幸遭遇,他是怎样在什么地方被扔进了粪坑。“他要是把您从桥上扔进阿诺河里才好呢,”布法尔马科说,“您为什么要说‘天主保佑我!’难道我们没警告您吗?”

“说老实话,我不记得说过那句话。”

“什么?”布法尔马科大嚷,“您不记得了?您完全记得!我们的证人说,您像一片树叶一样浑身战抖,不知您是该去,还是不该去。好了,事情已经过去了,不会有人发现我们第二次犯错误了。从现在开始,我们还将一如既往地尊敬您。”

医生恳求他们原谅，别再进一步惩罚他了；他尽力用好话抚慰他们，因为担心他们把他这次痛苦的经历传出去，他对他们更加小题大做地百般关怀，比以前更加经常地请他们吃饭。所以，你们看，即使一个人在博洛尼亚什么也没学到，他也仍然能得到一个教训。

故事10

一个西西里女人骗取了一个佛罗伦萨商人五百弗罗林。当她得知这是两个人才能玩的游戏时，已为时太晚。

女王故事中的多处使大家笑得前仰后合，别提笑了多少次了；小姐们开心得十多次流下眼泪，个个眼睛都是湿的。女王讲完故事后，迪奥内奥知道轮到自己讲故事了，于是立即讲了起来：

谁都不否认，当巧妙的计谋成功地用到老练的骗子身上时，我们就都觉得更加高兴。所以，尽管美丽的小姐们都讲了最精彩的故事，但你们都会更加喜欢我要讲的这个故事，因为故事中这个受骗的女人是一个更大的骗子，她要比你们故事中提到的任何一个爱捉弄人的男女都更精明得多。

在每一个有港口的沿海城市里，过去通常沿袭下来这样一种制度——这种制度今天可能依然存在——客商们在货物抵达后，他们把所有的货物都卸到一个货栈里存放。许多地方把这种货栈称为海关，由公爵或城市地方长官管理。客商把一份完整的包括价格在内的货物登记表交给地方长官，然后地方长官就给他一间仓库存放货物，然后锁好。收税官们信任客商的账目，只按客商货物的全部记录将他们的货物记入自己的分类账里，随后有权根据法律按客商从仓库全部或部分提取货物向客商征收关税。当地的经纪人经常从海关保管的分类账上，了解货栈里存放的是什么货物、货物价格和存放货物商的身份；这样他们等有机会时，会就贸易、物物交换、批发零售的条件，及其他这类交易与客商谈判。像在许多别的地方一样，西西里的巴勒莫市也通行这种制度。这里也有无数的相貌美丽但品德败坏的女人，那些不了解她们的人会以为她们都是有高尚品德和良好教养的夫人或小姐。她们致力于诈取男人们的钱财，直到拔掉他们身上的最后一根毫毛。她们一见到有外地客商到来，马上就去海关查阅分类账，弄清楚他带来了什么货物、这货物值多少钱。然后她们就用挑动情欲的妩媚和甜言蜜语使客商进入她们爱情的圈套。没有几个客商没被她们骗入陷阱、骗去大部分或全部货物的！事实上，许多客商被这些女人的剪刀仔仔细细地剪了个溜溜光，他们损失了货物、船只、所有的一切，甚至骨髓。

不久以前，有个年轻的佛罗伦萨人，名叫尼科诺·达·齐尼亚诺，人们也管他叫萨拉巴埃托，来到巴勒莫经办主人的生意，随身带来大包的羊毛布匹，这些布匹是他参加萨拉诺商品交易会后剩下来的，价值五百多金币。他付了货物托付关税，把货物卸到了海关仓库里，因为不急于出售，便到城里闲逛去了。他是一个年轻的金发豪侠，皮肤白皙，相貌英俊，引起了这儿的一个吸血鬼——一个自称为颜科费奥雷的女人——的注意。她对萨拉巴埃托做了一些了解之后，开始向他频送秋波。萨拉巴埃托注意到了那女人，把她当作一位尊贵的夫人，以为他的漂亮长相赢得了她的爱情，便决心小心谨慎地去追求这份爱。于是他不对任何人讲这件事情，在她的窗外走来走去。她注意到他在窗前来来回回地走着，她用热烈的眉目传情把他软化了好几天了，并让他明白她是深深地爱上了他，然后，她暗地里派了一个女人——一个有经验的鸨母——去见他。那女人好像眼含热泪似地跟他说话，作了一番长久的前言不搭后语的讲述之后对他说，她的女主人对他的英俊长相和潇洒风度非常着迷，到了神魂颠倒的程度。因此，如果他不介意，她一心想与他在一家公共浴池①里秘密会上一面。说完，她从钱包里取出一枚戒指，代表她的女主人将戒指赠送给他。萨拉巴埃托听了这些话，真是欣喜若狂；他接过戒指，把它紧贴在脸上，然后又放到嘴唇上吻了吻，最后把它戴到了手指上。他对那女人说，如果颜科费奥雷真的爱他，那么这爱情完全是相互的，因为他爱她胜过爱世界上的一切，非常愿意在她选择的任何时刻去她说的任何地方。

那鸨母回到颜科费奥雷那里，转告了萨拉尼埃托的回话；下一件事就是萨拉尼埃托被告知第二天晚上他要在哪一家公共浴池与那位夫人幽会。他没有把这事儿告诉任何人，在约定的时刻匆匆地赶到那里，发现他的情人已把那家公共浴池完全包下了。过了一会儿，来了两个女仆，都带着东西：一个头顶着一个大的、填塞得非常好的床垫子，另一个头顶着一个塞满各种东西的大筐。她们把床垫子放在浴池一个房间里的床架上，在床垫子上铺了两个做工最精美的有丝绸镶边的床单，在床单上放了一床塞浦路斯洁白的亚麻布棉被和一对雅致的绣花枕头。她们把床铺好后，脱下衣服，拿着刷子走进浴池里，把浴池刷洗得干干净净。不一会儿，颜科费奥雷本人带着另外两个女仆来到了，一见到萨拉尼埃托就向他表示最衷心的欢迎；她紧紧拥抱他，给了他大量亲吻，然后发出几声深深的叹息，对他说："我不知道，除了你，还会有谁会把我弄成这个样子！瞧，你这可爱的托斯卡纳燃烧着的干柴，我的心都被烧焦了！"

在她说完这番话后，萨拉尼埃托按照夫人的愿望，与她一起脱光衣服，赤身裸体地走进浴池，两个女仆也脱光衣服，跟进浴池服侍

①公共浴池：意大利南部臭名昭著的男女情人幽会的地点。也见第三天故事6。

他们。在浴池里，她不让女仆们触碰萨拉尼埃托，她亲自用散发着麝香和丁香香味的香皂给他从头到脚地擦洗身子，然后她才让女仆们给他洗澡和按摩。他们两人洗好后，女仆们给他们拿来两条洁白、轻薄透明的、浸了玫瑰油的被单，使整个浴池充满了玫瑰的芬芳；一个女仆把一条被单裹在萨拉尼埃托身上，另一个女仆把另一条被单裹在颜科费奥雷身上，然后女仆们把他们两人抬到那张铺好的床上。在他们两人身上的汗都干了之后，女仆们把他们身上的被单揭下拿走，让他们赤裸着身子躺在另一套被单里面。女仆们从筐子里拿出最精美的银瓶子，里面装满着各种香水——玫瑰香水、橘皮香水、茉莉香水和柑子香水——把这些香水洒遍他们全身。然后，女仆们又打开装有糖果和一些上等葡萄酒的箱子，让他们两人吃些点心。

萨拉尼埃托觉得自己进了七重天；他的眼睛片刻不离颜科费奥雷，因为那女人长得实在太美了，他盼望那两个女仆快快走开，好早早投入他情人的怀抱，因此每一分钟他都觉得有一小时那样长。夫人终于吩咐女仆们退出房间，留下一支点燃的蜡烛，于是她和萨拉尼埃托相互拥抱，快乐地嬉戏了很长时间；萨拉尼埃托见那女人已完全沉浸在对他的爱情之中，心里快乐极了。

颜科费奥雷觉得该起床了，便把那两个女仆叫进来；他们穿好衣服，又喝了点酒，吃了些糖果，用香水洗洗手和脸。颜科费奥雷临走时对萨拉尼埃托说："如果你愿意，我很想请你来我家吃晚饭，我们一起共度良宵。"

萨拉尼埃托完全被她的美丽和特殊的妩媚迷住了，完全相信她是真心地与他相爱，所以他回答说："您的愉快就是我的快乐，因此不论是今天晚上还是其他任何时候，我都服从您的愿望，您的吩咐就是我的愉快。"

颜科费奥雷回到家后，吩咐仆人把她的卧室用帘帷装饰得漂漂亮亮的，并准备了一桌丰盛的晚餐，等待着萨拉尼埃托的到来。天一黑，萨拉尼埃托就向她家里走来；她给了他最热烈的欢迎。他们坐下来一起享用节日似的、服务周到的晚餐。饭后，他们一起走进卧室，他闻到了一种芦荟木和塞浦路斯香的香味；他看到，那床漂亮得惊人，床的帘杆上挂着许多件华丽的衣服，所有这一切——甚至每一样东西——都使他得出这样一个结论：这位夫人一定极为富有而且地位高贵。无论他听到的关于夫人生活方式的传言如何与他的评估相悖，他还是不愿相信；即使他在某种程度上相信她曾欺骗过别的男人，但他绝不相信她也会这样对待自己。他在她的怀抱里度过了一个最快乐的夜晚，对她爱得更加强烈了。第二天早晨，那女人在他的腰上系了一条精致的银色腰带，腰带上还配有一个漂亮的钱包，对他说："我亲爱的萨拉尼埃托，你不会忘记我的，是吗？我的身子由你支配，同样我所拥有的一切都供你使用。无论你吩咐我做什么，只要是我力所能及的，我都愿意去做。"萨拉尼埃托拥抱她，亲吻她，高兴地走出她的家门，去往客商们通常聚集的地方。

他一次又一次地去她那儿享乐，从不用花钱，因为那女人越来越把他迷住了。同时，他卖掉了他的大捆布匹，获利丰厚，赚了一大笔现款，那女人立刻得知这一事实，不过不是直接从他那里，而是从别人那里打听到的。一天晚上，萨拉尼埃托来看她，她竭尽嬉戏、玩耍之能事，拥抱他、亲吻他、与他最热烈地做爱——使他觉得，她愿意仅为满足强烈欲望而死在他的怀里。她坚持要把一对最精致的银碗送给他，但萨拉尼埃托不肯接受，因为她给他的礼物价值已达到了三十多金币了，而他却从未能说服她接受他的一件东西，哪怕是一文钱的东西。最后，当颜科费奥雷用她那明显引起欲望的激情和慷慨煽起了他的欲火时，一个女仆按事先安排好的来叫她，她离开了卧室。过了一会儿，她哭着回来了，一下子扑到床上，痛哭欲绝。

这使萨拉尼埃托感到很奇怪，一边同情地流着眼泪一边把她搂在怀里，对她说："喂，我的心肝，突然间发生了什么事情？是什么使你如此悲伤？快告诉我，我的宝贝。"

经他再三请求，她哭着说："啊，亲爱的，我不知道怎么办，也不知道怎么对你说呀，我仁慈的先生！我刚刚收到从墨西拿寄来的信。我弟弟在信中说，我一定要在下个星期内给他寄去一千金币，即使变卖或抵押我所有的财产也要寄这些钱，否则他的头就要被砍掉了。我真不知道怎么能这么快给他弄到这笔钱。如果给我两星期的宽限，我还是有办法、有途径凑够这个数目，甚至更多一些，或者可以卖掉我的一两个农场。可是，那就来不及了，但愿我早就死了，就不会听到这可怕的消息了！”说完，她装出更加痛苦的样子，哭个不停。

如果说此刻那小伙子本应该警觉的话，可爱神却在很大程度上把他的智慧弄钝了，他对她的眼泪和她说的话都信以为真。“我不能帮您凑够一千金币，”他说，“但如果您认为您能够在两星期内还给我，我倒肯定能借给您五百金币的。您看，您运气不错，因为我就在昨天卖掉了我的大捆布匹，否则我本来身无分文，也不能借给您这么多钱。”

“啊，不！”她大声说，“你自己也缺钱用吗？你为什么不跟我说？我也许拿不出一千来，但我肯定能给你一二百的呀。你太见外了，让我现在完全无法接受你的好意了！”

她的这番话使萨拉尼埃托对她更加信任。“既然您急需钱用，”他说，“您就一定不要推辞了。如果我像您这样急需钱用，我肯定会请求您帮助的。”

“好啦，我的宝贝，亲爱的，现在我真的知道了你是多么真心实意地爱我。甚至没等我开口向你借这么一大笔钱，你就如此慷慨地帮助我。甚至没有这件事，我就完全属于你了，而从今以后我将加倍报答你。但天主知道，我非常不愿意接受你借给我的这笔钱，因为我知道你是个商人，商人是靠用起来便利的钱谋生的。可是我实在急需钱用，而且我完全相信我能很快把钱还给你，所以我将借用一下；至于不足的部分，如果我找不到更快的办法筹集，我就拿我这里的所有东西做抵押。”说完，她把脸贴在萨拉尼埃托的脸上，哭得泪人似的，萨拉尼埃托竭力安慰她，与她一起度过了这一夜。第二天，不等她再次请示他就把那可爱的五百金币给她带来了，以证明他是一个多么慷慨的情人。她接过钱，心里高兴地唱着歌，而表面上眼睛里含着泪水；萨拉尼埃托除了她简单的一句话，别无依据。

颜科费奥雷拿到钱后，萨拉尼埃托发现她的日程表悄悄地发生了变化：以前无论他什么时候想去见她，他都能没有任何限制地与她幽会，共享快乐，而现在他十次有九次遇到障碍，见不到她；即使偶尔有一次她让他进门，她也不再像以前那样欢天喜地、妩媚多情了。她应该还钱的日期到了，实际上一个月过去了，第二个月又过去了，她并不还钱，每当萨拉尼埃托提出还钱的要求，她就以一定还钱的许诺来搪塞他。萨拉尼埃托这才醒悟过来，意识到她是一个多么邪恶、多么诡计多端的女人，他自己表现得多么不负责任而上了她的圈套；但他意识到，借给她钱这件事只有一个口头协议，没有让她立下字据，也没有人做见证；他不好意思向任何人抱怨此事，因为毕竟有人警告过他，提防这个女人；另外，他使自己成为笑柄，一头不折不扣的蠢驴。所以，他为自己的愚蠢而痛苦地伤心流泪。他收到他主人来的好几封信，要求他把现款换成汇票寄回给他们；他没有钱往回寄，为了避免此项亏空被发现，他决定离开这里，登上了一条开往那不勒斯的小船，而不是去他应该去的比萨。

当时在那不勒斯住着我们一位佛罗伦萨同乡，名叫皮埃特罗·德洛·卡尼贾诺，是个非常聪明能干的人；他是君士坦丁堡女王的司库，也是萨拉巴埃托及其一家人的亲密朋友。几天后，萨拉尼埃托把他当作知心人，因为他是一个完全值得信赖的人，萨拉尼埃托把自己在巴勒莫所干的事儿和随之而来的不幸灾难都告诉了这个聪明人，请求他的帮助和建议，使自己在那不勒斯谋生，因为他说他永远也不想回佛罗伦萨了。

卡尼贾诺听了他的经历，很是同情。“你干了一件多么可怕的事情！”他说。“多么愚蠢的行为！按你主人的话去做有多好啊！看看你乱花在与女人嬉戏上的这一大笔钱吧！但是，事已至此，不要做无益的后悔了，重要的是找到一个补救的办法。”这个精明强干的人马上就为萨拉尼埃托想出了一个解决问题的办法；他把这个办法告诉了萨拉尼埃托，萨拉尼埃托高兴极了，愿意冒着风险实施这一办法。

萨拉尼埃托用他仅有的那一点钱和从卡尼贾诺借来的一小笔贷款，准备好了许多大包的麻絮，每一包都捆得结结实实的；还买了二十个油桶，并把它们装满；他把这些货物装上了船，回到了巴勒莫。他为这些麻包和油桶付了托付关税，让海关人员把这些东西在分类账上记入他的户头；然后他把所有东西都存放在货栈里，说他要等他期待着的第二批托付货物到来，与这批货物一起出售。颜科费奥雷得到萨拉尼埃托到货的风声，听说他这次带来的东西价值二千多金币，这还不算，他正等待着第二批货物，这第二批货物价值三千多金币。她想如果能设法从这五千金币中搞到一大半，那上次弄到的那五百金币就实在太少了。因此，她决定把他的五百金币还给他，便派人去请萨拉尼埃托。

萨拉尼埃托应邀前往，但他已经被教得狡猾了。颜科费奥雷张开双臂热烈地欢迎他，假装不知道他带来了什么货物。“喂，”她说，“你是不是因为我到期没还你钱生我气了……”

萨拉尼埃托突然哈哈大笑起来。“这个，没关系，我当时是有点生气，因为我愿意把心都掏出给您，如果我觉得那样会使您高兴的话。但让我告诉您，我的生气意味着什么。我如此强烈地爱着您，我变卖了我的大部分财产，带来了价值二千金币的货物；我正等待着从西方运来的价值三千金币的货物。我打算在这个城市里开个货栈，并定居在这里，这样我就能永远和您在一起，因为我真的觉得与您相爱要比与其他任何情人相爱都幸福得多。”

“听着，萨拉尼埃托，”她说，“真正使我高兴的是最有利于你的事情，因为你是我在这个世界上最爱的人。你回到这里并打算在这里定居，我高兴极了；我盼望着我们俩一起继续享受以前那种珍贵的快乐时光。但我很想解释一下，你离开之前为什么几次来我这里都没来成，有时您来成了却没有得到我像以前那样的热烈欢迎，为什么我没有在许诺的日期把你的钱还给你。你当然知道那时我正处于最令人绝望的困境之中，对弟弟的焦虑使我痛苦不堪；一个处于那种心情的人，无论她爱得有多深，她也不能像她想的那样快乐地、柔情地去对待她自己心爱的人。另外，一个女人要凑够一千金币可不是一件容易的事情。一星期内的每一天，她都精神紧张，欠她钱的人不守诺言，反过来她又不得不对别人撒谎。那就是我没能按时还你钱的原因——没有比那更不幸的了。但你走后不久我就收齐了欠我的钱，如果我知道把你的钱汇去哪里，你可以相信我一定会把钱汇还给你的。因为我不知道，所以我一直替你保管着这笔钱。"她吩咐女仆拿来一个钱包，里面装有萨拉尼埃托当初给她带来的五百金币，把这个钱包交给他，并说："请数一数看，是不是五百。"

萨拉尼埃托高兴极了。他把钱数了一数，正好是五百，把钱收好了。"我知道您说的都是实情，"他说，"您现在的做法更证明了您对我的真情。凭着您对我的这份爱和我对您的爱，您今后只需告诉我您需要用多少钱，如果那是一个我能筹集到的数目，我一定随时如数提供。我一旦在这儿定居下来,您会亲自看到我是否说到做到。"这样，他们的爱情在口头上得到了修补，萨拉尼埃托又像以前一样与她在一起嬉戏或无论如何装出与她亲亲热热的样子，而她对萨拉尼埃托则关怀备至，装作与他无限恩爱的样子。

但萨拉尼埃托早有妙计在心中，开始因她的欺骗行为对她实施报复。一天，颜科费奥雷邀请他来吃晚饭并共度良宵，他显得悲惨可怜、心神错乱，仿佛马上就要断气似的。颜科费奥雷拥抱他、亲吻他，问他出了什么事情。他又听她劝慰了一会儿才对她说："我破产了。我正盼望着的运载我货物的那条船被摩纳哥海盗劫去了。他们索要一万金币的赎金，我名下得出一千。可是我身无分文，因为我把您还我的那五百金币直接寄回那不勒斯了，用于买布料运到这儿来卖。如果我把这儿现有的货物卖掉，两分钱的货卖不出一分钱来，因为现在行情不好。我在这里人地两生，找不到人帮我渡过难关，所以我不知道该怎么办才好。如果我不尽快把钱寄去，那批货就要被运回摩纳哥，那就永远也不可能弄回来了。”

颜科费奥雷担心自己前功尽弃，心中十分着急，同时盘算着如何阻止那批货物被运往摩纳哥。“天主知道我为你感到多么难过，”她说，“但悲伤是没有用处的。天主知道，如果我有钱，我会立刻借给你的，可惜我没有。这儿有一个人，上次我缺钱时他借给我五百金币，但他要的利息太高——不少于百分之三十。如果你想向他借钱，你需要拿出东西作抵押。至于我，我愿意为你用我的全部财产和我本人作为你向他借钱的一部分抵押，但愿我会对你有所帮助，但是剩余部分你用什么来作抵押呢？”

萨拉尼埃托很清楚她主动提出帮助的动机，事实上这笔借款就是来自于她。萨拉尼埃托发现这非常符合他的计划，于是向她表示衷心的感谢，对她说尽管利息过高，考虑到他目前的处境他愿意接受这笔贷款。他接着说，他将以存放在海关仓库里的货物做那笔贷款的抵押。他将把那些货物过户给借给他钱的人，但仓库的钥匙还要由他本人保管，这样有人要求看货时，他好能领他去看，而且能保证货物不被人盗窃或调换。颜科费奥雷同意，说他这话说得好，他的抵押品是足够的。第二天，她找来一个她最信任的经纪人，与他商议这件事。她给了那经纪人一千金币，由那经纪人出面把钱借给萨拉尼埃托；他将萨拉尼埃托存放在海关仓库里货物记账全部过户到他的名下，起草、签署、连署契约后，他们握手告别，各自忙自己的事务去了。

萨拉尼埃托立刻带上一千五百金币，登上一艘小船，回到了那不勒斯的皮埃特罗·德洛·卡尼贾诺那里。他从那不勒斯把主人的布匹款汇往佛罗伦萨，清了账，并还了皮埃特罗和其他人的借款。一连几天，他与皮埃特罗一起庆祝他们捉弄那个西西里女人的成功。

此后，他离开那不勒斯，去了费拉拉，不想继续做生意了。

萨拉尼埃托离开巴勒莫之后，颜科费奥雷起初觉得奇怪，后来产生了怀疑；等了两个月也不见他回来，便吩咐经纪人强行把仓库打开。他打开一个油桶取样检验，本以为里面装的是油，却发现所有的油桶里面装的都是海水，只是上面浮着一两寸油；然后，他又打开布匹大包，发现除了两包布匹外，其余全是一卷一卷的最劣等的亚麻；全部货物价值不到二百金币。于是，颜科费奥雷这才意识到她受骗了，在许多天里她都后悔还了萨拉尼埃托那五百金币，更后悔又借给了他一千金币。从那以后，她逢人便说："佛罗伦萨商人① 都是撒谎的家伙，和他们讨价还价可要有敏锐的目光。"她浑身的毛被拔了个干干净净，落得一个大傻瓜，她最后得出结论：欺骗是一种两个人才能玩的游戏，你能骗我，我更能骗你，强中更有强中手。

迪奥内奥讲完了故事，劳蕾塔赞扬皮埃特罗·德洛·卡尼贾诺的建议明智稳妥，取得了令人非常满意的效果，也赞扬萨拉巴埃托巧妙地实施这一建议。然后，她意识到她当女王的任期已满，便从自己头上摘下花冠，把它优雅地戴到艾米莉亚头上，说："我不知道我们是否在您的身上找到了一个仁慈的统治者，但我们相信有了一位美丽的统治者；但愿您的政绩能和您的美貌相得益彰。"她说完就回到了自己的座位上。

听了劳蕾塔的话，艾米莉亚觉得有些害羞，不是因为她被任命为女王，而是因为听到人家当众称赞自己的美貌，女人是最重视美貌的。她脸红得像拂晓时刚刚绽放的玫瑰；她低垂了一会儿眼睛，使红色的面颊恢复了正常的颜色之后，与总管一起为明天大家的活动做出必要的安排，然后她说了下面这番话：

---

①佛罗伦萨商人：托斯卡纳人聪明与狡猾在意大利过去是，现在仍然是臭名昭著的。

“我们都注意到了，牛带着轭和套劳作了一天之后，人们给它们摘下轭和套，让它们在树林里自由自在地吃草；我们还注意到，花繁叶茂的花园与单长橡树的林子看上去一样美丽，但实际上，花繁叶茂的花园更美丽一些。考虑到这几天我们一直把讲故事严格限制在指定的主题上，大家都被剥夺了自由发挥的权利，我认为，稍微漫游一些，放松缰绳，随心所欲，加强力量之后再戴上轭和套，这不仅会对我们有所帮助，而且是必要的。所以明天你们讲故事时，我不想把大家限制在某个题目上，你们尽可以讲任何你们喜爱的故事①，因为我相信话题多种多样的故事会比单一主题的故事更有趣。这样做之后，我们将又都恢复了充沛的精力，无论谁继承了我的王位，都能更顺利地再用通常的法规把我们限制起来。”说完这些话，女王让大家自由活动，晚饭时再聚在一起。

大家一致认为女王的话很有道理。然后，他们都站起身来，各自寻找自己的快乐去了。小姐们去编花环并做各种自己喜欢的消遣，小伙子们则去打牌、唱歌。他们就这样一直玩到晚饭时。晚饭是在美丽的喷水池旁吃的，大家欢欢乐乐，像过节一样。饭后，他们又按照惯例，唱歌、跳舞，自娱了很长时间；然后，尽管大家已经随意地唱了许多支歌，女王还是遵循前任国王或女王们的规矩，吩咐潘菲洛唱一支歌。潘菲洛欣然从命，这样开始了：

爱神啊，虽然我在您的火焰中燃烧，
但我心中充满幸福和快乐。
啊，爱神，我衷心相信您的友好。

我无限快乐，欣喜若狂，

①任何你们喜爱的故事：这样又回到了第一天的模式。

我如醉如痴地坠入爱河，
我把心交给了一个无比可爱的人。
我的心在跳，跳得自由奔放，
幸福洋溢在我的脸上，快乐在我的眼中闪光；
什么也伤害不了我；我的心无所畏惧，
因为我的爱情无比崇高。

爱神啊，我无法用歌声唱出我的情感，
哪怕是一部分，
我不想夸张地表示，
不想故意地表明——不，我要保守这个秘密：
如果它被广泛流传，我的安宁将被偷走。
我的爱真是花繁叶茂，无法形容：
爱情不言而喻，语言反被它嘲弄。

只请您想一想那双紧紧拥抱她的双臂吧！
谁能猜得出，谁人会相信，
啊，我的双手将她抱在怀中，
她的脸儿紧紧贴在我的嘴唇上？
于是，我的心如释重负，快乐无比。
我已拥有了她的心；
但我要把这珍贵的秘密藏在心底。

潘非洛的歌唱完了。大家一边起劲地合唱这支歌中的副歌，一边非常聚精会神地琢磨潘非洛歌词的意思，竭力猜测歌唱者在保守与谁的爱情秘密。大家提出了各种各样的看法，但谁也未能揭示事情的真相。女王见潘非洛的歌已经结束了，女士们和先生们也都想休息了，便吩咐他们都各自回房安歇。

第九天

《十日谈》第八天到此结束，第九天由此开始；大家在艾米莉亚主持下，随意讲述自己喜欢的故事。

明亮的晨光驱走了黑夜，使深蓝色的八重天①（恒星所在的那层天）变成了浅蓝色，草地上的花儿渐渐抬起头来。这时，艾米莉亚起了床，吩咐仆人把她的男女同伴们一一唤醒。大家聚在一起，跟随着女王，缓步走向别墅附近的一片小树林。他们进入树林，鹿、獐以及其他动物并不怕人，只是站在那里，等待着他们走近，仿佛它们完全失去恐惧感或者已被驯化，瘟疫的破坏给了它们喘息的时间，因为人类暂时不能来打猎了。伙伴们一会儿走向这些动物，一会儿追赶那些动物，好像就在能抓住它们的那一时刻，它们就跳跃着跑开

①八重天：依据古代天文学家托勒米学说，地球是宇宙的中心，地球外面有九重天，一至七层为月球、水星、金星、太阳、火星、土星等，是行星运行的范围，第八层是恒星，第九层则是透明的水晶球。

了；他们发现追逐动物很有趣，就这样玩了很长时间，直到太阳升高了，到了他们觉得该回去的时刻。他们头上都戴着橡树叶花冠①，手里拿着香草或鲜花，如果谁在半路上遇见他们，他只能得出一个结论："死神永远也不会打败这些人；即使死神胜利了，他们也会快快乐乐地死去。"他们一路上一边唱着歌一边开着玩笑，慢慢地走回到别墅；他们发现一切都准备得非常漂亮，仆人们个个兴高采烈。他们先休息一会儿，在吃饭前，唱了六支小曲，一支比一支更快乐。然后，他们洗了手，总管按女王的命令，引导大家入座。菜肴很快端了上来，他们都吃得心满意足。离席后，他们唱歌、跳舞、演奏乐曲，一直到女王吩咐想午睡的人可回房休息为止。午睡后，他们在通常的时刻、通常的地点聚集起来讲故事，女王将目光落在菲罗美娜身上，吩咐她开始讲今天的第一个故事。菲罗美娜微笑着讲了下面这个故事。

故事1

当弗兰切斯卡想要摆脱里奴齐奥和亚里山德罗这两个讨厌的求爱者时，如何发现了一具尸体的妙用。

女王陛下，您为我们讲故事慷慨地提供了一块开放辽阔的战场，承蒙您的好意，让我第一个上阵与敌人交锋，我感到非常高兴。如果我表现得好，我深信我后面的人都会表现得跟我一样好，甚至更好。

我们讲过的故事一次又一次地讲述了爱情发挥威力的不同方式，

①橡树叶花冠：朱庇特（罗马神话中的主神）的象征物，这里象征情绪的稳定和自我克制。

我认为我们并没有把这些方式全部讲完，如果我们再讲上一年，只讲它们，也讲不完。既然爱情能激励它的信徒去冒各种死的风险①，甚至使他们进入坟墓，冒充死尸或取出尸体，那么我要给大家讲的故事是对讲过的这类故事的补充。它不仅会帮助你们了解爱情的威力，而且还会使你们认识一个正直的女人，她用智慧摆脱了两个讨厌的求爱者的纠缠。

皮斯托亚市过去曾有一位非常标致的寡妇，我们的两位佛罗伦萨人深深地爱上了她。他们的名字叫里奴齐奥·帕勒尔米尼和亚里山德罗·基亚尔蒙特西，他们是被人从佛罗伦萨放逐出来而定居在皮斯托亚的。他们两人互不相识，但却同时爱上了那位夫人，而且都想方设法、努力博得那位夫人的爱。这位正直的夫人名字叫弗兰切斯卡·德·拉扎里，分别从两人那里收到了无数的情书和求爱信，一直很不明智地对他们采取充耳不闻、不予理睬的态度，于是，那二人便纠缠不休。她发现不可能谨慎地避开他们，就想出了一个永远摆脱这两个讨厌鬼的办法。她要求他们各自去办一件并非不可能完成的事情，但她认为他们绝不可能做到。这样，当他们未能按要求完成任务时，她就有了完全有理的借口，彻底拒绝他们进一步的求爱纠缠。她的全部计划是这样的：就在她灵机一动想出办法的那一天，皮斯托亚死了一个人，此人出身贵族，但在皮斯托亚市，甚至在全世界都算得上是一个臭名昭著、最卑鄙无耻的恶棍。他活着的时候长相非常丑陋、怪诞，不认识他的人一见到他都被他吓一大跳。他被埋葬在圣方济各教派教堂外的一座坟墓里。夫人认为，这座坟墓非常适用于实施她的计划。于是，她对女仆说："你知道，那两个佛罗伦萨人，里奴齐奥和亚里山德罗，每天都纠缠我，是非常令人不愉快的讨厌鬼。可是，我不想把自己的爱情献给他们。所以，我决心摆脱

①死的风险：薄伽丘在这里取笑爱情诗歌的幻想，爱情诗歌往往过分强调爱情与死亡之间的联系。

他们。既然他们不停地向我慷慨求爱，那么我决定用一个我相信他们永远也不可能做到的要求考验他们。这样，我就能摆脱他们，获得安宁。你听好我将怎样做。你知道，今天早晨，那个魔王（这是人们通常对前面提到的那个恶棍的称呼）被埋葬在圣方济各教派的教堂墓地里。别说他现在死了，就是他活着的时候，甚至最勇敢的人见了他也会吓得浑身发抖。你先悄悄地去找亚里山德罗，给他这样一个口信：'夫人吩咐我说，你一直在苦苦向她求爱，到了她向你表示爱情的时候了。如果你想和她在一起，你必须这样做：她的一个亲戚今天夜里要把今天早晨埋葬的魔王的尸体弄到夫人家里去，原因是什么，你以后会知道的，但是她不想让他的尸体放在自己的家里，因为她非常惧怕他，更何况他现在是个死人。所以，她希望你能帮她一个大忙，请你在今晚半夜前进入埋葬魔王的那座坟墓，穿上他的衣服，假装是他躺在那里，等到有人来把你背走。让来人把你弄出坟墓，你不要出声、不要说话，你会被来人背到夫人家里，她会欢迎你，你就会和她在一起了，然后你想什么时候离开她，你就什么时候离开她，其余的事情由她安排。'如果他愿意这样做，那也好；如果他不愿意，那就把我的话告诉他，请他别让我以后再见到他，如果他珍惜自己的生命，那就请他今后一定不要再给我送任何形式的情书了。

"然后，你再去找里奴齐奥·帕勒尔米尼，这样对他说：'夫人说，她愿意完全听你支配，但是你得先帮她一个大忙：今晚半夜左右你要钻进今天早晨埋葬的魔王的坟墓里，小心翼翼地把他的尸体弄出来，不要说话，不管你听见、看见或感觉到了什么，你都要把他的尸体背到夫人家里。那时你就会明白夫人为什么要你做这件事儿，你将如愿以偿地得到她的爱。如果你拒绝做这件事儿，她吩咐说，你从此以后再也不要给她捎任何形式的求爱口信儿了。'"

女仆按照夫人的指示，先后找到了那两个人，将夫人的口信一字不漏地转达给了他们。他们每人都回答说，只要夫人高兴，别说是进入坟墓，就是下地狱也在所不辞。女仆将他们的回答带回给女主人，夫人只好等着，看他们是否真的傻到能干出这样的事儿来。

夜幕降临了，快到半夜时，亚里山德罗·基亚尔蒙特西身上仅穿一件紧身上衣，离家去坟墓里冒充那死去的魔王。半路上，他心里充满了十分可怕的不祥预感，不禁左思右想："天哪，我是个多大的傻瓜呀！我这是去哪儿呀？她的亲戚们可能发现了我爱上了她，就匆匆做出错误的结论，以为我们两人已经有了什么关系，因此逼迫她这样做，目的是把我杀死在坟墓里！如果真是这样，那我就是送死去了，而他们都会因没有杀人证据而逍遥法外。谁知道呢？也可能是我的某位情敌设下这个圈套，那情敌也许正是她所爱的人，她这样做是想给他献上这么一份礼物。但姑且假设，"他继续琢磨着，"这些猜想都不可能发生，她的亲戚们真的把我背到她家里去。但我绝不相信他们会抱起魔王的尸体，把他搂在怀里，或者她会把他搂在怀里。很有可能，他们以前吃过魔王的亏，现在想在他的尸体上出这口气。她吩咐我，无论我感觉到了什么，我都不要出声。那么如果他们要挖出我的眼睛、拔掉我的牙、砍断我的手，或者干出诸如此类的事情，那怎么办？我怎能做到一声不响？如果我说话，他们就会认出我，也许会伤害我。但即使他们不伤害我，我也绝不会实现愿望，因为他们不可能把我送到夫人家里的。然后，她会说我没有按照她的吩咐去做，我也就得不到她的爱了。"他这样想来想去，几乎要转身回家了，但他对夫人强烈的爱情使他改变了他刚才的想法，有力地敦促他继续向坟墓走去。他来到了坟墓，揭开墓盖儿，爬了进去，剥下魔王的衣服，穿在自己身上，盖好墓盖儿，把自己关在里面，在魔王尸体的位置上躺下。他开始回忆死者生前的为人，他听说过夜晚在墓地和其他地方发生的一些事情。他想着、想着，毛发立了起来，时刻以为魔王要站起来，切断他的喉咙。然而，他心中炽热的爱帮助他克服了这些和其他可怕的想法，他又躺了回去，好像他就是一具死尸，等着要发生的任何事情。

半夜马上就要到了，里奴齐奥离开家门，去完成他心爱的人交给他的任务。一路上，他边走边胡思乱想可能会发生在他身上的事情：他背着尸体可能会被官府的巡警抓住，被当作巫师判处火刑处死；或者如果此事传出去，他会招致魔王家人的仇恨；由于这些和类似的想法，他几乎要往回跑了。但他进一步考虑后，对自己说："喂，夫人第一次求我帮忙，我不应该拒绝，因为我非常爱她，特别是我做了这件事就会使我博得她对我的爱。即使我肯定死在做这件事儿上，我也不能违背对她的许诺，因此，我还是去干吧。"于是他继续前进，来到坟墓前，轻而易举地揭开了墓盖儿。

亚里山德罗发现墓盖儿被打开了，心里十分害怕，但没有出声。里奴齐奥钻了进去，抓住了亚里山德罗的脚，以为他抓的是魔王的脚，把他拖出了坟墓，背在肩上，朝他心上人的家走去。他对死尸无所顾忌，一路上不时地把它撞在路边板凳的角上，因为夜晚一片漆黑，他简直辨不清方向。当里奴齐奥来到他心上人的家门口时，那夫人带着女仆正站在窗口等候，看他是否真能把亚里山德罗背来。她已经完全做好了把他们两人打发走的准备，忽然听见一声大喊："谁？"——官府的巡警碰巧悄悄地埋伏在那条街上，欲捉拿一个逃犯——当他们听见里奴齐奥拖着脚步走来时，突然举起提灯，看来人是谁，他要往哪里去，然后抄起长矛和盾牌进入战斗状态，防止敌人攻击。里奴齐奥立刻认出了他们，来不及仔细考虑，丢下亚里山德罗，拔腿就跑，瞬间消失得无影无踪。亚里山德罗跳了起来，尽管死人的衣服还拖在他的脚踝上，也立刻逃得不知去向。

借着巡警提灯的光亮，弗兰切斯卡清清楚楚地看见里奴齐奥与亚里山德罗先后逃去的身影，而且注意到亚里山德罗穿着魔王的衣服。他们的勇敢给她留下了非常深刻的印象，但这并未能阻止她看见亚里山德罗被丢在大街上，然后两人狼狈逃窜的情景哈哈大笑。这一令人愉快的突发事故使她高兴极了，她感谢天主替她把两个讨厌的家伙都打发走了，于是离开窗户，回到自己的卧室里。她和女仆一致认为，很清楚，那两个人都真的为她神魂颠倒，因为他们显然都按照她的吩咐做到了。

里奴齐奥很懊恼，诅咒自己的运气，但即使如此他也不想回家去；巡警们离开这条大街后，他又回到他丢下亚里山德罗的地方，开始在黑暗中摸索，想找到尸体，完成任务。但他没能找到尸体，以为巡警把尸体抬走了，于是他只好沮丧地回家了。亚里山德罗不知道接下去该怎么办，也不知道是谁把他背走的，也同样伤心地回家去了。

第二天早晨，当魔王的坟墓被打开，尸体不见了（因为亚里山德罗把他往旁边移动时，他掉到墓底上了）时，皮斯托亚全城的人都对此议论纷纷，一些愚蠢的人竟提出这样的看法，说魔鬼来把他带走了。那两个求爱者依然分别详细地告知夫人他们做了什么，后来发生了什么事情，以此作为他们未能完成任务的借口，他们继续恳求她，希望得到她的欢心和爱情。她表示不相信他们的话，她简单明了地告诉他们，既然他们谁也没按要求做到，所以她永远不愿见到他们了。她就这样摆脱了他们。

故事2

一位年轻的修女与情人私通时被当场捉住。女修道院院长严厉谴责这位修女，但后来不得不宽大地释放了她。

菲罗美娜讲完了故事。故事中的那个女人被认为非常聪明，因为她非常巧妙地摆脱了自己不喜欢的求爱者，大家一致认为那两个求爱者的鲁莽行为根本不是爱情，纯粹是疯狂。这时女王笑着转向爱丽莎。“轮到你了，”她说，爱丽莎立刻开始了她的故事。

我们都看到了，弗兰切斯卡的确非常聪明，她巧妙地摆脱了求爱者的纠缠。有一位年轻的修女也很聪明，她凭借机智的口才和好运气也逃过了可能来临的危险。你们知道，有许多极其愚蠢的傻瓜，他们好为人师，喜欢指责他们的同事，但命运之神却偶尔找出他们的过错，让他们出丑。你们在我的故事中将看到的一位女修道院院长就是这样一种人，我讲的那个修女就是在她的教导之下。

你们一定知道，在伦巴第地区有一个女修道院，以其虔诚和圣洁著称。在那里的修女当中，有一个出身高贵的年轻姑娘，长得美丽出众，名叫伊莎贝塔。有一天，她来到格子窗前会见一位来访的亲戚，竟爱上了一个陪伴来访者的英俊青年。那青年见她十分漂亮，也同样因爱她而神魂颠倒，但是他们长时间未能使爱情有所发展，这对他们两人来说都是痛苦的。他们两人都一直在机警地寻找机会，那青年终于找到一条可秘密地去与修女幽会的小路，这条小路也非常适合她。于是那青年多次来与修女幽会，相互给予满足和快乐。

他们就这样幽会了一段时间，但一天夜晚，在他离开伊莎贝塔时被另一修女发现，而这对情人却丝毫没有意识到。那修女把这件事儿跟其他修女讲了，她们起初想去把这件事儿报告给女院长，院长名叫乌辛巴尔达，全院的修女和所有认识她的人都认为她是一位善良而圣洁的女人。但她们进一步考虑后，决定最好由女院长将伊莎贝塔正与情人在一起时当场捉住，以免她否认对她的告发。于是，为了使她落入圈套，她们暂不声张，暗中轮流监视。

一天夜晚，碰巧伊莎贝塔又让那青年进入自己房中，对背后正发生的事情毫无觉察，负责监视的修女立刻发现了他。在夜深人静时，她们认为时机成熟，便分成两组，一组继续监视伊莎贝塔的房门，另一组跑去院长的房间告发他们。她们敲了她的房门，听见院长给了回话儿，她们说："快呀，尊敬的院长，快起来！我们看见伊莎贝塔和一个男青年在她房间里。"

那天夜晚，女院长正由一位神甫陪着睡觉——她经常用一个大木箱把他偷偷抬进房中。她听见了她们的报告，非常害怕修女们情急之中会撞开房门冲进来，便赶紧从床上跳起来，尽可能快地穿好衣服。当她伸出手去够头巾（由于它的形状，修女们管它叫普萨尔特里①）时，她抓在手里的其实是神甫的马裤。因为时间很紧，她把那条马裤当成头巾戴在头上，毫无觉察地大步走了出去，一边急忙把身后的门关好，一边大声地问："那个恶棍在哪儿？"那些修女们都十分激动，一心要把伊莎贝塔当场捉住，因此谁也没注意到女院长头上戴的是什么。她和修女们来到伊莎贝塔的房门口。在其他修女们的帮助下，破门而入，发现那一对情人相互搂抱着躺在床上；众人的突然闯入使他们不知所措，毫无反应，仍一动不动地相互搂抱着躺在床上。伊莎贝塔立刻被修女们抓起来，按照女院长的命令，把她带到牧师会礼堂。那青年留下来，穿好衣服，等着看事情的结局。如果她们动他心上人一根毫毛，他就要向所有的修女们报仇，然后与她一起逃出修道院。

女院长在礼堂里自己的座位上坐定，修女们的目光全固定在那个违犯教规的修女身上。女院长当着众修女的面，用训斥女人使用的最辱骂性的语言对她说：她是一个最卑鄙无耻的女人，她的令人作呕的丑恶可耻的行为如果传出去，就会玷污女修道院的美名、圣洁和尊严。除对她进行一顿痛骂外，女院长还威胁说要严厉地惩罚她。

那有罪的修女一声不吭，她低着头，十分羞愧，不知道说什么才好，结果人们倒开始有点怜悯起她来。女院长继续劈头盖脸地痛骂，伊莎贝塔抬起头，发现了女院长头上戴的东西——那是一条有背带的马裤，两条裤腿儿垂在院长脸的两侧。她做出正确的推断后，立刻恢复了镇静，对院长说："尊敬的院长，愿天主帮助您系好帽带，

①普萨尔特里：古代的一种弦乐器。

然后再告诉我压在您心头上的话吧。”

“你这淫妇，什么帽带？”女院长厉声说，她并未懂得修女的意思，“你还厚颜无耻地与我顶嘴吗？难道你认为你做了一件可笑的事儿吗？”

伊莎贝塔重复一遍她刚才说过的话：“尊敬的院长，请您系好帽带，然后再跟我说话吧。”听了伊莎贝塔的话，有几个修女转身去看女院长，女院长本人也伸手去摸自己的头。这时她们都明白了伊莎贝塔说的话是什么意思。

女院长意识到了她犯了同样的错误，在场的人都很清楚这一点，而且她无法掩盖，于是改变了口气：她开始说一些与刚才说过的截然不同的话，断言抵制肉欲是根本不可能的。所以，只要大家能像以前那样秘密行事，人人都可以自由地去寻欢作乐。于是，她释放了那年轻姑娘，然后回去继续与那神甫睡觉。伊莎贝塔也回到了自己情人的怀抱里。从那以后，她不顾她在姐妹中引起的嫉妒，经常让那青年进入自己房间，共享快乐。那些没有情人的修女们则悄悄地试图尽最大努力去找到自己的心上人。

故事 3

卡兰德里诺的朋友们布鲁诺、布法尔马科和内洛如何使卡兰德里诺相信自己怀孕了，除了他的妻子，大家如何以感到非常快乐而告终。

爱丽莎讲完故事后，小姐们为那年轻的修女幸运地逃脱了嫉妒她的姐妹们的毒手而感谢天主。女王吩咐菲洛斯特拉托接着讲故事，菲洛斯特拉托立刻开始了。

昨天我给大家讲了一个来自马尔凯地区的愚蠢法官的故事，它妨碍了我原来想讲的一个关于卡兰德里诺的故事。关于他和他朋友们的故事，我们已经讲了许多了，但我的这个故事只能给我们增添欢乐，所以我将把我昨天就想讲的那个故事讲给大家听。

这个故事里将要提及的卡兰德里诺和其他人物都是怎样的人，已经得到了充分的、清清楚楚的交代，不用再进一步介绍了。我将要给大家讲的是，卡兰德里诺的一个姑母去世了，留给了他二百里拉现金。于是，卡兰德里诺开始逢人便讲他要买一块地，去和佛罗伦萨的每一个经纪人谈判，仿佛他手里有一万金币供他支配似的。但每当经纪人开出价来，这笔买卖就立刻告吹了。

布鲁诺和布法尔马科完全清楚此事，一次又一次地劝他说，把那笔钱用来与他们狂欢作乐要比东跑西颠地去买一块地好得多，好像他在经营弩箭制造业似的。但他们不仅未能说服他享受一下奢侈，而且也未能成功地劝诱他请他们吃顿饭。

有一天，正当他们抱怨此事时，他们的一个名叫内洛的画家朋友来了，他们三人商议后决定，他们一定要想方设法大吃一顿，由卡兰德里诺付费。他们立刻商定了一个计划。第二天早晨他们埋伏在卡兰德里诺家门口等待他出来。他刚一走出大门，内洛就迎上前去。“早晨好，卡兰德里诺。”他说。

“愿天主保佑你一天、一年都好，”卡兰德里诺回答说。

这时内洛忽然停住脚步，仔细地盯着他的脸看。

“你盯着看什么呀？”卡兰德里诺问。

“你昨天夜里感觉怎么样？你看上去不舒服啊。”

这话立刻使卡兰德里诺很惊恐：“天啊！你说什么？你认为我得了什么病？”

“天知道，”内洛说，“你看上去很不正常，但我们希望你没事儿。”说完，他们就分手了。

卡兰德里诺实际上并未感觉到哪儿不舒服，可是他越往前走心里越是觉得不安。埋伏在附近的布法尔马科见他离开了内洛，便走过来、迎上去跟他打招呼。“你感觉怎么样？”他问。

“我不知道，”卡兰德里诺说，“内洛刚才告诉我，我看上去不舒服。我不知道我是不是得了什么病了。”

“什么病？你肯定是得了病了，你看上去简直就是一个死人。”

这时卡兰德里诺已经感觉到有点儿发烧了。突然布鲁诺又出现了，他说的第一件事儿就是：“卡兰德里诺！看看你自己吧！你看上去像一具死尸。你感觉怎么样？”

听他们人人都这么说，卡兰德里诺相信自己是病了。“我该怎么办呢？”他非常沮丧地问他们。

“依我看，”布鲁诺说，“你应该回家去，上床躺下，用被子把自己盖严了；给西蒙内医生送去一份尿样化验。你知道，他是我们的好朋友，他会立刻告诉你该怎么办。我们送你回家，如果你有什么事情需要我们去做，我们一定会帮忙的。”

这时内洛又来了，他们三人一起把卡兰德里诺送回家去。他看上去愁眉苦脸，一边走进卧室一边对妻子说：“快，你得给我盖很多被子，我觉得很不舒服。”

他躺到了床上，派女仆把尿样送给西蒙内医生。当时西蒙内医生在老市场里面开了一个诊所，大门口的招牌上画了一个西瓜为记。布鲁诺对朋友们说：“你们留在这儿陪着他，我去医生那儿看他怎么说，如果有必要，我就把他请到这儿来。”

“啊，就这么办吧，我的朋友，”卡兰德里诺说，“快去医生那儿，看我到底得了什么病，我肚子里面觉得很难受。”

布鲁诺赶在送尿样的女仆前面来到医生那里，把他们正玩的把戏告诉了他。所以，当女仆到达时，医生看了看尿样，对她说：“回去告诉卡兰德里诺，一定要把被子盖严保暖，我马上就去告诉他得了什么病，他该怎么办。”

女仆按医生吩咐对卡兰德里诺回了话。不一会儿医生就与布鲁诺赶到了，在他身边坐下，为他诊脉。过了一会儿，他当着卡兰德里诺妻子的面说：“听着，卡兰德里诺，我把你当作朋友对你说：你什么病也没有，但是：你怀孕了。”

听到这话，卡兰德里诺发出痛苦的悲叹。“啊，泰莎，”他大嚷，“看你干的好事儿，就是因为你总要趴在我身子上面。我跟你说过会发生这样的事情！”泰莎一向羞怯，听了丈夫的话，满脸通红，低下头，一声不响地走出了卧室。卡兰德里诺继续悲叹：“啊，天主帮帮我吧，我该怎么办啊？我怎么能生产这个孩子呀？他从哪儿出来呀？显然那淫妇是想让我死呀，愿天主罚她入地狱吧！要是我不这样虚弱就好了，我会下床痛打她一顿。说真的，即使我正在发病，我也要打断她身上的每一根骨头，因为我本不应该让她骑在我身上的。有一件事儿是肯定的：如果我逃过了这场灾难，就是看着她死于淫欲，我也不让她再那样干了！”

虽然布鲁诺、布法尔马科和内洛都几乎要笑出来，但他们还都设法板着面孔，可是他们那位江湖医生却忍不住捧腹大笑起来。卡兰德里诺恳求他给出个主意，帮帮忙。医生告诉他：“卡兰德里诺，你不要心烦意乱，因为感谢天主，我们发现得很及时，我将在几天内费不了多大劲儿就能把你的病治好。唯一的一件事儿是：你得破费一些。”

“天哪！先生，看在天主的面上，帮帮我吧！我手头有二百里拉，我原本想用它来买一块地的，如果您需要的话，就都拿去吧，只要别让我生孩子就行。有一件事儿我不知道我该怎么办。女人生孩子时，我听见她们大喊大叫，可是她们天生有足够大的产道；所以，如果让我感觉到那种疼痛，我相信，孩子还没生出来我就先疼痛致死了。”

“别担心，”医生说，“我将给你一剂非常美味的药水喝；它三天内就能把你的胎打掉，你就恢复健康了。以后你可要注意规矩一些，不要再干那样的傻事儿了。配制这剂药水需要三对最肥美的阉鸡，还需要一些其他药料，你给他们当中任何一人五个里拉零钱，让他去买来这些东西。把所有买到的东西送到我的诊所里，明天我就会给你送来那种药水，你要立即喝下去，每次一大杯。”

听了医生这番话，“我一切都听您的，先生，”卡兰德里诺说，给布鲁诺五个里拉，请他帮忙去买三对阉鸡，告诫他要做一个真朋友，务必把这件事办好。

医生告辞，回诊所去配制了某种药水，并派人给他送来。布鲁诺买来了阉鸡和酒宴所需要的其他食品，与他的两个朋友和医生一起享用了。卡兰德里诺连续三天早晨服用那种药水，就在第三天他服完药水之后，医生与他的三个朋友来看他。医生诊了一下他的脉，对他说：“卡兰德里诺，毫无疑问，你的病已经治好了。出去办你的事去吧，一刻钟也没必要再在家里待下去了。”

卡兰德里诺高兴极了，起了床，出去办事儿了。每当他遇到人，他就大肆夸赞西蒙内医生的精湛医术，说他三天内完全无痛苦地治好了他的怀孕。布鲁诺、布法尔马科和内洛略施小计就智胜了卡兰德里诺的吝啬；但泰莎看穿了他们的诡计，常常为此责备她丈夫。

故事 4

切科·弗尔塔里戈赌博输光后，拿走主人切科·安朱利埃里的钱包，又同样把他主人的钱全部输掉。但这位仆人心中还有个打算。

卡兰德里诺责备他妻子的那些话使大家笑得前仰后合。菲洛斯特拉托讲完了故事，内菲勒遵照女王的命令，开始了她的故事。

如果不是人们在谈吐时更容易暴露自己的愚蠢和卑鄙而且很难表现出明智和美德，那么就不会有人说话特别留神了。卡兰德里诺就是一个明显的例子。这个愚蠢的家伙极其天真地以为自己得了病，即使是为了治病他也完全没有必要把妻子与他做爱时的小秘密癖好泄露出来。这使我想起了一个与此相反的故事，说一个聪明的人受到另一个狡猾的人的欺骗，使他蒙受耻辱并为之苦恼。这就是我要给大家讲的故事。

不久以前，在锡耶纳有两个青年，刚刚成熟，他们分别名叫切科·安朱利埃里和切科·弗尔塔里戈①。虽然在许多方面他们完全格格不入，但他们有一点是共同的：他们都不能容忍自己的父亲，这使两人结成好友，于是他们经常在一起，形影不离。

安朱利埃里是一个长相英俊且有良好教养的青年，认为在锡耶纳靠父亲补助活着根本算不上一种生活。他是一位红衣主教的门徒，所以当他听说这位红衣主教受教皇委派作为使节到安科纳的马尔凯地区公干，他决定去投靠他，希望以此改善一下自己的社会地位。他把这个想法对父亲说了，与父亲商量，请他把未来六个月的补助一次给他，这样他就能置办一些合适的衣服和马匹，体面地出现在教庭上，面见红衣主教。正当他四处物色一个合适的仆人时，消息传到了弗尔塔里戈耳朵里；他立即找到安朱利埃里，竭力恳求安朱利埃里雇用他，带他前往马尔凯地区：说自己愿做他的侍从、贴身男仆，什么都行，除了衣食住行外，他一分钱工资都不要。安朱利埃里回答说他不愿意雇用他，因为他看得出弗尔塔里戈虽然完全有能力履行

---

①安朱利埃里和切科·弗尔塔里戈：前者是一个颇有名气的粗野诗人（约1258—1313年），相传是一个有点放荡的人。他幸存下来的十四行诗中，有一首是写给弗尔塔里戈。

好所承担的职责，但他是个赌徒，此外他还嗜酒。弗尔塔里戈回答说，他一定改掉这些恶习，并发誓一定做到。他的苦苦哀求最后说动了安朱利埃里，安朱利埃里同意收下了他。

一天早晨，他们一起上路了，在波科温托的一家旅店停下吃午饭。午饭后，因天气很热，安朱利埃里让店主为自己铺好了床，在弗尔塔里戈的帮助下脱下衣服，上床休息了，吩咐贴身男仆弗尔塔里戈在三点钟敲响时将他唤醒。安朱利埃里睡下后，弗尔塔里戈进了一家酒店，喝了一杯酒，然后就加入了那里的几个赌徒之中，那几个人不一会就把他身上带的钱都赢去了。然后，他们又把他身上的衣服也赢去了。因他急切地想捞回本钱，身上只穿了一件衬衫离开酒店，回去找正在睡觉的安朱利埃里，见他睡得正香，就把他钱包里的钱全掏出来，回酒店再赌，这些钱就像他先前那些钱一样也都输在了赌桌上。安朱利埃里一觉醒来，起了床，穿好衣服，喊弗尔塔里戈过来，但因为找不到他，安朱利埃里猜想这个家伙可能像他过去那样醉得不省人事，躺在什么地方睡着了；于是他决定不去找弗尔塔里戈，听任他自行其是了。他叫别人替他把马鞍、旅行袋放上马背，准备到科尔西尼安诺时重新雇一个仆人。但当他与店主结账时才发现，钱包被人掏空了。于是，他大吵大嚷，引起一场可怕的骚乱，使整个旅店都听得见他的叫嚷，他声称他是在这家旅店里被抢劫的，他要叫人把旅店里所有的人都逮捕送往锡耶纳查办。正在这时弗尔塔里戈又只穿着衬衫出现了，他是偷了主人的钱输光后，又打算回来偷主人衣服的。当他发现安朱利埃里已经准备好要上马出发时，他说："安朱利埃里，你这是干什么？我们还没准备好动身吧？等一会儿吧。我把我的紧身上衣抵押给了一个人，我拿了他三十八个铜币，我正在等着他，他一会儿就来；我相信，如果我们马上与他了结，给他三十五个铜币他就会把衣服还给我的。"

正当弗尔塔里戈还在胡诌的时候，来了一个人，他向安朱利埃里证明，是弗尔塔里戈偷窃了他的钱又给输光了，他说出了弗尔塔里戈输钱的总数。因此，安朱利埃里对弗尔塔里戈勃然大怒，用天底下最难听的话将他痛骂了一顿，要不是畏惧后果（如果不是怕天主的惩罚），他就会说到做到，要他的狗命。但他还是威胁说，他一定要使弗尔塔里戈上绞刑架，或者被捆绑着逐出锡耶纳。然后，他骑上了马。

但弗尔塔里戈说起话来好像安朱利埃里的话不是在骂他，而是在骂别的什么人，他说："得啦，安朱利埃里！我们还是别说废话了，你说的这些话一点用处没有。重要的是：如果我们现在就付给他钱，我们可以花三十五个铜币赎回那件衣服，否则，如果我们拖欠到明天，少于他借给我的三十八铜币他是不会接受的。喂，帮我这个忙吧，我只有服从他的决定。你看，我们为什么不占这三个铜币的便宜呢？"

听着这家伙又胡搅蛮缠地说出这么一番话来，简直把安朱利埃里气昏了，更可气的是他注意到旁观者们好像不相信弗尔塔里戈在赌桌上输了主人的钱，反倒以为安朱利埃里手里有钱。"你的紧身上衣跟我有什么关系呢？"安朱利埃里大嚷。"你这家伙，我首先得让人把你绞死。你偷了我的钱，把我的钱都给输光了，现在你又缠着我不让我走，更有甚者你还在愚弄我！"

这些话也好像不是对他说的，弗尔塔里戈丝毫不为所动，只是说："啊，你又来了，你为什么不让我赚这三个铜币呢？难道你怀疑我会还不起你这些钱吗？来吧，帮我一个忙，你急什么呀？我们会容易地在今天天黑前赶到托雷尼埃里。请费点事儿，把你的钱包找出来。我就是跑遍全锡耶纳城也找不到像这件非常合身的紧身上衣。想想看：我怎么能把那件衣服仅以三十八个铜币为代价就给了那个人呢！它价值四十多个铜币，所以如果你不肯帮忙，你会让我蒙受双倍的损失呀！"

安朱利埃里见这个家伙劫掠了他的钱财之后，又以胡说八道来耽误他的行程，心中非常气恼，就不再理他，调转马头，朝托雷尼埃里方向走去。这时弗尔塔里戈想出一条狡猾的诡计。他仍然只穿着一件衬衫，跟在马后，紧紧追赶；他们就这样走了两英里多路，弗尔塔里戈不停地向他要那件紧身上衣，而安朱利埃里为使自己听不见这个纠缠不休的家伙的胡言乱语，便催马加快步伐。弗尔塔里戈发现安朱利埃里前面大路近旁的农田里有许多农民在干活，便开始大喊起来："拦住他！拦住他！"那些农民们堵住了安朱利埃里的去路，有一人手持鹤嘴锄，另一人拿着铁锹，他们以为他抢劫了跑在他后面的只穿一件衬衫并大喊大叫的人。他们拦阻、抓住了安朱利埃里，无论他怎样竭力说明他的身份和事情的真相都没有用，那些农民根本不听。

当弗尔塔里戈赶上来时，对安朱利埃里怒目而视，说："你这偷偷摸摸的贼，竟敢卷走我的财物逃跑，我真想杀了你！先生们，你们看，"他接着对农民们说，"他在赌桌上输光了他自己的一切之后，又偷走了我的衣物，看他留给我穿的是什么！至少我现在可以说感谢天主和诸位，帮我夺回了衣服，我将永远感谢你们。"

安朱利埃里不停地插话说明实情，但没人听他的解释。弗尔塔里戈在那些农民们的帮助下，把安朱利埃里拖下马来，剥下他的衣服穿到自己身上；然后他把安朱利埃里一人留在那里，让他光着脚，只穿一件衬衫，自己骑上马，回锡耶纳去了；他对人们解释说，他与安朱利埃里打赌，赢了他的马和衣服。

安朱利埃里原本希望去安科纳的马尔凯地区投奔红衣主教寻求发展，但现在却身上只穿一件衬衫回到波科温托。当时他过于羞愧，没有回到锡耶纳，借了一些衣服，骑上弗尔塔里戈留下的一匹驽马，去科尔西尼安诺的亲戚家住下来，直到父亲给了他再一次补助。安朱利埃里的美好计划就这样被弗尔塔里戈的恶作剧破坏了。但当有合适的时间和地点时，他的这种无赖行为肯定会受到惩罚的。

故事5

卡兰德里诺如何受到引诱，爱上了一位小姐，他妻子因此做了什么。

内菲勒讲完了故事，一个短小的故事，大家既没有对它进行讨论，也没有哈哈大笑。女王立刻向菲亚美塔转过身来，吩咐她接着讲故事。“非常高兴，”菲亚美塔眨了一下眼说，然后这样开始了：

我想你们都很清楚，如果讲故事的人为故事的发生聪明地选择合适的时间和地点，那么不论故事的主题怎样重复出现，讲起来也还总是非常有趣的。所以，考虑到我们聚在这里的目的——过得快乐，我认为任何能给我们带来快乐的故事都是适宜的，即使它的主题已经被别人讲了很多遍，它还会使我们感到愉快的。虽然卡兰德里诺的历险已经在我们的故事中重复出现多次，但如菲洛斯特拉托刚才所说的，都很有趣，所以我想再冒险增加一个关于卡兰德里诺的故事。如果我不顾历史的精确，我可以在讲故事时很容易地改变人物的名字。但如果讲故事的人篡改历史真实，那会大大降低听故事的人的快乐感，所以，我就像刚刚解释的那样大胆、精确地按故事发生的真实情况来讲我的这个故事吧。

尼科洛·科尔纳基尼是我们的同乡——佛罗伦萨人。他很有钱，家有很多地产，其中一处就是位于城外卡梅拉塔山上的一个美丽的地方，他在那里建了一座富丽堂皇的别墅。他请布鲁诺和布法尔马科来给装饰房子内部，因为工程浩大，他们又把内洛和卡兰德里诺叫来一起干这个活，然后，他们就开始认真干起来。当时别墅里有一个房间，内设一张床和其他基本的生活必需品，只有一个老年女仆住在别墅里照看那个地方，再无他人居住。于是：尼科洛的儿子，名叫菲利波，年轻未婚，经常把女人带出城在那里住几天，与她寻欢作乐，然后再把她送回去。

有一次，他带来一个名叫尼科洛莎的姑娘。她是一个妓女，一个以酒鬼著称的流氓把她安置在卡马度利的一家妓院里，有时把她租出来供菲利波享受。尼科洛莎是一个长得很像样的年轻女人，穿戴很时髦。就她这种女人来说，她的言谈举止还是相当不错的。有一天中午，她身穿一条白色亚麻布裙子，头发盘在头顶，走出卧室来到院子里的井边洗脸洗手。卡兰德里诺碰巧出来打水，愉快地和她打了声招呼。她也愉快地作了回答，并对他认真地看了一眼，不是因为卡兰德里诺长得漂亮而吸引了她，而是因为她发现卡兰德里诺非常古怪。卡兰德里诺也仔细地打量了她，发现她长得很漂亮。他编了个借口留在井边，没有立刻把水给伙伴们送回去，但因为他不认识这姑娘，所以不好意思与她攀谈。她发现卡兰德里诺在斜眼看她，为了引诱他，也故意朝他那个方向瞥上一两眼，并伴随着一声轻轻的叹息，这足以使卡兰德里诺大为激动，坠入情网。他留在院子里不走，直到菲利波将那姑娘叫回卧室。

卡兰德里诺回到干活儿的地方后，什么也不干，只是长吁短叹。他心神不宁的样子立刻被布鲁诺发现了，因为布鲁诺一向注意他朋友卡兰德里诺的一举一动，从他滑稽的举止得到无尽的快乐。“我的朋友，你中了什么邪了？”他问，“为什么老是这么唉声叹气的？”

“唉，要是有人帮我一下就好了。”卡兰德里诺说。

“你遇到什么为难的事了？”

“喂，你可不要告诉别人。这儿有一个姑娘，别提有多美了！说真的，她是一个真正迷人的美女。她深深地爱上了我，这你永远也不会相信的。我刚才去打水见到她时，才发现的。”

“天哪！”布鲁诺大声说，“你要当心啊，她可能是菲利波老婆。”

“我想她是的；他刚才叫她时，她立即回卧室跟他在一起了。但那有什么关系？那么漂亮的女人，别说是菲利波的老婆，就是基督耶稣的老婆我也要把她抢过来！说真的，布鲁诺，我是深深地爱上她了！”

“你听我说，”布鲁诺说，“我替你打听一下她是谁。如果她是菲利波的老婆，我只要跟她说一句话就能替你把事情办好，因为我与她相处得很好。但我们怎么能设法既把它办成又不让布法尔马科知道呢？他总在我身边，我不好跟她说话呀。”

“我不在乎布法尔马科。内洛倒是需要提防些，因为他是我老婆泰莎的亲戚，他会从中捣乱的。”

“说得对。”

布鲁诺知道那姑娘是谁。她来时，布鲁诺看见她了。此外，关于那姑娘的身份菲利波也告诉过他。所以当卡兰德里诺离开他干活的地方去偷看那姑娘时，布鲁诺把卡兰德里诺的情况告诉了内洛和布法尔马科，他们三人见卡兰德里诺对那姑娘那样地迷恋，就悄悄地商量如何捉弄他一下。

当卡兰德里诺回来时，布鲁诺小声地问他：“见到她了吗？”

“我当然见到她了！她简直让我不知所措！”

“我马上去看看她是不是菲利波的老婆。如果她是，就把这事儿交给我吧。”

于是，布鲁诺下楼，找到了菲利波和那姑娘，把卡兰德里诺的全部情况和他刚才跟他说的那些话全都告诉了他们；为了在他们害单相思病的朋友身上取乐，布鲁诺又与他们商量了每人应扮演的角色。然后，他回到楼上对卡兰德里诺说：“她果然是菲利波的老婆。所以我们得非常巧妙地处理这件事，因为如果让菲利波听到了风声，这件事就会越闹越大，我们可能跳进阿诺河也洗不清了。如果我有机会跟她说话时，你要我跟她说什么呢？”

“告诉她什么呢？对了，把我对她的爱转告给她，告诉她我对她的爱可以车装斗量，足有一千斗，洋溢流淌，汹涌澎湃地冲进她的心怀，等等。告诉她……告诉她我是她的乞丐，我的意思是我是她的奴隶，我任何时候都愿意为她效劳，听她支配。你明白我的意思吗？”

“把这事儿交给我吧。”布鲁诺说。

吃晚饭的时候到了，他们收了工，下楼来到院子里，见到了菲利波和尼科洛莎；在这里，卡兰德里诺成为大家注意的中心，只见他目瞪口呆地凝视尼科洛莎，做出求爱者通常表现出的各种明显的丑态，就是瞎子都能觉察出来。同时，尼科洛莎故意地去煽起他的欲火；因为她已经从布鲁诺那里得知了卡兰德里诺对她的痴心，所以她一边看着他的举动一边止不住地咯咯地笑。菲利波、布法尔马科和其他人都假装在一起聊天，没看见他们在彼此调情。

但过了一会儿，他们拉着卡兰德里诺一起离开了菲利波和尼科洛莎回佛罗伦萨去，这使卡兰德里诺痛苦极了。在路上，布鲁诺对卡兰德里诺说：“我可以肯定地说，你的爱情已经把她融化了，就像太阳把冰融化了一样；说真的，你带上雷贝克琴①，给她唱几支情歌，她一定会从窗户里跳出来与你幽会。”

“伙计，你真的这样想？你真的认为我应该去取雷贝克琴吗？”

“当然。”

“我中午告诉你这件事儿时，你不相信我，对吧？”卡兰德里诺说，“我是一个知道如何实现愿望的人，没有第二个人能像我这样快地使一个姑娘头脑发热，对我一见钟情。天主知道，那些只知道傻笑的拿着西瑟恩琴②的纨绔子弟要花上多长时间去蹦蹦跳跳地追逐女人，那些笨蛋拿着地图和指南针也找不到他们的目标！你再瞧我拉雷贝克琴的样子，我会给你露出一两手的！我并非像我看上去的那

①雷贝克琴(rebec)：小提琴的祖先，中世纪用的一种弦乐器，琴呈梨形，有三弦，放在膝盖上，用弓拉奏乐曲。

②西瑟恩琴(citherns)：一种类似吉他的古代弹拨乐器。

样老：你看清楚了。我不老，这很明显，她看出来了！另外，一旦我把她弄到手，搂在怀里，她很快就会意识到我有多么年轻；老天在上，我要让她一时一刻也离不开我，让她像蜜蜂扑在蜜罐子上一样追求我！”

“啊，”布鲁诺说，“你会使她成为你的美餐的。我仿佛已经看见，你咬掉了她甘美的红嘴唇和她那玫瑰花般的双颊，然后你两口就把她吞下去了。”

这些话使他相信，他已经真的如愿以偿，飘飘然仿佛身在七重天了。他一路上唱着，跳着，快乐极了。第二天，他拿来了雷贝克琴，在她窗前，自己演唱自己伴奏，一支情歌跟着一支情歌，把大家乐坏了。不久，他时时刻刻都想见到她，他索性连活儿都不干了，一会儿跑到她窗前，一会儿跑到她门口，一会儿跑到院子里，就是为了能看上她一眼，而她则巧妙地贯彻布鲁诺的指示，故意经常露面让他看见。布鲁诺充当信使，偶尔把她的口信传给卡兰德里诺。当她不在别墅时（她经常不在这里），他给卡兰德里诺带来她的信，这些信使他心中充满了极大的希望；他对大家说，她要在亲戚家住一段时间，他暂时不能见到她。就这样，布鲁诺与布法尔马科使这场游戏不间断地进行，看着卡兰德里诺为讨姑娘的欢心花钱如流水，他们享受到了无尽的快乐；他们经常诡称应卡兰德里诺心上人的要求，替他送给姑娘各种各样的东西：今天可能是一把象牙梳子、明天可能是一个钱包、一把小刀或类似的小玩意；而他们经常给卡兰德里诺带回的是廉价的、徒有其表的假戒指，他对这些假戒指心醉神迷。此外，他还经常款待他们，对他们施以小恩小惠，以使他们对他的兴趣保持热心。

他们就这样使卡兰德里诺的求爱进行了两个多月了，但毫无进展；卡兰德里诺意识到他们的活儿就要结束了，如果他在活儿干完前不能把那姑娘弄到手，从而实现自己的爱情追求，那么他就永远也不可能成功了，因此他一再催促布鲁诺，恳求他一定要帮上他这个忙。当尼科洛莎回来时，布鲁诺与她和菲利波商量好，如何进一步对付卡兰德里诺。然后，他对卡兰德里诺说："我的朋友，事情是这样的，你那个女人多次向我许诺，她会让你如愿以偿的，但她却一直没有实际行动。我认为她是在牵着我们的鼻子走。既然她不履行自己的诺言，那么我们就强迫她履行诺言，不知你是否同意。"

"好，就这么办，越快越好。"

"如果我给你写一道符，"布鲁诺说，"你能雄赳赳气昂昂地拿这道符去碰她一下吗？"

"能，当然能。"

"很好。给我弄来一张用未生下来的羊羔的皮做的羊皮纸，再给我弄来一只活蝙蝠，三支香和一支祭坛上供奉过的蜡烛，其余的事情就交给我吧。"

卡兰德里诺花了整整一个晚上的时间，用各种办法捉蝙蝠，最后总算活捉了一只；他把这只活蝙蝠和其他几样东西一起交给了布鲁诺。布鲁诺一个人躲进一间屋里，在那张羊皮纸上乱写乱画了一些东西，然后拿出来给了卡兰德里诺。"卡兰德里诺，"他说，"如果你用这道符碰她一下，她就会立刻跟你走，完全听你的摆布。今天，如果菲利波外出，你就设法接近她，用符碰她一下，然后你就往这边的茅屋跑。那间茅屋从没有人进去过，无疑是最好的地方。她会跟你进去，不信到时候你看；她进入茅屋后，好啦，你知道该怎么办了。"

卡兰德里诺高兴极了；他接过了那张羊皮纸，说："伙计，把这事儿交给我好了。"

卡兰德里诺一直提防内洛，其实内洛早就参与了愚弄他的阴谋，和其他人一样在享受着逗他的乐趣。内洛按照布鲁诺的指示，回到佛罗伦萨，拜访了卡兰德里诺的妻子泰莎，对她说："泰莎，他带着石头从穆尼奥内河边回来那天，无缘无故地把你狠狠打了一顿，你还记得吧？现在，我要你报仇雪恨；如果你不，你听着，我再也不是你的亲戚和朋友了。他爱上了那里的一个女人，那女人是一个荡妇，经常和他偷偷地躲进角落里一起鬼混，刚才他们安排好了又一次幽会。我特意来告诉你，让你过去捉奸，狠狠地打他一顿屁股。”

泰莎听了这话可气坏了，跳起来大嚷：“这个彻头彻尾的贼！他可以对我干出那样的事儿吗？我对天发誓，他休想逃脱惩罚，我一定要让他付出代价！”

她抓起一件斗篷，由一个女仆和内洛陪同，急忙上路，一路小跑地奔向别墅。当布鲁诺远远地看见她时，对菲利波说：“我们的朋友到了。”

菲利波来到卡兰德里诺和其他人干活儿的地方说：“伙计们，我得去佛罗伦萨一趟。请继续好好干活儿吧。”他悄悄地溜走了，找了一个地方躲藏起来，他在那里能看见卡兰德里诺要做什么，自己又不被他发现。

当卡兰德里诺以为菲利波已经走远时，便下楼来到院子里，他发现只有尼科洛莎一人待在那里。他与她搭上了话，她清楚地知道自己该怎么做，偎依到他的身旁，显得比平素友好得多，卡兰德里诺趁机用那道符碰她一下，然后一句话没说转身就走，直奔那间茅屋，尼克洛莎紧随其后。她进入茅屋后，关上门，搂住卡兰德里诺，把他推倒在覆盖地面的干草上，然后骑在他身上，把手放在他肩膀上，但不让他靠近她的脸，她用充满欲望（看上去如此）的眼光凝视着他，说：“啊，卡兰德里诺，我亲爱的，我的心肝儿，我的宝贝儿，我长久以来就想占有你，把你搂在怀里亲热个够！我发现你如此不可抗拒，你可以任意摆布我。你用你的雷贝克琴夺去了我的心。难道此刻我真的把你搂在我的怀里吗？”

卡兰德里诺几乎动弹不得，不停地说：“来，亲爱的，让我吻吻你吧！”

“哎呀，你太性急啦，”尼科洛莎回答说，“先让我陶醉于你吧，让我把你这张可爱的脸看个够吧！”

布鲁诺和布法尔马科来到菲利波躲藏的地方，三个人在一起把这一情景看得明明白白，听得清清楚楚。正当卡兰德里诺仍在使劲去吻尼科洛莎时，内洛与卡兰德里诺的妻子泰莎赶到了。“我向天主发誓，”内洛说，“我敢说这一对男女正在一起鬼混。”他们来到了茅屋门口，泰莎愤怒地一推，门开了，她走了进去，看见尼科洛莎正骑在卡兰德里诺身上。那姑娘一见到她，赶紧跳起来，逃往菲利波那里去了。

卡兰德里诺还没站起身来，泰莎就向他扑过来，用手指甲抓他的脸，然后用手抓住他的头发，拖过来，拉过去，对他破口大骂：“你这条肮脏的狗，难道你不知道羞耻吗？看你对我干出了什么事儿来！你这个哆哆嗦嗦的笨蛋，我曾经爱过的家伙，真该死！怎么回事儿？难道你认为你在家里还没有享受够，所以你就出来追别的女人吗？瞧瞧你，我的风流情人！好像你不知道，你这可怜的傻瓜，就是把你从头到脚榨干了也榨不出一匙汁儿来。天主知道，让你怀孕的不是你妻子泰莎，原来是别的女人，这该死的女人！如果她像你一样，因为虱子浑身发痒，那她也一定是一头肮脏的母牛，一个坏女人！”

卡兰德里诺见他妻子突然出现了，真希望大地把他吞下去；他吓得魂飞魄散，毫无反抗之力。他的脸被抓破了，头发被拔掉了，衣服被扯乱了；最后，他捡起帽子，站起身来，低声下气地恳求他妻子压低嗓门别让人听见，否则他会被人碎尸万段了，因为刚才与他在一起的那女人是这幢房子主人的妻子。

“是她吗？”他妻子说，“这该死的女人！”

布鲁诺和布法尔马科与菲利波和尼科洛莎在一起，乐得前仰后合。这时他们两人假装听见了他们吵架的声音，走了过来。他们说了许多好话才使泰莎安静下来，劝卡兰德里诺回佛罗伦萨去，不要再回来，那样，即使菲利波后来发现了此事，也不会伤害他的。于是，可怜的卡兰德里诺回到佛罗伦萨，满脸的抓伤，头发也少了，再也不敢回卡梅拉塔山上的别墅了，而他妻子并不善罢甘休，还日夜数落他，使他不得安宁。就这样，他最后扑灭了他那炽热的爱情之火，他这爱情可给他的伙伴们、尼科洛莎和菲利波带来了快乐。

故事6

两个青年在一家借宿，结果主人的妻子和女儿分别发现一个年轻人睡在自己床上。造成这个错误的原因部分是一只猫，部分是一个摇篮。

前面的卡兰德里诺故事已经使大家享受到了巨大的乐趣，这一次又使大家开心了一回。小姐们对这个人物讨论了一番之后，女王吩咐潘菲洛讲个故事，下面就是他讲的故事：

卡兰德里诺所爱上的那女人的名字尼科洛莎，使我想起另外一个尼科洛莎，我想把关于她的故事讲给大家听：这个故事表现了一个好女人如何用自己的机智防止了一桩令人震惊的丑闻。

不久以前，在穆尼奥内平原上住着一位好人，经常给过往的旅客提供吃喝，收取一点儿微薄的小费。尽管他不富裕，房子狭小，不能留陌生人住宿，但偶尔有熟人一时找不到住处，他就会给熟人行这个方便。他有一个非常漂亮的妻子和两个孩子：大的是一个可爱的、美丽的姑娘，年纪十五六岁，尚未出嫁；小的是一个男孩儿，未满周岁，还在吃母亲的奶。我们城里有一个风度翩翩、教养良好的年轻绅士看中了这个姑娘。他经常来这一带游荡，强烈地爱上了她。姑娘也为激起了这样一位小伙子的强烈爱情而感到非常骄傲，因此她也在他面前搔首弄姿，欢迎他的求爱，努力地要把他弄到手，她在这样做的过程中也深深地爱上了他。要不是皮奴乔（那年轻绅士的名字）担心双方的名声，坚决避免做出使双方脸红的事情，他们许多次就有可能品尝到圆满爱情的幸福滋味了。但是，随着他的爱情变得日益强烈，他感到他再也压抑不住他要和她在一起偷情的欲望，他想他一定要找个借口让她父亲将他留宿在她家。他了解她家房屋的格局，认为他会想出办法与她睡觉而且不被发现。他一想出这个计划，就立刻行动。

一天傍晚，他在知道内情的好友阿德里安诺的陪同下，租了两匹马，在马背上放了几个箱子，里面可能装满了稻草，离开了佛罗伦萨。他们转弯离开大路，抄近路直奔穆尼奥内平原。来到平原时已是深夜了。他们又转了一个弯，好像是从罗马涅回来，正在赶往佛罗伦萨的途中，来到了这位好人的家门口敲门。那好人认识他们，立刻给他们开了门。"你瞧，"皮奴乔对他说，"这么晚了，我们只好打扰你，在你这儿过夜了。我们原以为天黑前会赶回佛罗伦萨的，但我们错误地估算了时间，你看我们这么晚了只赶到了这里。""皮奴乔，"主人回答说，"你知道我感到非常荣幸给你们这样的客人提供方便。既然你们这么晚了才走到这儿，没有足够的时间去别的地方找住处了，我一定尽力安排你们在这儿过夜。"

于是，这两个年轻人下了马，进入这家小店的院子里，照顾好他们坐骑之后，坐下来与主人一起吃饭，他们自带了食物。主人唯一的一间卧室非常小，他尽了最大努力才只安排下了三张床：两张靠一面墙摆放，第三张靠对面墙摆放，中间几乎没有空间可勉强通过。主人把铺得算是最舒服的、单独靠墙的那张床让给两个朋友睡，请他们先上床休息。过了一会儿，当他们看上去是睡着了时，但实际上他们谁也没睡，主人才让女儿睡在对面床上，自己与妻子睡在第三张床上，妻子把放着婴儿的摇篮放在床边。当时，皮奴乔把这一切都看得清清楚楚，过了一会儿，他见大家都睡着了，就悄悄地从自己床上起来，摸到他情人的床上，躺在她的身边。她虽然有点惊惶，但高兴地欢迎他，两人实现了他们的心愿，在一起共享快乐。正当皮奴乔与那姑娘热烈地同床共枕时，一只猫突然碰翻了什么东西，惊醒了女主人。她下了床，担心是别的什么东西，在黑暗里摸索着移动脚步，去发出声响的地方查看。阿德里安诺这时也下了床，不是因为听到什么声响，而是要起来去厕所方便一下。当他往外走时，碰到了女主人放在床边的婴儿摇篮；因为他不移动摇篮就无法通过，所以他把摇篮从原来的位置移到了自己的床边。他方便之后回到卧室里，再也没有考虑摇篮的事情，回到自己床上继续睡觉了。

女主人去有声响的地方查看，发现掉下来的东西不是她担心的要紧物件，她也就没去费事点着灯仔细查看，骂了猫儿句便回到卧室里。她摸索着走到丈夫睡的那张床边，没有摸到摇篮："天哪！"她在心里对自己说，"这有多不妥当，瞧我这是干什么呀，差点爬上了客人的床！"她又向前走了几步，直到她摸到了摇篮，上了摇篮旁边的那张床，躺到阿德里安诺身边，以为那是她丈夫。阿德里安诺还没有睡着，给了她最热烈的欢迎，一句话也没说，立刻掉转船头贴风行驶，使第一斜桅迎风挺进，这一动作很合女主人的意，使她十分快乐。

这时，皮奴乔已经得到了他渴望已久的快乐，担心会在他情人的怀里睡着，所以他起身回到自己的床上去睡。他来到床边，发现了摇篮，以为他一定碰巧摸到了主人的床边。所以，他继续向前摸索，爬上了主人的床，把主人弄醒了。皮奴乔以为他的同床是阿德里安诺，便对他说："相信我的话吧，没有哪个女人能比尼科洛莎更加可爱！真的，她给了我最大的快乐，这是别的男人和女人在一起未曾享受过的。从我离开这张床，我已经在那口井打了六次水了。"

这番话使主人有些不高兴。"这个家伙究竟在这儿干什么？"他问自己，然后越听越生气，他对皮奴乔说："那真是一种卑鄙的手段！你怎么能对我干出这种事情呢？无论如何，我要让你为此受到惩罚。"

皮奴乔不是世界上最聪明的青年，他意识到自己的错误时并不赶紧去挽救局面，反而却说："让我受惩罚？为什么？你能把我怎么样？"

女主人以为自己与丈夫睡在一起，对阿德里安诺说："啊，亲爱的！听听我们的客人在说什么。他们好像为什么事儿吵起来了。"

“让他们吵去吧，”阿德里安诺笑着说，“他们昨晚酒喝得太多了，他们真该死！”

女主人觉得她听清了是她丈夫在忠告某人，当然也听出了阿德里安诺的声音，这使她立刻明白了自己睡在哪里、与谁睡在一起。但她是一个聪明的女人，一句话也没说，立刻下了床，尽管房间里一片漆黑，她抓住婴儿的摇篮，摸索着拉到女儿的床边，上了床，躺在女儿身边。然后，她假装被丈夫的争吵声音惊醒了，招呼丈夫，问他为什么与皮奴乔争吵。

“难道你没听见他说他刚才和我们的尼科洛莎干的什么事情吗？”丈夫回答。

“哎呀，他在撒大谎，”妻子说，“他没有和尼科洛莎睡觉。我和她睡在一张床上，我自从躺下一直没合眼。你，你竟然相信他的话，你真是一个大傻瓜。你们昨天晚上都喝多了，你们躺下就做梦，而且梦游，天主知道你们为什么下床乱走！遗憾的是你们没有跌断脖子！皮奴乔睡到你床上干什么？他为什么不睡在他自己床上呢？”

至于阿德里安诺，注意到女主人非常巧妙地把自己和女儿的羞耻掩盖过去了，对皮奴乔说：“喂，我跟你说了一百遍了，你不要这样在夜间漫游，你这种梦游和说梦话的不良习惯总有一天会使你陷入麻烦，因为你的梦话听起来像真的一样。快回到你自己床上吧，否则天主会让你受一夜罪的！”

主人听了妻子和阿德里安诺的话，立刻相信皮奴乔是在做梦，于是，他抓住他的肩膀，摇晃他，喊叫他：“皮奴乔，快醒醒。回你自己床上去吧。”

皮奴乔把他们的话听得清清楚楚，明白了自己该怎么做，于是又开始像做梦的样子发出不连贯、不清楚的喃喃自语，使主人禁不住哈哈大笑起来。但最后，因为他感到有人摇晃他，他假装醒来，对阿德里安诺大声叫唤：“怎么回事？已经天亮了吗？是你在叫我吗？”

“是的，”阿德里安诺说，“到这儿来睡吧。”

皮奴乔继续假装半睡半醒的样子，从主人床上下来，回到阿德里安诺那里。他们早晨起床后，主人还因为皮奴乔和他的梦而开怀大笑。在这种欢快的笑声中，两个青年备好马鞍，放好行李，与主人干了一杯酒后，骑上马，返回佛罗伦萨，为他们所做成的事儿和他们做成这件事儿的办法而颇为得意。此后，皮奴乔又想出了其他办法来与尼科洛莎幽会，共享快乐，那姑娘经常对母亲保证说，那小伙子肯定是在做梦；而她的母亲依然清晰记得阿德里安诺对她的亲热拥抱，所以不断地说服自己她没有做梦。

故事 7

塔拉诺·迪·伊莫莱塞做了一个预言他妻子要遭遇不幸的梦。不幸的是，妻子过于任性，对他那个梦不予理睬。

潘菲洛的故事讲完了，女主人的机智赢得了大家的一致赞赏；然后，女王吩咐潘比妮亚接下去讲她的故事，于是她开始了：

我们已经探讨了梦的真实性问题，许多人对此不屑一顾。但我仍然要给你们讲一个很短小的故事，讲的是不久以前我的一位女邻居因为不重视她丈夫做的一个与她有关的噩梦，而出了事儿。

我不知道你们是否认识塔拉诺·迪·伊莫莱塞，他是一个有最高地位的绅士。他娶了个年轻的妻子，名叫玛格丽塔，一个美貌出众的女人，但容易因小事生气，脾气暴躁，刚愎任性。她从来不赞成别人的建议，非常倔强。塔拉诺觉得妻子的这种性格真叫他受不了，但他对此又没有办法，只好忍受。有一年，他与玛格丽塔去他们的乡间别墅住了一段时间，一天夜里睡觉时，他梦见妻子走过了一片美丽的树林，事实上这片树林归他们所有，离他们的别墅不远。正当他眼看着妻子走进这片树林时，他接着梦见一只又大又凶猛的狼从林子某处窜出来，向她的喉咙扑去，把她拖倒在地，试图把她拖走，她尖叫喊救命。他梦见，当她从狼嘴里挣脱出来时，她的整个脖子和面孔都被狼咬破了。

早晨起床后，塔拉诺对妻子说："虽然你是一个总不听别人意见、一意孤行的女人，我与你在一起从未享受到一天的快乐，但如果你出了什么事儿，我仍会很难过的。所以今天你要听我的话，待在家里，不要出门。"她问他为什么，他把自己的梦给她详细讲了一遍。

他妻子摇了摇头。"只有对你幸灾乐祸的人，"她说，"才会做出你遭遇不幸的梦。你表面上做出关心我的样子，而实际上你却梦见了你希望我发生的事情。但你听着，不论今天还是从今以后，我都会十分小心的，决不给你任何机会，让你心满意足地看着我遭遇这样或那样的不幸。"

"我知道你会说出这种话来，"塔拉诺回答说，"我这是给一个满头虱子的女人梳头，她却用讥讽的话把你赶走，真是自讨没趣。不管你怎么想，我一直坦诚地对待你，为了你好，我再次劝告你，今天待在家里，或无论如何要小心，别进我们那片林子。"

"好吧，我会小心的，"她嘴上说，而心里又对自己说："你看他这个人多么狡猾！他以为把我吓唬住了，我今天就不敢进我们那片树林里了！他一定是安排好了在林子里与某个荡妇幽会，不想让我当场捉住。哈！他这是与瞎子一起吃饭，自奉优厚。如果我不了解他，相信他的话，那我就是一个真正的傻瓜！无论如何，那种事情是不会发生的。即使我得在林子里待上一天，我也要看一看他究竟在玩弄什么诡计。"

她在心里说完这番话，就在她丈夫刚刚从房子的一侧出去之后，她就从另一侧离开家门。她迅速地尽可能不被人发现地溜出去，走进树林，藏在树木最茂密的地方，警惕地东张西望，看看是否有人来。正当她这样全神贯注地守候丈夫与情人的出现，而丝毫没有想到狼能来时，从附近一个树丛里突然窜出一只可怕的大狼。当她看见那只狼时，她刚喊了一声"天主救我！"那只狼就已经扑到她的喉咙处，将她用力咬住，开始将她像一只羊羔一样地拖走。因为她的喉咙被狼紧紧咬住，她既不能呼救，也不能以某种办法自救，因此要不是碰上几个牧羊人，狼那样拖着她，她毫无疑问是会被窒息而死的；那几个牧羊人冲着狼大声喊叫，吓跑了狼，把她救了下来。她虽然遍体鳞伤，气息奄奄，但那几个人还是认出了她，把她送回家去。经过很长时间的治疗，医生才把她的伤治好了。但她的整个喉咙和脸的一部分外形受损，先前的美丽不复存在了。从此以后，她永远看上去是一个可怕的奇形怪状的女人，因此她羞于在公众中露面，一次又一次地懊悔自已的任性和不信丈夫的真实的梦，如果当初听从丈夫的劝告，就不会遭遇不幸，被那只狼毁了容。

故事8

比昂德洛捉弄了贪食者恰科。恰科对他进行了报复。

这个快乐聚会的成员们都一致认为，塔拉诺睡觉时看见的不是一个梦幻，而是一个显圣，因为它全部细致地应验了。他们一安静下来，女王就命令劳蕾塔接下去讲故事，这就是她的故事：

今天几乎所有已经讲过故事的人都是从已讲过的故事中得到启发而讲的。我所受的启发来自于昨天潘比妮亚讲的那个学者残酷报仇的故事。我要讲的报仇对于受报复者来说，虽没有那么残酷，也够痛苦的了。

从前在佛罗伦萨有一个贪婪的好食者，名叫恰科① 。他没有钱，不能像他所希望的那样满足自己的胃口，但他举止文雅，他的餐桌闲谈丰富、有趣，这就使他能扮演一个角色，不是满肚子阿谀逢迎之词的朝臣，而是一个频频出现在显贵人家餐桌旁的一个令人讨厌的食客。一般来说，他能在任何一个有钱人的餐桌旁找到一个位置，那有钱人有好的厨师和好的酒窖。实际上，他经常是不请自到，来享受美酒佳肴。

那时佛罗伦萨还有一个衣冠楚楚、身材矮小的人，名字叫比昂德洛，总是一副干净利落的样子；他老是爱戴一顶帽子，留着女式向下卷的齐肩发型，金黄色的头发总是剪得恰到好处。他和恰科从事同一个职业——食客。

四旬斋节期间的一天早晨，比昂德洛去鱼市替当地有权力的人维埃里·德·切尔基买了两条大鳗鱼。恰科看见了他，侧着身，鬼鬼祟祟地向他走过来，问："嗨，你这是什么意思？"

"昨天下午他们派人给科尔索·多纳蒂② 送去三条这样的鳗鱼——你要是看见就好了，比这两条好得多——和一条鲟鱼。"

"给科尔索·多纳蒂本人吗？哇！"

"因为他邀请了很多客人，这几条鱼不够用，所以他派我来市场再买两条。你不去吗？"

"我当然要去，"恰科说。

过了合适的一段时间，恰科算计午饭时间到了，便来到科尔索·多纳蒂家里；这位伟大的人物正和几个邻居闲谈，还没开饭。

---

①恰科：但丁在《地狱篇》第六卷中称他为著名的贪食者。

②科尔索·多纳蒂：当地教皇党黑派著名而可怕的首领，1308 年被暗杀。他与前面提到的白派成员切尔基是政敌。

“恰科，来此有何贵干啊？”科尔索问。

“先生，我来陪您和您的朋友吃午饭。”

“欢迎，欢迎。你把午饭时间估计得很好，我们正要开饭。”

他们就座后，第一道菜上的是金枪鱼肉和煮鹰嘴豆，然后是一盘炸阿诺河鱼。就这两道菜。恰科意识到自己被比昂德洛捉弄了，很不高兴，打算对他进行报复。比昂德洛好几天来把这件事当作笑话，逢人便讲。不久，他又碰见了恰科。“跟我说说，”他假装笑着问，“科尔索家的鳗鱼味道如何呀？”

“一个星期后你再问我，那时你会比我更清楚的。”

恰科不愿与他再多说什么，一分钟也不浪费在他身上。离开比昂德洛之后，他与一个善于花言巧语的小贩达成交易。他给了那人一个玻璃瓶子，把他领到卡维丘利大街，那里有一大群人，他指给他看其中的一个绅士，那绅士名叫菲利波·阿尔真蒂①，身材高大、体格魁梧、肌肉强健，但脾气暴躁。“看见那个人了吗？你拿着这个瓶子去见他，对他说：‘对不起，先生。比昂德洛派我来见您，他想要与几位朋友润一润他们的木喉，特请您用您家藏的红葡萄酒为他把这个瓶子重新装满。’小心，离他远点：如果他抓住了你，他会狠狠揍你一顿，那就会破坏我的计划。”

“我要说的就那几句话吗？”

“对。去吧，说完这几句话，把瓶子给我拿回来，我就把钱给你。”

于是，那小贩去向菲利波转达他的口信。菲利波听了他的话，脸变成了紫褐色，耐心从来不是他的优点，他是一个一点火就着的人。他认识比昂德洛并且明白他的短腿需要给拉一拉了。“什么是‘装

①菲利波·阿尔真蒂：当地教皇党黑派另一位在佛罗伦萨有权势的凶暴的人物，科尔索的不共戴天的敌人。像但丁在《地狱篇》第六卷贪食者一节中同时提到恰科、科尔索和菲利波一样，薄伽丘也将这三个人物安排在同一短篇小说中。

满’和‘木喉’？我给你一个木喉！”他大叫着跳起来要抓住那小贩。但那小贩早有防备，拔腿就跑，回到恰科这里（恰科在远处把他们的会面看得清清楚楚），把菲利波的话告诉了恰科。

恰科高兴地给了那小贩酬金，又急忙去找比昂德洛。“你去过卡维丘利大街吗？”他问比昂德洛。

“没有。你为什么问这个？”

“我猜想菲利波·阿尔真蒂在找你，”恰科解释说，“但我不知道他为什么找你。”

“我正要到那儿去，”比昂德洛说，“我顺便拜访他，和他谈一谈。”

比昂德洛告辞，恰科在后面跟着，看会发生什么事情。菲利波因没能抓住那小贩，正怒气冲冲，他不明白那小贩说那几句话是什么意思，但怀疑是比昂德洛或别的什么人唆使他那样做，来嘲笑他，目的是杀他的威风。正在他烦躁之时，比昂德洛突然出现了。菲利波朝他迎面走去，一拳打在他鼻子上。

“哎哟！”比昂德洛大叫，“先生，您这是中了什么邪了？”

菲利波抓住他的头发，把他的帽子撕成了碎片，扔在地上，一边痛打，一边大骂他：“我让你看看我中了什么邪！我来给你‘重新装满’！我来润湿你的‘木喉’！你把我当成了什么了，一个傻瓜？”他又抡拳揍了他一顿，那拳头硬得像铁一般，打得他鼻青脸肿，完全不顾平时的友情，把他推到泥沼里去打滚，把他的衣服撕成了碎片。这一切发生得特别突然，比昂德洛来不及说一句话，或问清楚因为什么他受到如此对待。他听见菲利波说出了“重新装满”和“木喉”等词，但不明白是什么意思。最后，菲利波给了他一顿痛打之后，看热闹的人才好不容易把他从菲利波的毒手下救了出来，只见他遍体鳞伤，满身泥浆。大家给他解释了他挨揍的原因，责备他不该派人对菲利波说那样的话。“现在你知道了菲利波是个什么样的人了吧，他不是一个可随便与之开玩笑的人，”他们说。比昂德洛流着眼泪道歉，向他们保证说，他从未派人来向菲利波·阿尔真蒂要酒。他感到体力有点恢复后，就痛苦悲伤地走回家去，心里明白这件事儿肯定是恰科干的。

几天后，他脸上的伤痕不见了，他又可以出门了，碰巧遇见了恰科，恰科笑嘻嘻地问："比昂德洛，阿尔真蒂家的葡萄酒味道如何呀？"

"但愿你在科尔索家吃的鳗鱼也是这个味道！"

"好吧，这就看你的了。如果你再用上次的鳗鱼款待我，我还用这瓶同样的葡萄酒回敬你。"

比昂德洛明白他不是恰科的对手，不能再对恰科进行报复，于是只好祝恰科一天快乐，再也不敢取笑他了。

故事 9

两个青年去向所罗门求教后，以为一无所获，空手而归。但很快，他们发现所罗门的忠告很管用。

如果迪奥内奥坚持自己的特权，那么就只剩下女王还没讲故事了；所以，在小姐们对比昂德洛挨的意外痛打笑了一会儿后，女王愉快地开始了她的故事，她说：

亲爱的小姐们，如果我们客观地看一看事物的自然秩序，就不难发现，大自然、风俗和法律都使我们所有女人服从男人，受男人随心所欲地支配和统治。所以，一个女人要想与她所从属的男人和平地、宁静地、舒适地生活在一起，她就必须对他逆来顺受、耐心忍让、唯命是从，更不用说对他保持贞操了，贞操是每个精明女人最宝贵的财富。即使保障各方面公共利益的法律，或风俗，或习惯（随你怎么称呼它）——一种对社会不断施加压力的神圣力量，并没有规定我们这样做，但大自然本身却很明显使我们必须这样做：她赋予我们女人柔软、娇嫩的肉体，胆怯、缺乏自信的意志，善良、富于同情的心肠，弱不禁风的体魄，甜美悦耳的声音和温文尔雅的举止，所有这些不都使我们必然被人统治吗？有理由这样推论，凡是需要别人帮助、需要别人统治的人，都应该顺从地、尊敬地服从帮助者和统治者；如果不是男人，谁来帮助和统治我们女人呢？所以，我们应该绝对服从男人，十分尊敬男人。依我看，凡是做不到这一点的女人都应该受到严厉的谴责，甚至应该给她一顿痛打。尽管这种看法我们以前已经讨论过，但刚才潘比妮亚讲的关于塔拉诺的不顺从的妻子①的故事，又使我想起了这种看法。在那个故事中，当丈夫对这种泼妇无可奈何时，她从天主那里得到了应有的惩罚。我认为，所有那些不按大自然、风俗和法律的要求，使自己表现得温顺可爱、令人愉快的女人都应该受到——如我说过的——最严厉的惩罚。

所以，我想送给大家一则所罗门的忠告，这个忠告对于那些有不顺从倾向的女人来说可能是一剂良药。当然，你们中间不需要这剂良药的女人就不必以为这则忠告也适用于你们。尽管如此，男人们有一句俗话：“不管她是一匹成熟的老母马还是一匹可爱的小雌马，都需要抽上一鞭子。”你可以无视这句谚语，但任何一个女人都不能不承认，这句话是真理。我想说，我们女人当中凡是认真思考这句话的人都一定承认它是真理。所有的女人都天生水性杨花，反复无常，对于那些不守规矩、走得太远的女人，需要用惩罚的棒子来纠正她们的邪恶；而对于其他女人，需要用鼓励的棒子来帮助她们恪

①塔拉诺的不顺从的妻子：见第九天故事7。

守美德，还要用严厉的警告来防止她们走入歧途。好了，这种大道理讲得够多了，下面就是我想讲给你们的故事。

在关于所罗门① 惊人智慧的传说遍及世界各地后，人们得知，无论谁想亲自求助于他的智慧，他都乐于赐教。于是，世界各地的人们便都带着各种紧迫的难题，成群结队地赶来向他请教。在向他求教的人中间有一个非常有钱的年轻贵族，名字叫梅利索，来自他的家乡城市亚美尼亚的拉亚佐② 。他在骑马从安条克出发去往耶路撒冷的半路上，遇上了另外一个青年，名字叫约瑟夫，他正在进行与他同样的旅行。梅利索与约瑟夫像通常的旅行者那样，一边走一边攀谈起来。梅利索问约瑟夫什么身份、哪儿的人，然后又问他去哪儿、去干什么。约瑟夫回答说，他正要去见所罗门。他说他的妻子是世界上最任性、最反复无常的女人，他求她、哄她，他为她做了他所能做的一切，但怎么也治不好她那倔强的性情，因此，他要向所罗门求教如何对付他的妻子。接着，约瑟夫反过来又问了梅利索从哪儿来，往哪儿去，去干什么。

“我从拉亚佐来，”梅利索告诉他，“如果说你有个问题，我也有个问题，一个不同种类的问题。我是个富裕的年轻人，我大把大把地花钱，款待我的同乡们，但非常奇怪的是，我就是这样也未能发现有一个人真正的喜欢我。所以，我正在去你要去的地方，向所罗门求教如何使自己得到别人的爱戴。”

于是，他们两人结伴而行，一同来到耶路撒冷，由一位朝臣引见了所罗门。梅利索向所罗门简要地陈述了自己的问题，所罗门的回答是：“爱。”

---

①所罗门：公元前10世纪以色列国国王，大卫的儿子，在位时是以色列最强盛的时期。据《圣经》记载，所罗门智慧过人。

②亚美尼亚的拉亚佐：见第五天故事7。

所罗门的话刚一说完，梅利索就被撵出宫去。接着约瑟夫向所罗门说明了自己来访的目的。所罗门给他的回答也只是一句话："到鹅桥去。"所罗门话音刚落，约瑟夫也同样被立即赶出宫去；他见到梅利索还在外面等他，就把自己得到的回答告诉了他。

他们两人反复琢磨所罗门的回答，但怎么也不能从他的话里得出与他们来访目的有关的意思，更不用说得出解决问题的办法了。因此，他们沮丧地开始了回家的旅程。几天后，他们来到了一条河边，河上架着一座漂亮的桥。一大队满载货物的骡子和马正从桥上经过，这两位旅行者只好站在路边等候那队骡马过去后再过桥。当几乎全队骡马都过了桥时，突然有一头骡子像人们经常看到的那样发起骡子脾气来，逡巡不前，一步也不走了，于是那赶骡子的人拿起一根棍子，轻轻地拍打一下那畜生，赶它继续往前走。可那骡子竟然横站在桥头，左闪右躲，甚至掉回头去，呆头呆脑地拒绝前进。赶骡子的人发火了，抡起棍子使劲地把那骡子一阵乱打，打它的头部、腹部、臀部，但都没用，它就是不走。梅利索和约瑟夫在旁边看着这情景，忍不住对那赶骡子的人说："嗨，你这残忍的家伙，你在干什么？你想杀了它吗？你为什么不试着好好地牵着它走呢？那样它会比你狠狠地打它更愿意走的。"

"你们懂你们的马，"那赶骡子的人说，"我了解我的骡子。让我自己来对付它吧。"他又回头继续打那骡子，雨点般地这边打一下，那边打一下，直到那骡子乖乖地向前走了，这证明那赶骡子的人的做法是正确的。

当这两个年轻人要继续走路时，约瑟夫向坐在桥头的一个人打听这座桥的名字。"先生，这座桥叫鹅桥，"他回答说。

那人的回答使约瑟夫想起了所罗门的话。约瑟夫转身对他的朋友说："你明白了吧？所罗门的忠告完全正确：现在我非常清楚了，我原来不知道怎样用棍子打老婆，这个赶骡子的人教给了我应该怎样做。"

几天以后，他们来到了安条克，约瑟夫留他的朋友到家里休息几天。约瑟夫的妻子对梅利索很冷淡，但约瑟夫吩咐她按客人喜欢的口味去准备晚餐。因为这是约瑟夫的盛情，梅利索就点了他喜欢的几样菜。但是，那位夫人并未按照梅利索点的菜去准备晚餐，而是按她自己通常习惯准备的，做出来的菜与客人的愿望完全相反。

这使约瑟夫十分生气，他对妻子说："难道你没被清楚地告知晚餐要怎样准备吗？"

他妻子迎上前来，轻蔑地说："你说这话什么意思？想吃就吃，不吃拉倒。点的菜也许与我准备的不一样，但这是我选定的菜。喜欢就吃，不喜欢也得容忍一下。"

梅利索见约瑟夫的妻子如此无理地顶撞丈夫，很是惊讶，便坦率地说她不该这样；而约瑟夫听了她的话后，对她说："你这泼妇，还是原来的老样子，蛮不讲理，我可要改一改你的脾气了，真的。"然后，他转身对梅利索说："我的朋友，我们一会儿就会看到所罗门的忠告是否值得一求。请你不要介意在一旁观看，也不要以为我要做的只不过是开玩笑。好好回忆一下当我们看那赶骡子的人教训骡子时他对我们说的话，所以你不要阻止我。"

"我是在你家里做客的，绝不阻挠你。"

他妻子怒气冲冲地离开餐桌，嘟嘟囔囔地回到卧室里。约瑟夫找到一根从幼橡树上砍下来的圆棍子，进了卧室，抓住他妻子的头发，将她摔倒在地，开始用棍子痛打她。她开始时大声吼叫，大骂、威胁她丈夫，但她见吼叫、威胁都阻止不了他，她这才软下来，哀告求饶，恳求他看在天主面上别打死她，说她永远也不再违背他的意愿了。约瑟夫一直不停地打她，那股凶狠劲更变本加厉，一会儿打她的肋骨，一会儿打她的臀部，一会儿打她的肩膀，打得她皮开肉绽，直到打得筋疲力尽了才住手。那泼妇实际上被打得没剩下一根完整骨头，后背上没剩下一块一寸大的完整皮肤，只差没被打个稀烂。

打完那女人后，约瑟夫回到梅利索那儿对他说："明天我们就将看到所罗门的‘到鹅桥去’的忠告是否灵验。”他休息了一会儿，洗了手，与梅利索一同坐下来吃晚餐，在适当的时候各自睡觉去了。

那可怜的女人挣扎着站起来，疼痛难忍，扑到床上，勉强休息了一夜。第二天早晨，她很早就起了床，派人问约瑟夫午饭他想吃什么。他一边和梅利索哈哈大笑，一边做了吩咐。他们回来吃午饭时，见一切都是按照他指示的那样准备的。他们两人起初未能理解所罗门的忠告，而现在对他的忠告不住口地赞扬起来。

几天后，梅利索辞别了约瑟夫，回到家里，把所罗门给他的忠告告诉了一位有点儿智慧的人。那人评论说：“他给你的这份忠告真是再正确、再好也没有了。你知道，你不爱任何人，你为大家做的一切不是因为你喜欢他们，而是因为你喜欢炫耀。所以，按照所罗门说的去做吧：去爱别人，你就会得到别人的爱。”

就这样，那泼妇受到了惩罚后变成了贤妻，那年轻人通过爱别人而赢得了别人的爱。

故事 10

唐·贾尼应朋友皮埃特罗的请求，将他的妻子一部分一部分地变成母马；但是，当唐·贾尼进行到难做的那一部分时，皮埃特罗破坏了他的法术。

听完了女王的故事，小姐们轻声低语，颇有抱怨之意，而小伙子们却都抿着嘴轻声地笑。等大家平静下来后，迪奥内奥清楚而响亮地说：

一群白鸽中夹杂一只乌鸦，比夹杂九只白天鹅看上去更加美丽；同样，一群有学问的人中间夹杂一个蠢人不仅会给他们的智慧增添光彩，而且还能给大家提供不少乐趣。你们这些小姐们个个都十分聪明稳重，而我却十分愚蠢；我的愚蠢使你们的聪明更加光彩夺目，因此你们更加喜欢我。如果我智力超群，我就使你们显得逊色，你们自然就不会喜欢我了。我在讲故事时，我将享有极大的自由，说话可能放肆一些，这样就会显出我的本来面目。假如我是一个明辨是非的人，那就请大家尽可能多加原谅了。我的故事很短，它会教给大家一个道理：当人们在你的身上施行法术时，你必须严格遵守他们的指示，否则一个最微小的错误就会把整个法术破坏掉。

几年前，巴列塔有个神甫，名字叫唐·贾尼。他那个教区很穷，为了补贴微薄的收入以维持生计，他不得不牵着他那匹母马，在马背上驮些货物，去阿普利亚市场赶集，做点小买卖。他在赶集的旅程中与一个名叫皮埃特罗的特雷桑蒂人建立了亲密的友谊，皮埃特罗赶着一头毛驴，跟唐·贾尼一样，做点小生意。为了表示友情，唐·贾尼按照阿普利亚风俗称皮埃特罗为他的“皮埃特罗老兄”，每当皮埃特罗到巴列塔来，唐·贾尼都要请他到家里来住一宿，尽力款待他。至于他的皮埃特罗老兄，可是穷得不能再穷了，与他年轻漂亮的妻子和那头毛驴一起住在特雷桑蒂的一间简陋的茅屋里。但每当唐·贾尼路过特雷桑蒂时，皮埃特罗也要把他请到家里，尽力款待，以报答他的朋友在巴列塔对他的款待。至于夜里的住宿，皮埃特罗只有一张窄小的床，他与可爱的妻子就睡在这张床上，因此他没法按照自己的心愿安排朋友的住宿，只好让客人睡在他那匹母马旁边的一堆稻草上，那匹母马和那头毛驴拴在同一间马厩里。皮埃特罗妻子知道丈夫在巴列塔总是受到神甫的热情款待，因此神甫来访时她好几次要去邻居家，一个名叫吉塔·卡拉普雷莎的女人家里去借宿一夜，这样神甫就可以与她丈夫睡在床上。她经常向唐·贾尼提出这个建议，但他总是拒绝。

有一次神甫对她说：“亲爱的杰玛塔，不要为我担心，我很好。当我想有个女人做伴时，我就把我那匹母马变成一个漂亮的姑娘，让她陪我睡觉。然后，当我早晨起床时，我再把她变成一匹母马。所以，我是绝不愿意与她分开的。”

“多么奇妙啊！”杰玛塔心里想，对他的话信以为真。她把这话告诉了丈夫，还说：“如果他真像你说的那样是你的老弟，为什么你不请他把那种法术教给你？那么你就可以把我变成一匹母马，牵着你的毛驴和母马出去做生意，那样我们就能赚双倍的钱了。回到家后，你还能把我再变回我这样的女人。”

皮埃特罗非常蠢笨，完全相信妻子的话，接受了她的建议，纠缠神甫，要求神甫把那个法术教给他。唐·贾尼尽了最大努力，阻止他这种愚蠢的举动，但他不听，只好对他说：“那么，好吧，如果你坚持要学，明天早晨我们像通常那样，在太阳出来之前起床，我来做给你们看。说真的，你会看到最难的那一步是给母马安上尾巴。”

皮埃特罗和杰玛塔急切地要学会那种法术，那一整夜几乎没合眼，天快亮时赶紧起床，唤醒唐·贾尼。唐·贾尼身上只穿一件衬衫，走进皮埃特罗的卧室。“除了你们，”他说，“我不会把这个法术再传给任何一个人。既然你们要求我教，那我就做给你们看。重要的是，如果你们想让法术灵验，你们必须照我说的去做。”

他们都保证按他吩咐的去做，于是唐·贾尼拿过一个灯笼，交给皮埃特罗。“仔细观察我怎么做，”唐·贾尼对他说，“并且牢记我说的话。不管你们看到什么、听到什么，都要注意保持绝对安静，一句话也不要说，否则你们就会破坏了一切。”

皮埃特罗接过灯笼，保证他一定按神甫的要求去做。

然后，唐·贾尼让杰玛塔脱光衣服，像初出娘胎时那样一丝不挂，弯下腰，双手撑地，呈四脚站立的母马姿势。神甫也警告她，不论发生什么，都不要出一声。然后，他用手抚摸她的头和脸说：“让这儿变成一匹美丽母马的头吧。”他又抚摸着她的头发说：“让这儿变成一匹美丽母马的鬃毛吧。”他抚摸着她的胳膊说：“让这儿变成一匹美丽母马的腿和脚吧。”他抚摸着她的两个乳房，感觉它们又结实又丰满，这激起了一种不符合他神甫职业的冲动，他说：“让这儿变成一匹漂亮母马的胸脯吧。”他接着抚摸她的后背、肚子、屁股、大腿和小腿。最后，只剩下马尾巴没安上了，他掀起衬衫，抓住他那个用来播种的肉塞儿，把它迅速地插进她那为此目的而生就的沟槽里，同时大叫：“让这儿变成一匹漂亮母马的尾巴吧！”

皮埃特罗一直在仔细地观看，看到最后一步，他觉得这很不恰当，连忙大喊：“不，不，唐·贾尼，不要尾巴！我不要尾巴！”

那创造新生命的精液已经流淌出来了，唐·贾尼一边把他那肉塞儿抽出来一边说：“皮埃特罗我的老兄，你这是干什么？我不是告诉你不管看到什么你也不要出声吗？这匹母马几乎就要变成了，可你这一说话把法术全破坏了，现在再没机会从头做一遍了。”

“没关系，难道我没有那种尾巴，我没有吗？你为什么不告诉我，‘你自己来安尾巴’？再说，你把那尾巴安得太低了。”

“喂，”唐·贾尼说，“因为这是第一次，你不会像我安得那样正确。”

听见这话，那年轻女人直立起身子来，非常天真地对丈夫说：“你这愚蠢的傻瓜，你为什么把为了你好的法术给破坏了？你什么时候见过一匹没有尾巴的母马？天主啊，帮帮我吧，虽然你已经够穷的了，但你活该更加受穷。”

由于皮埃特罗突然说出的话使那年轻女人再没有机会变成一匹小雌马，她只好沮丧地穿上衣服。皮埃特罗仍旧像原来那样牵着一头毛驴做生意；他与唐·贾尼一起去比通托赶集，但从那以后他再也不请求唐·贾尼教他那种法术了。

迪奥内奥原以为小姐们对他的故事不会很敏感，但他的故事却逗得小姐们哈哈大笑，这笑声表明，她们以后想起这个故事还会哈哈大笑的。那天的故事全都讲完了，太阳开始失去它的炎热，这时女王意识到她的任期已满，便站起身来，摘下王冠，把它戴在潘菲洛的头上，因为只剩下他还没被给予国王这一荣誉。她微笑着说："陛下，我把极大的责任留给了你。既然你是最后一个统治者，我的不足之处和其他前任统治者的不足之处都靠你来弥补。愿天主赐福于你，就像他赐福于我使你成为国王一样。"

潘菲洛高兴地接受了国王这一尊贵的职位，回答说："我将依靠您和我所有臣民的品德，一定会像我的各位前任一样让大家满意。"他按照前任的惯例，与总管商议、安排明天要做的事情，然后转身对期待他讲话的小姐们说："今天的女王艾米莉亚明智地决定，使你们这些易受感动的小姐们放松一下，发挥你们的独创性、自由选择，讲你们喜欢的任何题目。既然我们已经休息好了，我认为我们应该恢复通常的传统做法，所以我要求你们明天按下面这个题目讲故事：人们在爱情或其他方面做出的慷慨行为。不论是讲还是听这样的故事，都一定会燃起你潜在的志向，也会做出慷慨的行为来。毕竟生命在我们的躯体内持续的时间非常短暂，但你们的生命却在你们受人赞誉的名声中流芳百世。除非人们像野兽那样只顾填饱自己的肚子，难道这不是每一个人都希望做到的、实际上在勤勉地为之努力并获得的光荣吗？"

这一群快乐的青年男女都很喜欢这个题目。他们都站起身来。然后，新国王让大家像通常那样按自己的喜好去寻求消遣。到了吃晚饭的时候，大家又高兴地聚集在餐桌周围，仆人们殷勤地端上饭菜。晚饭后，他们起身像往常那样跳起舞来，唱了许多支歌曲，这些歌曲唱得可能缺乏技巧，但那歌词无论如何是非常欢乐的。然后，国王命令内菲勒唱一支她自己编的歌，她立刻欣然从命，一展她那清脆快乐的歌喉，唱了起来：

我是一个年轻的姑娘，性情欢乐；
啊，爱情在春天开花的幸福理想，一定会实现！

我的脚步徜徉在碧绿的草地上;
我欣赏那黄白相间的小花儿
还有那深红色的玫瑰——多么快乐啊!——
百合花穿着丝裙,像女王一样骄傲。
在每一朵花儿上我都仿佛看见了我情人的面庞,
他是我心灵的主宰和保护者
(他的灵魂是我灵魂的一部分),
我生命的全部意义就是最真诚地爱他、崇拜他。

每当我遇到一朵呈现我情人面庞的花儿
我就摘下它、亲吻它,然后对它讲话,
对它敞开心扉、倾诉衷肠,
我对它表白:我唯一的愿望就是被他独占。
然后,一旦我心底的愿望已经袒露给他,
我要说的心里话全部讲完,
我就把这些花儿编进一个花环,
用我的一绺头发将它们扎起,就这样圈起来。

看见一朵美丽的花儿是多么的快乐!
对我来说那快乐比任何时候都更加强烈,
因为它帮助我更长久地
注视我的情人、我的磐石、我的堡垒。
啊,色彩使花儿美丽,而芬芳使花儿令人着迷,
它将我俘虏,使我无力反抗,
我们的轻轻叹息表达了我说不出来的深情,
因为它使我无法表达但使我的爱情更加强烈。

啊,我的叹息的确发自我充满激情的肺腑;

但它们既不失望也不忧伤，
它们表现的是温柔和热情，
它们是长着翅膀的信使，飞去寻找我最爱的他。
当它们来到他的面前时，他倾听它们的恳求：
“啊，来吧，”它们恳求说，“快到我的身边来吧，
你不再令我绝望！”
然后，他响应我的召唤，立刻跑到我的身旁。

国王和小姐们对内菲勒的歌曲赞不绝口。时间已至深夜，国王吩咐大家各自回房休息，明天早晨再会。

第十天

《十日谈》第九天到此结束，第十天即最后一天由此开始；大家在潘菲洛的主持下，讲述人们在爱情或其他方面做出慷慨行为的故事。

西边几个小小的云朵仍呈深红色，挂在天空中，而东边天空中那些云朵的边缘已被渐渐升起的太阳的光芒染成了明亮的金色。这时，潘菲洛起了床，让仆人唤醒小姐们和他的男伙伴们。当所有人都聚齐后，他与大家商量好去哪个快乐的地方游玩，然后他在菲罗美娜和菲亚美塔的陪伴下缓步出发，走在前面，其他人跟在后面。他们一边走，一边谈论着他们的未来生活，各抒己见，在漫谈中过去了很长时间，也走了很远的路，直到阳光变得闷热时，他们才回头朝别墅走去。他们聚集在清澈的泉水周围，口渴的人让仆人在水里把杯子刷净，喝上一杯泉水，然后他们到花园里的阴凉处玩耍，一直到吃午饭的时候。他们吃完午饭，睡过午觉，又像通常那样按国王的命令重新聚集，内菲勒奉国王之命，第一个讲故事。她这样快乐地开始了：

故事 1

命运之神证明，它不是一位为西班牙国王效力的勇敢的托斯卡纳骑士的好朋友；国王证明，他比命运之神对骑士更加友爱。

国王让我第一个承担如此重大的任务——讲一个关于慷慨行为的故事，我感到非常荣幸，因为慷慨就像太阳是天空中最美丽的装饰物一样，它是所有其他美德的光辉。因此，我要讲一个短小而有趣的故事，这故事如能记住，它肯定对我们会有所裨益。

你们一定都知道，在我们这座城市里居住的所有勇敢的骑士中，成就最卓越的是鲁杰里·德·菲乔万尼。他家产丰厚，而且有很强烈的进取心。他认为，在托斯卡纳生活，没有使他人尽其才的天地，所以他决定去西班牙国王阿方索① 的宫廷待一段时间，因为阿方索勇敢豪侠的声誉远远高过当时其他任何君王。于是他带了一支由士兵组成的非常体面的随从队伍和许多马匹，来西班牙进见国王阿方索。国王很有礼貌地欢迎他。他在那里居住期间，过着极为令人满意的生活，立下了许多辉煌的战功，不久就确立了他勇敢的声誉。他在那里住了一段时间，留心观察国王的行为，认为国王赏赐城堡或城镇根本不考虑接受者功绩如何，而他鲁杰里这样深知自己功劳卓著的人却未得到任何赏赐，这有损自己的声誉。所以他决定离开这里，

①国王阿方索：西班牙北部卡斯蒂尔王国的阿方索八世（1155—1214年），他为人慷慨的声誉超过了他打败摩尔人的战斗声誉。

去向国王告辞。国王同意他离去的请求，赐予他一头世上最漂亮的骡子；这很合鲁杰里的心意，因为他的前面是一段很远的旅程，正好用骡子作为代步的工具。然后，国王把一项艰难的任务交给了一个机智的朝臣，命他在第一天以他认为最合适的办法与鲁杰里同行，避免被鲁杰里怀疑是国王派来的人。他的任务就是回来报告鲁杰里在路上说了国王什么话，并在第二天早晨指示鲁杰里回去见国王。那位朝臣留心观察鲁杰里的行程，当鲁杰里骑着骡子出了城门时，他便巧妙地设法与鲁杰里结伴同行，对鲁杰里说他要去意大利。

鲁杰里骑着国王赐予他的那头骡子，一路上听着他的旅伴说东道西。快到上午的中段时间时，他说："我想该让我们的坐骑休息一会儿了。"他们把牲口牵进一间马厩里，除了那头骡子，所有的马都撒了尿。然后，他们继续赶路。那位朝臣一直在注意听鲁杰里说些什么话。他们来到一条河边饮牲口，那头骡子偏偏把尿撒在了河水里。鲁杰里看到这一情景后说："唉，你这该死的畜生，你真像把你赐予我的国王啊！"

朝臣记下了这句妙语，虽然他记下了鲁杰里与他同行一天说过的许多话，但只有这一句是反对国王的话。于是第二天早晨，当他们骑上骡子和马，准备继续向托斯卡纳进发时，朝臣传达了国王的命令，让鲁杰里立刻往回走。国王得知了鲁杰里说的关于骡子的那句话后，派人把鲁杰里叫来。国王高兴地接待了他，问鲁杰里为什么把他比作骡子，或者把骡子比作他。

鲁杰里非常坦率地回答说："陛下，我之所以做了这个比喻，是因为您总是赏赐那些不该受赏的人，而让那些应该受赏的人得不到赏赐；同样，那头骡子在该撒尿的地方没撒尿，而在不该撒尿的地方撒了尿。"

"如果说我没有像赏赐许多其他人那样赏赐您，而且我知道那些人论功劳无法与您相比，"国王回答说，"那不是因为我不承认您是一位非常勇敢的骑士，应该得到最大量的赏赐，而是因为您的命运不好，它不允许我赏赐您，所以您只能怪您的命运，不要怪我。我可以向您清楚地证明我说的是真话。”

“陛下，不是您没有赏赐我令我苦恼，因为我不想发财；令我苦恼的是您没有以任何物质的方式证明我的功劳。但是，我相信您的解释是善意的、合理的，非常愿意看看您要给我出示的证明，尽管如此，如果您拿不出证据来，我也相信您。”

于是，国王带他走进一个大厅里，里面有两个按国王吩咐锁好的大保险箱。这时来了一群人，国王当众对他说：“鲁杰里，在这两只箱子里，一只装着我的王冠、顶上有十字架的圆球和权杖、许多最漂亮的玉带、扣形装饰品、戒指和各种宝石饰物；另一只装满了泥土。请您随意选一只，您选中的那只就归您了。然后，您就能看出是谁埋没了您的功绩，是我还是您的命运。”

鲁杰里按照国王的意愿任选了一只，国王命人把选中的那只箱子打开，结果是装满泥土的那只。于是国王微笑着说：“您看，我说您命运不好，没有说错吧。但是，您的功劳太大，迫使我与您的命运较量一番。我知道，您不想成为一个西班牙人，所以我不想赏赐您这里的城堡或城镇；我要把命运之神拒绝给您的那只箱子赐予您，我偏要违背命运之神的意愿要您拥有它，我要您把它带回您自己的家乡，作为我赏识您功劳的物证，使您在乡亲们面前感到自豪。”

鲁杰里接受了那一箱礼物，对国王的重赏表示衷心感谢，带着那只箱子高高兴兴地回托斯卡那了。

故事 2

强盗吉诺 · 迪 · 塔科俘获了克吕尼修道院院长。他对待俘虏可比人们期待的要好得多，院长也回报了他的恩惠。

大家一致赞赏阿方索国王对佛罗伦萨骑士的慷慨。国王也非常欣赏这种大度。他吩咐爱丽莎接着讲故事，爱丽莎立即开始了：

毋庸置疑，国王对其臣民的慷慨是一种值得赞扬的美举。但如果一位教士对他本应视为敌人的人表现出慷慨，却又不引起哪怕是最小的指责，我们应该怎样评价这位教士呢？我们只能说国王的慷慨表明他的美德，而教士的大度颇有点奇迹味道，除此之外还能说明什么呢？教士们个个都像女人一样吝啬，他们到死也不会做出任何慷慨的举动来。另外，每一个受到侮辱的人都自然渴求报复，值得注意的是教士们起劲地鼓吹对罪过要耐心和宽容，可是他们报复的激情比任何人都更加强烈。无论如何，我的故事将向你们清楚地表明，一个教士会表现出多大程度的宽宏大量。

吉诺·迪·塔科① 在与圣费奥拉的伯爵们为敌而被逐出锡耶纳之后，便干起了残忍的拦路抢劫行当且远近闻名；他煽动拉迪科法尼人背叛罗马教廷，在那里落草为寇，派他手下的土匪抢劫那一带的每个过往行人。当庞尼菲斯八世任罗马教皇时，克吕尼修道院院长来到他的教廷朝拜。这位院长以世界上最富有的教士之一著称；他在罗马得了胃病，医生们劝他去锡耶纳，说那儿的温泉浴场一定能治好他的病。于是，院长得到教皇的准许，对吉诺的拦路抢劫掉以轻心，身着盛装，带着大队人马和一辆装得满满的行李车，浩浩荡荡地出发了。吉诺·迪·塔科听说这位院长来到这里，便在一条狭窄的山谷里设下圈套，要把院长及其所有的侍从、马匹和全部行李困在那里，连一个小卒也不许逃掉。做了这样的安排之后，他派了他手

①吉诺·迪·塔科：但丁在《炼狱》第六章中提到的一个亡命之徒（约卒于1303—1313年这10年间），他曾在一次法庭公开审判期间谋杀了他的一个敌人。他公开反对庞尼菲斯八世（1235—1303年，罗马教皇，在位期间1294—1303年）。

下一个最善于用花言巧语讨好的人，带了一些人数适宜的随行人员，作为使者去见院长，先是赞扬他，然后非常礼貌地请他去城堡与吉诺会晤。愤怒的院长回答说他坚决不去，因为他不想与吉诺有任何关系，而是要继续赶路，“我倒要看看谁敢阻挡我！”他又说。

那使者对此礼貌地回答说：“院长先生，您来到的这个地方是我们的王国，在这里除了天主的力量，我们什么都不怕；褫夺政权的禁令和开除教籍① 对我们统统无效。所以，我劝您还是满足吉诺的愿望吧。”

正当他说话的时候，土匪们已将这个地方团团围住，院长见自己与随从都已陷入圈套，只好非常愤怒地带他的人马和行李，与那使者朝城堡走去。院长到达城堡后，按吉诺的指示被安排住在一幢房子里一间阴暗、狭窄、很不舒服的小屋里，而他的随从却都按身份分别舒适地安排在城堡里；马匹和行李都得到妥善保管，所有东西丝毫未损。

这一切都安排好之后，吉诺来见院长，对他说：“院长先生，您现在是吉诺的客人，他派我来问您，您要去哪儿，有何贵干。”

院长是个非常聪明的人，压下怒气，告诉他为了什么事情要到什么地方去。吉诺听完了院长的话，立即告辞，打算不用温泉浴就把他的病治好。他派人在院长房间里生起一大盆火，并不时地照看它。第二天早晨才又回来看院长，给院长带来用一块雪白餐巾包着的两片烤面包和一大杯院长自己带来的科尼利亚产的白葡萄酒。他对院长说：“先生，吉诺年轻时学过医术，他说对胃病的任何治疗都不会像他将给您治疗得那样有效；我给您拿来的这两样东西就是治疗的开始。为了使您恢复健康，请您吃了吧。”

---

①褫夺政权的禁令和开除教籍：褫夺政权的禁令是一种一揽子的地方性宗教活动禁令，用来压制不服从教规的统治者；开除教籍是针对个人接受圣事的禁令，将“被排除在考虑之外的人”有效地开除教籍。

院长此刻正饥肠辘辘，没有心思与人争辩，所以不情愿地吃了那两片烤面包，喝了那杯白葡萄酒，然后说了许多尖刻的话，提出许多要求和忠告。他特别要求与吉诺面谈。吉诺听着他的话，把一些话当作耳边风，对其他的话作了非常礼貌的回答，并且向他保证吉诺将尽快来拜访他。吉诺说完这番话就告辞了，第二天才又带着两片烤面包和一大杯白葡萄酒来看他。他接连几天使用这种摄生法，直到他发现院长把他小心翼翼地藏在院长房间里的一些干蚕豆也吃了。

因此，他代表吉诺，询问院长感觉胃怎样了，他回答说："如果他放我出去，我就会感觉非常好。除此之外，我最大的愿望就是吃，他的治疗非常成功地治好了我的病。"

于是，吉诺让院长的仆人准备好一个房间，摆了一桌丰盛的宴席；那是一个十分雅致的房间，里边的陈设用的是院长自己带来的东西。客人包括院长的全体随行人员和吉诺的许多人。第二天，吉诺去见院长，对他说："院长先生，既然您现在感觉很好，那么您离开病房的时间到了。"吉诺一边这样说着，一边拉着院长的手，领他进入摆着宴席的房间里；把院长交给他的随从后，自己又去厨房关照，一定要把宴席真正搞得十分丰盛。院长有了他自己人的陪伴，精神上感到好多了；他把这几天艰苦的生活条件讲给随从们听，而正相反，随从们却告诉他他们受到了吉诺怎样的盛情招待。当宴席准备好时，他们都与院长坐下来，吉诺的仆人们端上来一道又一道最精美的菜肴和最好的葡萄酒。但吉诺仍然对他的客人隐瞒着自己的身份。

院长连续几天都是这样度过的。在那之后，吉诺派人把他的全部行李集中在一个房间里，把他所有的马匹，包括那匹最不顶用的膝内翻的老马，都集中在下面的院子里，然后去见院长，问他身体如何，能否骑马。院长说他身体状况极佳，胃完全恢复健康了。如果吉诺放他走，他就什么痛苦都没有了。

于是，吉诺把院长领进堆放行李的房间里，他的随从们都在那里等候着他；然后把他领到一扇窗户前，他向院子里望下去，看见了他的所有马匹。“院长先生，”吉诺说，“吉诺·迪·塔科是为了保护自己的生命和声誉，被迫当上了拦路抢劫的强盗和罗马教廷的敌人。他应该让您知道不是因为他的性情邪恶，而是因为他这样一位出身高贵的人却被逐出家乡，穷困潦倒，许多有钱有势的人与他为敌，他才干上了这个行当。先生，我就是吉诺·迪·塔科。但是，我看您是个正直的人，所以我治好了您的胃病，也不打算像对待其他人那样对待您。其他人若是落在我的手里，我通常是任意把他的财物掠为己有。我的意思是，请您考虑我的需要，把您的财物给我留一部分，您认为留下什么合适就留下什么。您的所有东西都放在您的面前，您可以从这扇窗户看到，您的马匹都在院子里。您全部拿走还是留下一部分，都依您的心愿；从此刻起，您或留或走，悉听尊便。”

院长从一个强盗嘴里听到了如此慷慨的言辞，感到十分惊讶，深受感动。他的愤怒化作慈爱，他跑过去把吉诺作为朋友紧紧拥抱。“我向天主发誓，”他说，“如果还有一种远远大于你这几天给我的痛苦，只要它能使我结识你这样的朋友，我也心甘情愿忍受。你的命运多不好啊，它迫使你干上了这种极坏的行当！”然后，院长从他的大量财物中只选出几件生活必需品，从他的许多马匹中同样只选出几匹坐骑，其余全部留给了吉诺，然后带他的随从们返回罗马。

教皇听说院长被劫后，非常焦急。当教皇见到他时，问他洗温泉浴是否使他恢复了健康。“教皇陛下，”院长微笑着回答说，“我还没有到达温泉浴场就遇到了一位高明的医生，他把我的病完全治好了。”他把自己的经历告诉了教皇，教皇听了非常高兴，然后他以一种慷慨的心境请求教皇开恩。

教皇欣然答应了他的请求，几乎连想都没想院长会提出什么样的请求。“教皇陛下，”院长继续说，“我请求您宽恕我的医生吉诺·迪·塔科，因为他是我认识的最优秀、最值得称赞的人之一；至于他的邪恶行径，我认为这不能怪他本人生性邪恶，而要怪他的命运不好。如果您能给他一些赏赐，改变他的命运，使他能过上适合他身份的生活，我完全相信您也会像我一样看待他。”

教皇是一个心胸宽大的人，实际上他非常喜欢德才兼备的人。所以他听了院长这番话后，立即高兴地同意这一请求，如果这个人真如院长说的那样令人钦佩，那就请他完全放心地到教廷来。于是吉诺按照院长的愿望，安全地来到了罗马教廷，教皇承认他是一个正直的人，他们言归于好。教皇封他为耶路撒冷圣约翰教会的医护骑士①，给予他一个大修道院牧师的有俸职位；从此以后，他一直是圣教和克吕尼修道院院长的忠实朋友。

故事 3

密特里丹内因为不能在乐善好施方面超过内森，非常生气，于是要谋杀他。但内森却消除了他的怒气。

一个教士竟做出如此慷慨的举动令大家惊叹不已，都认为这简直是一个奇迹。小姐们停止议论后，国王吩咐菲洛斯特拉托接下去讲故事，于是，菲洛斯特拉托立刻开始了：

西班牙国王的慷慨真是了不起，至于克吕尼修道院院长的慷慨，更是前所未闻。我要给你们讲这样一个人，他慷慨地用他的全部机智

①医护骑士：这个名字讽刺地使人联想到吉诺的医术和他对院长的款待。

向另一个人献上那人向他索要的东西，即他的血，他的命！尊贵的小姐们听了这个故事，一定会更加惊讶。如果那人真想要他的命，那他的命就真会成为献给那人的礼物，我的小故事将向你们说明这一点。

如果我们相信去过中国① 的热纳亚人和其他地方的人的说法，那么下面这个故事就是一个毋庸置疑的事实了。中国从前有一个出身高贵、非常有钱的人，名字叫内森。他的住宅坐落在一条路边，那是一条旅行者从西方到东方，然后再返回西方的必经之路。他为人慷慨大度，而且非常想让天下所有的人都不怀疑这一点。这一地区能工巧匠很多，因此他在很短的时间内就建造了一座最漂亮、最宽敞、最豪华的大厦，大厦内部装饰非常精美，完全符合招待绅士的标准。他雇用了众多仆人，个个穿着漂亮，不论什么人从他这里路过都会受到最热烈的欢迎和盛情的款待；他这种持之以恒、令人赞美的善举，使他的美名不仅传遍整个东方，而且传遍了西方大部分地区。

他到了老年，慷慨好客依旧不减当年，最后他的名声传到了一个名叫密特里丹内的青年耳朵里。

密特里丹内住的地方离内森不远，自以为与内森一样富有，非常嫉妒内森的声誉和善举；他下决心要做出更大的善举，超过内森，使人们忘记内森的慷慨，或者无论如何要使内森感到相形见绌。他也建造了一座与内森那座一样漂亮豪华的大厦，慷慨款待过往行人。果然，他也很快就获得了很高的声誉。

有一天，碰巧这位年轻人独自一人待在大厦院子里，这时一位身材矮小的老太太从一扇门走进来，向他乞求施舍并得到了他的施舍。然后，那老太太又从第二扇门进来再向他乞求施舍并得到了更多的施舍。她就这样继续乞求施舍，出去进来、出去进来直到她走过十二扇门。当她又从第十三扇门回来时，密特里丹内对她说："大娘，

①中国：中国北方，以其幻想的富有被西方人编进寓言。薄伽丘可能是受马可波罗的《东方见闻录》中有关忽必烈汗的叙述所启发。

您真是缠扰不休啊！”不过他还是施舍了她。

听到这话，那小个儿老太太大嚷：“啊，只有内森才是真正慷慨的人！他的大厦跟这座一样，有三十二扇门，我从每一扇门进去向他乞求施舍；他从来不注意我，也没有认出我的表示，每一次他都施舍了我。可在这里，我只走过了十三扇门，就遭到揭穿和责备。”那老太太说完就走了，再也没有回来。

老太太的这些话令密特里丹内勃然大怒，他认为这种对内森声名的认可就是对他声名的蔑视。“啊，这真是气死我了！”他说，“甚至在这些微不足道的小事儿上我都远不及他，在最大的慷慨行为上我就更实现不了超过他的目的了，那我如何能比得上内森呢？很清楚，如果我不把他从这个地球上除掉，我的一切努力都将是徒劳。既然他老而不死，那我就不得不亲手除掉他了。”

他一气之下做出了决定，不和任何人商量，立刻行动，带上一小队随从，骑马出发了。他们在路上走了三天后，来到了内森住的地方。他指示随从人员都假装与他毫无关系，不认识他，各自寻找住处，等待他的进一步命令。傍晚时分，他独自一人来到内森大厦所在地。在那座豪华大厦不远处，他遇见了内森本人。内森衣着朴素，出来散步，密特里丹内没认出他来。“请问，”他问内森，“内森住在哪里？”

“孩子，在这一带没有人比我更熟悉他、更能告诉你他的住所了，”内森愉快地说，“如果你愿意，我来给你带路。”

那青年说那真是再好不过了，但如果可能，他不想被内森看到或被他认出来。“如果你想那样的话，”内森说，“把这事儿交给我吧。”

于是密特里丹内下了马，跟着内森朝他那座漂亮的大厦走去。一路上，他和内森一边走一边聊，谈得非常愉快。他们一到大厦，内森就命令一个仆人来照料那青年的马，然后贴近那仆人，小声吩咐他：“你和家里的任何人都不要告诉那青年我是内森。”所有的人都遵命照办。他们走进大厦，内森把密特里丹内领进一个优雅的房间里，在那里除了派去伺候他的仆人外，谁也不准去见他。内森对他关照备至，一直陪着他。

他们两人这样相处了一会儿，虽然密特里丹内像对长者一样尊敬内森，但他还是大胆地问了他是谁。“我是内森的一个地位低下的仆人，”内森回答说，“我现在是老头儿了，但我从小就一直服侍他，从来也没得到他的提拔。因此，尽管全世界都高度赞扬他，但我却做不到像别人那样说他的好话。”

这些话给了密特里丹内很大鼓舞，使他产生了能够谨慎、安全地实施他邪恶计划的希望。内森也非常礼貌地问了他是谁，来这里有何贵干；表示愿以任何形式为他效劳，或是出力或是出主意。密特里丹内起初犹豫不答，但最后决定信任他；转弯抹角地说了一会儿后才请他保守秘密、请他出个主意并提供帮助；然后，把自己是谁，此行的动机和目的全都告诉了他。

那青年对老人透露的残忍决定令老人大为震惊，但经过最短暂的停顿之后，老人坚定地回答说：“密特里丹内，你父亲具有真正的高贵品质，你也为自己确立了崇高理想，慷慨地对待每一个人，为的是实践你父亲的高尚原则。至于你对内森及其美德的嫉妒，我认为是值得高度赞赏的；如果有更多的这种对慷慨的嫉妒心，这个世界就不会再如此贫困，而且很快会变得好起来。你泄露给我的计划，我当然会严守秘密，我不能为实现你的计划提供很大的帮助，但我可以给你出一出有用的主意：这就有一个。你看那边有一个小矮树林，离这儿有半英里远，内森每天早晨都习惯独自一人去那里悠闲地散步。你可以很容易在那里找到他，按你的愿望处置了他。如果你想杀了他以后，不遇任何阻碍地回家去，你应该从左边的那条路离开树林，而不要走你来时走的那条路。你一到树林就能看见左边那条路，它虽然杂草丛生不大好走，但离你家却近得多了，而且对你来说更加安全。”

密特里丹内得到了这个消息，在内森走后，把他的随从都召集到他的房间里，秘密地告诉他们明天在什么地方与他会聚。第二天天亮时，内森的心情与前一天给密特里丹内出主意时的心情一样，坚定、从容，独自一人朝那个小矮树林走去，慷慨赴死。

密特里丹内要杀死内森的决心依然十分坚定。他起了床，拿起弓箭和宝剑，(他只随身携带了这两件武器)，骑上马，奔向树林。他从远处就看见了内森独自一人在那里散步。他按事先定好的计划，在袭击内森前，先仔细看看他的长相，听听他说话的声音，于是他策马来到内森面前，一把抓住他的头巾，大喝一声："老头儿，你死期到了！"

内森唯一的反应是："好啊，我的确该死了。"

密特里丹内一听见他的声音，仔细看看他的脸，立刻认出他就是那位热情欢迎他、亲切陪伴他、诚恳地给他出了这个可靠主意的人。他的激情顿时平静下来，愤怒化为羞愧，他扔下已经抽出要砍向老人的宝剑，翻身下马，跪倒在老人脚前，哭着说："最最亲爱的老大爷，我再清楚不过地看到了您的慷慨和善良，"他说。"虽然我告诉了您我要杀你的计划，但我并没有正当的理由，我看得出您用您的机智为我出主意、真的来到这里向我献上您的性命。但天主比我更关心我的本分，就在我最需要的时刻打开了我被卑鄙的嫉妒蒙蔽了的眼睛。所以我承认我应该为我的邪恶受到惩罚，您越是愿意满足我的愿望，我就越觉得罪恶深重，更应该受到惩罚。那么，请报复我吧，您认为什么方式合适就用什么方式吧。"

内森把密特里丹内扶起来，亲切地拥抱他、亲吻他。"孩子，不管你怎样形容你的计划，说它邪恶也好，不邪恶也好，随你怎么说，都不需要请示或给予原谅，因为你这样做不是出于仇恨，而是为了得到人们更大的尊敬。所以，不要害怕我；让我向你保证，世界上没有第二个人像我这样爱你，因为我欣赏你精神的高贵，吝啬的人只关心积累财富，而你的愿望是把钱用到众人身上。你为了扩大你的慷慨声誉要杀死我，不要为你这个决定感到羞愧，相信我，我对你的行为不感到奇怪。那些最伟大的帝王、最强大的君主是怎样扩大了他们的版图，从而提高了他们的声望呢？实际上他们只实行一个策略，只有一个：屠杀。他们不是像你这样，你的目标只杀一个人，而他们的目标却是要杀无数人，而且他们把战火燃遍全国，将城镇夷为平地。所以，如果你为了扩大你的名声只打算杀死我一个人，那么你这件事儿做得并不异常，这种事天天都发生。”

密特里丹内并不为自己的邪恶计划辩解，而是高度评价内森为他的行为所做的好意的开脱；在他们的谈话过程中，他还说到内森竟赞同并教他如何实施他的计划，他对内森的做法感到非常惊讶。

“嗨，”内森说，“你不必为我的决定或为我给你出的主意感到惊讶。自从我独立自主，决心去严格地做你一心想做到的事情以来，不论谁到我家里来，我都尽我最大努力去满足他的任何要求。你来了，是想要我的命。当你向我提出这个请求时，我立刻决定把它送给你，那样你就不会是一个而且是唯一的一个未能实现自己愿望的人；为了保证你能得到它，我给你出了那个主意，我认为如果你想拿去我的命，又不丧失你自己的命，那个主意是很有用的。那么我再催促你一遍，如果你想要我的命，就请拿去吧，满足你的愿望吧；我想不出更好的办法来了结它。我已经活了八十多岁了，享受了舒适和快乐。我知道在自然的正常进程中，就像其他人和世上万物的情况一样，我的生命已所剩无几了。依我看，既然我总是把我的财物施舍给别人，与其留着这条命一直到大自然违背我的意愿将它夺去，还不如把它施舍给你了。一百岁只是一件小小的礼物，那么我剩下的六或八年时光的价值岂不更微不足道吗？所以，如果你乐意要我的命，就把它拿去吧；我活了这么多年，还从未遇到过想要我命的人，如果这次你想要，却不把它拿去，我不知道什么时候还会遇上第二个想要我命的人。另外，即使我找到别的想要我命的人，我知道我这条命在我手里时间越长，它的价值就越小。所以，在它变得更加贬值之前，你把它拿去吧，我求你了。”

密特里丹内惭愧得无地自容。“您的生命太宝贵了，天主不允许像我原来那样觊觎它，更不用说把它从您身上夺走！从此以后，我不仅不想缩短您的寿命，如果我能做到的话，我还愿意用我自己的寿命为您增寿。”

“你想用你自己的寿命为我增寿？”内森立刻插话说，“你是想迫使我对你做一件我从未对别人做过的事情：从你手上拿一件本来属于你的东西，我可从来没有接受过别人的东西。”

“啊，是的！”密特里丹内大声回答。

“那么，很好。你必须这样做：你是个年轻人，就留在我家里，改名叫内森；而我去你家里住，以后就永远叫密特里丹内。”

“如果我有您的处世办事能力，”密特里丹内说，“我就会毫不犹豫地接受您的建议；但我确信，无论我做什么都会降低内森家的声誉，我可不想去损害别人已经得到而我未能成功得到的声誉。所以，我不能接受您的建议。”

两人就这一问题愉快地谈了很久，在内森的邀请下，回到了大厦里，老人无微不至地款待了年轻人好几天；他用他的全部聪明才智鼓励密特里丹内坚持他的崇高理想。当密特里丹内准备好带他的随从回家时，内森没再挽留，他已经让密特里丹内充分认识到，在慷慨大度方面他永远也不会被密特里丹内超过的。

故事 4

詹蒂莱·德·卡里森迪觊觎尼科卢乔·卡恰尼米科的妻子；但在故事的结尾，他却使尼科卢乔受了他的恩惠。

他们都一致认为，慷慨到不惜自己生命的程度真是一件惊人的事情，内森的慷慨超过了西班牙国王和克吕尼修道院院长的慷慨。

他们就此讨论了一会儿后，国王朝劳蕾塔转过身来，示意她接着讲故事。于是，劳蕾塔立即开始了：

我们刚刚听过的那几件事儿真是好极了！对我们其他人来说，用来编故事娱乐大家的有关崇高和慷慨行为的话题，似乎没有更多好讲的了；所以，我们将不得不再求助于爱情的话题，爱情对于讲故事的人来说一直是永不枯竭的故事源泉。因此我想给你们讲一个情人所做出的慷慨行为。我把它提供给大家，作为我们这个年龄的年轻人努力效仿的榜样。当你们听完故事，思考这个情人的慷慨行为时，你们会认为他的所作所为丝毫不比已讲过的几个人的慷慨行为逊色。人们为了获得他们珍爱的东西，他们通常馈赠礼物，化敌为友，拿他们自己的生命甚至声誉去冒险，我认为这是人之常情。

从前，在伦巴第地区最著名的城市[①]之一博洛尼亚，有一个名叫詹蒂莱·德·卡里森迪[②]的绅士。他以其卓著的德行和高贵的出身备受人们的尊敬；作为一个年轻人，他爱上了一位名叫卡特林娜的夫人，她是尼科卢乔·卡恰尼米科的妻子。但她拒绝了他的求爱；正在他因爱情失败而颇为沮丧之时，他接受了摩德纳行政长官的任命。这时，尼科卢乔离开了博洛尼亚，他妻子因有身孕便去城外约三英里远的乡间别墅里居住。她在那里突然得了急病，这病使她看上去就像死了一样，甚至医生也宣称她的确死了。与她关系最近的亲戚们说，听她本人说她怀孕不久，孩子还不足月，于是他们就把她安置在当地教堂的一座坟墓里，含着眼泪把她埋葬了。

---

①在伦巴第地区最著名的城市：“伦巴第”在这里不是现代的严格意义上的伦巴第大区，而是指整个意大利北方，博洛尼亚当然是罗马涅大区的首府。

②詹蒂莱·德·卡里森迪：出生于一个博洛尼亚名门望族，这个家族的名字今天仍使这个城市的“斜塔”之一增光添彩。

一个朋友立刻把这个消息告诉了詹蒂莱，尽管这位夫人对他的求爱并未给他半点安慰，但他却极度伤心。他自言自语说："唉，卡特林娜，你现在离开了人世。你活着的时候，我没能得到你的垂青。既然你死了，不再能拒绝我，我一定要亲吻你几下。"

那天深夜时分，他带了一个仆人作为护卫，悄悄地溜出去，骑上马，毫不犹豫地奔向那夫人的坟墓。他打开墓盖儿，小心翼翼地爬了进去，躺在卡特林娜身边，一边哭一边亲吻着她的脸。我们都知道，男人们从来不会满足地说"够了"，他们总是要求更多，特别是他们恋爱的时候，詹蒂莱决定不限制自己只亲吻她的脸。"既然我已经在这儿了，"他对自己说，"我为什么不摸一摸她的乳房呢？以前我从未摸过她，以后我再永远不能摸到她了。"他屈服于这种诱惑，将一只手放在她的乳房上；过了一会儿，他感到她的心脏有一下微弱的跳动。在他克服了震惊和恐惧之后，他更加仔细地抚摸，最后断定她肯定没有死，她只是看上去几乎是没有气的。于是，他在仆人的帮助下，尽可能轻轻地、小心地把她移出坟墓，放在马上，他骑马在她身后，搂着她，悄悄地把她运回博洛尼亚自己家里。

他与母亲生活在一起。母亲是一个身强力壮，聪明贤惠的女人。她听了儿子详细讲述了事情发生的经过后，产生了怜悯之心，一句话没说就点着了火，烧了一浴盆热水，给她洗了个热水澡，使这个奄奄一息的女人慢慢地苏醒过来。卡特林娜醒来时，发出一声长叹，问："天哪，我这是在哪儿呀？"

"请放心吧，"母亲说，"你是在安全的地方。"

那生病的女人完全清醒后，困惑地四下看一看，不知自己身在何处。她惊讶地凝视着詹蒂莱的脸，请他母亲告诉她，她是怎么来到这里的。詹蒂莱把事情的经过告诉了她，但他的解释使她感到非常沮丧。她再三感谢他的救命之恩，但立刻恳求他，念及他对她的爱和他的高贵教养，在她做客期间，不要对她做出任何会有损于她和她丈夫名誉的事情。她还请求允许她天一亮就回自己家里。

“不论我过去对您有过什么愿望，”詹蒂莱回答说，“而现在、从今以后，不论在这儿还是在任何地方，我都只能把您当作亲姐妹看待。多亏了我对您的爱，天主才赐予我恩惠，让您活着回到我的身边。但今夜我帮您的大忙应该得到某种报偿，所以我想请您满足我的一个请求。”

“只要您的请求不损害我的名誉，而且是我力所能及的，”卡特林娜有礼貌地说，“我愿意。”

“夫人，您的所有亲戚，实际上所有博洛尼亚人都确信您已经死了，任何人也不再期待您回家去。如果您愿意，我想请您秘密地留在这里，和我母亲一起住，直到我从摩德纳回来，这段时间不会很长。我向您提出这个请求的原因是，我想当着本城最杰出的人士的面，把您作为最宝贵的礼物隆重地献给您的丈夫。”

卡特林娜知道她受了这位绅士的恩惠，认为他的请求是善良的，所以无论她怎样着急，想让亲戚们看见她还活着而感到欣喜，但还是同意按他的要求去做。她向他做了有约束力的保证。

她刚一说完话，就感到肚子阵阵疼痛，在詹蒂莱母亲悉心帮助下，不一会儿就生下一个漂亮的男婴。詹蒂莱分外高兴，为她做好了所有必要的、舒适的安排，仿佛她是自己的妻子。安排好后，他又悄悄地回摩德纳了。

他在摩德纳任期一满，他就安排家人在他回到博洛尼亚的那天上午，在家里举行一次盛大宴会，邀请许多博洛尼亚著名绅士，其中包括尼科卢乔·卡恰尼米科。他到了家，下了马，先与家人见面，见卡特林娜健康美丽，那孩子也一样健康可爱；然后，他与客人们相见，高兴地请客人们入席，用美酒佳肴盛情地款待他们。

宴会快结束时，他按照他事先想好的计划和与卡特林娜商量好的步骤，对朋友们说：“朋友们，我记得有人跟我说过一种有趣的风俗习惯，我想那是波斯人的风俗习惯：当一个人想要对他的朋友表示敬意时，他就把那位朋友请到家里，向他介绍自己最亲爱的人，可能是他的妻子、女友或女儿；他对那位朋友说：‘既然我把这个人带到你的面前，如果我能办到，我非常想把我的心也献给你。’我想在博洛尼亚也来奉行一下这种风俗。感谢各位光临我的宴会，我想以波斯人的方式回敬大家，请各位看一看在全世界我现在或永远最珍爱的人。但首先有一个问题一直困扰着我，我想听听你们的意见。假设某人家里有一个善良、忠实的仆人，这个仆人得了重病，他的主人没等他死就把他抬出去，扔在大街上，不再管他死活。假设一个陌生人走过来，可怜他，把他带回家去，费心照顾他，花钱给他治病，使他恢复了健康。请各位告诉我：如果那陌生人把那仆人留下来为自己干活，如果原主人要求归还他的仆人，但被拒绝，那么原主人有正当理由抱怨那位新主人吗？”

绅士们经过一小会儿讨论后，达成一致意见，委托尼科卢乔·卡恰尼米科代表大家回答这个问题，因为他是一个雄辩的演说家。尼科卢乔首先赞扬了波斯风俗，然后肯定地说他们都一致认为，第一个主人对他的仆人已不再有所有权，因为他不是简单地将他放弃，而实际上是把他扔了出去；那陌生人对那仆人的善良救助使他理所应当地成为那陌生人的仆人。如果那陌生人留下他，那陌生人对原主人的权利没有做出任何侵犯。在座的都是名人贤士，没有一个人不同意尼科卢乔的意见。

詹蒂莱对这个回答非常满意，尤其这个回答是出自尼科卢乔之口，这更使他高兴；他说，这个看法跟他自己的看法完全一致，他继续说：“现在是我履行诺言，向你们表示敬意的时候了。”他打发两个仆人去卡特林娜夫人那里，请她出来与绅士们见面，给客人们一个惊喜。夫人早已按他的吩咐穿上华丽的服饰，打扮得非常漂亮，正在房间里等候着。

在两个仆人的陪伴下，她怀里抱着漂亮的婴儿，来到餐厅，按詹蒂莱的事先安排坐到一位绅士旁边。“先生们，”他说，“这就是我最喜爱的珍宝，我永远也不会有第二个如此珍贵的宝贝了。请各位好好看看她，然后告诉我，我说的对不对。”

客人们纷纷向夫人表示敬意，高度赞扬她的美丽。他们说，他珍爱夫人是非常正确的。但当他们更仔细地打量她时，要不是大家都相信她已经死了，有几个人就发誓说他们认出来她是谁了。尼科卢乔是众人中对她看得最仔细的，趁主人离餐桌稍远一点儿的时候，他因急于想知道这位夫人是谁，问她是否碰巧是博洛尼亚人。卡特林娜听到丈夫提出这个问题，几乎忍不住要回答他，但还是按与詹蒂莱商量好的计划没有回答。其他人问这婴儿是不是她的，她是不是詹蒂莱的妻子，或者他的亲戚，但她就是一声不响，一概不答。

詹蒂莱回到他的座位上，一位客人说：“您这位夫人长得很漂亮，可她好像是个哑巴。她真的不能说话吗？”

“如果她还没有说话，那恰恰证明了她的美德。”

“好啦，请告诉我们她是谁吧，”那位客人又说。

“我将很高兴告诉大家，但你们必须首先向我保证，不论我说什么，你们都不离开座位，直到我把这个故事讲完。”

他们都做了保证。在餐桌收拾干净之后，詹蒂莱在夫人的旁边坐下，说：“这位夫人就是我刚才向你们请教如何安排的那位忠诚的仆人。她自己的亲戚们不重视她，把她当作没有用处或没有价值的东西抛到大街上，我把她拣回家来，对她悉心照料，使她恢复了健康。天主补偿我的善举，把她从一具可怕的尸体变成这样一个美人。让我简单地解释一下这件事的经过吧。”他从爱上夫人讲起，叙述了从那时起一直到现在事情发生的全部过程。大家听了都感到十分惊讶。“所以，如果你们，特别是尼科卢乔，不走，不改变你们的主意，”他补充说，“这位夫人就理所当然地属于我了，谁也没有权利将她要回去。”

对此谁也没有回答，他们都等待着听他往下还要说什么。尼科卢乔、在座的客人和卡特林娜本人都感动得流下了眼泪。这时，詹蒂莱从餐桌边站起来，把那婴儿抱在怀里，拉着夫人的手，领着她向尼科卢乔走过去。“朋友，请站起来，”他说。“我不是把你的妻子还给你，你和她的亲戚们已经把她埋葬了，但我的意思是把我的这位朋友和她的小儿子当作礼物送给你，我相信这孩子是你的骨肉；我做了他的教父，给他取了教名詹蒂莱。她在我家里住了近三个月，但你一点也不要减少对她的珍爱。我向你保证，她在我的家里与我母亲住在一起，跟她与她父母或与你生活在一起一样贞洁。天主知道，可能是天主让我以前爱上了她，就是为了让我用忠诚挽救她的生命吧。”说完，他朝卡特林娜转过身来。“现在，让我把你从对我的每一个许诺中释放出来吧，我让你自由地回到尼科卢乔家去。”他把那女人和孩子交到尼科卢乔手里，回到自己的座位上。

尼科卢乔急切地接过妻子和孩子，因以前原本没抱有一丝希望，此刻高兴极了。他再三感谢詹蒂莱。在场的人都感动得流下了眼泪，大家都热烈地称赞他，实际上凡是听说这件事儿的人都赞扬他。卡特林娜被欢天喜地地接回家中，此后很长一段时间里，当地的人们都盯着她看，把她当成一个死而复活的人。詹蒂莱一直与尼科卢乔和他的亲戚们，也与卡特林娜的亲戚们，关系非常友好。

小姐们，我们还有什么好说的呢？我们已经讲过了一个国王把权杖和王冠送给了骑士；一位修道院院长未付出什么代价使一个歹徒与教皇言归于好；一位老人把自己的喉咙送到敌人的刀刃下。你们认为这几件慷慨行为中哪一件能比得上詹蒂莱的慷慨之举呢？詹蒂莱年轻，追求爱情，他凭运气拣到了一个别人粗心大意丢弃的女人，那女人理应归他所有；然而他不仅正直地克服了自己的情欲，而且把他原来以如此强烈的渴望一心要偷来、而现在实际上已经得到的女人慷慨地归还了原主。我认为，先前几个慷慨事例哪一个也比不上这一个。

故事 5

已婚的笛娅诺拉夫人为打发掉讨厌的求爱者，以不可能实现的条件允诺对方，但她的求爱者安萨尔多求助于巫术满足了她的要求。因此，丈夫要求她履行诺言，他宽宏大量的行为唤起了妻子的求爱者同样慷慨的反应。

这群快乐的青年男女无不盛赞詹蒂莱，简直把他捧上了天。然后，国王命令艾米莉亚接下去讲故事，艾米莉亚欣然从命，立刻讲起了下面这个故事：

谁也没有理由否认詹蒂莱做得非常慷慨；但是，只要一个人决心要做得比他更好，那么他就一定能做到，什么也限制不了他，要说明这一点并不难。啊，这可不像一个真正的挑战那样严峻，我想在我的小故事里向你们说明这一点。

弗留利是世界上一个寒冷的地区，但它有美丽的大山、丰富的河流和清澈的泉水，因此依然令人快乐。在弗留利地区有座城市，名叫乌迪内，城里曾经住着一位出身高贵的美丽女人，名字叫迪娅诺拉，这位令人赞美、使人快乐的女人嫁给了一个家财万贯、地位高贵的男人，名字叫吉尔贝托。她这样一个漂亮温柔的女人理所当然地吸引了一位重要男爵的倾心爱慕，他名叫安萨尔多·格拉登塞，为人豪侠仗义，英勇善战，远近闻名，是当地最高等级的贵族。但是，不论他怎样热烈地爱她，不论为赢得她的爱情回报他竭尽全力为她做了什么，他的努力和恳求都是徒劳的。男爵的纠缠使这位夫人非常烦恼，她看到，即使她一次又一次地拒绝他恳求的每一件事儿，他还是坚持追求她、烦扰她，因此她想出一个离奇的、不可能实现的要求，并向男爵提了出来，想用此办法来摆脱他。

有一个经常来为男爵捎信的女人。有一天迪娅诺拉对她说："你经常对我说，安萨尔多爱我胜过爱一切，而且你代表他送给我惊人的厚礼。我说，让他自己留着吧，因为那些礼物永远也不会使我爱上他或使我欣然同意他的求爱。但是，如果我能确信他真的如你所说的那样爱我，那么我一定用我的爱来回报他的爱，并满足他的愿望。所以，如果他愿意按我要求的去做，令我满意地证明他对我的爱，那我就立刻听他的支配。"

"您想让他做什么呢？"

"我想让他做的是：就在即将到来的一月份，我要一个你在五月份里才能看到的花园，那里有绿色的草地，许多盛开的花朵和枝叶繁茂的树木。如果他不能为我办到，就请他不要再派你或别人捎来信了，因为到目前为止我一直对我的丈夫和亲戚们瞒着这件事儿，如果他再来烦扰我，我就会向他们诉苦，用那种办法摆脱他对我的纠缠。"

当男爵听到他最爱的人的要求和许诺时，他意识到这是一件很难、几乎不可能完成的事情，而且明白她提出这一要求的唯一目的就是要毁灭他的希望。但他仍决定要尽力实现她的要求。他派人去世界各地打听是否会有人能在这件事儿上给他提供帮助或指导。有一个人来对他说，如果他能获得足够的报酬，他表示要用巫术为他办到这件事。安萨尔多出了一大笔钱与那个人达成了协议，然后就快乐地等待着那指定日期的到来。那个日期终于到了，那天天气非常寒冷，到处是冰和雪，那位足智多谋的家伙在城外一块漂亮的草坪上施展法术。据目击者称，他在除夕夜施展法术，第二天早晨那块草坪就变成了一个以前任何人从未见过的最美丽的花园，园里绿草如茵，树木葱茏，果实累累，安萨尔多见到这一景象时，真是欣喜若狂；他派人摘下一些最精美的水果和鲜花，秘密地送给他那位心爱的女人，邀请她前来观赏她要求的美丽花园；这样还能提醒她想起她对他发誓做出的许诺，作为一位讲信誉的女人，她是应该信守这一诺言的。

迪娅诺拉已经听到许多人惊叹那花园是个奇迹，她看着这些鲜花和水果，开始后悔她的许诺，但尽管如此，她还是忍不住要去偷看一下那奇怪的景象，她与一群市内女人一起去观赏那个花园。她也惊讶地赞叹花园的美丽，但回到家，想起这个花园使她做出的保证时，她立刻成了最悲伤的女人。她感到痛苦极了，简直无法掩盖，那痛苦便在她脸上流露出来，她丈夫发现了，便坚持要知道那是怎么回事。很长时间迪娅诺拉感到非常害臊，避而不答，但最后她被迫向丈夫交代了事情的全部过程。

起初，这件事儿使吉尔贝托感到说不出的气愤，但他转念一想，妻子的用心是纯洁的，于是用更明智地自我劝告，说服了自己，便抑制住了愤怒。“迪娅诺拉，”他说，“一个聪明而正派的女人从来不听那些捎来那种口信的人的话，而且她从来不出于任何考虑向任何人抵押自己的贞操。通过耳朵传到恋人心里的一句话会产生比许多人想象的大得多的力量，实际上对他来说没有办不到的事情。你先是错在听了牵线人的话，然后又错在拿自己的贞操去跟别人家讲条件成交；但我知道你心地纯洁，所以我将允许你履行你的诺言，尽管没有第二个像我这样做的男人。我因惧怕巫术才被迫这样做的，如果你对安萨尔多不履行诺言，他可能会让那个人用巫术加害于我们。我的意思是你去找他，看看你能否找到一个既能挽救贞操又算履行诺言的办法。但如果做不到这一点，那就让他只这一次占有你的身体，但不是你的心。”

迪娅诺拉眼里含着泪水听完了他的话，一再说她不想从他那里得到这样的恩惠，但尽管她一再拒绝，她丈夫坚决要她那样做。于是第二天黎明时，她未做任何打扮，在她家的两个男仆和一个女仆的陪伴下，去了安萨尔多的家。

安萨尔多听说他心爱的女人来了，非常吃惊；他赶紧起了床，派人叫来那位巫师，对他说：“我要你一睹我靠你的巫术所获得的珍贵宝物。”他们一起去见迪娅诺拉，这位恋人用很合适的尊敬欢迎她，没流露出一点好色的欲望；他们三人一起走进一个漂亮的房间，里面生着一大盆火。安萨尔多请夫人坐下，对她说：“夫人，请您一定告诉我，如果我长期以来对您的爱恋值得报答的话，那么请您坦白地告诉我您在这样的时刻，带着这么多的人，来到我家的真正原因吧。”

迪娅诺拉非常惭愧，眼泪汪汪地回答说：“先生，使我到这里来的既不是我对您的爱，也不是我对您的许诺；我是按我丈夫的吩咐来的，因为他关心您为您不正当的爱情所做出的努力胜过关心他和我的名誉。我奉他的命令，只这一次把自己交给您支配。”

安萨尔多听了她的话，感到更加惊讶了。他被吉尔贝托的慷慨大度深深打动，这使他变得更加理智，不再受情欲所控制。“夫人，如果事情真像您说的那样，您丈夫如此尊重我对您的爱，那么天主不允许我破坏他的名誉。所以，只要您愿意，请您待在这里，就算您是我的姐妹；您想什么时候走就什么时候走，希望您用您认为适合他骑士气概的语言转达我最衷心的感谢。从现在开始，请他把我当成他的兄弟和仆人。”

安萨尔多的话使迪娅诺拉心里乐开了花。“因为我了解您的一贯作风，”她说，“所以，我坚信我到这里来只能是您做出的这个结局，不会有别的结果。因此，我将永远感谢您。”她向安萨尔多告辞后，在仆人们体面的陪伴下，回到了吉尔贝托的身边，把事情的经过告诉了他，结果他与安萨尔多成了最亲密、最忠诚的朋友。

安萨尔多这时准备把事先商定的酬金如数付给那位目睹了吉尔贝托对安萨尔多和安萨尔多对夫人如此慷慨的巫术师。“天主不允许我接受，”那巫术师说，“既然我看到了吉尔贝托无私地对待自己的名誉，您也无私地对待您的爱情，我也应该同样无私地对待您给我的酬报。我想这份酬金还是留在您自己手里好，请您留下它吧。”

这使安萨尔多很不好意思，他竭尽全力劝说那巫术师收下酬金，或至少收下一部分，但却是白费唇舌。第三天，那巫术师撤掉了他创造的那个花园，向安萨尔多告辞，安萨尔多祝他一路平安。安萨尔多对迪娅诺拉的情感从俗人的欲念变成了一种有道德的爱。

可爱的小姐们，我们将得出一个怎样的结论呢？詹蒂莱所爱的女人几乎就是死了，他对她的爱因绝望而冷却下来，他最后慷慨地把这个女人归还了原主，安萨尔多在把他长期以来一直渴望得到的女人弄到手之后，他是在对那女人的爱变得更加强烈，他的希望也变得更大的情况下，慷慨地让那女人回到自己丈夫的身边。这两个人的慷慨行为，我们应该更喜欢哪一个？如果有人认为这两者可以相提并论，我认为那是很荒唐的。

故事6

一位皇帝党骑士带着他的所有家人来到国王查理·安茹统治的地区居住，寻求庇护；国王爱上了他的两个年轻女儿，但他最后赢得了一场战胜自己的伟大胜利。

听完了关于迪娅诺拉的故事后，小姐们对故事中三个男人在与迪娅诺拉的交往中哪一个最慷慨，是吉尔贝托，安萨尔多，还是那巫术师，争论不休，谁能对这场莫衷一是的争论做出详细的叙述呢？那可要花费很长的时间。但国王让她们争论一会儿后，就看看菲亚美塔，吩咐她开始讲故事，从而结束这场讨论，菲亚美塔奉命立即开始了下面这个故事：

我一贯认为，像我们这样的群体参加讨论时，人们应该对被争论的话题采取一种宽宏的态度，避免对过分细微难察的意义差别做无益、琐细的分析。最好把这种事情留给博学的学者们去做，而不是给我们女人，我们连自己纺纱织布的活儿还干不过来呢。所以，即使我脑子里也许有一个会产生争论的话题，但我见上一个故事使你们各执己见，争论不休，那我只好把它放在一边，给你们讲个别的故事。这个故事讲的是一个举足轻重的人——一个豪侠的国王和他所做的具有骑士风度的行为，这种行为保全了他的名誉。

小姐们可能经常听人们提起老查理国王即查理一世，也就是查理·安茹①，他的辉煌远征和对曼弗雷迪国王的光荣胜利把皇帝党逐出了佛罗伦萨，使教皇党又重返这座城市。于是有一个名叫内里·德利·乌贝尔蒂的皇帝党骑士带着他的所有家人和大量金钱离开佛罗伦萨，去把自己置于查理国王的排外保护之下。为了选择一个偏僻地方以安度终生，他去了卡斯台拉迈·迪·斯塔比亚。他在这里离邻家住宅约一箭之地的地方买了一块地，地的四周全栽着橄榄树、栗子树和胡桃树，他在这块地上盖了一幢漂亮、宽敞的住宅。他在房子旁边，建造了一座美丽的花园，在花园的中央修建一座佛罗伦萨式鱼池，样式美观，池水清澈，那一地区泉水充裕，因此他毫不费事地在池里养了很多鱼。

正当内里整天将他的全部注意力都集中在如何使他的花园更加美丽上时，查理国王碰巧来到了卡斯台拉迈，正值天气炎热，他打算在这里小住几日避避暑。他听说内里的花园十分美丽，很想去观赏一下。当他打听到花园的主人是谁时决定：既然这位骑士属于敌对党，他就不应该过分讲究客套，而是派人去对内里说，第二天晚

①查理·安茹：贝尼文托战斗中的胜利者（1266年），那不勒斯安茹家族的创始人，薄伽丘的“英雄”之一。

上他打算带四个同伴在他的花园里与他一起不拘礼节地吃顿饭。内里听到这个消息感到非常高兴；他与仆人们一起做了最奢侈的准备，详细安排好各种事项之后，他在可爱的花园里欢天喜地地接待国王。国王观赏了整个花园和住宅，高度称赞了花园和住宅的精美，然后洗了手，在摆在鱼池旁边的一张桌边坐下；他吩咐他的同伴之一圭·迪·蒙弗尔特伯爵坐在自己身边，内里坐在自己另一边，而另外三个同伴由内里安排座位款待。各种菜肴都做得非常精美，各种美酒都非常名贵，一切都安排得极为舒适和体面，国王觉得整个晚宴非常合他的意。

正当他愉快地用餐，欣赏这花园的幽静时，两个姑娘走进了花园。她们两人年龄都在十五岁左右，她们的金黄色头发像车床旋出的金丝一样鬈曲着，每人头上都戴着一个用长春花编织的美丽的花环；她们的面容非常娇美，看上去跟天使一样。她们都穿着雪白的亚麻纱布长裙，腰部以上紧紧贴在身上，腰部以下波浪般翻腾敞开，拖到地上。走在前面的那个姑娘肩上扛着两张渔网，左手拖着渔网，右手拿着一根长竿。第二个姑娘左肩上扛着一只煎锅，腋下夹着一捆木柴，左手拿着一个三脚架，右手拿着一壶油和一支点燃着的小火把。国王惊异地盯着她们看，急不可耐地想知道她们要干什么。

两个少女羞怯地走上前来，红着脸向国王鞠了一躬，然后她们来到鱼池旁边。拿煎锅的那姑娘把锅和她带来的其他东西都放下来，从另一个姑娘手里拿过那根长竿；然后她们两人都走进鱼池，池水没到她们的胸部。内里的一个仆人迅速地点着火，把煎锅放在三脚架上，往锅里倒上油，等待着那两个少女开始给他扔一些鱼过来。一个姑娘用长竿在她知道哪儿能发现鱼的水域搅动，另一个姑娘则拿着张开的渔网等候。国王仔细地观察她们，不一会儿，她们就捕了很多鱼，国王看了非常高兴。她们把一些鱼扔给那个仆人，那仆人随即把这些活蹦乱跳的鱼扔进锅里；她们又按照事先指示，开始挑一些最好的鱼扔到餐桌上，扔到国王圭·迪·蒙弗尔特和她们的父亲面前。

这些鱼在桌上乱蹦、乱跳，令国王高兴极了，国王把它们抓起来，有礼貌地给姑娘们扔回去。他们就这样玩着把鱼扔来扔去的游戏，直到那仆人把锅里的鱼煎好。鱼煎好后，被端到国王面前，这与其说是一道美味，不如说是一个席间雅兴。姑娘们见鱼已经煎好了，她们也捕了很多鱼了，便从鱼池里爬出来，她们薄薄的白色纱裙从上到下湿漉漉地贴在身上，将她们美丽躯体的各个部位都清楚地暴露无遗。她们两人各自捡起随身带来的工具，羞答答地从国王面前走过，进屋里去了。

国王与伯爵和他的其他仆从都把眼睛盯在她们身上仔细地看，见她们身段妖娆，相貌美丽，都赞不绝口；另外，她们还都举止文雅，令人愉快。她们特别引起了国王的喜爱，在她们从鱼池里走出来时，国王就全神贯注地将眼睛盯在她们身体的每一个部位上，当时如果有人用针刺他一下，他都不会感觉到。尽管他不知道她们是谁或有关她们的任何情况，他却发现自己产生了一种要博得她们好感的强烈欲望；实际上，虽然他自己也说不清他最喜欢哪一个，因为这两个少女长得一模一样，但他意识到如果他不小心，就会爱上她们。

国王关于这个问题沉思了一会儿后，朝内里转过身来，问他这两个少女是谁。“陛下，她们是我的女儿，孪生姐妹。她们的名字是美人吉内芙拉和金发伊索塔。”① 国王高度赞美她们，鼓励他把她们嫁出去，但是内里推辞说他目前没有足够、必要的财力。

这时餐桌上只剩下水果还没端上来，那两个少女又出现了，她们穿着华丽的丝绸束腰外衣，每人手里端着一个巨大的银托盘，里边盛着各种精美的应时鲜果；她们把这两大盘水果端上桌，摆在国王面前。然后，她们退后一些，唱了一支歌曲，开头的两句歌词是：

---

①美人吉内芙拉和金发伊索塔：传奇文学人物名字，两个人都是封建社会百姓所热爱的王后：吉内芙拉是亚瑟王的妻子，伊索塔是特里斯坦的情人。

两个姑娘拿过长竿开始捕鱼，不一会儿，她们就捕了很多鱼。

爱神啊，我终于来到这里，

我不能在这里长久叙述……

她们的歌声如此美妙悦耳，那国王着迷地看着她们、听着她们唱歌，觉得好像所有的天使都下凡到这里来歌唱。她们的歌唱完了，她们跪下来，恭敬地恳请国王允许她们退下，不论他心里怎样不愿意看着她们离去，但他表面上还是很高兴地同意她们退下。晚饭后，国王与他的同伴们骑上马，辞别内里，回到了王宫。

在王宫里，国王将他的激情掩藏起来，但就是国家大事也不能使他忘记美人吉内芙拉，她的美丽和妩媚，又因为她，国王也爱上了她的孪生妹妹金发伊索塔。爱情使他神魂颠倒，心里只想着那两个美丽少女，不断找到各种借口与内里建立一种十分亲密的关系，无数次地去参观他那可爱的花园，目的是要看看吉内芙拉。当他再也不能忍受这种单相思的煎熬时，因为没有别的办法，他只好决定把那两个姑娘而不是一个从她们父亲的控制下解脱出来。他把自己的爱情和打算吐露给圭·迪·蒙弗尔特伯爵，伯爵是个正直的人，听了这话后对他说："陛下，听了您的话我感到十分震惊，因为从您还是一个小男孩时起，我就比任何人都更了解您的生活方式。您年轻时，本应更易于落入爱神的魔掌，但我从未见过您经历过如此激情。当您就要进入老年时，听您说出这种话，显然您已经坠入情网，我认为这非常奇怪，简直是一个奇迹！如果说我有责任向您进谏的话，我清楚地知道关于此事我应该对您说什么：我认为在这里，您正全副武装地置身于一个刚刚征服的王国里，您的周围全是外国人，您被阴谋与背叛所包围；您在这里，心中充满了巨大的焦虑和重要的问题，您一刻都不能丧失警惕。然而，尽管有这么多国家大事要您操劳，您却允许自己受爱神的哄骗。这不是一个强大的国王所为；而是一个胆小的男孩行径。

"另外，也是更加糟糕的，您说您决定把那两个姑娘从那可怜的、在自己家里用尽一切办法款待您的绅士身边夺走。为了更好地款待您，他让他的两个孪生女儿几乎是裸着身子出来拜见您：难道那不是证明他信任您，证明他相信您是一位仁慈的君主，而不是一只贪婪的色狼吗？难道您这么快就忘记了您之所以轻而易举占领这个王国正是因为曼弗雷迪在这里强奸妇女、荒淫无度吗？他奉您为上宾，而您却要夺去他的名誉、希望和安慰，还有比这种行为更应受到永久惩罚的背叛吗？如果您真的这样做了，人们会怎样议论您呢？您也许有足够的正当理由说：'我之所以这样做，因为他是个皇帝党人。'如果那些像内里这样指望您保护的人，不管他们属于哪个党派，受到您这样的对待，那符合一个君王的公正原则吗？陛下，请允许我提醒您，您征服曼弗雷迪① 和打垮科拉迪诺的光荣固然伟大，但战胜您自己的光荣则更加伟大。所以，就像您统治别人一样，您必须征服您自己，控制您的这种欲望，避免因这一污点而糟蹋了您如此光荣取得的伟大业绩。"

这些话深深地刺痛了国王的心，更使他心痛的是他清楚地认识到这些话句句在理。于是，他发出几声激动的长叹，然后对伯爵说："毫无疑问，一位训练有素的斗士会发现，不论他的敌人有多么强大，与他自己的激情相比，那敌人也是十分虚弱、不堪一击的。但是，不论克制我自己的激情有多么痛苦，不管这样做需要多么非凡的努力，您的话已经给了我极大的激励，不出数日我就得以实际行动向您证明，我既能打败别人，也能战胜自己。"

这次谈话之后没过几天，国王回到了那不勒斯，一是为了避免干出邪恶事情的机会，二是为了准备报答款待过自己的骑士。对他来说，使别人成为自己最珍贵之物的占有人可不是一件容易的事情，但他仍然决定要把那两个姑娘不是作为内里的女儿，而是作为自己

①曼弗雷迪：曼弗雷迪在贝内文托战斗中被击败（1266年）。

的女儿许配人家嫁出去。国王立刻为每个姑娘准备了一份丰厚的嫁妆，把美人吉内芙拉许配给了马菲奥·达·帕利齐，把金发伊索塔许配给了德国骑士威尔海尔姆，两人都是高等级的贵族。他把这件事儿办完后，以说不出的悲哀心情去了普利亚地区，在那里经受了一阵又一阵的痛苦之后，终于压倒了自己的强烈情欲，斩断了爱神的枷锁，再不受情欲的困扰，平静地度过余生。

也许有人会说，对于一个国王来说嫁出去两个姑娘是小事一桩，我不否认这种看法；但是我认为，对于一个坠入情网的国王来说，他不首先剥夺自己心爱的姑娘身上的花儿，甚至不碰她身上最小的蓓蕾，把她嫁出去，这可是一件了不起的事情。这位慷慨的国王就是这样做的，他赐予了那骑士高额的奖赏，高度赞美了那两个他所热爱的年轻姑娘，并且坚定地战胜了他自己。

故事 7

杂货商的女儿丽莎差点儿死于对西西里国王的爱。一位吟游诗人和一支歌曲挽救了她的性命。

菲亚美塔讲完了故事，查理国王坚定的慷慨行为赢得了热烈赞赏。只有一位小姐，因为她同情皇帝党，没有称赞他。接着，潘比妮亚奉国王之命，开始讲起了下面这个故事：

凡是明智的人都会用你们这些小姐使用的措辞来赞扬查理国王，除非有人因为别的原因而厌恶他。但我想起一件事儿，它跟查理国王的慷慨一样值得赞美，讲的是查理国王的一个敌人对我们佛罗伦萨的一个姑娘施以恩惠，这就是我要讲的故事。

在法国人被赶出西西里①的那个时期，巴勒莫有一个佛罗伦萨杂货商，名字叫贝尔纳多·普契尼。他非常富裕，他妻子给他生了个女儿。这姑娘长得很美，这时到了出嫁的年龄。当时彼埃特罗·阿拉贡国王②自封为该岛的最高统治者，他命令与众贵族举行盛大庆典，在庆典期间贝尔纳多的女儿——她的名字叫丽莎——与一些别的女人从窗口看见国王出现在竞技场上。丽莎发现国王在骑马用长枪比武（按加泰隆人习俗③）时显得惊人的英俊，只看了他一两眼，就深深地爱上了他。庆典结束了，她在家里一心只想着她这位杰出的、高贵的情人；最使她感到痛苦的是她自知出身低贱，实际上没有一点儿获得圆满结局的希望。尽管如此，她还是不愿意放弃对那国王的爱，因害怕招来更痛苦的事情便不敢对任何人泄露自己的心声。国王对姑娘的深情一无所知；此事跟他毫无关系。所以，丽莎的痛苦是难以忍受的，比任何人想象的都更加严重，结果她的绝望随着她的爱与日俱增，这位美丽的年轻姑娘再也支撑不下去了，病倒了；她的身体就像积雪在阳光下融化一样，日益衰弱。这使她的父母焦急万分，他们尽最大努力帮助她，不停地照顾她的需要，给她求医问药；但他们所做的一切都不见效。她看不到爱情的希望，因此决定不再活下去了。

因为父亲一味迁就她的每一个怪念头，所以她突然想到如果有合适的办法，她非常想在临死之前让国王知道自己对他的爱和坚定不移的决心。于是有一天，她请父亲把米奴乔·迪·阿雷佐请来。米

①法国人被赶出西西里：在1282年3月30日西西里晚祷时间，西西里人民在巴勒莫圣灵广场武装起义。然后，起义扩展到整个海岛，起义军驱逐了查理国王的军队，为阿拉贡家族返回西西里岛铺平了道路。

②彼埃特罗·阿拉贡国王：见第二天故事6注释。

③加泰隆人习俗：骑马用长枪比武是意大利一种引进的运动，是随着外国贵族进入意大利引进的。

奴乔是当时名望很高的歌手和乐师，深得彼埃特罗国王的喜爱。贝尔纳多对他说，丽莎想听他奏乐唱歌，米奴乔是个和蔼的人，立刻回话说他愿意来，而且很快就来了。他用亲切的话语鼓励姑娘顽强地生活，然后用他的维珴尔琴① 为她轻轻地奏了几支普罗旺斯小调，唱了几支歌曲。他的用意是为了安慰姑娘，但这些歌曲却在她爱的火焰上又加了油。

丽莎听完米奴乔的歌曲，说她有事儿要和米奴乔单独谈，于是其他人就都退了出去。她说："米奴乔，我把你当作我内心秘密的最忠诚的卫士。首先，我希望你，除了我要告诉你的这个人外，不要把我的秘密暴露给任何人；其次，请你尽力帮助我。听着，米奴乔，我的恳求是：在彼埃特罗国王举行加冕庆典那天，他在骑马比武时我看见了他，就在这特殊的同一时刻，爱情在我心中燃起烈火，把我折磨成目前这个样子。我知道，我的爱对国王来说是多么不合适，但我就是熄灭不了它，更不用说消除它；因为我的痛苦已超过了我忍耐的极限，所以我选择让自己一死了之，比活着忍受折磨好一些。我就要那样做了。但问题是，如果他没有预先知道我对他的一片痴情，那我岂不是死在最黑暗的绝望之中？我想托一个人把我的情况转告给国王，但我想不出第二个比你更合适的人来，所以我只好拜托你了。请你不要拒绝帮我这个忙；你转告他之后，请你捎个信让我知道，那样我就死而无憾了。"她一边说一边哭着，说到这里她就泣不成声了。

米奴乔对她这种高尚的情感和严酷的决定感到惊异；听完了她的话，米奴乔深表同情。但他突然想出一个体面地达到她目的的办法。"丽莎，"他说，"请绝对放心，我保证不辜负你的信任，我一定不会让你失望的。你爱上了一位如此伟大的国王，我不能不赞扬你这种崇高的爱情，我一定帮助你。我希望，如果你愿意鼓起勇气，耐

①维珴尔琴（viol）：中世纪弦乐器，小提琴的前身。

心等待，我的努力会在三天内给你带来让你高兴的消息。我想抓紧时间，马上行动。”丽莎又再三拜托他，答应他鼓起勇气等待，然后与他告别。

米奴乔离开丽莎后，找到一个名叫米拉·达·锡耶纳的人，他是当时的一个优秀的民歌词作家。米奴乔说服他编写了下面这支歌谣：

爱神啊，求你快去见我的君主；
告诉他有一个女人在悲哀中度日，
有一个女人将永远见不到明天——
她浑身颤抖，将永远不能再说话。

爱神啊，带着对我的同情去吧，
带着我的心去我那君主的宫殿。
天主啊，我成了欲望的俘虏！
然而我不敢告诉他这种渴望，
因为害羞和惧怕：所以我要去死。
啊，如果他不知我为爱他而死，那有多么遗憾。

爱神啊，他占有了我的心，但我却不敢
向他清楚地表达我的爱情。
然而，如果他能看到我坦白的爱情，
看到我心中的痛苦不断加剧，
直到死才是你赐予我的唯一祝福，
那么我就有可能受到他的重视。

爱神啊，愿你就是我的声音，去见我的君主吧；
去告诉他我如何望着他跃马前进，

啊，伟大的斗士，手执闪亮的盾牌和长枪，
在庆典比武中英姿飒爽，我别无选择：
爱神啊，我的心渴望我的君主，只有向他奔去。
我为爱他而死，他却不知道，这是多么痛苦啊！

米奴乔按照歌词意义的需要，为这支歌谣配写了哀婉动人的曲调。两天后，他来到王宫，当时彼埃特罗国王正在吃饭。国王吩咐他用维琅尔琴伴奏，唱点儿什么听听，米奴乔就唱起这支歌来，其美妙的曲调使王宫里所有的人都凝神谛听，听得出了神，国王更是如此。米奴乔唱完了这支歌后，国王问他这支歌是从哪儿来的，因为他以前从未听过。

“陛下，这支歌的词曲编写成还不到三天。”

国王问他这支歌曲是为了什么而创作的。

“这事儿除了陛下您，我不敢告诉任何人。”

国王很想知道这支歌的缘由，所以他们两人都站起身来，离开餐桌，国王把米奴乔领进一间密室。在这里，音乐家把丽莎的故事按他听到的原原本本地讲给了国王。这个故事使国王非常高兴，他高度赞扬这个年轻姑娘，说他同情像她这样坚贞的姑娘。国王吩咐米奴乔去姑娘那里，转达他的问候，并告诉她那天黄昏时国王一定去看望她。

米奴乔非常高兴做这个好消息的带信人，立刻带着他的维琅尔琴去了丽莎那里；他秘密地把事情的全部经过告诉了她，然后又用他的维琅尔琴伴奏，给她唱了那支歌。这消息使丽莎喜出望外，她的身体立刻明显好多了。她不让家里任何人知道或怀疑正在进行着的事情，渴望地等待着黄昏，她将见到自己君主的那一时刻。

国王是个宽宏大量、心地善良的统治者，他反复想着米奴乔跟他讲的那件事儿。他早就听说过那姑娘和她的美貌，因此更加怜惜她。到了黄昏时分，他骑上马，假装出去散步，来到杂货商的家门口。

那杂货商有一个十分美丽的花园，国王要求把花园的门为他打开；他下了马，走进花园，过了一会儿，问贝尔纳多他的女儿可好，他是否已经把她嫁出去了。

“陛下，她还没有出嫁，”贝尔纳多回答，“她一直病得很重，她现在还病着。但是自下午的中段时间起，她的病情有了极大的好转。”

国王立刻明白这种好转预示着什么。“好啊，我认为，”他说，“如果这么漂亮的姑娘被从人间夺走，那真是令人痛惜呀。我想去看看她。”他在两个随从和贝尔纳多的陪伴下，不一会儿就走进了姑娘的房间里。国王进入房间，走到姑娘的床前，丽莎微弱地支撑着坐起来，等待着他。国王拉着她的手。“小姐，你这是怎么回事儿？”他说，“你年纪轻轻，本应该给别人带来安慰；你怎么倒生起病来了呢？我想恳求你，看在我们爱的份上，振作起来，快快恢复健康吧。”

丽莎感觉自己的手被握在她最心爱的人手里，有点害羞，但感到莫大的快乐，仿佛是在天堂里，她尽最大努力打起精神说：“陛下，我想用自己非常微弱的力量去承受最沉重的负担，就是这个愿望使我生了病；但承蒙您仁慈关心，不久您就会看到我好起来了。”

国王是唯一能理解丽莎话中隐含意义的人，因此对她更加敬重，他不禁在心中不断地诅咒命运之神不该使她成为这样一个微贱的人的女儿。国王继续在姑娘这里逗留了一会儿，又说了一些鼓励她的话，然后就告辞了。国王以其仁慈受到臣民的衷心爱戴，那杂货商父女认为国王的仁慈给他自己带来了全部荣誉。那姑娘一直像曾与情人在一起待过的女人一样快乐，因受到新希望的鼓舞，几天后她就恢复了健康，而且变得比以前更加美丽。

国王与王后商量了如何报答丽莎这份伟大的爱情，等那姑娘完全康复后，他骑着马，带着几个贵族，来到了杂货商家，进了花园，派人请来杂货商和他的女儿。这时王后带着几位贵妇人也来了；他们欢迎丽莎，对她大加赞扬。过了一会儿，国王和王后把丽莎叫到身边，国王对她说：“你是一个勇敢的姑娘，我十分感激你对我的深情厚爱，我决心赐予你一个很大的荣誉，希望你能够为此而感到快乐。这个荣誉是：你已到了结婚的年龄，希望你嫁给我为你选定的一个郎君，但我仍然永远做你的骑士。为此爱情，我对你的全部要求是让我亲吻你一下。”

丽莎因害羞而满脸通红，顺着国王的心意，低声回答说：“陛下，我相信，如果人们都知道我爱上了您，那么大多数人都会以为我发疯了，不知道陛下的地位和我的地位之间有着天壤之别。但就像能看透人心的天主所知道的那样，就在我为您神魂颠倒的那一刻，我就知道您是国王，我是杂货商贝尔纳多的女儿，我不应该把我的情意倾注到您这么高贵的人身上。但您比我更清楚，人们坠入情网不是通过审慎的选择，而是凭借本能和欲望，我也曾奋力抗拒这一规律，但失败了，我过去爱您，现在爱您，将来也永远爱您。说真的，就在我感到我的心被您俘获的那一刻，我就决心永远以您的意志为我的意志。所以，我不仅愿意接受并珍爱您赐予我的丈夫，因为他适合我的名誉和地位，甚至即使您命令我赴汤蹈火，我也会欣然前往，保证让您高兴。有一位国王做我的骑士，您知道，那对我来说是多么大的荣幸，所以对此我就不用多说了！至于您要求我允许您亲吻我一下作为爱情的标志，如果没有王后的恩准，我是办不到的。为了感谢您和王后对我的极大仁慈，我求天主报答你们吧，因为我实在没有什么可奉献给你们的。”丽莎说到这儿，就不作声了。王后非常喜欢姑娘的回答，发现她完全像国王说的那样深明事理。

国王请姑娘父母过来，把自己的打算说给他们，他们对此感到非常高兴。于是国王召来一个名叫佩尔迪科内的青年，这青年虽不富裕但出身高贵，国王当场给了他几枚戒指，并将丽莎许配给他，他对此欣然同意。

国王和王后立刻赐予了丽莎大量昂贵的珠宝饰物，此外，还把切法卢和卡拉塔贝洛塔这两块肥沃而丰产的领地赐予了他们。“我们把这两块领地赐予你，”国王对佩尔迪科内说，“是作为你新娘的嫁妆。我们对你的打算，以后你会知道的。”国王朝丽莎转过身来说：“现在我想收获我应该从你的爱得到的果实了。”他双手捧着姑娘的头，在她的前额吻了一下。

佩尔迪内、丽莎的父母和丽莎本人都高兴极了，举行了盛大的婚宴。许多人说国王严格认真地信守诺言，终生称自己为丽莎的骑士，参加任何比武大赛他都佩戴着丽莎给他的徽章。

统治者正是通过像这样的做法来获得民心，提供一个统治者与民众相互敬爱的榜样，并为自己赢得持久不衰的名声。今天，几乎没有哪个统治者考虑这样做的意义，因为大多数统治者都变成了残忍的暴君。

故事8

提图斯因为爱上了朋友吉西普斯的未婚妻而生命垂危。为使朋友免于一死，吉西普斯把未婚妻让给了朋友提图斯做妻子。后来，提图斯也为恩人做出了舍己救人的高尚举动。

潘比妮亚的故事讲完了，大家（特别是那位皇帝党小姐）盛赞彼埃特罗国王。菲罗美娜奉国王之命开始了她的故事：

我们都知道，一个国王能把他想办的任何事情办得非常好，因此慷慨大度地行事应该是他最义不容辞的责任。一个人做了他应该做的而且是他力所能及的事情，人们就说他做得好；可是一个人出人意料地做到了他本来力所不能及的事情，他的行为更应该得到钦佩和赞赏。所以，如果你们对国王们和他们所做的好事能如此滔滔不绝地赞扬，并认为他们了不起，那么我相信你们将会为我们普通人做出的和国王一样好、甚至好得超过国王的事情而感到更加高兴、更加愿意赞扬他们和他们的慷慨行为。因此，我决定给你们讲一个关于两个普通公民的故事，这两个人是朋友，他们慷慨大度地相互对待的行为是值得赞扬的。

在恺撒·屋大维① 还未以奥古斯都著称，但以三执政之一的身份统治罗马时期，罗马城里有一个贵族，名叫普布利奥·昆齐奥·弗尔沃。他有个儿子，名叫提图斯·昆齐奥·弗尔沃，天资聪颖，因此他把儿子送去雅典学哲学，把他真心诚意地托付给那里的一个老朋友照顾。他的那位老朋友是当地的一个贵族，名叫克雷梅特。克雷梅特让提图斯住在自己家里，与自己的儿子吉西普斯为伴，让他们两人在同一位哲学家阿里斯提卜的教导下学习哲学。因为这两个青年整天生活在一起，他们发现他们有许多共同之处，于是就成了最好的朋友和兄弟，建立了一种至死不渝的友谊。他们俩形影不离，一刻不见面就都感到不高兴、不放心。他们一起学习，一起在攀登哲学高峰的过程中取得同样大的进步。因为他们两人都非常聪明，所以都得到了人们极高的评价。他们就这样相处了三年，使克雷梅特感到说不出的满意，他简直分不清哪个是自己的儿子，哪个是他朋友的儿子。三年过去后，老年的克雷梅特逝世了，因为这是自然规律，谁也无法逃避。两个小伙子都为此同样地悲伤不已，的确如此，在他们共同的父亲去世时，克雷梅特的亲友们都分不清他们俩谁更加悲伤、更需要安慰。

几个月后，吉西普斯的亲友们来看望他并催促他结婚，提图斯也这样建议他，他们给他找了个非常漂亮的年轻姑娘，一个出身名

①恺撒·屋大维：屋大维的三执政之一的任命是在公元前43年；他的奥古斯都（古罗马第一任皇帝）头衔是上议院在公元前27年授予他的。奥古斯都（即神圣的、至尊的）后来成为许多罗马帝国皇帝的称号。

门望族的雅典姑娘，名叫索芙罗尼娅，年龄约十五岁。当结婚的日期临近时，有一天，吉西普斯请提图斯跟他一起去看那姑娘，因为吉西普斯还没见过她。他们到了姑娘家里，姑娘坐在他们两人中间，提图斯非常仔细地看着姑娘，仿佛在鉴定朋友的未婚妻究竟长得美不美似的。她身体的每一处都让他着迷，使他不得不暗暗赞美，深深地爱上了她，从未有第二个男人被一个女人弄得像他这样神魂颠倒，但他在表面上并未流露出来。他们俩与姑娘一起待了一会儿，然后就告辞回家了。

提图斯走进自己的房间，开始思念那个令人陶醉的姑娘，他越是思念她，他对她的爱情就越加强烈。他意识到了这一点，不禁发出了好几声激动的叹息，然后对自己说："啊，提图斯，你有多么卑鄙呀！看哪，你把你的心、你的爱、你的希望都放到什么人身上了！难道你不懂得你应该像尊敬你的姐妹那样尊敬那个姑娘吗？好好想一想克雷梅特及其一家人对你的无微不至的关怀吧，想一想你和吉西普斯结成的美好友谊吧，那姑娘是吉西普斯的未婚妻，想一想你爱上了谁呀。看哪，你的希望在引诱你去向何方。睁开你的眼睛，你这可怜的、卑鄙的家伙，好好看看你自己吧。理智些吧，抑制你的情欲，消除你的邪念，把你的心思都用到其他事情上去吧。把这刚刚出现的淫念消灭在萌芽状态，及时地战胜你自己。你的这种欲望是错误的、是可耻的。如果你静下心来好好想一想你应该为真正的友谊做些什么，那你就会明白，即使你有把握实际上你并没有把握得到你追求的东西，你也应该回避你已经开始追求的那个东西，实际上你并没有把握得到它。所以，提图斯，你将怎么办呢？如果你想做一个正人君子，那你就放弃这种应受指责的爱情，好吗？"然后，他又想起了索芙罗尼娅，于是把他刚才跟自己所说的一切全部驳回。他完全改变了主意，他又对自己说："爱情的法规比所有其他法规更重要，因为它可以违反神的法规，更不用说友谊的法规了。父亲爱上女儿，哥哥爱上妹妹，继母爱上继子，这样的事情不是经常发生吗？难道这不远比一个人爱上朋友的妻子——这种事例数不胜数——更可恨吗？毕竟，我是个年轻人，年轻人完全服从爱情的法规，如果爱情支配我，我必须服从它的需要。讲究道德的生活非常适合中年人，我只能服从爱神的意志。那姑娘的美丽值得每个人去爱，所以，如果我这样一个年轻小伙子爱上了她，谁会有理由责备我呢？不是因为她是吉西普斯的未婚妻我才爱上了她，实际上，不管她是谁的未婚妻，我都会爱上她。这只怪命运不好，命运偏偏把她安排给吉西普斯而不是给别人做未婚妻。因为她长得漂亮，她必定招人爱。既然如此，如果吉西普斯知道是我爱上了她而不是别人，他应该会更加高兴的。”但是，他在与自己作了这么一番辩论之后，他又改变了主意，嘲笑这些观点，拥护与此相反的观点，然后又改变立场，然后再改回去。整个那天白天和夜晚他就这样翻来覆去地思考，而且随后的许多白天和夜晚他都是如此，因缺乏睡眠和食欲，他终于体力不支，卧床不起了。

吉西普斯见他的朋友这么多天来一直忧心忡忡，现在又病倒了，非常担心，寸步不离他的身边，想方设法安慰他。他不停地询问提图斯有什么心事，为什么生了病，可是提图斯总是用假话来搪塞他。但因吉西普斯看穿了他的谎言，提图斯迫不得已，最后声泪俱下地回答他说：“吉西普斯，考虑到我注定要经受道德的考验，非常惭愧的是，我经受不住，因此如果天主愿意让我死，我宁愿去死，而不愿活下去了。当然，我想不久我就要受到应得的惩罚——死亡，也就是说，死亡对我来说要比带着卑鄙的想法活下去好得很多。因为我不能而且不应该对你隐瞒任何事情，所以现在我就向你坦白一切，尽管这样做我可能会脸红。”他从头讲起，把他心事重重的原因、他与自己的思想斗争、哪一种想法最终获得了胜利，以及他将如何因爱上了索芙罗尼娅而死等统统告诉了吉西普斯。他说，他知道他的爱情是应该受到谴责的，因此他选择死来赎罪，不想再活下去了。

他这番涕泪交流的坦白使吉西普斯沉思了一会儿，因为他本人虽然不像提图斯那样对那年轻姑娘的美貌神魂颠倒，但也并非无动于衷，但他当场决定，比起索芙罗尼娅他更加重视朋友的性命；于是，他因为被提图斯的眼泪所感动，也哭着说："提图斯，要不是你需要安慰，我真应该批评你对我隐瞒你难以忍受的心事而轻视我们的友谊。这件事儿你也许认为是不道德的，但是卑鄙的事情同光彩的事情一样，也不应该对朋友隐瞒，因为既然一个人能为朋友的光彩事情高兴，那么不管他的朋友做错了什么事情他也仍然会尊敬他的朋友。但此刻我不想与你争论这一道理，让我集中地说一说显然是你目前最迫切的事情吧。你深深地爱上了我的未婚妻索芙罗尼娅，这一点儿也不令我惊讶，如果你没爱上她，我反倒觉得奇怪了，因为她长得非常美，而且你又是个志趣高尚的人。不论你爱上索芙罗尼娅这件事儿是多么可以理解，但你没有理由因为她归属了我而抱怨你的命运——如你所含蓄表达的那样——如果她归属了别人，你爱她，你就不觉得那么卑鄙了。假如你现在愿意回过头来想一想：命运之神把她配给谁，而不是给我，会对你有利呢？不论你对她的爱情有多么纯洁，如果她被命运之神给了别人，那个人只会为他自己，绝不会为了你，而十分珍爱她，你别想从他那里得到我这样的态度，因为你我都视对方为朋友。毕竟，自从我们成为朋友，我不记得有那么一次我的东西我们两人没有分享过。如果现在事情已经到了木已成舟、无法扭转的地步，那我就不得不接受现实。可是，事情还没到那样的程度，我还有可能把她让给你，我会那样做的。我想象不出，如果我根本就能随意地、光明正大地让你占有一件东西，我却拒绝把它给你，我的友谊对你还有什么价值。的确，索芙罗尼娅与我订了婚，我很爱她，而且非常高兴地盼望着我们举行婚礼的那一天。但既然你比我更爱她，而且比我更热烈地渴望得到她，相信我的话——她将不是作为我的妻子而是作为你的妻子走进我的卧室。所以，别再烦恼了，赶走忧郁、恢复健康、接受安慰、振作起来吧。从现在开始，你就愉快地盼望获得对你爱情的奖赏吧，你比我更值得这份奖赏。"

提图斯听了吉西普斯的这番话，感到欢欣鼓舞，因为这番话给了他巨大的希望，但同样使他想起自己的责任所在而脸红，因为他很清楚，他朋友的慷慨大度越是崇高，他接受朋友的馈赠就越不可能。所以，他继续哭哭啼啼地、艰难地回答说："吉西普斯，你的友谊如此真诚、慷慨，它使我清楚地看到我应该怎样对你表现我的友谊。神把美丽的女人赐予了你，是因为我们两人中你更值得这一赏赐，因此神不允许我从你手里把她夺过来。如果神认为我应该得到她，你和任何其他人都不会相信神会把她赐予你。所以，请你服从明智的天命，接受神赐予你的礼物，享受你的选择；让我以泪洗面，从此在痛苦中憔悴下去吧，这是神给我安排的角色，因为我不配拥有这么珍贵的宝贝。我要么征服忧伤，这是你所希望的，要么屈服于忧伤，永远不再受痛苦的煎熬。"

"提图斯，如果我们的友谊给我足够的特权，允许我强迫你按我的愿望去做，如果这种特权能使你满足我的愿望，那么我决心运用特权，强迫你做的就是这件事儿。如果你还不愿意让你自己的自由意志服从于我的愿望，为了朋友，为了使索芙罗尼娅成为你的妻子，我将有必要采取这种强制性措施。我很清楚，爱情的力量会有多大；我也知道它无数次迫使恋人们走向悲剧的死亡。我看得出你已经接近这一步了。你不能征服悲伤，回头是岸，再往前走一步，你就会被悲伤所压倒，断送了性命。如果你去了，我也一定会很快地跟着你去了。所以，如果我没有别的理由爱护你，那么为了保证我自己能活下去，我也要珍惜你的性命。所以，索芙罗尼娅将归你，你不会容易地找到第二个像她这样称心如意的姑娘。至于我，我能很快地把自己的心思移到别的女人身上，结果我会使我们两全其美，皆大欢喜。如果妻子也像好朋友这样稀少难寻，也许我就不会是这样一个慷慨的给予者了。所以，既然我能很容易为自己再找到一个妻子，而不是再找到一个好朋友，所以我宁愿把她让给你，也不愿失去你这个好朋友；这并不意味着我会失去她，因为虽然我把她让给了你，但我并没有失去她，我只是提高了她在另一个我眼中的价值。所以，如果你不能拒绝我的恳求，那就请你赶快治愈你自己的心病，给你我带来好心情；恢复你的美好希望，准备好享受你所追求的爱情给你的欢乐吧。”

尽管提图斯不好意思接受索芙罗尼娅为自己的妻子，所以继续拒绝朋友的好意，但由于爱情有力的驱使和吉西普斯恳切的规劝：“好吧，吉西普斯，”他最后说，“你再三劝我这样做，说这对你很重要，如果我这样做了，我也不清楚我是服从了我自己的意愿还是服从了你的意愿；但既然你的慷慨大度征服了我应有的羞耻心，那我就按你的要求去做吧。但请记住这一点：我完全承认你不仅把我爱的女人给了我，你还用这个办法救了我的命。你对我的怜悯胜过我对我自己的怜悯，如果我将来有机会对你所做的一切表示感谢，愿天主帮助我，使我能够报答你对我的恩德。”

“那么，要实现我们的目的，”吉西普斯说，“我想我们应该这样做。你知道，索芙罗尼娅与我订婚是在我们双方家长之间进行了广泛的商量后才进行的。如果现在去见他们，告诉他们我不想娶她了，那会产生可怕的后果：她的家人和我的家人都会暴跳如雷。如果我想在今天黄昏时见到将归你的那个姑娘，那对我来说则丝毫不费事；但我担心，如果我就这样宣布不要她了，她的家人会很快把她许配给别人，那个人不一定就是你，结果是我放弃了她，你也未能得到她。所以，如果你不介意，我认为应该把已经开始了的事情继续进行下去，把她作为我的新娘带回家来，与她举行婚礼。然后，我们设法悄悄地让你把她当作你的妻子，与她同床。以后，在合适的时机和场合，我们再把事实真相公开。那时，如果她的家人同意，那当然最好；如果他们大惊小怪，好，那将会损害他们自己的名誉，既然事已如此，无可挽回，他们将不得不容忍这一事实了。”

提图斯认为这是一个好主意，于是在他完全恢复健康，又像原来那样精神抖擞之后，吉西普斯把索芙罗尼娅作为新娘娶回家来，举办了丰盛、热闹的婚宴，到了夜晚，女宾们把新娘送到丈夫的床上，然后就都退出去了。提图斯和吉西普斯的卧室是毗邻的，有一道相通的门，于是在所有的灯都熄灭之后，吉西普斯偷偷地溜出自己的房间，进入提图斯的房间，让提图斯进去，悄悄地上床，与新娘睡觉。这让提图斯羞愧极了，他改变了主意，拒绝了吉西普斯的邀请。但吉西普斯说话是绝对算数的，他办事认真，为人诚实，经过一番讨论之后，终于成功地哄提图斯去了新娘的床。提图斯上了床，把她搂在怀里，开玩笑地小声问她是否愿意做他的妻子。她把他当成了吉西普斯，回答说愿意；于是，他把一枚漂亮、昂贵的戒指戴在她的手指上，说："那么，我也愿意做你的丈夫。"然后，他与新娘圆了房，两人长时间地享受男欢女爱的快乐，新娘和任何人都不知道与她睡在一起的不是吉西普斯。

正当提图斯与索芙罗尼娅尽享新婚幸福之际，小伙子的父亲普布利奥突然去世了，家里来信召他回罗马料理父亲的后事。因此，他与吉西普斯商量决定，他带着索芙罗尼娅一起回去；但如果不把真实情况告诉她，她跟他回罗马的事情既不合适，也不可行。于是，有一天，他们把她邀请到卧室里，把真实情况向她作了详细的说明，提图斯还向她列举了他们两人都是当事人的很多事情。她痛苦地看看这个，看看那个，然后突然大哭起来，怀恨地抱怨吉西普斯欺骗了她。在吉西普斯家里关于此事的风声一点儿也没有漏出之前，她回了娘家，对父亲说吉西普斯欺骗了他们，事实上她被嫁给了提图斯，而不是他们以为的吉西普斯。索芙罗尼娅的父亲对这件事非常生气，他的亲戚们和吉西普斯的亲戚们都卷入了他痛苦的抱怨之中。双方言辞激烈，几乎到了要打起来的程度。双方亲戚们都非常憎恨吉西普斯，认为他不仅应该受到狠狠的训斥，而且应该受到狠狠的痛打。他回答说，他并没做什么欺诈的事情，实际上索芙罗尼娅的家人应该深深感激他才对，因为他为索芙罗尼娅找到了一个比他好得多的丈夫。

至于提图斯，他听说了全部情形后，感到这种情形极其令人厌恶。因为他知道希腊人咆哮大怒的脾气①，那是在没遇上勇敢面对他们的人时，当遇到不好惹的人时，他们就逆来顺受，所以他决定一分钟也不再容忍他们的胡说八道了。他有罗马人的气概和雅典人的智慧，他以合适而体面的方式把吉西普斯和索芙罗尼娅两家人集合在一座寺庙里，然后他只在吉西普斯一人陪同下，也走进了那座寺庙。他这样对他们说："许多哲学家相信，我们凡人所做的事情是神圣天命的直接结果，所以他们认为，我们在现在或在未来所做的一切都是必然。但是也有人认为，这条强制性法则仅适用于既成事实。只要我们认真思考一下这一观点，我们就会清楚地看到，对注定要发生的事情横加指责，纯粹是自以为比神明更高明；我们应该相信神明按照永远不变的法则统治我们，管理属于我们的事物，从不犯错误。因此，你们不难看出批评天命的安排是多么的愚蠢，多么的狂妄。凡是如此厚颜无耻地指责天命的人，都应该被戴上镣铐，请你们来评估一下镣铐的重量吧。我听说，你们一直在说，而且现在还在不停地说，你们原来把索菲罗尼娅许配给了吉西普斯，而现在她却成了我的妻子，如果你们真的这样讲了，我认为你们就都属于指责天命的那一类人；你们完全不顾这样一个事实：根据天命的安排，她自始至终属于我，而不属于吉西普斯，实际上你们现在已经看到，她的确属于我。但既然许多人认为，任何有关神秘的天命和神明的意图的概念都是难以理解的，如果他们认为神明对我们俗人所关心的事物异常冷淡的话，那么我非常愿意以单纯的普通人的观点来讨论一下这个问题。这样，我将不得不做两件不符合我自己个性的事儿：一是自吹自擂，二是贬低别人。而且，我一定要那样做，因为在做这两

①希腊人咆哮大怒的脾气：在中世纪的西方，希腊人普遍不受到好评。

件事上我不打算马马虎虎地对待事实，这对我们讨论问题来说，是非常必要的。

“你们对吉西普斯的抱怨缺乏理智，带有盲目的愤怒；你们申斥他、诅咒他、侮辱他，你们时而嘟嘟囔囔，时而大惊小怪，为什么？因为他认为把索芙罗尼娅让给我做妻子是最合适的，就像你们认为把索芙罗尼娅许配给他最合适一样，我认为他这样做是值得称赞的。我的理由是：第一，他完成了朋友的义务；第二，在这件事儿上他表现得比你们更加明智。我现在不想给你们解释神圣的友谊规定了哪些要求，朋友之间有什么相互的义务；让我只提醒你们这一点：友情比血缘或亲情更加亲密，因为我们的朋友是我们自己选择的，而我们的亲戚却是命运注定的。所以，吉西普斯关心我的生命胜过你们的好意，这没有什么令人惊讶的，因为我是他的朋友。现在让我们来看看第二个理由：他比你们表现得更加明智，我将努力地向你们证明这一点。实际上，你们不懂得天命的安排，更不懂得友谊的力量。你们经过仔细、审慎的考虑、商议，决定把索芙罗尼娅许配给年轻的哲学家吉西普斯，吉西普斯又把她让给了谁呢？一个年轻的哲学家。你们决定把她嫁给一个雅典人，而吉西普斯把她让给了一个罗马人；你们打算把她许配给一个出身高贵的年轻人，而吉西普斯又把她让给了一个出身更加高贵的年轻人；你们以为把她交给了一个富有的年轻人，而吉西普斯把她让给了一个更加富有的年轻人；你们的判断力把她推给了一个不仅不爱她，而且几乎不了解她的年轻人，而吉西普斯却把她送给了一个爱她胜过爱自己生命和幸福的年轻人。你们需要更仔细地思考，才会懂得我说的都是事实，比你们的做法更值得称赞。我和吉西普斯一样，是个年轻的哲学家，这在我的脸上和学问上就能明显地看出来，不必多说了。我们俩年龄相同，在学业上共同进步。不错，他是个雅典人，我是个罗马人。如果我们要争论这两座城市的相对地位，我要说我来自一个自由城市，它支配整个世界，他则来自一个附庸城市；我的城市军事、政治、学术样样繁荣，而他的城市只在学术上见长。此外，你们可能只把我看作是一个很微贱的学生，但我并非最底层的平民出身；在我家的宅子和罗马的公共场所里挂满了我历代祖先各种风格的画像，在罗马砍皮多利奥丘陵上保管的编年史上记满了昆齐奥家族立下的无数丰功伟绩；更重要的是，我的家族的名声可能很古老，但并不衰落，现在比以往任何时候都更加蒸蒸日上。我觉得提及我家的财富是不得体的，因为我认为有尊严的清贫才是罗马贵族传统的丰富遗产。平庸的人们可能蔑视贫穷，崇尚财富，但我很富有，我的财富不是巧取豪夺来的，而是命运之神赐予我的。我完全清楚，一直有人，现在也应该有人，愿意与吉西普斯结亲；但是，你们没有理由不平等地对待我这个罗马人，因为你们会发现我在罗马是一个好客的主人，是你们公私利益的强有力的赞助人和能干、勤勉的促进者。

“所以，只要你们理智地、不感情用事地考虑这个问题，你们谁还会坚持你们的意见就一定比吉西普斯的意见更可取呢？肯定谁都不会。所以索芙罗尼娅嫁给了提图斯·昆齐奥·弗尔沃，一个罗马公民和一个古老、富有的贵族子弟，吉西普斯的朋友，是门当户对的好婚姻；因此，任何想要抱怨这一婚姻的人就显得很不妥当，很不通情达理了。你们当中也许有人会说，令他们不愉快的不是索芙罗尼娅成了提图斯的妻子这一事实，而是她成为提图斯妻子的方式——秘密地、偷偷摸摸地、瞒着她的家人和朋友。然而，这种事情并不新奇，有许多先例。有多少新娘违背父亲的意愿自主嫁人；有多少女人与情人私奔；有多少女人先当情人后当妻子；有多少女人先和男人私通，直到怀了孕、生了孩子，才不得不和人家结婚，我很高兴忽略所有这些先例。但这些先例并不适用于索芙罗尼娅的情况，正相反，她是被吉西普斯以审慎的、适当的、诚实的方式转让给提图斯的。其他人会说，在婚姻中她放弃的人没有权利这样做；唉，这是一种多么愚蠢、幼稚、浅薄的怨言！多么的糊涂！为了达到预定的目的，难道命运之神不是运用各种新奇的方法和手段吗？如果最后的结果是令人满意的，运用其判断力为我办事的人是一个补鞋匠还是一位哲学家，他是公开地办还是秘密地办，对我来说有什么关系呢？如果那补鞋匠办事不力，我必须注意，不再用他办了，只是为他所做的一切表示感谢。如果吉西普斯为索芙罗尼娅安排了一桩很好的婚姻，对他和他办事的方式横加指责那就既荒唐又无意义了；如果你们不相信他的判断力，那就注意别为他再订婚约，为这一次谢过他就行了。

“但是，请相信我的话，在索芙罗尼娅这件事儿上，我从未有丝毫想法试图用欺骗或诡计来败坏你们家族的美好声誉。至于我与她偷偷地做了夫妻，我并没有像引诱者那样窃取她的贞操；我也没有像敌人那样用无耻的手段占有她，然后轻蔑地拒绝承认与你们的亲戚关系。我强烈地爱上了她的美貌，为她的高贵品质所吸引，但我知道你们都非常喜爱她，如果我按照你们认为合适的方法向她求婚，我的追求就会失败，因为你们会担心，唯恐我把她带到罗马去。虽然现在你们都知道了，但我当时是秘密地与索芙罗尼娅结了婚，使吉西普斯同意以我的名义去做了一件他自己不愿意做的事情。在那之后，尽管我强烈地爱她，但我努力以丈夫的身份，而不是以情人的身份与她睡觉。她自己可以真实地证明：我以合适得体的语言问她是否愿意我做她的丈夫，她回答说‘愿意’，我才给她戴上戒指，与她结了婚，直到这时我才与她同房。如果她认为自己受了欺骗，那不该责怪我，而应责怪她自己，因为她从未问过我是谁。那么这就是她的朋友吉西普斯和她的求爱者我，所干的一件大坏事，所犯下的滔天罪行：索芙罗尼娅成了提图斯·昆齐奥的妻子。就因为这件事儿你们辱骂他、威胁他。假如他把索芙罗尼娅让给了一个农民，一个亡命之徒，一个奴隶，那你们还能对他怎么样呢？什么样的镣铐，什么样的地牢，什么样的酷刑才足以使你们解恨呢？

“但关于这个，我们就说这么多了吧。时间很紧迫，我没有料到我父亲刚刚去世了，我必须马上回罗马去。因为我想带索芙罗尼娅一起回去，我把本打算继续保密的事情向你们公开了。如果你们能理智地看这件事儿，你们就高高兴兴地接受它，因为如果成心要欺骗或嘲笑你们，我就会把她扔下不管。但是天主决不允许一个罗马人存有这种卑鄙的心灵！那么，根据神明的意愿和我们人类的法律，凭借吉西普斯令人钦佩的智慧和我作为情人的计谋，索芙罗尼娅成了我的妻子。同时很明显，你们以为自己比神明和别人都更加高明，但却表现得跟白痴一样，以两种非常令人气恼的方式来谴责这桩婚姻：第一，你们想留下索芙罗尼娅，可实际上你们对她不再有权利这样要求，除非我允许；第二，你们对吉西普斯充满敌意，而你们却恰恰是受了他的恩惠，应该感谢他。你们表现得像一群傻瓜，但我现在不想再就此多说了；但请接受一句朋友的劝告吧：平息怨气，别再恼火，把索芙罗尼娅还给我，那样我就能作为你们的亲戚快乐地离去，与你们友好地相处。关于这件事儿你们可别弄错了：不论你们愿不愿意，如果你们还存心与我作对，我就带着吉西普斯跟我一起走；如果我到了罗马，我就将最有把握地把名正言顺地属于我的女人夺回来，而你们将只能忍受这一结果。如果你们坚持用不公正手段阻挠我，我就将让你们亲身领教一下在你们激起一个罗马人的愤怒后会发生什么。”

说完这番话，提图斯站起身来，满面怒容，抓着吉西普斯的手，一边说着威胁的话一边摇着头，大步走出那座寺庙，很明显对寺庙里面的那群人完全不在乎。留在寺庙里的这些人，不知道是被提图斯赞同与他们结亲和建立友谊的大道理说服了，还是被他最后那几句话吓唬住了，都一致同意，既然吉西普斯拒绝与他们的这门亲事，最好还是与提图斯结亲，免得既失去了吉西普斯这个亲戚又与提图斯结成仇敌。于是，他们去找到提图斯，告诉他，他们同意把索芙罗尼娅嫁给他，把他看作一个可爱的亲戚，把吉西普斯当作一个好朋友对待。作为亲戚和朋友，他们一起热烈地庆贺了一番之后，各自离去，把索芙罗尼娅送回他的身边。索芙罗尼娅非常聪明，见事已至此，便顺水推舟，把非做不可的事儿装作出于好心才做的，很痛快地把她原本对吉西普斯的爱情转移到了提图斯的身上。她跟着提图斯去了罗马，在那里受到了非常隆重的接待。

吉西普斯留在雅典，大多数人都看不起他。不久，城内有人阴谋陷害他，使他被判处终身流放，他与全家人被逐出雅典，沦为贫民。吉西普斯穷困潦倒，沦为乞丐，他就这样一路乞讨地去了罗马，想看看提图斯是否还记得他。他得知提图斯还活着，而且还深受人们的尊敬。然后，他打听到了提图斯的住处，来到他的门外，等候他出现。吉西普斯因为落到这般赤贫的境地，不敢跟提图斯说一句话，只是设法让提图斯看到自己，这样，提图斯就会先向他打招呼。可是，提图斯却没认出他来，从他跟前匆匆走过；吉西普斯认为这罗马人看见了他，但不理他。于是，这雅典人想起了自己曾为朋友所做的一切，愤怒而绝望地离去了。

夜已经很深了。他饥饿难忍，却身无分文，只希望一死了之。他漫无目的地走着，来到了城里一个非常荒凉的地方。他发现那儿有一个大洞穴；他钻进洞里，裹着一身破烂衣服，躺在光秃秃的地面上过夜，伤心地哭了起来，不知不觉地睡着了。快天亮时，那天夜里去抢劫的两个人带着赃物来到这个洞穴里，因分赃不均打了起来；两人中较强壮的那个杀死了较弱的那个，然后逃走了。吉西普斯看到、听到了这一切，他突然想到他正渴望的不用自杀就能结束自己生命的办法终于有了。于是，他留在洞里等待着，直到闻讯赶来的警察出现在他面前，粗暴地将他带走。审讯时，他承认是他杀了那个人，并说他没能来得及逃走就被逮住了；于是那位名叫马科斯·瓦罗的执政官命令把他按当时的习俗钉到十字架上处死。

但就在那个时刻，提图斯碰巧来拜访那位执政官。他仔细地看了看可怜的罪犯的面孔，又听了对那罪犯的指控之后，突然认出那犯人是吉西普斯。看到吉西普斯的命运沦落到如此地步，还设法来到了这里，提图斯感到非常奇怪。他坚决要去帮助吉西普斯，但却想不出拯救他的办法，除非他指控自己犯了杀人罪，从而开脱吉西普斯的罪责。于是，他立刻走上前去，大声说："马科斯·瓦罗，快把你刚才判处死刑的那个罪犯叫回来吧，因为他是无辜的。今天早晨，我冒犯了神明，你的警察发现的那个死人是我谋杀的，我不想用另一个无辜者的死来再一次冒犯神明。"

瓦罗大吃一惊，因为整个法庭的人都听见了提图斯的话，所以瓦罗为了维护法律的尊严，必须依法办事，叫回吉西普斯，对他说："当你的性命处在危险之时，谁也没有对你用刑，你为什么疯到承认你从未犯过的杀人罪呢？你说你是昨天夜里犯有谋杀罪的那个人，可是现在这个人来到法庭说，不是你而是他犯了那桩谋杀罪。"

吉西普斯朝那人看了一眼，认出那人是提图斯；他非常清楚地意识到他的朋友这样做是为了救他，来报答他以前对这位朋友的恩惠。于是，他因为特别激动而哭了起来，对执政官说："瓦罗，真的是我杀了人，提图斯想救我的命，但他的关心现在已经太晚了。"

提图斯对执政官说："你看到，这个人是一个外国人，他在那死人身边被警察逮捕时，手无寸铁。你能看得出，是他生活的不幸使他产生了求死的动机。所以，请你释放他，惩罚我吧，因为我罪有应得。"

瓦罗见这两人都坚定地说自己有罪，觉得非常奇怪，随即得出结论：他们俩谁也不是凶犯。正当他反复思考如何释放他们时，一个名叫普布利奥·安布斯托的青年走了进来。他是一个臭名昭著的贼、一个完全不可救药的恶棍，实际上是他杀了那个人。他见这两个无罪的人争着说自己杀了那个人，想到他们是无辜的，是代他受过，不禁深受感动，于是一种强烈的良心冲动激励着他出现在瓦罗面前，说："执政官，我的命运促使我来解决这两个人造成的难题；我心中的某个神明激励我、鞭策我来向你坦白我的罪过：他们两人谁也没有犯下他们指控自己的罪过。事实上是我在今天天亮时杀了那个人；当我正与我杀死的那个人分赃时，我看见这个可怜的人正睡在那儿。

我不需要替提图斯开脱，因为有他这样声誉的人从来不会屈尊去干这等卑鄙的事情。所以，请你放了他们，按法律判我的刑吧。”

这件事传到了屋大维耳里，他下令把那三个人都带到他那里，问他们是什么促使他们争着受刑。每个人都做了说明。然后，屋大维赦免了前两个无罪的人，也同时赦免了第三个人，因为他良心未泯，不想让那两个人代他受过。

于是，提图斯把他的朋友吉西普斯从屋大维那里请了出来，立刻责备他不该这样缺乏自信、优柔寡断；然后，欢天喜地地欢迎他，把他带回家去，索芙罗尼娅流着同情的眼泪把他当成亲兄弟一样欢迎他。他们使他的身体和精神恢复一些后，又给他穿上了符合他身份和地位的服饰。然后，提图斯做的第一件事是开始与吉西普斯共享他的全部财产；在此之后，他把自己的妹妹弗尔维娅许配给吉西普斯，做他的新娘。这两件事儿办妥之后，提图斯对吉西普斯说：“吉西普斯，由你自己决定：你是想留在这儿与我生活在一起，还是想带着我给你的一切回阿哈伊亚去？”因为他已经被逐出自己的城市，又因为他深深地感激提图斯的友情，所以他同意留下来，成为一个罗马人。从此，吉西普斯与弗尔维娅、提图斯与索芙罗尼娅，两对夫妇同住在一幢宅子里，他们的友情与日俱增，亲密到了无以复加的程度，他们就这样一起快乐地生活了许多年。

那么，可以说友谊是一种神圣的东西。她应该受到特殊的尊敬，而且值得永远的赞扬，因为她是善良的母亲，她的孩子是慷慨和正直；她的姐妹是感激和仁慈；她的敌人是仇恨和贪婪；她总是愿意不等别人请求就会舍己为人。今天，几乎看不到在两个人之间还存在着这种神圣友谊的效果。这是人类卑鄙、自私造成的过错和耻辱，今天的人们只顾自己的利益，把友谊抛到九霄云外去了，这是一种对友谊的永远的放逐。什么样的爱，什么样的财富，什么样的亲戚关系可能如此有效地使吉西普斯的心被提图斯的痴情、叹息和眼泪所打动，以致把自己美丽、可爱的新娘让给了提图斯呢？什么都不可能，只有友谊能够做到。什么样的法律，什么样的约束力，什么样的恐怖可能制止年轻的吉西普斯在没有外人的、黑暗的房间里，在自己的床上，也许面对着姑娘自己的怂恿，不伸出手臂去拥抱那美丽的姑娘？什么都不可能，只有友谊能够做到。什么样的名誉，什么样的奖赏，什么样的好处可能使吉西普斯为了满足朋友的愿望而不顾疏远自己的和索芙罗尼娅的家人，不顾乌合之众所散布的可憎恶的谣言，不在乎人们的蔑视和嘲笑？什么都不可能，只有友谊能够做到。另一方面，当提图斯完全可以得体地装作没有认出自己的朋友时，谁可能促使他挺身而出，舍身相救吉西普斯，使吉西普斯免受他自找的在十字架上钉死的刑罚？谁都不可能，只有友谊能够做到。当吉西普斯惨遭噩运，穷途末路时，谁可能使提图斯如此慷慨，毫不犹豫地与吉西普斯分享他的全部家产？谁都不可能，只有友谊能够做到。谁可能使提图斯明知道吉西普斯处于最悲惨的赤贫状态中，却又大胆地、热心地把自己的亲妹妹嫁给吉西普斯？谁都不可能，只有友谊能够做到。

人类渴望配偶众多，兄弟成群，儿女绕膝；他们把自己的钱财都乱花在越来越多的仆人身上；但他们都忽视这样一个事实：他们个个只顾自己，即使他们的父亲、兄弟、主人遇到多么大的危难，他们都统统不放在心上；而朋友却截然相反。

故事 9

帕维亚公民托雷洛曾仁慈地款待过一位外地人，后在东方落难，但运气又一次落到了那位外地人身上，他要让托雷洛的仁慈得到报答。

菲罗美娜的故事一讲完，大家一致称赞提图斯的慷慨宏大的感恩戴德精神。然后，国王仍保留迪奥内奥最后讲故事的权利，于是国王这样开始讲起了他的故事：

菲罗美娜关于友谊的那番话，毫无疑问，是非常中肯的，她在最后对如今人们不重视友谊的哀叹也是十分正确的。如果我们聚集在这里的目的是痛斥邪恶、纠正世风，那我就应该接着她做一番长篇大论。但我们的目的不是这个，所以我想给你们讲一个关于萨拉丁的慷慨行为的故事，故事可能很长，但非常有趣。我的目的是，大家听了我的故事后，即使我们品质上的缺陷妨碍我们，使我们不能完全得到一个人的友谊，但我们也会高兴地去帮助别人，希望到一定的时候也会得到报偿。

据说，在腓特烈一世① 皇帝统治期间，为了收复圣地，基督徒们发动了一场十字军东征。但有关十字军东征的消息早早就传到了萨拉丁② 的耳朵里，他是巴比伦的苏丹，以英勇善战著称。为了更好地反击他们的入侵，他决定亲自侦察各基督教国家君主的战争准备情况。他在埃及做好了防御十字军入侵的每一项必要准备后，放出口风说要去朝拜圣地，把自己扮作商人模样，在两个智慧超群的大臣和三个仆人的陪伴下，出发了。他走遍了许多基督教国家；一天晚上，当他们正穿过伦巴第地区、翻越大山时，在从米兰去往帕维亚的路上，遇上了一位帕维亚绅士，他名字叫托雷洛·迪·斯特拉。这位绅士带着仆人、猎鹰和猎犬，正在赶往提西诺河边他那座漂亮的

①腓特烈一世：腓特烈·巴巴罗萨（1123—1190 年），神圣罗马帝国皇帝，在位期间 1152—1190 年。第三次十字军东征是在 1189 年发动的，巴巴罗萨企图把耶路撒冷从萨拉丁手中夺过来，但他在 1190 年渡萨勒夫河时淹死。

②萨拉丁：见第一天故事 3 注释。

别墅，准备在那儿小住几日。

托雷洛一眼就看出这些人是绅士，是外地人，于是就想款待他们。所以，当萨拉丁向托雷洛的一个仆人打听从这儿到帕维亚还有多远，他们能否赶得上进城投宿时，托雷洛没等那仆人回答，抢先替他说："先生们，你们赶到帕维亚时却过了可以进城的时刻了。"

"那么，请您为我们指点一下，"萨拉丁说，"我们在哪里最可能找到客店投宿一夜，因为我们是外地人，在此处人地两生。"

"很高兴为您效劳，"托雷洛说，"刚才我正要派个仆人返回帕维亚办一件事情。我将派他跟你们一块儿走，陪你们去一个最合适的地方，你们就在那儿过夜吧。"

他走近一个办事考虑最周到的仆人，对他作了指示，派他与他们同行，而他本人则迅速赶到别墅，吩咐仆人们尽最大努力准备好丰盛的晚餐，把餐桌摆在花园里。把这一切安排好后，他去大门口迎接他们。那仆人一边一路上陪着外地的绅士们东拉西扯地闲聊，一边带着他们绕了一段弯路，让他们毫无察觉地来到了他主人的别墅。

托雷洛看见了他们，赶紧走上前来迎接，笑容满面地大声说："欢迎，先生们，欢迎！"萨拉丁聪明过人，立刻明白这位绅士显然是怀疑如果一遇到他们时就邀请他们来，他的邀请可能不会被接受；所以，他用了一条小计把他们带到家里来，使他们无法拒绝，只能在那里过夜。萨拉丁回答他说："先生，假如可以责怪热情好客的话，那我们可就要表示不赞成您的做法了：您阻止了我们的旅程——这还不算——我们只有一面之交，您就强迫我们接受您非常盛情的款待，我们实在不敢无功受禄啊。"

托雷洛是个十分精明且善于言辞的人，回答说："诸位绅士，我十分清楚你们这样身份的绅士应该受到什么样的款待，因此我对你们的招待实在是微不足道的。可实际情况是这样的，你们在帕维亚城外绝对找不到舒适的住处，所以为了让你们住得舒适一些，我只好让你们绕了一点儿路来到这里，请各位多多原谅。"

听完了托雷洛的这番话，这些旅客们发现自己已被托雷洛的仆人们团团围住，他们一下了马，这些仆人就把他们的马匹牵进马厩，替他们照料去了。托雷洛把三位绅士领进为他们准备好的房间里。仆人们替他们脱了鞋，给他们端来凉爽提神的葡萄酒喝，还陪他们愉快地聊天，一直到吃晚饭的时候。萨拉丁、他的随行官员和仆人都会讲当地的语言，因此能很容易地听懂这些仆人们的话，也能让他们理解自己的意思；他们都一致认为，托雷洛是他们所遇到过的最令人愉快、教养最好的人，听他讲话是最大的快乐。至于托雷洛，他觉得这些人都是高贵、杰出的绅士，比他一见面所想象的要更加高贵，因此他为今天晚上未能以更充分的奉陪和更丰盛的晚宴来款待他们而感到不安。所以，他决定在第二天做出补偿。他把自己的想法告诉一个仆人，并打发他立刻回帕维亚，把这个打算转告给他的妻子，一个热情好客、聪明贤惠的女人。帕维亚离这儿不远，这个时候城门还都没关。把明天的事情安排好之后，他把这几位绅士领进花园里，非常礼貌地询问他们从哪儿来，往哪儿去。“我们是塞浦路斯商人，”萨拉丁回答说。“我们从塞浦路斯来，去巴黎办理商务。”

“愿天主保佑，”托雷洛说，“要是我们国家也能出几个商人，在风度上比得上塞浦路斯商人，那有多好啊！”

他陪客人们天南地北地聊着，不知不觉到了吃晚饭的时间；他请客人们赏光来到餐桌前坐下，仆人们端上来在最短的有限时间内准备好的丰盛菜肴。离开餐桌后不久，托雷洛心里很清楚，客人们都累了，因此他请他们去铺得非常豪华的床上休息。过了不一会儿，他自己也睡觉去了。

那被派回帕维亚的仆人把托雷洛的口信带给了他的妻子。他妻子可是非同一般的脆弱女人，她品质高贵，性格豪爽，立刻召来托雷洛的朋友和大量仆人，安排大家赶紧行动，准备一场盛大宴会；由仆人打着火把，替她照亮，她连夜跑遍全城，去邀请许多贵族明日前来赴宴。然后，她回到家中，拿出各种丝绸衣物、皮衣和其他服饰。总之，她按照丈夫的指示做好了一切准备。

第二天早晨，那几位绅士起了床，托雷洛派人去把他的猎鹰取来，然后与客人们一起骑上马，带他们去附近的一块沼泽地，向他们炫耀他的猎鹰在空中飞得多么漂亮。当萨拉丁请他派一个人陪他们一起去帕维亚并帮他找一家最好的旅店时，托雷洛说他愿意陪他们去，因为他也要去那儿。他们以为托雷洛真的要进城，就高高兴兴地与他一起上路了。在上午九点左右，他们来到了城里。萨拉丁一行人以为自己被领到了一家最好的旅店，结果是来到了托雷洛的家里，只见五十多个帕维亚重要人士聚集在那里欢迎这几位绅士。他们立刻走上前来抓住客人们的马缰绳和马镫。

萨拉丁和他的同伴们见此情景，立刻明白这是怎么回事儿了，"托雷洛先生，"他们说，"这可不是我们请求您做的呀。昨天夜里，您已经对我们做了那么好的款待，我们深感受之有愧，您本可以让我们继续赶路，不必理睬我们的。"

"先生们，我要感谢命运，"托雷洛回答说，"是命运使我昨天晚上有机会为你们效劳。你们碰巧昨天在那一时刻还走在路上，当时时间已晚，它使你们义不容辞地去我的小别墅里将就了一夜。今天上午，我非常感激你们光临寒舍，所有这些聚集在你们周围的绅士们也都感激，除非你们过于客气，拒绝与他们共进午餐，如果你们想拒绝，我也不勉强你们。"

萨拉丁和他的同伴们听了这番话，感到无法推辞，只好下了马；在那里迎接的绅士们高兴地把他们领进专为他们准备好的豪华房间里。他们将旅行衣物放在一边，休息了一会儿，然后来到大厅里，那里已摆了几桌十分丰盛的宴席。仆人给他们端来水，请他们洗了手，然后以最隆重的礼节带他们入席。一道道精美的菜肴端了上来，即使皇帝本人驾临，他也不过享受这种盛大招待罢了。虽然萨拉丁和他的同伴们都是王公贵族，习惯于这种堂皇的场面，但也不禁为自己所受到的这种豪华招待感到十分惊讶，考虑到他们的主人并非地位很高的贵族，这他们知道，只不过是一个普通市民而已，他们就更加赞叹不已了。他们吃完午饭，离开餐桌后，又继续高谈阔论了一会儿；然后，因为天气热了起来，帕维亚的绅士们按托雷洛的示意都告辞回家休息了。托雷洛留下来陪他的三位客人，把他们领进一个房间里，然后吩咐仆人去把他贤惠的妻子请来与客人相见，因为他不想把一样贵重的东西隐藏起来不让客人看到。他妻子长得非常漂亮，身材修长，衣着华丽；她在两个小天使模样的小儿子的陪伴下来到客人们面前，热诚地向他们致敬。客人们看到她进来，都赶紧站起身来，非常礼貌地欢迎她；他们请她与他们坐在一起，然后对她的两个英俊的孩子大大地夸赞了一番。她与客人们闲聊了一会儿后，托雷洛因为有事儿出去了，她便非常令人愉快地询问他们从哪儿来，往哪儿去；客人们便把以前回答托雷洛的那番话又对她说了一遍。

"好啊，"她快乐地说，"看来我这妇人之见对你们还是有用的，因此请你们赏光，不要拒绝或轻视我要送给你们的最微薄的礼物。请你们理解女人因要保持端庄，只能送此小礼物，请各位先生只看重赠与人的好意而不是礼物的大小，收下它吧。"她吩咐仆人给每位客人拿来两件长袍，一件装的是丝绸衬里，另一件装的是松鼠毛皮衬里，这可不是普通市民或商人穿的衣服，而是王公贵族才能穿的衣服；她还送给他们每人三件特殊场合穿用的用最优质的丝绸制作的长袍和三条短裤。"请收下这些东西吧。我给我丈夫穿的也是跟送给你们的一样的衣服。其他的东西都不值什么钱，但对你们也许有用，因为你们远离你们的妻子，走了很远的路，还有很远的路要走，而且商人们都喜欢穿戴整齐，干净利落。"

绅士们感到非常惊讶，不得不承认没有第二个人比托雷洛待客更盛情、考虑得更周到的了。说真的，那些衣服质量高贵，根本不是商人穿的衣服，他们怀疑托雷洛是否发现了他们的身份。但是，他们当中一人对托雷洛妻子回答说："夫人，这些东西太奢华了，如果不是您请求再三，使得我们不能推却，否则我们是不能轻易接受的。"

客人们接受了礼物之后，托雷洛回来了，他妻子向客人们告辞，去给客人的仆人们也赠送了适合他们身份的同样的礼物。托雷洛挽留客人们在他家住一天。于是午睡后，他们穿上新衣服，与托雷洛骑马在市内游览。晚上，托雷洛又请来一大群杰出的朋友陪客人吃了一顿丰盛的晚宴。

晚饭后，客人们按通常时间回房睡觉了。第二天他们起床后，发现他们那疲倦的驽马被换成了三匹健壮有力、可坐骑的骏马，也给他们的仆人换了同样健壮的坐骑。萨拉丁见此情形，转身对他的同伴们说："我向天主发誓，再也不会有比这位托雷洛先生更完美、更盛情、更替人着想的绅士了！如果基督教国家的国王都像他做到的这样符合做国王的标准，那么巴比伦的苏丹所必定遭遇的有力进攻，就不仅是来自一个人的，而是来自那么多明显准备要侵犯他的人。"他们知道不可能拒绝这些马匹，只好通情达理地再三道谢，然后上了马。

在许多朋友的陪伴下，托雷洛把他的客人们送出城，又走了很长一段路；尽管萨拉丁对托雷洛颇有好感，不愿意与他分手，但他不得不继续赶路，因此请托雷洛回去。托雷洛也觉得与萨拉丁分手是很痛苦的，便说："各位绅士，恭敬不如从命，我就不再远送了，但这一点我必须说明白：我不知道你们是谁，你们想告诉我多少就是多少，我也不想多问。但是，不论你们是什么人，你们永远也不能使我相信你们是商人。愿天主保佑你们。"

萨拉丁与托雷洛的朋友们一一告别之后，回答托雷洛说："但将来我们也许会把货物拿来给您看，那时您就会相信我们是商人了。再见！"

于是，萨拉丁与他的同伴们继续赶路，心里打定主意，如果他还活着，如果即将到来的战争没有把他消灭，他一定要像托雷洛对待自己那样给予他同样盛情的款待。一路上，他与同伴们多次谈到这位绅士和他的妻子、所有这些礼物和他们在托雷洛家里所受到的礼遇，对每个人、每件礼物、每个礼遇都热烈地赞不绝口。他不辞辛苦地走遍了西方各国之后，与他的同伴们乘船回到了亚历山大港，根据他所获悉的全面情报做好了防御准备。托雷洛回到帕维亚后，对那三个人的身份沉思了很久，也没有确切断定他们到底是什么人。

十字军东征的时刻到了，大规模的准备已经就绪，托雷洛不顾妻子的眼泪和恳求，毅然决定去参加十字军。虽然他爱他的妻子胜过爱一切，但当他把自己的准备都做好、就要上马出发时，对妻子说："我想你明白，我去参加十字军东征，既是为了用我的物质存在获得荣誉，也是为了确保我灵魂得到拯救。我把我们的全部财产和好名声都托付给你了。我要走是确定的了，但后事变幻莫测，我都无法确定我能否平安回来，因此我请求你帮我一个忙：不管我发生了什么事情，如果你没有得到我还活着的确切消息，你要等我一年一月零一天，然后，你再改嫁，这期限从现在算起，从我今天出发的日子算起。"

他妻子呜咽着说："我不知道如何忍受你离开家留给我的悲哀。但如果我能从悲哀的折磨中活下来，无论你发生了什么事儿，不管你是生还是死，我都请你放心：我活着是你的妻子，死了还是你的妻子，我将永远怀念你。"

"我毫不怀疑你一定会遵守你许下的诺言，迄今为止你一直是这样做的。但你是一个出身名门的年轻美丽的女人，硕德懿行，远近闻名。所以，我也毫不怀疑，如果没有我幸存的可靠消息，许多知名人士都会找你的兄弟和其他家里人向你求婚。迫于这些重要人物的压力，不管你怎样想要独善其身，你也不能保护自己，你将被迫顺从他们的心愿。这就是我要求你在这段时间里等我的原因，但我不会让你等得太久。"

"我会尽力说到做到。但如果我不得不改弦易辙，我也一定满足你给我规定的条件。我祈求天主别让你我陷入那种处境。"

妻子说完这番话后，流着泪拥抱了丈夫，然后从手指上摘下一枚戒指交给丈夫，说："如果我死在你的前面，不能再见到你了，那你就看一眼这枚戒指就会想起我来。”

他接过戒指，骑上马，向大家告别，与他的同伴们奔热那亚去了。他们在热那亚登上了一艘军舰，很快就到达了阿克里，在那里加入了基督教军队。这时一种严重的瘟疫①几乎立刻把死亡带给了整个部队，在疾病流行期间，所有的幸存者实际上都被萨拉丁包围俘虏了，不知是因为他走运还是因为他用了计谋。他把俘虏分别押到很多城市里，托雷洛被作为俘虏送到亚历山大港关押。在这里没人认识他，但他还是担心被人认出来，于是因情况所迫，他开始从事驯鸟，在这一职业中他可是行家里手。正因为他干了这一行，他引起了萨拉丁的注意；萨拉丁解除了他的俘虏身份，任命他为养猎鹰师傅。萨拉丁只知道托雷洛是个基督徒；托雷洛没有认出苏丹，苏丹也没有认出他。托雷洛心里只想着帕维亚，几次试图逃跑都未成功。所以，当几个热那亚使者办完了与苏丹谈判要赎回一些俘虏的事宜，就要离去的时候，他决定给他妻子写封信，告诉妻子他还活着，他将尽快回到她的身边，因此希望妻子等待他。他写好了信，天真地恳求他认识的一位使者把信交给圣彼德切尔·多罗修道院②院长，那位院长是他的叔叔。

托雷洛当时的情况就是这样。有一天，当萨拉丁与他谈起自己的猎鹰时，托雷洛微笑了一下，萨拉丁在帕维亚作客时，托雷洛微笑的某个动作给了他深刻的印象。这一特殊的微笑使苏丹想起了托雷洛，苏丹再仔细地看了看他，认为这就是那个人。“基督徒，请告诉我，”他扔下了刚才的话题说，“你是西方哪一国的人？”

“陛下，我是伦巴第人，来自一个名叫帕维亚的城市。我是一个

①一种严重的瘟疫：在第三次十字军东征编年史上并未提及这一事件，虽然后来的作家如乔瓦尼·维拉尼写到此次战争时提到疾病。

②圣彼德切尔·多罗修道院：帕维亚的著名教堂。

出身卑贱的穷人。”

萨拉丁听了他的话，更肯定了自己的猜测是对的，高兴极了。“天主赐予我机会，”他心里想，“让我向这个人表示我是多么感谢他的盛情款待。”他不再多说什么，但吩咐仆人把他所有的衣服全放到一个房间里，然后把托雷洛领进那个房间里。“基督徒，请看，”他说，“并请告诉我这里面有没有你以前见过的衣服。”

托雷洛看了看那些衣服，发现他妻子送给萨拉丁的衣服也在里面，但他并未想到这真的就是那几件衣服。“陛下，我看不出来，”他说，“但的确有两件很像我送给曾碰巧在我家做客的三位商人穿的衣服。”

听了这话，萨拉丁再也控制不住自己，亲切地拥抱他，说：“您是托雷洛·迪·斯特拉，我是您妻子赠送这些衣服的那三个商人中的一个。我与您告别时曾说，将来也许我会告诉您我做的是什么生意，现在这个时候到了。”

托雷洛听了他的话高兴极了，但又感到十分羞愧——高兴的是他曾款待过这样一位高贵的客人；羞愧的是他认为怠慢了他的客人。但萨拉丁对他说：“先生，既然天主把您送到了我这里，就请把您自己，而不是我，看作是这里的主人吧。”

于是他们高兴地相互拥抱，萨拉丁给托雷洛换上了王室的衣服，然后把他带到所有重要的贵族面前。萨拉丁对他们详细讲述了托雷洛的美德，并吩咐他们说，如果他们想继续得到他的宠爱，必须像对待他本人那样敬重他的朋友。从那一时刻起，他们都按照萨拉丁的吩咐去做，那两位曾陪同萨拉丁在托雷洛家里做过客的贵族对托雷洛更是敬重有加，殷勤备至。他突然受到的这么高的礼遇，使他有些淡薄了对家乡伦巴第的思念，特别是他相信他的信一定已经转交给了叔叔，这更使他安心地待在这里。

在基督教军队被萨拉丁俘虏的那天，一个来自普罗旺斯的名叫托雷洛·迪·笛涅的骑士死了，被埋葬了。那是一个毫无成就、无足轻重的人。然而，正因为托雷洛·迪·斯特拉却在全军上下无人不知、无人不晓，凡是听说托雷洛死了的消息的人都以为那个骑士就是托雷洛·迪·斯特拉，没人想到是来自笛涅的托雷洛；而且，全军被俘的处境使人们无从得到正确的说法。所以，许多来自意大利的十字军参加者就把这个错误的消息带了回去，以讹传讹，甚至有人大胆地宣称看见了他的尸体，参加了他的葬礼。这消息不仅使托雷洛的妻子和家人，而且使所有认识他的人都感到万分悲痛。关于他妻子忍受的悲哀和痛苦就不必细说了。她连续几个月为丈夫哀痛不止，但当她的悲哀稍有减轻时，她的兄弟和亲戚们就开始极力劝她改嫁，因为伦巴第的一些最重要的人士都纷纷向她求婚。她一次又一次地拒绝，只是不停地痛哭流涕；但最后她被迫同意按家人的愿望去做，但条件是保持单身，直到她向托雷洛许诺的期限满了以后，才能改嫁。

帕维亚的情况就是这样，托雷洛的妻子信守诺言，等待着丈夫，离改嫁的日期只剩下不到一个星期了；正在这时，托雷洛在亚历山大港碰巧见到了一个陪同热那亚使者乘船回热那亚的人。因此，托雷洛与那人打招呼，询问他们的旅行情况和什么时候到达热那亚的。“先生，那条船航行途中遇了难，”那人说，“我是在克里特岛上岸的。我在那儿听说，那条船在接近西西里岛时突然刮起一阵危险的北风，使船撞到了柏柏里海岸的暗礁上。船上的人无一幸免。我有两个兄弟也乘坐那条船，葬身大海了。”

那人讲得千真万确，托雷洛相信他的话。他想起他要求妻子等他的日期再过几天就到了，在帕维亚的家人对他现在的情况一无所知，认为他妻子一定刚刚与别人订了婚。这样一想立刻使他陷入绝望之中，他吃不下饭，睡不着觉，决定一死了之。萨拉丁对他情谊深厚，听到了这一情况，立刻过来看他，萨拉丁对他百般询问，才发现他悲伤和痛苦的原因，并严肃地责怪他没有早些讲出来，然后再三恳求请他放心。“请你按我说的放宽心，”他说，“我保证您在约定期限的最后一天回到帕维亚。”萨拉丁告诉了他回去的办法。托雷洛相信萨拉丁的话；他以前常听人说过萨拉丁计划的做法是可行的，许多人多次试验过，因此他真的放下心来，并催促他的朋友赶快将计划付诸实施。萨拉丁以前曾尝试过一个术士的魔法，这次他命令这位术士想办法使托雷洛躺在床上，一夜之间把他送回帕维亚。“那完全可以办到，”术士说，“但为了他的安全，我得先让他睡熟了再施法术。”

萨拉丁这样安排好后，回到托雷洛这里来，发现他已下定决心，如果法术证明是可能的，那他就能在规定的日期回到帕维亚；如果法术失败，他只有一死。“如果您深爱您的妻子，”萨拉丁对他说，“担心她改嫁给别人，天主知道我完全理解您：我从未见过第二个像她那样在教养、举止、仪态上给我印象如此深刻、令我如此着迷的女人，不用说她有多么美丽，因为再美的花儿也会很快凋谢的。既然命运之神把您送到我这里来，如果我们能在一起生活，分享治理国家的大权，我该有多么高兴啊。如果天主不愿赐予我这一快乐，因为您已下定决心，如果不能在规定期限内回到帕维亚，宁愿一死，那我多么希望早一点知道您的情况，那样的话我就会使您以国王的体面堂皇、以符合您身份的大臣为伴，回到家乡。因为这是办不到的了，而且您归心似箭，所以我将使用我已经跟您说明的办法送您回去。”

“陛下，即使您不说出这番话，您为我所做的一切已足以证明您对我的仁爱，我真感到受之有愧；您对我说的话，我终生坚信不疑，即使您没有说出来，您对我的仁爱我已深深感到，也将终生不忘。但因为我已下决心离开这里，所以，我恳求您立刻履行您的诺言，因为明天就是他们等待我的最后一天了。”

“这事儿我一定给您办到，”萨拉丁说。第二天，萨拉丁打算就在那天夜晚把托雷洛送走。于是，他在一个大厅里为托雷洛准备了一张最豪华的大床。按他们当地人的风俗，那张床的床垫是用天鹅绒和绸缎做的，金线镶边；床上放有一条被子，被子的四边配有最大的珍珠和最昂贵的宝石，仅这一点在西方就被认为是无价之宝，还有一对与这张富丽的大床相称的枕头。把这一切准备好后，他给已完全振作起来的托雷洛穿上一件传统的撒拉逊长袍，那是一件谁也未曾见过的最华丽、最昂贵的长袍，又在他头上裹了一条长长的穆斯林头巾。等到天色已晚，萨拉丁带着许多贵族来到托雷洛等待出发时刻的房间里，在他身边坐下，几乎流着眼泪说："先生，我不得不与您分手的时刻就要到了。我既不能与您同行，也不能派人陪伴您，因为您这次旅行的方法不允许，所以我只好在这个房间里与您告别，这就是我来到您这里的目的。但在我与您说再见之前，我请求您为了我们之间的交情和友谊不要忘了我。您一旦把您在伦巴第的事情安顿好，一定请您尽可能在我们的有生之年回来看我，至少一次；那样，再见到您时我会分外高兴，并使我能够补偿因您这次匆匆离去我对您款待的不周。在您再来看我之前，我希望您愿意经常写信给我，您有什么需求都尽管向我提出来，在这个世界上，我最愿意满足您的要求。"

托雷洛忍不住流下了眼泪，于是他哽咽着断断续续地回答了几句话，说他永远也不会忘记萨拉丁的仁爱和美德；如果天主让他活下去，他一定按萨拉丁的要求去做。然后萨拉丁亲切地拥抱他、亲吻他，流着眼泪与他告别。他离开了那个房间，其他贵族也一一与托雷洛告别，跟着萨拉丁来到准备好那张大床的大厅里。这时天色已晚，正当那术士着急施法术送托雷洛启程时，一位医生端着一杯药水走了进来，解释说这是专为托雷洛配制的增强体力的酷剂，并让他喝了下去；过了一会儿，托雷洛就沉沉地睡着了。萨拉丁吩咐把睡熟了的托雷洛抬到那张漂亮的大床上。萨拉丁亲自把一顶价值连城、美丽的大王冠放在床上，在王冠上盖上他的图章，表示这顶王冠是萨拉丁送给托雷洛妻子的礼物。接着，他把一枚镶有一块红宝石的戒指戴在托雷洛的手指上，那颗红宝石闪闪发光，像一支燃烧着的火炬，其价值难以估量。然后，他在托雷洛的腰间挂上一把宝剑，那剑上的饰物也是无价之宝。此外，他把一枚胸针别在托雷洛胸前，那枚胸针上点缀着人们从未见过的珍珠和许多其他宝石。然后，萨拉丁在托雷洛身体两侧各摆放一只金盆，里面装满了金币，又在他身体四周洒满了大量穿着珍珠的束发带、戒指、腰带和各种贵重物品，数量之大，难以一一细说。他把这些东西安置好之后，再次亲吻了托雷洛，然后吩咐术士快快作法，送他启程。于是，那张载着托雷洛的大床在萨拉丁面前突然飞走了，大厅里只剩下苏丹和他的贵族们还在谈论着托雷洛。

托雷洛与那些已经说过的各种珠宝和华丽的服饰，按照他的要求，被降落、安放在帕维亚圣彼得切尔·多罗修道院的教堂里。当晨祷钟敲响，教堂司事手持一盏灯走进教堂时，托雷洛还睡得正香。那教堂司事立刻看见了这张豪华的大床。这张床岂止令他大吃一惊，而是吓得他惊慌失措，转身就逃。院长和其他教士们见他如此慌张逃跑却感到非常奇怪，就问他出了什么事。他把看见那张大床的事儿对他们说了。

"得啦，你已不再是个孩子了，"院长说，"再说你对这座教堂了如指掌，你不应该这么容易惊吓。让我们去看看，是什么东西把你吓成这个样子。"

于是，他们点燃了许多盏灯。然后，院长和所有的修士们走进教堂，看见了那张富丽堂皇的大床，那骑士还在床上熟睡着。正当他们惊慌、恐惧地望着这些豪华的珠宝，不敢走近床前时，托雷洛服下的安眠药失去效力，他长叹一声醒了过来。这情景吓得院长和修士们拔腿就跑，边跑边叫"天主保佑我们！"托雷洛睁开眼睛，朝四周望了望，立刻认出这就是他请萨拉丁送他来的地方，心里感到十分宽慰。于是他坐了起来，仔细地察看他身边床上的每一个物件；虽然他已经领教了萨拉丁的慷慨，但他意识到，直到这时他才完全了解了萨拉丁的无限慷慨。他听见了修士们逃跑的声音，明白他们为什么惊慌，便不动地方地坐在那里，喊着院长的名字，恳求他不要害怕，因为自己是他的侄子托雷洛。可这使院长更加害怕了，因为他相信他的侄子几个月前就已经死了。但最后，他听托雷洛解释得很有道理，便放下心来，听托雷洛再次叫他，就画了个十字，朝他走去。

“神父，”托雷洛说，“您为什么这样害怕？我活着，感谢天主，我从海外回来了。”

尽管托雷洛长着浓密的胡须，穿着撒拉逊长袍，但院长过了一会儿就认出他了。现在院长已完全放心了，于是拉着托雷洛的手，告诉他：“孩子，欢迎你回来。你不要怪我们害怕你，”他接着说，“因为这里的人都相信你已经死了，甚至你妻子阿达丽埃塔已最后屈服于她亲戚们的恳求与威胁，十分违心地同意改嫁了。今天早晨她就要与她的新丈夫结婚了，婚礼和喜宴都准备好了。”

托雷洛从他那张豪华的床上站起来，最热诚地向院长和他的修士们打招呼，但请他们暂时不要对任何人说他回来了，因为他有一件重要的事情要先办。他让人把那些珍宝藏在一个安全的地方，然后把他到目前为止的遭遇讲给院长听了。院长为托雷洛的幸运而高兴，他们两人一起感谢天主。然后，托雷洛问院长是谁要娶他的妻子，院长告诉了他。

“在大家都知道我回到家的消息之前，”托雷洛对院长说，“我打算看一看我妻子对这次新婚的态度。我知道，按习惯教士是不参加婚礼的，但请您一定要为我安排一下，设法让我们两人都能被允许参加婚礼。”

“很愿意，”院长回答说。等天大亮时，他派人对新郎说，他想带一个朋友去参加婚礼。新郎说他很高兴，欢迎他们来。所以，当婚宴开始时刻到了时，托雷洛穿着原来的衣服，与院长一起来到新郎的家里，大家都斜着眼看他，但没人认出他来。院长对大家解释说，他是一个撒拉逊人，是苏丹派遣去见法国国王的大使。因此，托雷洛被安排坐在他妻子对面的桌旁。他满怀极大的喜悦凝视着她，他觉得她看上去对这场婚礼并不十分高兴。她也不时地瞥他几眼，完全不是因为她认出了他，他那浓密的胡须、外国的服饰和她对托雷洛已死的确信排除了这一点，而是因为他的衣服如此奇异。

当托雷洛觉得试试他妻子能否认出他的时刻到了时，他拿出他离家时妻子给他的那枚戒指，把一个服侍她的小侍从叫过来。“请你把我的话转告给新娘，”他指示小侍从说，“在我的国家里我们有一种风俗，如果像我这样的一个外国人，坐在像她那样的新娘的餐桌旁吃饭，新娘应该拿起自己的酒杯，斟满酒，把它送给外宾，以此表示她感谢外宾前来参加她的婚宴。当外宾随意地喝过之后，把酒杯盖好送回，新娘把剩下的酒喝完。”

那小侍从把这番话转达给了夫人，夫人本是一个机智、有教养的女人，认为这位绅士是一位举足轻重的人物，为了表示感谢他的光临，她拿起一个摆在她面前的大金杯，吩咐仆人把它洗干净，斟满了酒，送给那绅士。托雷洛悄悄地把她的戒指放进嘴里，喝酒时把它吐在酒杯里；没人注意到他这样做了。然后，他把酒杯盖好，把里面只剩下一点儿酒的杯子送回给夫人。她接过酒杯，为了遵守外宾的习俗，掀开杯盖儿，把杯子送到嘴边，看见了那枚戒指。她一句话也没说，把那枚戒指仔细看了一下，认出了那是自己在丈夫离家时送给他的戒指；于是，她把戒指拿在手里，盯着这位她以为是外宾的人仔细看，终于认出了他。然后，她好像突然发疯了一样，推倒面前的桌子，大叫起来：“这是我的丈夫，这是托雷洛，那是他呀！”于是，她冲向托雷洛坐的那张桌子，不顾桌布或桌上的任何东西，跃过桌子扑了过去，紧紧地抱住他的脖子，在场的人无论说什么、做什么都不能使她松开手，直到托雷洛本人让她克制自己，因为他们有足够的闲暇去相互拥抱，她才松开了手。

这时，婚礼陷入一片混乱，但对于许多参加者来说，像托雷洛这么好的骑士又回到他们中间，这是多么令人高兴啊！妻子站在后面，他请大家安静下来，然后对大家详细讲述了从他离开家那一天起到此时此刻他所遭遇的一切；他在结束时说，这位绅士以为他已经死了，所以才要娶他妻子的，那么既然他还活着，如果他把妻子要回来，那绅士是不应该见怪的。尽管新郎感到十分难堪，但却宽宏大量地回答说，作为朋友，托雷洛完全可以按自己的意愿自由处理本属于他的东西。托雷洛妻子留下新郎送给她的戒指和花冠，戴上在杯子里发现的戒指和苏丹送给她的那顶王冠。他们离开新郎的宅子，在全体婚礼宾客们的陪伴下回到了自己的家里。他们举行了长时间的、欢乐的庆祝宴会，使朋友们转悲为喜，亲戚们和全城的人都好奇地看着托雷洛，仿佛他身上发生了奇迹似的。托雷洛把他的珍宝分一部分给举办婚礼而破费了的新郎，又分了一部分给院长和许多其他人。他托了好几个人把他快乐回乡的消息转达给了萨拉丁，称自己是萨拉丁的朋友和仆人。从此以后，他与贤惠、善良的妻子一起生活了很多年，一直白头偕老，比以前更加慷慨好客。

就这样，托雷洛与他爱妻的不幸遭遇终于到了尽头，他们的慷慨和好客受到了报偿。许多人都想要像他们那样做，但尽管他们有能力慷慨，但他们却做得十分拙劣，因为他们首先考虑的是要得到比他们的馈赠大得多的回报，如果他们得不到一点儿报偿的话，那就不足为奇了！

故事 10

萨卢佐侯爵一直无暇考虑女人，下属一再催促他结婚，于是他娶了一位贫穷的农家姑娘，名叫格里塞尔达。他残忍地虐待妻子，以此证明他对她平民出身的偏见根深蒂固。格里塞尔达的耐心证明，她以自己的贤德配侯爵绰绰有余。

当国王讲完他那篇长长的故事时，迪奥内奥见大家都听得十分愉快，便笑着说："那诚实的家伙一心想在第二天夜晚去会见那只鬼猫，压下它那根傲然翘立的尾巴①，虽然你们对托雷洛极尽赞美之词，他也不会给你们一个小钱儿的。”他知道只剩下他一个人还没讲故事了，于是接着说：

温柔的小姐们，我觉得今天讲的都是关于国王、苏丹及其他同类人的故事；所以，我也不想与你们偏离太远，我想讲一个侯爵的故事。这个故事不是讲他的慷慨行为，虽然故事的结局是美满的，但他的行为都是十分残忍的。我建议谁也不要像他那样去做，事情的结局的确是令他满意的，但他的做法却是令别人痛苦的。

很久以前，萨卢佐家族的长子瓜尔蒂埃里侯爵，是个年轻的单身汉，没有结婚，也就没有自己的儿女，把全部时间都用在养猎鹰打猎上了；他从未想过要结婚、要生儿育女——好一个明智的人！但他的下属们可不喜欢他这一点，经常催促他娶妻，以免他身后无嗣，也免得他们无主。他们都表示要为他物色一个品德高尚、出身名门的妻子，保证他将来生活美满，令他称心如意。

瓜尔蒂埃里回答他们说：“朋友们，你们想要迫使我去做一件我本来决心永远不去做的事情。我之所以不想去做，是因为找一个性格适合做我妻子的女人是多么的艰难，而不适合我的女人却是那么的多；此外，如果一个男人被迫娶一个不适合他的妻子，那他要忍受一种多么可怕的生活啊！你们告诉我，你们根据一个姑娘父母的品行就能判断出她是否贤惠，于是就以为能给我找到一个合我心意的妻子，你们的想法十分可笑。你们如何了解她的父亲？你们怎么能发现她母亲的秘密？假如你们能把她的父母情况弄得一清二楚，那又能怎么样？须知女儿常常与她们的父母是完全不同的呀。但是，如果

①鬼猫……压下它那根傲然翘立的尾巴：明显暗指勃起的男性性器官；见第七天故事1。

你们真的一定要把婚姻的锁链套在我的身上，那就随你们了；可是如果选错了人，为了不使你们受到责怪，只责怪我自己，那就由我自己来找适合我的女人做妻子吧。不管我选了谁，你们都一定要把她尊为女主人，否则你们将吃了许多苦头之后才知道，我违背自己的意志去结婚，只为满足你们的愿望。”他忠诚的下属们说，只要他肯结婚，他们别无他求，一切都听他的。

瓜尔蒂埃里很久以来就喜欢上了邻村的一个贫穷姑娘，认为那姑娘是一个真正的美人，与她结婚一定会生活得幸福美满。因此，他不再去物色，决定就娶她了，于是派人请来姑娘的父亲，与这位赤贫的农民商量娶他的女儿为妻，姑娘的父亲同意了。

把这件事办妥之后，瓜尔蒂埃里把当地的朋友们都召集来，对他们说：“你们一直希望我同意结婚，那么我现在同意了，你们一定很高兴。娶妻成家并非我个人的愿望，更多的是为了顺遂你们的心愿。你们知道你们对我做的许诺，无论我娶谁为妻，你们都满意，都尊敬她为你们的女主人。现在到了我对你们履行诺言的时候了，你们也必须对我兑现承诺。我已经找到了一个合我心意的姑娘；她是一个住在附近的邻居，我已向她求婚了，几天后我就把她娶回家来。因此，你们要用心准备一场丰盛的婚宴，并以合适的隆重仪式迎娶她。那样我就会满意你们履行了诺言，就像你们现在满意我履行了诺言一样。”

这些善良的人们都说，他们非常高兴照他的话去做；不管他选定了谁做妻子，他们都会在一切事务中接受她，把她作为女主人敬重她。然后，他们就着手准备一场真正盛大、漂亮、欢乐的婚礼，瓜尔蒂埃里也参与筹备婚礼的事务。他吩咐下属们准备好最体面的婚庆仪式，邀请了许多亲戚朋友和邻里中有身份地位的人。他找来一个与新娘身材相仿的姑娘，按她的尺寸为新娘做了好几套华美的服饰。此外，他还准备好了许多腰带、戒指、一顶美丽的花冠和其他新娘所需的物品。

瓜尔蒂埃里预定举行婚礼的日子到了，九点钟刚过，他与所有前来参加婚礼的人骑上了马。此刻一切准备就绪，他说："先生们，去迎娶新娘的时刻到了。"他与大家骑马去了姑娘家所在的那个村庄。他们来到了那姑娘家门前，见她正从泉边打完水急匆匆回家，因为她想和其他几个姑娘一起看看瓜尔蒂埃里的新娘。瓜尔蒂埃里看见了她，便喊了她的名字格里塞尔达，问她父亲在哪里。"先生，他在家里，"她害羞地回答说。

瓜尔蒂埃里下了马，吩咐大家在那里等候，他独自一人走进那间陋屋，见了她的父亲詹奴科洛。"我来迎娶格里塞尔达，"他说。"但首先我要当着你的面问她几个问题。"他问她，如果他娶她为妻，她是否愿意总是竭力让他高兴，无论他说什么、做什么她都不反对，她是否愿意样样事情都顺从他的心意；对每一个问题她都回答"愿意"。于是，瓜尔蒂埃里拉着姑娘的手，领到屋外，让她当着所有随行宾客和围观众人的面脱光衣服；他吩咐仆人拿来为她做好的衣服，让她迅速穿好衣服和鞋子，将一顶美丽的花冠戴在她那蓬乱的头发上。把这件事做完后，他又令在场的人困惑不解地说："先生们，如果她愿意我做她的丈夫，我就要娶这个姑娘为妻了。"然后他朝姑娘转过身去，那姑娘正红着脸站在那里，紧张得心都要跳出来了，问她说："格里塞尔达，你愿意我做你的丈夫吗？"

"先生，我愿意，"她说。

"我也愿意你做我的妻子。"他当着所有人的面与她订了婚，然后让仆人扶她骑上一匹供妇女骑的马，在非常体面的陪伴下，把她带回家里。婚礼和庆宴搞得非常隆重奢华，仿佛他娶来的是法国国王的女儿。

那年轻的新娘因为换了衣服，好像她的内心世界也发生了变化，举动行为显得高贵文雅。我们已说过，她身材标致，面庞俏丽；正因为她长得漂亮，穿上这么华贵的衣服之后，变得越发楚楚动人，气度非凡，她看上去不像是詹奴科洛的女儿，一个牧羊女，而更像某个贵族家的千金小姐。凡是以前认识她的人都感到非常惊讶。而且她对丈夫百依百顺，体贴周到，使丈夫感到自己是男人中最满足、最幸福的人。她对待丈夫的下属们也非常仁慈宽厚，因此赢得了所有人对她的无限尊敬。人人都祈求天主保佑，祝她洪福齐天。早些时他们还曾大声反对瓜尔蒂埃里，说他选择这样一个新娘是失策，而现在他们无不称赞他是世界上最有见地、最精明的人，只有他才能看得到她那贫穷农家女衣衫下掩盖着的丰硕美德。总之，不久她就成功地激起整个地区的人，不仅仅是她丈夫统治下的邻里，都盛赞她的优秀品德和模范行为；她也用自己的硕德懿行驳倒了那些在他们刚结婚时批评她丈夫的人。他们一起生活后不久她就怀了孕，过了一段时间后，生下一个小女孩儿，使瓜尔蒂埃里非常快乐。

可是，过了不久，瓜尔蒂埃里产生一个想法，打算进行一次长期的试验来考验妻子的耐心；他想把她考验到忍耐的极限，于是开始对她抱怨、百般挑剔，以下属们对她不满意为借口假装不高兴，说下属们认为，她毕竟是一个平民，粗俗卑贱，她给他生孩子只会把事情弄得更加糟糕；说他们对她生下的女儿都深表不满，但又都无可奈何，只好发发牢骚。

因为格里塞尔达生性仁慈，听了这些话后，像平时一样心情平静，回答说："先生，只要能最有利于您的荣誉和快乐，请您想怎么对待我就怎么对待我，我都会非常满意的，因为我知道我比他们出身低贱，您出于仁慈让我做了您的妻子，我也知道我不配这份尊荣。"瓜尔蒂埃里觉得她的回答十分令人满意，因为他从她的回答里看得出，他和众人对她的尊敬并未使她感到骄傲。

没过多久，他对妻子说他的下属不能容忍她给他生下的女儿；然后他对一个仆人指示一番后，派他去见妻子。"夫人，"那仆人耷拉着头，阴郁地对她说，"如果我不想死，我就得按照主人吩咐的去做。他命令我来把您的女儿抱走，而且……"他没有再说下去。

格里塞尔达听了这话，看了看那人的脸色，又想起了瓜尔蒂埃里对她说过的话，于是明白了那人是奉丈夫之命来杀死孩子的。因此，她迅速把孩子从摇篮里抱出来，吻了她一下，为她祝福，十分镇定地把孩子放到那人怀里，尽管她心中十分痛苦。“把孩子抱走吧，”她说，“完全按你主人的命令去办。但别让她被鸟兽吃了，除非他命令你这样做。”那仆人抱走了孩子，把格里塞尔达的话报告给了瓜尔蒂埃里。瓜尔蒂埃里对妻子的坚定态度感到十分惊讶；吩咐那仆人把孩子送给他在博洛尼亚的一个女亲戚，请求她悉心抚养并教育那孩子，在任何时候也不要泄露她是谁的女儿。

格里塞尔达又怀孕了，临产时生下一个男孩儿，这使瓜尔蒂埃里高兴极了。然后，他并不满足他对妻子已经做出的考验，更加残忍地痛骂她，假装十分气愤，有一天对她说：“自从你生下这个男孩儿，我的下属就没让我有一刻的安宁。他们痛苦地抱怨说，我死了以后他们将不得不接受詹奴科洛的外孙继承我的爵位，统治他们。如果我不想被他们逐出这块领地，恐怕我不得不像上次对那女孩儿一样处理这个男孩儿，最后把你赶出家门，另娶一个妻子。”

她以极大的忍耐听完他的话后，只是这样对他说：“先生，只考虑您自己的需要，使您自己称心如意吧，不要为我担心。我只关心一件事儿，那就是您的快乐。”

不几天后，瓜尔蒂埃里像上次对那女孩儿一样，派人把那男孩儿抱走，假装让人把他杀了，而实际上是把那男孩儿送到博洛尼亚请亲戚抚养，就像把那女孩儿送那儿去抚养一样。格里塞尔达的面部表情跟上次看着仆人抱走女儿时一样镇定，说话时也是那样从容。这令瓜尔蒂埃里非常惊讶，他认为没有第二个女人能像她这样面不改色、镇定自若；的确，如果他没有看到在自己折磨孩子们时，她对儿女们的百般疼爱，他会以为她的行为产生于对孩子的漠不关心。但是，他看出来了，她的动机是崇高的。他的下属们认为他真的把孩子们都给谋杀了，都认为他是个残忍的人；他们严厉地谴责他，同时深深地同情他的妻子。每当有女眷们为孩子们的死来安慰她时，她总是这样回答说，凡是使他们生身父亲高兴的事，她也为之高兴。

自从那小女孩儿出生，好几年过去了，瓜尔蒂埃里认为对格里塞尔达长期折磨的最后一次考验时机到了。于是，他对下属们说他再也不能忍受这个女人做他的妻子了，承认当初娶她完全是因为年轻鲁莽。因此，如果可能，他想得到教皇特许休了格里塞尔达，另娶新妻。他的想法受到了许多正人君子的强烈谴责，但他却回答说他不得不那样做。当这些话传到格里塞尔达耳朵里时，她明白她得回父亲家去了，也许又要像以前那样放羊了；她还预见到另一个女人将占有她一直衷心热爱的男人，她内心非常痛苦。但她仍然像忍受先前命运给她的打击一样，面不改色，勇敢坚定地面对这最后一次打击。

不久，瓜尔蒂埃里设法伪造信件从罗马寄给他，并把这些信件拿给他的下属们传阅，说这是教皇批准他休格里塞尔达、另娶新妻的文件。于是，他把格里塞尔达召来，当着众人的面对她说："教皇已经批准我休你而另娶新妻。因为我的祖先都是这一地区有良好教养和高贵地位的绅士，而你的祖先都是庄稼汉，我不想再留你做我的妻子了。你带着你所有的嫁妆回詹奴科洛家去吧，我已经找到了更适合我的小姐来取代你做我新的妻子。"

格里塞尔达听了这话，以极大的、一般女性所做不到的努力，抑制住了眼泪。"先生，我一直很清楚，"她说，"我的卑贱出身配不上您的贵族门第。而且我也一直明白，我沾您的光所享受的地位完全是天主和您赐予我的。我从未把它看作我的所有，我应该而且的确愿意把它还给您，那就请您收回去吧。这是您给我的结婚戒指，请您收好。您吩咐我把拿到您这儿的嫁妆带走。您不需要掌管财务的人来办这件事儿，我既不需要钱包来装，也不需要牲口来驮，因为我没有忘记您迎娶我时，我是赤条条来的。尽管我的身躯曾怀过您的子女，如果您认为让众人见我赤身裸体无伤大雅的话，那我就光着身子离去；但我恳求您，作为对我带给了您和拿不走的贞操的回报，请允许我只留下一件衬衫遮盖我的嫁妆，让我穿着它走吧。"

此刻，瓜尔蒂埃里听了她的话，几乎就要哭了，但仍板着面孔说：“好吧，你就留下一件衬衫，穿走吧。”

所有的旁观者都恳求他，让她再穿一件外衣，不应该让这个给他当了十三年多妻子的女人就这样可怜地、丢脸地、只穿一件衬衫离开这个家。因为侯爵根本不听大家的请求，格里塞尔达只穿一件衬衫，赤着脚，光着头，与大家告别，走出了瓜尔蒂埃里的家门，回父亲家去，在场的人无不为她伤心落泪。詹奴科洛从未相信瓜尔蒂埃里会真的娶他女儿为妻，每天都期待着这个结局，因此他一直保留着女儿出嫁那天早晨被瓜尔蒂埃里换下来的粗布衣服。他把这些衣服给女儿拿出来穿上，女儿又像以前那样开始帮父亲做些家务活，不以苦乐为意地、顽强地忍受着无情的命运所给予她的残酷打击。

把格里塞尔达休了之后，瓜尔蒂埃里对他的下属们说，他已经与帕纳戈一位伯爵的女儿订了婚。他开始吩咐人们筹备隆重的婚礼，并派人把格里塞尔达叫了过来。当格里塞尔达来到时，他对她说：“我马上就要把我新近订婚的小姐接到家里来，并打算以体面的仪式欢迎她。你知道，我家里没有能为我准备房间或能做这种场合所需要的各种事情的女人。因为做这种家务活儿，你是最好的，所以请你来关照仆人们做好各种准备，拟定女宾客的名单，你看谁合适就请谁。然后把她们都请来，好像你还是这个家的女主人一样。婚礼结束后，你就可以回家去了。”

这些话简直就是无数把匕首刺在格里塞尔达的心上，因为她虽然成功地舍弃了荣华富贵，但却怎么也克服不了对瓜尔蒂埃里的爱。然而，“先生，我很高兴并愿意听您的吩咐，”她说。她身着农民的粗布衣服走进那幢不久前她只穿一件衬衫离开的房子，开始干起活儿来。她打扫、整理每间卧室，挂好墙壁上的花毯，站在椅子上挂好客厅里的窗帘；在厨房里准备好各种菜肴，她东奔西走，忙忙碌碌，仿佛她是一个小客厅女仆，直到把所有的事情都完全做完、做好了才停下来，喘口气。

干完了这些家务活儿，她又代表瓜尔蒂埃里去邀请当地所有的太太、小姐们，然后是等待婚礼仪式了。举行婚礼的日子到了，她虽然身穿最朴素的粗布衣服，但却十分快乐地欢迎太太、小姐们光临，举止言谈俨然是一个有真正良好教养的贵夫人。瓜尔蒂埃里一直十分细心地关照孩子们的成长，他把那两个孩子托付给他在博洛尼亚的一个女亲戚抚养，那位女亲戚本人是一位嫁到帕纳戈的女伯爵，如今那女孩儿已经十二岁了，长得美极了，那男孩儿满六岁了。他派人送信给他的男亲戚——孩子们的养父，要求他带着他的女儿和儿子到萨卢佐来，并安排了一支豪华隆重的随行队伍护送他。他要求那亲戚对人们说他是送那姑娘给瓜尔蒂埃里做新娘的，一定不要对任何人泄露那姑娘的真实身份。那位绅士按伯爵要求带上那姐弟俩和豪华的护送队伍出发了。几天后，他在吃午饭的时候到达了萨卢佐，只见许多城里人和邻近的农民都等在那里迎接瓜尔蒂埃里的新娘。新娘被太太小姐们迎进已经摆好宴席的大厅里；格里塞尔达穿着粗布衣服，走上前来，热情地欢迎她说："夫人，衷心地欢迎您！"女宾们多次劝说瓜尔蒂埃里让格里塞尔达待在外面的一个房间里，或者把以前属于她的衣服借给她一件穿上，别让她穿着粗布衣服出现在客人们面前；但瓜尔蒂埃里就是不听。大家应邀入席，饭菜端了上来。男人们都盯着那姑娘看，都说瓜尔蒂埃里换了个更漂亮的妻子；但格里塞尔达不仅不停地夸赞新娘，还夸赞新娘的小弟弟。

这时，瓜尔蒂埃里觉得他已经完全看到了他想要在妻子身上看到的忠贞。他明白，最近发生的事情也没有改变她的态度。他非常清楚，这绝不说明她愚蠢，因为他看得出来，她非常聪明。他认为在她那镇静的面孔后面一定隐藏着悲伤。他觉得解除她悲伤的时刻到了。所以，他把她叫过来，当着大家的面微笑着问她："喂，你看我的新娘怎么样？"

"先生，我认为她非常好，她不仅美貌而且贤惠，我认为她是的，我相信您在她身上没有一件事是可抱怨的。但我请求您一件事儿：

不要像对您前妻那样伤害她。我认为她受不了那种伤害，因为她年轻，而且娇生惯养，而您的前妻从小就是在艰难困苦中长大的。”

瓜尔蒂埃里见格里塞尔达相信这姑娘就是他新的妻子，而且替姑娘说了许多好话，便让她坐在自己身边。“格里塞尔达，你长期忍耐而得到酬报的时刻到了，”他说，“那些认为我残忍、邪恶的人们明白我这样做的特殊目的的时刻到了。我所做的这一切是要教育你做个贤惠的妻子，并教育他们忠诚地接受你。我就是想保证自己能永远和你享受宁静的生活，与你和睦偕老。我娶你时，我非常担心我过不上宁静的日子，所以我用各种折磨来考验你，你都经受住了。现在我知道了，你在任何言行上从未违背过我的意愿，我认为我已经得到了我想从你身上得到的安慰，我打算一举归还我多年来从你身上抢走的东西，我要用最温和的安慰抚平我在你身上造成的创伤。所以，快高兴起来，接受这个你以为是我新娘的姑娘和她的小弟弟吧：他们是我们的亲生儿女，就是你和许多其他人长期以来以为被我杀害了的那两个孩子。我是你的丈夫，爱你胜过爱一切。我认为我可以夸口说，世界上没有第二个男人像我对妻子这样满意的。”

他一边这样说着，一边拥抱并亲吻她，然后拉她站起来，格里塞尔达高兴得哭了。他们两人一起朝他们女儿坐着的地方走过去，那姑娘简直不能相信自己的耳朵。他们亲切地拥抱她，又拥抱了她的弟弟。这样，她终于明白了是怎么回事儿，在场的许多其他人也都恍然大悟。女宾们都高兴极了。她们离开餐桌，簇拥着格里塞尔达进入一个房间，她们脱去她身上乞丐般的衣服，她们这次的保护比她们更早些时候对她的那次保护更加快乐，给她穿上一件最豪华的衣服；然后，她们又把她打扮为这个家的女主人领回到众人面前，当然她穿着破衣烂衫也不失女主人的气度。她庆贺自己与儿女的美好团聚。大家都为这幸福的情景欢天喜地，把庆祝活动延长了好几天。尽管大家认为，瓜尔蒂埃里考验妻子的方式有些过分，几乎令人难以忍受，但还都认为他非常聪明。他们一致认为，首要的是，格里塞尔达使自己表现为一个贤惠善良的典范。帕纳戈伯爵几天后回博洛尼亚去了。瓜尔蒂埃里不让詹奴科洛再干农活儿了，使他过上了一位绅士的岳父应该享受的生活，舒适而荣耀地度过了他的余生。后来，瓜尔蒂埃里把女儿嫁给了一家门当户对的贵族，与格里塞尔达一起幸福地生活了很多年，对格里塞尔达非常尊重。

那么，就像上天送给帝王家室只能打猎不能管理国家的子弟一样，上天也赐予贫穷陋室品德高尚的儿女，如果不是这样，我们还能说什么呢？除了格里塞尔达能够不流一滴眼泪、面带微笑地忍受瓜尔蒂埃里强加给她的残忍、难以置信的折磨，谁还能做到呢？至于瓜尔蒂埃里，如果他碰上这样一个妻子，一旦只穿一件衬衫被他赶出家门，她就立刻巧妙地去找一个对她好的情人，穿上他给的一件漂亮的新外衣，那他就只能自作自受了。

迪奥内奥的故事结束了，引起了小姐们的热烈讨论，有的人赞赏丈夫那样考验妻子，有的人持反对意见，她们不是指责这件事儿做得不对，就是赞成那件事儿干得好。国王抬起头朝天空中看了看，见太阳正在西斜，黄昏即将降临。他坐在座位上没动，对大家说："我认为，你们这些美丽的小姐们非常清楚，人的智慧不仅存在于对过去事情的回忆或对现在事情的了解，而最聪明的人认为，根据这些知识预知未来的事情才是最有意义的。你们知道，从瘟疫控制佛罗伦萨城那一时刻起，折磨、痛苦和悲惨不断出现在我们眼前，为了寻求欢乐、更好地保护我们的健康和生命，我们离开了佛罗伦萨，把灾难抛在身后，到明天就是第十五天了。我认为，我们有道德地追求到了快乐，因为，除非我的眼睛欺骗了我，我经常注意到，不论是就你们小姐而言，还是就我们男士而言，尽管我们讲了一些令人兴奋的、可能有点撩拨意味的故事，纵情地吃喝，演奏音乐，唱歌跳舞——所有这些活动都可能导致意志薄弱的人放弃美德，但我们的任何一个言行都无可指责。我认为我所看到的都是坚定的克制、永恒的和谐、可靠的友好，我非常珍视这些东西，因为这些东西给了你们荣誉并给了你我以好处。为了防止我们现在的生活因内容重复变得乏味，令人厌烦，也为了减轻人们对我们长久待在城外的批评，既然我们每人都轮流当了一天国王或女王，如我现在仍然还是，我觉得，如果你们都赞同的话，我们应该返回原地了。另外，如果你们环顾一下四周，你们就会发现，我们这个团体已经受到邻里的议论，可能会引起许多效仿者，他们会扫了我们的兴。所以，如果你们同意的话，我将把授予我的这顶王冠保留到我们离开这里时为止。我建议明天早晨出发。如果你们另有决定，我已经有了移交这顶王冠的人选。”

经过一番长时间的热烈讨论，小姐们和青年男士们最后一致认为，国王的建议是有道理的，并决定照他的建议办。于是，他叫来总管，指示他第二天早晨要办的事情；然后，他站起身来，让大家解散，自由活动，直到晚饭时间。小姐们和两位青年男士也站起身来，像往常那样寻找各自的乐趣去了。晚饭时间到了，大家享用了一顿最可口的饭菜。晚饭后，他们开始尽情地唱歌、演奏音乐、跳乡村舞蹈，过了一会儿，当劳蕾塔领跳一支舞曲时，国王命令菲亚美塔唱一支歌来伴舞。于是，她唱起了一支非常动听的歌：

假如我能拥有
无人嫉妒的爱情，
那么世上没有第二个女人
会像我这样幸福。

如果说有一个少女
倾心于一个活泼的青年，
愿他有男子汉的勇敢和无畏的气概，
愿他有战无不胜的力量和杰出的才能，
愿他有非凡的智慧，

有骑士的精神和热情，
我就是这样一个少女，
有这些美德的青年才值得我去爱。

但并非只我一人
追求这样完美的青年，
其他姑娘也是如此
渴望得到他的爱情。
这让我胆战心惊，
其他姑娘会把我的快乐
从我手中夺走，
使我的幸福化为乌有。
假如我感觉得到
我情人的灵魂
既有美德
又有忠诚……
可是有这么多小姐
供他挑来任他选
对他的多疑令我沮丧
因为我担心会把情人失去。

所以，姐妹们，请求你们
不要与我的情人眉来眼去，
假如我知道了你们会这样
你们会为小小的调情懊悔不迭。
我宁愿拼上我的美貌
让我的心冷成冰块
也不让你们偷走我的骑士

他是我的无价之爱。

菲亚美塔唱完了歌，坐在她旁边的迪奥内奥笑着对她说："您不妨大发善心向您的姐妹们说出您的情人是谁，免得他不知不觉地被人从您身边偷走，那肯定会令您生气的。"在那之后，他们又唱了很多支歌曲。当接近半夜时，他们遵照国王的吩咐，各自回房睡觉去了。

第二天天一亮，他们就起床了。总管把他们的行李安排上路先行，这伙年轻人在聪明能干的国王领导下回到了佛罗伦萨。那三个男青年在他们的出发地点圣玛利亚·诺维拉教堂与七位小姐告别，继续干自己的事儿去了，那几位小姐也从容不迫地各自回家了。

作者的跋

我确信，我已经全部完成了我在这部书的开头所许诺完成的任务。为了安慰你们这些高贵的小姐们，我才承担了这一艰巨的工作，我认为我是在天主的帮助下才完成了这个任务，还多亏了你们这些高贵小姐们的祈祷所给予我的鼓励，而不是由于我自己的功劳。所以,我首先感谢天主,然后感谢你们这些小姐们。现在,放下笔，让我疲劳的手休息的时刻到了。但在我放下笔歇手之前,我要简单地回答几个小问题，可以说是没有提出来的问题，你们小姐中的某些人或其他什么人可能想提而没提的问题，但这并不意味着我认为这些问题值得特别突出一下，尽管我的确想起在第四天开始时我根本没提出这些问题。

你们小姐中的某些人会说我在写这些故事时有点儿过于放肆，偶尔让小姐们说出并且经常让她们听到那些正派女人不该说或听的事情。我否认这一点，因为在一个文雅的人群中，只要人们使用文雅的语言，任何事情都是可以讲的，我认为我找到了一种很适合的气氛。但就算你们说得对吧，我不想与你们争论，这样你们就会胜利。我完全能概括出很多理由为我的做法辩解。首先，假如在一些故事中有些下流的东西，那是因为故事的性质要求有这样的表现，任何通情达理的、客观看问题的人都会痛快地承认，如果我不想扭曲主题，而是要揭示事物的本来面目，那我只能以那样的方式叙述，别无他法。如果有一些细微的下流语言的暗示，即对你们中间那些彻头彻尾的假正经的女人来说可能有一些不合适的、古怪的小字眼儿，那怎么办呢？因为那种女人把语言看得比行为更重要，竭力在外表上显得比实际更道德一些。我仍然认为我写这些东西没有什么不合适的，因为男男女女们整天都在说“洞眼”“木钉”“杵”和“臼”等暗示那种事儿的字眼。

另外，我的这支笔应该被给予与画家的笔同样的许可。即使画家随心所欲地画圣米凯勒用剑或矛刺蛇，圣乔治袭击龙体的不同部位，更有甚者，即使画家把基督画成一个男人、把夏娃画成一个女人，即使画家在画以自己的死来拯救人类的基督时，有时画在基督的双脚上钉一只钉子，有时钉两只钉子，把他固定在十字架上，他也没招来任何批评，没招来任何证明有道理的批评。

很明显，这些故事不是在教堂里讲的，因为在那里所有的讲话都必须符合心灵的圣洁和语言的圣洁。尽管如此，在那些神圣的场合，你会听到很多比我写的更加庸俗下流的故事。这些故事也不是在哲学经院里讲的，哲学经院同其他地方一样也要求文雅。听讲这些下流故事的人既不是教士也不是哲学家。这些故事是在花园里、在游乐场所里讲的，虽然参加者都是年轻人，但他们都已成熟，不会轻易受故事的影响；而且在当时的情况下，连最受尊敬的人为了防止染上瘟疫，也在头上蒙着一条大裤衩，在大街上东奔西走，这对别人来说也没什么冒犯的。这些故事不论真伪（实际上与人们描述的其他事情一样），它们对人是有益还是有害，完全取决于听者。我们知道，酒对健康的体格来说是非常有益的，我们是根据酒神巴克斯与其养父西莱纳斯先生的权威观点说的，但对发烧的人来说则是有害的。难道我们只因为酒对患疟疾的人有害，就要谴责它吗？火是不能否认的好东西，实际上它对人的生活来说是非常重要的。难道我们仅仅因为火能烧毁房屋、村庄和整个城市，就要谴责它吗？还有，武器能保护那些希望和平生活的人们，但武器也经常杀人，这不是因为武器本身不好，而是因为使用武器的人邪恶。对于堕落的人来说，没有纯洁的东西。就像堕落者不能从有道德的谈话中得到益处一样，有道德的人也不会一接触淫乱的东西就变坏，同样，太阳的光线或天空的美丽不会被污泥或地球上的肮脏所玷污而失去光彩。什么书籍，什么语言，什么文字比《圣经》更神圣、更卓越、更尊贵呢？然而，许多人曲解了《圣经》，使他们自己和他人被罚下地狱。任何东西在特定的结构中都有其固有的价值，但如果它被滥用，那它就会在许多方面都是有害的，我写的这些故事也是这样。如果一个人读了我的故事产生了坏念头或决意干坏事，那么故事本身无法阻止他这样做，因为他在故事中只能看到邪恶的东西，经他曲解，故事就变成有害的了；如果一个人想从故事中寻找有益的东西，那么这些故事一定会满足他；这些故事正是为这样的读者写的，当读者想要吸取有益的东西阅读这些故事时，那么这些故事就会被认为是有益无害的了。那些需要念《玫瑰经》、做黑布丁或烤糕饼孝敬忏悔神甫的太太们，都不必读这些故事，她们也不会跟在别人后面想借读这些故事，尽管她们不谈，但她们这些假正经的女人也偶尔说出这种话或干出这种事儿来！

一些太太、小姐们也许会说，把某些故事删去会好得多。我不否认这一点。可是，我只是按他们讲述的把这些故事记录下来，我怎么删去，实际上我怎么能删去呢？该由讲故事的人把故事讲得无可指摘，那我就会把故事无懈可击地记录下来。但如果有人认为是我编造了这些故事，我是故事的作者（其实我不是），即使不是每一个故事都很文雅，我也不会道歉，因为毕竟除了天主外，没有一个工匠能把每一件作品都制作得完美无瑕。就以创造了帕拉丁骑士的查理大帝为例：他没能册封足够的骑士以建立一支自己的军队。“人上一百，形形色色”，在一块精耕细作的良田里，在长势良好的庄稼中间总会找到一棵荨麻、荆棘，或杂草。但是，就像你们这些女士的大多数一样，我的读者都是单纯的年轻小姐，如果我费尽心机去寻找文雅的辞令、去咬文嚼字地讲一番大道理，那是非常愚蠢的。不论怎样，凡是浏览这些故事的人都可以跳过那些讨厌的故事，而去挑有趣儿的欣赏；为了避免使读者误入歧途，每个故事都有一段描述故事隐含意义的简介。

此外，我想有人会对我说，有些故事太长了。我的回答是，如果人们有更重要的事情要做，那么他们阅读这些故事，就不明智了，即使这些故事很短也不明智。从我开始写这些故事到我现在要结束这一艰苦劳动，已经过去了很长时间，但即使是这样，我也从未忽视这一事实：我是为无所事事的太太、小姐们创作的，而不是为了别人；作为消遣而阅读的人，只要读的东西满足了他的要求，任何东西他也不会嫌太长。简短的文章适合学生阅读，他们努力读书不是为了消磨闲暇时间，而是利用时间来获得最大进步；但对你们就不合适了，因为你们把所有时间都用来谈情说爱。另外，既然你们中间谁也不想去雅典、博洛尼亚或巴黎求学，那就有必要把事情详详细细地给你们讲明白，而对那些在学校里使自己的头脑变得敏锐的学者们来说，详细阐释就不必要了。我也毫不怀疑，你们当中有人会对我说，这些故事太爱开玩笑，充满了太多的讽刺话，这不应该出自一个严肃认真的人的手笔。对这些女士们，我应该表示感谢，而且我真的很感激她们，因为她们这样说是出于对我名誉的亲切关心。对于她们的反对意见我要这样回答：我不否认我是一个十分庄重的人，我一生都庄重行事。所以，请允许我对那些认为我不庄重的女士们说并使她们相信：我的确不庄重，我跟一个浮在水面上的软木塞一样轻浮。如果你们考虑一下，神甫们在他们谴责世俗罪恶的布道中经常运用讽刺话、玩笑话和蠢话，那么我认为，我在故事中写的这些玩笑话是给来到这些丑陋场所的女士们解闷的，就没什么不妥当的了。假如这些玩笑引起了太多的欢笑，把女士们都笑出病了，那么手边就有现成的良药可医治，如耶利米的哀歌、救世主的受难记和玛利亚·麦大拉的忏悔。

因为我在故事中的有些地方揭露了某些神甫的本来面目，有些女士可能会说我说话刻毒，谁会急着要弄清楚是哪些女士这样说的呢？我们必须宽容说这种话的人，因为她们这样说是出自于非常美好的动机。毕竟，神甫们都是好人。他们躲避艰难困苦是出于对天主的爱，在与女人有关的地方，他们控制强烈的情欲，从不提起那件事儿；如果他们身上不散发出微弱的公山羊① 的膘味，听听他们的谈话肯定会是让人愉快的事情。但是，我的确承认，世界上一切事物都不是一成不变的，而是处于不断变化的状态中，我说的话也完全是这样。我不相信自己的判断——实际上，涉及我自己的事情时，我总是小心地避开而不做判断。但有一天，我的一位邻居太太对我说，每当我说出话来，我总是说出来世界上最美好、最惹人喜爱的语言。事实上，她说这句话时，我的这些故事已经几乎快写完了。对于那些出于恶意攻击我的女士们来说，我想我的答复就到此为止了，不再多说了。

因此，到了我写最后一句话的时候了，请你们这些太太、小姐们想怎么说就怎么说、愿怎么认为就怎么认为吧。我虔诚地感谢天主，是他帮助我经过如此长年累月的艰苦劳动之后，终于完成了这项艰巨的任务。亲爱的女士们，愿天主的仁慈与你们的安宁同在，如果你们当中有谁从我写的这些故事中得到哪怕最小的收益，希望您能牢牢地记住我。

《十日谈》(又称《加列奥托王子》)一书的第十天，也是最后一天，到此结束。

①公山羊：间接地暗示同性恋。